HEYNE BÜCHER

SCIENCE FICTION

Herausgegeben
von Wolfgang Jeschke

Von Piers Anthony erschienen in der Reihe
HEYNE SCIENCE FICTION & FANTASY:

Chthon oder der Planet der Verdammten (06/3383)
Makroskop (06/3452)
Steppe (06/3756)

CLUSTER-ZYKLUS
Flint von Außenwelt (06/3784)
Melodie von Mintaka (06/3828)
Herald der Heiler (06/3898)

PIERS ANTHONY

TAUSENDSTERN

Science Fiction Roman

Deutsche Erstveröffentlichung

WILHELM HEYNE VERLAG
MÜNCHEN

HEYNE-BUCH Nr. 06/4115
im Wilhelm Heyne Verlag, München

Titel der amerikanischen Originalausgabe
THOUSANDSTAR
Deutsche Übersetzung von Michael Kubiak
und Hans Maeter
Das Titelbild schuf David A. Hardy

Redaktion: Rainer Michael Rahn

Printed in Germany 1984
Umschlaggestaltung: Atelier Ingrid Schütz, München
Satz: Schaber, Wels
Druck und Bindung: Elsnerdruck GmbH, Berlin

ISBN 3-453-31075-6

INHALT

Prolog

Sie war schlank und geschmeidig und erstaunlich hübsch für ihre Art, und wenn sie rannte, so wehte ihr Haar in einem blauen Fächer. Auch ihre Haut war blau, dabei aber hell und fast durchscheinend zart. Nach capellanischen Maßstäben war sie eine Schönheit.

»Jess!« rief sie, als sie dem blauen Mann den Weg abschnitt. »Was willst du zu Hause?«

Er grinste, seine Zähne ein helles Strahlen zwischen den blauen Lippen. Er war bartlos und klein, ihr in Größe und Gestalt so ähnlich, wie ein Männlicher es sein konnte. »Ich fürchtete schon, du würdest nie danach fragen! Es ist eine Säge, was sonst!«

Sie küßte ihn mit jener gerade noch platonischen Leidenschaft, wie sie für diese solarische Subkultur typisch war, wobei ihre Zähne sich warnend in seine Lippen gruben. »Bist du etwa aus dem Trainingsprogramm entwischt? Wenn sie dich schnappen ...« Sie verstummte, und ihr Gesicht verhärtete sich überaus reizvoll. »Was für eine Säge?«

Er trat zurück, strich mit einem Daumennagel über die durchscheinende Verpackung, ließ zu, daß sie aufklaffte und die Maschine freigab. »Ein superleistungsfähiger professioneller Hochleistungslaser«, verkündete er stolz. »Jetzt können wir die Balken für das Sommerhaus selbst zurechtschneiden. Ich schätze, die ersten nehmen wir schon heute nachmittag in Angriff.«

»Jess«, sagte sie beunruhigt. »Du hast doch nicht etwa ...« Aber sie wußte aus seiner Aura, daß er nicht unter einem außergewöhnlichen Schuldgefühl litt.

»Natürlich hab' ich sie nicht gestohlen«, erwiderte er und funkelte sie in gespielter Entrüstung an. »Ich hab' sie einfach gekauft. Das ist etwas legaler so. Sie gehört *uns*, Jess, ganz und gar uns! Ist sie nicht ein Prachtstück?«

»Aber Jess – wir können es uns doch nicht leisten ...«

»Mädchen, das Problem mit dir ist, daß du kein Vertrauen hast«, sagte er mit triumphierendem Ernst. Doch in seiner Aura war etwas, eine Erregung, die sich ihr durch die Interaktion ihrer Auren mitteilte. »Würde ich Geld verschwenden?«

»Jess – du hast doch nicht etwa erneut die Burg verpfändet? Du weißt, daß wir so gut wie pleite sind. Wir können kaum unser Faktotum, Flowers, bezahlen oder die Steuer austricksen! Abgesehen davon brauchst du meine Unterschrift, um ...«

»Verpfänden, Himmel und Hölle!« rief er. »Ich hab' die alte Hypothek abbezahlt, oh du Spatzenhirnige.« Sogar seine Aura schien sich mit ihrer seltsamen Erregung über sie lustig zu machen.

»Nun red schon. Ich kann einen so riesigen Brocken nicht auf einmal verdauen. Was ist wirklich los, Jess? Sind dir die Kredithaie auf den Fersen?«

Er verlieh seinem Gesicht einen ernsthaften Ausdruck, jedoch vermittelte seine Aura das Gegenteil. »Paß auf, Jess, du mußt den Sicherungshebel umlegen, nämlich so, und schon kannst du mit dem Ding loslegen. Dann stellt man das Gerät auf das Material ein, das man damit schneiden will, was wir uns im Augenblick schenken können, denn es ist bereits auf einen Standardwert eingepegelt. Dann schaltet man es ein und ...«

»Jess!« rief sie bestimmt. Diesmal versetzte ihre Aura der seinen einen heftigen Knuff.

»Jess«, erwiderte er ruhig.

»Jess, würdest du mir mal deine Aufmerksamkeit schenken?«

»Jessica, tue ich das nicht immer? Jedes kleine Bißchen, das ich erübrigen kann?« Seine Augen waren blaue Spiegel spöttischer Unschuld.

»Das Geld, Jess – das Geld.«

»Ist das nicht mal wieder typisch Frau«, hänselte er sie. »Da habe ich diese spitzenmäßige, supertolle Lasersäge, die wahre Königin unter allen Sägen in der Hand, und sie denkt an nichts anderes als an banale, weltliche Nebensächlichkeiten wie ...«

»Jess, willst du, daß ich schwierig werde?«

Er wich mit einem Ausdruck des Schreckens zurück, den er nicht lange aufrechterhalten konnte und der sich zu einem Lachen auflöste. »O nein! Alles, aber nicht das, Jessica! Alles, was du kannst, kann ich besser, nur das nicht! Oh, ich kann dich nicht ertragen, wenn du schwierig bist. Das liegt allein an dem X-Chromosom, klar; es ist vollgestopft mit Schwie ...«

»Das stimmt nicht!«

»Doch, und wie das stimmt! Du bist die schwierigste Kreatur im gesamten System Capella! Du ...«

»Ich dachte eher an eine andere Sache, Jess. In der ich viel besser bin als du.«

Er sah sie an, ein reizender Anblick in ihrem Zorn. »Das zählt nicht, Jess. Das ist eine Eigenschaft des Geschlechts. Um fair zu sein, müssen wir meine Beziehungen mit den deinen vergleichen und uns dann die Partnerwerte ansehen. Ich wette, ich ...«

»Ich dachte an den Bereich der Kunstfertigkeit«, unterbrach sie ihn und wich seinem Köder aus. »Du kannst aus freier Hand nicht einmal ein halbwegs ansehnliches Hologramm zustande bringen.«

Er hob seine Hände in der äonenalten solarischen Geste der Kapitulation. »Ich ergebe mich, Schwesterlein. *Zwei* Dinge. Hologramm und schwierig sein. Wenn ich der weibliche Aspekt des Klons wäre, dann wäre ich darin auch ganz groß.«

»Wenn du der weibliche Aspekt wärest, Jess, dann hättest du niemals einen Kredit, den wir nicht haben, auf eine Säge verschwendet, die wir uns nicht leisten können, um damit ein Sommerhaus zu bauen, in dem wir niemals wohnen werden, da man uns aufgrund unserer Schulden von unserem Gut vertreiben wird. Und jetzt heraus damit, und versuch gar nicht erst zu lügen, denn du weißt ja, daß ich das in deiner Aura sofort spüren würde.«

»Das ist das Kreuz mit einer geklonten Aura«, klagte er. »Nichts bleibt geheim. Nicht eher, als bis ein Klon sich von seinem Erbgut befreit und sich zu weit von seinem Ursprung entfernt ...«

»Das Geld, Jess«, bohrte sie.

»Nun, wenn du getreu deiner weiblichen Eigenart wirklich keine Ruhe geben willst – es ist der Vorschuß für die Mission.«

»Was für eine Mission? Du bist doch noch in der Ausbildung.«

»Nicht mehr. Sie brauchten einen anonymen Solarier mit einzigartigen Fähigkeiten, und ich brauchte eine schnelle monetäre Infusion, daher ...«

»*Wer* brauchte? Für was? Wo?«

»Tausendstern.«

Sie starrte ihn sprachlos an.

»Segment Tausendstern«, wiederholte er und weidete sich an ihrer Verblüffung. »Du hast sicher schon mal davon gehört. Das fernste Segment der Milchstraßengalaxis, zwanzigtausend Parsec von hier entfernt, plus oder minus ein paar Lichtsekunden. Zahllose nichtmenschliche Intelligenzler zusammengepfercht in ...«

»Ich hab' dieselben Kurse in Geographie besucht wie du. Hier im Segment Etamin haben wir genauso viele intelligente Spezies. Was ist mit Tausendstern?«

»Der Vorschuß beträgt zwanzigtausend Einheiten galaktischer Währung, zu denen noch einmal derselbe Betrag kommt, wenn die Mission erfolgreich abgeschlossen wurde. Diese Säge kostete nur fünftausend, und unsere Hypothek betrug zwölftausend, also haben wir noch dreitausend übrig, um ...«

»Mit Elementarmathematik kenne ich mich auch ganz gut aus«, sagte sie schwach. »Aber dieses Honorar ...«

»Schön, ich gebe zu, es ist ziemlich mickrig, aber ...«

»Mickrig!« explodierte sie. »Willst du dich nicht endlich zusammenreißen? Es ist ein Vermögen! Wie kann eine Null wie du, Jess-Mann ...«

»Aber es ist so, wie ich sagte, Jess-Mädchen. Ich brauche nur so zu tun als ob. Ich brauche die Mission noch nicht einmal erfolgreich durchzuführen, obwohl ich das natürlich tun werde. Du brauchst in Zukunft nicht mehr deine Gunst feilzubieten.«

»Ich verkaufe niemandem meine ...« Sie brach mitten im Satz ab. »Versuch nicht, mich mit deinen Zweideutigkeiten abzulenken! Warum sollte das Segment Tausendstern einem anonymen solarischen Klon zwanzigtausend galaktische Währungseinheiten als Vorschuß in den Rachen werfen?«

»Heh!« rief er und spielte den Beleidigten. »Glaubst du, ich bin nicht soviel wert, Jess?«

»Du bist eine Million wert, wenn du das richtige aristokratische Klon-Mädchen heiratest und das Besitztum erhältst«, sagte sie kalt. »Deshalb möchte ich deinen Kopf nicht auf dem königlichen Richtblock liegen sehen. Du bist kein wilder Riese wie Morrow, der es sich leisten kann ...«

»Ah, Morrow«, fiel er ihr ins Wort. »Was gäbe ich für seine Muskeln, seine Moneten und seinen Massel, von seiner scharfen Frau ganz zu schweigen ...«

»Jetzt hör endlich mit dem Herumgealbere auf und spuck's aus!«

Er spuckte es aus: »Jessica, ich weiß es nicht. Der Auftrag ist geheim. Aber er ist legal. Er wurde von Etamin und Sol übermittelt.«

»Vom Imperialen System und der Mutterwelt also«, sagte sie leise. »Dann muß die Mission legitim sein. Es sei denn, Andromeda hat wieder begonnen, Geiseln zu nehmen.«

»Unmöglich. Hast du vergessen, daß Melodie von Mintaka diese Möglichkeit ein für allemal beseitigt hat? Im letzten Jahrhundert hat es keine Geiselnahme mehr gegeben: der Wirt steuert den Körper, egal wie die Aura des Transferers beschaffen ist, außer der Wirt gestattet der fremden Aura, die Kontrolle zu übernehmen. Überdies stellt Andromeda keine Gefahr mehr dar; die Milchstraße kontrolliert sämtliche Sphären Andromedas.«

»Stimmt schon«, gab sie, wenn auch unsicher, zu. »Jedoch muß es sich um eine gefährliche Mission handeln. Völlig verrückt, wenn dafür ein derart hohes Honorar gezahlt wird.« Sie wandte sich ihm zu, und er spürte die Unruhe in ihrer Aura. »Jesse, du und ich stehen sich näher, als zwei andere Menschen es je getan haben, außer es sind gleichgeschlechtliche Klons, und manchmal glaube ich, daß wir einander noch näher sind, da wir unaufhörlich auf unsere Ähnlichkeit konzentriert waren. Wenn ich dich verlöre ...«

Er dämpfte seine Begeisterung und reagierte auf ihre Worte mit gleichem Ernst. »Deshalb habe ich doch die Säge gekauft, Jessica. Ich wußte, daß du mitmachst. Es war keine Verschwendung; sie wird sich bereits in einem Jahr bezahlt gemacht haben, indem sie alle Bretter und Balken zurechtschneidet, die wir brauchen. Dies ist die große Chance, unsere Familie wieder in ihren aristokratischen Stand zu heben. Die Saat der Gütigen Königin Bess wird wieder aufblühen.«

»Aber die Mission! All das Geld für einen geheimen Auftrag! Warum ist er geheim, Jess? Weil sie sicher sind, daß du stirbst?«

»Danach habe ich gefragt. Ich hab' ein ziemlich schlaues Köpfchen, vergiß das nicht. Das verdanke ich meiner Ausbildung. Die Wahrscheinlichkeit eines tödlichen Ausgangs liegt bei fünf Prozent. Das ist gar nicht übel, Jess. Eins zu zwanzig. Wenn ich also meinen Auftrag in Angriff nehme, habe ich eine fünfundneunzigprozentige Chance, am Leben zu bleiben – wahrscheinlich sogar achtundneunzigprozentig für einen Schlaukopf wie mich –, und eine hundertprozentige Sicherheit, den Vorschuß behalten zu können. Mag sein, daß die Erfolgsaussichten gering sind – das weiß ich nicht –, auf jeden Fall werde ich wieder nach Hause zurückkehren, und dann brauchen wir das restliche Honorar überhaupt nicht mehr. Der Vorschuß allein wird unsere ökonomischen Probleme lösen. Ich bin entschlossen, dieses winzige Risiko auf mich zu nehmen – um unseres Schlosses, unseres Besitztums und unserer Familie willen. Ohne den Vorschuß besteht eine dreißigprozentige Wahrscheinlichkeit, daß unser Besitz zwangsvollstreckt wird. Das weißt du selbst. Königliche Abkunft ist kein göttliches Privileg mehr. Stammen wir auch von der Königin Bess ab, so ist die Macht unserer Familie in den letzten tausend Jahren stetig weniger geworden, da wir verweichlichten. System, Sphäre und Segment sind erstarkt, während wir verblaßten. Das Universum braucht keinen Adel mehr. Und jetzt kann ich mit einer einzigen Aktion unseren früheren Status wiederherstellen – oder uns zumindest eine echte Chance bieten, den Verfall aufzuhalten. Ist das denn kein Wagnis wert?«

»Ich weiß nicht«, sagte sie und biß sich auf die Lippe, so daß sie einen intensiveren Blauton annahm. »Einiges an dieser Abmachung erscheint doch sonderbar. Du hast den Auftrag doch nicht durch irgendwelche Verdienste erhalten, oder?«

Er bemühte sich gar nicht erst, seinen verletzten Stolz aufzupolieren. »Nein, es gibt eine Menge qualifizierter Kandidaten. Doch zwei Drittel von denen würden um keinen Preis einen geheimen Auftrag annehmen, und von den restlichen war ich der einzige mit adligem Blut in den Adern. Die Königswürde bedeutet Stolz, mehr Stolz als Geld oder Verstand. Das wissen sie. Wir würden sie niemals im Stich lassen, wenn es hart auf hart kommt, denn wir hassen nichts so sehr wie ein Scheitern. Das wäre schlecht für das Image. Deshalb war ich ihr bester Mann: ein qualifizierter, verwegener Royalist.«

»Verwegen – genau das ist es, Jess. Mir gefällt das alles nicht.«

Er lachte, doch seine Aura strafte ihn Lügen. »Komm schon, laß uns den ersten Balken schneiden, während wir nachdenken.«

Mit einem von Sorge überschatteten Lächeln gab sie nach.

Sie trugen die Säge zu ihrem Berghain aus Purpurkiefern. Das alte königliche Gut besaß einige der schönsten naturgewachsenen Holzbestände des Planeten. Einige der Kiefern stammten aus der Zeit von Königin Bess, die, wie es in den Legenden hieß, den fröhlichen grünen Flint von Außenwelt zu ihrem Geliebten erkoren hatte, von ihm einen Nachkommen empfing und nach der Niederkunft dieses Besitztum begründete. Ungeachtet des Gewichts dieses zweifelhaften historischen Anspruchs war es ein schöner Landsitz. Das Schloß besaß immer noch die Drachenställe und das gleichermaßen eindrucksvolle riesige Bett, wo der grüne Mann der Überlieferung nach so hervorragend gewirkt hatte. Unglücklicherweise hatte sich jene phänomenale Aura der Intensität zweihundert niemals in Flints Nachkommen manifestiert, und mit dem Niedergang der formellen Monarchie verkamen die Eigentümer des Gutes zu dessen Verwaltern.

Als der Zweite Energiekrieg im Cluster tobte, eintausend Jahre nach dem ersten, war aus dieser capellanischen Gegend kein Held mit hochintensiver Aura erstanden, der die Milchstraßengalaxis hätte retten können. Statt dessen war Melodie von Montaka gekommen, eine fremdartige, nichtmenschliche Kreatur in einem solarischen Wirt. Sie hatte das Werk vollbracht, und sie war tatsächlich eine entfernte Nachkommin Flints von Außenwelt, allerdings aus dem nichtmenschlichen Familienzweig, aber der Glanz der Sphäre Sol war verblaßt, und das System Capella wurde zu einer Hinterwäldlerregion.

Das war zum Teil das, was den einzigartigen männlich-weiblichen Klons Jess durch den Kopf ging, während sie sich der Gruppe Purpurkiefern näherten. Ein anonymes Überbleibsel eines ehemals so stolzen Systems einer früher großartigen Sphäre zu sein – es gab eine gewisse Unzufriedenheit, die die Generationen quälte. Die männlichen Angehörigen wollten wieder zum Status der Prominenz, wenn nicht sogar der Erhabenheit, zurückkehren, und die weiblichen Mitglieder, die in der Wahl der Mittel etwas vorsichtiger waren, strebten nach einem ähnlichen Ziel.

Jess aktivierte die Säge. Die Laserklinge sprang heraus,

eine grellweiße Lanze, die in einer vorher eingestellten Entfernung endete. »Tritt zurück«, sagte er, aber sein Schwester-Ich brauchte keine ausdrückliche Warnung. Sie hatte Angst vor dem kurzen, tödlichen Strahl.

Er näherte sich einem Baum. Nicht einem der äonenalten Stämme, denn diese waren geradezu Denkmäler, sondern einem sehr schönen Jahrhundertexemplar. Dessen Borke war so blau wie seine Haut, die Nadeln schimmerten purpurn. »In welche Richtung neigt er sich?« erkundigte er sich.

Sie betrachtete den Baum, ging um den Stamm herum, wobei ihre Brüste sich vorwölbten, als sie den Kopf in den Nacken legte. Sie war sich ihrer weiblichen Attribute überaus bewußt, denn nur hier in der Abgeschiedenheit des Besitztums konnte sie zulassen, daß sie sich deutlich zeigten. Niemand draußen kannte sie so, wie sie wirklich war. »Keine Neigung«, entschied sie. »Ein perfekt ausbalancierter Baum.«

»Ich will keinen ausbalancierten Baum! Ich möchte einen, von dem ich vorher weiß, wo er hinfällt!«

»Dann nimm einen anderen Baum. Einer, der deinem Ungestüm eher zusagt.«

»Unausgewogen ... Ungestüm«, murmelte er. Dann hob er die Säge. »Ich denke, ich sollte ein oder zwei Wucherungen entfernen«, sagte er und schwenkte den Laser neckend gegen ihren Busen.

Sie sprang zurück. »Wag das, und ich werde *dort* eine Schwellung entfernen«, entgegnete sie und wies auf seinen Schoß. »Deine rindsköpfige Freundin sähe das sicherlich gar nicht gern.«

Er reckte den Kopf vor. »Welche Rindsköpfige?«

»Diese Kuh Bessy natürlich.«

»Ach so, die Rindsköpfige meinst du.« Er zuckte die Achseln. »Wie geht es denn deinem geilen, gemeinen Bock, der glaubt, du seist eine Kammerzofe? Dort befindet sich die Schwellung, die man einmal gründlich trimmen muß.«

»Sei nicht eifersüchtig. Die Natur schenkt den Gemeinen Körper ...«

»Während ihnen der Intellekt versagt bleibt«, beendete er den Satz für sie.

»Du mußt jetzt einen Baum fällen.«

»Hhmm.« Er setzte das Sägeblatt an der Stelle gegen den Baum, wo der Stamm sich zur Wurzel verbreiterte, und führte die Klinge langsam durch das Holz.

»Sie funktioniert nicht«, stellte das Mädchen ganz besorgt fest.

»Das glaubst auch nur du, du dämliches Weib«, sagte er mit Genugtuung in der Stimme. Er führte den Schnitt zurück, ohne den Strahl vom Baum zu lösen. Der schmale Streifen grellweißen Leuchtens zwischen Säge und Baum färbte sich rot. »Autsch! Ich arbeite zu hastig; die Klinge wird stumpf. Lieber langsam. Das Blatt ist moleküldünn. Der sichtbare Streifen dient nur dazu, die Stelle zu markieren. Dennoch steckt im Schneiden von Holz eine Menge Arbeit. Man muß langsam schneiden, sich Zeit lassen. Siehst du?« Der Strahl hatte wieder seine ursprüngliche weiße Farbe angenommen.

»Aber ich sehe keinen Schnitt«, sagte sie.

Er ignorierte ihren Einwand und führte die Säge nach oben. Kurz darauf erschien der Strahl wieder. Der Baum stand unbewegt. »Und jetzt hol den Keil heraus«, forderte er sie auf.

»Klar doch.« Sie spielte das Spiel mit, stützte ihre Hände an der Stelle gegen den Stamm, wo sich der imaginäre Keil befand, zerrte mit vermehrter Kraft – und kippte hintenüber, als der Keil sich löste.

Ihr Bruder-Ich kicherte. »Jetzt heb dein fettes Hinterteil aus dem Gras und zieh deinen Rock runter. Ich bin nicht dein geschwollener Gemeinen-Freund. Ich werde den Baum dorthin fallen lassen.«

Sie sah auf den Keil in ihren Händen, dann zum Einschnitt im Baumstamm. Die Schnittkante war leicht gekrümmt, weil er die Säge unruhig geführt hatte, und an einer Stelle war die Schnittfläche stark aufgerauht, dort nämlich, wo er zu schnell gesägt hatte. Deshalb war der Keil auch nicht von selbst herausgefallen. Es gab keinen Zweifel, daß der Laser dieses Werk vollbracht hatte. Sie stemmte ihr schlankes Gesäß hoch. »Das ist aber eine tolle Maschine!« äußerte sie ihren unfreiwilligen Respekt.

»Das ist es, was diese Mission für uns bedeutet«, sagte er selbstgefällig. »Ich habe drei Tage frei, ehe ich mich zur Stelle melden muß; ich will mit dem Sommerhaus fertig werden.«

»In drei Tagen?« fragte sie ungläubig. »In dieser kurzen Zeit schaffen wir noch nicht mal das Fundament!«

»Stimmt schon, die Säge kann nicht für alles herhalten«, meinte er und überlegte, als er dem Baum mit der Säge von der anderen Seite zu Leibe rückte. »Du wirst wohl die letzten Feinarbeiten durchführen müssen, während ich weg bin. Dann bist du wenigstens beschäftigt, wenn du nicht gerade deine Klauen polierst. Die Mission dauert nur zehn Tage oder so. Für diese Zeitspanne ist die Bezahlung doch recht gut.«

»Das schon«, pflichtete sie ihm bei und betrachtete unwillkürlich ihre sauberen, kurzen, unpolierten Fingernägel. Ihr Verdacht meldete sich wieder. »An der ganzen Sache muß ein Haken sein.«

»Na schön, vielleicht ist die Mission wirklich unangenehm«, gab er zu, dabei seine Fortschritte beim Sägen aufmerksam beobachtend. »Ein widerlicher Transfer-Wirt. Ein riesiger Klumpen aus Erbrochenem oder anderem Mist. Das kann ich für zehn Tage schon aushalten. Und wenn die Mission erfolgreich verläuft und ich dann das Resthonorar bekomme ...« Er warf ihr einen Seitenblick zu, und der Laserstrahl rutschte aus und verdarb den glatten Schnitt. »Wir könnten uns dann eine Heirat und die Reproduktionsgenehmigung für einen von uns leisten, und zwar klonfrei. Wir brauchen nicht mehr mit sterilen Partnern herumzumachen.«

»Ja ...«, hauchte sie. »Endlich von dieser Einschränkung befreit zu sein. Ernsten, sinnvollen Sex zu erleben, eine Familie haben, Sicherheit ...«

»Persönlichkeit, einen Status«, fügte er hinzu. »Holz!«

»Holz?«

»Das ruft man, wenn ein Baum gefällt wird.«

»Oh!« Sie sprang beiseite, als die Kiefer sich zu gravitätisch zur Seite zu neigen begann.

Der Aufprall war furchtbar. Purpurne Nadeln regneten herab, und ein kräftiger Ast wurde losgerissen und prallte ganz in der Nähe auf den Boden. Laut hallte das Krachen und wurde von den Bergen als Echo zurückgeworfen. Das untere Ende des Stammes rutschte vom Stumpf und schlug nach hinten aus, als wolle der Baumriese einen von ihnen in sein Verderben mitnehmen.

Bruder- und Schwester-Ich blieben für einen Moment stocksteif stehen, nahezu von dem überwältigt, was sie bewirkt hatten. Selbst ein vergleichsweise kleiner Baum wie dieser besaß eine enorme Masse! Ein größerer Baum hätte wahrscheinlich den ganzen Berg erzittern lassen.

Jesse hob erneut den Laser. »Und jetzt zu den Balken«, sagte er, wobei seine Stimme völlig ruhig klang, seine Aura jedoch aufzuflackern schien.

»Wie soll das denn gehen?«

»Ganz einfach, Dummchen. Miß mal ein Stück von zehn Metern Länge ab, und ich werde sofort mit dem Schneiden beginnen.«

»Muß das Holz nicht lagern?« fragte sie. »Angenommen, es verzieht sich?«

»Weißt du denn überhaupt nichts, Zelle von meiner Zelle? Das Holz der Purpurkiefer verzieht sich nie. Es schrumpft noch nicht einmal wesentlich. Oder biegt sich. Es wird dort hart, wo man es verbaut. Deshalb ist dieses Holz auch so wertvoll und muß geschützt werden, indem man es auf Gütern wie dem unseren stehen läßt. So daß nur eine Art hegender Holzschlag betrieben wird, um die Wälder sinnvoll zu lichten. Es wird nicht forstweise gefällt. Wir sollten es gleich zurechtschneiden, solange es noch weich ist.«

»Oh.« Sie verfügte über die gleiche Intelligenz wie er und hatte dieselbe Ausbildung genossen, jedoch hatte sie speziell diese Information völlig versäumt. Manchmal hatten sie sich bei besonders langweiligen Lektionen gegenseitig vertreten, so daß einer alle möglichen Informationen aufschnappen konnte, die dem anderen fehlten. Allmählich begann sie sich von ihrem Bruder immer deutlicher zu unterscheiden, und die Tarnung gleicher Kleidung in der Öffentlichkeit würde nicht mehr lange wirksam sein.

Sie holte ihr Maßgerät heraus und berührte mit der kleinen Scheibe das untere Ende des Stammes, ging dann am Baum entlang, bis die Meßskala zehn Meter zeigte, dann berührte sie den Baum erneut. An dieser Stelle erschien nunmehr ein roter Punkt.

Er glättete das untere Ende, dann teilte er den Baum an der Zehn-Meter-Markierung. Der Stamm rutschte ein Stück und drückte sich dann in den schwammigen Untergrund. Nun drehte Jesse am Kontrollknopf und stellte die Säge neu ein. »Eigentlich tue ich das alles ja für dich. Ich werde wohl einen anderen adligen Klon heiraten müssen, während du dir eine echte Person suchen mußt, um mit ihr eine Familie zu gründen.«

»Willst du mit mir wetten? Es gibt in unserer Generation mehr männliche als weibliche Vertreter. Deshalb hat man mich operiert, um mich weiblich zu machen, womit die Wette sich erübrigen dürfte. Wahrscheinlich muß ich den Klon heiraten, während du dich mitten in der Masse der Gemeinen herumtummelst.«

»Das ist nicht schlecht«, gab er zu. »Ich muß zugeben, daß es einige Gemeine gibt, denen ich mal gerne nähertreten möchte. Das Klontum ist heutzutage doch ziemlich steril geworden; sehr wenige von uns haben noch Feuer im Herzen und Ehrgeiz. Die meisten gehören zur Prominenz und zwingen uns, dieses Spiel mitzuspielen. Tritt mal ein Stück zurück, Kleines. Was jetzt kommt, ist nicht ganz ungefährlich.«

Die Spitze des Laserstrahls zuckte vor. Jess paßte den Strahl der Länge des Stammes an, dann senkte er den Strahl, so daß er sich in die Rinde hineinbrannte. Er drehte den Stamm um ein Viertel seines Umfangs und brachte einen weiteren Schnitt an. Dann justierte er die Säge wieder auf ihre vorherige Länge und benutzte den Sägestrahl, um entlang einer Linie eine gerade Kante zu schaffen. Eine Meßtabelle an der Säge zeigte ihm genau an, wie er den Strahl zu führen hatte, um einen geraden Schnitt zu erhalten.

»Weißt du, eines Tages werden die anderen Klons merken, was mit dir los ist«, meinte er, während er mit seiner Arbeit fortfuhr. Jesse konnte niemals lange schweigen. »Wir können es nicht ewig geheimhalten.«

Sie wußte es. Sie hatte Alpträume über vorzeitige, unfreiwillige Entlarvung. Dennoch bewies ihre Antwort eine verbissene Tapferkeit. »Wenn du einen aristokratischen Partner findest, dann schaffen wir es. Es wäre schön, wenn wir diese Sicherung für eine weitere Generation aufrechterhalten und damit unser Geschlecht schützen könnten. Wenn erst einmal andere Klons darauf aufmerksam geworden sind, dann werden alle es uns nachmachen, und unser Geschlecht wird seinen Vorsprung einbüßen.«

Er nickte ernst. Mit vier Schnitten hatte er einen im Grundriß quadratischen Balken von zehn Metern Länge vor sich liegen. Die Unregelmäßigkeiten des Schnittes ließen ihn wie authentisch handgearbeitet erscheinen. »Na, gibt es einen perfekteren Firstbalken als diesen?«

»Nein«, erwiderte sie beeindruckt.

»Bist du mir immer noch böse, daß ich die Säge gekauft habe?«

»Nein, natürlich nicht.«

»Fünftausend Kredits – davon kannst du dir kübelweise dein lächerliches Parfüm kaufen, um in den Augen der Gemeinen sexy zu erscheinen.«

»Die Säge wäre mir lieber.«

Er grinste zufrieden. »Ich nehme dich beim Wort. Den nächsten Balken schneidest du zurecht. Warum soll ich die ganze Arbeit tun?«

»Und die Hypothek auf das Schloß ist auch bezahlt«, sagte sie, und ihr gefiel diese Vorstellung immer besser. »Das ist das erste Mal, daß unsere Familie im Verlauf einer Generation schuldenfrei ist.«

»Aber wenn man bedenkt, wie gefährlich die Mission ...«, neckte er sie.

»Ach, sei doch still!«

»Du weißt jetzt, wie man das Ding ein- und ausschaltet, Jess. Die Säge, meine ich. Sie ist nicht so schwer. Halte nur den Arm ganz ruhig und sieh zu, daß deine Zitzen nicht herumbaumeln und in den Strahl geraten.«

»An mir baumelt überhaupt nichts, aber an dir!« Doch sie griff nach der Säge, begierig, ihre eigene Geschicklichkeit zu prüfen. Sie war natürlich im Geist männlicher Traditionen erzogen worden, und es gab verschiedene typische Aspekte, die ihr gefielen, wie zum Beispiel das Zuschneiden von Holzbalken.

»Wenn ich mit jemandem zusammen bin, der mich interessiert, dann baumelt an mir nichts.« Er griff nach der Meßscheibe und markierte ein weiteres Zehn-Meter-Stück. »Schneid ihn an dieser Stelle durch.«

Sie näherte sich ihm. »Den Baumstamm, nicht mich!« protestierte er und wich zurück, wobei er die Hände schützend vor sich hielt.

Sie zuckte die Achseln, als wäre sie enttäuscht, und setzte den Sägestrahl am Markierungspunkt an. Der Laser drang ins Holz ein. »Ich spüre noch nicht einmal einen Widerstand!«

»Stimmt. Es gibt beim Laser keinen Druck, kein Verkanten. Achte nur darauf, daß der Strahl immer weiß bleibt. Mit diesem Werkzeug können wir Bretter zurechtsägen, Rundbalken formen, Paneele polieren, Löcher bohren – alles mögliche! Ich will damit Holzdübel anfertigen, die die ganze Konstruktion zusammenhalten. Diese Säge hat spezielle Einstellungen, um Schrauben zu drehen, Nuten zu fräsen, für Gehrungen und Schnörkel. Man muß sie nur entsprechend programmieren. Mit dieser Säge können wir unser ganzes Haus bauen!«

»Du hast recht«, sagte sie und versucht nicht länger, die

Gekränkte zu spielen. »Wir brauchen die Maschine. Sie ist ihren Preis wert. Sieh du nur zu, daß du dich rechtzeitig zu deiner Mission meldest.«

»Es gibt so gut wie nichts, außer dem Tod, das mich davon abhalten könnte«, versicherte er ihr. »Und die Versicherung der Gemeinschaft der Wirte würde für die Vorauszahlung geradestehen, falls ich stürbe, ehe ich mich zur Stelle melde, so daß du sogar in diesem Fall das Geld behalten dürftest. Doch ich mache das alles nicht nur wegen des Geldes. Ich habe dieses Aristokratenleben endgültig satt. Ich möchte zur Abwechslung endlich mal ein richtiges Abenteuer erleben! Ich möchte hinaus zu den Sternen, möchte zu den fernsten Orten reisen, fremde Intelligenzen kennenlernen, das Universum sehen!«

»Ja ...«, seufzte sie und beneidete ihn um sein zukünftiges Abenteurerleben.

»Sorge du nur dafür, daß ich rechtzeitig aufwache, um mich zum Transfer zu melden ...«

Der Stamm war durchgetrennt, ehe sie sich versah. Er kippte weg und rollte auf sie zu. Er war schwer, an der Schnittstelle einen halben Meter dick: mächtig genug, um ein Bein zu zerquetschen. Jessica schrie in panischem Schrecken auf und riß die wertvolle Säge aus dem Weg, den Finger immer noch um den Auslöser gekrampft. Jesse griff nach ihr und wollte sie aus der Rollbahn des Stammes zerren.

Der wild herumschwingende Laserstrahl strich über seine Wirbelsäule. Sein Hemd klaffte auf, sauber durchschnitten, doch im ersten Moment war kein Blut zu sehen. Er stürzte, seine Arme um ihre Schenkel geschlungen.

Der rollende Stamm kam wenige Zentimeter vor seinem Körper zur Ruhe, aufgehalten von einer Bodenwelle. Jessica, die wie in Trance reagierte, löste ihren Finger von der Auslösertaste, schaltete die Säge ab, legte sie vorsichtig nieder und fing ihren Bruder unter den Armen auf, als er mit dem Gesicht zuerst dem Erdboden entgegenkippte. »O Jesse, bist du verletzt?«

Doch noch während sie fragte, wußte sie, daß es stimmte. Seine Aura, die mit der ihren wirklich verschmolz, pulsierte hektisch. Der Laserstrahl, der auf Holzschnitt eingestellt war, hatte ihn nur kurz berührt – nicht lange genug, um seinen Körper zu zerschneiden oder auch nur das Rückgrat zu durchtrennen, doch es hatte gereicht, daß er rund einen Zentimeter tief eingedrungen war. An anderer Stelle hätte er eine schreckliche Fleischwunde davongetragen. An der Wirbelsäule war die Verletzung jedoch lebensgefährlich.

Sein Körper war paralysiert, doch er war bei Bewußtsein und konnte reden. »Jess ...«, keuchte er, als sie ihn herumdrehte und mit zarten Händen den Schmutz aus seinem Gesicht wischte. »Meine Aura – ist sie ...?«

»Jess, der Strahl hat deine Wirbelsäule getroffen«, sagte sie voller Entsetzen. »Deine Aura schwankt.« Sie kannte den Umfang, wenn nicht sogar die genaue Art der Verletzung, denn die sympathische Reaktion in ihrer eigenen Aura zielte auf die Wirbelsäule und ließ in ihren Beinen ein oberflächliches Taubheitsgefühl entstehen. Seine Aura schwankte? Das war eine Untertreibung. »Ich benachrichtige eine Ambulanz.« Sie suchte nach ihrem Kommunikator. Die Unfallrettung würde schon in wenigen Minuten auftauchen.

»Nein, Jess!« krächzte er. »Möglich, daß ich am Leben bleibe – wochenlang in einem Krankenhaus eingesperrt! Ich hab' nur noch zwei Tage Zeit!«

»Zur Hölle mit deinen zwei Tagen!« rief sie, und die Tränen stürzten ihr aus den Augen. »Du kannst deine Mission jetzt nicht antreten! Selbst wenn du nicht schwer verletzt wärest, würde deine Aura den Test nicht bestehen. Schließlich gibt sie auch deine seelische Verfassung wieder. Sie muß völlig gesund sein, wenn man bei der Prüfung durchkommen will! Ich passe gut auf dich auf. Das verspreche ich!«

»Töte mich«, bat er sie. »Sag, ich hätte einen Unfall gehabt. Streich mit dem Laser über meine Brust, langsam, und zerschneide mein Herz ...«

»Nein!« schrie sie auf. »Jess, was redest du da?«

»Die Versicherung – Todesfall – nur wenn ich sterbe, reicht sie aus, um ...«

»Jess!«

»Jess, ich darf mich nicht vor dieser Mission drücken. Der Vorschuß wäre verloren, die Versicherung würde nicht zahlen, und wir würden den gesamten Besitz verlieren, und das Ansehen der Familie wäre zerstört. Laß Flowers die Leiche abtransportieren. Er wird für dich aussagen. Er ist schon lange Zeit in diesem Geschäft tätig. Er hat schon früher Familienskelette präpariert, wette ich. Und er steht vollkommen loyal zu uns. Er wird es machen. Ich würde lieber sterben, als ...«

»Jess, ich werde das niemals tun!« schrie sie. »Ich weiß, daß Flowers für uns aussagen würde. Das ist mir im Grunde auch gleichgültig. Ich liebe dich, Klon-Bruder! Es ist mir auch gleichgültig, was ...«

Doch er war bewußtlos. Sie wußte es, weil seine Aura sich veränderte. Er hatte sich gegen die Bewußtlosigkeit gewehrt, bis er seine Botschaft herausgebracht hatte, und dann nachgegeben.

Sie führte den Kommunikator an ihren Mund – und hielt inne und überdachte die Situation, in der sie sich befanden. Der erste Gefühlssturm legte sich und ließ sie ihre augenblickliche Situation realistisch überdenken. Sie könnte das Leben ihres Bruders retten – für was? Für ein weiteres Leben in Armut und Schande? Er hatte genau den richtigen Vorschlag gemacht! Er war ein Spaßvogel, aber bestimmt kein Feigling. Er zog es vor zu sterben. Jetzt, sauber, schmerzlos, mit einer gewissen persönlichen Würde, sie verlassen und ihr die Sorge für das Ansehen der Familie und die Verwaltung des äonenalten Besitzes anvertrauen. Dies wußte sie – denn seine Aura war die ihre, sein Geist steckte in ihr, und sie teilte seine Ansichten. Sie waren von Adel! Wenn sie in ähnlicher Weise verwundet worden wäre und sowohl Ehre wie auch das Vermögen verspielt hätte, würde auch ihr der Tod als willkommene Lösung erscheinen.

Sie könnte es tun. Sie hatte die innere Kraft. Sie war in die königliche Familie hereingezüchtet – und weil sie von königlichem Geblüt war, würde man sie nicht befragen. Ihr Wort und der sichtbare Beweis würden ausreichen. Flowers würde sein professionelles Können einsetzen, um die Sache hieb- und stichfest zu machen. Sie könnte ihr Bruder-Ich töten und damit die Ehre und das Vermögen der Familie retten. Es war angeraten.

Dabei liebte sie ihn wie sich selbst. Wie sollte sie der Welt ohne ihn an ihrer Seite die Stirn bieten? Auch wenn er später geheiratet hätte und sie auch, wobei einer in den Rang der Königswürde erhoben würde und der andere fortan zu den Gemeinen zählte, stünden sie sich jedoch immer noch nahe, schließlich gehörten sie zum selben Klon.

Ihr Entschluß mußte in diesem Moment fallen. Ehe sein Metabolismus sich auf die Verletzung eingestellt hatte und eine biochemische Aura-Analyse ermöglichte, die ihre Verkleidung entlarvte. Jetzt, in dieser Minute – oder niemals!!!

Jessica hob die Säge auf und hielt sie über Jesses Körper. Sie wußte, was sie tun mußte, doch ihre Liebe wehrte sich mit gleicher Energie. Gab es denn keinen Ausweg?

1 Begegnung mit der fremden Art

Heem von Steilfall tauchte aus der Transferkammer auf und folgte dem vorauseilenden HydrO zum Akklimatisationsflügel. Ein anderer HydrO-Wirt rollte in die hinter ihm liegende Transferkammer. Die Operation mußte generalstabsmäßig ablaufen. Mehr als dreihundert HydrOs mußten so schnell und gleichzeitig wie möglich behandelt werden.

Dennoch bewegte Heem sich ohne Vitalität und achtete kaum auf seine Umgebung. Ein Strahl aromatisierten Wassers traf ihn. »Neununddreißig! Sind Sie bei Sinnen?«

Heem zwang sich zu einer überzeugenderen Darstellung wacher Aufmerksamkeit. »Ja, ja«, sprühte er. »Ich bin nur dabei, mich an meinen Transfer-Gast zu gewöhnen.«

»Dann begeben Sie sich in Ihre Kammer. Sie sind daran vorbeigekommen.«

Das stimmte tatsächlich. Er befand sich bereits vor Kammer zweiundvierzig. Heem änderte seinen Kurs und kehrte zu neununddreißig zurück. Er kostete das Dampfaroma und rollte durch die Öffnung.

Die Kammer war klein und gemütlich. Die Luft war frisch und roch neutral und war reichlich mit freiem Wasserstoff versetzt. »Es dauert drei Chronosprühs, bis Sie die Kammer verlassen dürfen«, informierte ihn die Kammer.

Heem brach zusammen. In seinem Unterbewußtsein lief der Traum von der verbotenen Erinnerung ab. Er war wieder jung und hielt sich im Kreis seiner gleichaltrigen HydrO-Freunde auf. Es war jene geheimnisumwobene Zeit, ehe er sich zum Erwachsenen verwandelt hatte. Er rollte mit den anderen Sprößlingen durch die wunderschöne Enklave von Steilfall, tanzte über die Felswände, durch kalte Bäche und Rinnsale und um die gerundeten Kuppeln der Bäume herum. Sie veranstalteten ein Wettrennen, und ihre Düsen erwärmten sich unter dem angestrengten Bemühen, den Wettlauf zu gewinnen.

Im Augenblick hatte Hoom die Führung inne. Er hatte die stärksten Ringdüsen und holte gewöhnlich zu Land stets einen Vorsprung heraus. Heem lag an zweiter Stelle, und dichtauf folgte Hiim. Haam bummelte hinterher. Bei ihm hatte sich eine Düse verstopft und behinderte ein schnelles Vorwärtskommen.

Heem hatte in der letzten Zeit an Düsenkraft zugenommen und war immer gekonnt und routiniert mit dem flüssigen Medium umgegangen. Heute war er besonders gut. Sein Metabolismus arbeitete besser als je zuvor. Nun wurde Hoom müde, er erhitzte sich zu stark. Seine Umwandlungsfähigkeit ließ langsam nach. Heem blieb relativ kühl, dennoch stieß er viel mehr Wasser aus. Er holte auf. Ein Gefühl des sicheren Sieges erfüllte ihn nach und nach.

Hoom, als Anführer, wählte die Route. In der Hoffnung, seine Position aufzubessern, stürzte er selbst sich in die Wasserfälle.

Es war eine wirkungsvolle Taktik. Heem sprang ihm nach und litt unter der Lähmung, der sein kühlerer Körper durch den Schock kurzzeitig ausgesetzt war. Er büßte seine Position ein. Doch sehr bald schon half ihm der raffinierte Umgang mit dem flüssigen Medium, und er holte wieder auf. Er fing Hoom ab, schob sich dann an ihm vorbei, als sie aus dem Wasser auftauchten.

»Lümmel!« spritzte Hoom. Er feuerte in unsportlichster Weise eine unfaire Breitseite gegen Heem. Einige der Strahlen waren wie Nadelstiche und taten richtig weh. Heem, der ein solches Foul erwartet hatte, reagierte darauf mit einem eigenen Nadelstrahl und traf Hooms nächstgelegene Düse, als Hooms eigener Strahl nachließ.

»Betrug!« sprühte Hoom, rasend vor Wut. Er feuerte eine weitere Breitseite, die Heem erneut mit einem genau angebrachten Schuß konterte. Heem hatte von allen die präzisesten Nadeldüsen.

Mittlerweile hatten die anderen aufgeholt. »Keinen Streit! Keinen Kampf!« protestierten sie.

»Er hat mich beschossen, als er an mir vorbeiwollte!« sprühte Hoom seine Beschwerde.

Für einen Moment war Heem von der Dreistigkeit dieser Lüge total überwältigt, und er verlor völlig seinen Geschmack. So kam es, daß er sich nicht zu einer Gegenwehr aufraffen konnte, was wie ein Eingeständnis seiner Schuld aussah.

Doch Haam war überaus vorsichtig, ein solches Urteil zu fällen. »Ich habe von einer solchen drohenden Auseinandersetzung nicht das geringste erschmecken können«, sprühte er. »Allerdings war Hoom es, und nicht Heem, der mich zu Beginn des Rennens mit einer Nadeldüse aufs Korn nahm und meine eigene Düse verstopfte.«

Als er merkte, wie die Stimmung zu seinen Ungunsten umschwang, suchte Hoom erneut sein Heil im Angriff. »Welchen Wert hat es überhaupt, ein solches Wettrennen zu gewinnen? Jeden Tag messen wir unsere Kräfte, mal siegt der, dann wieder ein anderer. Was gewinnen wir dadurch? Wer von euch hat den Mut, sich einer echten Herausforderung zu stellen?«

»Warum sollen wir uns *überhaupt* einer Herausforderung stellen?« erkundigte Heem sich in vernünftig sachlichem Ton. »Wir haben keine Bedürfnisse, die wir untätig nicht befriedigen können. Solange es Luft gibt, geht es uns sehr gut.«

»*Ihr* fühlt euch vielleicht wohl«, entgegnete Hoom. »*Ich* möchte wissen, was sich jenseits dieses Tales befindet. Gibt es dort andere von unserer Art, oder sind wir völlig allein?«

»Warum gehst du nicht einfach hin und lieferst uns einen Bericht über deine Beobachtungen?« fragte Hiim ihn.

»Ich möchte mich nicht alleine auf den Weg machen. Es ist eine schwierige, anstrengende Fahrt über die Bergkette, vielleicht sogar lebensgefährlich. Wenn wir alle zusammen losziehen …«

»Ich halte Schwierigkeiten und Gefahr nicht für eine angemessene Herausforderung«, sprühte Hiim. »Mir erscheint es irrwitzig, mein bequemes Leben in einer solchen Weise aufs Spiel zu setzen.«

Doch Heem stellte fest, daß er mit Hoom übereinstimmte. »Von einem Marsch hinauf in die Berge oder von einer drastischen Veränderung der herrschenden Verhältnisse bin ich nicht gerade begeistert«, versprühte er seine Meinung. »Jedoch erlahmt mein Geist und schrumpft ohne entsprechende Herausforderung an seine Leistungsfähigkeit ein. Mir ist mein Geist mehr wert als meine Bequemlichkeit. Deshalb werde ich gemeinsam mit Hoom die Reise in die Berge antreten.«

Hoom war momentan kaum ansprühbar, mußte er doch zu seiner Verlegenheit feststellen, daß ihm ausgerechnet von demjenigen Unterstützung widerfuhr, dem er so übel mitgespielt hatte. Es war Haam, der als nächster sprühte. »Auch ich bin begierig, den Lebensraum auszuweiten, jedoch habe ich keine Lust, mich der Mühe einer so strapaziösen Reise zu unterziehen. Ich würde mitmachen, wenn ich eine einfachere Reiseart fände.

»Macht's doch richtig einfach«, spottete Hiim. »Benutzt einen Flachsegler.«

Eine allgemeine Heiterkeit wurde versprüht. Der Flachsegler war ein Monstrum, dessen Biologie ihrer eigenen ähnlich war. Diese Rasse gewann ihre Energie aus der Luft, indem sie Wasserstoff mit Sauerstoff verband, wobei Wasser entstand. Jedoch unterschied sich die weitere Nutzung des Wassers. Anstatt den Wasserrest durch Düsenorgane unter hohem Druck auszustoßen und sich mit diesem Antrieb über Land oder durch die Flüsse fortzubewegen, verwendete der Flachsegler die Düsen dazu, sich auf den Wasserstrahlen reitend ein kleines Stück in die Luft zu erheben. Dazu war eine große Menge Energie notwendig. Tatsächlich war der Druck der Düsenstrahlen so groß und die Hitze der chemischen Umwandlung so hoch, daß große Mengen der ausgestoßenen Materie gasförmig waren. Wasser dehnte sich enorm aus, wenn es verdampft wurde, so daß das Volumen der ausgestoßenen Materie weitaus größer war als das der eingenommenen. Heißer Wasserdampf zischte herab, ballte sich zu lästigen Wolken, kondensierte, sobald er sich abkühlte, und bedeckte die gesamte Umgebung. Die schlauen HydrOs hielten sich von den Flachseglern tunlichst fern!

Hoom griff jedoch diese verwegene Idee auf. »Warum nicht?« fragte er. »Die obere Fläche des Seglers, wo die Luftansaugöffnungen sind, ist kühl genug. Sie vertieft sich zur Mitte hin. Dort fänden wir einen sicheren Platz ...«

Es wäre durchaus möglich! Ihr analytischer Verstand überdachte den Vorschlag. Fast gleichzeitig wurden Gegenargumente laut. »Wie sollen wir das Ding lenken?« fragte Haam.

»Und wie kommen wir rauf – oder runter?« hakte Heem nach.

Hoom sah sich plötzlich der Notwendigkeit gegenüber, eine Idee zu verteidigen, die nicht von ihm stammte, denn sollte man tatsächlich einen Flachsegler einspannen können, dann würde der sie bestimmt zügig überall hinbringen – sogar über den Berg. Wenn es ihm gelänge, die Verwendungsfähigkeit des Flachseglers überzeugend darzustellen, dann könnte er seine Gefährten auch dazu bewegen, ihn auf seiner Reise zu begleiten. »Der Segler ist dumm. Wenn er sich bedrängt fühlt, dann ergreift er die Flucht. Wir könnten ihn also mit unseren Nadelstrahlen an der unserer Wunschrichtung gegenüberliegenden Seite piesacken, und schon würde er sein Heil in der Flucht suchen – und uns davontragen.«

Sie dachten nach, ließen sich diese Möglichkeit durch den Kopf gehen.

»Und was das Besteigen angeht«, sprühte Hoom aufgeregt, »der Segler taucht unter, um zu baden, denn auf der oberen Seite hat er keine Düsen, und die Sonne trocknet diesen Teil seines Körpers aus. Deshalb muß er sich regelmäßig rundum mit Wasser benetzen. Wir brauchen uns an einem der Badeplätze nur auf die Lauer zu legen und dann auf eines der Ungeheuer hinaufzurollen, sobald es untertaucht. Um abzusteigen, brauchen wir den Segler nur an einen Abhang zu dirigieren und an der höheren Seite hinunterzurollen. Da der Flachsegler stets eine horizontale Haltung beibehält, ist der Absprung noch nicht einmal gefährlich.«

Sie dachten weiter nach, und die ganze Sache erschien tatsächlich durchführbar. Hoom hatte sich tapfer geschlagen und den Weg skizziert; nun hatten sie auch die Pflicht, die Idee zu verwirklichen. Da niemand Einwände gegen diese Vorgangsweise laut werden ließ, mußten sie weitermachen.

Heem war zwar von der Idee angetan, jedoch war er noch nicht völlig hydrogenisiert. Er wollte auf Entdeckungsreise gehen, fürchtete sich jedoch vor den möglichen Konsequenzen. Daher beteiligte er sich an den weiterführenden Überlegungen ebenso wie die anderen. Dieses Wettrennen hatte sich zu etwas anderem entwickelt, und Hoom hatte die Initiative übernommen.

Mit der speziellen Herausforderung konfrontiert, gingen sie umgehend daran, sich ihr auch zu stellen, ohne sich allzusehr auf das langfristige Ziel zu konzentrieren. Sie entdeckten die Spur eines Flachseglers in Form eines bestimmten Geschmackes oder Duftes, der auf den Pflanzen und auf dem Boden lagerte, diffus, aber unzweifelhaft. Sie folgten der Spur und fanden den Lieblingsbadeplatz des Flachseglers. Er zog freies Wasser vor, nicht zu tief, ohne große Pflanzen in seiner Nähe, die einen schnellen Start behindern könnten. Das machte das Heranschleichen zu einem schwierigen Unterfangen.

Sie beschlossen, unterzutauchen und zu warten. Es war beschwerlicher, in einer Flüssigkeit zu atmen, da es sich tatsächlich um eine Art Bad in ihrem eigenen Ausscheidungsprodukt handelte, jedoch gab es auch dort winzige Gasblasen, die für eine Weile den weitaus langsameren Metabolismus mit allem Lebensnotwendigen erhalten konnten. In fließendem Wasser war es möglich, sich ad infinitum auf Tauchstation zu halten, denn dort wurden neue Gasblasen herangespült, um die verbrauchten zu ersetzen, und das nicht-hydrogenisierte Wasser würde weggebracht. Allerdings hatte fließendes Wasser die Neigung, besonders kalt zu sein.

Die Vor- und Nachteile waren gemischt. Ihr Raumgeschmack würde durch die durch die strenge Rationierung des Wasserstoffs bedingte langsamere Metabolismus-Rate erheblich geschwächt, und das umschließende Wasser würde den Geschmack vollends lösen, und die sanfte Strömung würde sie davontragen, bis ihr genauer Standort so gut wie gar nicht zu übersehen war. Die Gefahr bestand, daß sie, wenn sie zu lange warteten, bis auf eine Stufe mangelhafter Funktion abgekühlt werden könnten. Derartiges war früher einmal jemandem aus ihrem Kreis widerfahren. Er hatte sich in kaltes Wasser gesenkt, um ein Fieber zu lindern, war dabei eingeschlafen und erwachte nicht mehr. Nun hatte er dort seinen neuen Lebensraum gefunden und vegetierte auf der Stufe eines Raubtiers dahin. Seine Vernunft hatte er verloren. Es war für die übrigen von ihnen eine bittere Lektion gewesen. Allerdings auch nur eine von vielen. *Frier dir nie die Düsen ein, für dein' Verstand würd's furchtbar sein!*

Heem erinnerte sich an eine Zeit zurück, als dreißig oder sogar mehr intelligente Artgenossen in Steilfall gelebt hatten. Nun waren nur noch vier von ihnen übrig.

Die Jahreszeit wurde jedoch etwas wärmer, und der Fluß wurde angenehmer. Heem fragte sich dabei, was wohl für den Wechsel der Jahreszeiten verantwortlich war. Das ganze Jahr hindurch strahlte die Sonne ihre Wärme zur Erde, doch in der kalten Jahreszeit schien sie aus einem anderen Winkel und hatte nicht soviel Kraft. Offenbar behinderte große Kälte die Sonne, deren Anwesenheit sie nur aus der Hitze der direkten Strahlung auf ihre Haut schließen konnten, doch möglicherweise war die unterschiedliche Bahn der Sonne für die jeweilige Jahreszeit verantwortlich – aber warum kam es dort zu einem Wechsel? Heem hatte sehr oft über dieses Rätsel nachgedacht, zu einer einleuchtenden Lösung war er jedoch bisher nicht gekommen. Die Antwort schien irgendwo anders als in diesem Tal verborgen zu sein, vielleicht sogar jenseits der Bergkette. Je mehr er die möglichen Folgen dieses Projektes durchdachte, desto besser gefiel es ihm. Sicher, dort lauerten Gefahren – aber ganz bestimmt gab es auch Informationen, Wissen. Da Ignoranz für den Tod der meisten seiner Gefährten – vor allem für das frühe schreckliche Massaker, ehe die dreißig, an die er sich erinnern konnte, aus dem Nebel der Anonymität aufstiegen – verantwortlich gewesen war, dürfte erweitertes Wissen jedes halbwegs tragbare Risiko wert sein.

Sie richteten sich an der betreffenden Stelle unter Wasser auf eine lange Wartezeit ein und hofften, daß das Monstrum bald erscheinen möge. Heem, von dem man wußte, daß er in der Nähe der Gefahr für eine unbestimmte Zeitspanne still und nachdenklich wurde, stellte fest, daß seine Gedanken sich mit fundamentalen Spekulationen beschäftigten. Wo waren er und seine Geschwister hergekommen? Woher wußten sie, wie sie sich untereinander verständigen sollten? Was war ihre letzte Bestimmung?

Die dritte Frage hatte eine klare und häßliche Antwort: Sie waren dazu bestimmt zu sterben. Die meisten waren bereits dieser Bestimmung gefolgt. Wahrscheinlich war die Flucht aus dem Tal die einzige Hoffnung, am Leben zu bleiben. Heem spürte seine eigene Sterblichkeit, das Anfangsstadium und die Unausweichlichkeit des Todes. Brachte es irgendwelche Vorteile, wenn man sich dagegen wehrte? Wenn nicht, warum hatte ausgerechnet er den Kampf dagegen aufgenommen?

Doch er verließ diese Denkrichtung. Er litt wohl schon unter der Wasserkälte, unter dem Zustand der Unbeweglichkeit. Er hob sein metabolisches Niveau leicht an und hoffte dabei, daß das intensivere Aroma, das ihn umgab, von seinen Gefährten nicht wahrgenommen würde. Vielleicht machten sie sogar das gleiche.

Nun wandte er sich einer anderen Frage zu. Kommunikation? Irgendwie hatten sie schon immer gewußt, wie sie sich Aroma zusprühten und zudüsten und nadelstrahlten, und sehr schnell lernten sie es auch, die verschiedenen Geschmacksnuancen als Informationsträger zu verstehen. Bestimmte Düfte und Geschmäcke transportierten bestimmte Dinge, wie es auch in der Natur üblich war. Süße bezeichnete Bekräftigung, Bitterkeit Ablehnung, Verneinung. Von diesem Ursprung aus entwickelten sich die Geschmacksarten zu immer komplexeren Definitionen und Erklärungen. Daß die Entwicklung in dieser Form ablief, schien in der Natur der Spezies zu liegen.

Wie sah ihre eigene Herkunft aus? Soweit er sich hatte überzeugen und versichern können, waren sie alle gleichzeitig im Tal erschienen. Sie alle waren von körperlichem Wuchs recht klein gewesen. Er wußte es deshalb, weil Landmarken, Felsen und derartige Dinge früher einmal groß erschienen, mittlerweile jedoch klein wirkten, so daß man berechtigterweise davon ausgehen konnte, daß es die Lebenden waren, die sich veränderten. Alle hatten von Anfang an für sich selbst sorgen können, und ihnen fehlte lediglich die aus Erfahrung geborene Vorsicht. Jeder hätte sich vor jeder der Gefahren, die sie heimgesucht hatten, schützen können, hätten sie damals schon über Heems derzeitiges Wissen verfügt. Ganz bestimmt waren sie in aller Unschuld von irgendwo gekommen – aber woher? Auf diese Frage gab es keine Antwort; dieser Zeitpunkt lag noch vor dem großen Beginn.

Es mußte einen festzulegenden Ursprung geben, entschied er. Intelligente Kreaturen tauchten nicht aus dem Nichts auf. Anderenfalls hätte es mehr Kreaturen von seiner Art gegeben. Das war nicht der Fall. Daher schien es so, als seien sie alle in einem einzigen Schöpfungsprozeß geschaffen worden. Oder sie waren alle an diesem Ort abgesetzt und ihrem eigenen Überlebenskampf überlassen worden. Heem fand die letztere Möglichkeit einleuchtender. Damit wäre eine Erklärung gefunden, was geschehen war, aber nicht warum. Warum sollte irgendwer oder irgendwas das alles getan haben?

Ganz gleich, von welcher Seite er das Problem durchdachte, Heem konnte mit keiner Erklärung, die ihm einleuchtete, hervorrollen. Was immer für diese Situation verantwortlich war, mußte absolut böse sein. Falls er je die Chance bekommen sollte, sich zu revanchieren ...

Das Monstrum näherte sich! Heem spürte die Schwingungen im Wasser, getrennt von den Schwingungen in der Luft, als das Ding sich niedersenkte. Die gewaltigen Wasserstrahlen schossen nach unten und bewirkten unangenehm starke Turbulenzen. Einzig Strahldüsen mit gewaltiger Kraft konnten derartige Reaktionen hervorrufen, und der Aufruhr im Wasserloch wurde immer stärker.

Heem hatte plötzlich Angst. Vorher hatte er seine Nervosität unterdrücken können, nun brach sie hervor und entlud sich in einem ziellosen Herumstrahlen. Sämtliche kleine Poren seiner Haut öffneten sich, und die Schließmuskeln seines Körpers preßten die Wasserreserven hinaus. Es war eine Panikreaktion, die nichts weiter bewirkte, als daß er seine lebenswichtige Fortbewegungsflüssigkeit vergeudete.

Mit Mühe sammelte er sich und spürte in diesem Moment das verschwimmende Aroma der Ausscheidungen seiner Gefährten. Auch sie hatten Flüssigkeit abgegeben, wenngleich das im Wasser eine höchst anomale Reaktion war. Das beruhigte ihn beträchtlich. Fast nachhaltig, daß er sofort weiterrollen und alles hinter sich bringen wollte.

Der Flachsegler kam zum Eintauchen viel schneller heran, als jede intelligente Kreatur es fertiggebracht hätte. Ehe Heem einen plausiblen Grund hätte nennen können, das ganze Projekt abzublasen, schnitt die mächtige Scheibe ins Wasser und segelte abwärts. Plötzlich wurde die Turbulenz furchtbar. Blasen tanzten so schnell und dicht nach oben, als sollte das Wasser in Schaum verwandelt werden. Heem wurde von dem Blasenstrom aus seiner Nische herausgesogen und ein kurzes Stück nach oben getragen. Für einen kurzen Moment trieb er mitten im Wirbel und gewahrte seine Gefährten in ähnlichen Schwierigkeiten, ehe er seine Position hielt und sich stabilisierte. Doch er erkannte auch, daß dies ein Glücksfall gewesen war, denn anderenfalls hätte er auch unter dem sich absenkenden Monstrum eingeklemmt werden können. Das Gewicht wäre dank des Wasserauftriebs sicher nicht allzu hoch gewesen, doch wenn das Monstrum sich Zeit ließ, dann wären die vier Fernreisenden so lange gefangen. Die Wärme des mächtigen Körpers verhinderte, daß die Körper der Wartenden zu schnell auskühlten, was ganz gut war, jedoch könnte der niedrige Wasserstoffgehalt seiner Ausscheidungen sie an den Rand des Erstickens bringen.

Der Segler trieb hinab zum Grund. Der Wirbel zog Heem auf die Kreatur zu und auf ihren Rücken. Dies war ein weiterer einzigartiger Glücksfall. Mit einem Minimum an Eigensteuerung konnte Heem auf der Rückenfläche der Scheibe landen. Seine Gefährten verfuhren genauso. Auf überraschend einfache Art und Weise hatten sie den ersten Schritt hin zu ihrem Ziel hinter sich gebracht.

Was jedoch noch zu tun blieb, schien wenig Aussicht auf Erfolg zu bieten. Es war eine Sache, sich eine Methode auszudenken, einen Flachsegler als Reittier zu benutzen; eine ganz andere Sache war es, diese Überlegungen in die Tat umzusetzen. Die vielen Unbekannten in dieser Gleichung erschienen mehr und mehr als unlösbare Probleme. Wie sollten sie es schaffen, sich auf dem Monstrum festzuhalten, wenn es sich zu heftig bewegte? Angenommen, die Kreatur reagierte nicht auf die Lenkversuche?

Der Segler ließ ihnen nur wenig Zeit zum Nachdenken. Seine Ansaugöffnungen befanden sich auf der Oberseite, und wenngleich die Kreatur nicht über die sensible Wahrnehmung der intelligenten Spezies verfügte, so blieb ihr in diesem Falle die Anwesenheit eines Fremdkörpers nicht verborgen. Erschreckt stieg er auf seinen Jetstrahlen nach oben, lediglich abgebremst durch den Wasserwiderstand. Der Wasserwirbel auf seiner Oberseite verstärkte sich, doch gleichzeitig wurden die blinden Passagiere vom Sog der Einlaßöffnungen an ihrem Platz festgehalten. Sie konnten nicht herunterrollen – wenigstens so lange nicht, wie der Metabolismus des Flachseglers aktiv war.

Der Flachsegler erhob sich aus dem Wasser und sprühte zusammenhanglos um sich. Vernunftbegabte sprühten nur, um zu kommunizieren, wobei sie zahlreiche feine Wasserstrahlen versprühten, die mit den entsprechenden informationsbergenden chemischen Nuancen versetzt waren. Dies war eine wirkungsvolle Kommunikationsmethode. War der Angesprochene für eine feine Sprühwolke zu weit entfernt, dann halfen sie sich mit einem entsprechenden Kommunikationsstrahl. Dabei bediente man sich immer dann derartiger einzelner Wasserstrahlen, wenn die Konversation persönlicher Natur war. Löste sich der Wasserrest von der Haut des Empfängers, so verflüchtigte sich die darin enthaltene Botschaft im Gemisch der durcheinanderwirbelnden Substanzen, und als einzige Information an die Umgebung blieb der Hinweis, daß ein vertrauliches Gespräch stattgefunden hatte. Demnach lag der Unterschied zwischen einer öffentlichen und einer privaten Unterhaltung in der Bündelung des Informationsstrahls. Besonders wichtige oder geheime Botschaften wurden unter Hochdruck genadelt, ebenso wie Beschimpfungen während eines Streits.

Heem hatte darüber nachgedacht, ob irgendwo noch ein besseres Kommunikationssystem existierte, und war zu dem Schluß gekommen, daß dies höchst unwahrscheinlich sei. Mehr noch, er war beinahe überzeugt, daß ein intelligenter Dialog sich auf keine andere Art und Weise führen ließe. Die Tatsache, daß kein Tier und keine Pflanze weder ein vernunftgesteuertes noch ein genau gezieltes Kommunikationsorgan besaß, bestätigte seine Ansicht. Vernunft und Sprache und empfindlicher Geschmack gehörten zusammen.

Dolch solche Mutmaßungen waren inmitten drohender Gefahr nicht am Platze! Wieder in der Luft fliegend, war der Segler sich seiner neuen Last nun völlig bewußt, und er schien dies überhaupt nicht zu mögen. Die vier Körper behinderten offenbar sein Ansaugvolumen, obwohl die Mehrzahl der durchlässigen Poren unbedeckt blieb. Das Monster stoppte seine Jets, um sie gleich darauf mit höchster Kraft wieder zu aktivieren, wodurch die Kreatur mit furchtbarer Wucht bockte.

Haam, der dem Rand am nächsten saß, verlor den Halt und rollte herab. Heem nahm die Sprühwolke von Haams verzweifeltem Hilferuf auf, denn sie befanden sich bereits hoch über der Oberfläche des Planeten. Ein Sturz aus dieser Höhe mußte tödlich sein. Die Denker von Steilfall waren um einen Gefährten weniger geworden und zählten nur noch drei.

Erneut erlebte Heem eine Woge des Mitgefühls, als würde er mit glühender Flüssigkeit übergossen. (So etwas war ihm einmal passiert, als er sich im Tal zu nahe an eine Heißwasserquelle herangewagt hatte. Zwei Gefährten waren damals hingeschieden, doch seine Verletzungen hatten sich als nicht so schlimm erwiesen. Es war dies lediglich eine weitere Erfahrung im Laufe seiner Ausbildung gewesen.) Wer war für Haams Untergang verantwortlich? Bestimmt nicht der Segler, der sich nur von der ungewohnten Last auf seinem Rücken befreien wollte. Und auch nicht Hiim oder Hoom oder Heem selbst, der nur versuchen wollte, aus diesem gefährlichen Tal herauszugelangen. Wer sonst war an dem Unglück schuld als jene geheimnisvolle Entität, die sie hier zurückgelassen hatte!

Unter dem Eindruck, seine Last losgeworden zu sein, beruhigte der Segler seinen Flug und schwebte flacher über das Land dahin. Selbst bei der großen Kraft seiner Jetdüsen konnte er sich nicht allzu lange in großer Höhe halten. Die beste Art der Fortbewegung war die dicht über Grund, so daß die abprallenden gasförmigen Ausscheidungen einen zusätzlichen Auftrieb bewirkten. Deshalb hatten sie die Gefahr nicht bedacht, der Haam zum Opfer gefallen war: den Sturz aus großer Höhe. Welche anderen unliebsamen Überraschungen mochten noch kommen?

Eine Sprühwolke traf auf Heems Haut auf, leicht verzerrt durch die an ihnen vorbeistreichende Luft. »Lenken!« lautete die Aufforderung der Wolke, nachdem Heem sie analysiert hatte. Der Ruf trug Hooms Identifikationsaroma.

Ach ja. Im Durcheinander des Aufsteigens und des Losfliegens hatte er vergessen, daß sie die Flugrichtung des Monsters kontrollieren wollten. Wäre dies tatsächlich möglich?

Nach einem kurzen Meinungsaustausch beschlossen sie, Hoom den ersten Versuch wagen zu lassen, da es schließlich seine Idee gewesen war. Hoom plattete sich ab, breitete sich aus, um mehr Einlaßöffnungen des Monsters zu bedecken, so daß die auf ihn wirkende und ihn festhaltende Saugkraft größer war. Dann gab er einen seiner Meinung nach schmerzhaften nadelscharfen Jetstrahl ab.

Die Reaktion erfolgte sofort und wunschgemäß. Der Segler schlug eine andere Richtung ein, genau wie sie es sich ausgedacht hatten, jedoch weitaus schneller und abrupter, als ihren Erwartungen entsprochen hätte. Hiim, völlig überrascht, wurde aus dem Bereich der Ansaugorgane gerissen und fiel vom Rücken der Kreatur. Er hatte noch nicht einmal die Zeit, seinen Hilfeschrei herauszusprühen, oder wenn es ihm gelang, dann verwehte der Schrei im Wind. Würde er den Sturz überleben? Möglich wäre es durchaus, je nachdem, wie der Untergrund beschaffen war, auf dem er landete, und wie heftig er aufschlug. Möglich war es, aber nicht wahrscheinlich. HydrOs hatten weiche Körper, die schon durch leichte Stöße zerstört wurden. Mehr als einer von Heems früheren Geschwistern hatte sich selbst vernichtet, indem er gegen Felsvorsprünge oder Steine geprallt war und sich über das Gelände ergoß.

Nun waren sie nur noch zu zweit. Heem und Hoom blieben oben, indem sie sich platt gegen die Ansaugzone preßten. Schon bald verlangsamte das Ungeheuer seinen Flug, zufrieden, daß es der Bedrohung hatte entfliehen können. Das Tier war wirklich sehr dumm.

Die beiden Reisenden entspannten sich etwas und betrachteten die umliegende Gegend. Sie bewegten sich durch die vermischten Geschmacksnuancen der Absonderungen der Bergpflanzen, und der allmählich abnehmende atmosphärische Druck verriet ihnen, daß sie aufstiegen. Die

Masse des sich vorwärtsbewegenden Seglers komprimierte die Luft, und Wellen dieser Kompression wurden von den Unregelmäßigkeiten der Landschaft zurückgeworfen. Kurz gesagt, sie hatten zusätzlich zum typischen Geschmack einen sehr guten Vibrationseindruck von der Gegend.

Heem bedauerte sehr, daß seine Freunde heruntergestürzt waren, jedoch er konnte nichts daran ändern. Es war eher wahrscheinlich, daß er das nächste Opfer war. Er hatte keine Ahnung, wie er, ohne Schaden zu nehmen, den Rücken des Monsters verlassen sollte – und nach dem, was passiert war, wollte er das auch gar nicht. Wenn er jetzt einen Rückzieher machte, dann waren all ihre Bemühungen und Opfer umsonst gewesen. Er mußte weitermachen und die andere Seite des Berges erschmecken.

Hoom war zu einer ähnlichen Schlußfolgerung gelangt. »Diese Kreatur können wir nicht behutsam abbremsen und zum Stehen bringen«, sprühte er. »Wir müssen auf unserem Platz bleiben und uns ihr anvertrauen, bis sie ermüdet.«

Heem jagte einen mittelscharfen Nadelstrahl in die Haut des Seglers. Das Monstrum änderte den Kurs und versuchte, vor dieser neuen Störung zu fliehen. Sie hatten fast so etwas wie eine Kontrolle über das Wesen.

»Hinauf, über den Berg«, sprühte Heem. »Wir müssen wissen – was dahinter liegt.«

Unabsichtlich ihre Wünsche befolgend, jagte der Flachsegler den Hang hinauf.

Heem erwachte schwitzend aus seinem Erinnerungstraum. Sein Körper war benetzt mit der Flüssigkeit aus seinen ziellos leckenden Düsen. Warum mußte er immer wieder an das Vergangene denken? Es war nicht nur ungesetzlich, es war auch ziemlich peinlich. Eine böse Vorahnung sagte ihm, daß er die Fortsetzung dieser Erinnerung schon bald erneut erleben würde, und er konnte nur hoffen, daß dies nicht in einem völlig falschen Augenblick geschah.

Nun hatte er eine viel dringendere Sorge. Immer noch

halb bewußtlos in seiner Akklimatisationskammer ruhend, überdachte Heem seine Lage. In seinem Erinnerungstraum war er aus der Eingeschlossenheit und der Gefahr seines Heimattales geflohen; zur Zeit war er noch immer auf der Flucht, allerdings auf eine etwas kompliziertere Art und Weise. Er hatte Schwierigkeiten mit den Gesetzorganen/dem Zoll und mußte schnellstens den Planeten verlassen. Das technologische Äquivalent eines Flachseglers war ein Raumschiff. Anstatt aus einem Tal zu fliehen, mußte er nun einen Planeten hinter sich lassen. Allein über seine besondere Mission konnte er an ein Schiff kommen. Deshalb hatte er sich zum Wirtsdienst gemeldet und sich dank seiner Herkunft und seines Werdegangs qualifizieren können. Dann hatte er die Transferkammer betreten, um seine Transferaura zu empfangen ...

Doch er hatte statt dessen einen heftigen auralen Schlag abbekommen. Allein seine Willenskraft hatte ihn hierherkommen lassen, ehe sein Bewußtsein schwand. Was war geschehen?

Er wußte, was *nicht* geschehen war. Er hatte seinen Transferer nicht aufnehmen können – und ohne eine fremde Aura wäre er für die Mission nicht qualifiziert und säße auf dem Planeten fest. Das bedeutete den Untergang.

Er verschwendete die Hälfte seiner Orientierungszeit, um sich alleine von dem Schock zu erholen. Niemals zuvor hatte er die bittere Frucht des Transferversagens so nachhaltig zu schmecken bekommen wie jetzt. Normalerweise kam ein Transferer entweder sicher und wohlbehalten bei seinem Wirt an, oder er federte zurück, wobei der Wirt davon nicht das geringste spürte. Die Tage des Kampfes zwischen Transferer und Wirt waren vorüber. Melodie von Mintaka aus dem fernen Segment Etamin hatte dafür gesorgt. Heute behielt die Wirtsentität stets die Kontrolle. Sie konnte sich der Transferidentität überlassen, konnte sie jedoch jederzeit wieder für sich beanspruchen. Der Transferer konnte seinen Wirt niemals ausschalten. Wie hatte ihn da der Vorgang des Transfers derart heftig treffen können?

War es vielleicht eine Folge seines Gebrechens? Ein weiterer Aspekt des Dings, das ihn seine Kampffähigkeit gekostet hatte? Dank seiner überaus scharfen und genauen Nadeldüsen war er einer der besten Kampfspezialisten seiner Art. Er war einer der wenigen, der davon ausgehen durfte, einen gesunden Squam im fairen Zweikampf besiegen zu können. Normalerweise konnte ein HydrO einen Erb schlagen, und ein Squam konnte einen HydrO besiegen und ein Erb einen Squam, womit in diesem Wirbel des Segments ein furchtbarer Kreis geschlossen war. Doch besonders herausragende Individuen konnten diesen Kreis durchbrechen, und Heem von Steilfall war einer von ihnen. Deshalb hatte er sich auch für diese Mission qualifiziert.

Die Mission wurde streng geheimgehalten, nicht der leiseste Geschmack, um was es sich dabei handelte, sickerte nach draußen. Jedoch ging das Gerücht um, daß der Planet Ggoff, in einem neutralen Seitenarm des Raumsegments gelegen, darin verwickelt war. Fünfzig oder mehr von den tausend Spezies von Tausendstern konnten auf dem Planeten Ggoff ohne technische Hilfsmittel leben und sich vermehren, jedoch gab es nur drei in hinreichend geringer Entfernung, so daß diese drei automatisch als mögliche Wirte in Frage kamen. Es waren die Erb, die Squam und die HydrOs.

Der Rest ließ sich durch logische Überlegungen zusammenreimen. Auf Ggoff gab es etwas, das praktisch jede Rasse im Segment für sich besitzen wollte, daher wurde, wie es im Segment der Brauch war, ein Wettkampf veranstaltet, da dessen Ausgang mehr Gewicht hatte als der Ausgang eines Krieges. Es konnte sich um eine besonders ergiebige Iridiummine handeln oder um eine gezielt einsetzbare mutationsinduzierende Chemikalie oder um eine überlegene und nützliche Vegetationsart. Die Regeln waren so oder so dieselben. Wettkämpfe waren im Segment die Hauptquelle für Unterhaltung und Zerstreuung, und die Tatsache, daß ein solcher Wettkampf kurz bevorstand, ließ eine Woge der Erregung durch die in der Nähe gelegenen Systeme gehen. Es war Heems Glück gewesen, daß ein Wettstreit, bei dem HydrOs als Wirte gebraucht wurden, ausgerechnet zu diesem Zeitpunkt stattfinden sollte. Ohne diese Aussicht, den Planeten verlassen zu können, hätte er ganz schön in der Klemme gesteckt.

Natürlich hatte er seinem Glück tatkräftig nachgeholfen. So hatte er sich dauernd versteckt gehalten und dabei nach Möglichkeiten des Verschwindens Ausschau gehalten, und hatte währenddessen dafür gesorgt, daß kein Hinweis auf seine eingeschränkte Funktionsfähigkeit Eingang in die Personalkartei der Verwaltung fand. Mit der Meldung für den Wettkampf hatte er bis zum letzten Mini-Chronosprüh gewartet, so daß keine Zeit mehr blieb, ihn eingehend zu überprüfen und ihm gegebenenfalls die Teilnahme zu verbieten.

»Bereithalten für Information über die Mission und Verifikation des Transfers«, sprühte die Kammer.

So schnell schon! Der Schlag hate auch seinen Zeitsinn durcheinandergebracht. Ihm fehlte nicht nur ein Transferer, er hatte auch keine Ahnung, wie er nun weiter verfahren sollte.

Nur eines war sicher: er mußte sich irgendwie in den Wettkampf hineinschwindeln. Denn er brauchte ein Raumschiff. Schließlich konnte er den Planeten nicht mit Hilfe seiner eigenen Düsen verlassen.

Die Wettkampfteilnehmer strebten zum Ort des Indoktrinationstreffens. Heem verließ seine Kammer und schloß sich der Schlange an. Die Fortbewegungsflüssigkeit der Gruppenwanderung spülte über den Boden, während jedes Individuum auf seinen Rolldüsen vorwärtsglitt, und ergab eine Mischung, aus der sich niemand der Anwesenden speziell herausidentifizieren ließ. Das war günstig. Heem hatte keine Lust, mit jemandem zusammenzutreffen, der ihn kannte.

Doch würde ein solches Durcheinander ihm auch nicht helfen, den Transfer-Test zu bestehen. Dort blieb niemand anonym. In dem Moment, in dem man entdeckte, daß er keinen Transferer hatte, würde er für den Wettkampf gesperrt – und den örtlichen Gesetzesvertretern überantwortet. Er mußte diesen Berg überwinden, sonst ging er im Tal unter.

Der Gang mündete in eine Versammlungshalle. Die HydrO-Wirte breiteten sich aus und besetzten Einbuchtungen im Boden, die mit einem bestimmten Geschmack versehen waren. Heem fand seinen Geschmack in Einbuchtung 39 und nahm seinen Platz ein genau wie ein rechtmäßiger Wirt. Er konnte von Glück sagen, daß die Unterrichtung vor der zweiten Überprüfung erfolgte. Dadurch hatte er einen Minisprüh mehr Zeit, über seine Lage nachzudenken. Er mußte sich einen Weg überlegen, wie er den Segler aus dem Tal herauslenken und den Transferer-Test umgehen könnte.

Das effiziente, in der Decke installierte öffentliche Informationssprühsystem lieferte weitere Erklärungen. Die mechanisch geschmacksgefärbte Sprühwolke wallte herab wie die Ausscheidungen eines Flachseglers, heiser und kaum zu verstehen.

Heems nächster Nachbar, Nummer 38, spritzte ihm einen halblauten Seufzer zu: »Warum zum Teufel können die nicht ihre verstopften Röhren durchblasen? Da trocknet einem ja die Haut aus!«

Heem antwortete mit einem Zustimmungsspritzer, doch seine Gedanken weilten woanders. Wie konnte er den Kontrollpunkt ohne eine Transfer-Aura überwinden? Das Personal könnte er vielleicht überlisten, indem er behauptete, er würde für seinen Lenker sprühen. Doch die Maschine, die die Aura-Struktur-Analyse vornahm, ließ sich nicht hinters Licht führen.

»WÄHREND DIESER (UNVERSTÄNDLICH) LAGEBESPRECHUNG WERDEN SIE DER REIHE NACH (UNVERSTÄNDLICH)!« verkündete der Sprühnebel.

»Soll ich die Lücken ausfüllen?« erkundigte 38 sich giftig. »Während dieser beschissenen Lagebesprechung werden Sie der Reihe nach zerlegt.«

Heem leistete sich einen Lachspritzer. HydrOs hatten keine Gliedmaßen, konnten also auch nicht zerlegt werden, also war diese Bemerkung entweder eine rätselhaft obszöne Anspielung oder sie entsprang einem Bild, das aus dem Bewußtsein des 38er-Transferers stammte, der durchaus einer

Gliedmaßen besitzenden Rasse angehören konnte. Auf jeden Fall war die Übersetzung nicht dumm.

Könnte Heem die Verwirrung, die durch die Störung des Informationssprühsystems verursacht wurde, unter Umständen zu seinem Vorteil nutzen? Unwahrscheinlich; die Maschinen kümmerten sich nicht um Kommunikationsqualität, sondern nur um Auren.

»Im großen und ganzen sieht der Wettkampf folgendermaßen aus«, fuhr das Informationssprühsystem fort, senkte dabei die Lautstärke und wurde zunehmend verständlicher. Der Sprühnebel hatte zuviel Wasser enthalten. Maschinen wurden fast immer im Verlauf ihres Vortrags verständlicher, indem sie sich von Restflüssigkeiten und Verunreinigungen freisprühten. »Namentlich aufgerufene dreihundertdreiunddreißig Wirt-Transfer-Einheiten aus drei physisch unterschiedlichen Rassen werden sich einzeln zum Raumhafen begeben, wo sechsundsechzig Einzelraumschiffe auf ihre Besatzung warten.«

»Sechsundsechzig!« sprühte 38. »Das ist doch nur ein Schiff für jeden fünften von uns!«

Einer von fünf. So sah also der Wettstreit aus, mit vorher eingerichteten Eliminationshindernissen. Das machte Heems Lage noch ernster. Er hatte angenommen, daß alle qualifizierten HydrO-Teilnehmer ihre Raumschiffe bekamen und sich auf dem Planeten Ggoff trafen, um mit dem Wettkampf zu beginnen. Doch nun sah es so aus, als würde der Wettstreit bereits mit einem Kampf um die Schiffe anfangen.

Er konnte sich nicht das geringste Zögern leisten, denn nur die ersten, die die Schiffe erreichten, würden den ersten Schnitt machen. Hatte er erst einmal den Planeten hinter sich, dann war es nicht so wichtig, ob er auch den zweiten Schnitt schaffte. Er wäre erst einmal frei und konnte sich aussuchen, wie er weitermachte. Im Augenblick hieß es handeln – und zwar schnell. Dabei konnte er nicht einfach seinen Platz verlassen und zum Raumhafen rollen. Um einem solchen Schritt vorzubeugen, hatte man sicherlich Wächter aufgestellt.

»Zur gleichen Zeit findet der Start an den entsprechenden Stellen in den Kolonien Squam und Erb statt«, fuhr das öffentliche Sprühsystem fort. »Die Gesamtzahl der Schiffe beträgt zweihundert, gleichmäßig unter die drei Wirtsgruppen aufgeteilt. Diejenigen, die ein Schiff für sich ergattern können, werden zu einem Planeten fliegen, der in die Steuerung der Schiffe einprogrammiert wurde. Die genaue Route kann innerhalb gewisser Grenzen von den Lenkern der Schiffe geändert werden. Einige werden eher am Ziel ankommen als andere. Am Landepunkt gibt es fünfzig Ein-Mann-Traktoren, um eine weitere Auslese zu treffen.«

»Einer von vier!« spritzte 38. »Das hieße, daß nur jeder zwanzigste am Zielort landen darf.«

»Ehe das Rennen beendet ist, wird eine Quote von eins zu tausend erreicht sein«, nadelte Heem nervös. »Das ist der Sinn der Sache.«

»Schauer, das stimmt«, stellte 38 überrascht fest.

Doch der Informationsnebel versiegte nicht. »Auf dem Planeten werden Sie so schnell wie möglich den Zielort aufsuchen. Die Traktoren müssen auf dem Weg einmal aufgetankt werden. Treibstoff steht in begrenzter Menge an bestimmten Punkten zur Verfügung. Wir gehen davon aus, daß nur zehn Traktoren das Ziel erreichen, vielleicht weniger, vielleicht überhaupt keiner.«

»Dann wird der Kampf erst richtig hart«, nadelte 38.

»Warum lassen Sie Ihren Transferer nicht für eine Weile die Düsen übernehmen?« nadelte Heem zurück. »Damit er sich fitmachen kann.«

Das verschlug seinem geschwätzigen Nachbarn den Geschmack. Keiner von den Wirten wollte die Identität seines Transferers preisgeben. Wenn bekannt würde, wer welchen Stern repräsentierte, könnten die Fähigkeiten des jeweiligen Gegners eingeschätzt werden, und das wäre zu seinem Nachteil. Zum Beispiel waren die Bürger des Systems Mebr glasartige Kreaturen, die in ihrer natürlichen Gestalt sehr zerbrechlich waren. Sie scheuten sich vor felsigem Terrain, selbst dann, wenn sie Wirte besetzten, die nicht zerbrochen werden konnten, wie die HydrOs. Wenn Heem gegen einen Mebr kämpfen sollte, dann würde er ihn in eine Felsschlucht drängen. Wenn er jedoch annahm, er hätte es mit einem Mebr zu tun, und wählte deshalb die felsige Route zum Ziel, und es stellte sich heraus, daß er einem mineralfressenden Tuvn gegenüberstand, wäre Heem der Benachteiligte. Tuvns lebten in felsiger Umgebung richtig auf und entwikkelten in diesem Gelände ihre besten Fähigkeiten. Ein HydrO würde im direkten Wettstreit mit einer solchen Kreatur so gut wie sicher vernichtet werden. Daher fing der Wettkampf bereits mit der Überlegung an, mit welchem Rivalen man es zu tun bekam. Und 38 hatte bereits einen Hinweis auf die Natur seines Transferers gegeben.

Heem selbst brauchte in dieser Richtung nichts zu befürchten. Niemand konnte hinsichtlich der Eigenschaften seines Transferers irgendwelche Rückschlüsse ziehen – denn er hatte keinen. Das war die beste Versicherung überhaupt.

»Swoon von Süßsumpf, melden Sie sich zur Verifikation«, wehte ein Geschmack durch den Raum. Heem war irritiert; persönliche Aufrufe sollten durchgegeben werden, ohne von anderen aufgenommen zu werden. Das Informationssprühsystem ergoß sich über alle Anwesenden, jedoch sollten Punktspritzer streng persönlich bleiben.

»Irgendwelche Fragen?« wallte die Frage aus den Sprühdosen. Dann, nach einer kurzen Pause: »Uns gingen verschiedene Fragen zu, die wir der Reihe nach beantworten wollen. Erstens: Welches Ziel hat der Wettkampf? Antwort: Diese Information ist geheim. Sie werden über den Zweck des Wettstreits während Ihres Fluges zum Zielplaneten unterrichtet.«

Nun fing Heem von der einen Seite einen Spritzer und von der anderen einen Hauch auf. »Wahrscheinlich sollen wir in irgendeiner Wildnis Jagd auf intelligente Flachsegler machen.« – »Swoon von Süßsumpf, Nummer 40, melden Sie sich zur Verifikation. Zweiter Nadelstrahl.«

Warum meldete Swoon von Süßsumpf sich nicht? Er

mußte damit rechnen, daß er aus dem Wettbewerb ausschied, ehe dieser überhaupt begonnen hatte. Seinem Transferer-Stern würde das überhaupt nicht gefallen! »Süßsumpf, roll deinen Wanst endlich rüber!« strahlte Heem seinen tölpelhaften Nachbarn an.

Er bekam keine Antwort. Heem war versucht, Swoon auffliegen zu lassen, entschied jedoch, ihm noch eine Chance zu geben. Er verließ seinen Platz und rollte die kurze Entfernung zur nächsten Einbuchtung, um den unaufmerksamen HydrO aufzuscheuchen – und fand den Platz leer vor.

Kein Wunder, daß Swoon nicht auf den Aufruf reagiert hatte! Swoon hielt sich nicht an seinem zugewiesenen Platz auf. Wahrscheinlich hatte er einiges durcheinandergebracht und sich an einer falschen Stelle niedergelassen, in Loch 4 oder 400 anstatt in 40. Das war reichlich dumm. Klar, ein dummer HydrO wäre auch ein schlechter Wirt und würde schon bald aus dem Wettkampf ausscheiden, demnach machte es sowieso keinen wesentlichen Unterschied. Nur einer unter tausend kam weiter, und je eher die Versager eliminiert wurden, desto besser für die, die echte Chancen zum Weiterkommen hatten.

Außer daß Heem selbst, wenngleich nicht gerade dumm, wahrscheinlich genauso schnell wie Swoon aus der Konkurrenz flog. Denn es schien keine Möglichkeit zu geben, sich am Transferer-Test vorbeizuschwindeln. Welch eine Ironie des Schicksals, daß ausgerechnet er, der, wie alle wußten, der wohl beste und fähigste Wirt war, auf Grund einer Transfer-Panne würde ausscheiden müssen. Wäre er an Swoons Stelle gewesen, so hätte er seine Chance nicht so leichtfertig vertan!

»Swoon von Süßsumpf. Dritter Nadelstrahl. Melden Sie sich zur Verifikation oder Sie scheiden aus.«

Plötzlich verließ Heem seinen Platz und rollte vor. Er hatte eine Idee, witterte die Ahnung eines Geschmacks von einer Chance, doch wenn es klappte ...

Er rollte in die nächstgelegene Verifikationsnische.

»Swoon von Süßsumpf meldet sich wie befohlen zur Stelle«, spritzte er.

»Übergeben Sie an Ihren Transferer«, befahl die Nische unpersönlich.

»Transferer hat Priorität«, spritzte Heem nach einer kurzen Pause. Er ließ den Spritzer absichtlich schlaff und ungenau ausfallen, als wäre er von einem fremden Bewußtsein abgegeben worden.

»Nennen Sie Ihren Heimatstern, Transferer.«

»Das werde ich nicht!« spritzte Heem seine Antwort und verfehlte beinahe in seiner gespielten Unbeholfenheit die Rezeptor-Fläche der Nische. »Ich werde meine Herkunft und meine Natur Ihrer Regierung nicht preisgeben. Bedienen Sie sich Ihres vorprogrammierten Aura-Cross-Checks. Das ist alles, was Ihnen gestattet ist.«

Das raffinierte an dieser Taktik war, daß Heem, sollte die Maschine nicht einwandfrei funktionieren, die Verifikation heil überstehen würde. Doch sollte, was viel wahrscheinlicher war, die Maschine bemerken, daß dieser Körper nur von einer einzigen Aura besetzt wurde, so würde Swoon von Süßsumpf und nicht Heem von Steilfall disqualifiziert. Auf diese Weise konnte er sein Glück versuchen und dabei verlieren, ohne am Ende für sein Scheitern bezahlen zu müssen. Natürlich müßte er dann immer noch über einen Weg nachdenken, wie er die Maschine überlisten könnte, jedoch würde er sich erst dann mit diesem Problem befassen, wenn es an der Zeit war. Vielleicht verfügte man gar nicht über Aura-Muster. Möglich, daß man sich auf die Selbstidentifikation verließ. Falls er also vorgeben konnte ...

»Sie sind Heem von Steilfall«, stichstrahlte die Nische. »Was wollen Sie darstellen?«

Der Geschmack des Erfolgs verflog. Sie hatten seine Aura überprüft und ihn erwischt. Nun blieb ihm nichts anderes, als zu improvisieren. »Swoons Name wurde aufgerufen, und er war nicht da, deshalb versuchte ich, für ihn einzuspringen, damit er nicht vorzeitig eliminiert würde.«

»Sind Sie mit Swoon befreundet?«

»Zweifellos.« Die Wahrheit zu gestehen, konnte er sich auf keinen Fall leisten. »Natürlich kämpfen wir gegeneinander – das heißt, unsere Transferer –, doch in diesem frühen Stadium helfen wir uns gegenseitig. Man weiß ja, wie das ist.« Doch ihm war klar, daß die Maschine *nicht* wußte, wie das war.

»Sie lügen, Heem. Ihnen war nicht bewußt, daß Swoon weiblich ist.«

Das war kein Maschinenstrahl! Dieser unsichtbare Fragesteller war einfach zu clever und führte ihn aufs Glatteis. Doch Heem gab nicht auf und kämpfte mit dem Mut der Verzweiflung. »Daher habe ich versucht, mich verwandeln zu lassen, ehe ich an die Reihe kam. Mein Transferer möchte diesen Wettkampf gewinnen – für seinen Stern, versteht sich.«

Die Nische stieß einen Nebel heftigen Unmuts aus. »Für *seinen* Stern? Unwahrscheinlich!«

Irgend etwas stimmte hier nicht. Alle HydrOs waren lediglich Wirte für die Repräsentanten der tausend Sterne. Warum sollte seine Bestätigung des Offensichtlichen so spaßig sein – es sei denn, der Fragesteller wußte, daß er keinen Transferer hatte? Warum sollte er in diesem Fall den Dialog überhaupt fortsetzen? Sie sollten ihn einfach hinausrollen. Daher wartete Heem ab, ohne zu antworten, wußte er doch, daß sie ihn erwischt hatten – und daß sie mit ihm etwas anderes im Sinn hatten. Er wußte außerdem, daß bei jedem Wettstreit im Segment Politik eine große Rolle spielte, und möglicherweise erhielt er gerade in diesem Moment eine Kostprobe davon.

»Sie wissen doch, daß bei dieser Aktion drei Rassen als Wirte dienen«, spritzte die Nische. »Rund ein Drittel der tausend sind HydrOs. Sie alle sind fähige, gesunde, aufgeweckte Exemplare, empfohlen von der Gemeinschaft der Wirte. Dummheit gibt es dort nicht. Allerdings eine Ausnahme. Für den Wettbewerb wird niemand zugelassen, der mit dem Gesetz in Konflikt geraten ist.«

Aha, jetzt hatten sie ihn auch gleich richtig erwischt!

»Natürlich sind Sie diese Ausnahme«, fuhr die Nische fort. »Sie werden draußen von den Gesetzorganen erwartet. Ihnen fehlt die Empfehlung der Gemeinschaft der Wirte. Ihre gesamte Laufbahn läßt auf eine skrupellose und trickreiche Persönlichkeit schließen. Sie verfügen über eine hohe Geschicklichkeit im Kampf, die höchst verdächtig ist. Auf legale Weise haben Sie sich diese Fähigkeiten nicht aneignen können. Sie haben bei der Bewerbung zur Teilnahme an diesem Wettstreit falsche Angaben gemacht. Alles in allem sind Sie eine ehrlose Entität.«

»Sie waren sich dessen bewußt, als Sie meine Teilnahme zuließen?« erkundigte Heem sich überrascht.

»Es war Ihre wesentliche Empfehlung.«

Das wurde ja immer verrückter! »Ich bin nicht sicher, ob ich Sie richtig verstehe.«

»Ein paar erklärende Bemerkungen, Heem. Sie wissen, daß etwa eintausend Bewerber an diesem Wettstreit teilnehmen. Sie vertreten drei Wirtsrassen, wobei der vertretene Stern durch die Transfer-Entität festgelegt wird.«

»Das weiß ich«, nadelstrahlte Heem nervös. Warum wiederholte man ihm diese Grundinformation? Hatten sie seinen Transfer gezielt sabotiert, um ihn zu bestrafen?

»Aber diese drei Wirtsrassen – was ist mit ihren Transferern?«

»Für die gilt dasselbe«, sprühte Heem. »Sie transferen in eine andere Entität derselben Spezies, um als Repräsentant in Erscheinung zu treten. Zwei Geister sind immer noch besser als einer, wenn ihre besonderen Begabungen sich ergänzen.«

»Oder man benutzt den Wirt als Repräsentanten und transfert in einen fremden Experten.«

Heem erwog diesen Aspekt. »Das wäre eine einmalige Kombination! Wenn man einen abtrünnigen Squam in einen tonangebenden HydrO-Wirt springen ließe, wäre diese Paarung ein fähiger Gegner sowohl für Squams als auch für HydrOs.«

»Genau. Die Siegchancen einer solchen Kombination würden sich von eins zu tausend auf eins zu hundert verbessern. Je nach Kombination könnte es sogar noch günstiger aussehen.«

»Dennoch, eins zu hundert ist immer noch ein ziemlich ungünstiges Verhältnis. Jeder von den tausend Teilnehmern an dem Wettstreit könnte sich eine solche Chance verschaffen, indem er sich irgendwelcher Tricks bediente.«

»Nein, bei einem Segment-Wettkampf gibt es keine Tricks«, spritzte der Fragesteller hastig. »Das hätte zur Folge, daß jeder errungene Sieg sofort annulliert würde.«

»Trotzdem wäre es ziemlich schwierig, alles genau unter Kontrolle zu behalten«, meinte Heem, der von der theoretischen Situation fasziniert war. »Dieser ganze Kampf ist im Grunde nichts anderes als ein Wettrennen, und ich selbst habe an genügend solcher Wettrennen teilgenommen, um zu wissen, daß der Sieger nur selten mit sauberen Methoden zum Erfolg kommt.« Er erinnerte sich daran, wie Hoom ihm mit seinen Nadelstrahlen zugesetzt hatte, damals, in seiner Jugend in Steilfall. Seine Erfahrungen im späteren Leben hatten ihm bewiesen, daß dies ein typischer Vorgang war. Die mit Skrupel Behafteten gingen nur selten als erste durchs Ziel.

»Sie sind ein ganz hervorragender Wettläufer«, nadelstrahlte der Fragesteller eine Bemerkung. »Das ergab sich aus Ihrem Persönlichkeitsprofil.«

»Wollen Sie damit andeuten, ich bediente mich unsauberer Mittel?«

»Das Wettkampfgericht läßt keine unfairen Individuen zum Wettstreit zu. Wir brauchen lediglich einen möglichst fähigen Repräsentanten mit unbedingtem Willen zum Erfolg. Natürlich werden wir keinen Beweis für einen Betrug durchgehen lassen, doch da es für den Stern HydrO überaus peinlich wäre, einen Sieger mit dubioser Vergangenheit zu stellen, wurden Ihre früheren Aktivitäten aus den Datenbanken gestrichen. Sie sind jetzt vollkommen sauber.«

Nun begann Heem allmählich zu begreifen. »Sie wollen

mich als Repräsentanten des Sterns HydrO am Wettbewerb teilnehmen lassen?«

»Ich nahm an, das wäre klar. Sicherlich haben Sie längst erkannt, daß Ihr Transferer von außerhalb des Segments stammt, wenngleich Sie diese Information bestens zu verschleiern wußten.«

Von außerhalb des Segments? Heem verfolgte diese Frage vorerst nicht eingehender. »Und wenn es mir nicht gelingt, das Risiko zu überstehen ...«

»Es ist möglich, daß man einen Schreibfehler findet, wodurch die Amnestie Ihrer Taten rückgängig gemacht würde, und schon unterliegen Sie wieder der Rechtssprechung des Systems.«

Nun war der Geschmack deutlicher auszumachen. »Und falls es passieren sollte – ich führe dies nur als ein weithergeholtes Beispiel an –, daß ich bei der Anwendung unsauberer Methoden vom Kampfgericht erwischt würde ...«

»Das Wettkampfgericht würde nach eigenem Gutdünken mit Ihnen verfahren ... Ein solches Verhalten würden wir bestimmt nicht unterstützen.«

Dann war er zu dem Wettkampf also nur wegen seiner Personaldaten zugelassen worden, und man erwartete von ihm, daß er seine raffinierten Fähigkeiten dazu einsetzte, für den Stern HydrO zu siegen, ohne sich dabei erwischen zu lassen ... Offensichtlich hatte man ihm eine Belohnung versprochen: Ruhm, Ehre und saubere Personaldaten, wenn er siegte, ohne sich eines sichtbaren Fouls schuldig zu machen. Versagte er aber oder kam es noch schlimmer, so drohte ihm Gefängnis.

»Ich denke, ich beurteile die Situation jetzt richtig«, strahlte er gedämpft.

»Das würde uns richtig freuen, Heem.«

»Aber sehr viel hängt vom Transferer ab.« Es schien nichts dagegen zu sprechen, ihnen jetzt von seinem Mißerfolg zu berichten. Sie würden ihn wieder in die Maschine stecken und sich versichern, daß diesmal der Transfer auch wirklich vollzogen wurde, wenigstens für diesmal.

»Unterschätzen Sie Ihren Transferer nicht«, strahlte der Alkoven ab. »Er ist ein hochtrainierter und auf Erfolg programmierter Solarier aus dem Segment Etamin, der bei der Lösung und Aufstellung von Rätseln und in Wettkampf-Strategie ein As ist. Wir schätzen, daß seine Anwesenheit Sie in Ihren Fähigkeiten vervierfachen wird. Und das auch, was die Chancen zum Erfolg angeht. Zur Zeit sollten Sie eine Sieg-Chance von eins zu fünfundzwanzig haben – und wahrscheinlich wird sich diese Chance noch verbessern.«

Indem er sich einen Betrug leistete. Ja, das könnte er wirklich schaffen. Er kannte tatsächlich eine Menge kleiner Tricks in diesem Gewerbe, die man so leicht nicht nachweisen konnte. »Es gibt da noch ein Problem ...«

»Wir sehen ein, daß es anfangs sehr schwierig ist, mit einem völlig fremden Geist in Kontakt zu treten, und die Solarier sind genauso fremd wie alle möglichen anderen Rassen in der Galaxis«, nadelstrahlte die Nische. »Aus demselben Grund wird die Strategie, nach der diese Entität vorgeht, für die Wettkampfteilnehmer Ihres Segments Tausendstern völlig unverständlich sein. Man muß lernen, diese Fremden in irgendeiner Form zu seinem Vorteil einzusetzen ...«

»Verifikation ist abgeschlossen bis auf die, die ausgeschieden sind«, verkündete die öffentliche Nachrichtendüse. »Vorbereiten auf Fortsetzung des Wettstreits.«

»Aber für diese erste Stufe ist Ihr eigenes fachmännisches Urteil am besten«, beendete die Nische eilig ihre Ansprache. »Und jetzt nichts wie zurück in Ihre Mulde, damit der Wettkampf weitergehen kann. Laßt uns nicht im Stich, und wir werden euch auch nicht austricksen.«

Ein ziemlich direkter Wink! »Ich versuche, Ihnen zuzunadeln, daß Ihr fremder solarischer Transfer niemals ...«

»Wenn Sie die Einführungserklärung versäumen, dann werden Sie sich wohl kaum ein Schiff sichern können.«

Heem wurde sich darüber klar, daß ein fremder Transferer von den örtlichen Gewohnheiten wenig Ahnung haben würde, also in diesem ersten Stadium des Wettkampfes keine große Hilfe darstellte. Was konnte ein Solarier von Etamin überhaupt in der Sphäre des Sterns HydrO anfangen? Er brauchte den solarischen Experten nicht. Nicht um den Planeten zu verlassen. Wenn er erst einmal ein Raumschiff für sich hatte, dann brauchte er den Solarier sowieso nicht mehr. Wenn er sich aus dem Wettkampf herausspülte, konnte er sich anderswo niederlassen, überall außer an dieser Stelle, und niemand würde sich die Mühe machen, ihn zu suchen. Also was sollte es ihm schon ausmachen, wenn sein Transfer fehlschlug? Ohne einen fremden Geist in seiner Hülle, ohne daß Segment-Interessen berührt waren, sah er sich allein auf sich gestellt. So hatte er es auch am liebsten.

Doch er trödelte herum, verschwendete wertvolle Zeit. Heem rollte schnellstens zu der ihm zugewiesenen Mulde. Er sollte froh sein, daß sie sich so eingehend mit ihrer Cleverness beschäftigten, die sie bei der Kontrolle über ihn an den Tag legten, daß sie glatt vergessen hatten, seine Transferer-Aura zu überprüfen. Möglich, daß ihm der Versuch, Swoon von Süßsumpfs Identität zu übernehmen, sogar im Versagen noch genutzt hatte. Der anonyme Fragesteller hatte sich selbst aufs Glatteis geführt. Die Kampfrichter konnten Heem nicht bestrafen; sie hatten noch nicht einmal die Illusion einer Kontrolle über ihn.

Heem erreichte seine Mulde und bettete sich hinein.

»Anstieg ist korrekt«, verkündete die Informationsdüse. »Biim von Breitsee wird der Schlüssel zum sechsten Schiff übergeben.«

Da war ein Gewinner – offensichtlich die Nummer sechs. Heem hatte in der kurzen Zeit, die er sich verspätet hatte, fünf erfolgreiche Antworten versäumt, und er hatte nicht die geringste Vorstellung, welche Art von Schema sich entwikkelte. Das brachte ihn in eine überaus ungünstige Lage und verminderte seine Erfolgschancen erheblich. Jeden Moment konnte er ausscheiden, ehe er richtig begonnen hatte. Das konnte er sich nicht leisten.

»Sie sind wieder da«, stellte sein Nachbar fest. Nicht die

geschwätzige 38, die sich nun auf den Wettbewerb konzentrierte, sondern diejenige, die vorher gefehlt hatte. Nummer 40, Swoon von Süßsumpf. Die Weibliche, deren Rolle er zu spielen versucht hatte, die sich nicht gemeldet hatte, als sie zur Verifikation gerufen worden war.

»Niedergang ist falsch«, verkündete das Sprühsystem. »Maan von Regenquell ist disqualifiziert.« Eine kurze Pause trat ein, dann: »Hart ist falsch. Weich ist falsch. Kreep von Königsee und Toot von Tanggischt sind eliminiert. Bitte entfernen Sie sich umgehend.«

Dann war ›Aufstieg‹ also ein Gewinner, während ›Niedergang‹ und ›weich‹ verloren. Noch reichten diese Informationen nicht aus, so daß er danach eine Methode hätte entwickeln können. Er mußte sich eine Übersicht über die vorherigen Gewinner und Verlierer verschaffen, so daß er mit gleichen Voraussetzungen in die Konkurrenz einsteigen konnte.

»Swoon, könnten Sie mir vielleicht eine Zusammenfassung des bisher geschehenen ...«

Ihr Nadelstrahl traf seine Haut, ehe er den Satz beenden konnte. »Sie haben meine Verifikation gestohlen! Jetzt kann ich mich nicht mehr beteiligen!«

»Dreist ist falsch«, sagte das öffentliche Sprühsystem an. »Deeb von Tiefsee scheidet aus.«

»Ich habe Ihre Verifikation nicht gestohlen!« protestierte Heem.

»Doch, das haben Sie!« konterte sie wütend mit einem vor Erregung warmen Nadelstrahl. In ihren Ausscheidungen lag so ein gewisses weibliches Aroma, das unter anderen Umständen sicher nicht ohne Reiz gewesen wäre. »Fuun hat mir verraten, daß Sie beim Aufrufen der einzelnen Wettbewerbsteilnehmer an meiner Stelle vorgerollt sind.«

Fuun mußte dann die geschwätzige 38 auf der anderen Seite sein. Verfluchter Wasserfall! »Ich habe Sie nur decken wollen. Aber man hat mich sofort entlarvt und meine richtige Identität festgestellt. Ihre Qualifikation ist dadurch in keiner Weise beeinträchtigt worden.« Trotzdem, wenn sie an der Verifikation nicht teilgenommen hatte, dann war sie durch ihr eigenes Verschulden eliminiert worden.

»Freude ist falsch«, wallte aus den öffentlichen Sprühdüsen herab. »Haav von Lebenssaft darf sich entfernen.«

»Ich glaube Ihnen nicht«, düste Swoon, doch in ihrer Reaktion lag eine winzige Spur Zweifel. »Ich wurde durch eine defekte Tür in meiner Kammer aufgehalten und kam hier erst an, als die Aufzählung der Begriffe bereits im Gange war.«

»Dann haben Sie bisher noch nichts falsch gemacht. Suchen Sie schnellstens die Verifikationskammer auf«, drängte Heem. »Noch ist es nicht zu spät.« Zumindest hoffte er das. »Doch geben Sie mir erst die gewünschten Informationen.«

»Dicht ist falsch«, kam es aus den Düsen. »Poon von Pfützenschön hat sich herausgewaschen.«

Sie zögerte, dann faßte sie einen Entschluß. »Ich werde Ihnen die Daten mitteilen – nachdem ich mich für den Wettkampf qualifiziert habe. Wenn Sie also vorhaben sollten, mich ein zweites Mal zu betrügen ...«

Heem ging auf diese Bemerkung gar nicht erst ein. »Erklären Sie denen, daß Heem von Steilfall Sie hingerollt hat. Beeilen Sie sich.«

Sie rollte eilig aus ihrer Mulde, denn sie war mindestens ebenso entschlossen wie er, ein Raumschiff zu ergattern.

Eine Pause trat ein. Sechs Mitbewerber waren nacheinander ausgeschieden, daher wurden die übrigen vorsichtiger. Hatte ein Konkurrent sich zu einem Versuch entschlossen, dann war er entweder ein Sieger oder ein Verlierer. Eine zweite Chance hatte er nicht. Es war offensichtlich, daß die Chancen gegen eine richtige Antwort auf Grund reinen Ratens mindestens bei sechs zu eins lagen, da dies das Verhältnis von Erfolg zu Mißerfolg war, das er bisher kennengelernt hatte. Doch die Chancen verbesserten sich für eine besonders schlaue Entität oder für ein Entitätenpaar (Wirt und Transferer wirkten zusammen), und Heem wollte nicht darauf vertrauen, daß so viele ausschieden, um am Ende genügend Raumschiffe übrigzulassen, um die man dann nicht mehr verbissen kämpfen mußte. Selbst wenn zehn Schiffe übrigblieben und alle Wettbewerbsteilnehmer außer ihm entweder ausgeschieden oder eine Runde weitergelangt waren, müßte er noch immer nach der richtigen Antwort suchen, um ein Schiff übernehmen zu können. Wenn er einen ganzen Tag brauchte, um das zu schaffen, dürfte er hinter den anderen Schiffen so weit zurückliegen, daß er sie vor Beendigung des Rennens niemals würde einholen können. Deshalb mußte er das Prinzip der Befragung ergründen und sein Schiff so schnell wie möglich für sich reservieren.

»Trauer ist falsch«, meldete sich das Sprühsystem wieder. »Fuun von Flußdüse ist draußen.«

»Möge die monströse und formlose Gottheit uns alle in Gift baden!« brach es in einer Sprühwolke aus 38 heraus, und in der Umgebung entstand bei diesem Schimpfwort eine allgemeine Unruhe als Reaktion auf diesen Schock. »Freude kam als drittes, daher war ich sicher, das Antonym hätte das sechste sein müssen.«

»Doch das jetzt angewendete Prinzip gründet auf der Zahl Sieben«, sprühte der HydrO hinter Heem in einem bühnenreifen Souffleurwispern.

»Und das sechste war Aufstieg«, sprühte ein anderer. »Und das stand als Antonym für keinen der vorhergegangenen Begriffe.«

»Da trocknet einem doch die Haut aus!« schimpfte Fuun heftig, als er davonrollte. »Ich habe mich falsch erinnert *und* meine falschen Schlüsse gezogen! Was bin ich doch für ein Dehydrant!«

»Wenigstens da hat er ausnahmsweise recht«, sprühte ein anderer.

Auf jeden Fall waren die Informationen für Heem sehr wertvoll. Er wußte jetzt, daß Freude an dritter Stelle genannt worden war, und er vermutete, daß sich unter den anderen mindestens ein Paar Antonyme befand. Freude. Freude drei, Aufstieg sechs. Niedergang war falsch gewesen, demnach konnten es keine benachbarten Antonyme sein. Wahrscheinlich lag des Rätsels Lösung ganz woanders. Wenn er doch nur eine vollständige Liste hätte!

»Spröde ist richtig«, entströmte den Düsen. »Mees von Nebeldunst hat Schiff sieben.«

›Aufstieg‹, danach ›spröde‹. Was hatten diese beiden Begriffe gemeinsam? Es waren zwei völlig verschiedene Dinge. Heems Geist strengte sich vergeblich an, etwas Offensichtliches zu entdecken. Es traf nicht zu, daß aufeinanderfolgende Begriffe sich in ihrem tieferen Gehalt unterscheiden mußten, denn dann hätten einige der geratenen Begriffe nach Aufstieg richtig sein müssen. Hart, weich, dreist, Freude, dicht, Trauer – drei Begriffe beschrieben einen physischen Zustand, drei bezogen sich auf Empfindungen oder auf die Persönlichkeit, lebender, wachsamer Entitäten. Spröde paßte ganz klar in dieses frühere System hinein. Warum war spröde dann richtig, während hart, weich, Trauer und dicht falsch waren? Und wie hatte Mees von Nebeldunst den Unterschied ergründet? Der Rateversuch war nach einer hinreichenden Pause erfolgt, als hätte Mees einige Zeit gebraucht, sich alles zurechtzulegen. Was wußte Mees, wovon Heem keine Ahnung hatte?

Klar, die ersten richtigen und falschen Antworten: Mees kannte sie, Heem nicht. Heem wollte es ebenfalls wissen, durfte seine Unwissenheit jedoch nicht verraten, indem er sich bei einem anderen Wettbewerbsteilnehmer durch Fragen verriet. Jeder von ihnen könnte ihm falsche Informationen zuspielen, so daß er sich durch eine falsch kalkulierte Antwort selbst aus der Konkurrenz kippte und ihre Chancen dadurch verbesserte. Nirgendwo stand in den Regeln etwas über ein Verbot von Diskussion und Kooperation, doch letzten Endes mußte jeder Konkurrent sich selbst und seinem Stern, den er repräsentierte, am nächsten sein. Niemandem durfte man vertrauen. Wo war Swoon von Süßsumpf? Konnte er ihr vertrauen? Er würde es wohl müssen. Offenbar war sie nicht gerade die hellste HydrO, sonst hätte sie sich auf dem Weg zu ihrer Mulde sicher nicht verlaufen. Er war sicher, daß ihre Verspätung auf ihre Verwirrung und nicht auf persönliches Versagen zurückzuführen war. Sie brauchte Hilfe, um einen guten Rateversuch abzugeben. Er würde ihr die genaue Folge während ihrer Abwesenheit nennen, und sie würde ihm dafür die richtige originale Sequenz geben. Wenn er für sich selbst den Code entschlüsselte, dann konnte er es auch für sie tun. Zwei Antworten waren dann genauso leicht zu finden wie eine. Wenn sie ihm falsche Informationen übermittelte, würden anschließend sie beide aus dem Spiel ausscheiden. Deshalb konnte man ihr wahrscheinlich vertrauen.

»Macht ist falsch«, sagte das Sprühsystem an. »Sheeve von Schattenhain ist draußen.«

Das war schrecklich! Heem, der gewöhnlich derartige Probleme mit Leichtigkeit löste, kam nicht einen Deut weiter. Wenn er zu spät daran war, die voraufgegangene Begriffsfolge zu erfahren, würden zu viele andere Konkurrenten vor ihm das Begriffsmuster erkennen.

»Gerechtigkeit ist falsch. Nahrung ist falsch. Niedergang ist falsch«, verkündeten die Düsen und nannten anschließend die Namen der erfolglosen Wettstreiter.

»Humor ist richtig«, kam es dann aus den Sprühdosen. »Bloop von Heilwasser bekommt Schiff acht. Richtung ist richtig; Poos von Friedensteich erhält Schiff neun. Sauer ist richtig; Zaas von Zoomjet hat Schiff zehn.«

Drei nacheinander! Offensichtlich hatte einer der Wettstreiter das System durchschaut und sein Wissen an seine Freunde weitergegeben, so daß alle drei gewonnen hatten. Wenn sich das wiederholte, wären die Schiffe schon bald allesamt vergeben! Dennoch würden die drei Sieger jetzt gegeneinander antreten; ihre Freundschaft dürfte dabei sehr schnell zerbrechen. Da jeder Wirt einen anderen Transferer beherbergte, der jeweils einen anderen Stern vertrat, wären geheime Bündnisse nicht von langer Dauer.

»Ozean ist falsch«, meldete der Sprühregen. »Jahreszeit ist falsch. Haß ist falsch. Liebe ist falsch.«

Vier weitere Ausfälle in direkter Folge. Möglich, daß auch dies eine Gruppe war, die sich gegenseitig geholfen, aber verloren hatte. Doch das System blieb weiterhin unklar. Mit einer Reihe von zehn Gewinnern und einige Male so vielen Verlierern, müßte Heem doch in der Lage sein, das Schema zu entschlüsseln. Wenn er doch nur alle notwendigen Informationen hätte!

Wieder trat eine Pause ein, diesmal eine lange. Augenscheinlich waren die anderen Wettkämpfer ebenso ratlos wie Heem. Das war gut, denn so hätte Swoon von Süßsumpf genügend Zeit, sich verifizieren zu lassen und in ihre Mulde zurückzukehren. Zugleich war es aber auch von Nachteil, denn alle bereits besetzten Schiffe jagten dem Zielort entgegen und waren immer schwieriger einzuholen.

Heem wartete ungeduldig und gab unruhige Druckstrahlen ab, die ihn in seiner Mulde herumrollen ließen und seinen Körper in eine langsame Rotation versetzten. Ratlos im Angesicht des rätselhaften Begriffsschemas, schweifte sein suchender Geist ab, und er wurde wieder von seinen Erinnerungen eingeholt. Er hatte sich schon früher in einer Art Wettstreit befunden, einen Wettstreit, mindestens so seltsam wie dieser und zugleich irgendwie endgültiger, was seinen Ausgang betraf. Der Kampf ums Überleben in der Jugend. Er erinnerte sich, wie Hoom und er auf dem Rücken des Flachseglers gehockt hatten, während dieser kraftvoll den Steilhang des Gebirges neben Steilfall hinaufdüste. Ihre Gefährten Haam und Hiim waren heruntergefallen, und nun waren sie die einzigen Intelligenten, die noch in dem Tal existierten. Sie mußten in Erfahrung bringen, ob sie ganz allein waren oder ob an einer anderen Stelle ähnliche Wesen wie sie lebten.

Der Flachsegler erzitterte. Die Mühsal des steilen Aufstiegs behagte ihm gar nicht. Heem setzte einen Nadelstrahl in die untere Kante der Scheibe, und die Kreatur schoß nach vorn mit der Absicht, dem unangenehmen Reiz zu entfliehen. Und wieder war Heem für die Dummheit des Monsters dankbar, welche bewirkte, daß die Kreatur jeglicher Manipulation von außen so prompt gehorchte.

War es möglich, daß die beiden Intelligenten im Grunde

sehr dumm waren und von einer Macht manipuliert wurden, die jenseits ihres Vorstellungsvermögens lauerte? Bestimmt war das Tal von Steilfall nicht mit Hunderten von ihrer Art bevölkert, von denen die ersten gleich bei der Bergung starben, nur damit irgendwann *alle* ausgestorben waren! Und doch war dies beinahe geschehen und konnte jederzeit noch geschehen.

Erstaunlich schnell näherte sich das Aroma der Gipfelregion. Hier oben war es ungemütlich trocken, und der Luftdruck war niedrig, woraufhin der Körper sich aufblähte. Das umgebende Aroma der Vegetation war diffus. Heem gefiel dies gar nicht, dennoch war er entschlossen, den Weg fortzusetzen. Er wußte nun, daß sie es aus eigener Kraft niemals geschafft hätten. Allein die unbändige Kraft des Flachseglers konnte dies schaffen. Und auch die würde bald nachlassen, wenn sie nicht bald die Bergkette erstiegen hätten, denn das Monstrum ermüdete allmählich. Auch diese mächtige Kreatur litt unter der Dünne der Luft. Teile des Körpers fielen ab und wurden durch die unkontrollierte Expansion seiner Gase davongeschleudert. Heem und Hoom gaben sich alle Mühe, das Untier in Bewegung zu halten. Nicht mehr lange, und die schärfsten Nadelstrahlen würden nicht mehr ausreichen.

Der Flachsegler bockte. Nun war all ihr Antreiben vergebens. Die Düsen des Monsters waren erschöpft, sein Körper war überhitzt, und es befand sich kurz vor dem Zusammenbruch. Das Monstrum krachte in den Hang hinein. Heem und Hoom rollten vor und herab und setzten verzweifelt ihre Düsen ein, das Gleichgewicht wiederzufinden und einen Zusammenstoß zu vermeiden.

Sehr schnell beruhigte Heem sich wieder, wobei sein Körper sich dem Untergrund angeschmiegt hatte. Der Wind fühlte sich auf seiner Haut kalt an, der Geruch sehr seltsam. Vielleicht handelte es sich um eine besondere Art Sumpfvegetation, die durch die Entfernung nicht zu identifizieren war.

Sumpf? Dieser Luftzug wehte bergab. Gab es dort oben einen Sumpf? Wohl kaum! Na schön, wo dann?

Es mußte von der anderen Seite kommen. Ein Luftzug über einen fremden Sumpf hinweg mit seinem unterschiedlichen Geschmack, von drüben über die Bergkette und auf dieser Seite wieder nach unten. Wenn er in den Luftstrom hineinrollte, würde er sehr bald diesen Sumpf entdecken. Er brauchte nichts anderes zu tun, als in Bewegung zu bleiben, bis er dorthin gelangte; der Wind würde ihn schon führen.

Neben ihm kam Hoom allmählich wieder zu sich. »Hast du's überlebt, Heem?« sprühte er schwach. »Wir müssen zurück! Der verminderte Luftdruck ist schrecklich! Die Luft ist trocken und kalt.«

»Weil wir uns dicht unter dem Gipfel halten! Ein Stückchen weiter noch, und wir werden den Berg besiegt haben. Der Flachsegler hat getan, was er konnte. Wir dürfen nicht wegwerfen, was er uns gegeben hat.«

»Ich bin müde«, protestierte Hoom. »Ich kann nicht mehr klettern. Ich laß mich wieder runterrollen.«

»Dann roll alleine. Ich werde den Berg überqueren.«

»Aber angenommen, du kehrst niemals zurück? Ich wäre ganz allein in dem Tal!«

»Ja«, düste Heem zufrieden und setzte seinen Aufstieg fort. Er bluffte nur; wenn Hoom nicht erschien ...

Widerstrebend lenkte Hoom ein. Heem stieß einen stummen Begeisterungsschrei aus. Er hatte allein ein solches Wagnis nicht eingehen wollen, doch er hatte so dicht vor dem Erfolg auch nicht kapitulieren wollen. Nun hatte er gewonnen. Er hatte die Führung an sich gerissen, und Hoom würde ihm wohl folgen müssen.

Sie ackerten den Hang hinauf. Plötzlich flachte der Untergrund ab, dann ging es wieder abwärts. Sie hatten den Felsgrat erklommen! Sie waren praktisch schon so gut wie oben gewesen. Wie dumm, wenn sie tatsächlich gemeinsam mit dem Flachsegler kapituliert hätten!

Aus all dem ließ sich eine Lehre ziehen, dachte Heem. Man sollte seine Bemühungen niemals zu früh einstellen. Manchmal war der Erfolg so nahe, auch wenn der oberflächliche Augenschein dagegen sprach.

Wie angenehm es doch war, sich bergab rollen lassen zu können! Der Hang fiel steil ab und zwang sie, heftig zu bremsen, dafür kamen sie aber recht zügig voran.

»Wir haben es geschafft!« sprühte Hoom ausgelassen vor Freude. »Wir haben gesiegt!« Er schien seine frühere Skepsis und Zurückhaltung völlig vergessen zu haben. Doch das war typisch für Hoom: Seine Aufmerksamkeit galt ausschließlich den nächstgelegenen Dingen und Problemen. Er dachte niemals über die letztendliche Sinnlosigkeit aller Dinge nach, so wie Heem es oft zu tun pflegte.

Beispielsweise war Hoom im Augenblick überaus glücklich, ohne Kraftaufwand bergab rollen zu können. Heem hingegen machte sich bereits Gedanken darüber, was sie am Fuß des Berghanges erwarten mochte. Das Tal von Steilfall barg seine Gefahren, und von denen genug, um bis auf zwei einzelne Individuen die möglicherweise zweihundert HydrOs zu vernichten, die von dort aus gestartet waren. Was sprach dafür, daß dieses namenlose, neue Tal sicherer sein sollte? Voraussichtlich war es für sie noch gefährlicher, da sie mit den speziellen Bedrohungen überhaupt nicht vertraut waren.

Dennoch mußte das Wagnis eingegangen werden. Was immer der Sinn des Lebens sein mochte – diese Untersuchung würde mithelfen, ihn zu ergründen.

Die Neigung des Hanges ließ nach und ging in eine Ebene über, jedoch lag das Gelände noch zu hoch, als daß man es als Bergfuß betrachten konnte. Ein ungewöhnliches Merkmal im Erscheinungsbild des Berges, wonach das Gelände wieder in den abfallenden Hang übergehen müßte.

Plötzlich bliesen sie beide Wasser mit hohem Druck nach vorn aus und kamen auf diese Weise abrupt zum Stehen. Etwas Seltsames, Fremdartiges und Schreckliches befand sich genau vor ihnen. Die beiden Forscher wußten sofort, daß dies nur ein Feind sein konnte. Die Erscheinung verbreitete das Aroma nackter Gewalt und Bosheit. Die beiden HydrOs erkannten genauso schnell, daß ein Kampf keinen Sinn hatte. Das Ding war einfach zu schrecklich, als daß man sich im Kampf dagegen hätte behaupten können. Ihre einzige Alternative war die Flucht.

Sie versuchten ihr Glück. Doch das Vorwärtskommen den steilen Hang hinauf war quälend. Das Ding rollte hinter ihnen her – nein, das war ja noch furchtbarer, das Ding rollte gar nicht, seine Fortbewegungsart war mindestens ebenso fremdartig wie seine ganze Erscheinung! Es benutzte keinen Druckstrahl, es – es rutschte und schlängelte sich vorwärts. Heem hätte eine solche Art der Fortbewegung niemals für möglich gehalten, doch das schwache, widerwärtige Aroma, das das Auftauchen der Kreatur begleitete, weckte in Heem tief verschüttete Erinnerungen, die Teil der Evolution seines Volkes waren. Diese Kreatur – seit ewigen Zeiten war sie für Heems Rasse der Inbegriff des Todfeindes schlechthin!

»Hört auf, euch zu wehren, HydrO-Wild«, kam es aus der Kommunikationsdüse des Fremden. Selbst seine Mitteilungen waren seltsam bedrohlich. Sie waren eingebettet in einen kalten, metallischen Geschmack. Der Fremde benutzte zur Kommunikation keine Düsen. Heem wußte auch das genau. Deshalb war dieser Befehl ein Ding der Unmöglichkeit – und dennoch war er erfolgt.

Natürlich ignorierte Heem die Aufforderung. Er preßte das Wasser so druckvoll durch die Düse, daß er den Hang regelrecht hinaufsegelte. Hoom befand sich genau neben ihm. Schreckliche Angst verlieh ihm die nötige Kraft.

»Gebt auf, oder ich vernichte euch«, druckstrahlte der Fremde.

Hoom achtete immerhin noch so weit auf seine Umwelt, daß er Heem einen hastigen Sprühstoß zuwarf. »Woher dieser Druckstrahl? Das Ding hat überhaupt keine Düsen!«

»Aber ich hab' eine Maschine, HydrO-Wild!« druckstrahlte der Fremde. »Letzte Warnung: Bleibt stehen oder sterbt!«

Aber Heem wußte mit der Gewißheit von Tausenden von Generationen seiner Rasse – es war erstaunlich, wie sich ihm in ausgerechnet diesem Moment die Selbsterkenntnis offenbarte! –, daß diesem Fremden in keiner Weise vertraut werden durfte. »Trennen!« sprühte er, gewarnt von seinem Instinkt. Er lenkte den Antriebsstrahl im rechten Winkel zu seinem bisherigen Kurs ab und rollte seitwärts weg und entfernte sich so von Hoom.

Noch während er diese Kursänderung vollführte, spürte er aus Hooms Richtung einen explosionsartigen Sprühstoß. »Oh, wie das brennt!« Dann nichts mehr – und Heem wußte, daß sein Freund tot war.

Heem schlug erneut einen Haken, wobei er seine Fluchtrichtung mit Hilfe seiner stärksten Düse abrupt änderte. Dann streifte ihn der Maschinen-Strahl des Fremden und traf eine winzige Fläche seiner Haut.

»O dieses Brennen!« sprühte Heem und brach zusammen. Es brannte tatsächlich, jedoch war sein Ausruf eher eine List als Ausdruck des Schmerzes, geboren aus seiner Verzweiflung. Der Fremde sollte glauben, er wäre tot; vielleicht wurde so der tödliche Schuß hinausgezögert. Das war seine einzige Chance.

Er spürte die leichten Schwingungen des Untergrundes, als der Fremde sich näherte. Zuerst kam er zu Heem, wobei sein Körper ein schwaches, aber widerliches Aroma verströmte. Es war schwierig, die Natur dieser schrecklichen Kreatur auszuloten, doch als das Wesen näher kam, weckten die einzelnen, eher unbedeutenden Hinweise auf den Charakter seines Mechanismus instinktive Erinnerungen in Heems Bewußtsein. Das Ding war lang und schlank, ein sich windendes Seil aus Fleisch, das zu beiden Seiten in einer eher groben Spitze endete. Darauf befand sich ein Schutz, ein Panzer, der aus Knochen bestand: das verhärtete Gewebe, mit dem einige Tiere ausgestattet sind und das ihre Anatomie stützt und abschirmt. Das Wesen bewegte sich vorwärts, indem es seinen harten Körper gegen Unregelmäßigkeiten des Untergrundes preßte und seine harten Schuppen in diese Unregelmäßigkeiten einhakte. Es war, dieser Vergleich drängte sich Heem auf, fast so wie sein eigenes Rollen; anstatt gezielte Wasserstrahlen abzugeben, um den Körper herumgleiten und vorwärtseilen zu lassen, war der

Fremde mit natürlichen Hilfsmitteln ausgestattet. Dennoch war diese Art der Fortbewegung erschreckend fremdartig.

Das Ding rutschte zu Heem, der es nicht wagte, auch nur den winzigsten Strahl von sich zu geben. Erneut meldete sich sein Instinkt und sagte ihm, daß er nur dann am Leben blieb, wenn das Monstrum ihn für endgültig tot hielt. Er mußte tot bleiben, um leben zu können!

Das Ding schob sich an ihn heran, eine widerwärtig fremde Wesenheit. Heem hatte keinen eigenen Willen mehr; sogar seine Wasserstoffabsorption hatte ausgesetzt. Das Monstrum entfaltete drei plumpe Gliedmaßen, deren Aussehen und Wirkungsweise sich Heem durch Geräusch, umhüllendes Aroma und instinktive Erinnerung erschloß. Zangenorgane wurden vorgestreckt – drei derbe Klauen aus Metall –, ergriffen Heems empfindlichen Körper und hoben einen Teil hoch. Trotzdem zeigte Heem keine Reaktion.

Einen Augenblick lang hielt das Monstrum ihn in dieser Position, wobei die Klauen sich schmerzhaft in Heems zartes Fleisch bohrten. Die Aromawolke war nun viel stärker und vermittelte ein lebensnahes Bild von der Erscheinung dieser Kreatur. Die Knochenplatten überlappten sich rundum und bildeten eine hochflexible Schutzhülle, die von keinem Nadelstrahl durchdrungen werden konnte. Die Fortsätze reagierten auf Vibrationen ähnlich sensibel, wie Heem es von seiner Haut kannte – eine neue Modellvorstellung entstand und brach schließlich durch: ein geheimer neuer Sinn. Das Ding konnte *hören*. Hören war mehr als Fühlen und arbeitete mit größeren Entfernungen. Die Kreatur erfaßte ihre Umgebung eher durch Hören als durch Schmecken. Ihre Schuppen waren zu einer intelligenten Kommunikation unfähig – nein, das war zu verwirrend.

Das Ding hatte keine Düsen, dennoch hatte es sich dementsprechend vorwärtsbewegt. Statt dessen verfügte es über eine Maschine, welche Heem nun als Konstruktion aus unbelebter Substanz erkannte, die entschlüsselbare Nadelstrahlen verspritzte. Auf diese Weise konnte das Monster auch ohne natürliche Organe sprechen. Indem es Gift in die

Maschine einfüllte, konnte es verbrennen und töten. Heems Haut schmerzte immer noch heftig von dem Streifstrahl.

Das Monstrum öffnete seine Klauen und ließ Heem fallen. Es schlängelte sich weiter, um Hoom zu suchen. Schwingungen setzten ein, und ein grauenvolles Aroma wehte herüber. Es waren die widerlichen Ausdünstungen frischer Wunden im HydrOfleisch.

Das Ding zerschnitt Hooms Körper mit seinen Zangen! Hooms natürliche Säfte spritzten nach allen Seiten in die Luft und verbreiteten das fürchterliche Aroma des Todes. Was Vibration und Aroma betraf, so machte Heem in diesem Moment die schlimmsten Erfahrungen seines Lebens. Das Monstrum, dem der Tod seines Freundes nicht zu genügen schien, vernichtete nun dessen Körper!

Die totale Fremdartigkeit dieser Aktion führte dazu, daß Heem kurzzeitig die Kontrolle über seine Körperöffnungen verlor und ein wenig von seinem Reservewasser heraussikkerte. Immer noch konnte er nichts tun, sich nicht einmal bewegen.

Gekonnt und umsichtig zerlegte das Monstrum Hooms Körper in saftige Stücke. Dann geschah das Schrecklichste überhaupt. Das Ding stülpte seine eigene interne Membran nach außen und breitete sie über Hooms Überreste aus. Heem schmeckte die abscheulichen Säuren; ihre Dämpfe brannten erneut auf seiner Haut. Ein Giftstrahl war schon schlimm genug, doch diese vollständige Auflösung war beängstigend. Welcher Sinn mochte darin verborgen sein? Nichts in seinem reichen Erfahrungsschatz lieferte ihm Hinweise darauf. Seine Instinkt-Erinnerung lieferte ihm keinen Hinweis. Was immer es war, es war zu schrecklich, um es zu erfassen und zu begreifen.

Heems Unbehagen steigerte sich. Er mußte jetzt atmen, oder er würde ohnehin untergehen. Vorsichtig nahm er Luft auf und ließ die Moleküle durch seinen Körper kreisen. Energie wurde aufgenommen, und Wasser strömte und stellte die alte Kraft wieder her. Doch welchen Nutzen hatte er davon? Der Fremde konnte ihn jederzeit mit seinem mechanischen Düsenstrahl niederstrecken. Heem blieb still liegen.

Der entsetzliche Prozeß der Vernichtung dauerte an. Heem stellte fest, daß er dagegen immun wurde; es war unmöglich, auf unbestimmte Zeit in einem Zustand totalen Grauens zu verharren. Hoom war tot; das hatte er akzeptiert, und mit dem Fließen der Energie durch seinen Körper konnte er dies weitaus besser ertragen. Das Erlebnis und die Erinnerung waren schlimm und würden es stets bleiben, dafür konnte Heem wenigstens wieder handeln. Immerhin hatte er den Tod all seiner Kameraden aus verschiedensten Ursachen oft genug schon geschmeckt.

Plötzlich wurde ihm klar, daß der Fremde für einige Zeit völlig abgelenkt war. Wie sollte er sich schnell bewegen, wenn sein Inneres nach außen gekehrt war? Wahrscheinlich konnte das Wesen seine Waffe benutzen, jedoch konnte es kein rollendes Objekt verfolgen.

Hier zu warten, beinhaltete das Risiko, zerschnitten und vernichtet zu werden, wie es mit Hoom geschehen war. Es gab wirklich keine Wahl. Der Fremde hatte Heem für tot gehalten, da er nicht über einen angemessenen Geschmackssinn verfügte. Als Heem in seinem todesähnlichen Zustand verharrte, hatte man ihn liegen lassen, während das andere Opfer erneut überprüft wurde. Der Fremde war nicht allwissend. Er mußte gewisse Dinge aus eigener Anschauung ausprobieren. So hatte Heem das Wesen zum Narren gehalten – und könnte ihm möglicherweise jetzt entfliehen.

Heem stieß seine Nadelstrahlen aus und setzte sich hangabwärts in Bewegung. Wenn der Giftstrahl ihn nicht gleich nach seinem Fluchtversuch streifte, könnte er ihm durchaus für immer entfliehen. Und wenn er nicht traf, dann hatte er den Feind überlistet und seine Freiheit errungen.

Nun rollte er einen steilen Abhang hinunter, viel schneller als angenehm oder sicher war, dennoch wagte er nicht zu bremsen. Lieber ging er das Risiko ein, an einem Felsen zerschmettert zu werden, als darauf zu warten, in Gift gebadet zu werden.

Doch als er sich des Gelingens seiner Flucht sicher sein konnte, machte er sich eingehendere Gedanken über seine Hochgeschwindigkeitsflucht. Er mußte sich abbremsen, doch war sein Schwung bereits so groß, daß seine Druckstrahlen so gut wie keine Wirkung hatten.

Immer noch riß ihn der Hang abwärts. Heem sprang wie ein Ball auf und ab und schürfte sich dabei die Haut ab. Eine Aromaflut ergoß sich über ihn: Tiere, Pflanzen, Mineralien und andere, nicht so verbreitete Aromen: Der Geschmack dieses fremden Tals, nur wenig anders als der Geschmack von Steilfall, dennoch bemerkenswert, da dies das erste fremde Tal war, das er kennenlernte. Eine Gegend, in der er leben konnte – wenn er unbehelligt hineingelangte.

Er versuchte es erneut, ohne Wirkung. Der Hang war einfach zu steil! Nun schmeckte er die Produkte zerfallenden Wassers. Ein Fluß war in der Nähe, felsig, mit Stromschnellen, ähnlich wie der in seinem eigenen Tal; er würde sich hineinwerfen und sterben, denn Wasser konnte seinen bevorstehenden Sprung nicht zufriedenstellend abfangen.

Heem düste mit aller Kraft zu einer Seite. Sein Senklot schwang mit, und er rollte auf einer sanft geneigten Ebene den Berg hinab. Nun konnte er endlich seine Lage verbessern. Er änderte erneut seinen Kurs und fing an, Boden gutzumachen. Einen Moment noch, und er würde zurück bergauf rollen, und die Gravitation würde mithelfen, seine Bewegung in Gang zu halten. Warum war er nicht eher darauf gekommen? Er bremste, beschrieb eine Kurve ...

Und stürzte von einem anderen Sims ab, und zwar einem, der parallel zum Weg seines Abstiegs verlief. Er sandte in alle Richtungen seinen Nadelstrahl aus, erreichte damit nichts und tauchte platschend ins tiefe Wasser.

Benommen, erschöpft, kämpfte er sich zur Oberfläche hoch – und konnte diesen Aufstieg nicht beibehalten. Langsam sank er in die Tiefe, wo er jegliche Kontrolle verlor. Hier gab es Wasserstoff, mehr als genug, doch ihm fehlte die Energie, ihn in dieser Tiefe ordentlich zu verarbeiten. Er schwebte in der Gefahr zu ertrinken.

Dann stieß etwas mit ihm zusammen. Verwirrt tastete er es ab – und entdeckte die Anzeichen eines Individuums von seiner Rasse. Doch Hoom war derjenige, der übriggeblieben war, und Hoom war tot!

Der seltsame HydrO riß ihn aus dem Wasser, Heem half schwach mit. An dieser Person war etwas sehr rätselhaft. Es war ein Fremder, gewiß, wahrscheinlich ein HydrO aus diesem Tal. Aber auch ...

Als sie aus dem Wasser auftauchten, erkannte Heem, was es war. Sein Retter war eine Weibliche – es war die erste, mit der Heem je zusammengetroffen war. Plötzlich tat sich ihm ein völlig neues Universum auf.

2 Dreifaches Unglück

»Wach auf, Heem«, nadelstrahlte die Weibliche gebieterisch.

Heem wurde schlagartig wach. Dies war nicht die Weibliche aus seiner Erinnerung, sondern Swoon von Süßsumpf aus seiner Jetztzeit. »Du hast dich qualifiziert?« fragte er besorgt.

»Habe ich. Du hast die Wahrheit gespritzt. Als ich deinen Namen ins Spiel brachte, wurde mir die Strafe erlassen, und ich wurde sofort akzeptiert.«

»Du hast aber ziemlich lange gebraucht, um zurückzukommen«, nadelstrahlte Heem gereizt.

»Woher willst du das wissen? Du warst doch bewußtlos.«

»Schmerz ist falsch«, sprühte es aus den Nachrichtendüsen. »Zuum von Aromawolke scheidet aus. Plan ist falsch. Baas von Brackwasser ist draußen.«

»Gib mir Daten«, sprühte er.

»Drei ist falsch«, rieselte es aus den Düsen.

»Na schön«, lenkte Swoon ein. »Hier wäre eine Liste der richtigen Begriffe: hart, weich, Freude, dicht, Zaghaftigkeit, Aufstieg, spröde, Humor, Absicht, sauer.«

»Diffus ist richtig«, verkündeten die Nachrichtendüsen. »Diis von Wonnenebel übernimmt Schiff elf.« Eine Nebelwolke ausgelassener Freude breitete sich aus, als Diis seinen Erfolg feierte.

Heem betrachtete die einzelnen Teile des Puzzles, verfügte er doch endlich über die kompletten Angaben – doch er wurde durch die Bekanntgabe eines weiteren Fehlversuchs abgelenkt. Es war schwierig genug, sich auf die immer länger werdende Liste zu konzentrieren und sich dabei noch sämtliche Fehlversuche zu merken, doch ihm war völlig klar, daß er diese Fehler auf keinen Fall ignorieren durfte. »Swoon, wir haben unseren jüngsten Streit beigelegt und uns ausgesöhnt«, nadelstrahlte er. »Doch wir beide haben auch Zeit verloren. Meinst du nicht, wir sollten uns im weiteren gegenseitig helfen?«

»Das wäre sicher das klügste«, gab sie ihm recht. »Aber nur für diesen Teil des Wettstreits.«

»Einverstanden. Wir arbeiten gemeinsam daran, das Prinzip der Wortfolge zu erkennen, dann formulieren wir daraus zwei Antworten. Sobald wir in unseren Schiffen sitzen, sei unser Bündnis beendet.«

»In Ordnung«, nadelstrahlte sie. »Bist du beim Lösen solcher Rätsel eigentlich gut?«

»Bin ich. Jedoch brauche ich dazu eine Art abrufbaren Datenspeicher, in dem ich die Fehlversuche festhalten kann.«

»Ich verfüge über ein hervorragendes Erinnerungsvermögen. Damit bin ich eine recht fähige Raumpilotin, allerdings beim Lösen von Rätseln eine Niete. Streng du deinen Geist an, ich liefere die Daten.«

Heem stürzte sich sofort in seine Aufgabe. Offenbar gab es da ein Muster von Begriffen, von denen keiner sich wiederholte. Hart wurde gefolgt von weich – zwei entgegengesetzte Begriffe, die physikalische Zustände beschrieben. Dann erfolgte ein Schwenk zu einer anderen Begriffsebene. Freude, worauf – dicht folgte. Warum nicht Trauer oder Leid oder Pein? Wenn ein Begriffspaar aus entgegengesetzten Begriffen als richtige Lösung akzeptiert wurde, warum dann nicht auch ein anderes?

Vielleicht hatte niemand daran gedacht, das Gegenteil zu Freude zu erraten, so daß statt dessen ein neuer Begriff, ein neues Prinzip eingeführt worden war. Das würde er sofort überprüfen. »Swoon, wie lauteten die falschen Antworten für Schiff vier?« Er hoffte, daß sie, was ihr hervorragendes Erinnerungsvermögen betraf, nicht übertrieben hatte.

»Sorge, Trauer, Lust«, nadelstrahlte sie augenblicklich.

Sie hatte tatsächlich ein hervorragendes Gedächtnis! Wahrscheinlich half ihr dies beim Lenken eines Raumschiffs, denn dort galt es, eine Vielzahl von Daten über Treibstoffverbrauch, Energieverlust und Flugbahn jederzeit verfügbar zu haben. Heem selbst war auch ein hervorragender Raumschifflenker, jedoch verließ er sich mehr auf seine Erfahrung und auf die intellektuelle Verarbeitung gegenwärtiger Gegebenheiten als auf sein nur durchschnittliches Gedächtnis. Lieber wäre ihm sogar noch weniger Erinnerung gewesen, da seine Jugendsünden ihm noch immer gefährlich werden konnten.

Doch er konnte es sich jetzt nicht leisten, durch derartige Ablenkungen in Gefahr zu geraten! Seine Theorie hatte sich soeben als falsch erwiesen. Sorge oder Trauer hätten richtig sein müssen, doch beide Begriffe waren verworfen worden.

Handelte es sich vielleicht um eine bestimmte Zahlenfolge, bei der die Bedeutung der Begriffe völlig unwichtig war? Wurde vielleicht jeder vierte Versuch als richtig gewertet, nachdem drei Kandidaten ausgeschieden waren? Auf diese Weise würden drei Viertel der Wettstreiter ausgemustert, so daß garantiert war, daß genügend Piloten für die freien Schiffe übrigblieben. Ein simples Prinzip – jedoch wären hier keine besonderen Fähigkeiten gefordert. Jede Entität konnte zu einem Schiff kommen, ungeachtet ihrer speziellen Qualitäten.

»Und wie lauteten die Fehlnennungen für Schiff drei?« düste er.

»Furcht ist richtig für Schiff zwölf«, meldete das Ansagesprühsystem. Verärgert schirmte Heem den Rest der Ansage ab; er mußte das System erkennen, nach dem die vorhergehenden Antworten erfolgt waren, und es mit den nachfolgenden vergleichen, die Swoon für ihn im Gedächtnis behalten würde.

»Flockig, Spröde, Kühn«, erwiderte Swoon.

Drei Fehler. Gut. Er wußte bereits, daß auch bei Schiff vier drei Fehlnennungen gefallen waren. »Und was war bei Schiff fünf falsch?«

»Diffus, Hart, Weich.«

Drei mehr! Hart und Weich waren im weitesten Sinne Wiederholungen und damit automatisch ungültig. Dennoch zählten sie als Fehlnennungen und waren wichtig für die nächste Begriffsgruppe.

»Fehler bei Schiff sechs?«

»Freude, Hart, Weich, Dick.«

Vier Fehlnennungen. Damit war diese Theorie gestorben! Es sei denn, es handelte sich um eine progressive Folge, bei der die einzelnen Begriffsgruppen im Verlauf des Spiels stetig anwuchsen. »Wie viele Fehler bei Schiff zwei?«

»Keiner«, strahlte sie. »Die ersten beiden erratenen Begriffe waren richtig.«

Somit waren da null Fehler, null Fehler, dann drei, drei, drei, vier – das sah nicht günstig aus. »Fehlnennungen für Schiff sieben?«

»Denken, Kühn, Abstieg, Hart, Weich, Freude, Trauer.«

Sie hatte tatsächlich aufgepaßt! Drei Fehler inklusive der Wiederholungen vorheriger Trefferbegriffe. Diese dämlichen Mitspieler versuchten es mit derartigen Wiederholungen und schienen nicht aufgepaßt zu haben. Doch nicht mehr lange, und diese Narren wären eliminiert, und damit würde es auch keine Wiederholungen mehr geben. Außer jeder Versuch vor dem Treffer würde als falsch gewertet, so daß es im Grunde gleichgültig war, wie der falsche Begriff lautete. Aber wie paßten sechs Fehlversuche in das Muster? Dies war keine regelmäßige Progression. Oder mußten die Fehler zahlenmäßig gleich groß sein wie die vorher genannten oder größer? Warum waren dann sechs Begriffe genannt worden, wenn fünf oder vier völlig ausgereicht hätten? Außerdem würden bei diesem Schnitt sämtliche Wettstreiter ausgeschieden sein, ehe alle Schiffe besetzt waren. Und –

»Die Treffer häufen sich jetzt«, meldete Swoon ihm besorgt. »Fünfzehn Schiffe sind weg – jetzt sechzehn.«

»Ich rolle mich langsam heran!« nadelstrahlte Heem zurück, dann nahm er seinen Gedanken wieder auf. Er hatte soeben zwei wesentliche Mängel in seiner Fehler-Anzahl-Theorie entdeckt. Er hatte selbst eine Serie von sieben richtigen Versuchen in Folge geschmeckt, so daß er von Anfang hätte wissen müssen, daß seine Theorie nicht zutreffen konnte. Und selbst wenn dies nicht der Fall gewesen wäre, hätte das System nicht funktionieren können. Sobald genügend Wettstreiter das Prinzip erkannt hätten, würde niemand sich zu einem Fehlversuch hinreißen lassen. Der Wettkampf würde sich festrollen, da jeder abwartete, damit jemand anderer sich eliminierte. Es mußte einfach eine Möglichkeit geben, viele richtige Antworten zu erhalten.

»Und weitere fünf Richtige«, strahlte Swoon. »Zu viele kommen dem Prinzip jetzt auf die Spur; bist du noch nicht weitergekommen? Bald gehen ihnen die Schiffe aus!«

Heem unterdrückte einen wütenden Druckstrahl. »Zwei Drittel der Schiffe sind noch übrig.« Doch er machte sich Sorgen. Zu viele Konkurrenten, denen von Anfang an die Informationen zur Verfügung gestanden hatten, beschäftigten sich mit dem Problem und erkannten nach und nach das Muster und sicherten sich ihre Schiffe. Einundzwanzig weitere Schiffe konnten praktisch auf einmal vergeben sein.

Zurück zu den Begriffen: gleiche Begriffe wiederholten sich nicht, aber wie war es mit entsprechenden Varianten? Hart und Weich waren physikalische Zustände; desgleichen Dicht. Die Begriffsfolge lautete jedoch Hart-Weich-Freude-Dicht. Wenn Dicht richtig war, warum hatte sich ein anderer physikalischer Zustand, Spröde, als falsch erwiesen, während statt dessen Freude akzeptiert worden war? Gefolgt von Zaghaft-Aufstieg-Spröde. Und Spröde war schon vorher verworfen worden. Wie kam es, daß ein falscher Begriff plötzlich als richtig akzeptiert wurde?

Der Schlüssel zum System konnte nicht in der Anzahl der Falschnennungen oder in den speziellen Begriffen liegen. Er mußte in der Begriffsfolge zu suchen sein, so daß letztendlich jeder Begriff, an falscher Stelle genannt, als falsch verworfen werden konnte. Welche Ordnung lag dem zugrunde?

»Sieben weitere Schiffe!« nadelstrahlte Swoon verzweifelt.

Heem wusch sie aus seinem Wahrnehmungsfeld ebenso wie das Ansage-Sprühsystem. Er war dem Rätsel auf der Spur; er mußte nur noch ungestört nachdenken können. Zuerst mußte er die Begriffe analysieren und einordnen.

Dann mußte er eine Progressionstheorie aufstellen. Deren Richtigkeit müßte er anschließend dadurch überprüfen, daß er verschiedene Begriffe fehlerfrei voraussagte. Und am Ende mußte er seinen eigenen Versuch machen – ehe der Vorrat an freien Schiffen erschöpft war.

Er machte sich an die Arbeit, wobei er sich bei der zunehmend nervöser werdenden Swoon gelegentlich Informationen holte. Es gab sieben oder acht verschiedene Begriffskategorien: physikalische Zustandsarten wie Hart, Weich, Dicht, Spröde und Diffus; verstandesorientierte Gefühlsformen wie Freude, Langeweile, Humor, Furcht und Mut; spezielle Bewegungsformen wie Geradeaus, Schräg, Stürzen, Rotieren und Ankunft; Geschmacksempfindungen wie Sauer, Süß, Scharf, Pikant und Fade; flüssige Materie wie Regen, Meer, Feucht, Trocken (i.e. das Fehlen von flüssiger Materie) und Fließend; Zahlen wie Eins, Zwei, Drei, Vier und Fünf; intellektorientierte Eigenschaften wie Weisheit, Dummheit, geistige Gesundheit und Verrücktheit; sowie verschiedene Begriffsfelder, die sich noch nicht eindeutig klassifizieren ließen, da es von jedem zu viele Beispiele gab. Die Begriffskategorien neigten dazu, sich in Randbereichen zu überlagern, wie zum Beispiel dort, wo Geschmacksarten und die sie transportierenden Flüssigkeiten sich vermischten.

Und nun zur Ordnung: die ersten beiden waren physikalische Zustandsformen, die dritte eine verstandesorientierte Gefühlsform, die vierte eine weitere physikalische Zustandsform, die fünfte wieder ein Gefühl, die sechste eine Richtung, die siebente eine weitere physikalische Zustandsform. Hatte er damit schon ein Muster? Schwer zu sagen.

Analysiere das Problem rein mathematisch, dachte er. *Dann sei die erste Begriffskategorie A, die zweite B, die dritte C. Exponenten kennzeichnen dann die Wiederholungen.*

Heem hielt inne. Hatte wirklich er das gedacht? Normalerweise war dies nicht die Art und Weise, in der sein Verstand arbeitete! Er kannte die Symbolsprache galaktischer Notation – A, B, C –, doch er *dachte* nicht darin. Die Anspannung übte eine seltsame Wirkung auf ihn aus. Nichtsdestoweniger war es ein guter Gedanke.

Er stellte im Geist eine Liste der erfolgreichen Begriffe auf, wobei er jeden mit einer mathematischen Notation versah. Geschmack A, Geschmack B, Geschmack C und so weiter, wobei er die tatsächlichen Begriffe wegließ, so daß ein Muster entstand, das nicht von den jeweiligen Bedeutungen verwischt wurde.

Tatsächlich, das ist es!

Er war am Ziel, öffnete seine Geschmacksbahnen und flößte sich selbst Mut ein. Vielleicht rührte dieser atypische Manierismus von seiner andauernden Desorientierung nach seinem mißglückten Transfersprung her. Er hoffte, daß damit keine Auswirkungen auf seine derzeitige Rolle verbunden waren.

Weiter: Hart-Weich-Freude-Dicht-Langeweile wurden zu A-A-B-A-B. Er hielt sich nicht mit den Exponenten auf; $A\text{-}A^1\text{-}B\text{-}A^2\text{-}B^1$ schienen eine eher überflüssige Eingrenzung darzustellen. Das Muster konnte er auch ohne diese Angaben recht gut erschmecken.

Wie sah es jetzt mit den nächsten fünf Begriffen aus? Würde sich bei ihnen die erste Sequenz wiederholen, oder eine Variante, oder setzte sich bei ihnen eine komplexe Sequenz fort? Keine Zeit, sich in Mutmaßungen zu verlieren; er müßte die Nennungen sofort nach seiner Theorie umformen und das Ergebnis beurteilen. Die Begriffe waren Aufstieg-Spröde-Humor-Geradeaus-Sauer. Kategorien C-A-B-C-D. Keine Wiederholung der ersten fünfstelligen Begriffssequenz.

Nun, es gab keinen triftigen Grund, warum eine Sequenz immer aus fünf Elementen bestehen sollte; er hatte diese Aufteilung nur aus Bequemlichkeit vorgenommen. Insgesamt ergab sich dann: AABABCABCD.

Plötzlich offenbarte sich ihm eine sich wiederholende Untersequenz: ABC-ABC. Eingeleitet von AAB, gefolgt von D. Welche Erkenntnis ließ sich daraus ziehen?

Es war unsinnig, sich damit herumzuschlagen, wo doch so

viele Informationen zur Verfügung standen. Er ließ sich von Swoon die nächsten zehn Begriffe zustrahlen und übersetzte sie mit zunehmender Fertigkeit in Geschmackskategorien. Diffus-A, Furcht-B, Sturz-C, Süß-D, Regen-E, Elastisch-A, Mut-B, Rotieren-C, Scharf-D, Meer-E. Und da war sie, wunderschön und lächerlich simpel: eine Begriffsprogression!

Um ganz sicherzugehen, stellte er sie noch einmal allein mit den Symbolen auf: A-AB-ABC-ABCD-ABCDE-ABCDE. Als nächstes müßte der einundzwanzigste Begriff ein F als Notation bekommen – eine neue Kategorie also. Ein intellektueller Prozeß oder eine Zahl oder etwas anderes – nur keine Wiederholung einer Kategorie.

»Nenn mir den richtigen Begriff für Schiff einundzwanzig«, strahlte er.

»Neun«, antwortete Swoon umgehend.

Gewonnen! Das war also die Kategorie Zahl, ein neues Element der Folge. »Und jetzt nenn mir die verbleibenden Schiffe, aber langsam«, düste er ihr zu.

»Selten«, schickte sie ihren Antwortstrahl, und er ordnete diesen Begriff unter A ein. »Vorsicht.« Diesen Begriff versah er mit einem B. Als sie fortfuhr, machte er sich kaum die jeweilige Bedeutung bewußt, so leicht wurden sie zu Geschmackseindrücken. C-D-E-F-G, und dann kam eine neue Folge: ABCDEFGH. Und eine weitere: ABCD-

»Wo ist der nächste Begriff?« nadelte er ungehalten.

»Das war's«, strahlte Swoon. »Vierzig Schiffe sind vergeben! Hast du das Problem endlich gelöst?« Angst mischte sich in ihre Mitteilungen und fügte störende Nebengeschmäcke hinzu.

»Ja. Der nächste wird ein E-Begriff sein, gefolgt von einem ...«

»Wie bitte?« Ihr Nadelstrahl war konzentrierte Verwirrung.

Autsch – er hatte ihr seine Notationssymbole zugestrahlt. »Ein Begriff, der sich auf flüssige Materie bezieht und der vorher noch nicht genannt wurde, wie ...«

»Fließend ist richtig«, verkündete der Ansagespray.

»Du hast's gefunden!« jubelte Swoon.

»Ich hab' verloren«, widersprach er. »Ich hab' mich diesmal nicht am Wettbewerb beteiligt; ein anderer HydrO war das, und er bekommt das Schiff. Die anderen kommen dem Prinzip jetzt auf die Spur.«

»Fünf ist richtig«, verkündete der Ansagespray. »Dummheit ist richtig. Sieg ist richtig.«

»Das waren F, G und H«, düste Heem erschrocken. »Wir müssen uns unsere Schiffe sichern, ehe die nächste Sequenz zu Ende ist!«

»Ja!« stimmte Swoon zu. »Dann nenne mir einen Begriff!«

»Er muß zu einer neuen Kategorie gehören. Vielleicht etwas Abstraktes, wie Stärke ...«

»Tugend ist korrekt«, rieselte es aus dem Ansagespray.

»Das auch; Kategorie I«, nadelstrahlte Heem. »Die nächsten acht sind einfach.«

»Ich werde mein Glück beim nächsten versuchen«, düste Swoon.

»Eine physikalische Zustandsform, die jedoch bisher noch nicht genannt wurde.«

»Wie wäre es mit Leicht, dem Gegenteil von Schwer? Schwer wurde bereits genannt, aber Leicht noch nicht.«

»Eigentlich müßte das glatt durchrollen«, pflichtete er ihr bei.

»Wenn das falsch ist ...« Sie strahlte kraftvoll in den Rezeptor ihrer Nische. Nichts geschah.

»Leicht ist richtig«, sprühte der Ansagespray. »Swoon von Süßsumpf erhält Schiff sechsundvierzig.«

Swoon zerfloß regelrecht. »Danke, Heem, danke! Das werde ich wiedergutmachen! Komm auf dem Zielplaneten gleich zu mir ...«

Doch Heem setzte wenig Vertrauen in solche Dankbarkeit. »Nur einer kann den Wettstreit gewinnen«, erinnerte er sie.

»Noch ist der Wettstreit nicht vorüber. Vielleicht ergibt sich noch eine Möglichkeit, wieder zusammenzuarbeiten.« Sie badete ihn in einem breitgefächerten Strahl erotischer

Verheißung und verließ ihre Nische, um ihren Schlüssel und ihr Schiff zu übernehmen.

Heem brauchte einen Moment, um sich wieder auf den Wettkampf zu konzentrieren. War Swoon auch nicht gerade eine Meisterin im Lösen von Rätseln, so hatte sie doch eine Menge Sex-Appeal!

Er hatte jetzt endlich Gelegenheit, sein eigenes Schiff zu erringen. Das dürfte kein Problem sein. Der nächste Begriff müßte zur Kategorie B ...

»Demut ist richtig«, kam es aus dem Ansagespray. »Ankunft ist korrekt.«

Jetzt ging es aber schnell! Achtundvierzig Schiffe von insgesamt sechsundsechzig waren vergeben! Der nächste Begriff müßte ...

»Reich ist korrekt. Czeep von Czeeteich erhält Schiff neunundvierzig.«

Am besten suchte er sich ein späteres Schiff aus, um bereit zu sein, wenn sich für ihn die richtige Chance ergab. Momentan riet er richtig, mußte sich aber gegenüber den anderen, die schneller antworteten als er, geschlagen geben. Er würde es mit dem drittnächsten Schiff versuchen. Reich war ein D-Begriff; E-F-G – er brauchte ein G. G war – er zögerte und grub in seinem Gedächtnis nach –, G waren intellektuelle Fähigkeiten wie Weisheit und Dummheit. Waren diese Begriffe bereits genannt worden? Wahrscheinlich. Also mußte er sich etwas anderes suchen wie zum Beispiel Exzentrik. Das schmeckte irgendwie neu und unverbraucht. Exzentrik – seine Fahrkarte in den Weltraum!

»Strom ist richtig.« Die falschen Versuche wurden seltener; nur die, welche das Prinzip erkannt hatten, meldeten sich. Die Schiffe gingen schnell weg. »Sechs ist richtig.«

Nun war G an der Reihe – seine Chance. Heem schickte sich an zu strahlen ...

Und versagte. Seine Düse war verstopft, die Flüssigkeit sickerte bedeutungslos über seine Haut. Was war geschehen? Das paßte gar nicht zu ihm, daß er im kritischen Augenblick versagte.

Eine Wiederholung, dachte er plötzlich. *Eine ungültige Antwort!*

»Geistige Gesundheit ist korrekt«, meldete sich der Ansagespray. »Wohlstand ist richtig!«

Eine Wiederholung! Durchaus möglich, denn er hatte sich kaum um die speziellen Begriffe gekümmert. Er hatte sie automatisch in den jeweiligen Notationsgeschmack übersetzt und darauf vertraut, daß Swoon von Süßsumpf sich an den einzelnen Begriff erinnerte – und jetzt war sie nicht mehr da! Hinsichtlich möglicher Wiederholungen von Begriffen konnte er sich auf sein Gedächtnis überhaupt nicht verlassen!

»Laster ist richtig. Knyfh ist richtig.«

Zwei weitere Schiffe weg – das vierundfünfzigste und das fünfundfünfzigste. Nur elf waren noch übrig – und obwohl er das Prinzip erkannte hatte, ließ sein Gedächtnis ihn im Stich! Seine Chancen standen wahrscheinlich zwei zu drei, daß er sich für den richtigen Begriff entschied – doch er wollte seine Freiheit nicht von derartigen Unwägbarkeiten abhängig machen! Er wollte sichergehen. Was sollte er jetzt tun?

»Fest ist richtig. Maat von Hauptström erhält Schiff sechsundfünfzig.«

Der fünfundfünfzigste Begriff war Knyfh gewesen – offensichtlich die neue Kategorie J, Cluster-Geographie. Segment Knyfh war während des Zweiten Energiekrieges das Zentrum der Verteidigung der Milchstraße gewesen. Wahrscheinlich wäre der nächste J-Begriff eines der anderen galaktischen Segmente – Quval, Etamin, LoDo, Weew oder Tausendstern selbst. Doch dies war zu offensichtlich; eine ganze Reihe von Konkurrenten hätten das längst erkannt und wartete darauf, daß J wieder an die Reihe käme, und es wäre reiner Zufall, wenn er seine Antwort als erster abgeben könnte. Er durfte seine Antwort keinen Moment zu früh abstrahlen; eine Antwort an falscher Stelle wurde auch als falsch gewertet.

»Erregung ist korrekt. Aufbruch ist richtig. Aromatisch ist richtig.«

Drei weitere Schiffe wurden vergeben – und Heem hätte eines davon haben können, wenn er eine Wiederholung riskiert hätte. Doch er durfte das Wagnis nicht eingehen! Nach seinen Erkenntnissen über das Muster gehörte zum sechsundsechzigsten Schiff ein völlig neuer Begriff. Während die anderen sich mit dem zweiten J-Begriff herumschlugen, sollte er sich auf den K-Begriff konzentrieren.

Problematisch war nur, daß das K-Schiff, das sechsundsechzigste also, das letzte für einen HydrO-Wirt verfügbare war. Wenn er dies verlor, dann verlor er alles.

»Heiterkeit ist falsch. Sieben ist falsch.« Zwei Fehlversuche. Gefordert war ein E-Begriff, der mit Wasser zu tun hatte, während diese beiden sich auf Gefühl und Zahl bezogen – also zu B und F zählten. Die anderen Konkurrenten wurden zunehmend nervöser, befürchteten sie doch, daß sie allein schon dadurch verlieren würden, wenn sie sich nicht rechtzeitig um die verbleibenden Schiffe bemühten. Na schön, je mehr Narren sich selbst aus dem Wettbewerb herausspülten, desto weniger konnten ihm am Ende, wenn er in den Wettbewerb eingriff, gefährlich werden. Plötzlich wuchs in Heem die Versuchung, sich schon beim nächsten Schiff zu melden. War Ozean schon genannt worden? See? Meer?

»See ist richtig«, rieselte die Antwort auf die Wettstreiter herab. »Soop von Seelennaß gewinnt Schiff sechzig.«

Noch sechs Schiffe. Er hätte Schiff sechzig gewinnen können, hätte er nur See abgestrahlt. Doch angenommen, er hätte es mit See versucht, und der Begriff hätte sich als Wiederholung herausgestellt? Tatsächlich war er nun fast sicher, daß See bereits genannt worden war, als erster oder zweiter E-Begriff. Er sollte an seinem ursprünglichen Plan festhalten: eine völlig neue Begriffskategorie für Schiff sechsundsechzig zu suchen. Dies war und blieb seine beste Chance.

»Sechs ist falsch. Sieben ist korrekt.«

Jemand hatte nicht aufgepaßt und eine Zahl zum zweitenmal genannt – was auch Heem hätte passieren können. Der nächste Rater hatte die Situation richtig erkannt und mit seiner Nennung das Schiff errungen. Die verbleibenden Konkurrenten standen ebenso wie Heem unter wachsendem Druck; ihnen unterliefen dumme Fehler. Aber das war deren Problem; er mußte sich mit seinem eigenen herumschlagen. Was könnte eine völlig neue Begriffskategorie sein?

»Acht ist falsch. Verrückt ist korrekt. Erfolg ist korrekt.«

Das waren die Schiffe zweiundsechzig und dreiundsechzig. Drei Schiffe waren noch übrig – und Heems Geist war völlig leer. Wo war seine neue Kategorie? Er brauchte sie jetzt!

»Gerechtigkeit ist richtig. Potenz ist falsch.«

Verflucht! Zwei Schiffe waren übrig – und er konnte seinen Geist nicht dazu zwingen, die neue Kategorie zu finden! Sollte er sein Glück schon beim vorletzten versuchen, da niemand ...

»Etamin ist korrekt. Jool von Juwelenglanz erhält Schiff fünfundsechzig.«

Jetzt! Jetzt! Oder für immer verloren! Dennoch konnte er nicht ...

Idiot! Potenz lautet der Begriff!

Doch Potenz war eine Wiederholung; er hatte es bereits geschmeckt!

Nein! Nenne es jetzt!

»Novaglanz ist falsch.«

Potenz. Jetzt!

Verwirrt gab Heem nach. Lieber wollte er mit einem falsch geratenen Begriff ausgewaschen werden, als es überhaupt nicht versucht zu haben. Doch als er seinen Strahl abgab, wußte er, daß es den übrigen ebenso erging wie ihm. Kreuz und quer schossen die Nadelstrahlen durch die Halle.

Mit niederschmetternder Gewißheit kostete er den abschließenden Ansagespray. Einige andere hatten vor ihm gestrahlt! Einer von denen hatte sicherlich die richtige Antwort gefunden.

»Frustration ist falsch. Jubel ist falsch. Spray ist falsch. Tausendstern ist falsch. Zehn ist falsch. Übelkeit ist falsch.

Sand ist falsch. Potenz ist korrekt. Heem von Steilfall hat das letzte Schiff gewonnen. Alle anderen sind ausgeschieden.«

Betäubt verharrte Heem in seiner Nische. *Potenz war keine Wiederholung; es war ein verfrühter Versuch gewesen,* meldete ihm der Geschmack in seinem Geist. *Fehl am Platze, deshalb falsch – vorher.*

Immer noch seinen Erfolg nicht fassend, wälzte Heem sich aus seiner Mulde und rollte vor, um den Schlüssel zu Schiff sechsundsechzig in Empfang zu nehmen.

Der Schlüssel war ein einfacher, dennoch nicht analysierbarer Geschmackscode, der ihm zu Schiff sechsundsechzig und zu keinem anderen Einlaß gewährte. Heem rollte eilig hin, strahlte den Schlüssel ab und rollte die Rampe hinauf, die sich für ihn öffnete. Er betrat das Schiff, zwängte sich in die Kommandokapsel und begab sich in die Beschleunigungsschale. Niemand außer einem HydrO konnte ein HydrO-Schiff benutzen; die Körper der anderen Intelligenzen waren zu verschieden. Er benadelte den START-Knopf. Die Beschleunigungsklappen schlossen sich um und versiegelten die Kammer; Wasser strömte in das Abteil, und die mächtigen Gasdüsen bliesen nach unten gegen den Untergrund. Wie ein Flachsegler erhob das Schiff sich in den Himmel.

Heem konnte im Augenblick nichts tun. Das Schiff wurde vom Autopiloten gelenkt, bis es die Fluchtgeschwindigkeit erreicht hatte; erst dann würden die Kontrollen für den Passagier freigegeben. Die Anfangsbeschleunigung erzeugte immer einen hohen Druck; glücklicherweise wurde die Physis eines HydrO, wenn entsprechend geschützt, damit bestens fertig. Nur eine Kreatur, die in einem flüssigen Medium lebte, konnte eine derart rapide Beschleunigung aushalten; andere Lebensformen waren in dieser Hinsicht entscheidend gehandikapt, da ihnen die Fähigkeit fehlte, ihr Gewebe auf hydraulische Art zu schützen. Trotzdem waren auch andere Spezies irgendwie in den Weltraum vorgedrungen.

Dieser Gedanke brachte Heem zu einigen ausgedehnten

Überlegungen: Wie war seine Art eigentlich in den Weltraum gelangt? Die Technik dazu konnte unmöglich von der HydrO-Spezies entwickelt worden sein, lebten sie doch ausschließlich auf dem Untergrund ihres Planeten. Dennoch konnte diese fast perfekte Anpassung an die Gegebenheiten des Weltraums kaum ein Zufall sein.

Nein, natürlich war es kein Zufall! Die Erkenntnis, daß es einen Weltraum gibt, war der HydrO-Art nicht auf Anhieb gekommen, denn die Strahlung der Sterne war von den Sinnesorganen der HydrOs nicht direkt zu erfassen. Einen Stern konnte man nicht schmecken; er hatte keinen charakteristischen Dampf, keine Vibration; er konnte nicht berührt werden. Der Heimatstern, HydrO, wurde durch seine kalorischen Eigenheiten identifiziert; er heizte Land und Luft bei Tage. Dies war der Schlüssel gewesen, natürlich, obwohl Heem sein jugendliches Lebensstadium auf einer Koloniewelt verbracht hatte und niemals die Umgebung des Sterns HydrO selbst geschmeckt hatte. Wenn ein Ding, das zu weit entfernt war, um berührt werden zu können, den Unterschied zwischen Behaglichkeit und Unbehaglichkeit ausmachte, dann war dieses Ding wichtig genug, um eingehender untersucht zu werden. Angenommen, der Stern HydrO entfernte sich plötzlich oder er verblaßte? Heems Vorfahren hatten sich in eine Lage hineinrollen müssen, in der ihnen so etwas nicht zustoßen konnte.

Daher hatten die Vorfahren den Stern HydrO genauestens studiert und wundervolle Eigenschaften entdeckt. Generationen gingen über der Suche nach Wissen dahin, doch mittlerweile konnte man die grundlegenden Erkenntnisse als gesichert ansehen. Der Stern HydrO war nicht nur dem Wechsel von Tag und Nacht unterworfen (d.h. wechselnden Perioden von Wärme und Kälte), auf ihm gab es auch Jahreszeiten und größere Klimazyklen. Die Ausweitung und Perfektionierung dieser Erkenntnisse war manchmal mit Fehlern behaftet, doch am Ende dieses langen Rollens hatte das Wesen des modernen Universums einen recht eindeutigen Geschmack angenommen.

Die HydrOs hatten erkannt, daß im Universum auch noch andere Lebensformen existieren mußten, genauso wie es auch andere Sterne gab. Nichts erschien allein; wie Jugendliche in einem Tal, waren da immer ein- oder zweihundert. In der Tat, im System HydrO gab es uralte Ruinen, zweifelsfrei Überreste der Anwesenheit einer technologisch hochentwickelten fremden Spezies. Auf einem Planeten innerhalb der Sphäre HydrO, der einen anderen Stern umkreist (ein Stern war eine riesige strahlende Gaskugel; seine Bedeutung erhielt er durch eine zugeordnete intelligente Lebensform), gab es die Überreste einer vollständigen Lebensökologie, die einstmals in voller Blüte gestanden hatte, nun jedoch vollkommen ausgelöscht war. Analysen der Spuren hatten ergeben, daß die Fremden andere Perzeptoren benutzten als den Geschmackssinn. Sie schienen fähig gewesen zu sein, die reflektierte Strahlung der Sterne direkt wahrzunehmen. Da diese Strahlung sich, laut Forschung der HydrOs, geradlinig und überaus schnell ausbreitete – ganz anders als Dampf und Geschmacksnuancen –, hatte dies die Fremden in die Lage versetzt, viel direkter auf stellare Erscheinungen zu reagieren. Und tatsächlich mußte diese Fähigkeit für raumfahrende Kreaturen von unschätzbarem Wert sein und könnte sogar auf der Oberfläche von Planeten von Nutzen sein. Infolgedessen hatten die HydrOs Geräte zum Empfang dieser Strahlung entwickelt und sie in Geschmacksmoleküle übersetzt, wobei sie ähnlich verfuhren wie Heem bei dem Wettstreit, als er die genannten Begriffe codiert hatte. Dies hatte zu einem dramatischen Zuwachs an astronomischen Informationen geführt.

›Ich kann nicht sehen‹, dachte er verzweifelt.

Wie bitte? Natürlich konnte er nicht sehen; das war der Begriff, der die direkte Wahrnehmung von Strahlung bestimmter Wellenlängen bezeichnete, zu der ausschließlich Maschinen und Aliens fähig waren und womit ein Ausgleich zu deren unzureichenden Geschmacksfähigkeiten geschaffen war. Kein HydrO konnte diese technische Leistung vollbringen, falls er dies gewollt hätte; die Instrumente reichten völlig aus, die Auswirkungen von Strahlung verständlich zu machen. Sollte ihm jemals sein Geschmackssinn abhanden kommen, dann hätte er wohl Grund zum Verzweifeln; warum also beklagte er das Fehlen eines fremdartigen Wahrnehmungsvermögens?

›Ich bin blind!‹ dachte er wieder.

Blind: ein speziell geschaffener Begriff, der die Unfähigkeit der Strahlungswahrnehmung bezeichnete. Im Groben ließ sich dieser Zustand mit Geschmackslosigkeit gleichsetzen – zumindest traf dies auf eine Spezies zu, die töricht genug war, sich auf Strahlungswahrnehmung als primäre Umwelterfassung zu verlassen. Ein solcher Verlust konnte sehr unangenehm sein. Doch nicht für Heem, der eine solche Fähigkeit nie besessen hatte und auch nicht den Wunsch danach verspürte.

Möglich, daß dies eine vorübergehende Anomalie seines Denkens war, hervorgerufen durch den Beschleunigungsdruck. Heem war schon früher durch den Weltraum geflogen, ohne sich mit einem derartigen Problem herumschlagen zu müssen, doch es war möglich, daß seine Untauglichkeit sich auch auf diesen Bereich erstreckte. Litt er etwa unter einer Störung seiner geistigen Gesundheit?

»Ich kann fühlen, ich kann schmecken«, sprühte er, obwohl sein Sprühstoß in diesem durch die Beschleunigung beanspruchten Wassermilieu kaum eine Wirkung haben konnte. Er erinnerte sich daran, wie er auf den Flachsegler gewartet hatte, vor langer Zeit, als er noch ein Jugendlicher war, und sich ähnlich eingeengt gefühlt hatte. »Das ist alles, was ich fordere.«

»Nicht du, Idiot! *Ich* bin es, der blind ist!«

Nadelstrahlte er sich selbst etwas zu? Schon immer war er voller Gedanken gewesen, doch nie zuvor hatte er versucht, sich selbst zu besprühen.

»Ich hätte nie gedacht, daß es so sein würde! Keine Augen, keine Ohren – ich bin eingesperrt in eine dunkle und absolut geräuschlose Zelle. Ich verliere allmählich den Verstand!«

»Demnach strahle ich mich selbst an«, düste Heem sich auf dieselbe Art die Antwort zu. »Wenn ich schon meinen Verstand verliere, wie ich befürchte, dann doch wenigstens im freien Raum und nicht in Gefangenschaft.« Technisch betrachtet gab es nichts Einengenderes als die Raumfahrt; keine zur Klaustrophobie neigende Kreatur konnte ein Raumschiff lenken. Doch jenseits jenes engen und bedrükkenden Metalls lag die grandiose Weite des Raums, das Höchste an Unbeengtheit. »Aber warum beschäftige ich mich so intensiv mit – wie hießen noch mal diese Organe zur Wahrnehmung von Strahlung?«

»Augen! Ohren! Um zu sehen und zu hören. Wie kannst du es nur ertragen, blind und taub, sogar ohne Hände?«

»Hände! Das einzige Wesen mit jenen schrecklichen Anhängseln, das ich jemals traf, ist ...«

»Alle vernunftbegabten Kreaturen haben Hände! Oder seitenspezifische Finger oder Entsprechendes. Damit sie Werkzeuge bedienen, Maschinen steuern können, damit sie eine dem Cluster-Niveau entsprechende Technologie entwickeln.«

»Das sind nicht meine Gedanken!« nadelte Heem erregt. »Möglich, daß ich meine geschmacksanalytischen Fähigkeiten allmählich einbüße, aber nicht mein logisches Denkvermögen. HydrOs haben keine Hände, dennoch zählen wir zu den technologisch am weitesten entwickelten Spezies im Segment Tausendstern. Und ich lenke zur Zeit ein HydrO-Raumschiff – ganz ohne Hände.«

»Natürlich sind es nicht deine Gedanken. Es sind meine. Ich hätte niemals erwartet, daß es so sein würde.«

Der Geschmack des Verstehens strömte über seine Oberfläche. »Der Transferer! Er ist trotz allem angekommen!«

»Es – ich meine ich – kam fast tot am Ziel an. Ich bin im Augenblick kaum bei Bewußtsein. Ich halte mich nur durch Willenskraft aufrecht; schon in ein paar Stunden, wenn ich mich nicht aus diesem Alptraum befreien kann, breche ich völlig zusammen. Mit meiner Willenskraft kann ich nur kurze Zeit durchhalten; und zwar kann ich so gut wie alles geduldig ertragen, wenn ich genau weiß, daß es sich nur um einen vorübergehenden Zustand handelt. Aber wenn meine Kräfte erst einmal nachlassen ...«

»Deshalb wurde ich also von der Wettbewerbsleitung nicht disqualifiziert! Ich besaß eine andere Aura!«

»Genauso funktioniert doch der Transfer, nicht wahr? Was hast du erwartet?«

»Ich rechnete mit einer Persönlichkeit, die mir einen Besuch abstatten will. Dafür bekam ich einen Hieb verpaßt, der mich beinahe ausgeschaltet hätte.«

»Mich auch«, düste der Transferer. Doch es war ein imaginärer Strahl; es war eine interne Kommunikation, die man am ehesten mit einem Gedanken vergleichen kann.

»Du bist – der Solarier? Erfahren im Spinnen von Intrigen?«

»Hattest du schon früher Transferer? Ist es immer so wie jetzt?«

»Ich bin bisher noch nicht Wirt gewesen. Doch keiner der anderen Wirte schien irgendwelche Probleme zu haben. Ich dachte, ich hätte keine Aura empfangen. Aber du hast nicht geantwortet: Bist du der Solarier?«

»Ich bin solarischer Herkunft.« Eine komplexe Woge aus Denken und Fühlen, unentzifferbar.

»Mäßige deine Reaktionen!« nadelte Heem. »Wenn du ein Dutzend fremde Gedanken auf einmal denkst, kann ich keinen einzigen analysieren!«

»Nun, so bleibt mir wenigstens ein Teil meiner privaten Sphäre.«

»Du wurdest nicht in meinen Körper transfert, um dich in deiner privaten Sphäre ausruhen zu können! Wir müssen einen Wettkampf gewinnen!«

»Nun, ja, das weiß ich. Und ich habe dabei erheblich geholfen, glaube ich.«

»Geholfen! Indem du mich schon vor der ersten Aufgabe ausgeschaltet hast?«

»Dich ausgeschaltet?« wiederholte der Alien indigniert. »Ich habe mich nur zusammengerissen und einen Teil meines Bewußtseins rechtzeitig wiedergewonnen, damit ich das Begriffsmuster entschlüsseln konnte – und diese Anstrengung ließ mich erneut das Bewußtsein verlieren. Die Schrekken totaler Blindheit ...«

»Du hast das Muster entschlüsselt? Ich habe die Analyse vorgenommen, und ...«

»Und hast versucht, dich mit einer Wiederholung selbst zu disqualifizieren, dann hast du beim letzten Begriff gekniffen, als suchtest du plötzlich den Tod. Ich bin nicht scharf aufs Sterben! Ich mußte den richtigen Begriff durch dein blockiertes Aliengehirn, oder was immer es sein mag, regelrecht hindurchhämmern. Hast du überhaupt ein Gehirn?«

Das war eine ernsthafte Frage. »Wenn du darunter eine organisierende Intelligenz verstehst, ja, dann habe ich eins. Es ist über meinen ganzen Körper verteilt, verarbeitet jeden Eindruck und Aspekt, wie es auch seine Aufgabe ist. Sind Solarier denn anders aufgebaut?«

»Und wie wir das sind! Wir haben einen Kopf mitsamt den meisten unserer auf äußere Wahrnehmung spezialisierten Organen in direkter Nähe des Gehirns, wo sie am wirkungsvollsten eingesetzt werden können.«

»Oben? Ihr kennt bei euren Körpern eine Seite, die oben ist?«

»Natürlich. Ihr nicht?«

»Natürlich nicht. Wie kann man denn vorwärtsrollen, wenn eine Seite stets oben sein muß?«

»Wer will denn schon freiwillig rollen? Oh, gib mir darauf keine Antwort! Wie kannst du dich nur als Wirt zur Verfügung stellen, wenn du nichts über die Eigenschaften deines Transferers weißt?«

»Und wie konntest du so einfach in den Transfer gehen, wenn du keine Ahnung hattest, daß du in einem Wirt ohne Gesichtssinn landen würdest?«

»Touché«, gestand die Kreatur ein. »Aber ich hab' zuerst gefragt.«

»Die Identitäten der Transferer wurden geheimgehalten,

damit keiner favorisiert werden konnte. Bis zur Vorstellung hatte ich keine Ahnung, daß ich als HydrO-Repräsentant auftreten sollte. Alles, was ich von den Solariern weiß, ist, daß es eine wilde, undisziplinierte Rasse ist, die über wenig Raffinesse verfügt und ausgesprochen kriegslüstern ist.« Er hielt inne. »Ich wollte dich damit nicht beleidigen, Transferer.«

Der anwachsende Zorn des Solariers verwandelte sich in Heiterkeit. »Keine Beleidigung, du wandelnde Pfütze! Du liegst gar nicht so schief mit deiner Beschreibung.«

»Wir müssen einige Anfangsmanöver gemeinsam durchführen. Daher sollten wir uns mit unseren Eigenarten anfreunden, um beim eigentlichen Wettbewerb angemessen zusammenwirken zu können. Die anderen Konkurrenten hatten auf dem Planeten genügend Zeit, sich zu akklimatisieren, doch wir sind ziemlich spät dran. Sobald das Schiff die vorgeschriebene Fluchtgeschwindigkeit erreicht und einen stabilen Kurs eingeschlagen hat, werden wir uns mit der Lage des Zielplaneten und mit der Art der Herausforderung vertraut machen. Danach werden wir sehr beschäftigt sein, denn unser Schiff startete als letztes. Wir müssen uns mit größter Sorgfalt der Steuerung widmen, damit wir mindestens zwei Drittel der vor uns gestarteten Schiffe überholen und einen freien Traktorstrahl erwischen, der uns bis auf die Oberfläche des Zielplaneten leitet.«

»Wir? Ich hab' keine Ahnung vom Lenken eines Raumschiffs.«

Das hatte Heem befürchtet. »Dann müssen wir vorher zu einem gegenseitigen Verständnis gelangen, damit ich nachher nicht abgelenkt werde. Ich bin zwar ein hervorragender Pilot, jedoch werde ich auch mit erheblichen Schwierigkeiten zu kämpfen haben.«

»Ja.« Die fremde Entität hielt inne. »Es gibt da etwas, das du wissen solltest, und etwas, das ich wissen sollte.«

»Dann werd los, was dich beschäftigt, aber schnell.«

»Ich – ich bin ein Hochstapler. Ich bin für diese Mission gar nicht qualifiziert.«

»Unmöglich. Du warst im Transfer. Und das konnte kein Irrtum sein. In einer solchen Angelegenheit würde das Segment Etamin niemals betrügen.«

»Ich – der eigentliche Transferer war verhindert. Also bin ich – für ihn eingesprungen.«

»Unmöglich«, wiederholte Heem. »Nicht qualifizierte Stellvertreter werden nicht akzeptiert.«

»Sie wußten nicht, was mit mir los war. Ich benutzte die Identität der richtigen Persönlichkeit.«

»Die Maschine hätte niemals deine Aura durch den Transfer gehen lassen. Eine Aura-Überprüfung läßt sich nicht täuschen. Ich müßte das eigentlich am besten wissen; ich hab' etwas Ähnliches vor gar nicht langer Zeit ebenfalls versucht.«

»Meine Aura – ist der seinen sehr ähnlich. Die Maschine konnte keinen Unterschied feststellen.«

»Irgend etwas rollt hier ziemlich schief. Mag sein, daß Solarier ein bißchen rückständig sind, aber doch nicht so dämlich. Offensichtlich bist du die ausgewählte und in den Wettkampf entsandte Entität; etwas anderes ist kaum möglich, wenn man die strengen Überprüfungen in deiner Heimat und hier bedenkt. Es sei denn, du bist eine Schöpfung meiner gepeinigten Phantasie. Willst du mir das zustrahlen? Bist du nicht wirklich?«

»Ich bin real und solarischen Ursprungs. Ich bin ein Transferer. Aber ich wurde nicht für diese Mission ausgebildet. Ich bin nicht die Person, die hergeschickt werden sollte. Es tut mir leid.«

Heem dachte und empfand die Angelegenheit als zunehmend reizvoll. »Jetzt kann ich auch begreifen, warum ich es vorzog, mir vorzustellen, ich hätte eine Transferer; es hätte mir eine gute Portion Selbstvertrauen verschafft, diese Mission durchzustehen. Ich kann deutlich schmecken, warum ein derartiger eingebildeter Besucher versuchen würde, mich von seiner Authentizität zu überzeugen; der Trick würde keine Wirkung haben, wenn ich nicht von seiner Existenz überzeugt wäre. Aber ich sehe keinen Sinn darin, daß ein solches Phantasieprodukt sich selbst in Mißkredit bringt. Das würde doch nur ...«

»Ihm selbst schaden?«

»Ja, ihm selbst. Ich stelle deine Eignung nicht in Frage, das tust *du*. Indem du auf einen offensichtlichen Haken in deiner Geschichte hinweist. Also ...«

»Oh, Sprachverwirrung. Mannperson Einzahl, Standard-Definition.«

Heem ließ das vorbeirollen. Der Transferer wollte ihn mit Spitzfindigkeiten ablenken, während das Wesentliche in den Hintergrund trat. Er nahm den Geschmack wieder auf. »Also bezweifle ich, daß du ein Produkt meiner Phantasie bist; mein Geist arbeitet einfach zu logisch, um etwas wie dich willkürlich zu schaffen. Das bedeutet, daß du wirklich sein mußt.«

»Was meinst du mit ›zu logisch für mich‹? Ich bin mindestens ebenso logisch wie du.«

»Das ist es ja, was wir feststellen wollen. Ich akzeptiere dich als real, stelle jedoch deine Logik in Frage. Du behauptest, du hättest eine unfehlbare Maschine überlistet.«

»Ich hab' sie getäuscht!«

»Ist dir denn nicht klar, daß es keine zwei gleichen Auren gibt und daß die Maschine den jeweiligen Aura-Typ eindeutig identifiziert? Sonst könnte sie die Aura nämlich nicht in den Transfer schicken.«

»Ja, natürlich weiß ich das. Doch dies ist ein Sonderfall.«

»Das muß es auch sein. Und zwar ein höchst ungewöhnlicher.«

»Ist es auch.«

»Du müßtest schon mit dem ursprünglichen Kandidaten praktisch völlig identisch sein. Was wiederum bedeutet ...«

»Nicht ich. Meine Aura – sie ist mit der anderen identisch.«

Heem rollte geistig aus dem Gleichgewicht. »Keine zwei Auren sind identisch. Jede Aura ist in der gleichen Weise unterschiedlich, wie die Entität unterschiedlich ist, zu der sie gehört. Daher kann die Identität in einem fremden Wirt wiedergeschaffen werden, denn der Kern der Identität liegt in der Aura und nicht im Körper. Du behauptest, du seiest nicht der ursprünglich vorgesehene Kandidat. Du behauptest auch, daß deine Aura, der Ursprung deiner Identität gleich ...«

»Ja. Das ist doch das einmalige.«

»Und du behauptest außerdem, stets logisch vorzugehen?«

»Ich bin ein Klon!« explodierte der Solarier mit einem überscharfen Geschmacksimpuls.

Das rollte Heem irgendwie zurück. »Ein Klon! Eine Person, die mit einer anderen identisch ist und aus demselben genetischen Muster geschaffen wurde. Eine geteilte Persönlichkeit. Ich nehme an, das könnte funktionieren, theoretisch.«

»Und in der Praxis.«

»Du behauptest, du wärest von einem erwachsenen Solarier geklont worden?«

»Nein, geklont wurde ich bereits bei der Empfängnis. Wir wurden als Geschwister geboren.«

»Aber die Aura wird doch durch gemachte Erfahrungen verändert. Zur Zeit deiner Metamorphose hättet ihr zu unterschiedlich sein müssen, um die Maschine zu betrügen.«

»Wir wuchsen gemeinsam auf, erlebten alles gemeinsam. Unsere Auren waren in ständiger Verbindung und konnten so jegliche Unterschiede ausgleichen. Wir waren nicht identisch – im Gegenteil! –, aber Maschinen sind auf Klons nicht eingestellt.«

»Und dennoch fehlen dir Training und Fähigkeiten deines Klon-Bruders? Es fällt mir schwer zu glauben, daß ihr euch ähnlich genug wart, die Maschine zu übertölpeln, aber nicht ähnlich genug, um die Mission durchzuführen.«

»Ich verfüge über die gleichen Voraussetzungen, die gleichen Anlagen, jedoch fehlt mir die spezielle Ausbildung, von der der wesentliche Teil erst vor kurzem vorgenommen wurde. Ich glaube, die Maschine suchte nicht nach Unterschieden in Bereichen, in denen es tatsächlich gewisse Unterschiede gibt. Möglich, daß diese Unterschiede sich beim eigentlichen Transfer auswirkten.«

»So daß du leicht phasenverschoben ankamst und uns beide kurzzeitig ausgeknockt hast!« strahlte Heem in plötzlichem Verstehen.

»Es tut mir leid.«

»Dir tut es nur leid! Du hättest mich fast aus dem Wettbewerb geworfen!«

»Ich hatte wirklich keine andere Wahl. Mein Klon-Bruder hatte den Vorschuß angenommen, den gesamten Betrag ausgegeben, und als er schließlich den Unfall hatte ...«

»Bist du vorgerollt, um für ihn einzuspringen – zumindest so lange, wie es der Gang des Geschehens erlaubte.«

»Ich sehe ja ein, daß das dir gegenüber unfair war. Aber wir waren so verzweifelt. Unser ganzes Leben ... Meine Alternative bestand darin, meinen Bruder zu töten oder seine Einwilligung zu widerrufen, ohne Vorbehalte ...«

»Ich verstehe.«

»Wenn du also mit mir schimpfen willst ...«

»Solarier, in deiner Situation hätte ich genauso gehandelt. Mein eigenes Geschwister starb und ermöglichte mir das Überleben, doch wenn ich zurückgetreten wäre, dann hätte ihm das sowieso nicht geholfen.«

»Du bist nicht verärgert?«

»Auch ich bin im weitesten Sinne widerrechtlich in dieser Sache drin. Ich mußte auf schnellstem Weg vom Planeten runter, daher benutzte ich den einzigen möglichen Weg – diesen Wettstreit –, obwohl ich genau wußte, daß ich dafür überhaupt nicht qualifiziert war.«

Der Transferer war verblüfft. »Du hast ja dieselbe Taktik benutzt wie ich!«

»Stimmt. Demnach kann ich dir wegen deines Verhaltens wohl kaum irgendwelche Vorwürfe machen. Von der Persönlichkeit her scheinst du genauso strukturiert zu sein wie ich, obgleich dein Körper sich von dem meinen wahrscheinlich drastisch unterscheidet.« Er überlegte und rief sich die verschiedenen Hinweise ins Gedächtnis zurück, die der Solarier hinsichtlich dieser Unterschiede von sich gegeben hatte. »Ich weiß wirklich nicht, wie die physische Gestalt eines Solariers beschaffen ist.«

»Mit der Gestalt eines HydrO ist sie überhaupt nicht zu vergleichen, das kann ich dir versichern! Wir haben Muskeln und Knochen und tragen den Kopf hoch, und wir haben Arme und Beine und Augen und Ohren ...«

»Schrecklich!« sprühte Heem. »Du schmeckst ja fast wie ein ...« Er zögerte, da er keine Streitsituation schaffen wollte.

»Wie was?« wollte der Fremde wissen. »Ich hab' das Aroma des Abscheus sehr wohl schmecken können. Wie fauliger Gullyschlamm – grauenvoll!«

»Woher gewinnen Solarier ihre Lebensenergie?« lenkte Heem ab.

»Wir nehmen Nahrungsmittel zu uns wie jede andere Kreatur.«

»Aber nicht wie die HydrOs oder die Erbs oder hundert andere Segment-Rassen.«

»HydrOs essen nicht?« strahlte der Fremde neugierig.

»Wir absorbieren Wasserstoff und Sauerstoff aus der Atmosphäre und schaffen zwischen ihnen gezielt eine Verbindung, bei der Energie freigesetzt wird. Diese treibt unseren Metabolismus an, und das Endprodukt ist OH_2.«

»Meinst du Wasser? H_2O? Dein Abfallstoff ist Wasser?«

»Wohl kaum Abfall. Wir brauchen es zur Fortbewegung, zum Kampf, zur Kommunikation, Manipulation von Gegenständen, zur Reizaufnahme, als Dämpfungsmedium bei irgendwelchen Stößen – gerade in diesem Moment werden wir davon gegen den Druck ...«

»Aromatisiertes Wasser anstelle von Worten!« sprühte der Fremde entzückt. »So etwas hätte ich niemals für möglich gehalten.«

»Es ist nicht nur möglich, sondern auch praktisch. Für die Kommunikation und als Lebensstil. HydrOs können auf jedem Planeten mit einer erträglichen Atmosphäre und Temperatur überleben und funktionieren.«

»Aber ich hatte immer gedacht, es kostet mehr Energie, Sauerstoff und Wasserstoff im Wasser voneinander zu trennen, als man beim Herstellen der Verbindung erhält.«

»Wir holen sie ja gar nicht aus dem Wasser heraus. Wir besorgen uns die Elemente, die wir brauchen, aus der Luft und verwenden Enzyme, um sie entsprechend zu verarbeiten. Dies ist die bei weitem ergiebigste Energiequelle, und die in Spuren vorhandenen Unreinheiten verwenden wir zum Aufbau von Körpermasse.«

»Ich nehme an, das funktioniert. Du bist hier; das ist der Beweis. Möglicherweise ist deine Atmosphäre von der unseren verschieden.«

»Vielleicht. Stickstoff ist im Cluster weitverbreitet, aber für derart seltsame Systeme wie Sol kann ich mich nicht verbürgen. Wir HydrOs sind die Elite der vernunftbegabten Rassen im Segment Tausendstern, im Gegensatz zu ...

»Du verbirgst irgend etwas! Das spüre ich in deinem System.«

»Im Gegensatz zu den essenden Rassen«, fuhr Heem unwillig fort. »Die unsere natürlichen Feinde sind.«

Eine Periode der Geschmackslosigkeit trat ein. »Ist das dein Ernst?«

»Ich meine, daß deine Art, so wie du sie beschreibst – die Augen, Ohren, Gliedmaßen, Eßöffnungen und andere zugeordnete Organe –, der Rasse am nächsten kommt, die wir die Squams nennen. Die Augen fehlen bei ihnen, doch abgesehen davon ...«

»Oh, ich hab' diese schlimme Gefühlsregung wohl bemerkt! Du scheinst die Squams richtig zu hassen. Und zwar nicht nur die Rasse als solche.«

»Ich habe meine Gründe«, sprühte Heem.

»Dem ist wohl so. Ich spüre, wie der entsprechende Geschmack deinen ganzen Körper durchsetzt. Dabei weiß ich noch nicht einmal, was überhaupt ein Squam ist! Warum zeigst du mir kein mentales Bild?«

»Ein was??«

»Ein Bild. Eine Darstellung, damit ich sehen kann ...« Sie

unterbrach sich. »Ach ja, ich verstehe. Du hast keine Augen. Du denkst noch nicht einmal mit Begriffen des Sehens. Du kennst diesen Sinn nur durch die Kontakte deiner Spezies mit anderen galaktischen Kreaturen. Du *kannst* gar kein Bild erzeugen.«

»Ich kann aber mit einem Geschmacksmuster dienen«, bot Heem an.

»Na schön. Versuch es damit. Ich bin ziemlich gut im Analysieren von Mustern. Wir nennen dies Kunst. Ich arbeite mit Hologrammen, also mit dreidimensionaler Kunst. Kunst ist eine Gabe, die in der rechten Hemisphäre des Gehirns angesiedelt ist und der Fähigkeit zur Logik in der linken Hemisphäre gegenübersteht.«

»Hemisphären? Dein Gehirn besteht aus verschiedenen Teilen?«

»Halte dich damit nicht auf. Übermittle mir nur das Muster.«

Heem projizierte den Geschmack des schrecklichen Squam, so wie sein Geschwister Hoom ihn in seiner Jugend kennengelernt hatte. Noch immer verursachte das Muster des Grauens ihm starkes Unbehagen – und dies war die Ursache sowohl für seinen Erfolg wie auch sein Versagen als Erwachsener.

»Ich ersticke fast«, sprühte der Fremde. »Es ist furchtbar! Aber ich kann es noch immer nicht *sehen*!«

Sie hatten ein Kommunikationsproblem. Der Solarier schien Dinge nicht zu begreifen, es sei denn, er konnte sie visualisieren, während Heem nur sein Geschmackssinn zur Verfügung stand. Sie diskutierten über ihre unterschiedlichen Methoden der Umwelterfassung, gingen die verschiedenen Punkte durch, die Heem über die Squam aus seinem Gedächtnis beisteuern konnte, und schließlich begann der Solarier zu begreifen. »Ich entwerfe jetzt ein mentales Bild. Es ist keine direkte Übersetzung deiner Erinnerungsinhalte, sondern eher eine Art Rekonstruktion aus dem, was ich rein intellektuell erfasse. Dieses Monster ist mir überhaupt nicht ähnlich. Es ist eine Schlange – eine Schlange mit Armen und keinem richtigen Kopf. Ich habe Beine, die die Schlange nicht hat, und ich spucke auch nicht meinen Magen aus. Heem, wenn du mich sehen könntest, würde dir klar, wie wenig Ähnlichkeit zwischen mir und einem Squam besteht.«

»Dann gib mir mal ein Geschmacksmuster deiner physischen Erscheinung«, strahlte Heem.

Der Fremde versuchte es, doch es kam nicht mehr durch als eine Mischung unklarer Aromen. Der Fremde konnte mit Geschmacksnuancen ebensowenig umgehen, wie Heem mit optischen Erscheinungen zurechtkam. »Es ist ein Glück, daß wir überhaupt miteinander kommunizieren können«, nadelte der Solarier am Ende.

»Sinnübermittlung ist eine separate Funktion, die allen Vernunftbegabten zu eigen ist«, strahlte Heem. »Transferer haben niemals Sprachprobleme. Ich bin mir nicht sicher, ob wir überhaupt irgendwelche Kommunikationsprobleme haben; ich gehe davon aus, daß sogar Kreaturen mit grundsätzlich unterschiedlichen Lebenweisen und Perzeptionsmodi sich im Transfer normalerweise perfekt ergänzen. Deine Darstellung des für diese Mission ursprünglich vorgesehenen Solariers mag als Beweis dafür dienen.«

»Schon möglich«, gab der Solarier zu. »Doch da ist noch etwas anderes.«

»Du bist voller Überraschungsroller! Zuerst bist du nicht qualifiziert, dann gleichst du meinem schlimmsten Feind. Was nun?«

»Du – hat deine Art verschiedene Geschlechter? Männlich und weiblich?«

»Ja, wir sind eine zweigeschlechtliche Rasse.«

»Und du – welches Geschlecht hast du?«

»Ich bin natürlich männlich.«

»Das – habe ich befürchtet.«

»Befürchtet? Warst du so scharf auf ein Neutrum als Wirt?«

»Nein. Aber sieh doch, ich bin weiblich.«

»Unmöglich!« explodierte Heem. »Gemischtgeschlechtliche Transfers gibt es nicht. Wahrscheinlich haben wir es mit einer Begriffsverwechslung zu tun.«

»Gemischtgeschlechtliche Transfers *dürfen* nicht vorkommen«, nadelte sie. In Wirklichkeit drückte sie sich akustisch oder optisch aus, jedoch empfing er einen Nadelstrahl. »Sie benutzen den Transfer sogar als Methode der Geschlechtsbestimmung, wenn dies in bestimmten Fällen nicht auf Anhieb möglich ist. Zum Beispiel wenn der Vertreter einer Spezies in verschiedenen Lebensabschnitten das Geschlecht wechselt, wie bei den Mintakern zum Beispiel. Wenn eine Aura in einem männlichen Wirt landet, dann ist sie auch männlich.«

»Einverstanden. Deshalb muß das, was du mit dem Begriff ›weiblich‹ belegst, in Wirklichkeit männlich sein.«

»Ist es bei deiner Spezies üblich, daß die männlichen Vertreter Nachkommen hervorbringen?«

»Nein. Das tun bei uns die weiblichen Individuen.«

»Ich – tue es.«

»Du hast doch behauptet, du stammst aus dem Klon eines Männlichen!«

»Das stimmt auch. Nach dem Klonen wurde nur ein Detail verändert.«

»Von wegen Detail! Nach der Veränderung konntest du dich nicht mehr als dieselbe Persönlichkeit betrachten wie vorher!«

»Ich hatte kaum die Möglichkeit der Wahl, da es bereits wenige Stunden nach der Empfängnis geschah.«

Heem ignorierte ihre seltsame Zeiteinteilung. »Du mußt dich doch völlig anders entwickelt haben als deine andere Hälfte.«

»Nein. Wir wurden als Geschwister großgezogen, wie ich vorhin schon verlauten ließ. Wir wurden genau gleich behandelt und erzogen. Ich wurde als männlich bezeichnet, damit es keinen Streit gab – doch Jess und ich kannten die Wahrheit, von Anfang an. Als wir erwachsen wurden, lebten wir getrennt von unseresgleichen und in völliger Anonymität für unsere Nachbarn. Was nicht allzu schwierig war, denn wir waren von adligem Geblüt. Unsere Auren veränderten sich gemeinsam, indem sie ständig in engster Verbindung miteinander standen. Eher glich das Gebilde schon einer einzigen Aura mit zwei Körpern.«

Eine unbehagliche Pause trat ein. »Der Transfer hätte gar nicht stattfinden dürfen«, strahlte Heem schließlich. »Du hättest in einem weiblichen Wirt landen oder abgestoßen werden müssen.«

»Genau damit habe ich auch gerechnet. Wenn der Transfer gelang, würde ich einen weiblichen Wirt besetzen, oder mindestens ein Neutrum aus dem Segment Tausendstern, und die Schuld meines Bruders wäre abgegolten gewesen. Er brauchte sich nur zum Transfer zu melden; mehr wurde nicht garantiert. Wenn er abgestoßen würde, dann hätte das bedeutet, daß ein Wirt von Tausendstern nicht geeignet und die Vorschußzahlung an Jesse verfallen wäre. Ich rechnete damit, zurückgeworfen zu werden – und auf diese Weise das Besitztum unserer Familie retten zu können, ohne eine Mission übernehmen zu müssen, für die ich gar nicht qualifiziert war.«

»Sie werden es sofort erkennen – die Gemeinschaft der Wirte wird deinen Körper sofort als weiblich identifizieren, wenn sie ihn durch Übungen fit halten.«

»Wir haben dem vorgebeugt, für den Fall, daß etwas schiefging. Unser alter Diener auf dem Gut, Flowers, sollte den Körper zur Pflege mit nach Hause nehmen, so daß niemand ihn zu Gesicht bekäme. Ich glaube, es war sehr gut, daß wir das veranlaßt haben.«

»Aber daß es tatsächlich zum Transfer kam – in einen männlichen Wirt! Das läßt sich durch nichts erklären.«

»Sicher, das erscheint einmalig. Meine Ankunft war für uns beide schmerzvoll; fast wäre ich abgestoßen worden, doch es kam nicht so ganz dazu. Der Effekt ist für mich noch immer spürbar; dein System stößt meine Aura grundsätzlich ab. Ich glaube, der Klon-Faktor hat den Transfer ermöglicht. Meine Aura konnte die Maschine täuschen, daher wurde ich als Vertreter männlichen Geschlechts in den Transfer geschickt, und dein System mußte mich als männliche Persönlichkeit annehmen, obwohl ich es gar nicht war. Ich *bin* es auch nicht! Da die ursprüngliche Entität vor dem Klonen männlich war, war ich als männlicher Vertreter mit einem zusätzlichen X-Chromosom anzusehen. Wirklich. Jesses Aura ist der meinen schrecklich ähnlich. Unter gewissen Umständen ...«

»Deine Logik ist weiblich. Also verhält es sich wohl so, wie du es beschreibst«, nadelte Heem lahm. »Daher läßt sich auch die anfängliche Bewußtlosigkeit erklären, unter der wir beide litten, und die Probleme, die wir jetzt bei unseren Kommunikationsversuchen haben. Es liegt nicht daran, daß du eine Fremde bist, und damit die fremdartigste Kreatur von allen. Dein Geist arbeitet nicht nach eindeutigen und verständlichen Gesetzen.«

»Unter gewissen Umständen bin ich gehalten, es auf eine Diskussion ankommen zu lassen. Ich habe dir drei Katastrophen beschert, und ich weiß noch nicht einmal, wie ich auch nur eine davon wiedergutmachen kann.«

Heem rollte die drei Katastrophen in seinem Geist herum. Zuerst war da ein unqualifiziertes Medium, das dadurch eher eine Belastung als eine Hilfe darstellte, und das ausgerechnet in einem Moment, in dem er gerade diese Hilfe dringend nötig gehabt hätte. Zweitens die Kreatur einer abstoßenden Rasse: einer Spezies, die von Eßbarem lebte. Drittens eine weibliche Vertreterin ihrer Rasse. Drei Dinge, die sich in ihrer unheilvollen Wirkung steigerten.

Doch war er dabei wirklich frei von Schuld? Auch er hatte sich für diesen Wettstreit nicht qualifiziert, und für sie war *er* der verhaßte Fremdling ohne die Perzeptionsorgane, die sie dringend brauchte, und sie wollte ebensowenig einen männlichen Wirt besetzen, wie er sich einen weiblichen Transferer gewünscht hatte.

»Es ist wirklich nett, daß du so denkst, aber ...«

»Ich denke nach«, strahlte Heem langsam. »Ich mußte unbedingt in den Weltraum hinaus, und ich wußte genau, daß ich einen Transferer brauchte. Ich muß wohl jede Aura, die ankam, mit offenen Rezeptoren angenommen haben, wobei ich die natürliche Vorsicht meines Systems völlig ausschaltete. Die Schuld an dem Desaster kann ebensogut bei mir wie bei dir gelegen haben.«

»Deine Art der Logik ziehe ich der meinen aber bei weitem vor«, gestand sie.

»Und du hast erreicht, was ich anstrebte«, fuhr er fort. »Sie müssen deine und meine Aura überprüft haben und ließen mich zur Teilnahme an dem Wettstreit zu, während ich noch über eine Möglichkeit nachdachte, ohne Transferer die Kontrolle zu überstehen. Am Ende habe ich es doch geschafft, vom Planeten wegzukommen. Und nun ...«

»Und jetzt stört dich meine Anwesenheit«, sagte sie. Es erschien ihm jetzt einfacher, ihre Kommunikation mit Begriffen zu belegen, die aus seinem Erfahrungsbereich stammten; sie nadelte und sie sprühte nicht, noch nicht einmal in ihrem Geist. Sie redete. Sie schien einfacher zu verstehen zu sein, als er diese fremde Wirklichkeit akzeptierte.

»Ich hatte wirklich kaum Hoffnung, den Wettstreit zu gewinnen. Ich bin schon zufrieden, daß ich nicht mehr auf dem Planeten stehe, sei es nun mit oder ohne Transfer-Aura. Aber ich hab' keine Ahnung, wie du wieder in deinen naturgegebenen Körper zurückkehren sollst, nachdem wir aus dem Wettstreit ausgestiegen sind.«

»Ich muß wieder zurück!« schrie sie. »Ich kann doch den Rest meines Lebens nicht taub und blind verbringen!«

»Um das zu schaffen, werden wir den Wettstreit gewinnen müssen. Und das wird nicht so einfach sein.«

»Aber nur eine Person kann Sieger sein. Kehren nicht alle Transferer nach Hause zurück, wenn alles vorbei ist?«

»Sollten sie wohl. Aber ich habe keine Lust, auf meinen Heimatplaneten zurückzugehen, so daß mein Besucher den Retransfer durchführen kann. Du könntest deine Heimat wiedersehen – doch ich wäre für immer und ewig gefangen. Ich hab' an dem Wettkampf teilgenommen, um ebendiesem Schicksal zu entgehen.«

»Aber wenn wir nun gewinnen ...«

»Dann kehre ich als Held zurück, und meine Schuld wird gestrichen. Man hat mir entsprechende Zusagen gemacht.«

»Dann ist alles klar. Wir haben beide den richtigen Ansporn. Wir werden aus der Konkurrenz siegreich hervorgehen.«

»Solarierin ...«

»Jessica. So lautet mein Name.«

»Jessica Solarierin – dieser Wettkampf könnte sich als weitaus gefährlicher erweisen, als dir recht ist. Möglicherweise gehen wir beide unter.«

»Ich hatte geglaubt, die Mission sei nur mit einem geringen Risiko verbunden.«

»So soll es auch sein. Doch ich habe von früheren Wettkämpfen gehört. Wenn das zu erreichende Ziel von besonderer Bedeutung ist, werden die Konkurrenten zunehmend verbissener. Es kommt zu Betrug, manchmal gibt es sogar Gewaltausbrüche. So etwas sollte nicht vorkommen, doch es passiert.«

»Oh«, hauchte sie schwach. »Aber vielleicht ist der Ausgang dieses Kampfes gar nicht so wichtig.«

»Vielleicht. Das werden wir bald erfahren. Das Schiff stabilisiert sich: wir haben die Fluchtgeschwindigkeit fast erreicht.«

»Hmmm«, pflichtete sie ihm nervös bei. »Dann wird es sicherlich gleich richtig rundgehen. Paß auf, Heem, wir sollten uns etwas besser kennen, damit jeder weiß, was er vom anderen erwarten kann. Das könnte wichtig werden. Wir müßten unsere Erinnerungen austauschen, Notizen miteinander vergleichen, Situationen einschätzen ...«

Er hatte endgültig genug davon. »Nein!« strahlte er. »Verschwinde!«

»Das geht nicht. Und das weißt du auch. Ich stecke hier in deinem Körper, bis wir zu einer Aura-Transfer-Kammer kommen; abgesehen davon möchte ich dir wirklich und wahrhaftig helfen. Ich fühle mich dafür verantwortlich, daß ...«

»Ich will deine Hilfe nicht!«

»Na schön, aber meine Hilfe wurde dir aufgezwungen. Du hättest dich für diese Mission eben nicht melden dürfen, wenn es dir tatsächlich widerstrebt ...«

Heem unterbrach sie mit einem Nadelstrahl schärfster Ablehnung.

»Heh! Das hat weh getan!« protestierte sie.

»Dann werde geschmacksfrei. Sei still. Ich will von deiner Anwesenheit nichts spüren, wenn ich das Schiff gleich selbst lenken muß.«

»Gut, du hast meine Hilfe gebraucht, und ich glaube, du wirst sie wieder brauchen. Da mein eigenes Wohlergehen so eng mit dem deinen verknüpft ist ...«

Heem, der sich über ihre Sturheit maßlos aufregte, nadelte ihr seine ohnmächtige Wut entgegen.

Jessica gab ihm mit gleicher Münze zurück. Der Impuls wusch durch seinen Geist und verursachte ihm Unbehagen.

»Siehst du, ich kann das auch!« triumphierte sie. »Ich kann deinem Geist ebenso übel mitspielen wie du dem meinen. Und ich werde es tun, wenn ich muß. Doch ich wünsche mir, daß es nicht notwendig wird.«

»Was willst du eigentlich?« wollte Heem wissen. Ein Teil seines Ichs fragte sich, warum er ein derart negatives Verhalten an den Tag legte, und ein anderer Teil seines Ichs hatte wenig Interesse an der Antwort.

»Ich will dich nur kennenlernen. Damit ich weiß, in welche Sache ich verwickelt bin. Ich will es wirklich wissen, anstatt deine Erklärung ...«

»Nein!«

»Nun beruhige dich doch, Heem. Du bist richtig bockig. Was hast du eigentlich gegen mich? Vielleicht kann ich ein Mißverständnis ausräumen.«

Heem bereitete einen heftigen Nadelstrahl vor, überlegte es sich anders und sprühte zornig: »Du bist eine Fremde, ein Alien! Ich will nicht, daß du in meinem Geist herumstocherst.«

»Ich denke, das haben wir bereits hinter uns, Heem. Was

jeder von uns in dieser Hinsicht wünscht, ist ziemlich nebensächlich. Du wußtest, daß es einen Transfer geben würde …«

»Aber ich habe nicht mit einem weiblichen Transferer gerechnet!«

»Na und, jetzt ist es passiert, oder? Es ist nicht nur der Schock darüber, auf einen weiblichen Partner zu treffen, den du überhaupt nicht erwartet hast. Du bist ein ausgesprochener Chauvi!«

»Frauen gehören an den ihnen angestammten Platz.«

»Und wo befindet sich dieser Platz? In der Küche, im Kinderzimmer, in der Waschküche …«

Heem unterbrach sie mit einem Sprühstoß des Nichtverstehens. »Was ist eine Küche? Ein Kinderzimmer? Eine Waschküche?«

»O nein! Am besten versuche ich, etwas mehr über eure Frauen zu erfahren. Fangen wir mal ganz von vorne an. Eure Frauen gebären doch Kinder, nicht wahr, demnach …«

»Sie produzieren Würfe.« Doch er wollte dieses Thema nicht weiterverfolgen. Es war eine den Weiblichen vorbehaltene, ganz persönliche Angelegenheit, von der er so gut wie keine Ahnung hatte. »Was ist diese Küche, in die eure weiblichen Vertreter gehören? Diese Waschküche?«

»Sie gehören nicht – ach, laß nur. In dem einen bereiten wir unsere Mahlzeiten zu, in dem anderen reinigen wir unsere Kleidung.«

»Mahlzeiten? Kleidung?«

»Das kennst du doch alles. Das haben wir längst abgehandelt. Lebensmittel, zum Essen, und …«

»Dir wird nicht übel?«

»Die Einzelheiten sparen wir uns für später auf. Was hast du eigentlich gegen Frauen?«

»Ich habe nichts …«

»Doch, hast du. Du bist nicht gegen mich, weil ich eine Fremde bin, sondern weil ich eine Frau bin. Dem möchte ich auf den Grund gehen. Warum willst du dich nicht mit einem weiblichen Partner verbünden?«

»Weil du in meine Privatsphäre eindringst! Es gibt Gedanken, die nicht für die Vertreter deiner Art bestimmt sind.«

»Gedanken? Das ist doch nicht so, als würde ich nackt herumlaufen! Ich ...«

»Nackt?«

»Ohne Kleider. Entblößt.«

»Wir tragen solche Hüllen nicht. Unsere Körper sind immer entblößt. Warum sollte eine Kreatur *nicht* entblößt sein?«

»Schön, wir Solarier kennen einen gewissen Grad der Entblößung. Ich dachte da an eine sexuelle Verbindung. An Paarung in der Öffentlichkeit, etwas in dieser Richtung.«

»Was ist denn an einer Paarung so privat?«

»O nein! Ich glaube, ich erkenne jetzt das Problem. Für Solarier ist jegliche sexuelle Aktivität etwas Persönliches, Privates, während Gedanken anderen Wesen millionenfach zugänglich gemacht werden können. Für euch HydrOs, vermute ich ...«

»Gedanken sind strikt privat!« sprühte Heem geschockt. »Unter klugen, mündigen Männern können Gedanken unter bestimmten Umständen ausgetauscht werden. Aber niemals in gemischter Gesellschaft!«

»Und dann komme ich, eine Frau, die viele deiner Gedanken aufnehmen kann – ich denke, das hat auf dich dieselbe Wirkung wie auf mich, wenn man mich nackt in einem Raum voller Männer einsperren würde.«

»Ich verstehe deine Analogie nicht ganz, aber zumindest sind deine Empfindungen ähnlich.«

»Ach ja. Und ich muß zugeben, daß deine Ansicht ebenso verständlich ist wie meine. Körper sind wirklich nichts Obszönes; es ist allein der Geist, der sie dazu macht. Ich hätte es auch bei bestimmten Gelegenheiten nicht allzu gerne, wenn meine Gedanken publik gemacht würden.«

»Du wehrst dich nicht dagegen, daß ein männlicher Vertreter in deine privatesten Gedanken eindringt?« Heem fand diese Vorstellung einfach unfaßbar.

»Klar, du bist doch für mich ein Alien. Dein Metabolismus ist von meinem völlig verschieden. Ich hätte auch nichts dagegen, mich einem Hund oder einem Pferd oder gar einem Drachen, gleich welchen Geschlechts, nackt zu zeigen; bei denen handelt es sich doch um völlig andere Lebewesen. Die Reaktion der Vertreter meiner eigenen Art wäre überwältigend. Und nun du – du bist ein Alien, aber du bist auch vernunftbegabt. Das macht eine Wertung schwierig. Aber ich nehme an, du würdest meinen menschlichen Attributen kaum Beachtung schenken, deshalb würde es praktisch keinen Unterschied machen, wenn du sie sähest. Wenn du zum Sehen überhaupt fähig wärest.«

Heem dachte darüber nach. Sie hatte also nur etwas dagegen, von denen betrachtet zu werden, die begriffen, was sie sahen? Sie war wirklich in jeder Hinsicht eine Alien! Dennoch ergab ihre Argumentation seltsamerweise einen gewissen Sinn. Sie war ihm im Grunde so fern, daß sie von seinen Sorgen so gut wie nichts verstand. Welche Bedeutung hatte in diesem Fall schon ihr Geschlecht? Sein Unbehagen ließ nach, und er entspannte sich.

Unvermittelt floß das flüssige Polster der Beschleunigungskammer ab, und Heem fand sich im freien Fall wieder und mit der Aufgabe betraut, das Schiff selbst zu lenken. Er betätigte mit einem Nadelstrahl den mit ›Mission‹ beschrifteten Knopf.

»Willkommen zum Wettstreit«, sprühte die Infodüse des Schiffs. »Der Zielplanet ist Exzenter in diesem System. Die drei Wirtsspezies sind HydrO, Erb und Squam.«

»Exzenter!« explodierte Heem. »Ich hatte mit Ggoff gerechnet!«

»Ich bin mit deiner lokalen Geographie nicht vertraut«, sagte Jessica. »Ich nehme an, dies ist das System HydrO, so daß der Planet Exzenter sehr nahe bei deiner Heimatwelt zu suchen ist. Aber wo ist Ggoff?«

»Dies ist nicht das System HydrO!« korrigierte Heem sie. »Dies ist das Koloniesystem Lochstern, das von drei Rassen bevölkert wird. Meine Heimatwelt ist Sackgass. Ggoff befindet sich im System Erb, das dem unseren benachbart ist.«

»Ich komme jetzt schon völlig durcheinander!«

»Ggoff liegt so nahe bei uns wie auch bei den Erbs; eigentlich uns näher, wenn man berücksichtigt, daß wir hier eine weiter entwickelte Sub-Sphäre haben. Ggoff kann sowohl von Erbs wie auch von HydrOs bevölkert werden, deshalb ...«

»Da wir ja gar nicht auf Ggoff landen werden, verschon mich bitte mit Nebensächlichkeiten. Was gibt es von Exzenter zu erzählen?«

»Exzenter ist eine ganz andere Kiste.«

»Das Ziel ist ein alter Fundort«, fuhr der Infosprüh des Schiffs nach einer angemessenen Pause fort, »der vermutlich noch funktionsfähig ist.«

»Ein funktionsfähiger Ahnen-Fundort!« rief Jessica aus. »Das ist ja das wichtigste, was es geben kann!« Dann dämmerte ihr die Erkenntnis: »Was bedeutet, daß dies der härteste Wettstreit des Jahrhunderts wird ...«

»Stimmt«, strahlte Heem düster. »Das gibt Mord und Totschlag.«

»Wir sollten uns beeilen.«

»Nein. Ich beabsichtige, mich am Ende der langen Schlange zu halten und mit niemandem um eine bessere Position zu streiten.«

»Das begreife ich nicht.«

»Dieses Schiff ist unter den HydrOs das letzte in einem Rennen, das garantiert zu einem Schlachtfest wird. Das Rennen kann ich nicht gewinnen, deshalb muß ich dafür sorgen, daß ich am Leben bleibe. Das kann ich am besten, indem ich meinen Treibstoff einspare, bis zum Planeten Exzenter fliege, dort in der Wildnis lande – was nicht schwer ist, da es sich um einen von Wildnis überwucherten Planeten handelt – und mich darauf vorbereite, dort zu überwintern. Wenn ich genügend Treibstoff übrigbehalte, kann ich vielleicht sogar das Schiff dazu benutzen, mir eine Behausung zu bauen.«

Ihre Reaktion war seltsam gespannt. »Du bist dir doch klar

darüber, daß dies meinen Tod bedeutet? Ich kann nicht unbegrenzt lange in einem fremden Wirt überleben.«

»Das ist mir bewußt. Aber da ich dich nur retten kann, wenn ich diesen Wettstreit gewinne, es aber klar ist, daß ich überhaupt nicht gewinnen kann, muß ich wenigstens für mich selbst sorgen.«

Eine kurze Pause trat ein. »Wenn du sowieso nach Exzenter fliegst, warum kannst du dich nicht etwas beeilen? Vielleicht bist du schnell genug, um dir den nächsten Vorteil zu verschaffen und dir einen Traktorstrahl zu angeln. Wenn nicht, dann wärest du ja immer noch auf dem Planeten.«

»Und unter der Kontrolle der Wettkampfleitung, die mich auf meinen Heimatplaneten zurückschicken würde. Hieße das Ziel Ggoff, was viel weiter wäre, hätte ich vielleicht die Chance gehabt, schnell genug dorthin zu gelangen; ich war schon mal dort. Doch die Route nach Exzenter ist so eng, daß sie durch Bojen markiert werden muß und ich nicht genug aufholen kann. Ich werde zu spät kommen, also ist es mir lieber, ich hänge noch weiter zurück, um möglicherweise der Wettkampfleitung aus dem Weg zu gehen.«

»Oh.« Sie dachte wieder nach. »Du hast von einem harten Winter auf Exzenter gesprochen. Gibt es dort Kolonisten, die dir unter Umständen helfen können? Ich meine, du müßtest doch nicht nach Hause zurück? Du könntest dich freiwillig als Siedler melden ...«

»Nein. Keine Kolonisten. Der Winter ist zu schlimm.«

»Warum willst du dann den Winter alleine durchstehen?«

»Das ist zumindest dem vorzuziehen, was mich auf Sackgass erwartet, und außerdem dauert es bis zum Winter noch einige Zeit. Wenigstens habe ich den langen Sommer für mich.«

»Und darauf folgt der lange Winter.«

»Ein kurzer Winter. Kurz, aber heftig.«

»Das verstehe ich nicht. Der Winter spielt sich doch nicht auf einem gesamten Planeten ab; ist auf der einen Hälfte Winter, dann herrscht auf der anderen Hälfte Sommer. Du könntest doch einfach in eine andere Zone ...«

»Der Winter bricht gleichzeitig auf dem gesamten Planeten aus.«

»Das heißt doch ... Bewegt Exzenter sich denn nicht auf einer Umlaufbahn, die – ach ja, natürlich. Exzenter! Ähnlich einem Kometen oder einem Planetoiden. Mit einem kurzen, heißen Sommer in der Zeit größter Sonnennähe, und – aber du hast von einem kurzen Winter geredet.«

»Dies ist ein Doppelsystem«, erklärte Heem düster. »Lochstern. Ein Stern und ein Loch. Exzentrische Orbits ...«

»Ein Loch?« erkundigte sie sich verblüfft.

»So wird es genannt. Ein kollabierter Stern, dessen Masse so dicht ist, daß sie noch nicht einmal Licht reflektiert.«

»Ach ja – wir nennen so etwas ein Schwarzes Loch. Dem in die Quere zu kommen, habe ich wenig Lust.«

»Exzenter befindet sich in der Nähe eines solchen Lochs. Er umkreist sowohl Stern wie auch Loch, und regelmäßig verdunkelt das Loch den Stern. Dann ...«

»Dann wird alles Licht von dem Loch verschluckt! Das muß aber ein verdammt düsterer Schatten sein!«

»Ein unangenehmer Winter«, gab Heem ihr recht.

»Und was ist mit dem Planeten Sackgass? Der Winter sollte doch ...«

»Nein. Sackgass umkreist das Dualsystem in einem bestimmten Winkel. Der Planet wird von dem Loch überhaupt nicht berührt, so daß seine Winter ziemlich normal verlaufen.«

»Zwei verschiedene Orbitalebenen«, murmelte Jessica. »Ein Stern und ein Schwarzes Loch. Ist das ein wildes System.«

»Richtig. Exzenter befindet sich zur Zeit am fernen Ende des Doppels. Die Schiffe müssen das Loch umgehen, um ihr Ziel zu erreichen. Da die Bojen den direktesten Weg bezeichnen, ist daran nichts Gefährliches. Der kluge Pilot wird sich nicht allzuweit vom markierten Kurs entfernen; er würde entweder seine Position im Wettkampf verlieren oder in das Kraftfeld des Schwarzen Loches geraten.«

»Ja. Jetzt begreife ich auch deine Vorsicht«, gab sie zu.

»Ich nehme an, daß eine Umlaufbahn um ein Schwarzes Loch technisch betrachtet nicht gefährlicher ist als die Umkreisung eines normalen Sterns. Aber die Vorstellung ist weitaus schrecklicher.«

»Nicht für mich«, düste Heem und entspannte sich. »Ich finde das eher reizvoll. Ich wäre schon daran interessiert, einmal in der Zone ohne Wiederkehr meine Forschungen zu betreiben, außer ...«

»Verdammt, ich will nicht blind sterben!« schrie sie plötzlich und schien an seinen Nerven zu zerren. »Du mußt diese Konkurrenz gewinnen!«

»Warum sollte ich meine Überlebenschancen davonrollen lassen bei dem vergeblichen Versuch, dir behilflich zu sein?« nadelte Heem erbost. »Du bist ja nur eine Squam in fremder Verkleidung.«

»Ich bin keine Squam. Ich bin ein menschliches Wesen!«

»Wie ich es schon beschrieb. Eine weibliche Alien, die Lebensmittel zu sich nimmt ...«

»Aha, fängst du schon wieder damit an! Du kannst den Gedanken an einen unbequemen weiblichen Geist in deinem öden maskulinen hirnlosen Hirn nicht ertragen.«

Es war sinnlos, aber er fuhr fort. »Frauen gehören einfach nicht in die Geister vernunftbegabter Wesen.«

»Vernunftbegabte Wesen haben in männlichen Geistern nichts zu suchen!«

»Würze es, wie du willst. Jedenfalls gehörst du nicht in meinen Geist.«

»Nichts anderes sage ich die ganze Zeit! Ich würde am liebsten sofort aus diesem Durcheinander ausbrechen, ehe ich völlig verrückt werde.«

»Nun, du hast es bald geschafft.«

»Schön, ich verliere aber nicht als einziger den Verstand! Wenn du nicht wenigstens versuchen solltest, mich nach Hause zu transferen, werde ich dich mitnehmen, wo immer ich hingehe. Wenn es sein muß direkt in den Wahnsinn. Wie gefällt dir das?«

»Wenn du lieber verrückt als tot wärest, dann roll mal los.«

»Ich bin im Begriff, etwas schwierig zu werden. Und darin bin ich eine wahre Meisterin, Heem.«

»Sei von mir aus so schwierig, wie du willst. Ich kontrolliere jedenfalls meinen Körper.«

»Eine freundschaftliche Warnung: Ich schreie.«

»Ich weiß noch nicht einmal, was ein Schrei ist.«

Jessica schrie, und der Klang ihrer Stimme wurde von seinem Geschmackssinn umgeformt, und es war einfach grauenvoll. Die wilden, rohen Impulse suchten sich entlang seiner Nervenbahnen ihren Weg. Ihr Schrecken ließ sich von seinen eigenen Empfindungen nicht mehr unterscheiden; er empfand immer stärker Bewunderung und Angst, obwohl er wußte, daß es für diese Gefühle eigentlich keinen triftigen Grund gab. Ihr Schrei nötigte ihm Bewunderung ab.

Sie konnte ihn wirklich mit sich mitrollen! Weil sie in seinem Geist saß; er konnte sie nicht ausschließen. Bald schon wäre er ebenso verdreht wie sie.

»Dämpfe dein Aroma!« sprühte er heftig. »Ich will versuchen, den Wettstreit zu gewinnen.«

Das Schreiaroma versiegte sofort. »Wie süß von dir, Heem.«

Sie ähnelte wirklich einer Squam.

3 Weltraumrennen

Heem aktivierte die Düse für das spezifische Raum-Aroma. Der typische Geschmack des Systems Lochstern wurde von der Maschine abgegeben. Vor ihnen entfaltete sich eine ganze Schiffsflotte; sein eigenes lag an letzter Stelle. Dort drüben an der Seite war ...

»Ich verstehe nicht!« rief Jessica und unterbrach seinen Orientierungsversuch. »Was haben all diese Geschmacksnuancen zu bedeuten? Wenn ich doch nur *sehen* könnte!«

Sie war über ihre verlorengegangene Perzeptionsfähigkeit wirklich aufgerollt. »Warum versuchst du es nicht mal mit Schmecken?« fragte Heem ungehalten. »Das reicht wirklich aus.«

»Mein System ist nicht geschmacksorientiert«, entgegnete sie. »Außer wenn ich esse.«

»Ugh!« Heem spuckte angewidert aus.

»Nun, wenn dir der Gedanke an Essen unvorstellbar ist, dann ist es mir genauso zuwider und unmöglich, meine Umwelt mit Hilfe des Geschmackssinnes zu erfahren. Normalerweise bringe ich Geschmack mit dem Vorgang des Essens in Verbindung.«

»Geschmack ist zivilisiert! Essen ist – nun, essen!« Er konnte sich keine schlimmere Beschimpfung vorstellen als den Begriff selbst.

»Essen macht Spaß; du solltest dem etwas toleranter gegenüberstehen.«

»Niemals!« Ihre Ähnlichkeit mit einer Squam wurde immer deutlicher! »Warum verschwindest du nicht und träumst vom Essen oder anderen unaussprechlichen Dingen, die dir Spaß machen, und läßt es zu, daß ich mich darauf konzentriere, etwas über die derzeitige Position der

Schiffe herauszufinden? *Ich* komme mit dem Geschmackssinn ganz gut zurecht.«

»Weil mein Leben auf dem Spiel steht! Wenn du diesen Wettstreit nicht gewinnst, löst meine Aura sich mehr und mehr auf, bis sie nicht mehr da ist, und ich werde sterben. *Aber ich will nicht blind sterben!*« Ihre Gefühlsaufwallung, die jeden Moment zu einem weiteren Schrei führen mußte, drohte sein eigenes Gleichgewicht zu stören. Sie hatte durchaus recht: im Schwierigsein war sie tatsächlich sehr gut.

»Ich bin durchaus entschlossen, einen Versuch zu unternehmen, den Wettkampf zu gewinnen. Doch da sind immer noch zweihundert Mitbewerber, unter denen ich der letzte bin, zumindest zu den letzten gehöre. Meine Chancen stehen im Augenblick wirklich nicht sonderlich gut.«

»Nun, wenn ich sehen könnte, dann würde ich dir auch helfen.«

Heem bezweifelte dies, jedoch hielt er es für angeraten, diese temperamentvolle Alien zu beruhigen, wenn es irgendwie ging. Sie war an diesem Arrangement ebensowenig schuld wie er selbst, und er wollte nicht, daß sie seinen Geist lähmte. Außerdem erzeugte sie einen schier unerträglichen Geschmack. »Vielleicht sollten wir versuchen, die Geschmackssignale in visuelle Zeichen zu übersetzen. Die Daten sind dieselben – die Sensoren des Schiffes erfassen Strahlung, welche in Geschmacksnuancen übersetzt wird. Im interplanetaren Raum ist die Strahlung als Übertragungsmedium von Informationen dem Geschmack überlegen.«

Sie stürzte sich sofort auf dieses Problem. »Ja, möglich, daß dieser Weg der richtige ist. Immerhin übersetzt das menschliche Gehirn jeglichen Lichteindruck in komplexe Nervenimpulse, damit das Gehirn diese richtig deuten kann; in Wirklichkeit ist es das Gehirn, das brauchbare Bilder liefert. Nichts anderes tut das Gehirn bei Geschmackseindrükken. Nicht der Geschmack transportiert die spezifische Bedeutung, sondern die Folge von Nervenimpulsen, die er im

Gehirn erzeugt. Wenn wir nun deine Signale in sichtspezifische Begriffe übertragen anstatt in geschmacksspezifische ...«

»Das ist sicher einen Versuch wert. Doch im Augenblick müssen wir erstmal ein Rennen rollen.«

»Wir müssen in einem Rennen laufen!« rief sie.

»Seit wann laufen Raumschiffe? Diese Fortbewegungsart ist schon bei den Wesen, die sich ihrer bedienen, unzureichend genug, aber kein Raumschiff hat Beine oder bewegt sich auf einem Untergrund, auf dem diese Fortbewegungsart möglich wäre.«

»Aber kein Raumschiff rollt! Nicht so, wie du es meinst. Auch für das Rollen braucht man einen Untergrund.«

»Wenn wir unsere Zeit damit vergeuden, die Entwicklung des Geschmacks im Ablauf der Kulturen ...«

»Die Entwicklung der *Sprache*!«

»Bei diesem Streit werden wir niemals in eine echte Konkurrenz treten.«

Sie überdachte alles noch einmal. »Ja, du hast auf eine widerwärtige Art recht. Na schön, dann lenke mal dein Raumschiff. Vorerst. Aber sag mir bitte, was draußen vor sich geht.«

Es war ein fairer Kompromiß. Heem reaktivierte den Raumgeschmack. »Es gibt drei Flotten, die an diesem Wettstreit teilnehmen. Sie ...«

»Drei Flotten?«

»Die sechsundsechzig Schiffe der HydrOs, sechsundsechzig von den Erbs und siebenundsechzig von den Squam«, erklärte Heem zunehmend ungehalten. »Es handelt sich schließlich um eine Drei-Wirte-Mission.«

»Aha, das ergibt, glaube ich, einen gewissen Sinn. Eine Anzahl verschiedener Wirte schafft auch mehr Möglichkeiten. Aber warum haben wir vorher von den anderen niemanden gesehen? Unmöglich konnten sie von anderen Planeten herkommen; bei Unterlichtgeschwindigkeit hätten sie dazu doch sicherlich Jahre gebraucht.«

»Nein, viele Sterne des Systems Tausendstern liegen dicht

beieinander. Viertelparsecs oder weniger voneinander entfernt. Ggoff könnte innerhalb weniger Makro-Chronosprühs erreicht werden ...«

»Aus euren Zeiteinheiten werde ich niemals schlau.«

»Es gibt eine Reihe anderer Planeten im System Lochstern, und sie sind lediglich – ich hab' eine gewisse Vorstellung von euren Zeiteinheiten – Lichtstunden voneinander entfernt. Aber du hast recht; diese Flotten stammen alle vom Planeten Sackgass.«

»Drei total verschiedene Spezies können sich doch niemals auf einem Planeten nebeneinander entwickelt haben!«

»Haben sie auch nicht. Wir haben es mit einem Kolonie-System zu tun, das von drei Sternen unterhalten wurde, und zwar unter Bedingungen, die vor Jahrtausenden ausgehandelt wurden. Die Erbs besetzen die Tropenregion, wo das Sternenlicht am stärksten ist; wir HydrOs leben in der gemäßigten Zone, und die Squams sind in der Polarregion zu finden. Wir sind zwar in der Lage, ähnliche Klimabedingungen und Atmosphären zu ertragen, jedoch ziehen wir die Bedingungen vor, die wir uns ausgesucht haben.«

»Drei technologisch vernunftbegabte Rassen auf einem einzigen Planeten? Warum?«

»Es begann in den Jahren der Sphärenbildung. Der Planet befand sich in einer Position, die im Ausdehnungsbereich aller drei Rassen lag und demnach auch von allen drei Rassen beansprucht wurde. Ein Krieg schien unumgänglich zu sein, denn dies alles spielte sich in einer Zeit ab, lange bevor das Segment Tausendstern sich konsolidiert hatte. Dennoch hätte ein Krieg zwischen den Sternen in einer Katastrophe geendet; er hätte uns alle erheblich geschwächt und uns dem Zugriff anderer Sphären ausgeliefert. Wir waren weder gewillt, einen Krieg zu beginnen, noch waren wir dazu bereit, einen wertvollen Planeten aufzugeben. Wir befanden uns in einer Sackgasse.«

»Daher der Name! Sackgass!«

»Richtig. Es kam zum Kompromiß, und der Krieg war abgewendet. Allerdings wurden die Rassen so zum direkten physischen Kontakt gezwungen, anstatt nur auf Transferbasis miteinander zu verkehren – und wir kamen nicht sonderlich gut miteinander aus. Die planetarischen Grenzen wurden unbekümmert verletzt, und es hat verschiedentlich örtlich begrenzte Auseinandersetzungen gegeben. Aus der Sackgasse haben wir im Laufe der Jahrhunderte nicht herausgefunden; wir haben in der Zeit unsere benachbarten Spezies recht gut kennengelernt, doch Freundschaft herrscht nicht zwischen uns.«

»Und nun steht ihr drei Rassen in einem Segment-Wettstreit um einen Preis, der clusterweite Bedeutung hat«, stellte Jessica fest.

»Ja. Und am Fundort der Ahnen wird es zu einem persönlichen Kampf kommen. Die HydrO-Führung wußte darüber Bescheid und wählte deshalb mich aus, um die Heimatrasse zu vertreten.«

»Bist du denn ein guter Kämpfer?«

»Davon sind sie offensichtlich überzeugt.«

»Wie kämen sie denn zu der Auffassung, wenn es nicht auch den Tatsachen entspräche?«

»Diese Erklärung würde zu weit führen. Wir sollten unsere Aufmerksamkeit lieber auf das Rennen lenken.«

»Du kannst einen zur Raserei bringen! Jedesmal, wenn etwas Interessantes zur Sprache kommt, fängst du an, nur noch von dem Wettrennen zu reden!«

»Wir werden noch genug Gelegenheiten haben, über interessante Angelegenheiten zu reden. Im Augenblick sitzen wir wahrscheinlich im letzten von insgesamt zweihundert Schiffen, und müssen etwa hundertfünfzig davon überholen, ehe wir Exzenter erreichen.«

»Hundertneunundneunzig Schiffe.«

»Wie bitte?«

»Du sagtest doch, es wären sechsundsechzig Schiffe mit HydrOs, sechsundsechzig mit Erbs und siebenundsechzig mit Squams. Das macht alles in allem einhundertneunundneunzig Schiffe, nicht zweihundert.«

»Kannst du mit deinen Haarspaltereien nicht aufhören,

solange ich noch im Rennen bin? Ich hätte siebenundsechzig Erb-Schiffe düsen müssen.«

»Na schön, aber vielleicht kann ich dir trotzdem noch behilflich sein. Wie gedenkst du das Rennen zu gestalten? Ich meine, kennst du irgendwelche besonderen Tricks, oder was?«

»Eine Million davon. Doch die meisten Teilnehmer an diesem Wettrennen kennen sie auch. Du kannst davon ausgehen, daß jeder Transferer ein guter Pilot ist.«

»Und wie holen wir sie ein? Wie sollte es möglich sein, daß wir hundertneunundvierzig fähige Piloten überholen, die Schiffe lenken, die mit dem unseren identisch sind?«

»Es gibt da Möglichkeiten«, versicherte er ihr. »Aber nicht alle sind ganz fair.«

»Was ein weiterer Grund ist, warum man dich ausgewählt hat«, sagte sie. »Man erwartet, daß du als erster ankommst, ohne bei irgendwelchen Winkelzügen erwischt zu werden.«

»Richtig. Und das habe ich auch vor, da du mich zu einem Wettrennen überredet hast, das ich normalerweise gar nicht gewinnen kann.«

»Aber das ist doch Betrug! Das lasse ich nicht zu!«

»Man erwartet von dir als einer typischen Solarierin, daß du deine Raffinesse in derselben Weise einsetzt.«

»Willst du damit etwa behaupten, daß auch Solarier unaufrichtig sind?« wollte sie wissen und stampfte dabei mit einem ihrer imaginären Füße auf. Heem fand dieses Bild sehr reizvoll.

»Sind sie denn stets aufrichtig?«

Sie zögerte. »Einige sind es. Zum Beispiel auch ich!«

»Du hältst es also für ehrlich, die Rolle eines anderen Individuums zu spielen und dich in eine Mission hineinzuschwindeln, für die du nicht qualifiziert bist, mit der Absicht ...«

»Das reicht!« rief sie. »Ich sage nichts mehr!«

»Genau wie eine Squam schlängelst du dich davon, wenn man von dir fordert, deine Behauptungen zu rechtfer ...«

»Wir sollten uns jetzt um das Wettrennen kümmern!« unterbrach sie ihn.

»Stimmt genau. Ich glaube, am ehrlichsten wäre es, wenn du alles daransetztest, die Mission auch zu Ende zu führen, die du dir vorgenommen hast.«

Sie schwieg, und er widmete sich weiter seiner Aufgabe. Er brachte das Schiff auf den idealen Kurs, der von den Raumbojen festgelegt wurde, die die Sensoren des Schiffes aufspürten. Er drehte sein Kabinendach so, daß die meiste Strahlung des Sterns absorbiert wurde. Und dann wartete er.

Der Raum-Geschmack meldete eine Säule aus Schiffen, die sich aus der Äquatorzone des Planeten Sackgass erhob, wobei die einzelnen Schiffe erschienen wie Kelche an einer Schlingpflanze. Dies waren die Erbs. Ihre Schiffe waren wie Blumenblüten auf den Stern gerichtet, um zusätzliche Energie aufzunehmen. Eine andere Säule hatte ihren Ursprung in der Nordpolregion, wobei die einzelnen Glieder eine gewundene Reihe bildeten. Das waren die Squams. Die dritte Säule wurde von den HydrOs gebildet, stieg aus der Zone mit gemäßigtem Klima empor. Dies war die Bahn, auf der auch Heems Schiff sich bewegte.

»Warum beschleunigst du nicht?« fragte Jessica. »Wir liegen zurück; wenn wir nicht wenigstens versuchen aufzuholen ...«

»Dann schmeck doch mal die anderen beiden Säulen ab; sie werden schon bald auf uns treffen, wenn sie den idealen Kurs suchen.«

»Um so mehr sollten wir uns beeilen!« rief sie. »Kann dieses Schiff denn nicht schneller fliegen? Wir können doch mehr als ein g aushalten, oder?«

»Wir haben nur einen begrenzten Treibstoffvorrat«, erklärte Heem geduldig. »Wenn wir den mit törichten Beschleunigungsmanövern vergeuden, dann rollen wir bald aus.«

»Aber wie sollen wir dann ein Wettrennen liefern? Wenn nur die ersten fünfzig die Chance haben, einen Traktorstrahl zu ergattern?«

»Das Wettrennen begann mit dem Begriffsmuster-Rätsel. Die ersten, die ein Schiff gewannen, erhielten einen beabsichtigten Vorsprung. Doch es ist durchaus möglich, in diesem Teil des Wettstreits das aufzuholen, was wir im ersten Teil verloren haben. Sorgfältige Planung ist dazu nötig und ein bißchen Glück.«

»Du hast etwas Hinterlistiges vor«, stellte sie anklagend fest. »Ich fange an, dich zu durchschauen, Heem. Du hast einen verdorbenen männlichen Geist.«

»Wenn es dir lieber ist, dann breche ich das Rennen ab ...«

»Nein!«

Heem produzierte einen geistigen Geschmackseindruck von Belustigung. Er lernte allmählich, wie er seinen Transferer lenken konnte, so fremd sie auch war.

»Das denkst du«, murmelte sie erbost. »Wenn es nicht um Leben und Tod ginge ...«

Heem beschleunigte sacht und konzentrierte sich dabei auf den speziellen Geschmack der verschiedenen Positionen der anderen Raumschiffe. An der Spitze der langen Reihe bildete sich eine Traube, als törichte Piloten aufrückten und untereinander um die Führung kämpften. Alle Schiffe beschleunigten mit etwa einem g – bezogen auf die Schwerkraft des Planeten Sackgass, fügte er hinzu, ehe seine Partnerin sich meldete –, wodurch eine Eigenrotation der Schiffe überflüssig war; hinsichtlich des Treibstoffverbrauchs war dies eine zu aufwendige Art des Vorwärtskommens, jedoch kam ein Schiff nur im freien Fall optimal voran, und der Freifall war für ein Wettrennen nicht gerade die geeignete Fortbewegungsart. Doch die Piloten, die extrem beschleunigten, verbrauchten ihren Treibstoff in Relation zum Geschwindigkeitszuwachs viel zu schnell; auf diese Weise war es durchaus möglich, daß ihre Treibstofftanks leer waren, ehe sie den Zielplaneten erreicht hatten. Diejenigen, die mit ihrem Treibstoff zu geizig umgingen, würden am Ende zu weit zurückliegen. Es war viel Fingerspitzengefühl nötig, und nur die Piloten, die behutsam und umsichtig zu Werke gingen, würden ihre Position in der Reihenfolge der Schiffe verbessern können.

»Ich bekomme einiges davon mit«, machte Jessica sich bemerkbar. »Deine bewußten Gedanken sind für mich zugänglich, ähnlich wie es mit meinen Gedanken der Fall ist. Doch was dahinter liegt, bleibt unklar. Wenn die erfolgversprechendste Taktik eine geradlinige Beschleunigung und anschließende Verzögerung ist und alle Schiffe die gleiche Masse und die gleiche Menge Treibstoff haben, dann frage ich mich, wie überhaupt jemand seine Position verbessern oder verschlechtern kann? Die Geschicklichkeit, Geschwindigkeit und Treibstoffersparnis gegeneinander abzuwägen, kann am Ende nur einen winzigen Unterschied ausmachen, doch wir brauchen in unserer Situation erhebliche Leistungsunterschiede. Wie können wir aufholen? Wenn wir mehr Treibstoff verbrauchen, dann bleiben wir irgendwann liegen; wenn nicht, dann verlieren wir das Rennen! Warum also sollen wir überhaupt etwas Besonderes versuchen?«

Heem, der sich auf die Schiffe vor ihm konzentrierte, reagierte nicht auf ihre gedrängte Darstellung des Problems. Er überwachte das Geschehen in der langen Reihe vor ihm und hielt sich für den Moment bereit, wo etwas in Bewegung geraten würde.

»Aber ich gehe davon aus, daß eine Menge Piloten genauso denken«, fuhr Jessica fort. »Also werden sie nichts versuchen, vor allem die nicht, die an der Spitze liegen, weil sie ihre Position für gesichert halten. Wenn also jemand hinter der Spitze die grandiose Idee hat, einen Zwischenspurt einzulegen und das führende Schiff ein wenig abzudrängen, könnte möglicherweise ein Freund daraus einen Nutzen ziehen und sie beide überholen ...«

Heem steigerte die Beschleunigung geringfügig.

»Vergeudest du damit keinen Treibstoff?« wollte Jessica wissen. »Du bist schon schneller als ein g und näherst dich dem nächsten Schiff, das vor uns liegt.«

Auch darauf gab Heem keine Antwort. Er ließ das Schiff

neben der mit Bojen markierten Route herfliegen und verbrauchte damit zusätzlichen Treibstoff. Seine Geschwindigkeit war nun größer als die einiger Schiffe vor ihm, dafür befand er sich auch nicht mehr auf der idealen Route.

»Das ist verrückt!« schrie Jessica. »Ich kann in deinem Verstand ein vages Bild erkennen. Du bringst dieses Schiff absichtlich in eine schlechte Position. Zu schnell und zu früh und weg vom Kurs. Wenn du der Führende wärest, würdest du damit alle Chancen auf den Sieg verschenken; und dabei ...«

Die lange Kette der Schiffe geriet in Unordnung. An ihrem Ende bildete sich ein Knoten. Plötzlich flogen drei Schiffe nebeneinander und bildeten ein Dreieck, wobei sich ihre Rümpfe beinahe berührten und den Flugkorridor nahezu vollständig versperrten. Vier weitere Schiffe rückten zu ihnen auf und verschmolzen mit dem Knoten. Die Geschmacks-Blips, durch welche diese Schiffe dargestellt wurden, flackerten und verschwammen, als die Schiffe einander zu nahe kamen; ihre Piloten setzten verzweifelt ihre Nadeldüsen ein, um Kollisionen zu vermeiden. Einige versuchten, sich durch Beschleunigen aus dem Stau zu lösen; andere versuchten dasselbe mit abrupter Verzögerung.

»Ein Verkehrsstau!« rief Jessica, als sie endlich begriff, was sich vor ihnen abspielte. »So etwas kenne ich aus dem System Capella, wenn zu viele Bodenwagen versuchen, eine Kreuzung zu durchfahren.«

Heem benadelte die Kontrollknöpfe. Das Schiff machte einen Satz nach vorn, steigerte die Beschleunigung auf 1,5 g und schoß an dem Stau vorbei. Drei, vier, fünf, sechs Schiffe fielen zurück. Dann bremste Heem wieder bis auf ein g ab und schwenkte elegant in den Hauptkorridor ein.

»Ein sehr hübsches Manöver«, sagte Jessica. »Du bist an dem Stau vorbeigeflogen und hast sechs Schiffe überholt, als wäre es nur ein einziges gewesen, und dabei hast du beim Überholen nicht mehr Treibstoff verbraucht als sie bei dem Bemühen, zurückzubleiben. Perfekt getimt! Aber woher wußtest du, daß es zu dem Stau kommen würde? Du hast dich ja regelrecht an sie herangeschlichen, ehe sich etwas Derartiges abzeichnete.«

»Fließdynamik«, entgegnete Heem. »Obwohl jedes Schiff individuell gelenkt wird, ist der Korridor des günstigsten Kurses extrem eng, so daß die Schiffe gezwungen sind, in einer Kette zu fliegen. Und daher unterliegen sie gewissen Gesetzmäßigkeiten, wie sie bei fließenden Medien in einem Kanal gelten. Zufälligerweise verfüge ich über die Fähigkeit, solche Eigenheiten schnell zu analysieren.«

»Das habe ich gesehen«, zollte Jessica ihm Bewunderung. »Meine eigenen Fähigkeiten erstrecken sich auf Kunst, doch diese hat eher statischen Charakter. Nachdem du dein Manöver beendet hattest, konnte ich die Präzision und Schönheit angemessen würdigen, doch ich selbst hätte es niemals zustande gebracht. Aber wird es genügend Staus geben, so daß du weitere hundertvierundvierzig Schiffe überholen kannst?«

»Das ist zu bezweifeln. Die klugen Piloten werden sich von solchen Staubildungen fernhalten und beschleunigen; diese kann ich wohl kaum einholen, außer sie schalten sich gegenseitig aus.«

»Vor kurzem war ich noch ziemlich pessimistisch«, gab sie zu. »Nun schöpfe ich Hoffnung. Du bist wirklich geschickt, Heem.«

Heem unterdrückte eine Woge des Vergnügens. Was interessierte es ihn, was diese Alien von ihm dachte? »Deshalb hat man mich doch ausgewählt. Was das Lenken eines Schiffs angeht und den Kampf, besitze ich Fähigkeiten, die für meine Rasse ungewöhnlich sind.«

Er bemerkte eine weitere Staubildung und brachte sein Schiff in die entsprechende Position. Diesmal fand er einen Durchschlupf in der Mitte des Staus und raste hindurch. Acht weitere Schiffe waren überholt.

»Wunderbar, einfach wunderbar!« jubelte Jessica. »Aber ich fühle mich plötzlich so benommen! Was ist los?«

»Wir hängen in der Aromawolke einer Ausstoßdüse«, erklärte Heem. »Die Kiellinie jedes Schiffs ist mit chemischen

Abfällen angereichert, und die Geschwindigkeit dieser Gase wirkt sich auch auf unseren Antrieb aus. Es ist sehr unangenehm, sich direkt in der Abgaswolke eines anderen Schiffes aufzuhalten. Die Wirkung läßt mit zunehmender Entfernung sehr schnell nach, da die Abgase sich verteilen und schon bald den Hauptkorridor verlassen. Anderenfalls wäre es doch sehr schwierig, im Raum die Kettenformation einzuhalten.«

»Ja«, gab sie ihm recht. »Kein Zweifel, daß es hektisch wird, wenn die Schiffe sich zu nahe kommen.«

»Geschmäcke verwischen sich«, düste Heem. »Das hat Fehler zur Folge. Diese Fehler führen wiederum zu Staus, die ansonsten nicht entstehen würden. Und einen solchen Fehler haben wir vor uns.« Er gab einen geistigen Geschmacks-Blip ab, um die Stelle zu lokalisieren.

Eines der Schiffe, die sie gerade überholt hatten, beschleunigte mit gut drei g und raste an den vor ihm liegenden vorbei. »Aus dem Weg, ihr Säurespucker!« sprühte die Kommunikationsdüse des Schiffs.

»Ich wußte gar nicht, daß Schiffe sich untereinander verständigen können!« bemerkte Jessica überrascht.

»Natürlich können sie das; das ist im Raum geradezu lebenswichtig. Diese Schiffe sind normalerweise für den Kurierdienst vorgesehen, und gelegentlich bleiben sie mit einem Defekt liegen oder ihnen geht der Treibstoff aus. Sie müssen daher in der Lage sein, sich per Sprüh über interplanetare Entfernungen hinweg bemerkbar zu machen. Doch dazu ist Energie notwendig, daher geben nur sehr wenige Schiffe während dieses Rennens irgendwelche Signale ab.«

Der Raser tauchte hinter Heems Schiff auf. »Mach Platz, H-sechsundsechzig!« gab der Pilot einen wütenden Sprühstoß ab.

Gehorsam lenkte Heem leicht zur Seite, um dem Schiff eine Lücke zum Passieren zu öffnen. »Schon geschehen, H-sechzig.«

»Warum hast du diesen Idioten durchgelassen?« wollte Jessica wissen. »Das war Soop von Seelennaß, der dir das

Schiff weggeschnappt hat, das du gerade hattest erraten wollen. Du hättest ihn deine Abgase schmecken lassen sollen! Sollte er sich nicht um die Schiffe, die er überholen will, herumschlängeln, anstatt sie zu zwingen, mehr Treibstoff zu verbrauchen, damit er sich weitere Vorteile verschafft?«

»Stimmt schon. Doch weiter vorn wird er uns noch viel mehr von Nutzen sein«, versicherte Heem ihr. »Schmeck nur.«

»Na schön. Ich bin mal gespannt. Aber das Ganze kommt mir ziemlich töricht vor, und es ärgert mich richtig, diesen Verrückten unbehelligt von dannen ziehen zu lassen.«

Das rasende Schiff überwand die Distanz zu den beiden vorausfliegenden Schiffen. Die Geschmacksmarken wiesen sie als H-54 und H-55 aus: soweit er sich an die Begriffe erinnern konnte, mit denen diese Schiffe gewonnen worden waren, handelte es sich um Entitäten von Vice und von Knyfh. Heems Gedächtnis war bei weitem nicht so genau, jedoch hatte er gerade im letzten Stadium des Wettbewerbs der Begriffsfolge besondere Aufmerksamkeit geschenkt. Diese beiden Schiffe waren praktisch gleichzeitig verteilt worden, und jetzt flogen sie auch gemeinsam: vermutlich halfen die Piloten sich gegenseitig. Für jeden dritten Konkurrenten könnte das erhebliche Schwierigkeiten bedeuten.

Und so war es auch. H-54 und H-55 nahmen sich Heems höfliche Reaktion nicht zum Beispiel: sie behaupteten stur ihre Positionen und sperrten auf diese Weise den Kanal ab.

Der streitsüchtige H-60 war viel zu schnell unterwegs, um den beiden auf dem ihm zur Verfügung stehenden Raum auszuweichen. Manöver, die bei mäßiger Geschwindigkeit keine erhöhten Schwierigkeiten bereiteten, waren bei höheren Geschwindigkeiten nur mühsam auszuführen. Unerfahrene Piloten vergaßen dies leicht – bis es meistens zu spät war. H-60 versuchte gar nicht erst, seine beiden Konkurrenten zu umgehen; er schoß zwischen den beiden hindurch. Die Lücke war so eng, daß die drei Blips sich auf dem Übersichtsgeschmacksfeld zu einer einzigen Masse vereinigten ...

Und in einer Art Explosion wieder auseinanderwichen. Ein Schiff schoß vorwärts, eines rückwärts, und das dritte driftete seitlich ab.

Elegant wich Heem aus, denn er hatte genügend Platz zum Manövrieren. Das rückwärts davonschießende Schiff, H-55, jagte vorbei und erzeugte eine Turbulenz, die Heems Schiff durchschüttelte. »Was ist passiert?« schrie Jessica.

Heem wich erneut aus, um dem seitlich abdriftenden Schiff, H-54, zu entgehen, dann beschleunigte er abrupt. »Wenn zwei beschleunigende Schiffe zu dicht aneinander vorbeifliegen, verschmelzen ihre Turbulenzen. Das heranrasende Schiff H-60 hat drei Schiffe auf engste Kontaktdistanz gebracht, da ja die beiden ersten den gerade notwendigen Sicherheitsabstand zueinander einnahmen. Das in Verbindung mit einem beträchtlichen Tempounterschied hat alle drei Antriebsaggregate durcheinandergebracht. Ein Schiff ist völlig aus dem Rennen geworfen worden.«

»Das Schiff, das zur Seite abgetrieben ist«, sagte Jessica.

»Nein. Das behält seine normale Beschleunigung bei und wurde lediglich abgedrängt. Möglicherweise ist der Pilot bewußtlos und nicht in der Lage, seinen Kurs zu korrigieren.«

»Aber die beiden anderen beschleunigen doch, eines vorwärts, eines rückwärts. Das rückwärts fliegende Schiff wird immer schneller.«

»Bei dem rückwärts fliegenden Schiff ist der Antrieb ausgefallen. Daher treibt es mit konstanter Geschwindigkeit genau auf Kurs weiter. Wir anderen beschleunigen jedoch mit konstant einem g und entfernen uns demzufolge mit zunehmender Geschwindigkeit.«

»Aha – ich verstehe. Du hast natürlich recht. Ich vergaß, daß wir stetig beschleunigen und nicht mit konstanter Geschwindigkeit unterwegs sind.«

»So etwas vergißt man leicht, vor allen Dingen, wenn man mit den Gegebenheiten des Weltraums nicht so vertraut ist«, nadelte Heem verständnisvoll. Noch kostete er den angenehmen Nachgeschmack ihres letzten Kompliments.

Er empfing eine weitere Dosis Lob. »Jetzt kann ich wirklich begreifen, warum man dich für eine Mission ausgewählt hat. Du bist tatsächlich ein großer Experte.«

»Ja. Aber nichtsdestoweniger habe ich sie hinters Licht geführt. Ein Schiff kann ich jetzt genausogut lenken, wie ich es schon immer konnte, aber einen Squam kann ich im Einzelkampf nicht mehr besiegen.«

»Wenn du das früher konntest, dann kannst du es auch jetzt noch, oder?«

Heem antwortete nicht darauf. Das führerlose Schiff brachte die Ordnung der hinter ihm fliegenden Schiffe durcheinander, doch viel mehr interessierte ihn die vor ihm fliegende Formation. Der Raser, H-60, hatte den Kontakt mit den beiden anderen Schiffen heil überstanden und seine Taktik nicht geändert. »Platz da, Stinker!« sprühte H-60, als er sich der nächsten Schiffsformation näherte. Einige Schiffe versuchten, den Weg freizugeben, da sie einer möglichen Kollision ausweichen wollten, wie Heem es ebenfalls getan hatte. H-60 war verrückt, aber auch noch gefährlich dazu. Doch auch die anderen Schiffe hatten eher vorausgeschmeckt, als sich rückwärtig zu orientieren, und bemerkten den Raser daher zu spät. H-60 schoß heran und kam der Reihe gefährlich nahe.

Die Folgen waren katastrophal. Schiffe wurden vom Kurs abgedrängt und entfernten sich in allen Richtungen vom Flugkorridor. Einigen ging die Energie aus, und sie fielen zurück. Andere kreuzten hektisch, als hätten die Piloten vollkommen die Kontrolle verloren. Zwei behielten ihren Kurs bei – doch die Piloten rasten vor Wut. Es waren die Schiffe H-45 und H-41. »Komm, diesen Verrückten machen wir fertig!« sprühte H-45.

»Das sind alles Narren«, meinte Heem zu Jessica. »Auf festem Boden würden sie völlig anders reagieren. Mit ihrem Verhalten schaden sie nur sich selbst.«

Die beiden Schiffe beschleunigten abrupt auf 3 g. Sie holten allmählich auf und näherten sich dem Raser. Doch dadurch wurden auch andere Schiffe in Mitleidenschaft gezogen, und bei einer Beschleunigung von 3 g arbeiteten die Piloten unter erhöhtem Streß und konnten nicht mehr so sorgfältig auf ihre Umgebung achten. Sie jagten zu nahe an anderen Schiffen vorbei, verließen zeitweise den Idealkurs, während H-60 seinen Weg unbeirrt fortsetzte.

Heem analysierte die Unordnung auf seinem Weg und schlängelte sich mit eineinviertel g Beschleunigung durch das Durcheinander. Sieben weitere Schiffe konnte er so überholen, ehe einer der anderen Piloten seine Taktik schmeckte.

»Wo willst du hin, 66?« fragte der andere HydrO und beschleunigte, um ihm den Weg abzuschneiden. Es war H-49.

»Das ist Czeep von Czeeteich«, meinte Jessica. Sie schien wirklich ein hervorragendes Gedächtnis zu haben; möglicherweise hatte auch Heems Gedächtnis davon profitiert.

Heem manövrierte sein Schiff geschickt hinter ein drittes, H-46. H-49 machte einen Schwenk und folgte ihm.

»H-Sechsundvierzig – das müßte Swoon von Süßsumpf sein!« meldete Jessica. »Aber sie weiß nicht, wer wir sind, weil sie schon starten konnte, ehe wir unser Schiff bekamen.«

»Dann soll sie über uns auch nichts erfahren; wir verbünden uns mit niemandem mehr«, nadelte Heem seiner Partnerin zu. »Wir müssen es vermeiden, wieder in ein Gedränge zu geraten.«

»Tja, das ist wahr«, gab sie ihm recht. »Diese Reihen-Dynamik wird allmählich ungemütlich.«

Doch H-49 war zu allem entschlossen. Das Schiff schoß vor und beabsichtigte, Heems Schiff mit seinen Ausscheidungen zu überschütten. Heem konnte rechtzeitig ausweichen, jedoch kostete ihn das zusätzlichen Treibstoff. Selbst wenn er weitaus weniger Treibstoff verbrauchte als 49, so würde er das Rennen niemals gewinnen, wenn er in derartige Auseinandersetzungen verwickelt wurde.

Gerettet wurde er vom ersten Raser, H-60. Der verrückte Pilot war in ein anderes Schiff hineingerauscht, das nicht rechtzeitig hatte ausweichen können. Das darauffolgende

Durcheinander zerstörte die gesamte Reihenformation, indem die nachfolgenden Schiffe zu hektischen Manövern gezwungen wurden, so daß ein richtiger Wettstreit zwischen den Konkurrenten nicht mehr möglich war. Heems Aufmerksamkeit wurde völlig in Anspruch genommen, als er versuchte, sich unversehrt durch das Durcheinander hindurchzuwinden.

»Sieh doch mal, was H-Sechsundvierzig macht«, rief Jessica. »Wie die abgeht! Swoon ist einfach Spitze, wenn sich eine gute Chance ergibt!«

Heem ignorierte den Zwischenruf. Die Schiffe Sechzig und Neunundvierzig waren praktisch ausgeschaltet und fielen antriebslos immer weiter zurück, wobei ihre relative Geschwindigkeit stetig zunahm. Die nachfolgenden Schiffe vollführten hektische Ausweichmanöver, da die Piloten wegen der unerwartet auftauchenden Hindernisse fast in Panik gerieten. Viel besser wäre es gewesen, hätten sie sich mit knappen Kursänderungen begnügt, um die antriebslosen Schiffe ungehindert vorbeifliegen zu lassen, wie Heem es vorführte. Nun mußte Heem auch noch auf die Ausweichmanöver seiner Konkurrenten achten, und da er ziemlich genau in der Mittelachse des Hauptkorridors flog, war das ein ziemlich schwieriges Unterfangen. Oft genug fielen die Ausweichmanöver übertrieben und unberechenbar aus, wodurch der gesamte Verkehr gefährdet wurde.

Jedoch versäumte Heem nicht, trotz seiner Konzentration auf das herrschende Durcheinander, seine Chancen zu wahren und das eine oder andere Schiff zügig zu überholen. Als sich die Flugformation wieder beruhigt hatte, lag er in der Reihe der HydrOs auf dem fünfundvierzigsten Platz. Swoon von Süßsumpf hatte sich noch weiter vorgearbeitet. Unglücklicherweise kamen zwei weitere Reihenformationen gegnerischer Schiffe hinzu, die nun miteinander verschmolzen.

Heem analysierte den Prozeß des Verschmelzens. Dort ergaben sich recht vielversprechende Chancen. Um den günstigsten Kurs fliegen zu können, mußten die Schiffe eine einzige Flugsäule bilden, und dabei kämpften sie um günstigere Positionen. »Was wir eben erlebt haben, war lediglich ein harmloses Vorspiel«, nadelte Heem. »Jetzt fängt der Wettkampf erst richtig an.«

»Bisher hast du dich doch ganz gut geschlagen«, zollte Jessica ihm ihre Anerkennung. »Bei dem Durcheinander, das sich jetzt notgedrungen ergibt, müßtest du eigentlich noch mehr aufholen können.«

»Bisher habe ich es mit den weniger intelligenten Vertretern meiner Spezies zu tun gehabt. Jetzt muß ich mich mit den klügeren, raffinierteren Vertretern vor mir auseinandersetzen – und mit den Experten der beiden anderen Konkurrenzrassen. Und das wird sicher kein reines Vergnügen.«

»Ich habe Vertrauen zu dir.«

»Dein Vertrauen ist nichts anderes als Verzweiflung. Ich bin ein exzellenter Pilot, und in einem ausgewogenen Rennen würde ich wahrscheinlich gewinnen, wenngleich nicht zu übersehen ist, daß einige hervorragende Piloten per Transfer in die Konkurrenz gebracht worden sind. Swoon von Süßsumpf zum Beispiel, in H-Sechsundvierzig, ist wahrscheinlich die beste Pilotin des Sterns, den sie vertritt; sie ließ sich Zeit und wartete auf eine Störung der Flugordnung, ehe sie ihr wahres Können offenbarte. Von ihrer Sorte gibt es noch mehr Wettstreiter. Wenn man bedenkt, an wievielter Stelle ich gestartet bin, braucht es sehr viel mehr als nur Vertrauen und Zuversicht, um die notwendigen Fortschritte zu machen.«

Jessica produzierte ein mentales Achselzucken – eine außerordentlich seltsame Erfahrung für Heem. Sie gewann ihre eigene Zuversicht zurück.

Nun, da er sich voll auf das Rennen konzentrierte, war Heem entschlossen, all seine Energie darauf zu verwenden. Was seine Fähigkeiten als Pilot anging, hatte er nicht geprahlt: im wahrsten Sinne des Wortes lebte er nur für den Weltraum. Alle HydrOs hatten diese Lebensaufgabe: zwischen den Sternen umherzureisen. Alle HydrOs wollten durch den Weltraum pilgern, ehe bei ihnen die zweite Metamorphose einsetzte.

»Metamorphose?« erkundigte Jessica sich.

»Verschwinde aus meinem Geist!« nadelte Heem.

»Ich wünschte, ich könnte es. Dein Körper ist für mich der nackte Horror.«

Heem konzentrierte seinen Geschmackssinn auf das Rennen. Sein Schiff näherte sich dem Punkt, an dem die drei Flugsäulen verschmolzen. »Die sinnvollste Taktik besteht darin, den Erb- und den Squam-Schiffen, die unsere Route kreuzen, Platz zu machen«, düste er. »Unglücklicherweise werden wir dadurch zurückfallen, und wir werden kaum noch eine Chance bekommen, aufzuholen.«

»Dann ist diese sichere Taktik nicht ratsam?«

»Nein. Vernünftig ist es eher, überhaupt nicht an einem solchen Rennen teilzunehmen.«

»Soll ich wieder schreien?« erkundigte sie sich liebenswürdig.

»Es gibt nur eine Sache, die schlimmer ist als ein Squam, und das ist eine weibliche Squam.« Heem betätigte die Instrumente, und das Schiff beschleunigte und suchte eine Lücke in dem entstehenden Stau.

»Aber immer noch besser als ein blinder männlicher Schleimklumpen!« erwiderte sie, doch er hatte bereits vergessen, worauf sie sich bezog.

Die Blips hatten distinkte Geschmacksmuster, durch die sowohl Rasse wie auch Schiffsnummer definiert wurden. Heem verspürte eine unfreiwillige Kontraktion seiner Düsenöffnungen, als er die Squam-Schiffe erkannte. Er mochte die Squams überhaupt nicht – auch nicht in Gestalt von Raumschiffen. Jessicas Ähnlichkeit mit einem Squam war zum wesentlichen Teil die Quelle seiner Abneigung gegen sie. Rein intellektuell wußte er, daß sie eine Alien von völlig anderem Typ war, doch die Tatsache, daß ihr natürlicher Körper Augen und Hände und physikalische Substanz besaß – widerlich! Und daß er außerdem auch noch ...

»Deine Denkprozesse sind genauso feinsinnig wie ein Schlag auf den Kopf.«

»Ich habe keinen Kopf.«

»Das ist ja dein Problem.«

Der Verschmelzungspunkt der Flugsäulen näherte sich. Heem wußte, daß er, wenn er erst einmal in der dichteren Flugformation steckte, kaum noch Gelegenheit hätte, ohne wesentlichen Treibstoffverbrauch seine Position zu verbessern. Doch aus der Idealroute auszubrechen, würde ihn ebenfalls Treibstoff kosten.

»Es muß doch eine Möglichkeit geben!« schrie Jessica.

»Die gibt es, aber sie wird dir bestimmt nicht gefallen.«

»Zum Teufel, ob sie mir gefällt oder nicht! Mach schon! Egal, was du tust, es ist jedenfalls besser als dies hier!«

»Ich nehme dich bei deinem Geschmack«, düste Heem und stieß mitten ins Gedränge hinein. Plötzlich umschwirrten die Geschmacksblips seiner Konkurrenten sein Schiff.

»Ich glaube, ich hätte mein Maul nicht so weit aufreißen sollen«, erklärte Jessica kleinlaut. Doch dann wurde sie von dem Blip-Gewimmel völlig in Anspruch genommen. »Oh, sie sind alle so nahe, so dicht bei uns! Ich glaub', ich kann sie schon sehen. Umrisse nur. Vergrößere mal das Bild, damit ich ...«

Heem konzentrierte die Eindrücke, allerdings nicht nur, um der Alien einen Gefallen zu tun. Für die Art von Manöver, die er beabsichtigte, brauchte er einen genauen Eindruck vom umgebenden Raumsektor. Wenn sie diesen Eindruck als ›Bild‹ verstand, dann hatte er nichts dagegen. Wahrscheinlich würde es sie etwas ablenken und dafür sorgen, daß sie ihn nicht dauernd belästigte.

»Oh, es wird allmählich deutlich. Wie ein surrealistischer Traum, nicht ganz klar, aber erkennbar – ich muß meinen Gesichtssinn mit deinen Geschmackseindrücken koppeln –, schwierig, aber mit meinem geistigen Auge ...«

Heem ignorierte sie. Er mußte sein Rennen rollen! Der Zusammenschluß der drei Flugsäulen ließ die Squam- und die Erb-Schiffe bei ihrem Kampf um bessere Positionen immer näher kommen. Die Blips seiner Gegner waren nun so nahe, daß sie sich geschmacksmäßig miteinander vermischten. Heem spürte, wie die dem Wettkampf innewohnende

Spannung stieg; das liebte er! Sich im Weltraum aufzuhalten und sich mit anderen zu messen – das war der wahre Sinn seines Lebens!

»Konzentrierte männliche Dummheit«, bemerkte Jessica säuerlich. Doch dann wurde sie wieder durch neue Eindrücke aus der Umgebung des Schiffes abgelenkt. »Die Erb-Schiffe – sie sehen aus wie Blumenkelche – nur daß sie seitwärts fliegen!«

»Ihre Energierezeptoren sind natürlich auf den nächsten Stern ausgerichtet«, düste Heem eine Erklärung. »Sie müssen ständig ihren Energievorrat auffüllen, damit sie mit dem künstlichen Treibstoff möglichst lange auskommen. Am Ende kann dieser Vorrat über Sieg oder Niederlage entscheiden.«

»Ach ja, stimmt. Du hast uns ja auch so lange wie möglich im Licht der Sonne gehalten, nicht wahr?«

Blödsinn! Heem manövrierte sein Schiff in eine Position, so daß das Squam-Schiff S-47 in seinen Schatten geriet.

»Und die Squam-Schiffe sind wie Kobras!« fuhr Jessica munter fort. »Naja, wahrscheinlich kennst du sie nicht, Heem. Es handelt sich um solarische Reptilien – paß auf, ich liefere dir ein Bild.« Sie erzeugte eine Geschmacksmischung, die im Groben einen Squam ergab.

Das Squam-Schiff reagierte wütend auf den Schatten. Es änderte seinen Kurs und versuchte Heem zu umrunden, um ihm die Sonnenstrahlung zu nehmen. Doch der Squam berechnete Heems Beschleunigung falsch und hatte mit seinem Manöver kein Glück. Heem erzeugte einen Geschmack der Genugtuung: der Squam hatte bei seiner beabsichtigten Revanche mehr Energie verbraucht, als er durch die Sternstrahlung je würde zurückgewinnen können. Nun müßte sein Treibstoffvorrat viel eher erschöpft sein.

Tatsächlich war an diesem Punkt der Zusammenführung wenig herauszuholen, wenn man sich hier gegenseitig in die Quere geriet. Nur wenige, wenn überhaupt welche, würden um die Führung kämpfen, und falls er sich mit seiner derzeitigen Position in der Formation zufriedengab, würde er wohl kaum aufholen können. Er mußte so viele Gegner wie möglich überholen und dafür sorgen, daß er es bis auf einen Platz unter den ersten fünfzig schaffte, und zwar ohne allzuviel Treibstoff zu verbrauchen oder zu stark zu beschleunigen.

»Zu stark beschleunigen?« fragte Jessica. Sie hatte eine Art, ihre Einwände vorzubringen, die ihm mehr und mehr zuwider war. »Willst du denn nicht schnell fliegen?«

»Nicht unbedingt so schnell, daß ich nicht schnellstens wieder abbremsen kann«, nadelte Heem unwirsch. »Mit dem Beschleunigen allein läßt sich nicht viel gewinnen.«

»Oh, ich verstehe! Ja, natürlich! Ich kenne nur die Landung auf einer Planetenoberfläche, wo man immer von selbst zum Halten kommt, sobald man den Schub abschaltet. Im Weltraum jedoch, wo jede Bewegung gleichförmig beibehalten wird ...«

»Nein. Wir befinden uns auf einer freien Flugbahn und nicht in einem Orbit.«

»Ist doch egal, man kann nicht anhalten, wenn man nicht aus eigener Kraft abbremst, deshalb mußt du ja auch mindestens die Hälfte deines Treibstoffs aufsparen, oder – Heem, was passiert eigentlich, wenn du dich verrechnest?«

»Durchaus möglich, daß du das am eigenen Leibe erfährst, ehe das Rennen zu Ende ist.«

Auf diese Möglichkeit wollte sie nicht näher eingehen. »Das Bild wird nun immer klarer! Alle Schiffe – es ist genauso, als betrachtete man ein Hologramm in einer Nebelschwade, aber ich fange tatsächlich an, alles genau zu erkennen! O Heem, das ist doch erheblich besser! Ich fühle mich nicht mehr blind!«

Heem raubte einem anderen Schiff die Sternstrahlung, diesmal war es ein Erb-Schiff, E-38. Er beschleunigte etwas stärker als die Schiffe der Hauptsäule, jedoch befand er sich außerhalb des idealen Kurskorridors. Die Möglichkeit, ungehindert seinen Weg fortsetzen zu können, wog die Tatsache auf, daß er nicht mehr den optimalen Kurs flog, daher konnte er sich nur Vorteile verschaffen, indem er dafür sorgte, daß seine Gegner im Schatten flogen. Doch reichte das kaum aus, ihn als Sieger aus dem Rennen hervorgehen zu lassen – aber er verfolgte damit eine ganz bestimmte Strategie.

Ebenso wie die Squam reagierten auch die Erb voller Wut und versuchten alles, um aus dem Schatten herauszukommen. Heem konterte, indem er einige Manöver ausführte, nach denen er weiterhin die Sternstrahlung abschirmte. Mehr noch als andere Lebewesen reagierten die Erbs besonders empfindlich auf Strahlung, da sie die Hauptquelle ihrer Körperenergie war. Heem hatte das in seinen Berechnungen mit einbezogen. Je länger er E-38 abdeckte, desto mehr würde der Erb in Wut geraten.

»Was du da vorhast, erscheint mir aber ziemlich idiotisch!« protestierte Jessica. »Erstens, warum legst du dich mit dem Erb an, wenn du für dich überhaupt nichts herausholen kannst? Das einzige, was du bewirkst, ist eine heftige Gegenwehr, die am Ende euch beide Energie kosten wird. Zweitens, die aus dem Licht gewonnene Energiemenge ist nur gering, und das weiß der Erb. Trotz allem kann der Erb genauso sehen wie ich in meinem eigenen Körper; daher weiß er genau, wieviel Licht er günstigstenfalls abbekommen kann. Deshalb wird er nichts Törichtes tun, wenn du ihn abschirmst.«

»Das werden wir schmecken«, düste Heem und genoß den Zweikampf.

»Na schön. Ich bin mal gespannt. Aber ich wüßte nicht, was du mit deiner Taktik erreichen willst.«

E-38 beschleunigte plötzlich und versuchte aus dem Schatten herauszuspringen. Dabei geriet es einem HydrO-Schiff in den Weg, das gerade zum Überholen ansetzte. Das HydrO-Schiff mußte ausweichen. »Beweg dich und mach Platz, E-Achtunddreißig«, sprühte der HydrO.

Die Schiffe flogen so dicht beieinander, daß die hektischen Manöver der beiden sich auf einige andere auswirkten. »Bleibt auf Kurs, ihr Narren!« sprühte S-47.

»Verständigen sich auch die Squams sprühenderweise?«

fragte Jessica. »Du sagtest doch, sie kommunizieren auch akustisch.«

»Tun sie auch. Das für drei Rassen ausgelegte Kommunikationssystem übersetzt ihre barbarischen Laute in verständliche Geschmacksimpulse. Dasselbe gilt für die Strahlung, mit der Erbs sich verständigen. Der HydrO-Geschmack wird in den fremden Schiffen in Lärm und in Strahlung umgewandelt. Ganz bestimmt arbeiten die Traktorstrahlen auf Exzenter mit einem ähnlichen System.«

Sie verstummte, und er konzentrierte sich wieder auf den Verlauf des Rennens. Das Durcheinander, das er bewirkt hatte, zog ein beachtliches Stück der Flugsäule in Mitleidenschaft. Schiffe kreuzten hin und her, und im Geschmacksnetz vermischten sich die Flucharomen von drei verschiedenen Rassen. Heem hielt sich in sicherer Entfernung.

Abrupt schwenkte er vor dem Verkehrschaos in den Kurs ein und steigerte seine Beschleunigung. »Seht mal, was ich mit euch gemacht habe, ihr Hilfspiloten!« sprühte er in den Raum. »Nicht einer von euch ist schlau genug, um seinen geraden Kurs fortzusetzen!«

»Was tust du da!« schrie Jessica entsetzt. »Du stichst mitten ins Wespennest! Sie verbünden sich gegen dich und werfen dich gemeinsam aus dem Rennen!«

»Das war HydrO-Sechsundsechzig«, meldete sich ein Squam. »Er hat damit angefangen!«

Eine Geschmackswolke breitete sich aus. Und schon machte sich eine kleine Flotte wütender Schiffe an Heems Verfolgung.

Heem flog genau in der Mitte des bezeichneten Flugkorridors. »Ihr Angeber könnt es ja doch nicht mit mir aufnehmen! Was strengt ihr euch denn so verzweifelt an? Dreht um und fliegt nach Hause zurück, ehe ihr im Weltraum verlorengeht!«

»Das ist vollkommen wahnsinnig!« schrie Jessica. »Die bringen uns um!«

»Im Weltraum verlorengehen!« sprühte ein HydrO spöttisch. »Wir werden dich bald im Raum verlieren, Stinkduse!«

»Die haben nichts zu verlieren«, sagte Jessica. »Sie wissen, daß sie viel zu weit zurückliegen, um noch zu gewinnen. Sie brauchen einen Sündenbock für ihr Versagen. Sie werden ihren gesamten Treibstoff darauf verwenden, dich einzuholen!«

»Dann machen sie es eben«, gab Heem ihr recht. »Ich hab' dir ja vorher angedeutet, daß meine Taktik dir nicht gefallen wird.«

»Das hast du wirklich getan«, gab sie düster zu.

Ein Squam-Schiff löste sich aus dem Pulk der Verfolger und beschleunigte mit einigen g, um Heem einzuholen. Doch als es sich heranschob, vollführte Heem mit seiner Antriebsdüse einen Schlenker, so daß sie eine Wolke unangenehm schmeckender Rückstände ausstieß. »Schluck das, du Narr!« sprühte er.

»Ein Foul! Ein Foul!« regte sich ein anderer Squam auf, als der erste Squam in der Formation zurückfiel. »Habt ihr das mitbekommen? H-Sechsundsechzig hat seinen Verfolger absichtlich in seine Rückstände hineinfliegen lassen!«

»Wie bitte?« spielte Heem den Unschuldigen. »Ich habe lediglich meinen Kurs korrigiert, um einen Zusammenstoß zu vermeiden. Ich wüßte nicht, wie ihr das Gegenteil beweisen wollt.«

»Ooohhh!« rief Jessica halb wütend, halb bewundernd.

»Das ist unfair!« rief der Squam erneut.

»Squams sind richtige Stinker!« sprühte Heem. »Wer sonst als ein richtiger Stinker ißt Tiergewebe und scheidet Dünger aus?«

»Ein Solarier zum Beispiel!« hielt Jessica ihm entgegen.

»H-Sechsundsechzig hat das richtig erkannt«, sprühte ein HydrO. »Squams sind tatsächlich widerwärtig.«

»Und das muß gerade der verspritzen!« schimpfte ein anderer Squam. »Wenn ich schon eine Kreatur sehe, die dauernd dahinschleimt und herumrollt wie ein Stein ...«

»Die Wahrheit ist doch sonnenklar«, meldete sich ein Erb. »Sowohl Squams wie auch HydrOs sind ekelhaft!«

»Vor allem so dämliche Vertreter wie ihr«, sprühte Heem.

»Erst einmal müssen wir diesen Störenfried loswerden«, meinte S-52. »Dann können wir ästhetische Fragen klären.«

»Du könntest doch noch nicht einmal eine verfaulte Pflanze loswerden, Squam!« machte Heem sich lustig.

»Warum reizt du sie dauernd?« wollte Jessica wissen. »Willst du unbedingt sterben? Du brichst die reinste Rassenjagd vom Zaun.«

»Wütende Kreaturen können nicht logisch denken«, erklärte Heem.

»Genau das meine ich ja! Sie werden uns vernichten!«

Zwei weitere Schiffe verließen den Pulk mit extremer Beschleunigung. Sie erreichten Heem, flogen neben ihm her, dann schwenkten sie in seine Bahn. Es waren die Schiffe S-44 und E-49.»Wir schießen dich in die Ewigkeit, H-Sechsundsechzig!« brüllte der Squam.

Heem wich mit seinem Schiff aus. Die beiden Angreifer verfehlten ihn, stießen beinahe zusammen, trennten sich wieder und gerieten außer Kontrolle.

»Was ist passiert?« erkundigte Jessica sich. »Sie stießen nicht zusammen, sie haben sich nicht gegenseitig ihre Rückstände vor den Bug geblasen; trotzdem prallten sie voneinander ab, ohne sich richtig berührt zu haben.«

»Jedes Schiff verfügt über einen Repulsor-Schirm, um Meteoriten abzuhalten und sich vor Kollisionen zu schützen. Für den Verkehr in engen Flugkorridoren ist das notwendig und üblich. Keines der Schiffe kann direkt mit einem anderen zusammenstoßen.«

Sie seufzte schicksalsergeben. »Du glaubst wohl, daß ich diese Kleinigkeiten längst kenne! Aber sie – irgend etwas ist mit ihnen passiert, sie sind nicht nur voneinander abgeprallt.«

»Die Repulsor-Schirme können ziemlich hart sein, vor allem, wenn man nicht mit einer Kollision rechnet. Wahrscheinlich sind die beiden Piloten bewußtlos.«

»Damit hast du demnach zwei weitere Konkurrenten ausgeschaltet, die längst hinter uns lagen! Welchen Nutzen bringt dir das?«

»Das wirst du bald erfahren.« Heem wandte seine Aufmerksamkeit wieder den anderen Schiffen zu. »Ihr seid richtige Amateure!« sprühte er streitsüchtig. »Ihr gehört nicht in den Weltraum!«

Im Kommunikationsnetz kam es zu einem Gewirr von Geschmacksimpulsen, Lauten und Lichtsignalen. Dann rasten gleich sechs Schiffe auf Heem zu. »Umzingelt ihn«, riet S-51. »Laßt ihn nicht wieder entkommen!«

»Jetzt hast du es endlich geschafft!« sagte Jessica. »Du bist der reinste Selbstmordkandidat! Typisch Mann!«

»Eine Reihe unserer Gegner sind weiblichen Geschlechts«, bemerkte Heem. Er beobachtete die bedrohlich aufholende Schiffsformation sehr wohl, machte jedoch keine Anstalten, die Flucht zu ergreifen.

»Du willst beschleunigen?« fragte der Squam. »Dabei werden wir dir gerne helfen!« Die sechs Schiffe bildeten einen engen Ring um Heems Schiff und bedrängten ihn mit ihren Repulsorfeldern.

»Was haben die vor?« schrie Jessica ängstlich.

»Sie machen mit uns einen Spazierflug.«

»Einen Spazierflug? Das ist doch total verrückt.«

Die sechs Schiffe steigerten ruckartig ihre Beschleunigung. Heems Schiff sprang, von den Repulsorschirmen geschoben, vorwärts, wobei er von allen Seiten bedrängt wurde. Die Beschleunigung stieg auf drei g, dann auf vier g, dann fünf g.

Die anderen Schiffe in der Säulenformation machten hastig Platz und fielen zurück.

Dann zog sich der Ring aus den sechs Schiffen zusammen. Der Druck wurde immer stärker. »Sie quetschen uns zu Tode!« schrie Jessica.

»Das ist ihre Absicht«, gab Heem ihr recht. »Sie benutzen ihre Repulsorfelder, um uns zusammenzupressen, so daß wir uns gefallen lassen müssen, was immer sie gleich mit uns vorhaben.«

»Was sie gleich vorhaben? Wird es denn noch schlimmer?«

»Sie werden uns aus der Säule herausschleudern – in den Stern vielleicht oder in das Loch. Wenn sie Glück haben, werden wir uns nicht rechtzeitig erholen, um aus dem Gravitationsschacht zu entkommen – oder wenn uns das gelingt, verbrauchen wir dabei so viel Treibstoff, daß wir am Ziel nicht mehr sicher landen können. Auf jeden Fall sind wir am Ende aus dem Rennen.«

»Können wir irgend etwas tun?«

»Mach dir keine Sorgen. Den Text über Raumflugmanöver habe ich aromatisiert.«

»Du hast ihn aromatisiert – ach so, du meinst, du hast das Buch über schmutzige Tricks geschrieben! Nun, ich kann nur hoffen, daß du weißt, was du tust. Im Augenblick kann ich nur feststellen, daß deine Beschimpfungen und Prahlereien uns in immer größere Schwierigkeiten bringen.«

Heem nadelte ein komplexes Nadelstrahlmuster auf die Kontrollknöpfe. Wasser rauschte in das Abteil.

»Aber das ist doch der Beschleunigungsschutz!« rief Jessica. »Für Start und Landung, wenn man bis zu zehn g aushalten muß ...« Sie brach mitten im Satz ab und dachte nach. »Ach ja – um vor dem Druck der Repulsorfelder zu schützen. Wie raffiniert. Aber dann kannst du doch das Schiff nicht richtig lenken; es wird allein von der Automatik kontrolliert.«

»Ich habe das Schiff so vorprogrammiert, daß es den Hauptantrieb nach der Beschleunigungsphase abschaltet und sich mit Hilfe der Seitendüsen wieder stabilisiert. Danach übernimmt der Pilot wieder die Kontrolle.«

»Aber das hält sie doch nicht davon ab, uns aus dem Korridor herauszuschleudern!«

»Ihre Operation basiert auf der Annahme, daß ich meine normale Beschleunigung beibehalte oder sie erheblich steigere, um ihnen zu entkommen. Die Reaktionen eines steuerlosen, antriebslosen Schiffs sind da ganz anders.«

»Mir erscheint das Schiff eher hilflos!«

Der von den sechs Schiffen ausgeübte Druck nahm noch zu, doch nun spürte Heem kaum etwas davon. Die Schutzflüssigkeit des Schiffes polsterte ihn rundum ab. Abrupt schaltete der Antrieb ab und erlöste seinen Körper vom Druck der Gravitation. Es gab einen heftigen Ruck, als die sechs Schiffe den plötzlich einsetzenden Bremseffekt ausglichen und sein Schiff mit der früheren Beschleunigung mit sich führten.

»Was geschieht gerade?« wollte Jessica wissen. »Ich fing gerade an, etwas zu erkennen, doch jetzt bekomme ich nichts mehr herein. Alles ist weg.«

»Sie jagen uns mit drei g vorwärts«, erklärte Heem und verließ sich dabei auf seine Erfahrung, als er spürte, wie der Antriebsdruck nachließ. »Sie sind nicht geschickt genug, die gesamte Formation geschlossen eine Kursänderung fliegen zu lassen, daher vertrauen sie darauf, daß gewisse Unterschiede bei den Beschleunigungsvorgängen der einzelnen Schiffe uns abdriften und aus dem Korridor geraten lassen. Doch mein Schiff bleibt stabil und liegt genau auf Kurs, deshalb holen wir stetig auf. Sie glauben nach meinem Abschalten des Antriebs, daß ich die Kontrolle über das Schiff verloren habe; im Augenblick schleppen sie ein Wrack mit sich.«

»Tun sie das nicht wirklich?«

Der extreme Beschleunigungsdruck hielt noch für einige Zeit an, dann brach er ruckartig ab. »Jetzt haben sie uns freigegeben. Wahrscheinlich haben sie selbst keinen Treibstoff mehr; ein Raumschiff zu schieben, verbraucht erhebliche Mengen an Energie.« Die Schutzflüssigkeit lief ab und gab ihm seine Bewegungsfreiheit zurück. Heem aktivierte den Raum-Geschmacksscanner. »Und schon schmecke ich wieder!« düste er triumphierend und nahm ein Blip-Muster auf.

Jessica sah sich um. »Wir haben die vor uns liegende Säule mindestens zur Hälfte hinter uns gelassen!«

Heem aktivierte auch den Hauptantrieb. »Und wir haben dabei eine Menge Treibstoff gespart. Nun können wir etwas stärker beschleunigen, ohne unsere Energievorräte vorzeitig zu erschöpfen.«

»Das würde doch bedeuten, daß die sechs Schiffe uns in

Wirklichkeit geholfen haben und dabei ihre eigenen Reserven vergeudeten!«

»Wie ich vorhin schon düste: es sind Narren. Hätten sie einen der ihren auf diese Weise angetrieben, hätten sie ihm einen guten Platz im Wettrennen verschaffen können. Doch sie ließen sich von meinen Frechheiten derart reizen, daß sie nicht mehr rational denken konnten.«

»Das haben sie wirklich! Man stelle sich vor, mit ihren Rachegelüsten haben sie sich die eigenen Chancen völlig verdorben! Das hätte ich nicht für möglich gehalten!« Sie überlegte. »Nein, es ist durchaus möglich. Mein eigenes Volk ist genauso. Im Laufe der Geschichte werden Dinge getan, die niemals hätten getan werden dürfen, und zwar aus Rache, während notwendige und positive Dinge unterlassen wurden. Milliarden für die Verteidigung, und nicht ein Cent für Verbesserungen. Aber trotzdem ist eine solche Taktik ziemlich verrückt.«

Heem stellte fest, daß er ihr rein intellektuell recht gab, jedoch nicht gefühlsmäßig. Er war dazu getrieben worden, das zu vergelten, was Schlängelschreck Squam getan hatte, und dies hatte sein Leben nachhaltig beeinflußt. Er konnte nicht behaupten, daß es nicht zutraf; es mußte Gerechtigkeit geben, und ohne nachzuhelfen, würde es eben keine Gerechtigkeit geben.

»Oh, damit bin ich nicht einverstanden!« protestierte Jessica.

»Das brauchst du auch nicht.« Heem schwenkte wieder in die Säulenformation ein, damit sein Blip für die anderen nicht so deutlich sichtbar war. Von den sechs Schiffen, die ihn so weit nach vorne gebracht hatten, war keine Reaktion erfolgt; in dem Moment, in dem er seinen Hauptantrieb wieder eingeschaltet hatte, war ihnen klar geworden, daß sie ausgetrickst worden waren, und sie waren nicht gerade scharf darauf, damit Reklame zu machen, wie sie überlistet worden waren.

Heem, der nun mit konstanten 1,1 g beschleunigte, überholte ein Schiff nach dem anderen. Hier in der mittleren

Zone der Säule flogen die Konkurrenten etwas geordneter und verzettelten sich nicht in persönlichen Zweikämpfen. Hier befanden sich die intelligenteren, umsichtigeren Wettstreiter, was mit ein Grund war, daß sie es bis hierher geschafft hatten.

Es war ein langer, stetiger Flug. Heem, der nun seine Müdigkeit spürte, schlief. Jessica, der Heems Sinneseindrücke fehlten, schlief ebenfalls.

Wie die meisten Vertreter intelligenter Spezies, träumte Heem. Das Träumen war eine Art Aufarbeitung und Bewertung früherer Erlebnisse, wobei die wichtigen aussortiert und nach ihrer Bedeutung im Gedächtnis fixiert wurden. Oft waren Heems Träume unangenehm, denn sein Leben war nicht immer besonders freundlich gewesen. Eine ganze Reihe seiner Träume beschäftigten sich mit illegalen Dingen. Diesmal jedoch waren seine Traumbilder seltsam und angenehm.

Er saß auf einem unterwürfigen Flachsegler, der widerspruchslos jedem Nadelstrahl gehorchte. Doch Heem nadelte ihn gar nicht; er überließ ihm die Initiative. Gemeinsam segelten sie über Hügel und Bergketten, glitten in ein Flußtal hinunter und überquerten den Fluß. Die Szenerie war wunderbar, und die Vegetation versprühte angenehme Geschmackswolken. Heem befand sich wieder in seiner Jugendphase, glücklich und zuversichtlich in die Zukunft blikkend. Seine jugendlichen Gefährten befanden sich bei ihm im Tal von Steilfall.

»Laß ihn schneller segeln, Jess!« nadelte sein Gefährte.

»Er bewegt sich bereits mit Reisegeschwindigkeit vorwärts, Jess. Er kann nicht gefahrlos beschleunigen.«

»Reisegeschwindigkeit? Drachen haben keine Reisegeschwindigkeit! Sie beschleunigen so lange, bis sie nicht mehr schneller werden können!«

»Nun, genauso schnell will ich dahinjagen, Klon-Bruder!«

Klon-Bruder? *Das ist nicht mein Traum!* nadelte Heem bei sich. Doch er erwachte nicht. Sein Traum wechselte in eine andere Wirklichkeit. Er rollte verzweifelt der Freiheit entgegen, als er noch einmal den Alptraum seiner Flucht aus der Gefangenschaft erlebte. Doch das wesentlichste Element dieser Erfahrung war nicht die physische Flucht, denn die war ihm gelungen. Es war die emotionale Flucht, bei der er keinen Erfolg gehabt hatte.

Er rollte zu einem Sicherheitskäfig und nadelte seinen Identifikationsgeschmack in dessen Schloß. Der Mechanismus brauchte eine Weile zur Analyse. Dann gab das Schloß nach, und das Tor ging auf. Heem rollte hinein, und sein Gewicht bewirkte, daß das Tor in seine Position zurückglitt und sich wieder abschloß.

Nun war er für die Nacht sicher untergebracht. Der Käfig war dazu konstruiert, Squams draußen zu halten; die Erbs waren natürlich keine Bedrohung. Er konnte schlafen und sich entspannen und seine Wachsamkeit nachgeben lassen. Natürlich trug das Schloß jetzt seinen Geschmack, und der würde die Regierungsorgane auf seinen Aufenthaltsort aufmerksam machen, doch die Geschmacks-Kredits wurden nur einmal am Tag eingesammelt, und zu dem Zeitpunkt, an dem sein Geschmack in den Kredit-Computer eingespeist würde, wäre er längst verschwunden. Sein Kredit war in Ordnung; es war sein Status als Bürger, der nicht mehr galt.

Und nun eine ordentliche Abendmahlzeit. Er wählte aus dem Speisenangebot aus und bestellte sich ein Pseudosteak und einen Sprudeldrink mit grauem Geschmack. Er nahm den Drink –

Essen? in einem plötzlichen Schock und voller Ekel leerte Heem sämtliche Jet-Reserven. Das Schiff, das völlig unvorhersehbar auf diese Explosion reagierte, dämpfte seinen Hauptantrieb und wich vom Kurs ab. Plötzlich befand Heem sich im Freifall und war hellwach.

Er arbeitete mit lässiger Gewandtheit, brachte den Antrieb auf seine alte Leistung und stabilisierte das Schiff. Dann wandte er sich wieder nach innen. »Solarierin, das war dein Traum, nicht wahr?«

»Ja – am Ende. Es tut mir leid – ich wußte ja nicht ...«

»Nicht genug damit, daß deine weibliche Präsenz in meinen Geist eindringt, du mußt auch noch mit deinen squamverseuchten Träumen meinen Schlaf stören – indem du ißt! Du verdirbst meine Bildwelten!«

»Das begreife ich. Das bedaure ich auch, aber ich habe über meine Träume keine Kontrolle.«

Heems Aufmerksamkeit wandte sich bereits der Säulenformation der Schiffe zu. Die Anordnung der Schiffe war lichter geworden. Nun flogen alle Schiffe einzeln, und zwischen ihnen befand sich genügend Abstand. »Wir rollen der Halbzeit entgegen; dort werden wir erfahren, welche Position wir innehaben.«

Während sie seine Geschmacksimpulse übersetzte, betrachtete Jessica die Szenerie. »Wir haben länger geschlafen, als ich angenommen hatte! Haben wir die Hälfte des Weges bereits hinter uns?«

»Bei ständiger Beschleunigung gerät das Zeitempfinden in Unordnung. Wir halten uns nun schon etwa einen halben Tag lang im Weltraum auf und erreichen bald eine Geschwindigkeit, die ein Fünfunddreißigstel der Lichtgeschwindigkeit beträgt.«

»Einen halben Tag lang? Zwölf Stunden?«

»Wenn ich das solarische Zeitmaß richtig in Erinnerung habe, dann ist das richtig. Wenn auf deinem Heimatplaneten ein halber Tag genauso lange dauert wie auf meinem Planeten ...«

»Ich – ich weiß es nicht genau, aber wenn ich dein Gefühl richtig beurteile, dann entspricht es auch meinem Gefühl. Nehmen wir einfach an, ein Tag ist ein Tag, und dies gelte für die gesamte Galaxis, und benutzen wir dieses Maß bei unseren weiteren Betrachtungen als Grundlage.«

»Wir beschleunigen einen halben Tag lang und bremsen genauso lange ab, dann beträgt die gesamte Strecke zwischen den Planeten ein Zweiundsiebzigstel eines Lichttages.«

»Ich verstehe«, meinte sie zögernd. »Wir beschleunigen nur auf einen Bruchteil der Lichtgeschwindigkeit, deshalb sind wir auf dieser Strecke weitaus länger unterwegs als das Licht. Ich glaube, daß eure Planeten von ihrem Ursprung genausoweit entfernt sind wie unsere, und unsere haben sich nur einige Lichtminuten weit von ...«

»Deine Entfernungsangaben sind unwichtig«, nadelte Heem ungeduldig. »Der Augenblick der Wahrheit steht unmittelbar bevor.«

»Aber wir haben die Strecke doch erst zur Hälfte hinter uns. Du sagtest ...«

»Nein, von Halbzeit kann keine Rede sein. Es wird noch eine Zeitspanne des Freifalls geben; Schiffen, die das nicht nutzen, wird am Ende der Treibstoff knapp werden. Doch an diesem Punkt werden wir genau die Hälfte unseres Treibstoffs verbraucht haben. Wir können die gegnerischen Schiffe nur überholen, wenn wir über mehr Treibstoff verfügen. Die ersten Geplänkel sind ausgefochten worden, und die drei Säulenformationen sind miteinander verschmolzen. Dabei wurden die Narren eliminiert. Und von jetzt an zählen nur noch Energie und ein deutlicher Vorsprung.«

»Ja, stimmt, das ist mir klar. Doch wir haben uns beträchtlich vorgearbeitet, nicht wahr? Wir brauchen zu diesem Zeitpunkt doch nicht unbedingt zu gewinnen; es reicht, wenn wir das Ziel unter den ersten Fünfzig erreichen.«

»Ja. Deshalb werden wir uns jetzt etwas eingehender um unsere Gegner kümmern, um herauszubekommen, auf welchem Platz wir liegen. Das gelingt am besten im Augenblick des Wendemanövers, denn nur an diesem Punkt verraten die anderen Schiffe, auf welchem Platz sie liegen. Sie müssen sich genau nach Zeitplan umdrehen.«

»Angenommen, sie tun es nicht? Ich meine, wenn sie jetzt noch etwas länger mit höchster Geschwindigkeit weiterfliegen und am Ende etwas heftiger abbremsen und durch dieses Manöver einige Plätze aufholen?«

»Einige werden so etwas sicherlich versuchen, vor allem dann, wenn sie dicht hinter dem fünfzigsten Platz liegen. Aber wenn es ihnen nicht gelingt, bis auf Landegeschwindigkeit abzubremsen ...«

»Dann kommt es zum Absturz«, sagte sie. »Das Ganze ist ein ziemlich gefährliches Spiel.«

»Und wie! Die meisten werden sich zurückhalten und weiterrollen und ihr Leben nicht dafür aufs Spiel setzen, um ein oder zwei Plätze aufzuholen.« Er benadelte die Bedienungsknöpfe und verschaffte sich einen komplexen Geschmackseindruck der Schiffe vor und hinter ihm. Bei einer kritischen Beurteilung seiner Lage wollte er alle Schiffe mitsamt ihren Positionen im Gedächtnis behalten.

»Ich sehe die Schiffe!« rief sie aus. »Es ist fast genauso, als hätte ich jetzt Augen! Aber warum beschäftigst du dich auch mit den Schiffen hinter uns? Wegen denen brauchen wir uns doch keine Sorgen mehr zu machen, oder?«

»Noch wissen wir nicht, was vor uns und was hinter uns liegt«, erklärte er. »Ihre derzeitige Position im Weltraum ist irreführend. Einige sind einfach zu schnell; die werden das Rennen niemals erfolgreich beenden.«

»Oh, jetzt fange ich an zu verstehen. Wenn sie am Wendepunkt eine zu hohe Geschwindigkeit haben, dann können sie nicht rechtzeitig genug den Abbremsvorgang einleiten, um zu landen. Ich meine, sie können zwar bis auf Landegeschwindigkeit verzögern, doch das gelingt ihnen erst, wenn sie den Planeten bereits hinter sich haben, und das nützt ihnen überhaupt nichts. Abstürzen werden sie doch nicht, oder?«

»Sie werden Treibstoff nachtanken – nachdem die Wende vollzogen wurde. Abstürzen werden sie wohl nicht, aber aus dem Rennen sind sie auf jeden Fall.«

Heem und Jessica orteten die Schiffe. Heem bediente sich dabei des Schiffscomputers, um die Geschwindigkeit jedes Konkurrenten beim Wendemanöver zu berechnen, während Jessica die führenden Schiffe beobachtete. Es ergab sich, daß zehn von den deutlich führenden Schiffen zu schnell unterwegs waren und mit ziemlicher Sicherheit nicht landen konnten; doch fünfzehn Schiffe *hinter* Heem wendeten genau zum vorgesehenen Zeitpunkt, so daß sie das Rennen unter den ersten fünfzig beenden würden. Einige von diesen Schiffen hatten vielleicht die richtige Geschwindigkeit, jedoch zu wenig Treibstoff – andere flogen vielleicht etwas zu langsam, verfügten aber über Treibstoffreserven, die es ihnen gestatteten, am Ende noch aufzuholen. Es wurden unterschiedliche Strategien verfolgt, und es war notwendig, halbwegs genaue Prognosen zu erstellen. Gerade gegen Ende des Wettrennens, wenn die Schiffe die unterschiedlichen Geschwindigkeiten drosselten, konnte es noch zu zahlreichen Positionswechseln kommen.

Die beste Plazierung, auf die Heem günstigstenfalls hoffen konnte, war der einundsechzigste Platz. Das wäre ein hervorragender Platz, wenn man bedachte, daß er in einer Position nahe der zweihundertsten gestartet war – doch es reichte nicht.

»Aber wenn du noch einige raffinierte Manöver ausführst, einige weitere Piloten austrickst ...«, sagte Jessica.

»Wahrscheinlich komme ich vier, fünf, vielleicht sogar sechs Plätze weiter nach vorne«, düste Heem, »aber nicht mehr. Wir haben es nicht mehr mit Narren und Amateuren zu tun; unsere Gegner sind erfahrene Raumpiloten ebenso wie ich. Die reagieren auf gar nichts, man kann sie nicht täuschen; sie wissen genau, daß sie im Vorteil sind, und diesen Vorteil werden sie sich zu erhalten versuchen. Ich habe meinen zusätzlichen Treibstoffvorrat dazu verwendet, um bis in diese Position zu gelangen; und das ist alles, was ich erreichen kann. Noch weiter nach vorne zu gelangen, würde mich zuviel Treibstoff kosten, oder ich gerate in Gefahr abzustürzen.« Er benadelte die Knöpfe, und das Schiff änderte abrupt den Kurs, ohne zu wenden.

»Stimmt etwas nicht?« erkundigte Jessica sich besorgt. »Das Schiff hat sich nicht gedreht. Es beschleunigt noch immer und schwenkt aus der Säulenformation aus.«

»Das Schiff reagiert auf alle Steuerbefehle. Es befindet sich genau auf dem Kurs zu meinem Ziel.«

»Aber in dieser Richtung befindet sich kein einziger bewohnbarer Planet, oder etwa doch?«

»Stimmt genau. Und selbst wenn es einen gäbe, hätte ich

nicht genug Treibstoff, um sicher zu landen. Schließlich fliege ich nun auf einem nicht vorgezeichneten Kurs, der deshalb auch nicht als ideal zu betrachten ist.«

»Und wohin bist du unterwegs?« Mit wachsender Unruhe wartete sie auf die Antwort.

»Ins Loch.«

4 Lochstern-Abgrund

Vom Grundaroma her schmeckte sie nicht grundlegend anders als ein Männlicher. Doch der Unterschied wurde sogleich offenbar. Jeder Nadelstrahl, den sie von sich gab, hatte eine weibliche Qualität, die nur ein anderer HydrO wahrnehmen konnte, die jedoch speziell diesem HydrO überdeutlich bewußt war. Heem war noch nie zuvor einer weiblichen Vertreterin seiner Spezies begegnet, aber schon beim ersten Kontakt hatte er nicht die geringsten Zweifel an ihrer Andersartigkeit.

»Wer bist du, die du mich vor dem Ausscheiden bewahrst?« fragte Heem, nachdem er sein inneres Gleichgewicht wiedererlangt hatte.

»Ich bin Moon von Morgendunst«, antwortete sie mit einem Nadelstrahl, der so schüchtern ausfiel, daß Heem ihn kaum analysieren konnte. Auch sie war sich der Nähe des anderen Geschlechts überdeutlich bewußt.

»Ich bin Heem von Steilfall.« Er hielt inne, nahm weitere Eindrücke von ihr auf und verspürte plötzlich einen inneren Drang, der ihm völlig neu war. »Du bist die erste Weibliche, die ich je getroffen habe. Sollen wir uns dem sexuellen Spiel hingeben?«

»Natürlich«, stimmte sie zu.

»Wird dieses Tal noch von anderen Kreaturen bewohnt?« Er wußte eigentlich nicht, warum er danach fragte, doch er wußte irgendwie, daß diese Information wichtig war.

»Vier von meinen Schwester-Sprößlingen sind auch noch da.«

Er wußte, daß deshalb keine Reproduktion erfolgen konnte. Er nadelte einen Schwall reinster Lust auf sie, das Produkt eines Lebens unschuldiger Enthaltsamkeit, fügte dem Strahl jedoch nicht das Schlüsselaroma seiner Signatur hinzu. Sie reagierte mit einem leidenschaftlichen Sprühstoß, der ihn mit ihrem Wesen badete. Die Folge war ein Lustgefühl, so neu und intensiv, daß er sich dem völlig hingab. Er wußte, daß Moon ähnlich reagierte.

»Du hast sie kaum kennengelernt, und schon habt ihr kopuliert?«

Hatte Heem sich diese Frage selbst zugenadelt? Er beantwortete sie geistig. Als Jugendlicher hatte er hinsichtlich der Lust keinerlei Hemmungen, und sexuelle Befriedigung war eines der am häufigsten verfügbaren und harmlosen Vergnügen. Derartige Aktivitäten wurden als allgemein übliche Gunstbezeugungen praktiziert, wann immer männliche und weibliche HydrOs einzeln oder in Gruppen zusammenkamen. Als Erwachsener entdeckte er, daß viele vernunftbegabte Cluster-Spezies den Sex mit einer anderen Geschmacksnote versehen hatten. Doch fremdartig blieb nun mal fremdartig; warum Kreaturen derartige natürliche und notwendige Dinge unterdrückten, war kaum etwas, das zu verstehen er sich bemühen mußte. Fremdrassen hatten viele seltsame und abstoßende Gewohnheiten, wie zum Beispiel das Essen oder ...

»Hat das nicht zur Folge, daß weitere Nachkommen die Landschaft verschandeln?« kam der innere Nadelstrahl.

Natürlich nicht! Sexuelle Kontakte waren Voraussetzung für die Fortpflanzung, waren jedoch nicht gleichbedeutend damit. Zur Reproduktion kam es nur, wenn der Mann seine individuelle Signatur in den Nadelstrahl mischte und die Frau diesen Geschmack akzeptierte. Keiner von ihnen wäre dazu bereit, es sei denn, die äußeren Umstände waren angemessen. Anders als die reine Kopulation war die Reproduktion eine ernste Angelegenheit.

»Ich nehme an, bei uns ist es genauso«, fuhr die mentale Düse fort. »Wir ergreifen empfängnisverhütende Maßnahmen, so daß wir dem gleichen Spiel frönen können, ohne Nachkommen zu zeugen. Nichtsdestoweniger treffen wir die Wahl der Partner für derartige Intimitäten mit einem gewissen Maß an Besonnenheit. Für uns ist Sex keine nebensächliche Sache, auch wenn er nicht der Fortpflanzung dient.«

Heem ignorierte den fremden Geschmack und verfolgte weiter seinen verbotenen Erinnerungstraum. Nachdem er sich an Moon lustvoll gesättigt hatte, rollte er mit ihr durch das Tal Morgendunst. Es glich dem Tal Steilfall, jedoch verfügte es nicht über den großen Fluß in der Mitte; statt dessen mündeten mehrere kleine Bäche in einen größeren See, von dem mildaromatische Dämpfe in den frühen Tag aufstiegen. Schon bald war Heem mit den vielfältigen Aromen dieser Region vertraut, die sich nicht grundlegend von der Umgebung in seinem Heimattal unterschied.

Die vernunftbegabten Bewohner von Morgendunst waren weiblich, da stets Vertreter nur eines Geschlechts solche Gebiete bevölkerten. Heem traf sie jeweils einzeln an und bedachte jede mit einem lustvoll höflichen Nadelstrahl, und jede antwortete mit einem vergnügten Sprühstoß, der stets leidenschaftlicher ausfiel als seine eigene Geste. Das war durchaus natürlich, denn er hatte sich gerade erst befriedigt, was bei ihnen nicht der Fall war. Nicht lange, und alle rollten gemeinsam am See entlang, und indem er sich besondere Mühe gab, besprühte Heem alle fünf mit einer Wolke von Leidenschaft. Sie reagierten mit gleichartigen Nadelstrahlen, und das Gefühl der Lust wurde für ihn so übermächtig, daß er ins Wasser rollte und auf den Grund des Sees sank. Fröhlich schoben sie ihn wieder an Land. Es war eine wundervolle Gelegenheit gewesen.

»Simultaner Gruppensex mit fünf Weiblichen?« meldete sich der störende Gedanke. »Das liegt außerhalb der Fähigkeiten, wenn nicht gar jeglicher Absichten, unserer männlichen Gefährten.«

Es wäre peinlich gewesen, hätte es Heems Fähigkeiten überstiegen, denn die weiblichen Bewohner von Morgendunst waren ausnahmslos reizvoll und verehrungswürdig. Es wäre eine Schande gewesen, auch nur eine Weibliche von diesem sehr freundlichen Willkommensgruß auszuschließen.

»Von wegen höflicher Willkommensgruß!« kam der vertrauliche Nadelstrahl.

Während sie durch das Tal zogen, düste er gesprächsweise mit ihnen und erfuhr mehr über ihr Dasein. Auch sie waren in ihrem Tal abgesetzt und sich selbst überlassen worden; auch sie hatten viele Verluste zu beklagen, die ihre Zahl von einigen hundert bis auf die letzten fünf hatte zusammenschmelzen lassen. Beim Überqueren der Bergkette hatte er lediglich in Erfahrung bringen können, daß das nächste Tal sich in einigen Merkmalen unterschied, jedoch in seiner Natur gleichgeartet war. Das Rätsel seiner Existenz hatte er nicht gelöst.

»Was hat es mit deinem Tal auf sich?« düste Moon sanft, nachdem sie sich bei einer weiteren Paarung erneut befriedigt hatten und für die Nacht ihre Höhle aufsuchten. »Wie bist du in unser Tal gelangt?«

»Zwei von uns ritten auf einem Flachsegler den Berghang hinauf«, düste er zurück. »Dicht vor dem Gipfel versagte der Antrieb des Seglers, und es gelang uns mit Mühe, über die Spitze zu rollen. Mein Bruder wurde von einem fremdartigen Ungeheuer vernichtet. Ich glaube, ich bin der letzte Überlebende meines Tals.«

»Schlängelschreck!« sprühte sie mit einem Ausdruck des Grauens. »Das Monster, das ...« Sie ekelte sich vor dem fauligen Geschmack. »Das ißt.«

»Du kennst ihn? Wir kannten seinen Namen nicht.«

»Er hat keinen bestimmten Namen. Er ist ein übler Squam, eine Gefahr für unsere Rasse. Wir benannten ihn nach seinen Eigenschaften. Er verfolgt und dezimiert uns, seit er vor kurzem in unserem Tal auftauchte. Alle paar Tage vernichtet er eine weitere Schwester auf grausamste Weise.«

»Wir versuchten, vor ihm zu fliehen, doch er war zu stark für uns. Er hatte ein Ding, das er Maschine nannte, die brennende Flüssigkeit versprühte. Er tötete meinen Bruder Hoom und – tat etwas Grauenvolles.«

»Ja«, sprühte sie. »Wir verstecken uns, doch irgendwie findet der Alien uns und verzehrt uns. Gegen Nadelstrahlen ist er unverwundbar; wir können ihn nicht abwehren oder ihm entkommen.«

»Ich weiß.« Der Schrecken von Morgendunst war noch schlimmer als der von Steilfall. »Ich entkam ihm nur, weil ich mich tot stellte, während er meinen Gefährten verzehrte.«

Für einige Zeit produzierte keiner von ihnen einen Geschmack, da sie sich nicht länger mit diesem Horror beschäftigen wollten. Dann raffte Moon sich zu einem Fragestrahl auf. »Sprühtest du gerade, daß Steilfall jetzt leer ist?«

»Ich nehme es an. Nur vier von uns lebten noch, als wir den Flachsegler bestiegen; dann stürzte Haam ab und Hiim rollte herunter, als der Segler sich abrupt mit hohem Tempo in Bewegung setzte. Möglich, daß Hiim seinen Sturz überlebte, jedoch halte ich das für unwahrscheinlich.«

Sie gab einen süßen Sprühstoß des Begreifens ab. »Ein leeres Tal ohne einen rasenden Squam ist bestens geeignet für einen Wurf HydrOs.«

Heem begriff, daß dies zutraf; sein Instinkt sagte es ihm. Sichere, intelligenzen-freie Orte existierten nur, um mit Intelligenzwesen besetzt zu werden. Das Rätsel seiner eigenen Herkunft war zum Teil gelöst. »Aber falls Hiim noch lebt ...«

»Wir müssen das Tal aufsuchen und uns vergewissern. Vielleicht hat er den Sturz überlebt und sich nur verletzt, um dann einem Raubtier zum Opfer zu fallen. Dann würden wir unsere Saat in dem leeren Tal absetzen und weiterziehen. So machen die HydrOs es gewöhnlich.«

Heem konnte sich ihrem Argument nicht verschließen, jedoch hatte er seine Bedenken und zögerte noch. »Dieser Berg ist hoch und steil, und es ist für uns zu schwierig, ihn zu überqueren.«

»Wir könnten doch einen Flachsegler benutzen, wie du und deine Brüder es taten.«

»Zwei von uns kamen bei diesem Versuch um – und ein dritter starb auf dem Berg.«

»Ja, natürlich ist es gefährlich. Aber wir müssen es versuchen.«

Sie hatte recht; der HydrO-Instinkt forderte einen solchen Versuch. Dennoch weigerte er sich. »Nein, ich mache das nicht.«

Aufrichtig verblüfft sprühte sie ihre behutsame Frage, untermischt mit dem Aroma ihres Sex-Appeals. Zum ersten Mal spürte Heem deutlich den subtilen Einfluß, den eine Weibliche ausüben konnte. Er kam sich grausam und schuldig vor, weil er sich ihr widersetzte. »Warum nicht, Heem? Bist du krank oder von minderwertiger Abkunft?«

»Ich bin nicht physisch krank«, düste er und formulierte seine Argumente ebenso für sich selbst wie für sie. »Ich habe keinen Grund, meine Abkunft in Frage zu stellen; meine Brüder verstarben aus äußeren Gründen und nicht wegen eines inneren Übels. Aber ich habe die Schrecken des Heranwachsens unter Gleichrangigen kennengelernt. Von zweihundert oder mehr Gefährten bin allein ich übriggeblieben. Alle anderen fielen Raubtieren oder Unfällen zum Opfer – denn es war kein erwachsener Vernunftbegabter da, der für sie sorgte. Ich habe schon immer die Macht gehaßt, die uns in diese Situation hineingesetzt hat, und jetzt kann ich nicht dasselbe mit meinen eigenen Nachkommen tun.«

»Aber das ist das Prinzip der HydrOs!« düste sie zurück und formulierte ihre eigenen Argumente. »Jedes Paar, daß einen geeigneten und leeren Ort findet, muß sich fortpflanzen ...«

»Nein!« Sein Nadelstrahl war so heftig, daß sie mit einem kleinen Sprühstoß des Schmerzes reagierte. »Ich werde mich einem solchen höllischen Zwang nicht unterwerfen!«

»Das ist – das ist natürliche Auswahl. Du hast deinen Aufenthalt im Tal von Steilfall überlebt, weil du – der fitteste in der Gegend warst«, argumentierte sie, wobei ihre Nadelstrahlen sich überlagerten. »Und ich – ich gehöre auch zu den fittesten Vertretern meiner Rasse, denn ich bin eine von den wenigen überlebenden Schwestern von Morgendunst.«

»Mein Leben verdanke ich nur meinem sprichwörtlichen Glück. Ich verfüge über keine besonderen Fähigkeiten.« Dabei erinnerte er sich an Gelegenheiten, bei denen er Gefahren gemieden hatte, denen andere zum Opfer gefallen waren, weil er intelligenter reagiert hatte als seine Gefährten. Und seine Nadelstrahlen hatten immer zu den genauesten gehört. Dafür konnte man nicht nur sein Glück verantwortlich machen. »Und dann glaube ich einfach nicht, daß es so zu geschehen hat – daß die Unwissenden neue Würfe von Hilflosen produzieren und nicht bei ihnen bleiben, um ihnen zu helfen, sie zu lehren ...« Er schloß seine Düse, als ihm ein anderer Aspekt einfiel. »Warum können wir denn nicht in Steilfall bleiben, um unser Wissen ...«

»Das ist nicht die Art der HydrOs!« sprühte sie schockiert.

Demnach befanden sie sich wieder in einer Sackgasse. »Dazu werden wir später noch einmal sprühen«, düste sie und deutete damit an, daß sie noch einmal versuchen wollte, seine Meinung zu ändern. Sie schliefen in Uneinigkeit ein.

Heem wurde vom Alarm des Schiffs geweckt. Ein kurzes Kosten des begleitenden Geschmacks verriet ihm, daß er noch auf Kurs war. Auf *seinem* Kurs. Natürlich, das Schiff hatte angenommen, daß er unabsichtlich auf eine Gefahr zusteuerte.

»H-Sechsundsechzig, hast du alles unter Kontrolle?« H-46 meldete sich im Geschmacksnetz. Swoon von Süßsumpf, die Weibliche, der er geholfen hatte, ein Schiff zu erobern. Die einzige mit einem Sex-Appeal-Aroma, wie er seit Moon von Morgendunst keines mehr gekostet hatte. Er bedauerte, daß er niemals Gelegenheit haben würde, Swoons Angebot zu weiterer Kooperation anzunehmen; es hätte sicherlich viel Spaß gemacht.

»Ich hab' alles unter Kontrolle, H-Sechsundvierzig«, entgegnete er. Es war sehr nett von ihr, daß sie sich um ihn sorgte. Sie kannte seine Indentität dank seiner früheren Aktivitäten in der Säulenformation; sie hatte sicherlich alle zwischen den Schiffen ausgetauschten Signale gekostet. Doch nun waren sie Gegner, und sie hatte sich als hervorragende Pilotin erwiesen. »Herzlichen Glückwunsch, daß du es bis unter die ersten fünfzig geschafft hast. Du gehörst zu den Siegern; ich nicht. Ich wünsche dir weiterhin viel Glück.«

»Komm nur ja nicht dem Loch zu nahe, ehe die Kontrollorgane des Wettrennens dich retten«, düste Swoon. »Wenn das hier vorbei ist, könnten wir uns durchaus wieder begegnen.«

Das war eine Bemerkung mit besonders kräftigem Aroma. Sie war ihm noch immer dankbar. Doch Heem gab darauf keine Antwort, weil er wußte, daß er dieses Angebot niemals würde annehmen können.

Das Schiff trieb auf das Loch zu. Der Halbzeitpunkt des Rennens befand sich nahe bei dem Hauptplanetenpaar, da der Zielplanet sich derzeit auf der anderen Seite des Systems fern von Sackgass befand. Die Beschleunigung wurde durch den Sturz auf den Hauptplaneten unterstützt, und der Abbremsvorgang würde in ähnlicher Weise gefördert, wenn das Schiff sich wieder entfernte. Doch es war nicht geraten, zu dicht zu passieren, denn innerhalb eines bestimmten Umkreises wirkte der Sog des Lochs absolut unüberwindlich: noch nicht einmal Strahlung konnte sich ihm entziehen.

Und plötzlich schien das Loch einen viel kräftigeren Geschmack anzunehmen. Ständig wachsend, dabei aber völlig geschmacksfrei, breitete sie sich vor dem Schiff aus: die Zone ohne Wiederkehr. Obwohl Heems Schiff sich im Freifall befand, beschleunigte es – auf den Abgrund zu.

Die fremde Transfererin in seinem Körper wagte einen Geschmacksblick und versank in stummem Grauen in ihrem eigenen Alptraum. Heem wurde ebenfalls hineingesogen, als wäre es ein Loch in seinem Innern.

Das Klonen wurde praktiziert, um die alten und verkümmernden Adelslinien des Systems Capella zu erhalten. Nicht daß diese Nachkommen eher einem vorzeitigen Hinscheiden ausgeliefert waren, doch wenn es dazu kommen sollte, waren die Konsequenzen einschneidender. Dank des Klonens gab es immer einen vollwertigen Ersatz.

Das Problem bestand darin, daß in dem Fall, daß es nicht zu einem Hinscheiden kam, doppelte Erben existierten. Die

Absicht, alles Leben zu erhalten, zielte nicht darauf ab, die Güter weiter zu unterteilen. Deshalb wurde den verheirateten Klons nur ein Nachkomme bewilligt. Das Kind wurde lange vor seiner Kindheit geklont. Danach wurden beide Eltern sterilisiert. So setzte sich die Linie fort. Da nur die Klons, die andere Klons heirateten, das Erbe weitertragen konnten, wurden die alten Güter nicht von den ursprünglichen Blutlinien getrennt. Sie wanderten innerhalb des Adels hin und her. Mochten die Namen sich ändern, das Blut blieb das gleiche.

Manchmal heiratete nur ein Klon legitim und schenkte dem Gegenpart die Freiheit, damit dieser sich einen gemeinen Partner suchen konnte. Jegliche Spur von Gemeinenblut ließ das Erbrecht erlöschen; was aus dieser Gemeinschaft entstand, hatte keinen Anspruch auf ein Erbe. Dennoch ging die Rede, daß diese ›ehebrecherischen‹ Verbindungen oft die glücklichsten waren. Klons kannten sich eben zu gut, um aneinander noch reizvolle Geheimnisse zu entdecken.

Im Ablauf dieses Prozesses gab es manchmal gewisse Unregelmäßigkeiten. So hatte die derzeitige Generation zu viele männliche Vertreter. Das Geschlecht des Nachkommen konnte gezielt bestimmt werden, jedoch schenkten viele dieser Praxis keine Beachtung, bis das Gleichgewicht gestört war; dann veränderte sich die Rate, um den Unterschied auszugleichen. Doch es konnte auch geschehen, daß ein oder zwei übrigblieben – von jedem Geschlecht. Wenn zu viele Weibliche existierten, dann war das nicht so schlimm, da deren Güter immer mit denen der Männlichen zusammengelegt wurden, und der Klon eines Männlichen konnte nicht ehebrecherisch heiraten, wenn ein weibliches Gut verbindungsfrei blieb. Doch in diesem Fall wurden alle Weiblichen unter die Haube gebracht, während ein oder mehrere Männliche ehebrecherische Verbindungen eingehen mußten – und dadurch ihre Güter einbüßten. Das war sehr übel.

Jess' Vorfahr hatte einen solchen Fall vorausgeahnt. Er wünschte, das Gut innerhalb der Familie seines Namens zu halten, da es das erlesenste (wenngleich nicht das wohlhabendste) Gut von allen war: nämlich der Palast der Gütigen Königin Bess. Doch einen männlichen Nachkommen in die Welt zu setzen, beinhaltete das Risiko, sowohl Namen als auch Blut zu verlieren. So schaltete der Vorfahr eine solche Möglichkeit aus, indem er einen männlichen Erben mit einem weiblichen Klon produzierte. Fand der männliche keinen Klon-Partner, würde der weibliche seinen Platz einnehmen und sich mit einem anderen Gut verbinden. Es würde nicht zum Verlust kommen.

Das war richtig hübsch ausgedacht, jedoch gab es gewisse praktische Probleme. Der weibliche Zweig wurde geheimgehalten, denn ein zu frühzeitiges Bekanntwerden könnte andere Familien auf den Gedanken bringen, ähnliche geteilte Klons zu schaffen, wodurch der Vorteil in Frage gestellt oder gar beseitigt wurde. Beide Klons wurden als männlich geführt, und beide kleideten und verhielten sich wie Männliche. Im Privatbereich war das anders, und unter Gemeinen konnte Jessica ein Pseudonym annehmen und ganz Weibliche sein. Dies war sogar ratsam, denn sollte sie jemals dem Ruf des Blutes gerecht werden müssen, mußte sie eine vollwertige Frau sein, begehrenswert wie eine und funktionsfähig. Doch im Kreise des geklonten Adels trat sie stets als Männlicher auf.

Das konnte zeitweise recht schwierig werden, vor allem als Jess heranreifte. Natürlich lebten Jesse und Jessica nach der Unfruchtbarkeitsdiät; nur im Falle einer Heirat wurde das Gegenmittel verabreicht. Doch von ihr wurde erwartet, daß sie innerhalb der Klongesellschaft die Rolle eines Männlichen spielte. Sie mußte anderen Weiblichen mit spöttischer altertümlicher Galanterie begegnen und die bedeckten Partien der Mädchen mit offener Lüsternheit beäugen und ihnen in die Schenkel kneifen, wie ihr Bruder es tat – *weil* er es tat. Weil ein Versagen im männlichen Verhalten ihre wahre Natur zu früh offenbar werden ließe und damit möglicherweise die Chancen ihres Bruders auf eine angemessene eheliche Verbindung verschlechterte.

»Du bist also eine Weibliche – und trotzdem hast du dich verhalten wie ein Männlicher?«

»Ich *mußte* es! Zuerst war es nur ein Spiel, doch als ich älter wurde, haßte ich es, dennoch mußte ich daran festhalten.« Sie ertappte sich dabei, wie sie an die Skepsis in dieser theoretischen Frage rührte.

»Dennoch war es nur eine Rolle – Teil in einem Schauspiel ohne weiterreichende Konsequenzen. Wenn sich die Gelegenheit ergäbe, würde man sich als Weibliche mit einem männlichen Partner paaren. Also kein Grund zur Sorge.«

Machte sie sich selbst etwas vor? Kein Grund zur Sorge! »Paß mal auf, wie es wirklich war!« schnappte sie und öffnete den Zugang zu einer verdrängten Erinnerung an die Zeit, als sie fünfzehn Jahre alt war. Sie und ihre andere Hälfte besuchten einen Klon-Ball, der von Cyrus und Cyron, beide sechzehn Jahre alt, veranstaltet wurde. Er trug natürlich den Namen »Zyklon« und stand unter einem Sturm-Motiv.

Wie es bei Klons damals Sitte war, reisten Jesse und Jessica gemeinsam in einer von einem Drachen gezogenen geschlossenen Kutsche. Geschlossen, um ihre unterschiedliche Natur vor den neugierigen Blicken der Gemeinen zu verbergen; von einem Drachen gezogen, um ihre adelige Herkunft und ihren Reichtum zu zeigen. Ein moderner Segelwagen wäre weitaus komfortabler, viel schneller und nicht so teuer gewesen, doch Jessica mußte zugeben, daß die gemietete Drachenkutsche mehr Klasse hatte. Das Fahrzeug bestand aus Einweg-Schaumfaser, die nach außen hin isolierte und reflektierte, von innen jedoch durchlässig war, so daß die Insassen hinausschauen konnten, ohne selbst gesehen zu werden.

Die Landschaft war idyllisch. Dies war ein Teil des Naturreservats, das vor einem Jahrtausend eingerichtet worden war, als die wachsende Bevölkerung des Systems Capella den Planeten zu vernichten drohte. Die großen alten Güter hatten Besitzrechte an dieser Region, und der Adel erhielt die ursprüngliche Wildnis. Niemand jagte dort oder betrieb

Bergbau oder gründete Städte – niemand außer den Klon-Gemeinschaften selbst, die dort nur minimalen Schaden anrichteten. Daher waren die Berge unberührt, die Bäume mächtig und die Flüsse rein. Jessica berührte einen bestimmten Bereich der Kutschenwand und durchbohrte sie mit den Fingern, so daß ein frischer Luftstrom hereinwehte und ihr Gesicht streichelte. Die Brise duftete nach jungen Tannen und Capellablüten, und einen Moment lang schloß Jessica die Augen und gab sich ganz dem köstlichen Aroma hin. Es war ein Traum, der niemals enden sollte, von der Federung der Kutsche gewiegt, den Duft der Natur einatmend ...

Dann fuhren sie um eine Kurve, und beinahe wäre sie dabei ihrem Bruder in die Arme gesunken, was sie verlegen machte. Sie schlug die Augen auf und sah den Kopf des Drachens, der normalerweise von der Masse seines Körpers verdeckt wurde. Sein Atem sprühte hoch und bildete kleine Dampfwolken, die von den schlagenden Flügeln zerfasert wurden. Natürlich war der Drachen in Wirklichkeit keine magische Kreatur; er war ein auf diesem Planeten lebendes Tier, das zufälligerweise einem Wesen aus der solarischen Sagenwelt ähnlich sah, daher hatte man ihm auch dessen Namen gegeben.

Dennoch, dachte Jessica, hatte er etwas Magisches an sich, denn es war letztendlich die Mystik des Drachens, die dieses idyllische Reservat geschaffen hatte. Drachen brauchten weitläufige Lebensräume; diese Räume durch zu viel Zivilisation einzuengen, hätte zur Vernichtung dieser einmaligen Geschöpfe geführt. Zu oft hatte der Mensch in seiner Ahnungslosigkeit den Untergang ganzer Arten verursacht; damit mußte Schluß sein. Der Stern Capella war das sagenhafte Auge des Wagenlenkers – und was war ein solcher Wagen ohne einen Drachen, der ihn zog? Daher empfand das System es als vordringlichste Aufgabe, die Drachen als Art zu erhalten, und dazu war es notwendig, in großen Teilen des Planeten dessen ursprüngliche Ökologie zu bewahren. Ein solches Wunder fand man in der Sphäre Sol recht selten!

Nun kam Zyklon in Sicht, eines der wunderschönen alten

Schlösser aus der Zeit der Königin Bess. Es war mit zerfransten Sturmwarnflaggen geschmückt, als wäre gerade erst das Auge eines Wirbelsturms darüber hinweggegangen und hätte Spuren hinterlassen. Die Schießscharten waren kreuzweise mit Brettern vernagelt, ein Pseudoschutz für nicht vorhandene Glasscheiben.

»Cy und Cy hatten bereits ihren Spaß«, murmelte Jesse. »Ab einem gewissen Punkt wirkt ein Motto nur noch albern.«

Jessica pflichtete ihm wie gewöhnlich bei; sie stand ihrer Hälfte so nahe, wie eine Person einer anderen nur nahestehen kann. Sie hätte mit ihm identisch sein können, abgesehen von ihrem unterschiedlichen Geschlecht, und das war eigentlich auch nur ein Geschenk (oder Fluch?) der Wissenschaft. Genchirurgie, das Hinzufügen eines X-Chromosoms – so etwas war bis vor kurzem noch nicht möglich gewesen, und einfach war diese Prozedur auch heute noch nicht. Das schwindende Vermögen dieses Gutes war noch mehr angegriffen worden, um die Operation zu finanzieren.

In dem Bewußtsein, daß sie die Geschlechtsänderung wettmachen mußte, hatte sie sich bemüht, ihrem Bruder so ähnlich wie möglich zu werden, und daher stand sie ihm in gewissen Bereichen näher, als es bei normalen rein männlichen oder rein weiblichen Klon-Paaren der Fall war. Allerdings stand sie dieser Party weitaus reservierter gegenüber als ihre männliche Hälfte. Das lag nicht daran, daß sie weiblich war, sondern daran, daß niemand davon wissen durfte. Sie durfte sich nicht gehen lassen; sie mußte jegliche Reaktion unter Kontrolle haben, sonst verriet sie das Geheimnis ihres Klons.

Natürlich war dies nichts Neues für sie. Seit ihrer Kindheit spielte sie diese Rolle. Sie konnte das Verhalten ihrer männlichen Hälfte derart gut imitieren, daß noch nicht einmal andere Klons einen Unterschied feststellen konnten. Doch diese Erfahrungen stammten aus einer Zeit vor dem Beginn des geschlechtlichen Reifeprozesses.

Nun hatten Jesse und Jessica ihre Pubertät hinter sich, und

es war noch schwieriger geworden, das Geheimnis zu wahren. Sie war nun etwas kleiner als er, obwohl sie früher einmal sogar etwas größer gewesen war; spezielles Schuhwerk glich diesen Unterschied aus. Bei ihr hatten sich Brüste entwickelt und andere unübersehbare äußere Unterschiede, was auf die Wirkung des X-Chromosoms zurückzuführen war. Jesse hatte ihr in dieser Hinsicht schon des öfteren galante Komplimente gemacht. »Nun weiß ich, wie schön ich als weibliche Version aussehe«, sagte er ihr. »Doch an deiner Stelle würde ich meine Euter mit einem Gürtel runterschnallen und den Rest in einen Büstenhalter packen ...« Natürlich hatte sie ihn daraufhin mit einem Kissen geschlagen; so verlangte es die Etikette.

Sie mußten zu speziell geschnittenen Kleidern überwechseln, um ihre äußere Gleichheit zu erhalten. Sie trug einen Körpertrikot-Gürtel, mit dem ihre Brüste zu einem männlichen Brustkorb geformt wurden; er trug Polster, um Hüften und Oberschenkel kräftiger erscheinen zu lassen. Nun traten sie als leicht übergewichtiges männliches Klon-Paar auf, und das gefiel ihnen beiden nicht sonderlich – doch das Geheimnis ihrer Identität mußte gewahrt werden, bis der Paarungsprozeß der Klons weit genug fortgeschritten war. Wenn er keine Weibliche fand, dann mußte sie sich einen Männlichen suchen. Wenn sie diese Möglichkeit vorzeitig bekannt werden ließen, könnten die anderen Klons sie zu einer Klon-Heirat zwingen und ihm dadurch die Möglichkeit nehmen, den Namen des Gutes auf seinen Erben zu übertragen. Jessica wünschte ihm jeden Erfolg. Sie mochte keinen der in Frage kommenden Klons. Sie bevorzugte reifere Männer, doch die älteren Klons waren schon alle besetzt. Daher hielt sie es für das beste, sich mit irgendeinem attraktiven Gemeinen in die Anonymität zu begeben.

Der Drachen stampfte in den Empfangshof und blieb stehen. Bedienstete erschienen und führten ihn, nachdem die Passagiere ausgestiegen waren, auf die Weide. Drachen waren Allesfresser, die am liebsten die fetten Monsterraupen jagten, die so groß wie ein Mensch wurden. Sie gaben sich aber auch mit Tannennadeln zufrieden. Dabei zogen sie die bereits herabgefallenen und etwas älteren Nadeln vor, so daß die Drachen niemals den Bäumen irgendwelchen Schaden zufügten. Ihre Zähne waren einzigartig, denn zwischen weichem Raupenfleisch und harten, getrockneten Tannennadeln bestand schon ein erheblicher Unterschied. Es schien, als hätten die Drachen sich anfangs als Pflanzenfresser ausgebreitet, doch dann zur Selbstverteidigung Reißzähne entwickelt und schließlich entdeckt, daß man derart spezialisierte Zähne auch zum Vertilgen von Fleisch verwenden konnte.

»Jetzt sieh dich vor, Hälfte«, sagte Jesse vergnügt. Eine durchaus notwendige Warnung; seit einiger Zeit wurde sie immer trübsinniger und nachdenklicher, während er nichts von seiner Wachsamkeit verlor. Lag das an gewissen geschlechtlichen Unterschieden oder daran, daß ihr eine derartige Maskerade grundsätzlich nicht paßte?

Die Eingangshalle war mit kunstvoll plazierten Balkentrümmern und Hochwasserflecken dekoriert. An einem Ende gab es sogar ein Abflußloch. Dann mußten sie durch ein Schiffswrack hindurchklettern, um den Hauptsaal zu erreichen.

Jesse wartete einen Moment, ehe er den letzten Schritt machte. Er packte einen abgesplitterten Knüppel und stach damit in die Decke. Ein Plastikeimer kippte um und ergoß seinen Inhalt auf den Boden. »Ich hab' die Pfütze bemerkt«, erklärte er stolz und betrat den Saal, um sogleich vom zweiten Eimer Wasser durchnäßt zu werden.

Jessica wand sich dann aus dem Schiff. Auch sie hatte die Pfütze bemerkt – solche Scherze waren bei Klon-Bällen üblich –, doch sie war noch immer etwas mißtrauisch. Eine solche Dusche hätte ihrer Tarnung übel mitspielen können. Nun waren sie eindeutig zu unterscheiden: der trockene Jesse vom nassen Jesse. Das könnte gefährlich werden.

In dem Saal herrschte eine steife Brise, getreu dem gewählten Motto. Jesse fröstelte, als seine Kleidung trocknete, und eilte in eine Erfrischungsnische, um sich ein leicht berauschendes Zyklo-Paarungs-Getränk zu holen. Jessica mußte ihn dorthin begleiten und ebenfalls ein Getränk nehmen, doch sie trank es weitaus langsamer. Es galt als besonders spaßig, solche Getränke mit Rauschmitteln oder Aphrodisiaka zu präparieren. Sie war immer noch nervös und fürchtete, daß jemand ihre plattgedrückten Brüste unter dem weitgeschnittenen Männerhemd erkennen würde.

Nachdem Jesse sein Glas geleert hatte, wurde er zunehmend geselliger. Etwa im gleichen Maße wuchs Jessicas Furcht vor Entdeckung. Die Situation forderte von ihr, immer weniger wie er zu sein, so daß sie mehr und mehr *wie* er zu sein schien. Wenn er seine Vorsicht fahren ließ und zuviel redete ...

Sie schlenderten umher und schwatzten mit anderen Klons. Die älteren waren verheiratet, und jedes Klon-Mitglied begleitete seinen/ihren Partner; die Kinder, die das Miteinander-bekannt-Machen langweilig fanden, spielten im Tiefparterre Paar-Fangen. Jesse und Jessica gehörten zur Minderheit der Jugendlichen; wie zum Selbstschutz hielten sie sich vorwiegend in deren Gesellschaft auf.

»He, Jess! Wo hast du dich denn rumgetrieben?« grölte ein Mann heiser und schlug Jessica wuchtig auf den Rücken. Ihr Drink schwappte auf den Fußboden, nicht schade drum. Ihre Angst wuchs, daß die Getränke tatsächlich präpariert waren, als sie beobachtete, welche Mühe ihr Bruder hatte, den Gesprächen zu folgen.

»Wir hatten zu tun, Jules«, entgegnete sie. In Wirklichkeit hatten sie auf die Teilnahme an der Jung-Klon-Party verzichtet, da sie genug Probleme mit ihrem Reifeprozeß hatten. Doch wenn sie zu oft fehlten, machten sie sich verdächtig und würden Argwohn erwecken. Und das konnten sie sich nicht leisten. Theoretisch waren alle unverheirateten Klons sehr daran interessiert zusammenzukommen, um nach den besten Eheverbindungen Ausschau zu halten. Es war wie bei einem Partyspiel, wo es darum ging, einen Partner zu finden, um aus dem Spiel ausscheiden zu können. Diejenigen, die zu lange suchten, standen am Ende ohne

Partner da und gehörten zu den Verlierern. Deshalb mußten die Jess-Klons die Party in Zyklon aufsuchen, ob ihnen das recht war oder nicht. Dabei war Jesse durchaus zu allem bereit, Jessica hingegen nicht.

Jules beugte sich vor und senkte die Stimme. »Du hast ein paar ganz heiße Nummern versäumt, Jess! Aber dafür kannst du ja heute richtig loslegen, was?« Und er versetzte ihr einen zweiten schmerzhaften Schlag auf den Rücken. Sie duckte sich, um ihm auszuweichen, und stieß ihm drei steife Finger in die Magengrube. Er meinte, seine Bemerkungen wären besonders witzig gewesen, sie hielt ihn für einen Langweiler.

»Klar doch«, meinte sie und ahmte ihren Bruder Jess nach.

Tief in ihrem Innern widerte sie das alles an. Sex war nicht nur erlaubt, es wurde sogar erwartet, daß man aktiv wurde. Wie sonst, so lautete die Theorie, könnten Klons passende Ehepartner finden? Jesse schien an dem Thema sehr interessiert zu sein; er brauchte kaum ein Aphrodisiakum als Stimulans, um in die richtige Stimmung zu kommen. Jessica, selbst wenn sie ihre Weiblichkeit hätte offen zeigen dürfen, hätte es vorgezogen, sich zurückzuhalten. Das war typisch für die Rasse der Solarier, dachte sie: es war eine Art natürliche Eigenschaft der Männer, seinen Samen an jede Frau weiterzugeben, die er gewinnen konnte, und um das zu tun, brauchte er nur rundherum aufgeschlossen zu sein und ein allzeit bereites Organ zu haben. Es war die Pflicht der Frauen, die Nachkommen auszutragen und großzuziehen; um dies zu tun, mußte sie zu Hause bleiben und dort ihrer Arbeit nachgehen. Demnach verliehen die Männer ständig ihrem sexuellen Drang Ausdruck, es sei denn, sein Organ versagte ihm wegen Überbeanspruchung den Dienst, während die Frau einwilligen oder ablehnen konnte, ganz wie es die Situation gestattete. Sie hoffte, daß ihre Situation niemals eine Ehe mit Jules notwendig machte; sie konnte ihn nicht ausstehen.

Ein gutentwickeltes Paar rauschte heran. »Jess! Wir haben dich schon gesucht!«

»Und wir euch, Bessy!« erwiderte Jesse, wobei er die linke Bess mit mehr als nur gespielter Bewunderung anglotzte. Jessica verfluchte erneut in Gedanken das Getränk. Die Bess-Klons waren sehr stolz auf ihre angebliche Ähnlichkeit mit ihrem Namensvorfahr, der Gütigen Königin Bess; wahrscheinlich war sogar etwas daran, vorausgesetzt die Königin war üppig entwickelt und dumm gewesen.

Jessica, deren Übellaunigkeit schon an Zorn grenzte, zwang einen ähnlich dümmlichen Ausdruck in ihr Gesicht, wie ihr Bruder ihn zeigte. Die Bessies waren nur ein paar Monate älter als die Jesses, doch ihre weiblichen Attribute hatten sich geradezu explosionsartig entwickelt. *Sie* würden niemals als Männer durchgehen können!

Die Bessies holten synchron tief Luft und schienen mit ihren Brüsten ihre Kleider sprengen zu wollen. »Sollen wir es mal miteinander versuchen?« Und sie zwinkerten gleichzeitig, obwohl das nicht notwendig gewesen wäre.

Jessica erinnerte sich an das, was sie kurz vorher noch über die Rolle der Frau gedacht hatte. Die Bessies legten eine unangenehme Direktheit an den Tag. Und Jesse, verflucht sei dieser Narr, zeigte sofort gesteigertes Interesse! Sie knuffte ihn warnend mit dem Ellbogen, doch er war derart in das vierfache Gewoge vertieft, daß er sie völlig ignorierte. Er war ein Mann, deshalb suchte er sich die Frauen nur nach ihrer Figur und nicht nach ihrem Geist und ihrer Persönlichkeit aus. Nach der Figur! Konnte man noch dämlicher sein?

Die Bessies belegten die Jesses mit Beschlag und drängten sie in Richtung der privateren Gemächer. Jessica konnte sich nicht wirkungsvoll dagegen sträuben, da Jesse durchaus zum Mitgehen bereit war. Aber das Ganze war völlig unmöglich!

»Was ist unmöglich? Sex ist eine natürliche Sache!«

»Aber nicht zwischen Frauen!« widersprach Jessica.

»Wie bitte?« fragte Bessie, die sich bereits halb ausgezogen hatte. Jesse und die andere Bessie waren im Zimmer nebenan verschwunden.

Selbst wenn es nicht unmöglich gewesen wäre, so hätte

trotzdem der Reiz gefehlt. Bessie war eine Kuh, mit riesigem Hintern und ebensolchen Eutern (genauso wie Jesse immer von seiner Schwester behauptete, was aber in keiner Weise der Fall war!), bar jeden Intellekts und tierhaft in ihren Instinkten. Wenigstens hätte Jesse bei Rindern etwas mehr Geschmack zeigen können!

Figur. Das war so verdammt dumm! Es war fast so, als beurteilte man die Qualität eines Getränks nach der Form des Behälters, in dem es angeboten wird.

»Ja. Geschmack ist das einzige Kriterium ...«

»Ach, halt die Klappe!« schnappte sie.

»Aber ich hab' doch gar nichts gesagt«, protestierte Bessy beleidigt.

»Ach, ich wollte sagen, mach das Licht aus.« Jessica machte ein paar Schritte und wedelte mit der Hand vor der Beleuchtungskontrolle hin und her, und das Licht verlöschte.

»Oh, im Dunkeln«, kreischte Bessy begeistert. »Wie süß!«

»Ja, das ist der letzte Schrei«, sagte Jessica. »Warte einen Moment, ich bin gleich soweit!« Sie huschte lautlos zur Verbindungstür zwischen den Gemächern. Es war eine Art Vorhang. Halb durchsichtig, aber nicht substantiell. Sie trat hindurch.

Und war für einen Augenblick vom Licht geblendet. Jesse, unbekleidet, erhob sich gerade von seiner willigen Beute. Das Getränk hatte ihn zur Rakete werden lassen!

»Verfügt deine Art über Düsen?«

»In gewisser Weise«, erwiderte sie, diesmal lautlos. »Die Rolle des Mannes – ach, vergiß es!«

»Und der Frau bleibt die Sorge um den Nachkommen. Das ist wohl besonders erstrebenswert.«

»Es kommt darauf an.« Jessica verdrängte die lästigen Gedanken und kehrte zu ihrem Traum zurück, obgleich er ihr Angst machte.

Bessys Augen waren geschlossen, ihr Körper war offen. Jessica unterdrückte ein erneutes Ekelgefühl. Bis zu einem gewissen Grade begriff sie den männlichen Drang; der Wunsch nach Sex war wie ein immerwährender Hunger, den er ständig zu stillen suchte. Aber dieser Typ Frau, der sicherlich von keinem vergleichbaren Drang gelenkt wurde – warum war sie so scharf darauf? Es schien sie mit einem perversen Stolz zu erfüllen; sie wertete ihr minderwertiges Ego dadurch auf, indem sie sich bewies, daß Männer sie begehrenswert fanden. Aber sie war nicht begehrenswert; sie war lediglich eine Masse schlaffen Fleisches. Eine Sau.

Jesse entdeckte Jessica, runzelte fragend die Stirn, begriff jedoch sofort, was sie wollte. Das Abklingen der Lust ließ seinen Geist wieder einwandfrei funktionieren und machte ihm ihr Dilemma bewußt. Er verließ Bessy, bedeutete Jessica, seinen Platz einzunehmen, sammelte seine Kleider auf und huschte auf Zehenspitzen durch den Vorhang zur anderen Bessy. Wie er sich dort in Szene setzte, konnte Jessica nicht voraussagen; vermutlich würde er sich so lange zieren, bis er seine Kräfte für einen zweiten Anlauf gesammelt hätte. Das geschah ihm nur recht.

Jessica saß neben Bessy und hatte Angst, ihr Mißtrauen zu wecken, wenn sie das Licht ausschaltete. Sie legte einen Teil ihrer Kleider ab, damit es aussah, als hätte sie sich hastig angezogen, und wartete.

Bessy regte sich und hatte die Augen noch immer geschlossen. »Bin ich gut, Jess?«

Jessica entwickelte die Vorstellung von einem riesigen Laserstrahl, der die Burg zerstörte. Doch ihre Stimme verriet nichts von ihren wahren Gefühlen und blieb ernst und aufrichtig. »Besser als alle, die ich bisher hatte«, entgegnete sie und biß sich auf die Unterlippe. Eine Woge der Wut und der Eifersucht überschwemmte sie – und allein das Vorhandensein *dieser* Reaktion machte sie noch wütender. Nein, sie wollte nicht so sein wie Bessy – oder doch? »Und wie bin ich als Hengst?«

»Oh, der beste, der allerbeste! Nur ein bißchen schnell.« Bessy schlug die Augen auf. »Wie konntest du dich so schnell wieder anziehen?«

»Das gehört dazu«, sagte Jessica mit gespielter Selbstgefälligkeit. »Wären deine Augen noch einen Moment länger geschlossen geblieben, dann hätte ich noch mein Hemd in die Hose gestopft, ehe du es wahrgenommen hättest.« Das tat sie jetzt.

»Ein toller Trick! Du ziehst dich fast ebenso schnell an, wie du es treibst.« Bessy streckte sich genußvoll. »Wenn du mich heiraten würdest, wäre es jeden Abend so wie jetzt. Öfter, wenn du es wolltest.«

Fünfzehn Jahre alt, und richtig heiß darauf, einen Klon zu heiraten! Ihre wahren Absichten waren so klar, daß es schon weh tat. »Wenn ich dich heiratete, könnte ich es nicht mehr mit all den anderen Mädchen treiben«, erwiderte Jessica mit gespieltem Bedauern. Sie nahm sich vor, ihren Mund mit einem Detergent auszuspülen, sobald sie wieder nach Hause käme.

Bessy seufzte. Ihr Grips reichte nicht aus, um darauf etwas Passendes zu erwidern. Ihre Fähigkeiten reichten kaum weiter, als sich auszuziehen und ihre Beine zu spreizen. Sie schloß wieder die Augen. »Streichle mich nochmal, Jess, so wie gerade.«

Jessica biß die Zähne zusammen. Wie weit mußte sie dieses widerwärtige Spiel noch mitmachen? Sie wußte, wo ihre Hälfte diese Kuh gestreichelt hätte. Er hätte sie am liebsten gemolken.

Jessica ballte die Hand zur Faust und holte aus – nein. Dieser Versuchung durfte sie nicht erliegen, wenn sie sich nicht verraten wollte. Denn Jessica war tatsächlich ein anderes Säugetier.

Sie streckte die Hand aus. In ihrer Phantasie hielt sie damit ein Metzgermesser. *Ich werd' dich jetzt zerlegen, du fette Rindssau! Hier ein saftiges Steak, dort ein strammer Braten ...*

»O Jess, du weißt wirklich, wie man es richtig macht«, stöhnte Bess.

Jessica riß die Augen auf, um dem Alptraum zu entrinnen – und stellte fest, daß sie überhaupt keine Augen hatte. Sie schrie – und hatte keine Stimme. Sie verfügte nur noch über den Tast- und den Geschmackssinn – vorwiegend über letzteres.

»Hörst du endlich auf?« schimpfte Heem. »Du zerrst an meinen Nerven!«

Der Horror ließ allmählich nach. »Ich hab' geträumt, Erinnerungen durchlebt ...«

»Ich hab's mitbekommen und dein Grauen sehr wohl gespürt. Einen Vertreter des anderen Geschlechts zu mimen – ich begreife sehr gut, wie unangenehm das ist, wenngleich du damit erst zum transsexuellen Sprung in meinen Körper fähig warst. Aber sich vorzustellen, Eßbrocken aus dem Fleisch eines vernunftbegabten Wesens herauszuschneiden ...«

»Bessy war nicht sonderlich vernunftbegabt.«

»Aber was das Bemerkenswerteste an der Sache war – fast glaubte ich, daß ich richtig sehen konnte.«

»Natürlich kannst du sehen – wenn du dich in meinen Traum hineinschleichst! Denn mein Geist ist auf Sehen und Hören ausgerichtet, und diese Impulse werden übertragen.«

»Schrecklich«, düste Heem.

»Du, blind und taub, sprichst von schrecklich? Du, der dieses Schiff ...« Aber sie brachte es nicht heraus.

»Du kennst meine Einstellung«, erinnerte er sie. »Lieber sterbe ich sauber und ehrenvoll im Weltraum als in Gefangenschaft.«

»Was ist schon angenehmer als ein Schwarzes Loch?« Wieder entstand dieser Schrei und ließ ihn innerlich verkrampfen. Sie hatte damit eine recht wirkungsvolle Waffe!

»Ein glatter und ehrenvoller Tod ist nichts Einengendes«, erklärte er ihr. »Er ist eine einzigartige Form der Befreiung aus einer unerträglichen Situation.«

Sie richteten ihre Aufmerksamkeit auf das Loch vor ihnen. Das Loch selbst war für die Instrumente des Schiffes nicht darzustellen, denn es war genau das, was es war. Jedoch gab es einige Erscheinungen in seiner Umgebung, die erfaßbar waren.

»Ich gebe mich nicht geschlagen, weißt du?« sagte Jessica entschlossen, und tatsächlich war in ihrer Persönlichkeit eine Willensströmung, die in ihrer Stärke erschreckend war. »Es muß eine Möglichkeit des Entrinnens geben. Wenn ich doch nur *sehen* könnte!« Sie überlegte kurz auf ihre solarische, weibliche Art. »Heem, du mußt den Gesichtssinn entwickeln. Mehr brauchst du nicht zu tun. Ich wehre mich ganz einfach dagegen, blind zu sterben. Ich will sehen, in was ich hineingerate.«

»Es fällt mir schwer, dir begreiflich zu machen, daß ich nicht fähig bin zu sehen. In diesem Wettrennen können nur die Erbs sehen. Die Squams hören und die HydrOs schmekken.«

»Na schön, Solarier sehen, hören *und* schmecken. Und sie fühlen. Wir haben überall irgendwelche Sinne! Und gerade jetzt will ich sehen.«

»Das ist unmöglich!«

»Ich schreie!«

Das schlagendste Argument! »Es gibt einige Dinge wie sexuelle Identität und Grundsinne, die einfach nicht verändert werden können. Du kannst mir meine Nerven aus dem Körper schreien, aber du kannst mich nicht sehen lassen. Warum läßt du nicht wenigstens zu, daß wir mit Würde sterben?«

Sie tat so, als würde sie darauf eingehen, doch jene kalte Willensströmung versiegte nicht. »Es ist durchaus möglich, die sexuelle Identität zu ändern, denn ich bin ein lebendes Beispiel. Es müßte doch möglich sein, die Informationskanäle und Impulse neu zu ordnen. Das besorgt das Gehirn. Man braucht dazu nur eine gewisse Disziplin. Wenn du mithilfst, dann müßte ich irgendwann sehen können – und du auch. In unseren Träumen tun wir es bereits. Wenn wir uns anstrengen ...«

»Nein!«

»Aber Heem, ich bitte dich! Ich will doch gar nicht deine zweifellos düsteren Geheimnisse aufdecken. Deine Geheimnisse interessieren mich nicht. Was machen sie schon aus, wenn wir sowieso sterben? Du willst im Weltraum sterben, ich will sehend abtreten. Weil ich im Grunde meines

Herzens eine Künstlerin und visuell orientiert bin. Du kannst wenigstens *versuchen*, das Sehen zu lernen.«

Heem folgte nicht in allem der Logik der Alien, doch einiges war durchaus einzusehen. »Ich werde mal versuchen, ob ich etwas sehen kann«, sprühte er resignierend. Offenbar würde sie ihn nicht in Frieden sterben lassen, ehe er ihre Aufforderung befolgt hatte.

»Gut. Dann laß uns mit dem dort anfangen – diesem Ding dort draußen. Die Hauptkugel kann weder gesehen noch sonstwie wahrgenommen werden, denn nach ihrer Definition ist sie nicht wahrnehmbar. Doch am Rand – was ist dort?«

Heem schmeckte die Impulse, die das Schiff auffing. Er versuchte, den Geschmackseindruck zu verdrängen und die nackte Information festzuhalten: eine Information ohne begleitende Wahrnehmung. Ein beträchtlicher Anteil war Nicht-Information, als das Loch seine gewaltige Nicht-Präsenz spürbar werden ließ.

Am Rand dieses wüsten Nichts gab es weniger auffällige Erscheinungen. Masse wurde vom Stern abgezogen und ins Loch gerissen. Es war ein eher nebensächlicher Prozeß, denn nur die Substanz, die bei den Sonnenprotuberanzen das Schwerefeld des Sterns verließen, gerieten in das kleinere, aber weitaus stärkere Feld des Lochs. Gasschwaden bildeten konzentrische Ringe, durchsetzt mit Meteoriten und anderem Geröll. Der Bereich, in dem eine Flucht nicht mehr möglich war, erwies sich für feste Materie viel weiter als für Gas, und kleiner für Energie. Sie befanden sich jetzt am Rand des Bereichs, aus dem ein Entkommen mit Hilfe chemischer Antriebssysteme nicht mehr möglich war; ein ausgesprochen leistungsfähiger Düsenantrieb könnte H-66 an diesem Punkt noch aus dem Schwerefeld herausreißen. Doch über einen solchen Antrieb verfügten sie nicht. Sie hatten kaum genug Treibstoff übrig, um eine ordentliche Landung auf einem Planeten einzuleiten, was mittlerweile ohnehin eher ein akademisches Problem darstellte.

Und tatsächlich – fast begann Heem es zu sehen. Er wußte, daß er lediglich die Rückkoppelung von Jessicas Imaginationsprozeß empfing, doch sie wußte, wie man sah, und das war etwas, wovon kein HydrO auch nur eine vage Vorstellung hatte, und außerdem verfügte sie über einen scharfen, unbeirrbaren Geist. Solange sie sich nicht in Anwandlungen von Eifersucht auf rein körperlich üppiger ausgestattete Weibliche verlor.

»Das habe ich wohl mitbekommen!«

»Du hast mich also belauscht.«

»Oh, ich glaube, ich kann all den Bessies dieser Galaxis nicht das Recht streitig machen, all das wenige einzusetzen, das ihnen zur Verfügung steht, um ihre Lage zu verbessern. Ich wünschte nur, andere Dinge würden als wichtiger erachtet.«

»Aroma ist viel wichtiger.«

»Geh zur Hölle!«

Sie war entschlossen, nach ihrer eigenen Manier hinzuscheiden, obwohl sich das, was er von ihren Vorstellungen von der Hölle aufschnappte, von dem Loch, auf das sie zurasten, nicht wesentlich unterschied. Sie wollte sich selbst vom Bewußtsein des bevorstehenden Todes ablenken. Das war etwas, das auch Heem versuchen sollte; seine Schwäche bestand darin …

Ein Planetoid trieb in ihrer Nähe, seine felsige Oberfläche zerklüftet und von Kratern übersät. Das Licht von Lochstern wurde davon reflektiert, so daß der Himmelskörper gleißte und funkelte. Es mußte dort demnach reflektierende Mineralien geben –

Ein Schock ließ ihn innerlich erbeben. *Er hatte das gesehen!* Er hatte den Schimmer von Helligkeit gesehen, anstatt Geschmacksreize zu kosten. Er – nein, er hatte natürlich nicht. Er hatte keine –

»Ach, jetzt hast du alles verdorben!« schimpfte Jessica. »Gerade als es deutlicher wurde!«

Es stimmte. »Sehen – ist einfach nicht natürlich«, sprühte Heem entschuldigend.

»Für *dich* wahrscheinlich nicht. Warum ziehst du dich

nicht für ein Stündchen zurück, während ich weiter mein Glück versuche? Ich versprech' dir, daß ich dich rechtzeitig zu deinem endgültigen Abschied wecke.« Ihre Entschlossenheit klang gezwungen und brüchig. Sie ärgerte sich, daß sie zum Tode verurteilt war.

»Das werde ich tun«, lenkte er ein. Und flüchtete sich wieder in seine Erinnerung. Mochten die damaligen Ereignisse und seine Beschäftigung damit auch verboten und unsozial und illegal sein – war das in diesem Moment überhaupt noch wichtig?

Moon von Morgendunst weckte ihn mit einem sanften Streichelsprüh, der schnell in eine erneute Paarung überging. Sie schmeckte wundervoll. Dann rollten sie aus der Nische und trafen mit Moons Schwestern Miin, Maan, Muun und Meen zusammen. Heem, der sich an diesem Morgen weitaus frischer fühlte als am vorhergehenden Tag, benetzte sie alle mit einem erotisch stimulierenden Sprühregen, und sie reagierten mit freudig erregten Nadelstrahlen. Es gab bestimmt nichts Schöneres im Leben als einen solchen Willkommensgruß!

Sie betrachteten weitere typische Erscheinungen des Tales Morgendunst und schenkten dem Sumpf am unteren Ende des Sees besondere Beachtung. Dort lebten Flachsegler, große Kreaturen, gesund und kräftig, die elegant über Wasser und Sumpf dahinsegelten und majestätisch landeten.

»Heem kam auf einem Flachsegler über den Berg«, sprühte Moon stolz. Sie stand in einer besonderen Beziehung zu ihm, denn er war zuerst mit ihr zusammengetroffen, und mit ihr paarte er sich eher aus Vergnügen als aus purer Höflichkeit. »Diese Wesen können von Nadelstrahlen gelenkt werden. Wenn wir allen Mut zusammennehmen, schaffen auch wir das ...«

»Meine Brüder sind dabei umgekommen!« unterbrach Heem sie. Sie sprühte da einen Unsinn, als hätte sie ihren nächtlichen Dialog völlig vergessen.

»Das ist typisch für die Frauen«, nadelte ihn ein Gedanke.

»Du kannst sicher sein, daß sie nicht das geringste vergessen hat.«

»Deshalb steht dein Tal Steilfall leer und muß besät werden«, schloß Moon und bewies damit die Richtigkeit seiner geistigen Warnung.

»Nein! Das können wir nicht mit letzter Sicherheit behaupten!« Doch sie waren nicht ganz überzeugt; das konnte er auch ohne ihre Sprühstöße des Einwands schmecken. »Und dann – habe ich Angst, mein Leben auf einem anderen Flachsegler zu riskieren.« Das war zwar nur die halbe Wahrheit, doch die mußte ausreichen.

»Ja, das ist wirklich Angst«, gab Moon ihm recht.

Sie setzten ihre Rundreise durch Morgendunst fort, besuchten seine idyllischen Flecken, vergnügten sich mit Wettspielen und verglichen ihre Erlebnisse und ihre Entwicklung. Es glich seinem früheren Leben, nur kam hier das sexuelle Element hinzu. Heem genoß es in vollen Zügen. Und als er sich später zurückschmeckte, sollte er zu dem Ergebnis kommen, daß dies die schönste seiner verbotenen Erinnerungen war.

Trotzdem fragte er sich nach dem ersten ausgefüllten Tag: Gab es nichts anderes im Leben als dies? Scheinbar sorgenfrei in dem einen oder anderen Tal zu leben und sich zu zerstreuen, während Squam Schlängelschreck sie nacheinander verzehrte? Wo lag dort der tiefere Sinn verborgen?

Vielleicht irrte er sich, was die Wiederbevölkerung anging. Wenn er sich fortpflanzen sollte und dabei seine Saat im Tal Steilfall ablud, anschließend dort blieb und seine Nachkommen in allem Lebensnotwendigen unterwies – er wußte, daß Moon damit nicht einverstanden wäre, denn sie hatte ihm bereits zugenadelt, daß dies nicht das typische Verhalten der HydrOs wäre. Aber wenn er sie zu der Überzeugung brächte, daß er das Tal verließ, und wenn er anschließend wieder heimlich zurückkehrte ...

Nein. Betrug war nicht nach seinem Geschmack. Er mußte sie überzeugen oder sich weigern, seine Saat im Tal zurückzulassen.

»Das ist eine ehrenvolle Absicht, Heem.«

Auch dieser Gedanke wurde ihm gestohlen. Trotzdem fand er nicht aus der Sackgasse heraus. Angenommen, Moon ließe sich nicht überzeugen? Er spürte, wie er nachzugeben begann, wie er zunehmend bereit war, nach Art der HydrOs zu handeln. Das war jedenfalls besser, als in Unschlüssigkeit zu verharren.

Am nächsten Tag fanden sie die Überreste Miins. Schlängelschreck war bis zum Talgrund vorgedrungen und hatte sie im Schlaf überrascht. Der Squam hatte nur wenig Hunger gehabt und sie deshalb nicht vollständig verzehrt. Ihre Überreste hatte er in ihrem Bau zurückgelassen. Auf diese Weise erfuhren Moon und Heem, was ihrer Gefährtin zugestoßen war. Gewöhnlich waren Angehörige ihrer Schar entgeschmacklicht worden, ohne einen Hinweis auf die Art und Weise ihres Verschwindens zu hinterlassen.

Sie rollten Felsbrocken heran, um Miins Bau zu versperren und sie einzuschließen. Ihre Leiche würde auf natürliche Weise in ihre Bestandteile zerfallen. Das war alles, was sie noch für sie tun konnten. Sie sprühten von den schönen Dingen, die sie in ihrem Leben getan hatte, von den angenehmen Gedanken, die sie verstrahlt hatte, was für eine nette Gefährtin sie gewesen war und von ihrer Trauer über ihren Verlust. Danach versuchten sie, ihre Schwester zu vergessen. Immerhin waren bereits fast zweihundert ihrer Schwestern vor ihr gestorben; es war schwierig, jeder einzelnen zu gedenken oder jeden Verlust angemessen zu betrauern.

Heems Entschluß festigte sich. Das war es, was eine unbeaufsichtigte Saat am Ende bedeutete! Niemals würde er einen solchen furchtbaren Kreislauf in Gang setzen!

Moon bestürmte ihn zwischen und während ihren Paarungen. »Wenn nicht mit mir, dann mit einer meiner Schwestern«, flehte sie. »Mit Maan vielleicht. Reitet mit einem Flachsegler über den Berg. Es gibt eine flache Stelle, die wir euch zeigen können, so daß ihr leichter hinüber kommt. Wir könnten euch begleiten und wenigstens zuschauen.«

Widerwillig erklärte er sich einverstanden. Es war schwierig, eine Weibliche während der Paarung mit einem Nadelstrahl zum Schweigen zu bringen. »Hhhhmmm.«

Sie suchten den Sumpf ab und fanden einen geeigneten Flachsegler und trafen Anstalten, ihn zu besteigen. Heems Erfahrung in dieser Hinsicht würde ihnen helfen, es richtig zu machen. Wichtig war dabei, nicht allzu sorglos vorzugehen; sie müßten so viele seiner Ansaugdüsen wie möglich abdecken, so daß deren Saugeffekt sie auf dem Rücken der Kreatur festhielt. Die eingeschränkte Manövrierfähigkeit des Seglers, dadurch bewirkt, daß die bedeckten Ansaugdüsen nicht mehr ordnungsgemäß funktionieren konnten, würde ein übriges tun, sie auf dem Rücken des Wesens zu halten – nämlich bei abrupten Richtungsänderungen, durch die Heems Brüder heruntergeschleudert worden waren.

Dann wurde Maan gefunden, zu einem Viertel verzehrt. Schlängelschreck, wer sonst?

»Allmählich begreife ich deine heftige Abneigung gegen das Essen.«

»Wir haben die falsche Priorität!« nadelte Heem den anderen zu. »Zuerst müssen wir uns um unseren Squam-Feind kümmern, dann sollten wir die Gegend untersuchen. Ein Ablegen der Saat wäre vollkommen sinnlos, wenn sie nur als Beute für die Squams diente, wie es bei euren Schwestern der Fall war.«

Doch die Weiblichen hatten Angst. Sie sicherten in gewohnter Weise Maans Überreste und setzten ihre Vorbereitungen für den Flachsegler fort. Heem, Meen, Muun und Moon versteckten sich unter Wasser an der Stelle, wo das Monstrum seine bevorzugte Ruhestätte hatte, und hielten sich bereit, jederzeit aufzusteigen.

Die Erfahrung half wirklich bei dem Unterfangen. Heem wußte genau, wie er mit dem Riesen umgehen mußte, um ihn von Abwehraktionen abzuhalten. Ihr Ritt verlief erfolgreich. Sie zogen kreuz und quer durch das Tal, dann lenkten sie den Segler zum Wasser zurück und rollten herunter. Operation gelungen!

Am nächsten Tag machten sie das gleiche mit einem anderen Flachsegler. Die Weiblichen lernten allmählich, wie ein solches Monstrum zu lenken war. Wenn man den Trick einmal beherrschte, dann war es kinderleicht.

»Jetzt haben wir eine Transportmöglichkeit zum Überqueren des Berges«, sprühte Moon. »Wir können nachprüfen, ob Steilfall tatsächlich leer steht.«

Woraufhin sie erneut den Kreislauf von Unschuld und Trauer eröffnen würden. »Zuerst machen wir mit Schlängelschreck kurzen Prozeß«, erinnerte er sie. Er besprühte sie mit einem erotischen Aroma; mittlerweile hatte er gelernt, wie er seinen Argumenten Nachdruck verlieh!

»Aber wir brauchen es doch nur zu überprüfen! Vielleicht ist dein Bruder Hiim noch am Leben.«

»In diesem Fall gibt es keinen triftigen Grund, Steilfall aufzusuchen; dann bleibt das Tal auch weiterhin besetzt.«

»Nein, eine von uns könnte sich mit Hiim zusammentun und das Tal bevölkern«, sprühte Muun. »Das ist die Art der HydrOs.«

»Woher wissen wir eigentlich, was die Art der HydrOs ist?« nadelte er zurück. »Wir sind doch niemals mit anderen HydrOs zusammengetroffen.«

»Brauchen wir auch nicht. Es steckt in uns«, erwiderte Moon. »Wir wissen, was richtig ist.«

Es war schwierig, sich gegen absolutes Wissen zu stellen, doch er versuchte es. »Du hältst es für naturgegeben, einen weiteren Wurf den Leiden zu überantworten, die wir gerade hinter uns haben?«

»So ist es eben bei den HydrOs.«

»Dann ist dieser Weg der HydrOs möglicherweise falsch.«

Auf eine solche Blasphemie hatten sie keine andere Reaktion als den Schock.

»Unter Umständen«, sprühte Moon am Ende, »sollten wir uns zuerst mit Schlängelschreck auseinandersetzen. Dann ist das Tal ein sicherer Ort für unsere Rasse.«

Heem unterließ es, sie daran zu erinnern, daß er gar nichts anderes vorgehabt hatte.

»Du wirst allmählich klug, Heem.«

Natürlich, nun, da der Squam ausgeschaltet wäre, würde Heem sich um die Saat kümmern. Er hatte nur einen Teilsieg errungen.

Alle drei Weiblichen hatten Angst, und auch Heem selbst fürchtete sich, aber sie machten sich dennoch auf die Suche nach dem schrecklichen Squam. Jeder von ihnen ritt auf einem Flachsegler. Ihr Plan lief darauf hinaus, daß sie die Flachsegler auf den Squam hetzen und diesen total zerquetschen würden, bis er sein Leben aushauchte.

»Das ist zu primitiv. Dieser Taktik vertraue ich nicht.«

Doch Heem setzte seine Zweifel nicht in Geschmacksnuancen um, so daß sie den Mut nicht völlig sinken ließen. Die Segler abzurichten hatte sich als weitaus einfacher als erwartet erwiesen; vielleicht ließ Schlängelschreck sich ebenso einfach zur Strecke bringen?

Es war nicht schwierig, den Squam zu finden. Sie hatten noch niemals nach ihm gesucht, und er hatte keine Angst vor ihnen, infolgedessen hatte er auch keinen Grund, sich zu verstecken. Sie fanden ihn in der Nähe einer Höhle im Berghang, wo er sich mit einer Metallkonstruktion abmühte. Ein seltsames Aroma lag in der Luft. Es roch nicht nur nach Metall; es war wie ein leichter Brandgeruch, aber von keinem Feuer, von dem sie möglicherweise gewußt hätten.

Sie trieben ihre Transporter vorwärts auf den frischesten Geschmack zu. Heem spürte die kalte Angst des Monstrums. Dabei war es diese Angst, die ihn hergeführt hatte; besser, man griff Schlängelschreck in einer Gruppe an, als daß man darauf wartete, daß Schlängelschreck einen nach dem anderen hinschlachtete.

Für einen Moment blieb der Squam unbeweglich stehen, als glaubte er nicht, was geschah. Dann löste er seine mechanische Sprühdüse aus. »Haut ab, oder ich vernichte alles.«

Heem erinnerte sich plötzlich quälend an seinen Bruder Hoom, der aus der Ferne von diesem Alien erschossen worden war. Wut flackerte in ihm auf und verdrängte fast seine verständliche Angst. Er versetzte seinem Gleiter einen Nadelstrahl und jagte ihn direkt auf den Squam zu.

Eine Hitzewelle schlug ihm entgegen. Das war kein Spray; eher glich es konzentrierter Stern-Energie! Heem machte die Erfahrung, sein eigenes verbranntes Fleisch zu riechen – diesmal nicht nach einer Verbrennung durch Säuren, sondern nach einer Verbrennung durch richtiges Feuer. Sein Segler schwenkte herum, sackte durch, krachte auf den Boden, und Heem rollte hilflos und mit nahezu unwiderstehlicher Gewalt vorwärts. Diese neue Waffe hatte eine durchschlagende Wirkung!

Er schmeckte, wie Moon und Meen und Muun an ihm vorbeiglitten und auf das Monster zuhielten. Dann stieß er gegen den Eingang zur Höhle und blieb betäubt liegen. Seine Haut schien an der Stelle, wo er getroffen worden war, vor Schmerzen zu brennen.

Der Angriff wurde ohne ihn vorgetragen. Heem empfand große Hochachtung vor dem Mut dieser Weiblichen, denn er konnte sich gut vorstellen, welche Angst sie empfanden. Die drei hetzten ihre Reittiere auf Schlängelschreck. Die Waffe des Squam blitzte auf …

Blitzte?

Sie strahlte. Heem spürte die leichte zusätzliche Wärme, die auf diese Gegenattacke folgte, und dann erbebte der Untergrund, als ein weiterer Flachsegler abstürzte.

Dann drang der furchtbare Geschmack des Todes an seine Sensoren, und er enthielt das Aroma Moons von Morgendunst. Die schreckliche Waffe des Squam hatte sie vernichtet.

Meens Reittier bockte. Heem konzentrierte sich auf die Geschmacksspur ihrer wild spuckenden Antriebsdüse und erkannte sofort, daß sie die Kontrolle über den Segler verloren hatte. Nur Muun war noch übrig, um den Squam anzugreifen.

Muun rauschte heran und prallte beinahe mit Schlängelschreck zusammen. Doch die Bestie duckte sich tief hinunter, ließ den Segler über sich hinwegjagen und feuerte erneut die Waffe ab. Der Geschmack nach versengtem Fleisch breitete sich aus; dann war auch dieser Segler aus der Wahrnehmung verschwunden. Lebte Muun noch, oder war sie umgekommen?

Heem war nun mit dem schrecklichen Squam alleine. Schlängelschreck hingegen kümmerte sich gar nicht um ihn. Mühsam rollte Heem in die Höhle und versuchte sich zu verstecken. Seine Haut schmerzte und näßte.

Innerhalb der Höhle fand er eine Maschine. Heem hatte keine Ahnung, wozu sie nütze war und wie sie funktionierte, doch sie gehörte Schlängelschreck und war deshalb kalt und widerwärtig.

Irgendwie benutzte Squam diese Geräte genauso, wie die HydrOs es gelernt hatten, sich der Flachsegler zu bedienen. Deshalb wäre eine Vernichtung dieser Maschinen mit dem Abschießen eines Flachseglers zu vergleichen. Wenn er nur einen Weg fände.

Heem kämpfte gegen den Schmerz seiner Verbrennung an. Seine Düsenöffnungen funktionierten, und seine inneren Organe arbeiteten unbeirrt weiter; trotz allem war seine Verletzung nur oberflächlich. Er würde etwas unternehmen können – wenn er nur wüßte, was. Ehe Schlängelschreck in seine Höhle zurückkehrte und Heem zu einem Kampf auf Leben und Tod zwang.

Heem düste behutsam, rollte langsam umher und beurteilte die Lage mit aus Angst und Unkenntnis geborener Vorsicht. Er wußte so wenig über das Zeug in der Höhle. Hätte ein scharfer Nadelstrahl auf die richtige Stelle die gewünschte Wirkung? Oder sollte er das ganze Ding einfach umkippen?

Versuchsweise benadelte er einen Spalt. Nichts geschah.

Er rollte zur Seite, fand eine weitere Spalte und nadelte erneut. Noch immer nichts. Überall an der Maschine gab es Unregelmäßigkeiten, doch ihr kaltes Metall glich den überlappenden Schuppen des Squam und war ein sicherer Schutz gegen Wasserstrahlen.

Dann wehte ihm ein anderer Geschmack entgegen. Er erkannte ihn sofort und erinnerte sich an seine früheren Erfahrungen mit dem Squam, als Hoom starb. *Schlängelschreck aß.* Und die einzige Leiche, die das Monster zum Essen hatte, war die von Moon von Morgendunst.

Heem vergaß seine Schmerzen. Er düste sich mit solcher Kraft nach vorn, daß er gegen die Maschine krachte und sie umstürzte. Sie knallte auf den Untergrund und versprühte Energieblitze. Doch Heem hatte sie bereits hinter sich gelassen und bewegte sich unbeirrt auf den Squam zu, ohne die möglichen Folgen zu berücksichtigen.

Schlängelschreck hatte seinen Magen herausgestülpt, um Moon zu verspeisen. Er konnte nicht mit gewohnter Schnelligkeit reagieren. Heem rollte heran, orientierte sich und schoß seinen schärfsten und heißesten Nadelstrahl genau auf das herausgestülpte Gewebe ab. Dort gab es keine Schuppen, die das Organ schützten! Wieder und wieder attackierte er das empfindliche Gewebe, durchlöcherte, kochte und zerfetzte es.

Dann, ehe der furchtbare Squam sich erholen konnte, rollte Heem davon. Schlängelschreck war nicht tot, nur ebenso verletzt wie Heem. Die Waffe schleuderte Heem die geballte Vernichtung entgegen, traf jedoch nur am Rande. Es mußte überaus schwierig sein, dachte Heem mit einem Gefühl grimmiger Zufriedenheit, sich auf ein fliehendes Ziel zu konzentrieren, nachdem einem die Eingeweide gekocht wurden.

Deshalb konnte er fliehen. Er rollte in den Sumpf und ließ seine Verbrennungen vom Wasser kühlen. Er hatte Glück gehabt; sie waren nicht so ernst. Sie würden heilen.

Einen Tag später fand Meen ihn. »Es tut mir leid, Heem«, düste sie. »Ich hab' versucht, den Flachsegler zum Umkehren zu bewegen, aber ...«

»Ich weiß. Das Ding bockte. Wenigstens hat es dich aus der Gefahr getragen.«

»Ich fürchtete schon, du seiest tot. Ich schmeckte deinen Sturz ...«

»Mein Gleiter bekam die volle Ladung mit. Ich wurde nur leicht versengt und betäubt.«

»Meine Schwester Moon ...«

»Tot. Ich griff Schlängelschreck an, während er sie verzehrte. Ich habe ihn nicht getötet, aber so bald wird er nicht wieder essen. Muun war auch getroffen worden; was ist mit ihr geschehen?«

»Ihre Leiche habe ich heute morgen gefunden. Die Verbrennungen waren zu stark; sie rollte vom Flachsegler herab und starb.«

Was für eine Katastrophe nach einem so kurzen Zusammentreffen! Der Squam hatte zwei getötet, einen verwundet und den Gleiter der letzten verjagt. Wie konnten sie ihm beikommen?

Meen empfand tiefe Trauer um ihre Schwestern. Doch schon bald wurden ihr die ernsten Folgen bewußt. »Das Tal Morgendunst ist jetzt frei«, sprühte sie. »Wir müssen dort unsere Saat einbringen.«

Nicht schon wieder! »Nach dem, was ich an Leid in diesen beiden Tälern erlebt habe«, nadelte Heem, »habe ich mit Saat und Säen nichts im Sinn. Meine Gefährten sind tot, deine ebenso ...«

»Aber das ist die Art der HydrOs!«

»Das ist nicht *meine* Art! Ich habe eine andere Mission: nämlich die drohende Gefahr in Gestalt des Squam, des schrecklichen Untiers, das meinen Bruder hinschlachtete und danach deine Schwestern und das Symbol meiner Liebe.«

»Wir haben versucht, Schlängelschreck zu töten – und nur wir beide sind übriggeblieben. Er ist zu stark für uns.«

Wahrscheinlich stimmte das. Doch Heem wollte und konnte nicht aufgeben. »Ich bekomme schon heraus, wie ich ihn vernichten kann. Vielleicht geht er an der Verletzung ein, die ich ihm zufügte. Wenn nicht, finde ich sicher einen anderen Weg.«

»Doch erst müssen wir unsere Saat ins Tal bringen!« Meen war in dieser Hinsicht fast genauso stur wie Moon.

»Nein! Nicht jetzt, niemals!«

»Dann muß ich über den Berg nach Steilfall. Vielleicht ist

dein Bruder noch am Leben, so daß er und ich das Tal mit der Saat unseres Lebens erfüllen können.« Und sie rollte davon, um ihren Flachsegler zu suchen.

Zu Heems Erleichterung kehrte sie nicht zurück. Hätte er sich mit jemand zum Ausbringen der Saat verbinden sollen, so hätte er sich bestimmt für Moon entschieden; ihr schrecklicher Tod erfüllte ihn mit tiefer Verzweiflung. Nun hatte er vor, Rache zu üben. Das war alles, was ihm noch blieb.

Er beobachtete Schlängelschreck aus dem Versteck im Sumpf. Der Squam erfuhr seine Umgebung geräuschorientiert und nicht geschmacksorientiert, so daß man ihn nicht aufspüren konnte, wenn er sich völlig still verhielt. Es war recht einfach, sich nicht zu rühren, während seine Verbrennungen heilten. Da Heem geschmacksorientiert war, erfuhr er durch die Beschaffenheit der Luft von den Aktivitäten seines Feindes. Deshalb hatte er einen Vorteil – vorerst jedenfalls.

Schlängelschreck war verwundet worden, daran konnte kein Zweifel bestehen. Er bewegte sich unbeholfen vorwärts und hatte nichts mehr von Moons Leiche gefressen. Dennoch lag in seinen Bewegungen so ein gewisser, bedrohlicher Charme. Seine metallenen Schuppen überlappten sich und gestatteten seinem Körper, sich zu biegen und zu beugen. Er bewegte sich vorwärts, indem er sich von schweren Objekten und Unebenheiten des Bodens abdrückte. Seine drei Gliedmaßen entfaltete er nur, wenn er sie auch einsetzen konnte – zum Bewegen eines Objekts, zum Bedienen der Maschine und zum Abtrennen von Pflanzenteilen.

Warum hatte ein Lebewesen den Wunsch, Teile von Pflanzen abzuschneiden und sie durch die Maschinen zu jagen? Mußten die Maschinen auch essen? Ein unheimliches, grausiges Geheimnis!

»Unter anderem begutachten sie die Vegetation. Sie nehmen Proben, analysieren sie, nehmen eine Klassifizierung vor und speichern die Information. Eine Art Umwelt-Forschung vielleicht ...«

Wenn der Squam sich bewegte, bewegten sich seine

Schuppen mit und machten ihn nahezu unverwundbar. Doch wenn er seine Gliedmaßen ausfuhr, fehlten an den Stellen, wo sie verborgen gewesen waren, diese Schuppen. Was würde ein Nadelstrahl Wasser wohl bewirken, wenn er ein Gelenk oder einen solchen Spalt traf?

Der Squam konnte hören, wenn seine Gliedmaßen weggestreckt wurden. Heem hatte eine vage Vorstellung vom Hören: es war eine Art verfeinerte Version seiner Wahrnehmung von Vibrationen. Eine Erschütterung im Untergrund oder in der Luft, die er auf kurze Entfernung wahrnehmen konnte, teilte sich dem Squam auf größere Entfernungen mit. Dieser Sinn erschien im Vergleich mit dem Geschmack als vorrangiger Art und Weise der Wahrnehmung reichlich grob. Wie konnte der Geschmack eines Individuums einer Rasse vom Geschmack eines anderen Vertreters unterschieden werden? Wie könnte man lediglich Schwingungen zur Kommunikation verwenden? Kein Wunder, daß der Squam sich auf Maschinen verließ, um Geschmackseindrücke zu erzeugen!

Hörte er mit seiner gesamten Körperoberfläche, wie Heem seine Umwelt wahrnahm, indem er die Vibrationen mit seiner Haut spürte? Doch Heems Körper war weich und empfindlich, während Squams Körper eher hart erschien. Demnach hatte die Kreatur wahrscheinlich einen speziellen Sensor, einen Punkt-Empfänger. Wenn Heem diesen fände und ihn mit einem Nadelstrahl traf, vielleicht sogar mit einem heißen ...

Hier, das mußte Heem zugeben, war das Wahrnehmen von Geschmack alles andere als ideal. Mit Hilfe des Geschmacks konnte man die Erscheinungen der Natur in aller Ruhe untersuchen, selbst wenn die Funde von ihren ursprünglichen Standorten entfernt worden waren. Es war jedoch außerordentlich schwierig, etwas eindeutig festzustellen. Dafür müßte er sein Glück mit einem analysierenden Nadelstrahl versuchen und anschließend die Veränderungen festhalten. Er wagte es gar nicht erst, sich Schlängelschreck so weit zu nähern!

Und dennoch gab es gewisse Spuren und Hinweise. Normalerweise faltete der Squam die Arme ein, wenn er lange Strecken zurücklegte – aber nicht immer. Einmal, als er auf die Höhle zusteuerte und sich zusammenzog, war eine Vibration aus dem Sumpf bis zu ihm gedrungen, als ein Flachsegler ins Wasser stürzte. Sofort hatte Schlängelschreck inne gehalten, seine vorderen Glieder erhoben und alle drei Arme entfaltet.

»Woher wußtest du, daß es drei Arme sind und nicht nur zwei oder gar einer? Du konntest sie doch gar nicht sehen.«

Das wußte er aus den unterschiedlichen Geschmacksmustern, die vom Wind herangetragen wurden. Ein einziges derartiges Hindernis vermittelte eine ganz typische Geschmackskombination; bei zwei Hindernissen ergab sich ein anderer Geschmack, und bei drei Gliedmaßen war das Geschmacksmuster erneut unterschiedlich. Was er geschmeckt hatte, paßte genau zu drei Gliedmaßen, und dann folgte der typische Geschmack des squamschen Innenraums, der stärker war als das Aroma der Außenschuppen –

»Derartige Details kannst du allein am Geschmack erkennen?«

Ja, das konnte er – hatte er sich erst einmal mit der Natur des Squam vertraut gemacht. Heem hatte viele Tage im Sumpf hinter sich, wo er unbeweglich gelegen und auf die Heilung seines Körpers gewartet hatte, wobei er sich mit nichts anderem beschäftigen konnte als mit der Beobachtung des Monsters. Er hatte die Eigenschaften seines Feindes sehr gut kennengelernt, wodurch er später in seinem Leben mit den Squams viel besser zurechtkam. Nur wenige HydrOs hatten je die Chance, einen Squam derart eingehend studieren zu können, und noch weniger HydrOs nahmen diese Chance auch wahr, wenn sie sich ergab. Weil HydrOs nämlich vor den Squams Angst hatten und sie nach Möglichkeit mieden.

Demnach wußte er jetzt, daß der Squam hören konnte, wenn er zusammengefaltet war und sich fortbewegte, doch nicht sehr gut. Um sich genauer orientieren zu können, mußte er anhalten und seine Arme ausstrecken – wodurch er verwundbar wurde. Das war eine überaus wichtige Information!

Also befanden die Organe zum Hören sich in den Armen oder in den Vertiefungen, die die Arme bedeckten. Jene Organe mußten besonders verwundbar sein, denn sonst hätten sie sich an Stellen befunden, wo die Kreatur sie auch während der Wanderung hätte einsetzen können. Wahrscheinlich würde ein Nadelstrahl sie zerstören. Und ein tauber Squam geriete in die gleiche Lage wie ein geschmacksloser HydrO: er wäre vollkommen hilflos.

Schlängelschrecks typischer Geschmack hatte sich verändert. Ein Aroma von Magen umgab ihn und hatte seinen Ursprung in der Öffnung, wo er seine Innereien nach außen gestülpt hatte, um seine Beute zu vertilgen. Diese Öffnung befand sich am Ende seiner Schnauze, seiner vordersten Extremität; normalerweise geschlossen, stieß sie jetzt von Zeit zu Zeit Geschmackswolken aus. Eine andere Öffnung an der hintersten Extremität warf zersetzte Substanz aus.

Wie sollte Heem jetzt angreifen? Denn eine Flucht kam nicht in Frage; er hatte die feste Absicht, den widerwärtigen Squam zu töten, und selbst wenn es Heem das Leben kosten sollte: Seine verbrannte Haut war abgefallen und in den vergangenen Tagen geheilt; nicht mehr lange, und er wäre wieder bei bester Gesundheit. Dann –

Dann machte Schlängelschreck die Maschine einsatzbereit, die den Charakter eines Flachseglers hatte. Sie stieß dicke Wolken mechanischer Gase aus, die schwach nach Verbrennung schmeckten.

Eine Flachsegler-Maschine? Das würde bedeuten, daß der Squam sie benutzen – und das Tal verlassen wollte. Vielleicht weil keine Beute-HydrOs mehr da waren oder weil seine Geschäfte abgeschlossen waren oder weil die Verwundung in seinem Magen ihn zum Verhungern verdammte. Was immer sein Grund war, sein Abschied würde auch zur Folge haben, daß er Heems Rache entginge. Heem mußte sofort rollen!

Der Squam glitt soeben auf den Segler. Heem rollte zu allem entschlossen vorwärts, düste so stark er es vermochte und setzte die gesamte Wassermasse ein, die er während seiner Heilungsphase angesammelt hatte. Er wollte ankommen, ehe Schlängelschreck seine drei Arme entfaltete. Doch der Squam hörte ihn, da Schall sich schneller fortpflanzte als Geschmack, und fuhr seine Gliedmaßen aus, als Heem sich näherte.

Sie prallten aufeinander. Sie waren etwa vom gleichen Gewicht, und Heems Attacke fegte den Squam beinahe vom Segler herunter. Einer der dreifach vorhandenen Greifer grub sich in den Flachsegler, der zweite krallte sich in Heems Fleisch und der dritte fuhr haltlos hin und her. Heem hatte Glück: er hatte das Ungeheuer ohne seine brennende Waffe überrumpelt.

Der Segler startete. Er verfügte über die gleiche brutale Energie wie ein lebender Segler, jedoch war er in Wirklichkeit lediglich eine kalte metallene Plattform. Heem düste, um die Übersicht zu behalten und damit er nicht herunterrollte, aber er wurde vom brutalen Zangengriff des Squam festgehalten. Er versuchte einen Nadelstrahl abzugeben, um wenigstens eine vage Kontrolle zu haben, doch das Metall reagierte nicht. Sie stiegen auf und segelten quer über das Tal Morgendunst.

Heem versuchte seine Position zu ändern, damit er Schlängelschreck einen Nadelstrahl verpassen konnte, doch immer noch wurde er festgehalten. Heem war daran gewöhnt, herumzurollen, seine Position zu ändern, damit er mit den Nadeldüsen zielen konnte; nun konnte er aber nicht rollen. Der Drang, es zu versuchen, wurde immer heißer. Der Squam war furchtbar kräftig und hielt ihn mit unanfechtbarer Autorität fest. Wie dumm war er doch gewesen, dieses Monster in einen direkten physischen Kampf zu verwickeln!

Dann traf Heem die Erkenntnis: Daß Schlängelschreck ihn festhielt, war kein Zeichen von Selbstsicherheit, sondern ein Ausdruck nackter Verzweiflung. Der Squam befürchtete, vom Segler zu stürzen, und hielt Heem fest, damit sie beide gemeinsam abstürzten. Heem befand sich dabei im Vorteil. Er hatte den Squam waffenlos in der Luft überrascht; nun war es ein elementarer Kampf Körper gegen Körper, wobei der, der als erster fiel, sterben müßte. Ein echtes »roll down« zwischen ihnen!

Dies erfüllte Heem mit Zuversicht. Er hatte eine furchtbare Angst vor dem Squam und davor zu unterliegen, doch wenn er sterben sollte, dann sollte es ihm recht sein, solange es ihm gelang, den Squam gleichzeitig auszuschalten. Da Schlängelschreck es offenbar vorzog, am Leben zu bleiben, hatte Heem beträchtliche taktische Vorteile.

Er düste jetzt umsichtiger und gezielter und ließ dabei seinen Körper einmal in die eine, dann in die andere Richtung rollen. Die Klaue des Squam schmerzte höllisch, als er sich dagegen stemmte, doch er spürte auch, wie sie allmählich nachgab. Als er seinen Druck in die entgegengesetzte Richtung wirken ließ, wurde der Feind gezwungen, sein noch freies Glied einzusetzen und es auf den Segler zu stützen, damit sein Körper nicht weggerissen würde. Der Segler wies auf seiner Oberfläche gewisse Unregelmäßigkeiten auf, die für dreigliedrige Fortsätze hervorragend geeignet waren. Heem verfolgte ein bestimmtes Ziel und zwang den Squam zur Gegenwehr.

Nun verriet Heem der Geschmack, daß die Nische, aus der der Arm sich herausgefaltet hatte, in Reichweite geriet. Er zielte genau und schoß seinen härtesten Nadelstrahl in diesen Spalt. Das Wasser war so heiß, daß es genau wie ein Nadelstrahl des Seglers sogleich zu verdampfen begann. Die Wirkung war frappierend: der Squam zog den Arm blitzartig in die Höhlung zurück.

Mutiger werdend, benadelte Heem daraufhin ein anderes Glied. Es war ein ungenauer Schuß, der beinahe vorbeiging, doch die Wirkung war dieselbe. Er konnte nicht mit Sicherheit entscheiden, ob dafür der Treffer als solcher oder die Nässe oder die Hitze verantwortlich waren, dafür hatte er aber von allem im Überfluß. Die Klaue ließ ihn los, als das

Glied zurückgezogen wurde. Nun klammerte Schlängelschreck sich nur noch an den Segler und nicht mehr an Heem.

Heem nahm das dritte Glied unter Beschuß. Doch seine Position war nicht allzu günstig; er konnte nicht die Nische erreichen, in die das Glied hineingefaltet wurde. Nichtsdestoweniger zitterte das Glied. Der Squam löste den letzten Griff, mit dem er sich auf dem Segler festgehalten hatte, und rutschte langsam herunter.

Heem, der sofort bemerkte, daß sich das Blatt für ihn zum Guten wendete, düste kraftvoll vor, drang mit seiner gesamten Körpermasse auf den Squam ein und versuchte ihn vom Segler hinunterzudrängen. Der Squam war fest und solide; ein Sturz würde ihn sicherlich ebenso verletzen wie Heem, vielleicht sogar noch schlimmer.

Doch Schlängelschreck rollte vor und rollte seinen Körper zusammen, und danach war Heem es, der das Gleichgewicht verlor und abstürzte. Er schmeckte, wie der Segler weiterraste, während er nach unten sank. Unter sich schmeckte er Vegetation – und einen Strom klaren Wassers auf einer Seite. Heem düste explosionsartig zu einer Seite, lenkte seinen Körper auf das Wasser zu – und tauchte nach einem gewaltigen Platschen unter. Sein Bewußtsein meldete sich ab.

»Dann hast du also überlebt«, sagte die fremde Jessica. »Einen Moment lang war ich mir nicht sicher.«

»Ich bin noch am Leben – aber das gilt auch für Schlängelschreck. Es ist mir nicht gelungen, ihn zu töten, deshalb konnte er aus dem Tal fliehen.« Heem zeigte tiefstes Bedauern.

»Aber du warst damals noch so jung, so unerfahren! Immerhin war er der Vertreter einer technologisch hochentwickelten Rasse. Es war kein gleichwertiger Kampf.«

»Trotzdem erwies ich mich als Versager. Und die Strafe dafür lautet ...«

»Du nimmst einen solchen Mißerfolg ziemlich ernst, nicht wahr?«

»Es hängt noch mehr daran. In diesem Wettstreit zu verlieren bedeutet für mich den totalen Untergang. Dabei zu versagen, einen Squam zu töten, heißt ...« Er ließ seinen Geschmack zu einer Mischung von verschiedenen Andeutungen zerfasern.

»Ich begreife nicht warum«, verfolgte sie hartnäckig das Thema.

»Es war nicht nur mein persönliches Versagen. Das Ganze läßt sich auch als Verrat an meiner ganzen Rasse interpretieren.«

»Das ist doch Unsinn! Wie kann es Verrat genannt werden, wenn du wirklich alles in deinen Kräften Stehende versucht hast?«

»Weil es mir nicht gelungen ist, im Tal Morgendunst wieder Leben zu säen, während Schlängelschreck sich dort noch aufhielt – oder weil er jederzeit wieder dorthin zurückkehren konnte.«

»Natürlich war es nicht möglich. Deine Entscheidung war genau richtig. Aber du wolltest ja sowieso nicht in dem Tal säen.«

»Siehst du, der reinste Verrat – und jetzt muß ich die Strafe dafür zahlen.« Er schmeckte voraus und begutachtete den düsteren Flecken des Schwarzen Lochs. »Nicht mehr lange, und wir geraten in den Bereich des tödlichen Sogs und werden sicherlich auseinander gerissen. Ich spüre schon das erste Zerren und Ziehen.«

»Das ist doch lächerlich!« schimpfte sie. »Das Schwarze Loch läßt sich doch nicht mit irgendeinem früheren Mißerfolg vergleichen! Du kannst doch nicht schicksalsergeben auf deinen Tod warten, nur weil es dir nicht gelungen ist, Unmögliches zu vollbringen!«

»Vergleiche, was du willst. Dies ist das Ende.«

»Aber *ich* bin nicht gescheitert! Warum sollte also auch ich sterben? Ich habe das Recht, um mein Leben zu kämpfen.«

Heem überlegte. »Deine Ansicht erscheint auf seltsame Art logisch. Aber wie kannst du dich retten, wenn ich ins Loch stürze?«

»Das kann ich nicht!« gab sie zu und unterdrückte dabei Aufwallungen von Wut, Enttäuschung und Grauen. »Aber wenn ich schon sterben soll, dann will ich wenigstens wissen warum. Bisher hast du noch nichts von dir gegeben, was für mich einen Sinn ergibt.«

»Das ist doch wohl klar. Ich weigerte mich, im Tal Leben zu säen. Danach versagte ich bei dem Versuch, den Squam zu vernichten.«

»Das ist so klar wie homogenisierter Schlamm!«

»Jeder Vertreter meiner Kultur würde mich verstehen.«

»Ich gehöre aber nicht zu deiner Kultur! Ich bin etwas Fremdes, ein Alien! Deine Argumente kommen mir ziemlich verrückt vor!«

Und wieder hatte sie irgendwie recht. Doch es gab wirklich nichts, das er hätte tun können, um die Situation zu entwirren.

Sie betrachteten und beschmeckten das drohende Loch. Sie hatten bereits die Zone erreicht, in der eine Rettung aus eigener Antriebskraft des Schiffes nicht möglich war; selbst wenn er das Schiff wendete und sämtlichen verbliebenen Treibstoff durch die Düsen jagte und sich auf gerader Linie vom Loch zu entfernen versuchte, würde es nicht reichen. Der Untergang war sicher. Und nun spürte er auch immer deutlicher die auf den Körper einwirkenden Kräfte.

»Weißt du was?« sagte sie nach einiger Zeit. »Ich hatte einen ständig wiederkehrenden Alptraum, ähnlich wie deiner, nur handelt es sich bei meinem nicht um eine unangenehme Erinnerung, sondern um eine üble Vorahnung. Du weißt doch noch, wie ich mich als Mann verkleidete, um meinem Klon-Bruder zu gleichen und unser Geheimnis zu wahren?«

»Ich weiß«, gab Heem zu. Wenigstens schrie sie nicht mehr herum.

»Ich hasse diese Maskerade. Dennoch leuchtete sie mir ein. Ich muß daran festhalten, bis die Zeit reif ist. Dabei wünsche ich dauernd, ich müßte diese Zeit beenden, oder als müßte ich sie für mich beenden lassen, damit ich keine weitere Schuld auf mich lade. In diesem Traum also ...«

»Ein Traum vom Ende wäre ein angenehmer Traum.«

»Nein. Wegen der gesellschaftlichen Situation nämlich. Ihn zur falschen Zeit und in falscher Weise zu beenden – das wäre eine Katastrophe und eine Schande zugleich. In meinem Traum nehme ich an einem dieser verdammten Klon-Bälle teil, einem dieser Meisterwerke an Frivolität und Verschwendung, und dann erscheint so ein großer, zugleich aber attraktiver Mann und reißt mir die Kleider vom Leib und entblößt meinen Körper, und alle erkennen mich als Weibliche, und sie lachen, und ich schäme mich zu Tode und möchte sterben.«

»Sehr unangenehm vor deinen Herren«, gab Heem ihr recht. »Das begreife ich. Eine Verletzung kultureller Sitten.«

»Doch seltsam ist, nun da mein Alptraumwunsch in Erfüllung gegangen ist und ich weiß, daß ich sterben werde, wirklich sterben werde, daß dieser Traum mir keine Angst mehr einjagt. Das verrate ich dir hier und jetzt, und es macht mir überhaupt nichts aus. Du kannst mich von mir aus auslachen, und ich würde in dieses Lachen mit einstimmen. Denn ob ich meinen natürlichen Körper zeige oder nicht, ist eine ziemlich lächerliche Angelegenheit, um darüber in Streit zu geraten. Weil ich wirklich nicht sterben will. Eine solche Schande könnte ich ertragen, wenn ich nur am Leben bliebe.«

Dann weinte sie, und nun verstand Heem auch diese Regung, und ihre Fremdheit verflüchtigte sich für ihn mehr und mehr. Sie erschien ihm weniger wie eine Squam, sondern eher wie Moon von Morgendunst, an der er sich durch seine Weigerung vergangen hatte, bis ihr Tod es unmöglich machte, sich eines anderen zu besinnen und dementsprechend zu handeln. Nun wünschte er, er könnte diese empfindsame Weibliche retten, auch wenn es ihn in tiefe Schande stürzen sollte.

Doch das konnte er nicht. Dieser Abgrund war zu übermächtig. Er konnte lediglich auf ihr Verständnis hoffen. Heem unternahm in dieser Richtung einen Vorstoß. »Meine

Art muß ihre Saat in jeder bewohnbaren Region hinterlassen. Auf diese Weise verbreitet sich unsere Rasse. Jede isolierte Region von hinreichender Ausdehnung bietet sich an – wenn sie nur frei von anderen Bewohnern ist. Als Meen und ich die einzigen noch lebenden HydrOs in Morgendunst waren, hätten wir im Tal säen und von dannen ziehen sollen. Sie war bereit dazu. Ich lehnte ab.«

»Das weiß ich bereits«, sagte Jessica.

»Aber es gab noch ein wichtiges Hindernis. Die Anwesenheit Schlängelschrecks machte das Tal ungeeignet. Deshalb mußte ich ihn eliminieren. Erst dann wäre das Tal bewohnbar. Doch dabei scheiterte ich. Auf diese Weise brachte ich im Tal weder meine Saat aus noch sorgte ich dafür, daß jemand anderer es an meiner Statt besäen konnte.«

»Du hast es aber versucht! Zweimal hast du dein Leben riskiert, als du mit dem Monster kämpftest. Niemand würde mehr von dir erwarten.«

»Ich schon.«

»Außerdem, schon ehe du mit dem Squam kämpftest, hattest du nicht vor, deine Saat im Tal zu hinterlassen, und da auch kein anderer Männlicher anwesend war, um dir diese Funktion abzunehmen, hatte dein mißlungener Versuch, Schlängelschreck auszuschalten, keine weiteren Folgen.«

»Und darin liegt ja gerade mein Verrat. Wäre ich zum Säen bereit gewesen, hätte es jedoch für notwendig erachtet, vorerst Schlängelschreck zu beseitigen, dann wäre mein Scheitern ehrlich gewesen. Doch unter diesen Umständen ...«

»Ich fange an zu begreifen. Zu deinem Versagen kam es, weil du versagen wolltest, ähnlich wie mein Alptraum Ausdruck meines Wunsches nach Entlarvung war. Daher wurde dein Versagen zu einem Teil deines Verrats.«

»Jetzt hast du es endlich gerollt.«

»Ich wollte es auch rollen. Es begreifen. Es ist wie meine eigene Schande. Im Grunde habe ich keine Angst vor der Nacktheit oder der Enthüllung meiner Natur; irgendwie bin ich stolz auf mein Geschlecht und meinen Körper. Meine wahre Schande liegt in meinem Wunsch, die Verantwortung für mein ererbtes Gut abzuwälzen.«

»Und wenn du sie abgewälzt hättest, dann würdest du dir ganz ernsthaft den Tod wünschen.«

»Durchaus möglich. Ich weiß, daß mein Bruder sterben wollte, und er ist ich.« Eine Zeitlang schwieg sie, und ihre Gedanken waren zu komplex, als daß Heem ihnen hätte folgen können. Dann wandte sie sich wieder an ihn. »Ich bin froh, daß ich endlich alles verstehe, Heem. Denn nun kann ich ohne Furcht vor einer schlagenden Erwiderung behaupten, daß dein Todeswunsch jeglicher Grundlage entbehrt. Du hast überhaupt keinen Verrat begangen.«

»Man kann wohl kaum von einer Alien erwarten, daß sie zivilisierte Argumente vollkommen begreift.« Dennoch war er enttäuscht. Er hatte gewollt, daß sie ihn verstand, und angenommen, daß es tatsächlich der Fall war.

»Ich bin eine zivilisierte Alien! Du mußt begreifen, daß die Art der HydrOs nicht für das gesamte Universum bindend ist. Was du für dich als Verrat oder Hinterlist verstehst, könnte mir durchaus willkommen sein. Willkommen vielleicht sogar den meisten vernunftbegabten Kreaturen in der Milchstraße. Dein Horizont erscheint mir ziemlich eingeengt.«

»Du verdrehst die Wahrheit auf recht charmante Weise. Doch dies ist für mich die Stunde der Wahrheit. Mein ganzes quasi-erwachsenes Leben lang habe ich das Aroma meines Verrats unterdrückt; nun, im Angesicht des Todes, kann ich mich endlich mit der Wahrheit reinwaschen. Ich hätte Morgendunst besäen sollen.«

»Nein, du irrst dich! Ich meine, es war richtig! Richtig, Morgendunst nicht zu besäen!«

Heem reagierte mit einem verwirrten Nadelstrahl und dachte, er hätte sie mißverstanden. »Richtig – einen Verrat zu begehen?«

»Es war kein Verrat! Du hast in deinem Jugendstadium Schreckliches erlitten, da du nicht wußtest, woher du kamst oder was deine Lebensaufgabe war, während deine Brüder nacheinander starben. Das ist eine barbarische Art, Kinder großzuziehen! Du hast dich entschlossen, dieses Grauen nicht weiterzuvererben – wie es auch jede andere vernunftbegabte Kreatur tun würde. Ich würde mich unter solchen Umständen niemals fortpflanzen. Es ist der Standard deiner Gesellschaft, der verräterisch ist, nicht du.«

Verblüffend! »Du – nun, da du die Wahrheit kennst – verdammst mich nicht?«

»Dich verdammen? Heem, ich bewundere dich! Trotz der Zwänge deiner Kultur hast du dich an das gehalten, was richtig war!«

»Das kann doch nicht wahr sein«, düste er ungläubig. »Du begreifst – du rollst das Falsche, du hast ähnlich Schreckliches selbst erlebt ...«

»Es kann einfach nicht falsch sein! Wie kann ich dich anlügen, halte ich mich doch in deinem Geist auf? Mein eigener Horror ist damit nicht zu vergleichen; es ist ein privater Wunsch, meine eigene Lage um den Preis meines Gutes zu verbessern. Ein selbstsüchtiger Wunsch. Dagegen hast du dich für das eingesetzt, was allein richtig war, und zwar trotz des auf dich ausgeübten Drucks der Gepflogenheiten und der sozialen Schmach. Du hast dich an das gehalten, was geraten erschien, obwohl du dich dabei hast selbst opfern müssen. Dazwischen liegen Welten!«

Sie mußte einfach recht haben. Sie teilte sein Gehirn, seine Nerven. Mochte er auch ihre wahre Natur nicht verstehen, so kannte er jedoch ihre Gefühle. Sie sagte die Wahrheit, so wie sie sie begriff.

Dennoch, so etwas konnte einfach nicht sein. »Wegen mir gelangte der Keim neuen Lebens weder nach Morgendunst noch nach Steilfall. Ich habe damit ein Grundgesetz unserer Rasse verletzt.«

»Du hast ein Grundgesetz *unserer* Spezies befolgt, und das vieler anderer Rassen, wahrscheinlich der meisten vernunftbegabten Rassen: die Nachkommen nicht den Wölfen zum Fraß vorzuwerfen. Ich finde, du hast durchaus ehrenvoll gehandelt. Schon möglich, daß es gegen ein Grundgesetz deiner Kultur oder gegen die Gepflogenheiten verstößt, dennoch bleibt es eine grundsätzlich anständige Haltung. Wenn ich schon sterben muß, dann bin ich froh, daß ich für eine solche Haltung sterbe.«

Es war ihr tatsächlich ernst. Sie war eine vernunftbegabte Alien, und sie verwandelte seine geheime Schmach in eine strahlende Tugend. Sie wurde nicht abgestoßen.

»Und ist es dir je in den Sinn gekommen, Heem, daß du jenen Tälern die HydrO-Würfe wahrscheinlich nicht vorenthalten hast? Möglicherweise ist Meen nach Steilfall hinübergewechselt, hat dort Hiim getroffen und den Keim des Lebens dem Tal geschenkt; oder zwei andere HydrOs sind vielleicht von weither gekommen und haben sich in beiden Tälern fortgepflanzt. Die Zukunft deiner Rasse stand nicht auf dem Spiel; jene Täler sollten auf jeden Fall bevölkert werden. Die einzige Frage war, von wem? Du hast dich entschieden, dich daran nicht zu beteiligen; das bedeutete für jemand anderen einen Glücksfall und keinen Verrat. Nichts wurde verändert, außer daß du deiner eigenen Moral gefolgt bist.«

»Das ist Unsinn«, nadelte Heem sich selbst zu. »Was hab' ich von dem, was eine Alien denkt?«

Doch es war die erste Bestätigung dieser Art, die er je erfahren hatte.

Und das bedeutete ihm schon etwas.

5 Durch das Nadelöhr

»Du brauchst jetzt nicht zu sterben«, sagte Jessica. »Du mußt keine Schuld sühnen.«

Heem beschäftigte sich noch immer mit seiner selbstzufriedenen Verwunderung, doch darüber hatte er den Geschmack der Realität nicht verloren. »Möglich, daß ich keine Schuld zu sühnen habe. Daher kann ich beruhigt sterben.«

»Du könntest dich retten, wenn du es wirklich wolltest. Dessen bin ich mir ganz sicher.«

O weibliche Einfalt! »Dem Loch kann man nicht entkommen – und selbst wenn, ist da immer noch der Wettstreit, aus dem wir ausgestiegen sind, und außerdem erwartet mich zu Hause eine lange Kerkerstrafe. Da ziehe ich das Loch vor.«

»Darüber habe ich nachgedacht, Heem, während ich über das Problem des Sehens nachdachte und du in deiner Erinnerung mit dem Squam kämpftest. Ich glaube, wir könnten den Wettstreit doch noch gewinnen.«

»Ich habe mich mit dem Unausweichlichen abgefunden. Und du hegst die phantastischsten Hoffnungen.« Dennoch lag darin eine seltsame Verlockung. Die Tatsache, daß eine einzige vernunftbegabte Kreatur seine Entscheidung, seine Saat nicht in dem Tal zu hinterlassen, unterstützte, hatte eine erstaunliche Wirkung auf seinen Überlebenswillen. Wenn ein Wesen an ihn glaubte, war es dann nicht möglich, daß auch andere dieser Meinung waren?

»Dieses Schwarze Loch – in Wirklichkeit ist es eine Abkürzung zum Planeten Exzenter. Wir reisen quer durch die Scheibe des Lochstern-Systems, anstatt es zu umrunden, wie die anderen Schiffe es tun. Und die vom Stern und vom Loch auf uns einwirkenden Gravitationskräfte verleihen uns eine enorme Geschwindigkeit. Wenn wir nun hindurchschlüpfen und am anderen Ende wieder herauskommen, wären wir doch als erste am Ziel, nicht wahr?«

»Wir befinden uns bereits in dem Bereich, in dem eine Flucht nicht mehr möglich ist. Wir können doch nicht ...«

»Aber wir können zwischen Loch und Stern hindurchschlüpfen! Siehst du das denn nicht, Heem – der Punkt, von dem aus eine Flucht nicht mehr möglich ist, befindet sich viel näher beim Loch, wenn es in Opposition zum Stern steht, da das Loch den Stern in einem Orbit umkreist. Und wenn wir durch das Loch hindurchgehen, dann gereicht unsere jetzige Geschwindigkeit uns zum Vorteil. Sie ist kein Handicap mehr. Auf der anderen Seite des Lochs wandelt sie sich in Fluchtgeschwindigkeit um. Wir werden überhaupt nicht eingefangen! Wir können uns durch das Nadelöhr hindurchfädeln!«

Heem staunte über die Kühnheit, die Einfachheit und die Naivität dieses Vorschlags. »Ein solches Manöver zu riskieren, bedeutet so gut wie sicher den Tod!«

»Du vergißt, wo wir uns befinden. Wenn wir es *nicht* versuchen, erwartet uns der Tod!«

Natürlich hatte sie recht. In ihrer Situation hatten sie tatsächlich nichts zu verlieren.

»Trotzdem ist es hoffnungslos«, sprühte er. »Das Zusammenwirken von Kraftfeldern und Sonnenwinden und Strahlung, Geschwindigkeits-Vektoren – in einem derart simplen Schiff kann ich diese Werte nicht abrufen und kontrollieren.«

»Du glaubst nur, daß du das nicht schaffst. Du hast weitaus mehr Reserven, als du annimmst. Stell dir das Problem doch als einen riesigen Squam vor, mit dem du fertigwerden mußt: wenn du alle Energien zusammenraffst, kannst du ihn schlagen.«

»Ich bin ein erfahrener Pilot und gehöre zu den besten meiner Rasse«, sprühte er. »Was meine Fähigkeiten in dieser Richtung angeht, kenne ich keine Bescheidenheit. Möglich, daß ich einen Squam im direkten Kampf nicht mehr besiegen kann, doch meine Fähigkeiten als Pilot haben bisher nicht gelitten. *Kein* HydrO könnte sich in unserer Position aus dem Anziehungsbereich des Lochs manövrieren; und deshalb kann ich es auch nicht.«

»Schön, ein Solarier könnte es!« hielt sie ihm entgegen. »Und ich glaube, daß deine Fähigkeiten als Pilot doch gelitten haben, denn falls du deine Fähigkeiten im persönlichen Kampf verloren hast, dann trifft das auch auf andere Bereiche zu, und du bist insgesamt schlechter geworden, wenn auch nur so behutsam, daß du selbst dir dessen noch nicht bewußt bist. Und weißt du, was dir fehlt? Die Fähigkeit des Sehens. Wenn du sehen könntest, was du treibst, dann könntest du wahrscheinlich das Schiff zwischen Loch und Stern hindurchlenken, indem du auf einem Kurs fliegst, auf dem sich die beiden Kraftfelder gegenseitig aufheben und du weder zur einen noch zur anderen Seite gezogen würdest.«

»Für die Vertreterin einer Spezies, die sehen kann, zeigst du wenig Respekt vor der Strahlung. So dicht am Stern vorbeizufliegen, hieße, sich unerträglichen Strahlungsmengen auszusetzen. Selbst wenn das Schiff genau auf Kurs bliebe, würden wir am Ende sterben.«

Sie dachte darüber nach. »Dessen bin ich mir nicht so sicher. Zwischen Stern und Loch existieren beträchtliche Mengen Gase und Staub. Beides könnte durchaus als eine Art Schutzschirm funktionieren und das Schiff davor bewahren, zu heiß zu werden oder tödliche Strahlendosen zu absorbieren. Außerdem würde der Flug in dieser Zone nicht sehr lange dauern. Vielleicht ein paar kleine Manöver. Du brauchst nur nach geeigneten Gas- und Staubwolken Ausschau zu halten und sie zu durchfliegen.«

Sie war so lächerlich zuversichtlich! »Theoretisch ist das möglich. Aber ich sehe nicht ein, wie ...«

»Aber ich kann es! Ich kann dir zeigen wie. Ich kann es für dich tun. Ich bin dein Transferer und deshalb eine Hälfte des Teams; gemeinsam können wir es schaffen!«

Ihr närrischer Enthusiasmus, der an seinen Nerven zerrte, war irgendwie ansteckend. Sein neuerwachter Drang zu leben ließ ihn sogar über eine derart phantastische Möglichkeit nachdenken. »So etwas – es wäre ein überaus langwieriges Unternehmen.«

»Als Alternative zu dem ausgesprochen kurzfristigen Unternehmen des Sterbens, ohne sich dagegen zu wehren.«

Heem gab sich geschlagen. »Wir haben nichts zu verlieren, wenn wir wenigstens den Versuch wagen.«

»Oh, Heem, ich bin so stolz auf dich. Ich könnte dich küssen!« Und sie schickte einen seltsam erregenden Eindruck von einem physischen Kontakt durch sein Bewußtsein.

»Was war das?« erkundigte er sich erstaunt.

Sofort mimte sie Desinteresse. »Nur ein Ausdruck der – der Aufmunterung, Ermutigung. Was den Flug durch den Korridor betrifft ...«

»Dein Erinnerungs-Traum«, ließ er sich nicht vom Thema abbringen. »Das Paarungs-Ritual deiner Spezies – dort gab es auch eine derartige Aktion. Symbolischer Kontakt zweier Körper ...«

»Ähnlich wie deine Nadelstrahlen der Begrüßung zwischen den Geschlechtern. Ich nehme an, es stellt eine Art analogen Vorgang zu – zu eurem nichtproduktiven Sex dar.« Ein warmer Geschmackseindruck formte sich hinter ihren Gedanken, eine Ablenkung, die nicht einmal als unangenehm empfunden wurde. »Ich glaube, ich erröte.«

»Was heißt das?«

»Ist doch egal. Ich will jetzt versuchen, uns beide auf den Gesichtssinn zu fixieren. Machst du mit?«

Heem überließ ihr Organisation und Einteilung. »Ich bin dabei, Alien.«

»Schön. Wir müssen dafür sorgen, daß eure Nervensignale sichtbar gemacht werden. Ich orientiere mich nach dem, was ich sehe. Du hast die Piloten-Fähigkeiten. Wir müssen deine Pilotenreflexe mit meinen Sichtreflexen verknüpfen und auf Sicht navigieren. Es handelt sich um einen Reflex und keine direkte Information, das ist das Entscheidende. Die Art und Weise der Interpretation. Denn die menschliche Koordination zwischen Hand und Auge –

nun, sie sollte unsere Manövrierfähigkeit wesentlich steigern.«

»Ich werde dir deinen Willen lassen«, sprühte Heem. Er wollte nicht zugeben, daß er das Leben jetzt sehr reizvoll fand. Und dann dieser Kuß …

»Gut. Und nun versuch, dich meines Wahrnehmungssystems zu bedienen. Du hast es schon früher geschafft, ein wenig zumindest; jetzt ist der Reiz stärker. Identifiziere dich mit mir; denke genauso wie ich. Und *sieh*!«

Heem versuchte es. Er rief sich die knappen Lichteindrücke ins Gedächtnis, das Prinzip des Sehens. Er wünschte inständig, daß es ihm gelänge. Doch die Eindrücke waren völlig verschwommen.

»Jetzt schau nach vorn in die Raumregion zwischen Stern und Loch«, fuhr sie zuversichtlich fort. »Vielleicht solltest du dir vorher einen Geschmackseindruck verschaffen, den ich dann zu übersetzen versuche. Dann kannst du ja meinen Sinneseindruck übernehmen.«

Heem kostete die Düsenstrahlen seines Wahrnehmungssystems. Jessica übernahm sie und bemühte sich, diese Information in ihre Vorstellungswelt zu übertragen. »Paß auf, der Stern schmeckt hell, nein, er leuchtet hell, Licht, Strahlen, die Augen schmerzen links. Ach ja, du rollst, du kennst kein Oben und Unten oder Links oder Rechts. Nun, ich schon; richte dich nach mir. Das Loch ist ein schwarzes Nichts, dort rechts, eine Lücke im Bild. Wie Himmel und Hölle, doch für uns ist beides die Hölle, zwei mächtige Gravitationsschächte, und wir müssen versuchen, uns durchs Nadelöhr hindurchzufädeln – weißt du, was eine Nadel ist? Nein, natürlich nicht. Es ist ein Splitter aus Metall oder etwas, das sich durch Masse hindurchbohrt, dabei eine Leine hinter sich herzieht, und das ist der Faden. In diesem Fall unser Leben – wir fädeln uns also durch das Nadelöhr und bewegen uns in der Zone, wo das Licht in den Schatten übergeht, also in jenem grauen Streifen. O Himmel, dort ist nicht nur Licht, das ist ein Sturm! Ein riesiger Wirbel aus Gas oder Staub oder irgend etwas anderem, wodurch diese Niemandsland-Zone gekennzeichnet wird, und wir müssen dort hindurch, sie markiert unseren Flugkorridor, das ist das zu vernähende Material, es wird uns sicherlich vor der tödlichen Strahlung schützen, hoffę ich zumindest, und wie ich das hoffe ...«

Heem kostete es und versuchte, das Muster ihrer Sinneseindrücke zu durchdringen. Es gelang ihm nicht.

»Du wehrst dich, Heem, das fühle ich deutlich«, sagte sie. »Bist du immer noch ungehalten, weil ich eine Frau bin?«

»Ja. Ich passe ebensowenig in deinen Geist wie du in meinen.« Aber andererseits, dieser Kuß ...

»Betrachte es doch mal folgendermaßen, Heem: Wie würdest du lieber sterben, als ein einzelnes Individuum oder mit einer neugierigen weiblichen Alien in deinem Geist, die all deine geheimsten, letzten maskulinen Gedanken und Verfehlungen kennt?«

»Letzteres ist ja bereits der Fall«, düste Heem unwirsch.

»Aber noch bist du nicht gestorben. Bist du denn nicht wenigstens daran interessiert, sauber zu sterben, ganz für dich allein?«

»Das schon.« Doch obwohl sie es sehr treffend ausgedrückt hatte, entsprach es nicht mehr ganz der Wahrheit. Er störte sich an ihrem Geschlecht, doch nun wurde ihm klar, daß darin auch ein durchaus reizvoller Aspekt liegen konnte.

»Dann mußt du in meinen Geist eindringen, um von ihm befreit zu werden. Ich kann nicht gerade behaupten, daß mir das angenehmer ist als dir, aber vielleicht sind Frauen eher daran gewöhnt, daß Männer ihnen auf die eine oder andere Art nahetreten. *Ich will leben* – und wenn das bedeutet, daß ich mir eine Manipulation meines Geistes, eine Verletzung meiner Intimsphäre gefallen lassen muß, dann kann ich nichts daran ändern. Wahrscheinlich hatte ich eine ganz andere Einstellung, ehe mir der Tod drohte und ich mir meiner wahren Lage bewußt war. Jetzt komm schon rein und benutze meine Synapsen, meine Wahrnehmungsorgane – oder uns droht die allgemeine Vernichtung.«

Heem konnte dem nichts entgegenhalten. Er versuchte es

erneut und zwang sein Wahrnehmungssystem, sich mit dem ihren zu vermischen, und ließ zu, daß sein Geschmackssinn in etwas völlig Fremdes verwandelt wurde. Sein gesamtes System wehrte sich dagegen, doch war die Aussicht auf einen Tod mit besetztem Geist, den sie prophezeit hatte, noch unangenehmer.

Aber seltsamerweise hatte er den Verdacht, daß er zu einem derartigen Versuch gar nicht fähig gewesen wäre, hätte sie nicht seinen anfänglichen Verrat gutgeheißen. Sie erschreckte ihn weniger als vorher. Daher konnte er sich bemühen, sich von ihr zu befreien, denn das Gefühl der Fremdheit ihr gegenüber hatte abgenommen. So unvorstellbar erschien es ihm nicht mehr, in Gesellschaft zu sterben.

»Heem, paßt du überhaupt auf?«

Er richtete seine Aufmerksamkeit auf den diffusen Bereich zwischen den Extremen Stern und Loch, denn dies war schließlich die Region, durch die sie hindurch mußten, wo die beiden Gravitationsfelder sich gegenseitig aufhoben und der Sturm die furchtbare Strahlung dämpfte. Es schmeckte grauenvoll, ein elementarer Sturm, der im gleichen Maß an- und abschwoll, wie die beiden monströsen Ursachen pulsierten.

»Nein, du schmeckst ja wieder«, protestierte Jessica. »Du mußt es sehen. Hier, mach's mir nach. Ich habe zwei Augen, daher kann ich auch in die Tiefe sehen – zumindest konnte ich das, als ich noch Augen hatte –, aber stör dich nicht daran. Besonders gut kann ich nicht sehen, zugegeben, aber ich weiß, daß es zu schaffen ist. Was letztendlich zählt, ist das, was ich in meinem Geist habe, nämlich eine bildliche Vorstellung in allen Einzelheiten. *Du kannst räumlich sehen* – hämmere dir das in deinen Geist. Was weiter entfernt ist, sieht kleiner aus, obwohl du weißt, daß es das in Wirklichkeit nicht ist. Geröll umgibt das Loch, denn es gibt keinen Sonnenwind, der es davonwehen könnte; ein Komet, der dort eindringt, hätte keinen Schweif mehr. Demnach wird eine Unmenge an Gas vom Stern in den Raum geschleudert und ordnet sich rings um das Loch an. Es kann nicht hineinstürzen aufgrund der Kreisbahnbewegung, genauso wie *wir* nicht hineinstürzen können. Wir müssen auf einer Spiralbahn hineinfliegen – und darin liegt unsere Rettung, denn wenn es etwas gibt, was sich der Kraft eines Schwarzen Lochs widersetzen kann, dann ist dies die Kraft eines größeren Sterns. Dieses Loch ist sehr klein, nur ein paar Kilometer im Durchmesser, da bin ich sicher. Könnten wir es tatsächlich sehen, wäre es kleiner als ein Planet, kleiner als ein Mond, doch sehr dicht, sehr intensiv, während ein Stern tausend-, vielleicht sogar millionenmal so groß ist. Der Gravitationsschacht des Sterns ist viel mächtiger, umgibt jedoch den des Lochs – tatsächlich befindet das Loch sich in einer Umlaufbahn um den Stern, oder zumindest umkreisen beide einen gemeinsamen Mittelpunkt – wiederhole ich mich? –, und wir müssen auf einer geraden Bahn durch dieses Zentrum hindurch ...«

»Keine gerade Bahn, du Plaudertasche«, korrigierte Heem sie. »Eine parabolische Kurve wahrscheinlich, auf der die wirkenden Kräfte sich gegenseitig aufheben. Sieh doch, der im Zwischenraum befindliche Nebel hat sich stellenweise in einer Kurve um das Loch angeordnet und umschließt es in einem ...«

»In einem Viertelmond ...«

»Dieser Kurve müssen wir mit hoher Geschwindigkeit folgen.«

»Du hast es gesehen!« rief sie reichlich verspätet. »Du hast ›sieh doch‹ gesagt!«

»Ich hab' es – gesehen«, bestätigte Heem zweifelnd. Er war von ihrem Geplapper abgelenkt worden und hatte unaufmerksam gedüst. Allerdings hatte er sich ihrer Kommunikationsweise bedient.

»Konzentriere dich, Heem! Bemühe dich, es deutlicher werden zu lassen! Du stehst so dicht davor – oh, ich könnte dich schon wieder küssen!«

»Untersteh dich!« sprühte Heem. Aber nicht mehr so heftig, wie er es normalerweise getan hätte.

Sie lachte. »Ich ärgere dich doch nur. Niemals würde ich so etwas Schreckliches tun. Sieh doch – die Viertelmondzone, dieses schüsselförmige Gebilde, welches das Loch umschließt –, wenn du es sehen kannst, dann kannst du auch hindurchfliegen, denn du bist ja ein hervorragender Pilot. Du brauchst nur entsprechende Informationen und Reflexe. Du kannst es, ich weiß, daß du es kannst!«

Heem versuchte es, doch der kurze Lichteindruck war schon wieder verblaßt. »Ich bin mir da nicht so sicher – was immer es war, es ist verschwunden.«

»Aber du hast es wahrgenommen, Heem! Ganz bestimmt! Versuch es nochmal!«

Er gehorchte, kam aber nicht weiter.

»Nun gut – dann müssen wir uns auf Umwegen herantasten«, entschied sie. »Paß mal auf, wir können doch Bilder austauschen. Zum erstenmal gesehen hast du, als du dich an Vergangenes erinnert hast; von dort aus mußt du weitergehen.«

»Erst einmal muß ich das Schiff ausrichten«, düste Heem. Er manövrierte sorgfältig und behutsam, programmierte das Schiff mit dem Geschmack der Nebelhülle und überließ es dann sich selbst. Er sparte damit Treibstoff, nun da er vielleicht noch weitere Verwendung dafür hatte.

»So – ich stelle mir jetzt wichtige Szenen aus meiner Vergangenheit vor, und du kostest Szenen aus deiner Jugend, und dann versuchen wir beide, sie in Sichtbilder umzusetzen«, sagte sie. »Ich weiß nicht, ob das eine wissenschaftliche Methode ist, aber ich habe so ein Gefühl, als müßte es klappen. Wenn du erst einmal deine eigene Vergangenheit sehen kannst, müßtest du auch alles andere sehen können – und dort liegt der Schlüssel zu unserem Überleben. Möglich, daß ich auch meine eigene Vergangenheit schmecke und eine Vorstellung von dieser Wahrnehmungstechnik bekomme.«

»Wir müssen es geschafft haben, ehe wir die Nebelhülle erreicht haben«, düste Heem. »Wenn wir erst einmal dort sind, dann muß ich mich auf die Steuerung des Schiffs konzentrieren und dafür sorgen, daß es in keinen der Gravitationsschächte stürzt. Auch die geringsten Kursänderungen können dabei lebenswichtig sein. Wenn ich dabei versage, war alles andere umsonst.«

»Wieviel Zeit haben wir noch?«

Heem nahm einige Umrechnungen vor. »Ich schätze zwei Chronosprühs – etwa eine Stunde nach deinem Zeitmaß. Wir haben uns stetig genähert und beschleunigen jetzt im Freifall. Verglichen mit unserer früheren Geschwindigkeit ist am Ende unser Tempo enorm.«

»Eine Stunde!« rief sie. »Dann müssen wir uns aber beeilen!« Sie tauchte in ihre erste Vision ein und rollte ihn mit.

Jessica funkelte ihren Bruder trotzig an. »Jesse, ich weigere mich entschieden, so etwas noch einmal mitzumachen! Diese schreckliche Kuh – wie konntest du nur?«

Ihr Klon-Bruder spreizte die Hand in einer beschwichtigenden Geste. Er war ein schmächtiger, aber durchaus attraktiver junger Mann mit dunkelblauem Haar, das ihm in Locken in den hellblauen Nacken fiel, und mit ebenso blauen Augen. Seine Gesichtszüge waren ebenmäßig, in ihrer Perfektion fast schon nichtssagend. An ihm war nichts übermäßig Aggressives oder Maskulines. Was natürlich von Vorteil war, denn die Gesichtszüge des Klon-Paares waren identisch. Doch wenn sie sich eine weibliche Perücke aufsetzte, war sie rundum eine Frau.

»Diese Kuh war die reinste Herausforderung, Jessica. Wärest du ein Mann, dann würdest du das verstehen. Nicht gerade der Typ, mit dem ich mein Leben teilen möchte, doch ansonsten ...! Was für eine heiße Nummer!«

»Aber ich bin kein Mann, und ich verstehe nicht! Warum soll ich bei deinen Eskapaden immer die Leidtragende sein? Ich führe ein eigenes Leben, vergiß das nicht!«

»Aber nicht als mein Klon, hörst du!«

»Verdammt noch mal! Immer kommst du damit! Angenommen, du wärest mein Klon? Es ist einfacher, ein X-Chromosom zu entfernen als eines hinzuzufügen.«

Er hob eine Augenbraue. »Das, liebe Klon-Schwester,

kommt auf die Technologie an. In unserem Fall hielt man es für geraten, den X-Faktor aus einer anderen Samenzelle derselben Bank mit einem geklonten Embryo zu verschmelzen, deshalb ...«

»Ich kann nichts erkennen«, beschwerte Heem sich. »Ich schmecke die Unterhaltung, doch die Farbe des Pelzes – der Haare – kommt nicht durch.«

»Das ist doch erst der Anfang«, beschwichtigte Jessica ihn. »Eine Art Einstimmung. Jetzt tauche du einmal in deine Erinnerung, und ich werde versuchen, sie – sichtbar zu machen. Das machen wir jetzt abwechselnd, bis uns eine Verbindung gelingt.«

Die Arena befand sich auf neutralem Gebiet: in der Tropenregion der Erbs. Erbs bevölkerten den Zuschauerbereich, wo sie ihre Wurzeln gespannt in den Boden gebohrt hatten. Es machte ihnen Spaß, den Kämpfen zwischen Squams und HydrOs zuzusehen.

Heem rollte auf das Feld, um auf seinen Gegner zu treffen. Der Streit ging um fünf Täler entlang der Grenze: sollten sie von den HydrOs oder den Squams kontrolliert werden? Die Squams hatten die Gegend bereits erforscht, nahmen sie doch an, daß sie ihrem Gebiet zugeschlagen würde; Heem war ab und zu Zeuge dieser Aktivitäten geworden. Deshalb war er hier; er hatte ein ganz spezielles Motiv für seine Kampfbereitschaft. Diese Auseinandersetzung würde die Entscheidung bringen, ob Schlängelschrecks Arbeit sich für die Squams auszahlte.

Unglücklicherweise war es nicht Schlängelschreck, der das Duell ausfechten sollte, sondern ein anderer Meister der Squams. Voller Selbstvertrauen, ja, fast schon gelangweilt wand die Kreatur sich über den Boden, wußte sie doch, daß kein HydrO einem Squam gefährlich werden konnte. Allerdings hatte bisher kein Squam mit einem HydrO seine Kräfte gemessen, der so streitbar und erfahren war wie Heem ...

»Nein, nicht diese Erinnerung; das ergibt viel zu viel Aktion und zu wenig Szenerie. Wir brauchen eine hauptsächlich visuelle Erinnerung, etwas Bildhaftes, Farbe, etwas Handfestes. Geh zurück nach Morgendunst.«

Heem begab sich ins Morgendunsttal, obgleich er sehr gerne seinen Sieg über den Squam-Meister vorgeführt hätte – immerhin hatte dieser Sieg ihn zu Heem, dem Helden unter seinesgleichen, gemacht. Für eine Weile jedenfalls.

Er erinnerte sich an den Geschmack seines Erwachens unter Wasser, wie er begriff, daß er den Zusammenstoß mit Schlängelschreck überlebt hatte, es ihm aber nicht gelungen war, den Squam zu töten. Das Wasser um ihn herum schmeckte sauer nach seiner Scham über dieses Versagen.

»Aber Wasser kann nicht gesehen werden«, sagte Jessica. »Es ist grünlich, manchmal blau …«

»Es schmeckt grün«, düste Heem.

»Nein, nein! Es sieht grün aus! So wie dies!« Und sie entwickelte die Vision von einem kleinen See auf ihrem heimatlichen, menschlichen Landsitz. »Grün.« Sie reagierte mit einem unwilligen mentalen Kopfschütteln. »Oh, jetzt habe ich die Erinnerung übernommen! Eigentlich sollte das deine Vision sein. Ich bin dabei nur Beobachter.« Sie konzentrierte sich. »So, ich ziehe mich wieder in den Hintergrund zurück – so wie jetzt.«

Dieses Spiel der Geschmacksnuancen war ein interessanter Effekt. »Wie jetzt?« wiederholte Heem, wobei er ihren Rückzug imitierte.

»Verschwinde gefälligst in deiner Erinnerung!« schnappte sie.

Er rollte aus dem Wasser heraus und versuchte seine grüne Farbe zu schmecken und seine Nässe zu sehen. Er kehrte in Schlängelschrecks Lager zurück. Wie er es befürchtet hatte, war der Squam verschwunden und hatte seine gesamte Ausrüstung mitgenommen bis auf die defekte Maschine, die Heem umgekippt hatte. Die Höhle war völlig leer.

Aber vielleicht könnte er den Squam wieder aufstöbern und ihn dann töten. Heem wußte nun, daß auch andere Täler existierten, und er wußte auch, wie er es schaffte, daß

Flachsegler ihn hintrugen, wohin er wollte. Und, vielleicht, wußte er auch, wie man mit einem Squam fertig wurde. Man brauchte die Bestie nur an einen ungünstigen Ort zu locken, wo sie vom Absturz bedroht wäre, dort ihre Gliedmaßen unschädlich zu machen, und sie dann hinunterstoßen …

»Die Landschaft, Heem – wie sieht sie aus?«

Heem konzentrierte sich auf den Geschmack von Boden, Wasser und Pflanzen. Etwas ölige Substanz war aus der abgestürzten Maschine herausgesickert und hatte den Boden mit ihrem Aroma getränkt.

»*Sieh* dir das an!« Der Geschmack tiefroter Tannen mit grünen Nadeln versetzt machte sich breit, als wäre er über dem Tal Morgendunst ausgeschüttet worden. Oder rote Nadeln mit grün schmeckendem Holz.

Doch wenn er versuchte, alles zu sehen, schlüpfte er beinahe in diese Szene hinein. Jessica und ihr Bruder wandelten, als Weibliche verkleidet, durch den Wald ihres Landsitzes. Jesse bekräftigte seine Abmachung mit ihr, ihr in Frauengestalt ein Alibi zu verschaffen. Jedoch war es nicht zu übersehen, daß ihn sein Vorhaben in keiner Weise schreckte; er betrachtete die Episode als ein Spiel.

»Nein, dorthin will ich nicht!« protestierte Jessica.

»Aber ich glaube, ich fange an zu sehen …«

»Nein!«

»Für jemanden, der mich so lange genadelt hat, bis ich meine geistige Intimsphäre öffnete …«

»Ach – ich denke, das habe ich verdient. Na schön, Heem, wenn du es sehen kannst, dann schau ruhig zu. Meine erste sexuelle Vorstellung als Frau.«

»Ich kann es nicht sehen«, gestand Heem. »Ich nehme starke Geschmacksreize auf, jedoch …«

»Es war sowieso nicht besonders«, meinte sie erleichtert. »Jesse hänselte mich noch Monate danach mit Geschichten von Kühen und Bullen, von Gänsen und Gantern, und es machte ihm richtig Spaß. Er hatte nicht ganz unrecht. Ich hab's getan, hatte jedoch nicht viel Vergnügen dabei. Gelegenheitssex – das ist nichts für – ich meine, es sollte schon ein etwas tieferes Gefühl dabei sein – ach, du bist ja ein Mann, du würdest es sowieso nicht verstehen.«

»Richtig.«

»Später vertrat er mich bei einer Klon-Party. Danach kamen wir besser miteinander zurecht; wir verstanden uns gegenseitig viel besser. Du denkst vielleicht, daß Klons sich von Anfang an gut verstehen, aber unsere Erfahrungen waren unterschiedlich, und dann der geschlechtliche Unterschied ...« Sie verstummte.

»Ich wünschte, ich könnte sehen – dich sehen«, sagte Heem.

»Warum, Heem?« rief sie geschmeichelt. »Auch wenn du mich als Squam betrachtest?«

Heem war davon längst abgekommen. Er hielt sie nun für eine Person; sie zu sehen, würde lediglich ihre Fremdheit bestätigen. Er hatte daran gedacht, sie zurückzuhalten, wußte er doch, daß sie es nicht leiden konnte, ohne ihr Gewand betrachtet zu werden, aber dann hatte er sich zurückgehalten. Er wollte sie sehen, und zwar nicht als eine Squam. Er hatte wenig Interesse an Sex mit einer Alien, daher war ihre Episode nicht so wichtig, doch sie noch deutlicher wahrzunehmen, als sie normalerweise erschien – warum reizte ihn diese Vorstellung so sehr?

Er zog sich in seine eigene Erinnerung zurück. Als er das Morgendunst-Tal verließ und über die Bergkette in ein weites Hochland mit unterschiedlichen Aromen gelangte und die Spuren unbekannter HydrOs entdeckte, litt er kurzzeitig unter Desorientierung. Er bremste den Flachsegler und rollte herunter. Was stimmte nicht? Er war unfähig, sich zu konzentrieren, zu funktionieren, dabei war es eher ein inneres als ein äußeres Übel. Er stoppte.

Lange Zeit blieb er auf dem Fleck liegen, wo er angehalten hatte. Sein Bewußtsein kam und ging. In seinem Geist bildeten sich seltsame Ideen und Konzepte. Was ... warum ...?

»Heem – was ist los? Ist dir schlecht?«

Er reagierte nicht auf den störenden Gedanken. Seine gesamte Vergangenheit schien um ihn herumzuwirbeln und verdampfte und verfestigte sich auf verwirrende Weise. Seine Jugend im Steilfall-Tal, der Tod seiner Geschwister, seine Ankunft im Morgendunst-Tal, Schlängelschreck …

»Heem, dieser Nebel kommt immer näher! Wenn wir es mit dem Sehen nicht schaffen und den Antrieb des Schiffes nicht bald aktivieren …«

Moon von Morgendunst, die vergnügliche Entdeckung der Kopulation, dann Tragödie, der Feldzug gegen den bedrohlichen Squam …

»Ich kann es nicht allein bewerkstelligen! Ich bin kein Pilot, Heem. Du mußt endlich zu dir kommen!«

Heem bemühte sich, seine Gedanken zu ordnen. Mehr und mehr kam es ihm so vor, als hätte er zu übereilt gehandelt, indem er sich erst mit einzelnen Details beschäftigte anstatt mit dem Großen, Ganzen. Er hatte physisch gegen einen einzigen Squam gekämpft, als er eigentlich die Umstände und Bedingungen hätte vernichten sollen, die einem solchen Feind Zugang zu einem Tal der HydrOs gestatteten. Er hatte sich geweigert, den Keim des Lebens im Tal zu hinterlassen, weil damit die Schrecken seiner eigenen Entwicklung wieder aufgelebt wären; er hätte die Herkunft der Squams erforschen müssen, um derartige Invasionen von vorneherein zu verhindern. Es hätte irgendwo Elternsquams geben können, die diese Kreaturen in hellen Scharen aussandten, um Täler zu entvölkern; *dort* hätte er zuschlagen müssen! Tatsächlich erschien jegliche sofortige persönliche Aktion sinnlos; erst einmal mußte man alles verstehen. Hätte er anfangs das Wesen der Squams begriffen …

Endlich wurde er von anderen HydrOs entdeckt. »Das schmeckt wie eine frühere Metamorphose«, sprühte einer.

»Prüf es nach«, düste ein zweiter.

Der erste nadelte Heem direkt an. »Wer bist du?«

»Heem von Steilfall«, nadelte Heem schwach, wobei er sich an einen Geschmack erinnerte, der fast verflogen war.

»Wie lautet dein Vorhaben?«

Vorhaben? Heem dachte angestrengt nach. Da war etwas mit einem tödlichen Gegner gewesen, ein Kampf – aber die

Erinnerung verblaßte, als er nachhaken wollte. »Mein Vorhaben ...« Irgendwie erschien alles unwichtig. Reiß dich zusammen, konzentriere dich! »Mein Vorhaben ist – das Verstehen zu erleichtern.« War das richtig? Irgendwie war er nicht fähig, sich auf irgend etwas Spezielles zu konzentrieren. Er konnte sich nicht erinnern ...

»Willkommen im Kreis der Erwachsenen, Heem von Steilfall«, sprühte der HydrO. »Roll mit uns, und wir machen dich mit der Zivilisiertheit bekannt.«

»Metamorphose!« rief Jessica. »Dennoch ...«

»Das ist es!« sprühte Heem. »Ich muß eine weitere Metamorphose durchmachen. Zum Zustand des Sehenkönnens.«

»Aber ich verstehe das nicht. In unserer Sphäre verwandeln Raupen sich in ...«

»Alle HydrOs machen eine Metamorphose zum Erwachsenenstadium durch und vergessen dabei die Erlebnisse ihrer Jugend. Daher besitzt kein reifer HydrO ein subjektives Empfinden für Jugend oder Alter, für Entwicklung und Verfall. Durch die Metamorphose betritt er ein völlig neues Universum: die Zivilisiertheit. Und ich muß jetzt ins Universum des Sehens gelangen.«

»Aber du erinnerst dich doch ...«

Abrupt drang er in sie ein. Sein Bewußtsein kreiste durch ihre Aura. Sie stieß einen unterdrückten Schreckensschrei aus, verschluckte ihn jedoch. Denn dazu hatte sie ihn ja die ganze Zeit gedrängt.

Und er konnte sehen. Die aktuellen Geschmackseindrücke vom Schiff verwandelten sich augenblicklich in optische Reize. Die Kontrollknöpfe hatten Erhebungen und Schatten und Tiefe, von oben beleuchtet vom Schimmer der Strahlungskontrollöffnung, dem Licht des Sterns. Die Wände wiesen Vorsprünge und Unregelmäßigkeiten auf und ...

»Auch Farbe! Sieh doch die Farben, Heem!«

Graue Schatten mit grünen Flecken, die das abgeflossene Beschleunigungsbad hinterlassen hatte.

»Ich meinte draußen. Sieh doch den Schlüsselnebel!«

Heem konzentrierte sich – und in einem weiteren Anfall von Sinneseindrücken nahm er den Nebel wahr, sah er die Schüsselform. Das Ding war undurchsichtig, wolkig, nebulös – wie sollte es auch anders sein! –, aber er nahm es mit einer Klarheit wahr, zu der sein Geschmackssinn niemals fähig gewesen wäre. Er sah Tiefe; die ihm nächste Seite schien tatsächlich größer zu sein als die ferne Seite, doch diese Verzerrung verlieh der Erscheinung eine Großartigkeit, die er anders nie wahrgenommen hätte. Er sah Gaswolken und Staubwirbel, die zwischen den widerstreitenden Gravitationsschächten hin und her gezerrt wurden und sich zum Teil auf Umlaufbahnen um Loch und Stern bewegten. Ihre Sternenseiten waren hell, ihre Lochseiten waren dunkel, und sie schienen sich wie die Körper monströser, deformierter Squams zu winden, wobei ihre Bewegungen im Moment seines Hinschauens einfroren.

»Ich sehe es«, nadelte Heem. »Eine neue Dimension der Wahrnehmung, fremd, schrecklich, wunderbar.«

»Und jetzt kannst du das Schiff lenken!« rief Jessica. Ihre Stimme ließ sich nicht mehr eindeutig erkennen wie vorher, denn er hatte sich eines großen Teils ihrer Aura bemächtigt, doch auch ihre verminderte Präsenz wirkte auf ihn ermutigend. »Ebenso wie du dich durch das Begriffsmuster hindurchlaviert hast, um zu diesem Schiff zu gelangen! Du kannst das Schiff geradewegs durch die Zwielichtzone hindurchsteuern.«

Fast war Heem davon überzeugt, daß ihm das gelänge. Auf jeden Fall war es eine würdige Aufgabe! Trotzdem mußte er ihre Begeisterung dämpfen. »Der Flug wird extrem schwierig. Noch niemals zuvor hat ein Vertreter meiner Spezies etwas Derartiges riskiert.«

»Weil deine Rasse bisher auch nicht sehen konnte!« hielt sie ihm begeistert entgegen. »Sicht ist die Sprache der Astronomie. Selbst wenn du die Sprühsignale der Schiffsinstrumente schmeckst, siehst du in Wirklichkeit – denn die Sensoren des Schiffs arbeiten ausschließlich optisch. Das müssen sie auch. In meinem eigenen Körper konnte ich die Sterne direkt sehen. Daher nehmen wir nun eine doppelte Übersetzung vor, von der Sicht zum Geschmack und wieder zur Sicht. Und mit dem Gesichtssinn können wir Dinge tun, die uns allein mit dem Geschmack nicht möglich wären, denn der Gesichtssinn arbeitet viel schneller. Deshalb weiß ich genau, daß wir ...«

»Genug!« nadelte Heem. »Unsere Chancen bleiben weiterhin ungünstig.«

Doch nun hatte er seine Chance und sein Ziel. Heem konzentrierte sich, benutzte ihren Gesichtssinn und entwickelte seinen eigenen. Er sah das Glitzern planetarischer Fragmente, die um das Loch kreisten; tatsächlich handelte es sich um mächtige Ringe, die von der Sternseite her beleuchtet wurden, wobei die kristallinen Bestandteile lustig funkelten. Es gab in diesen Ringen deutlich wahrnehmbare Strudel, farblich unterschiedliche Zonen, die auf die Kräfte hinwiesen, die dort wirksam waren. Weiter vom Loch entfernt waren die Ringe gröber und hell und bestanden aus größeren Fragmenten; näher auf die Horrorsphäre des Nichtlichts zu bestanden die Ringe aus weißem Pulver, waren doch die größeren Steinbrocken von der fürchterlichen Gravitationskraft des Lochs zu Staub zermalmt worden. Denn je näher sich ein Objekt dem Primarkörper näherte, desto schneller mußte es sich auf seiner Umlaufbahn bewegen, und in einem Gravitationsschacht wie diesem mußten sich die ringinneren Gesteinsmoleküle schneller bewegen als die ringäußeren, wodurch der gesamte Brocken zersprengt wurde.

Und auch das Schiff würde dasselbe Schicksal erleiden, falls es in diese Zone geriet. Wenn das Ringen zwischen Stern und Loch zu heftig wurde, würde das Schiff sowieso zerrissen. Es sei denn, sie passierten die kritische Zone so schnell wie möglich. Eher schnell genug.

Sie stürzten auf das Loch zu und beschleunigten in der Freifall-Spiralbahn. Heem richtete seine Düsen aus und aktivierte den Schiffsantrieb. Zuerst mußte er die Richtung des

Freifalls korrigieren, damit er den Schüsselnebel der Interaktionszone erreichte. Zweitens mußte er so schnell wie möglich hindurchfliegen. Wenn auch die wirkenden Kräfte nicht so vernichtend wären, so verhielt es sich mit der Strahlung etwas anders. Er konnte sie jetzt sehen, diese intensive, brennende Helligkeit des Sterns. Das war nichts für lebende Wesen! Glücklicherweise ging etwas Kraft verloren, wenn die vereinigten Gravitationsschächte zweier stellarer Objekte das Schiff anzogen.

Nun veränderten die Materieringe ihre Lage, als durch das Herumschwenken des Schiffs der Sichtwinkel wechselte. Perspektive – das Wunder eines sich ändernden Anblicks, eine Steigerung der Realität des Sehens. Die Ringe wanden sich wie monströse Pythons durch den Raum – Jessicas Bild von einem squamähnlichen solarischen Monster –, die scheinbar zum Leben erwachten. Beide, Stern wie Loch, dehnten sich bedrohlich aus. Ebenso verhielt es sich aber auch mit dem Nebelsturm. Es war klar, daß Heem daraus seine Vorteile ziehen konnte. Mit einer Wahrnehmung wie dieser war die Steuerung des Schiffs kein Problem. Jedoch erschien die Turbulenz großräumiger. Würden sie diesen furchtbaren Interaktionskräften widerstehen können?

»Natürlich können wir!« vertrieb Jessica seine Zweifel mit einer nunmehr schwachen, aber überzeugten Stimme. »Gib volles Rohr, Heem, und dann ab mit dem Faden durchs Nadelöhr!«

Sie hatte wirklich Selbstvertrauen! Es war überaus schmeichelhaft für ihn, aber nichtsdestotrotz töricht; diese Nadel stach mitten in die Hölle.

Die Strahlung verschlimmerte sich. Sehr viel davon, klärte Jessica ihn auf, befand sich nicht im sichtbaren Spektrum, deshalb sah sie davon auch nicht mehr als Heem. Doch die Strahlung war da, heizte das Schiff auf und attackierte dessen Hülle. Heem würde einen Kurs suchen müssen, der soviel Gas und Staub wie möglich zwischen das Schiff und den Stern bringen würde – und das bedeutete, in gefährlicher Nähe zum Loch zu manövrieren. Der geringste Fehler würde sie ins Loch stürzen lassen, wo noch nicht einmal die Nähe des Sterns einen Schutz darstellte.

Als sie sich dem kritischen Punkt näherten, veränderte sich der Anblick noch schneller. Der wirbelnde Nebel, vor der riesigen blendend hellen Scheibe des Sterns nur eine zwergenhafte Erscheinung, ließ seinerseits das Loch winzig klein erscheinen. Aber es war das Loch, das für sie die größte Gefahr darstellte. Heem lenkte das Schiff unmerklich noch näher heran, um so dicht wie irgend möglich daran vorbeizufliegen, wozu die unerträgliche Strahlung ihn zwang.

Staubwolken huschten an der dem Stern zugewandten Seite vorbei und spendeten dem Schiff Schatten; dennoch war die Hitze enorm. Sein Körper hatte keine Möglichkeit, die Hitze abzustrahlen, da sie von außen eindrang. Die gegeneinander wirkenden Kräfte, die sich nahezu neutralisierten, steigerten sein Unbehagen. Sein Körper wurde zwar nicht zerrissen, doch er wußte sehr wohl, daß eine Steigerung dieser Belastung durchaus eine solche Wirkung haben könnte. Eher würde das Schiff im Widerstreit der Kräfte mitten durchgebrochen, und Heems weicher Körper würde ungeschützt dem Weltraum ausgesetzt. Das machte das ganze Unternehmen objektiv und subjektiv noch weitaus unangenehmer, als es wirklich war. Das kleine Schiff war nicht dafür gebaut, einer solchen Belastung standzuhalten.

Der Nebel wuchs. Nun erkannte Heem jedes Detail seiner Struktur. Tatsächlich erschien er völlig unbeweglich, doch Heems Eigenbewegung vermittelte ihm den Eindruck, als wäre auch der Nebel aktiv. Masse und Energie wurden vom Stern in den Raum geschleudert und wirbelten ins Loch; der Nebel war lediglich eine Zone der Instabilität, in der sich die Trümmer sammelten und verharrten, aus der sie aber auf den Stern zurückstürzten. Das meiste raste jedoch auf das Loch zu und hinterließ einen leeren Raum. Wie war es wohl in dieser Schüssel?

»Oh, die Hitze!« schrie Jessica. »Vielleicht ist es dort kühl!«

Dann tauchten sie immer noch beschleunigend in die Schüssel ein. Wie abgeschnitten verschwand das Licht. Heem, der gerade erst das Phänomen des Sehens kennengelernt hatte, erlitt einen Schock. »Ich kann nicht mehr sehen!«

»Ich weiß, was du empfindest«, tröstete Jessica ihn. »Aber du kannst immer noch schmecken. Draußen ist nur eine Wolke, die die Strahlung absorbiert, hier im Schiff hat sich nichts verändert. Die Wolke schirmt das Schiff ab, so daß wir abkühlen können, und sie schützt uns vor der tödlichen Strahlung.«

Das Schiff schüttelte sich und bockte. »Eine Sturmwolke!« sprühte Heem.

»In der bleiben wir nicht lange«, versicherte sie ihm. Sie war erstaunlich ruhig.

Und dann waren sie draußen. Aber nicht im Licht. Sie befanden sich im mächtigen Schatten der Schüssel. Auf der einen Seite waren die umherwirbelnden Wolken zu erkennen, und auf der anderen Seite zeigte sich ein Ring aus Sternen. Im Zentrum dieses Rings wurden die Sterne rötlich, blaß, verschwommen und verschwanden schließlich. Ihr Licht konnte nur bis zu einer bestimmten Grenze vordringen, daher war nichts mehr zu sehen. Nur ein großer schwarzer Fleck. Das Loch.

Heem löste seinen Blick von dem schrecklichen Schacht und richtete seine Aufmerksamkeit auf die Sterne. Er hatte sie noch nie zuvor gesehen. Nicht in dieser Weise, in direkter Sicht. Sie flimmerten in myriadenfacher Vielfalt, vorwiegend weiß, einige bläulich oder rötlich, einige hell, viele gedämpft. Sie füllten das Universum ...

Sie waren verschwunden. Wieder hatte der Nebel sich um das Schiff geschlossen und schirmte alles ab, da sein Bogen breiter war als die Schüssel. Und wieder erschütterte eine Sturmböe das Schiff, und Heem mußt auf die Kontrollinstrumente achten. Die Balance zwischen Stern und Loch blieb eine heikle Angelegenheit.

Dann bemerkte er etwas anderes. Etwas fehlte. »Jessica?«

Wie aus weiter Ferne antwortete sie: »Hier bin ich, Heem.«

»Geht es dir gut? Deine Präsenz scheint abgenommen zu haben.«

»Ich – ich glaube es auch. Als du in meine Aura eindrangst – ich – von mir ist ja nicht mehr hier als nur meine Aura, deshalb – ich glaube, ich bin dabei, meine Identität zu opfern.«

»Fremde, ich wollte dich nicht auslöschen! Du wolltest doch, daß ich …«

»Ja, ja, das wollte ich auch, Heem. Ich hab' dich gedrängt, dich meines Wahrnehmungssystems zu bedienen, und zwar jeder Möglichkeit bis hin zur Farbensicht. Ich hatte nur nicht geahnt, wie grundlegend dieser Eingriff wäre.«

»Ich ziehe mich zurück.«

»Nein! Du mußt sehen können! Du mußt das Schiff von hier wegbringen, ehe die einander entgegenwirkenden Gravitationsschächte und Kraftfelder und die Strahlung und der Sturm uns vernichten.«

Das Schiff tauchte aus dem Nebel auf. Und man konnte wieder hinausschauen. »Ich versuch's«, versprach Heem. »Wir behalten unsere Beschleunigung bei. Ich muß eine Position weit genug vom Stern entfernt finden, um eine Schädigung durch seine Strahlung zu vermeiden, und weit genug vom Loch entfernt, um genügend Fluchtgeschwindigkeit beizubehalten. Wenn mir das gelingt und der Treibstoff ausreicht …«

»Oh, du schaffst es schon!« rief sie. »Ich weiß, daß es dir gelingt. Ich ziehe mich am besten zurück, damit du beim Lenken des Schiffs nicht gestört wirst.«

»Einverstanden.« Das Ganze ähnelte stark seinen Manövern in der Säulenformation, nur waren in diesem Fall die Alternativen absolut tödlich. Wenn er sich nicht innerhalb gewisser Toleranzgrenzen halten konnte, dann würden sie Opfer der einen oder der anderen Gefahr.

Grundsätzlich kam es nur auf den Treibstoff an. Er mußte sich aus dem Anziehungsbreich des Lochs befreien und immer noch in der Lage sein, auf einem Planeten zu landen. Das hing von der Genauigkeit ab, mit der er durch das Nadelöhr geflogen war. Es gab keinen sicheren Bereich; Stern und Loch waren bereit, ihn an sich zu reißen, je nachdem, zu welcher Seite er abdriftete. Nun, da er keinen geraden Kurs mehr flog, würde er nicht direkt in einen der Gravitationsschächte hineinstürzen; er würde auf eine sich verkleinernde Umlaufbahn um Stern oder Loch einschwenken, doch das Ende wäre unvermeidlich.

Nun mußte er feststellen, wie genau er das Schiff auf Kurs gehalten hatte, wobei er seinen neuen Gesichtssinn benutzte. Er stoppte den Antrieb. Das Schiff setzte seinen Flug im Freifall fort, entfernte sich dabei vom Nebel, verlor jedoch an Geschwindigkeit. Bald schon würden seine Instrumente Stillstand melden, und die Katastrophe wäre vollkommen. Der Schaden war bereits angerichtet, entweder durch seine Fehleinschätzung oder durch die Turbulenzen des Nebels. Er wartete nur darauf, daß er sich bemerkbar machte.

Und – die Aussichten waren günstig. Die Stern-Loch-Formation wich allmählich zurück, zwar zunehmend langsamer, aber er bewegte sich noch immer mit einer hinreichenden Restgeschwindigkeit. Die Strahlung ließ nach. Die Wirkung der Kraftfelder verminderte sich. Es schien, als reichte seine Geschwindigkeit aus – falls er noch in der richtigen Richtung unterwegs war.

Als das Schiff seinen Flug fortsetzte, wurden die Zeichen deutlicher. Er war auf das Loch hin abgewichen. Doch sein neuerworbener Gesichtssinn und seine Beurteilung der Situation zeigten ihm, daß die Flugbahn des Schiffes weit genug am Loch vorbeiführte, so daß das größere Feld des Sterns dominierte. Wahrscheinlich würde er sogar noch dichter am Loch vorbeisteuern müssen. Damit erlebte er einen Konflikt zwischen seiner üblichen Wahrnehmung und seiner Sicht-Wahrnehmung. Es handelte sich nicht nur um eine unterschiedliche Perzeptionsweise, sondern auch um ein unterschiedliches Verständnis. Jessicas menschlicher Geist arbeitete nach einer völlig fremden Logik. Heem beschloß, das Risiko einzugehen und sich darauf zu verlassen.

Als er sich auf die Flugbahn konzentrierte und auf den richtigen Moment zur Kurskorrektur wartete, huschten Erinnerungsfetzen durch sein Bewußtsein. Der Tod des Gutsbesitzers, eine prächtige Begräbnisfeier, das Erbe des Titels – doch all dies ergab für ihn keinen Sinn. Seine Rasse kannte kein subjektives Bewußtsein des Todes, kannte kein bewußtes Erwachsensein und deshalb auch keine Übergangsriten. HydrOs hatten keinen Besitz und deshalb auch kein Erbe. Dies waren die Erinnerungen des solarischen Geistes. Er war so tief eingedrungen, daß Jessicas Erinnerungen ihm vorkamen wie seine eigenen.

Und zwar sehr stark wie seine eigenen – denn diese waren verboten. Kein echter HydrO erinnerte sich an sein Jugendstadium. Heems Metamorphose war unvollständig, und das machte ihn zum Nichterwachsenen. Demnach wären die Erinnerungen einer weiblichen Alien normalerweise für ihn verboten gewesen.

Nun verschmolz ihr Status mit seinem und mit dem gegenwärtigen Problem. Im Weltraum wirkten tödliche Kräfte auf das zerbrechliche Schiff ein; nur wenn man sie genau gegeneinander abwog, konnte das Schiff seinen Weg sicher fortsetzen. Heem war von der Wucht seines Verbrechens an seiner Kultur getrieben worden, dem entgegenstand, daß seine Rasse dringendst seiner speziellen Begabungen bedurfte. Jessica und ihr Klon-Bruder hatten, da sie das Geheimnis ihrer Geschlechtsänderung vor ihren Gefährten geheimhalten mußten, einen Verlust ihrer materiellen Ressourcen hinnehmen müssen. Das Gut war bankrott; das hatten sie erfahren, als sie das Erbe übernahmen. Deshalb hatte Jesse einen Job angenommen – der gesamte Vorgang wurde von einem HydrO-Geist als abstoßend empfunden, jedoch glich er im großen und ganzen Heems eigener Reaktion auf die gegenwärtige Herausforderung. Als Jesse seine Aufgabe nicht hatte erfüllen können, hatte Jessica es für ihn getan. Indem sie Notwendigkeit und Risiko gegeneinander abwog.

Dies alles reichte bis in die Gegenwart; es war noch nicht abgeschlossen.

Und – seine Instrumente schwangen langsam herum und lieferten Daten, die seiner visuellen Intuition entsprachen. Er hatte recht getan, seiner neuen Wahrnehmungsweise zu vertrauen; das Schiff war auf Kurs geblieben. Eine vorher vorgenommene Korrektur hätte es abtreiben lassen. Er hätte Treibstoff verschwendet, vielleicht wäre er auch in den Stern gestürzt und vernichtet worden. Mit einer Treibstoffreserve hätte man auch eine zweite und dritte Kurskorrektur vornehmen können, doch in diesem Moment war die Manövrierfreiheit ziemlich eingeschränkt; jegliche Treibstoffverschwendung konnte sich am Ende als vernichtend herausstellen. Nur durch Jessicas Wahrnehmung und die Koordination eines Geistes, für den diese Wahrnehmungsweise natürlich erschien, konnte die Orientierung erfolgen. Der Gesichtssinn war notwendig gewesen, damit er sich überzeugen konnte, daß er nichts zu tun brauchte.

»Wir haben gewonnen«, verkündete er. »Das Sehvermögen hat den Erfolg bewirkt. Wir werden gefahrlos eine Planetenlandung vornehmen können.«

Von der Alien erfolgte keine Reaktion.

»Jessica«, nadelte er erschrocken. »Wo bist du?«

Er spürte ein schwaches Rühren einer Präsenz, doch sie hatte keine Kraft. O nein! Hatten die Kraftfelder und die Strahlung und der Streß ihre Aura derart in Mitleidenschaft gezogen, daß sie schon vor ihrer Zeit verblaßte? Oder hatte sie das, was von ihrer Persönlichkeit noch übrig war, für ihn geopfert, damit er sehen und seine wichtigste Entscheidung treffen konnte? Um welchen Preis hatte er diesen Sieg errungen?

»Fremde Weibliche!« sprühte er. »Wir haben unsere Differenzen, aber ich hatte niemals die Absicht, dich zu vernichten! Ich – ich weiß deine Gegenwart zu schätzen. Wie kann ich dich denn wieder in einen gesunden Zustand versetzen?«

Noch immer gab sie keine Antwort. Erneut überprüfte

Heem den Kurs des Schiffes, dann richtete er seine gesamte Aufmerksamkeit nach innen.

»Jessica, ich hab' dir deinen Gesichtssinn weggenommen; ich will ihn dir wieder zurückgeben. Es ist ein hervorragendes Wahrnehmungsorgan, es rettete uns, doch es gehört dir. Ich übernahm deine Aura, nun nimm sie zurück. Ich habe dich angegriffen; ich entschuldige mich dafür. Du bist keine Squam, sondern eine wertvolle und fühlende Entität. Du sollst dich nicht auflösen. Ich brauche deine Gesellschaft.«

Endlich redete sie, als befände sie sich jenseits des Sterns. »Ich glaube, ich habe mich überanstrengt und dabei das Bewußtsein verloren. Sind wir – wie ist das ...?«

»Erfolg!« sprühte Heem voller Freude. »Wir sind noch am Leben. Das ist deiner Sicht zu verdanken.«

Sie kam allmählich zu Kräften. »Oh, ich hatte solche Angst.«

»Aber du warst auch davon überzeugt, daß ich es schaffen konnte! Es war allein deine Zuversicht, die mich hat durchhalten lassen!«

»Dem Himmel sei dafür Dank.«

»Willst du damit sagen, du hattest gar nicht richtig an mich geglaubt?«

»O nein, Heem. Aber ich hatte Angst, benahm mich richtig töricht ...«

Sie hatte tiefe Angst gehabt, und keine törichte, das wurde ihm jetzt klar. Allerdings hatte sie ihn mit ihrer Zuversicht auch angestachelt, so daß er Dinge vollbringen konnte, zu denen er unter anderen Umständen niemals fähig gewesen wäre. Diese Erkenntnis verursachte in ihm eine völlig seltsame Reaktion. Als er sie in seinen Gedanken als abwesend wahrgenommen hatte, hatte er ein erstaunlich intensives Gefühl des Verlustes verspürt. Nun verspürte er eine Erleichterung, die an – aber dieses Konzept war und blieb undeutlich.

»Dennoch begrüße ich dieses Gefühl«, sagte Jessica. »Wir haben gemeinsam ein schreckliches Abenteuer überstanden.«

Doch er war zu müde, um diesen Gedanken weiterzuverfolgen. Er hatte sehr viel von seiner eigenen Energie verbraucht, und als die Spannung nachließ, überkam ihn eine plötzliche Schwäche. Er mußte sich ausruhen, und sie ebenfalls. Er zog sich aus ihrem Wirkungsbereich zurück, und als letztes wich auch der Gesichtssinn von ihm. »Das Schiff befindet sich auf Kurs; wir können uns etwas ausruhen«, sprühte er und gestattete es sich, sich in einen Zustand völliger Entspannung zu versetzen.

»Ja«, gab sie zu, und in ihrem Benehmen war etwas sehr Weibliches und Angenehmes.

Er träumte, und nun waren die Träume sichtbar. Er sah einen Berghang, geschmückt mit wunderschönen Blumen und hohen roten Fichten, und neben ihm befand sich eine Präsenz, die ihn an Moon von Morgendunst erinnerte. Aber er konnte sie nicht so richtig sehen.

Rechtwinklig trafen sie auf die Säulenformation der am Wettrennen beteiligten Schiffe. Unter Zuhilfenahme ihrer neuen Wahrnehmungsweise beobachtete Heem die Lage durch die Perzeptionsorgane des Schiffs. Die Situation war für die HydrO-Wirte nicht besonders günstig; die ersten drei Schiffe waren Erbs und die nächsten sechs abwechselnd Squams und Erbs. Dahinter, in der Säule weit zurück, tauchten die ersten HydrOs auf.

»Etwas sehen zu können macht einen erheblichen Unterschied aus«, sprühte Heem. »Die Erbs verfügen über die Sicht, und sie beherrschen das Rennen. Wir können uns nur glücklich schätzen, daß das Rennen auf der Planetenoberfläche fortgesetzt wird, wo der Geschmackssinn von Vorteil ist.«

»Aber es sind doch in Wirklichkeit keine Erbs und Squams und HydrOs«, widersprach Jessica. »Sie dienen doch nur als Wirte für die anderen Konkurrenten von Tausendstern.«

»Trotzdem, wenn die HydrO-Wirte sich nicht bravourös schlagen, dann bedeutet das eine Niederlage für die gesamte Rasse, und unser Einfluß auf die Politik von Tausendstern wird abnehmen«, nadelte Heem. »Wir müssen davon ausgehen, daß auch echte Erb- und Squam-Vertreter zur Spitzengruppe gehören.«

»Und hinzu kommt nun auch der richtige HydrO-Repräsentant«, sagte sie. »Das mit unserer Abkürzung hat wirklich geklappt! Auf welchen Platz kommen wir nun?«

Heem betrachtete die Säule eingehend. »Auf den zwanzigsten. Das ist recht günstig.«

»Aber nicht so günstig wie der erste Platz.«

»Günstiger als der erste Platz. Die ersten Ankömmlinge müssen sich mit den Eigenarten der technischen Ausrüstung und der Landschaft auseinandersetzen. Es wird zu Unfällen, Stockungen, Behinderungen kommen. Die besten eines Wettrennens im Weltraum müssen nicht unbedingt auch zu den Besten bei einem Rennen auf solidem Untergrund gehören. Ich möchte fast wetten, daß keiner der ersten zehn des Weltraumrennens unter den ersten zehn zu finden sein wird, die den Ahnen-Fundort erreichen.«

»Keiner außer dir, Heem! Du hast schließlich deine Erfahrungen mit einer derartigen Wildnis.«

»Stimmt. Aber ich möchte lieber im Hauptfeld untertauchen und von den Fehlern der Führenden profitieren. Dann, zu einem späteren Zeitpunkt, werde ich mich vordrängen. Noch liegt ein beträchtliches Stück des Rennens vor uns.«

»Da hast du recht!« bekräftigte sie.

Heem düste eine Kurskorrektur, so daß das Schiff sich ohne Störungen in die Säule einfädelte. Das Schiff blieb weiterhin im Freifall und bremste so, ohne Treibstoff zu verbrauchen. Doch als er wieder in der Säule flog, wurde Treibstoff verbraucht, denn die Flucht vom Loch war geschafft.

»Haben wir noch genug Treibstoff übrig?« erkundigte Jessica sich besorgt. »Ich weiß, daß du es bereits erwähnt hast, doch nun, da wir an dem Punkt angelangt sind ...

»Wir haben genug davon«, beruhigte er sie. »Dank unserer Sehfähigkeit schaffte ich den Flug durch den Nebel so gekonnt, daß ich nur die Hälfte von dem verbraucht habe, was eigentlich nötig gewesen wäre. Wir hätten mit dem

Bremsvorgang später beginnen können und wären auf dem fünften oder sechsten Platz gelandet, aber ich ziehe es vor, das Ausmaß unseres Erfolges nicht allgemein bekannt zu machen. Deshalb werden wir uns mit dem absoluten Minimum an Verzögerung, dazu noch unsicher und lädiert, einordnen. Wir werden von unserem Flug zwischen Stern und Loch derart mitgenommen erscheinen, daß niemand uns für einen ernstzunehmenden Gegner hält.«

»Heem, das ist skrupellos!«

»Ja. Aber erlaubt. Je länger wir als Konkurrenz nicht ernstgenommen werden, desto besser werden unsere Chancen für einen Überraschungserfolg sein. Hier geht es nicht um eine gesittete gesellschaftliche Auseinandersetzung. Wir befinden uns in einem verbissenen Kampf um die Rechte an dem Ahnen-Fundort.«

»Du hast den Geist eines Solariers.«

»Ich vermute, du meinst dies als Kompliment.«

»Stimmt.«

»Dann muß es eins sein.« Das Gefühl, das er schon vorher kennengelernt hatte, kam nun noch eindringlicher zurück. »Ich habe von dir geträumt, konnte dich aber nicht sehen.«

»Ich weiß.«

»Physisch bist du einem Squam am ähnlichsten, mit deinen Gliedmaßen und deiner Hörfähigkeit und der widerwärtigen Gewohnheit des Essens. Squams sind mir einfach zuwider. Außerdem bist du auch noch weiblich.«

»Das bin ich.«

»Nun, ich halte mich nicht für genügend abgestoßen. Dein Geist ist eher – eher wie meiner, trotz der grotesken Merkmale deiner Rasse. Als ich Angst hatte, daß du dich von mir getrennt hattest, konnte ich das kaum ertragen.«

Sie schwieg, aber an ihrer Stimmung konnte er ablesen, daß sie ihn verstand. Es war undenkbar für einen HydrO, jemandem zuzustimmen, der auch nur entfernt einem Squam ähnelte, aber in diesem Fall war etwas weniger Ausgeprägtes angeraten als Feindschaft. Vielleicht sollte er sie ähnlich betrachten wie die Erbs, fremd aber neutral, daher für ihn im Grunde nicht gefährlich. Immerhin teilte sie ja mit ihm das Sehvermögen. Dennoch war sie nicht neutral. Und auch nicht mehr richtig fremdartig. Warum dachte er nun über sie genauso, wie er früher einmal über Moon von Morgendunst gedacht hatte? Es konnte sicher nicht daran liegen, daß sie eine Weibliche war, denn den meisten Weiblichen stand er gleichgültig gegenüber.

Er hatte ein vages Gefühl, daß sie von all dem mehr verstand als er, jedoch ihre Reaktionen im Zaum hielt. Warum?

Jetzt meldete Jessica sich zu Wort. »Die Erbs – von denen hast du immer sehr wenig gehalten. Aber auf dem Planeten Exzenter treffen wir persönlich mit ihnen zusammen, nicht wahr? Und auch mit den Squams?«

»Richtig. Wir empfingen eine intellektuelle Herausforderung und eine Herausforderung, was das Lenken eines Raumschiffs angeht; auf dem Planeten kommt dann der physische Kampf. Und der wird gewisse gewalttätige Aspekte haben.«

»Das glaube ich auch! Dank deiner Rückerinnerungen habe ich jetzt eine Vorstellung davon, was ein Squam ist, und ich glaube, ich kann dir in diesem Bereich helfen. Weil ich gewisse, wie du das so freundlich ausgedrückt hast, Ähnlichkeiten aufweise. Aber von den Erbs weiß ich überhaupt nichts. Wenn du mir einen visualisieren könntest ...«

Heem versuchte es. Er jonglierte mit ihrem Gesichtssinn, um eine Vision eines einzelnen Erb zu schaffen: eine pflanzenartige Kreatur, deren Wurzeln Wasser und Mineralien sammelten, ein massiver Stamm und eine Menge Blätter, die sich zu einem dichten Kelch anordnen konnten.

»Ist das alles? Eine Sonnenblume mit einer Faltblüte? Wie lebt sie? Will sagen, sie kann doch nicht nur von Wasser und Mineralien existieren, nicht wahr?«

»HydrOs leben ausschließlich von Stickstoff«, erinnerte er sie.

»Auch das habe ich noch nicht ganz begriffen«, gab sie zu. »Aber wenn dieser Erb eine Art Pflanze ist, dann braucht er ebenfalls Licht ...«

»Er öffnet seine Scheibe aus wie Schuppen angeordneten Blättern, um das Sternenlicht aufzufangen.«

»Sonnenlicht, meinst du sicher. Eine Sonne ist ein Stern, stimmt. Wenn dort Wind aufkommt, dann fängt er sich in den Blättern, erzeugt ein Drehmoment und hebt die Energie für späteren Gebrauch auf.«

»Ich denke an eine Windmühle«, sagte sie unsicher. »Was ist mit der Selbstverteidigung? Angenommen, ein widerwärtiger Squam greift seine ...«

»Es verändert die Scheibe zu einem Keil und jagt ihn in Squams Rüstung und schlitzt sie auf. Es gibt kaum einen Squam, der einem Erb widerstehen kann.«

»Aber dann die HydrOs – du scheinst vor den Erbs keine Angst zu haben ...«

»Die Körper der HydrOs sind weich. Der Bohrer kann nirgends ansetzen. Wir schießen lediglich heiße Nadelstrahlen in den Mechanismus des Erb und stören dessen Funktionen oder wir höhlen seinen Stamm aus. Erbs stellen für uns keine Bedrohung dar.«

»Ich verstehe«, sagte sie zweifelnd.

Sie humpelten auf den zwanzigsten Platz in der Säule.

»H-Sechsundsechzig. Heem von Steilfall – bist du es?« fragte das Geschmacksnetz. »Wie konntest du dem Loch entkommen? Wir dachten schon, du hättest Selbstmord begangen.«

»Sei gegrüßt, H-Sechsundvierzig, Swoon von Süßsumpf. Mir wurde klar, daß ich nicht unter den ersten fünfzig landen würde, daher nadelte ich uns durch die Lücke zwischen Stern und Loch.« Heem wußte genau, daß andere Schiffe sich in diesen Dialog mit einschalteten. Deshalb machte er das beste daraus. »Ich fürchte, die Strahlung und die Flut ...« Er ließ den Geschmack zerfasern.

»Oh, das ist eine gute List!« sagte Jessica. »Ab jetzt werden sie vor dir keine Angst mehr haben.«

»Das hoffe ich.«

»Heem, in dem, was du sagst – ich meine deine begleitende Emotion – du hast das Ganze doch nicht als Teil einer Taktik eingefädelt, nicht wahr? Du versteckst dich.«

»Ich wußte ja, daß es eine Katastrophe wäre, eine fremde Weibliche in meinem Hirn zu haben«, nadelte Heem.

»Ach, jetzt hör endlich auf! Gemeinsam waren wir ganz groß, selbst wenn ich noch ein wenig schwach auf den Beinen bin. Nach dem Loch sollen wir uns in einem fairen Wettkampf noch fürchten?«

Heem gab im Geiste einen Sprühstoß der Resignation von sich. »Jetzt ist es passiert; du interessierst dich für meine Glaubwürdigkeit. Ich sollte dir alles gestehen, ehe wir auf dem Planeten landen.«

»Aha. Gibt es etwas, was ich noch immer nicht weiß? Heem – hat es mit deinem Problem zu tun, den Kampf gegen den Squam betreffend?«

»Es hängt damit zusammen. Ich täuschte die Veranstalter des Wettstreits. Ich kann einen Squam im fairen Kampf nicht besiegen. Und ich muß es ganz bestimmt tun, um noch Aussichten auf den Sieg zu haben.«

»Das begreife ich nicht. Du hast doch schon früher gelernt, wie man mit einem Squam fertig wird, nicht wahr? Und du hast es auch geschafft, oder? Indem du fünf Täler für die HydrO-Hegemonie erkämpftest, eines davon Morgendunst. Du hast bewiesen, daß du recht hattest; dein Wurf hätte in Morgendunst niemals überlebt, wenn die Squams sich in dieser Region breitgemacht hätten.«

»All das habe ich getan«, gab Heem zu. »Dennoch war dies der Beweis für mein letztendliches Versagen. Das, was ich als Jugendlicher gelernt hatte, konnte ich einsetzen, um den Squam im rituellen Zweikampf zu besiegen, und ich wurde zu einem Helden meiner Rasse. Doch die Erinnerung, die mir zum Erfolg verhalf, war illegal. Als jemand dieses Geheimnis verriet, galt ich augenblicklich als Gesetzloser. Doch niemand hatte Ahnung von meinem Geheimnis, noch nicht einmal ich selbst, denn im Zuge der Metamorphose zum Erwachsenenstadium werden alle Erinnerungen an das Jugendstadium ausgelöscht.«

»Aber du hast doch gerade gesagt – einen Moment mal –, du erinnerst dich doch! Das hat mich schon längst gestört. Du erzählst dauernd Dinge, an die du dich eigentlich gar nicht erinnern dürftest!«

»Das – das ist ein anderer Aspekt meines Geheimnisses«, düste Heem widerstrebend. »Meine Metamorphose erwies sich als unvollständig. Anfangs erinnerte ich mich an gar nichts; dann drängte sich der Horror des Squam vor, und ich wußte, ich mußte den Squam – besiegen. Ich fing an, mich zu erinnern, wie ich vorgehen mußte. Wie ich mit heißen Nadelstrahlen seine Gliedertaschen beschießen mußte, was dazu führen würde, daß die Bestie ihre Gliedmaßen einzog und mich nicht angreifen könnte. Und wie ich sie von einem hochgelegenen Punkt herunterrollen mußte, damit sie durch den Sturz zerschmettert würde. In der Erb-Arena gab es unterschiedlich gegliedertes Terrain, das eine natürliche Umgebung simulieren sollte. Ich machte es mir erfolgreich zunutze. Und so gelang mir, was kein anderer HydrO schaffen könnte: Ich besiegte den Squam im Zweikampf. Erst als ich die Kreatur als Verlierer sah und die Erbs sie halbertrunken aus dem Wasser zerrten, erkannte ich, daß weniger Geschicklichkeit und Taktik das Werk vollbracht hatten, sondern meine Erinnerung. Und mir wurde bewußt, daß ich in Wahrheit kein richtiger Erwachsener war. Wäre das bekannt geworden, hätte man mich aus der Gesellschaft verstoßen, bis meine Metamorphose abgeschlossen gewesen wäre.«

»Illegale Erinnerungen!« rief Jessica. »Unsere Rasse ist ganz wild auf Erinnerungen! Ich erinnere mich zum Beispiel genau an meine Kindheit ...«

»Du bist ja auch keine HydrO.«

»Du wurdest also zum Helden und qualifiziertest dich für den Wettstreit«, sagte Jessica. »Soviel erkenne ich nun. Und das erreichtest du nur durch einen Schwindel, wenn man die Maßstäbe deiner Kultur anlegt, denn du durftest dich nicht erinnern. Aber da du dich noch immer erinnerst, müßtest du doch mit einem Squam immer noch fertig werden, oder?«

»Nein. Nein. Als die Wahrheit über meinen Frevel bekannt wurde, stellten sich auch noch andere Erinnerungen ein, bis ich mich an alles erinnerte. Und mit diesen Erinnerungen ging das Jugendstadium einher ...«

»Ja?« fragte sie eifrig und drängte ihn dazu weiterzureden.

»Und mit ihm auch das Bewußtsein um meine Sterblichkeit.«

»Soll das heißen, daß erwachsene HydrOs sich nicht darüber im klaren sind, daß sie sterben müssen? Das ist doch Unsinn! Swoon von Süßsumpf hat doch gerade erst von Selbstmord ...«

»Sie kennen den Tod rein objektiv, als gegebene Tatsache, doch nicht subjektiv. Wir fürchten den Tod nicht oder sehen ihn als eine von vielen Möglichkeiten der Konfliktlösung an. Deshalb benutzte Swoon den Begriff eher zum Deutlichmachen meiner Fehlbeurteilung, indem ich eine Taktik wählte, die man als selbstmörderisch bezeichnen kann; sie empfand den Tod dabei nicht als eine Art Ende. *Ich* schon – aber ich bin kein Erwachsener mehr; ich bin jetzt ein Schwachsinniger.«

»Heem, das ist doch lächerlich! Jede Kreatur muß irgendwann einmal sterben, und ...«

»Das Bewußtsein des Todes als etwas Unberechenbares stellt sich erst nach der Metamorphose zum Greisenstadium ein, wenn die Sorgen und Probleme eines ganzen Lebens endlich beiseite gelegt werden. Dann sind die Erlebnisse des Erwachsenenstadiums vergessen, und die Entität ist in der Lage, über das Ende nachzudenken.«

»Das ist erstaunlich! Keine Sorgen wegen des Todes, kein subjektives Bewußtsein von Jugend oder Alter. Wie Menschen, die ständig denken, daß der Blitz schon irgendwo einschlagen wird, aber nicht bei ihnen. Du hast darüber vor kurzem eine Bemerkung gemacht, aber ich glaube, sie war nicht nur so dahergeredet!«

»Als meine Metamorphose zum Erwachsenenstadium unvollständig blieb, wurde ich mir wieder verstärkt des drohenden Untergangs bewußt. Ich wußte wohl, daß ich sterben könnte. Meine Kräfte erlahmten, ich wurde zum Feigling.«

Eine Weile schwieg sie. Das Schiff verlangsamte seinen Flug, behielt aber seinen Platz in der Säule. Dann sagte sie: »Heem, das kann ich nicht akzeptieren. So wie du das Begriffs-Quiz und den ersten Teil des Weltraumrennens hinter dich gebracht hast, und dann der riskante Lochstern-Flug – du bist überaus mutig.«

»Das alles sind völlig natürliche HydrO-Fähigkeiten. Doch der Kampf gegen Squams gehört nicht dazu.«

»Dennoch könntest du dich dieser Herausforderung stellen, wie du es schon bei anderen Gelegenheiten getan hast.«

»Nein. Ich versuchte einmal mit der notwendigen Genauigkeit eine Squamattrappe zu benadeln. Ich schaffte es nicht. Meine Nadelstrahlen streuten. Meine Angst ließ mich danebenhalten.«

»Das stimmt nicht!« rief sie. »Du kannst doch die Squams nicht mehr fürchten als das Loch. Als du noch in deinem Jugendstadium warst, hat die Angst dich nicht beeinflußt. Ich habe mich in deinem Geist aufgehalten. Ich weiß, daß du kein Feigling bist!«

»Ich testete erneut meine Nadelstrahler, ehe ich in den Wettbewerb einstieg. Sie nadelten noch immer ungenau. Meine Angst ...«

»Du warst auch überzeugt, daß du nicht aus dem Loch herauskommen würdest!« widersprach sie. »Aber als es soweit war, hast du dich blendend durch das Nadelöhr hindurchgefädelt.«

»Aber nur, weil ich mich deines Gesichtssinnes bediente und Energie aus deiner Zuversicht schöpfte. Aus deinen Reflexen. Kein HydrO hätte das ohne diese Unterstützungen schaffen können.«

»Und kein HydrO kann einen Squam bezwingen!« rief sie. »Aber dank des Gesichtssinnes hast du auch das geschafft, Heem. Ich war gar nicht so zuversichtlich; ich habe dich lediglich angefeuert, während ich vor Angst fast vergangen wäre, und nachdem die Gefahr vorüber war, mußtest du mich sogar wiederbeleben. Du warst der Starke, Heem, nicht ich! Ich hab' dir nur eingeredet, du könntest es schaffen, und du warst töricht genug, mir zu glauben, und dann hast du es wirklich geschafft. Begreifst du denn nicht – nicht die Feigheit bremst dich, sondern die mangelhafte Wahrnehmung! Bei deinen früheren Auseinandersetzungen hattest du stets Glück gehabt, doch du wurdest auch verwundet; und auch wenn deine Haut wieder heilte, so haben deine Nadeldüsen doch ihre Genauigkeit verloren. Du wurdest zweimal verbrannt, Heem! Narbengewebe behindert wahrscheinlich dein Zielorgan oder deine Wahrnehmung, so daß du nicht in die beabsichtigte Richtung zielst. Deine Haut funktioniert nicht mehr so gut wie vor der Verwundung. Sobald du weitere Informationen bekamst, wurde dir klar, daß du dich nicht auf dein Glück verlassen durftest, und da deine Nadeldüsen nicht mehr genau strahlen konnten, bekamst du es mit der Angst zu tun. Deine Furcht war eine normale Reaktion auf deine Unfähigkeit, und nicht anders herum. Mit Hilfe des Gesichtssinns konntest du es schaffen, indem du deine taktischen Kenntnisse einsetztest, ebenso wie du es beim Durchfädeln des Nadelöhrs von Lochstern getan hast. Und jetzt kannst du sehen, Heem! So lange, wie ich bei dir bin. Du kannst deinen Squam bezwingen! Da bin ich ganz sicher!«

»Und du erwartetest wirklich, daß ich dumm genug bin, dir noch einmal zu glauben?«

»Ja! Denn dies ist nichts Neues wie zum Beispiel das Umfliegen eines Schwarzen Lochs. Du hast schon früher mit den Squams zu tun gehabt.«

Verblüfft dachte Heem nach. »Das ist möglich. Ich bin mir meiner Sterblichkeit bewußt, aber ich bin tatsächlich durch das Kraftfeld des Lochs geflogen – mit deiner Hilfe. Warum sollte ich mich nicht an einen Squam heranwagen? Mit deiner Hilfe? Es wäre doch möglich, daß ...« Er hielt inne. »Wie kommt es, daß deine Rasse sich an ihr Jugendstadium erinnern kann? Bei euch können doch nicht sämtliche Metamorphosen unvollständig sein!«

»Wir haben keine Metamorphose«, entgegnete sie überrascht. »Habe ich das denn nicht schon vorher gesagt?«

»Aber woher wißt ihr, wann ihr erwachsen seid?«

»Das verrät uns das Alter. Wenn wir eine bestimmte Anzahl von Lebensjahren hinter uns haben, dann sind wir der Definition nach Erwachsene. Der Entwicklungsprozeß wird nicht unterbrochen, die Erinnerung geht auch nicht verloren.«

»In deinem Alter! Das ist unglaublich!«

»Manchmal erscheint es so«, gab sie bitter zurück. »Es gibt da auch noch einige psychologische Veränderungen, die die Reife signalisieren, aber letztendlich ist das Alter das Kriterium für den Tod.«

»Aber dann erinnerst du dich doch an die Schrecken deines Jugendstadiums! An den Tod deiner Schwestern ...«

»Es gibt keine Schrecken, Heem. Unsere Eltern sorgen für uns, oder irgend jemand anderer, der verantwortlich ist. Kein menschliches Kind wird sich selbst überlassen, und nur wenige von uns sterben während der Kindheit. In unserem Fall starben unsere Eltern, ehe wir herangewachsen waren, und der Diener der Familie, Flowers, übernahm die Erziehung und sorgte für uns. So ist es in jeder solarischen Familie.«

»Das kann nicht sein! Schon nach wenigen Generationen würdet ihr keinen Lebensraum mehr haben. Es muß doch eine natürliche Kontrolle geben, so daß eine Rasse niemals zu zahlreich wird oder ausstirbt. Jedes geeignete Gebiet muß besät werden, während bevölkerte Regionen nicht neu besät werden dürfen.«

»Ich erkenne sehr wohl die Logik eures Systems, Heem«, sagte sie. »Aber sie ist sehr grausam. Wir produzieren jeweils nur ein oder zwei Nachkommen und unternehmen alles, damit sie am Leben bleiben. Das Endresultat ist das gleiche – und wir haben nicht mit den Problemen zu kämpfen, die eine Metamorphose mit sich bringt. Dich zu erinnern, Heem – es ist furchtbar! Es gibt wirklich schreckliche Dinge, die du vergessen mußt. Kein Wunder, daß du deine Traumata hast. Mir erginge es nicht anders, wenn ich mit zweihundert Schwestern und ohne Eltern in einem Tal voller tödlicher Gefahren gelebt hätte und hätte mit ansehen müssen, wie meine Schwestern umkommen, alle außer mir, während ich mir bewußt bin, daß ich mein Überleben allein meinem Glück zu verdanken habe ...«

»Deine Argumente und deine Lebensweise haben ihren Reiz«, düste Heem. »Ich glaube, ich würde lieber nach deiner Art als nach der Art der HydrOs leben.«

»Jetzt fang nicht schon wieder an, Verräterisches zu düsen«, wehrte sie ab. Dann wechselte sie das Thema. »Eine Sache beschäftigt mich noch. Wenn du der einzige Überlebende aus deinem Tal warst und die Metamorphose auf jeden Fall deine Erinnerung auslöschte – wie konnte irgend jemand wissen, daß du dich geweigert hast, den Keim des Lebens in Morgendunst zu säen?«

»Das hat mich auch beschäftigt«, gab Heem zu. »Das brachte mich doch dazu, verbotenerweise nach meinen verschütteten Erinnerungen zu graben. Das Morgendunst-Tal war leer, jedoch war das kein notwendiges Indiz für das Verbrechen, denn alle HydrOs konnten getötet worden sein, ehe ein Männlicher auftauchte, um bei der Neusaat zu assistieren. Es mußte jemand sein, der dort gewesen war und der mich persönlich kannte und der wußte, daß Männliche und Weibliche das Tal gemeinsam bewohnt und es leer zurückgelassen hatten.«

»Meen von Morgendunst!« rief Jessica aus. »Sie wurde nicht getötet. Sie wechselte nach Steilfall über, nicht wahr? Sie wußte Bescheid und konnte doch durchaus ...«

»Dabei hätte sie sich selbst geschadet, denn auch sie verließ Morgendunst, ohne ihre Saat zu hinterlassen. Auch wenn sie es gewollt hätte, hätte ihr Versagen sie verdächtig gemacht.«

»Ja, diesen Aspekt der HydrO-Logik kenne ich bereits.«

»Ich glaube nicht, daß sie mich verraten hätte, auch wenn sie ihre Erinnerung nicht im Prozeß der Metamorphose verloren hätte. Ich bin sogar sicher, daß sie geschwiegen hat, denn als man sie suchte, um der Wahrheit in dieser Sache auf den Grund zu gehen, fand man sie, und sie erinnerte sich nicht.«

»Aber es gab keine andere Person!«

»Doch, da war noch eine.«

Sie war verblüfft. »Du meinst doch nicht ...«

»Schlängelschreck.«

»Der Squam! Aber ...«

»Als mein Sieg über einen Squam bekannt wurde, erhielt Schlängelschreck Klarheit über meine Identität. Er kannte die Geographie dieser Gegend; immerhin hatte er sie erforscht. Der Name Steilfall genügte. Er dachte, er hätte mich in dem Tal getötet, als ich von dem Maschinengleiter stürzte. Nun wußte er, daß ich noch am Leben war. Er hatte innere Verletzungen, nachdem ich seinen Magen mit Nadelstrahlen eingedeckt hatte; obwohl die Angehörigen seiner Rasse andere Maschinen einsetzten, um ihn irgendwie wiederherzustellen, litt er sowohl unter physischen Schmerzen als auch unter der Schande, durch einen HydrO von seinem Posten vertrieben worden zu sein. Er war auf mich genauso wütend wie ich auf ihn. Er kommunizierte mit meinen Leuten und verriet mich. Sie mußten die Anklage bestätigen oder abweisen – und die Anklage entsprach der Wirklichkeit.«

»Dann ist Schlängelschreck ja zum zweitenmal dein Untergang! Er massakrierte deine Geliebte, dann verwandelte er dich von einem Helden in einen Verbrecher. Du hast wirklich einiges mit ihm auszufechten.«

»Und er mit mir. Soweit ich es beurteile, umgibt ihn noch immer der schwache Dunst einer durchstochenen Membran, was seinem Ansehen bei den Angehörigen seiner Rasse schadet und ihm die Paarung verbietet.«

»Gut für dich!« jubelte sie und klatschte geistig in die Hände. Heem erkannte, daß ihre Gliedmaßen überhaupt nicht denen eines Squam glichen; sie hatte eine weiche Hülle anstatt einer harten, und verfügte über fünf Extremitäten anstatt nur dreien.

»Schlängelschreck hat das Motiv, nach Ruhm zu streben«,

fuhr Heem fort. »Seine Arbeit wurde durch meinen Sieg in der Arena null und nichtig, deshalb ist auch er ein Versager. Ich glaube, daß er an diesem Wettbewerb teilnimmt. Er ist ein Abenteurer, der mit besonderer Vorliebe in ferne Regionen vordringt und sich nur ungern bei Angehörigen seiner eigenen Rasse aufhält. Das war auch der Grund für seine Mission im Morgendunst-Tal.«

»Wo er munter die jungen HydrOs auffraß!«

»Das liegt in der Natur der Squams. Deshalb gehe ich davon aus, daß er sich auf Exzenter unter den Wirten befindet, sich dort behaupten und sich an den Hilflosen schadlos halten wird. Ich hoffe, daß es so ist; denn auf diese Weise treffen wir möglicherweise wieder aufeinander.«

»Aber wenn du doch Angst hast, dich mit einem Squam anzulegen ...«

»Ich fürchte mich auch. Aber ich muß versuchen, die Angelegenheit, die ich in Morgendunst begonnen habe, endlich abzuschließen. Schlängelschreck muß getötet werden, und ich möchte derjenige sein, der ihn zur Strecke bringt. Irgendwann und irgendwie.«

»Und du nennst dich selbst einen Feigling!« hauchte sie bewundernd.

Ihre Haltung ihm gegenüber wurde immer positiver. Heem war sich darüber im klaren, daß es eher eine Folge ihrer fremdartigen Kultur war, doch es hatte durchaus seinen Reiz. Wahrscheinlich wäre er besser von einer Alien zur Welt gebracht worden.

Heem bremste ruckartig und schaffte es, in der Säule um eine weitere Position nach hinten zu rutschen. In seiner Nähe manövrierten Squam-Schiffe; er war überzeugt, daß sie seine Schwierigkeiten beim Landeanflug mit Befriedigung verfolgten. Als er sich seinem Landeplatz auf dem Planeten näherte, gelang ihm das nur mit einem waghalsigen Manöver. Als das Schiff sich endlich auf das Landefeld senkte, war er an dreiundzwanzigster Stelle.

»Du treibst ein gewagtes Spiel«, stellte Jessica fest. »Komm, sehen wir zu, daß wir uns unseren Traktor sichern, und hoffen wir, daß wir das Rennen nicht um zwei Plätze verlieren.«

Er wollte gerade ihrer Aufforderung Folge leisten, als sich das Beschleunigungsbad leerte – denn er hatte es für den letzten entscheidenden Raketenstoß gebraucht – und das Kommunikationsnetz zum Leben erwachte. »Überstürze nur nichts, Heem von Steilfall«, sprühte der Geschmackstranslator. »Ich hatte mir schon gedacht, daß du an diesem Wettbewerb teilnimmst, zweifelte jedoch daran, daß du es bis hierher schaffen würdest. Ich glaube, schwach, wie du bist, wirst du nicht viel weiter kommen. Aber bitte stirb nicht gleich; erlaube mir wenigstens, das zu Ende zu bringen, was ich angefangen habe.«

»Schlängelschreck!« schrie Jessica. »Du hattest recht!«

Heem, der unvermittelt in den Konflikt hineingesogen wurde, den er irgendwie auch gesucht hatte, war nicht fähig, seinem Widersacher zu antworten.

»Hast du dich in deinem Schiff aufgelöst, du dämlicher HydrO?« wollte der Squam mit einem spöttischen Aroma wissen. »Lös dich nur nicht ganz auf, ehe ich nicht gelandet bin; ich würde dich nämlich liebend gern mit meinen eigenen Scheren vernichten.«

Jessica, als sie feststellte, daß Heem zu einer Erwiderung unfähig war, übernahm sein Kommunikationssystem und antwortete für ihn. »Hab Dank für die gute Nachricht, Kinderschlächter«, sprühte sie. »Es wird mir ein Vergnügen sein, diesmal mehr als nur deinen Magen zu vernichten, du Monstrum.«

»Was rollst du da?« protestierte Heem geistig. »Ich kann doch nicht ...«

»Ich mach' ihn mit Psychoterror fertig«, entgegnete sie. »Ich verunsichere ihn, so daß er nervös wird und Fehler macht. Das ist eine erfolgversprechende Taktik.«

»Warte am Landefeld auf mich, und wir werden feststellen, wer am Ende vernichtet wird«, entgegnete Schlängelschreck.

»Autsch«, sagte Jessica in Heems Geist. »Ich glaube, es hat

nicht geklappt. Entweder er hat wirklich keine Angst, oder er ist ein hervorragender Bluffer.« Dann sprühte sie ins Kommunikationsnetz: »Warum soll ich wegen jemand wie dir, Squam, meine Mission verschieben? Fang mich, wenn du kannst.«

»Das werde ich auch, Feigling!«

Heem erlitt eine Geschmacksaufwallung faulig stinkender Schande. Hier, vor allen Wettstreitern, die sich noch im planetennahen Raum aufhielten, war er herausgefordert und zum Feigling abgestempelt worden. »Wir müssen auf sein Schiff warten!« nadelte er.

»Mach dich nicht lächerlich«, erwiderte Jessica. »Offensichtlich hat der Squam bestimmte Gründe, warum das letzte Duell ausgerechnet hier stattfinden soll. Sonst hätte er nämlich die Neuigkeit über das Netz verbreitet. Vielleicht besitzt er in seinem Schiff eine Säurepistole, vielleicht will er es aber auch nur in einer Position wagen, wo ihm einige Squams behilflich sein können. Wir müssen ihm entweder aus dem Weg gehen oder uns ihm auf neutralem Boden zum Kampf stellen, wo wir eine gleichwertige Chance haben. Sehen wir zu, daß wir rauskommen, Heem.«

Sie rollte mit unbestechlicher Logik weiter! Natürlich würde der Squam keinen fairen Kampf liefern, wenn es eine Möglichkeit gab, sich durch einen Schwindel Vorteile zu verschaffen.

Benommen vom schnellen Rollen der Ereignisse rollte Heem hinaus.

6 Planet Exzenter

Die Oberfläche des Planeten war hell mit weißen Dampfwolken vor einem blauen Himmelsgewölbe und einer dunkelgrünen Linie am Horizont.

Heem hielt an. »Wie kommt es, daß ich all das sehen kann? Ich habe doch keine Lichtrezeptoren! Im Schiff übersetzten wir den Maschinen-Input, der aus einer visuellen Quelle stammte, aber jetzt kann ich nur noch schmecken und fühlen. Ich kann doch den Himmel nicht direkt erfassen.«

»Ich gestehe alles, denn diesmal kann ich nicht lügen«, sagte Jessica. »Die Bilder habe ich aus meinem eigenen Bewußtsein. Ich weiß, wie ein Tag auf einem Planeten aussieht; ich habe sehr oft holografische Gemälde davon angefertigt. Ich fühle mich eben nicht wohl, wenn ich blind bin.«

»Aber wenn dein Bild sich von der Wirklichkeit unterscheidet und mich in die Irre leitet ...«

»Das könnte zu einem ernsten Problem werden, wenn du auf Schlängelschreck triffst«, gab sie zu. »Daran hatte ich nicht gedacht. Wenn du gegen den Squam kämpfst, mußt du alle Details genau kennen. Ich denke, wir können deine Geschmacksreize entsprechend übersetzen, aber das müssen wir noch intensiv üben. Deshalb sollten wir uns von Schlängelschreck lieber so lange fernhalten, bis wir ihm nicht mehr unterlegen sind.«

Erleichtert gab Heem ihr recht. Er war zwar entschlossen, sich dem Squam zum Kampf zu stellen, doch er wollte das nur aus einer möglichst sicheren Position tun.

»Trotzdem erhalte ich auch auf direktem Weg einige Eindrücke«, fuhr Jessica fort. »Ich spüre das Sonnenlicht auf deinem Fleisch und die Hitze der Luft; danach müßte es Mittag sein. Daher weiß ich, daß alles, was sichtbar ist, auch zu erkennen sein muß.« Und sie machte das Bild schärfer.

Heem betrachtete Landschaft. Sie war wunderschön. Das Sehen gefiel ihm, nun, da er es kennengelernt hatte. Sein Geschmackssinn blieb unbeeinträchtigt; er erlebte das Pflaster, die Auspuffgase des Schiffs, die fremdartige Vegetation in seiner nächsten Umgebung und die Reihe Traktoren am Rand des Landefeldes. An dem Anblick war nichts Bedrohliches.

Plötzlich erschienen die Traktoren, als Jessica seinen Gedanken auffing. Riesige schwarze Maschinen mit mächtigen Ballonreifen und Kühlergrills aus Metall und komplizierten Apparaturen.

»Oh, hör auf!« nadelte er sie an. »Ich habe keinen Geschmack von derartigen Radkonstruktionen oder Kontrollen. Die Geschmackseindrücke weisen auf kleinere Quellen hin, als du sie mir zeigst.«

»Autsch!« Die Ballonreifen wurden durch Metallräder ersetzt, und die Traktoren schrumpften sichtlich.

Heem rollte eilig zum Nächststehenden. Als er ihn berührte und die ihm eigenen Geschmacksreize aufnahm, die Öl- und Treibstoffreste, verschmolzen Geschmacks- und Sichtbild zu einer Einheit. Es war ein Kettenfahrzeug mit einem einzelnen Vorderrad, gerade groß genug für den Körper eines Vernunftbegabten. Die Kontrollen waren in mehrfacher Ausführung vorhanden, so daß HydrO, Squam oder Erb sie bedienen konnten. Heem rollte die schräg geneigte Seitenrampe hinauf und ließ sich in der Kontrollkammer nieder, wo er sich mit den Gegebenheiten vertraut machte. Es handelte sich um ein Standardmodell, dessen Düsenknöpfe in der üblichen HydrO-Weise angeordnet waren. Die Squam- oder Erb-Kontrollen konnte er nicht enträtseln, doch das brauchte er auch nicht.

Das nächste Schiff kam herunter; Heem spürte die Vibrationen. Jessica bediente sich erneut ihrer künstlerischen Fähigkeiten und lieferte das zugehörige Bild: ein glänzender Metallsplitter, der vor einem blauschwarzen Hintergrund auf einer Säule aus orangefarbenem Feuer balancierte.

Das Feuer erstarb.

Heem benadelte die Traktorkontrollen. Die Maschine erwachte stöhnend zum Leben. Flüssigkeit rauschte in die Radkammern, und das Vehikel vollführte einen ruckartigen Satz.

»Was machst du da, Heem?« schrie Jessica. »Solche Kavalierstarts vergeuden nur Treibstoff!«

Heem gab keine Antwort. Er lenkte den Traktor mit voller Beschleunigung direkt in den Dschungel. Die Vegetation kam rasend schnell näher und gab ihre Struktur preis, als Jessica die Geschmacksreize interpretierte: grüne Stämme, die in den Himmel ragten und sich in Seitenstränge auffächerten, welche wiederum in weitere Seitenstämme übergingen. »Nimm dich vor den Farnwedeln in acht!« warnte Jessica. »Heem, du brauchst gar nicht so schnell loszurasen ...«

Dann erfolgte der Aufprall. Die Farnbäume schwankten, und der Traktor hüpfte vom Boden hoch.

»Was war das?«

»Das landende Schiff. Hast du denn nicht gesehen, daß ihm der Treibstoff ausging? Es mußte einfach abstürzen.«

»Oh. Dann hat jemand wohl zuviel riskiert.« Ernüchtert fuhr sie fort: »Kein Wunder, daß du dich so eilig in Sicherheit gebracht hast! Wir hätten ...«

»... vernichtet werden können«, beendete Heem ihren Satz. »Was mit unserem Konkurrenten auch geschehen ist.«

»Dieser Wettstreit sollte doch nicht – lebensgefährlich sein, oder? Ich meine, die Verlierer brauchen nicht ...«

»Diejenigen, die es darauf ankommen lassen, begeben sich in eine Gefahr, die sie das Leben kosten kann. Der Pilot hätte aufgeben und den Planeten umkreisen sollen, bis jemand ihn in Sicherheit gebracht hätte. Doch er entschied sich für einen Landeversuch, wobei er hoffte, nicht zu heftig aufzuschlagen – und hätte er nur für einige Sekunden mehr Treibstoff gehabt, dann wäre er jetzt noch am Leben. Sein Risiko war weitaus geringer als unseres beim Vorbeiflug am Loch.«

»Ja«, gab sie ihm leise recht. »Hältst du es für möglich, daß das Schlängelschreck war, der abgestürzt ist?«

»Wohl kaum. Schlängelschreck ist zu gerissen, als daß ihm ein derart dummer Fehler unterläuft. Er liegt einige Schiffe hinter uns, während das abgestürzte uns direkt folgte. Schlängelschreck stirbt nur dann, wenn ich ihn töte.« Falls es Heem gelang und er sich nicht vorher selbst umbrachte.

»Ist es denn gestattet – daß du einen Konkurrenten direkt attackierst?«

»Nein. Nein, es muß wie ein Unfall aussehen, sonst werden wir disqualifiziert, falls wir den Wettkampf gewinnen. Wen wir nicht als erste den Fundort erreichen, ist es sowieso gleichgültig; so streng wird ohnehin nicht auf die Einhaltung der Regeln geachtet.«

»Aber nach dem, was ich in deinem Namen im Raumnetz verkündet habe, wird jeder wissen ...«

»Man wird annehmen, daß es ein Bluff war. Bei einem derartigen Wettstreit wird viel geblufft, was im Grunde auch zum Spiel gehört. Wäre ich nicht durch das plötzliche Auftauchen meines Feindes verwirrt worden, hätte ich wahrscheinlich so gehandelt wie du.«

»Schön, ich bin mir noch immer nicht sicher, ob das richtig ist. Versprich mir, daß du Schlängelschreck nicht angreifen wirst.«

»Aber du hast ihn doch selbst herbeigelockt!«

»Nun, ich hab's mir eben anders überlegt. Das ist das Vorrecht der Frauen.«

Heem konnte nicht zugeben, daß er ohnehin Angst hatte, den Squam anzugreifen. Möglich, daß sein neuerworbener Gesichtssinn ihm half, den Kampf zu überstehen, doch von Zuversicht konnte kaum die Rede sein. Es machte einen großen Unterschied, ob man aus sicherer Entfernung seine Rache plante oder ob man seine Pläne in die Tat umsetzte. »Dir zuliebe werde ich Schlängelschreck aus dem Weg gehen.« Er empfand eine Mischung aus Erleichterung und Enttäuschung. Hätte er doch nur die Kraft, den Squam zu vernichten! Zuverlässige Kraft, nicht nur Hoffnung! Es machte nichts aus, wenn er das Wettrennen um den Fundort der Ahnen verlor, solange er nur den Squam endgültig erledigte. Dann konnte er zufrieden sterben.

»Wir sollten andere Prioritäten setzen. Grundsätzlich konzentrieren wir uns auf das Rennen. Wenn wir verlieren und alles aus ist, und wenn wir davon ausgehen können, daß ich sterbe und du eingekerkert wirst, dann können wir immer noch Jagd auf den Feind machen.«

Das klang durchaus einleuchtend. Manchmal war die solarische Logik doch brauchbar.

Heem widmete seine ganze Aufmerksamkeit seiner Fahrt. Durch Benadeln der Antriebskontrollen dirigierte er das starke, kleine Fahrzeug durch den Dschungel. Diese Farnbäume unterschieden sich von den Pflanzen auf seinem Heimatplaneten; sie lebten nur teilweise von der Atmung, holten sich ihre Nährstoffe auch über Wurzeln aus dem Untergrund. Er hatte diesen Prozeß studiert und begriff sein fremdartiges Prinzip.

Die Tatsache, daß Jessicas Visualisation ihn in die Lage versetzte, die Pflanzen auch mit einem fremdartigen Sinn zu erfassen, rundete den exotischen Eindruck ab. Er begann bereits, sich an den Gesichtssinn zu gewöhnen, und dachte sogar schon in Bildern.

Es gab im Dschungel einen Pfad, der um das Landefeld herumführte. Heem folgte ihm mit seinem Fahrzeug und steigerte seine Geschwindigkeit. Das war nicht viel anders, als ein Schiff durch den Weltraum zu lenken.

»Aber woher weißt du denn, wohin wir fahren?« fragte Jessica.

Heem benadelte die Datenbank des Traktors, und sie versprühte eine Reihe unterschiedlicher Aromen. »Das ist das Muster der Landschaft«, erklärte er. »Die Geschmackskomplexe geben Auskunft über Treibstofflager, Gefahrenpunkte, befestigte Wegstrecken – «

»Aha, eine Landkarte!« unterbrach sie ihn. »Damit kenne ich mich bestens aus. Komm, ich mach sie für dich sichtbar – da!« Eine farbige Bildkarte entstand.

Sie betrachteten sie. Die Karte verriet ihnen, daß sie sich auf einer großen Insel befanden, auf der es vulkanische Berge, lange Flüsse, weite Ebenen und dichte Dschungel gab. Mitten auf der Insel befand sich ihr Zielort, das Objekt des Wettstreits. Der Ahnen-Fundort. Heem spürte, wie ihn ein Schauer der Erregung durchlief, als er die Stelle sah/schmeckte, und er war sich nicht sicher, ob das seine eigene oder Jessicas Reaktion war.

»Es ist unser beider Reaktion«, informierte Jessica ihn. »Die Faszination, die von den Ahnen ausgeht, wirkt auf alle vernunftbegabten Rassen im Cluster. Selbst wenn wir uns nicht in einem Wettrennen befänden, würde ich schnellstens diesen Fundort aufsuchen.«

»Ihr habt in eurem Teil der Galaxis schon von den Ahnen gehört?« fragte Heem mit freundlichem Spott.

»Natürlich wissen wir von den Ahnen! Wofür hältst du uns, für Wilde? Es war der Solarier Flint von Außenwelt, der die Milchstraße im Ersten Energiekrieg rettete, indem er in einen Ahnen-Fundort eindrang. Und ich bin ein Nachkomme dieses bedeutenden Mannes; mein Zuhause ist das Schloß, wo er sich mit der Gütigen Königin Bess verband und meine Generationslinie begann.«

»Sei friedlich, fremde Frau! Dann hat also ein Solarier einen Fundort geschmeckt. Wer weiß, irgendwann kann man sogar von den Solariern so etwas wie Vernunft erwarten.«

Sie bedachte ihn mit einem heftigen Nadelstrahl. »Du Bastard! Typisch Mann!«

»Du schreist danach. Und das ist typisch weiblich.«

Sie versetzte ihm einen zweiten Nadelstrahl, doch diesmal war es eher eine freundschaftliche Geste mit einem schwachen und reizvollen Sex-Aroma. So fremdartig sie auch sein mochte, sie erinnerte ihn mehr und mehr an Moon von Morgendunst. Er erinnerte sich deutlich an jene ersten glücklichen Stunden im neuen Tal, an das Einander-Näherkommen und die Paarung.

»Als gäbe es nichts anderes im Universum als Sex«, meinte Jessica ernst.

»Gibt es denn etwas anderes?«

»Oh, sieh dir lieber die Landkarte an! Du rast auf einen Berg zu.«

Seinem Geschmack nach stimmte das. Heem lenkte den Traktor zur Seite und wich der Erhebung vor ihm aus. »Laut Karte ist dies eine von fünf Schwierigkeiten, die auf dem Weg zum Fundort zu überwinden sind. Das Problem ist nur, daß es bei fünfzig Traktoren und derart schmalen Fahrwegen ziemlich eng zugehen kann.«

»Eng? Bis zum Fundort sind es mindestens tausend Kilometer! Das bedeutet alle fünfzig Meilen einen Traktor.«

Heem hatte Probleme mit den fremdartigen Maßeinheiten und war nicht in der Lage, sie untereinander und mit seinen eigenen ins Verhältnis zu setzen. Er kannte das solarische Zeitmaß, aber nicht das Längenmaß. »Wenn es keine Unterbrechungen gibt, sind wir mit der Maschine zwei Tage lang unterwegs. Aber die Traktoren sind nicht gleichmäßig über die Strecke verteilt; sie starten in einem großen Pulk und bewegen sich etwa mit derselben Geschwindigkeit, weil sie identische Antriebssysteme und Leistung haben. An den neuralgischen Punkten wird es zu Stauungen kommen. Wenn wir an einem solchen Punkt steckenbleiben, werden die Traktoren auf anderen Strecken uns überholen. Dann verlieren wir, egal, was auf unserer Route geschieht.«

»Aha, ich verstehe. Dann wählen wir am besten einen Weg, der nicht allzu häufig befahren wird, oder wir versuchen unser Glück querfeldein.«

»Nicht querfeldein. Schmeckst du diese dicken Linien auf der Karte? Das sind Lavarinnen. Dieser Planet weist noch aktiven Vulkanismus auf. Wir können diese Gebilde nur auf den eingezeichneten Brücken überqueren.«

»Dann ist man also auch bei dieser Etappe von seinem Glück abhängig«, stellte sie fest. »Wer auf der falschen Fahrspur unterwegs ist, verliert.«

»Wir müssen dafür sorgen, daß wir nicht die falsche Spur benutzen. Auf diese Weise helfen wir unserem Glück ein bißchen nach.«

»Ich weiß Bescheid. Dann laß uns mal die Karte etwas genauer betrachten.«

Heem lenkte den Traktor vom Weg herunter und parkte ihn hinter einer Farnbaumgruppe. »Wir sollten dieser Spur nicht zu weit folgen, bis wir sicher sein können«, düste er. »Es paßt mir zwar nicht, Zeit zu vergeuden, aber da die Spuren sich nach den Treibstofflagern nicht mehr kreuzen ...«

»Treibstofflager?«

»Wir müssen einmal nachtanken. Maschinen sind nicht besonders zivilisiert; sie brauchen ständig physische Chemikalien, wie die Squams.«

»Mach schon und nadel es heraus, du Chauvi! Und wie die Solarier! Maschinen *essen*!«

Dennoch klangen ihre Worte freundlich, anders als ihre Gedanken. Dieser Gegensatz gefiel ihm. Trotz seines Wissens um ihre Natur mochte er sie. Sie ähnelte so wenig einem Squam, nun da er sie etwas eingehender kennengelernt hatte. Immerhin gab es ja eine ganze Reihe von Rassen im Cluster, die physische Substanzen konsumierten. Nicht alle Kreaturen, die aßen und Gliedmaßen hatten, waren durch und durch schlecht.

»Das will ich doch hoffen«, meldete Jessica sich.

Er vergaß ständig, daß sie seine Gedanken schmecken konnte, wenn er sie nicht bewußt abschirmte. Das machte ihm aber nichts mehr aus.

»Die direkteste Route scheint diese zu sein«, düste Heem und wies geistig auf eine bestimmte Linie auf der Karte. »Nahezu eben, keine Sümpfe, nur zwei Lavabrücken. Deshalb werden sich wohl unverhältnismäßig viele Konkurrenten für diese Route entscheiden.«

»Damit wird sie zu einer schwierigen Strecke«, meinte Jessica. »Und dies dort ist die längste, kurvenreichste, gebirgigste Route, mit sechs Lavabrücken. Die wird niemand nehmen.«

»Denn wer sich für die entscheidet, hat das Rennen schon verloren. Es sei denn, die vier anderen Routen sind verstopft.«

»Was durchaus passieren kann, wenn alle diese Strecken wählen. Aber was sollte den Insassen des ersten Raumschiffs davon abhalten, diese Strecke zu benutzen und ohne Behinderung durch die Gegner dem Ziel entgegenzurasen, da kein anderer Traktor aufholen kann?«

»Das ist eine gute Frage. So einfach kann es nicht sein. Diese Rennen sind nicht so organisiert, daß es einen derartigen Sieger gibt. Es muß noch etwas geben, das einen Abstaubersieg des Erstgelandeten verhindert.«

»Ich sehe aber nichts – halt, meinst du Monster, irgendwelche Ungeheuer, die den ersten Ankömmlingen auflauern?«

»Nein, dieser Wettstreit kennt keine großen Gefahren, was bedeutet, daß wir unsere Hindernisse, unsere Gefahren selbst mitbringen, zum Beispiel unsere Konkurrenten. Wegen des Klimas gibt es auf Exzenter nur wenige Tiere. Möglich, daß es in der Wildnis Bestien gibt, die noch niemand gesehen hat, jedoch nicht auf den markierten Wegstrecken.«

»Dann glaube ich, sehen die Schwierigkeiten anders aus. Jeder Traktor, der die Route benutzt, wühlt den Boden etwas mehr auf, bis die Wege praktisch unpassierbar sind. Demnach wird der erste Traktor ständig seinen Vorsprung ausbauen.«

»Das hängt von der Beschaffenheit des Bodens und den Fahrspuren ab. Mit Ketten wie diesen, die in etwa der sinnvollen Fortbewegungsart der HydrOs entsprechen, dürfte der Weg eher fester und besser werden ...«

»Das ist es!« rief sie. »Die Raupenketten walzen die Büsche und Felsen nieder und verwandeln eine Buckelpiste in eine richtige Autobahn! Deshalb holen die später startenden Traktoren die ersten ein und sparen dabei noch Treibstoff.«

»Und verursachen unter Garantie Stauungen«, pflichtete Heem ihr bei. »Aber wenn wir nur aufholen können, solange wir am Schluß liegen, können wir kaum gewinnen ...«

»Können wir doch! Es ist genauso wie bei den Raumschiffen! Es kommt nicht darauf an, von wo aus du startest, sondern wieviel Treibstoff du aufsparen kannst. Wenn du damit ökonomisch umgehst, kannst du die anderen am Ende doch noch überholen. Sieh dir doch auf der Karte diese Treibstofflager an – sie liegen näher beim Landefeld als zum Ahnen-Fundort. Um was sollen wir wetten, daß am Ende jeder Traktor auf dem letzten Teilstück ohne Treibstoff liegenbleibt? Also werden alle, die es bis dahin nicht begriffen haben und verschwenderisch mit ihrem Treibstoff umgehen, indem sie sich neue Wege suchen oder einfach drauflos rasen ...«

»Du bist ja das reinste Genie, fremdes Wesen! Das ist der Schlüssel zum Sieg! Eine Falle für die Dummen oder Gedankenlosen! Welchen Nutzen hat es, den Haufen anzuführen, wenn am Ende der Traktor seinen Geist aufgibt und man sich aus eigener Kraft fortbewegen muß, während die anderen einen in ihren Maschinen überholen? Die Strategie muß darin bestehen, den meistbenutzten Weg zu wählen, gemütlich hinter den anderen herzurollen, gegen Ende zu attackieren und sich an die Spitze zu setzen.«

»Solange wir nicht in einem Zwei-Tage-Stau steckenbleiben«, erinnerte sie ihn. »Am besten hält man sich ziemlich weit vorne auf, solange die Treibstofflager noch vor einem liegen, und ...« Sie hielt inne. »Halt – mir kommt da ein Gedanke, Heem. Gibt es überhaupt genug Treibstoff für alle Traktoren, ganz gleich, wann sie eintreffen?«

Heem überprüfte die Kartenbeschriftung. »Diese Treibstofflager können nur die Hälfte der Traktoren versorgen.«

»Dann ist das die andere Einschränkung.«

»Wie bitte?«

»Der andere Teil der Falle. Fährt man zu schnell, dann geht einem auch sehr frühzeitig der Treibstoff aus. Fährt man zu langsam, kann man nicht mehr nachtanken. Also scheidet man so oder so aus.«

»Mit einer solchen Taktik komme ich ganz gut klar! Wir müssen unter den ersten beim Lager sein und auf der zweiten Teilstrecke sparsam zu Werke gehen.«

»Ich überlege – könnte dies nicht auch eine Falle sein? Jeder rast zum nächsten Lager ...«

»Möglich. Aber wenn wir uns nicht beeilen ...«

»Ich hab' da meine Zweifel. Das Ganze erscheint mir zu glatt. Wie ist der Treibstoff auf die Depots verteilt? Ich meine, gibt es in jedem Lager dieselbe Menge – vielleicht genug für fünf Traktoren? Das hätte entscheidenden Einfluß auf unsere Strategie.«

»Das hätte es wirklich«, gab Heem zu. Diese Alien war richtig clever! »Aus der Karte scheint hervorzugehen, daß alle Depots die gleiche Treibstoffmenge zur Verfügung haben.«

»Dann werden die Lager an der meistbefahrenen Route am ehesten leer sein. Und die Zuspätkommenden schaffen es nicht, auf eine andere Strecke auszuweichen, nicht wahr? Weil sie zu weit voneinander entfernt sind. Demnach werden wir in der ersten Runde die Hälfte der Traktoren hinter uns lassen, darunter auch einige von den Führenden – und die cleveren Konkurrenten, die später eintreffen, tun gut daran, die am wenigsten befahrenen Strecken zu benutzen in der Hoffnung, daß in den jeweiligen Depots noch genug Treibstoff lagert, mit dem sie wieder in das Rennen eingreifen können. Durchaus möglich, daß auf diese Weise die letzten plötzlich die ersten sind.«

»Möglich. Außer daß ein cleverer Führender sich bis zum Ende des Rennens an der Spitze halten könnte. Da muß noch mehr hinzukommen.«

»Diese schlechte Route«, sagte sie. »Sie ist so schlecht, daß niemand sie benutzen würde, außer er läge bereits so weit zurück, daß er weiß, daß er nur dort noch Treibstoff vorfinden könnte. Aber sieh doch – dort gibt es eine quer verlaufende Spur; du startest auf der schlechten Route und kreuzt nach dem Treibstoffdepot auf die bessere.«

»Ja. So müssen wir es machen. Diese kurze Zeitverzögerung für unseren Kriegsrat hat uns wahrscheinlich mehr Vorteile verschafft, als wir hätten hoffen können.« Heem startete den Traktor und steuerte auf die schlechte Route zu.

»Ich frage mich noch immer«, dachte sie laut nach,

»warum bauen sie eine derart schlechte Route, die dann in einen Fluchtweg übergeht? Ich werde schon wieder paranoide, Heem, gibt es eine Möglichkeit, am Lager mehr Treibstoff aufzunehmen und ihn für die letzte Etappe aufzubewahren?«

»Nein. Das bezweifle ich. Die Depots geben eine feste Menge ab. Andernfalls würden die zuerst kommenden Traktoren alles stehlen.«

»Dann kannst du nicht auf Vorrat tanken. Am Ende verfügst du demnach genau über einen Tank voll, ganz gleich, auf welcher Route du dich bewegt hast?«

»Stimmt! Vielleicht kann man von der ersten Tankfüllung etwas aufbewahren, um bei der zweiten Teilstrecke besser versorgt zu sein; das ist alles.«

»Heem, sieh dir mal diese schlechte Route an. Sie führt über einige Lavarinnen, dann windet sie sich einen Berg hinauf!«

»Ja. Praktisch unser gesamter Treibstoff würde beim Anstieg verbraucht.«

»Aber danach geht es nur noch bergab. Wir könnten fast aus eigener Kraft bis zum Fundort rollen!«

Heem betrachtete überrascht den Streckenverlauf. »Diese Route ist besser, als sie auf den ersten Blick erscheinen mag. Sie bietet einen langen Anstieg auf Kosten des Treibstoffs, doch dieser Anstieg zahlt sich am Ende aus, wenn das Schiff nach unten rollt. Vorausgesetzt der Traktor schafft es bis auf den Gipfel.«

»Dann laß es uns wagen, Heem! Es ist eine unsichere Sache, aber es gibt viel zu gewinnen. Kein Verkehr, kein Treibstoffmangel, und wir kommen näher an den Ahnen-Fundort heran als auf jeder anderen Route. Weil die Traktoren auf den anderen Strecken in der Ebene mit Maschinenhilfe fahren müssen, während wir unsere Maschine zwischen den Aufstiegen praktisch ausschalten können.«

»Ich bin einverstanden. Wir werden wohl unter den ersten zehn Traktoren sein, selbst wenn wir einen langen Weg zurücklegen müssen und ziemlich langsam starten.«

»Aber nur weil wir uns die Zeit genommen haben, über alles nachzudenken, als blindlings loszurasen.« Sie war zufrieden.

Andere Traktoren setzten sich in Bewegung, nachdem weitere Raumschiffe gelandet waren. Hier war die Fahrspur noch breit; Heem steuerte an zwei Fahrzeugen vorbei, die in entgegengesetzter Richtung unterwegs waren. In einem befand sich ein unangenehmer Squam, im anderen ein Erb. Falls sie überrascht waren, daß der Traktor in der falschen Richtung fuhr, so zeigten sie es nicht. Wahrscheinlich glaubten sie, daß jeder Narr, der vom richtigen Weg abkam, die Chancen der anderen verbesserte.

Heem fand die schlechte Route. Natürlich war sie praktisch unbenutzt; nur ein oder zwei Traktoren hatten sie befahren. Die Piste war rauh, aber immer noch besser als unberührte Wildnis. Heem bewegte sich mit der höchsten Geschwindigkeit vorwärts, die er noch für halbwegs verantwortlich hielt.

Er ertappte sich beinahe dabei, wie er in Bildern dachte, trotz seines Wissens, daß es nicht real war. Die Farnbaumgruppen hatten sich zu einem unwegsamen Dschungel verdichtet. Ihre Äste und Blätter waren derart miteinander verfilzt, daß kein Traktor zwischen den Pflanzen hindurchfahren konnte; es gab keine andere Möglichkeit, als auf der zerfurchten Piste zu bleiben.

»Aber es sind keine hohen Bäume«, bemerkte Jessica. »Sie sehen alle aus, als seien sie erst in diesem Jahr gepflanzt worden.«

»Sind sie auch. Der Eklipsen-Winter vernichtet alles. Die Luft wird eisig und legt sich auf die Planetenoberfläche, und jegliche organische Struktur zerbricht und wird zu Pulver zermahlen. Im Frühling ist da nur noch nahrhafter Staub mitsamt der Saat neuen Lebens.«

»Alles neu, jahraus, jahrein!« sagte sie. »Aber wie können Tiere von der Saat groß werden?«

»Deine Rasse wächst nicht aus Saat heran?«

»Nicht auf diese Weise. Wir gebären lebend.«

»Ich verstehe nicht.«

»Die Nachkommen werden aus dem Körper der Mutter geboren. Einige andere solarische Rassen legen Eier. Wie machen die HydrOs es denn?«

»Wir säen.«

»Du meinst wie Gemüsesamen? Wenn das so ist, warum konnte denn deine Saat den Winter hier nicht überstehen, eingeschlossen in gefrorenem Schlamm, wie es bei den hier vorkommenden Samen der Fall ist? Ihr hättet den Planeten kolonisieren können.«

»Nicht wie Gemüsesamen. HydrOs sind stets voller Leben, wach, wenngleich wir schon bald unsere ersten Lebensmomente vergessen, schon vor der Metamorphose. Meine illegalen Erinnerungen reichen bis in die Zeit zurück, als ich noch ein Halbwüchsiger war und die Mehrzahl meiner Geschwister bereits dahingeschieden war. Frost hätte uns getötet. Wir brauchten als Nahrung Wasserstoff und mußten warm genug sein, um ihn zu verarbeiten.«

»Wie gewinnt ihr Energie aus Gas? Das habe ich nie so richtig begriffen.«

»Das ist ein natürlicher Prozeß, der keinen Intellekt erforderlich macht. Ich glaube, der Vorgang ist nicht komplexer als die Art und Weise, wie ihr Solarier physisch greifbares Essen verwertet. Etwas Wärme wird frei, die wir regulieren, um den Prozeß in Gang zu setzen und anzukurbeln, und wenn wir bei irgendeiner Gelegenheit einen heißen Nadelstrahl als Waffe ...«

Ein weiterer Traktor tauchte hinter ihnen auf und näherte sich, wie sie es erwartet hatten.

»Wir sollten ihn vorbei lassen«, riet Jessica. »Dann können wir ihm folgen und Treibstoff sparen. Wenn die nachzutankende Treibstoffmenge begrenzt ist, dann muß der Traktor Raum für die doppelte Menge haben. Demnach würde ihm der Treibstoff nie ausgehen, noch würde ihm der Tank überlaufen. Alles, was wir jetzt einsparen, wird am Ende unseren Endspurt auf das Ziel entscheidend beflügeln.«

»Stimmt. Aber wenn wir einfach ausweichen und das andere Fahrzeug durchlassen, wird der Lenker mißtrauisch und weigert sich vielleicht, die Führung zu übernehmen. Wir müssen unsere Spitzenposition unter heftigen Diskussionen aufgeben.«

»Toll, ja! Du bist wirklich clever, Heem.«

Geschmeichelt, antwortete Heem nicht. Sie war überaus intelligent, wenn er sich erst einmal mit den Erscheinungen ihres Fremdseins und ihrer Weiblichkeit abgefunden hatte.

Der verfolgende Traktor kam näher. Nun erschmeckte Heem auch die Eigenarten seines Insassen. »Das ist ein Erb«, düste er. »Kein Grund zur Sorge.«

»Auch ein Erb kann dieses Rennen gewinnen«, warnte Jessica. »Ein Erb in einem Traktor kann dich ebenso schnell von der Piste drängen wie ein Squam.«

»Niemals«, sprühte Heem unbekümmert. »Erbs haben gegen Squams keine Chance. Sie sind ja nur Pflanzen.«

»Pflanzen?« fragte sie ungläubig. »Das habe ich aber nach unserem letzten Gespräch über dieses Thema anders in Erinnerung. Du hast mir erzählt, sie seien vernunftbegabt, hätten bewegliche Blattschirme, mit denen sie Lichtenergie aufnehmen können, und daß sie Squams im Kampf besiegen könnten. Für eine Pflanze ist das eine ganze Menge.«

Nun war der andere Traktor dicht hinter ihnen. Heem lenkte sein Fahrzeug so, daß er die Fahrspur blockierte, als hätte er Angst, überholt zu werden. »Wie andere Pflanzen holen sie sich ihre Nährstoffe aus dem Boden. Diese Traktoren haben spezielle Behälter mit Mutterboden in den Kontrollkammern, damit die Erbs dort ihre Wurzeln hineinbohren können. Außerdem sind diese Abteile offen; die Erbs brauchen nämlich Licht.«

»Das sehe ich alles ein, Heem. Ich verstehe das rein intellektuell, aber ich möchte uns ein Bild schaffen, das wir jetzt sofort betrachten können.«

Heem konzentrierte sich und versuchte, seinen Geschmackseindruck visuell umzusetzen. Als Jessica die entsprechenden Bilder produzierte, fiel es ihm leicht, wenngleich das Ergebnis nicht genau der Wirklichkeit entsprach. Für ihn war es weitaus schwieriger.

»Komm, ich helf dir. Etwa so?« Sie entwarf ein Bild von einem riesigen grünen farnähnlichen Gebilde, dessen Zweige sich sanft im Wind wiegten.

»Nein, überhaupt nicht«, sprühte Heem. »Erbs sind nicht grün. Sie wiegen sich nicht. Sie ...« Er analysierte den Geschmack. Im Grunde konnte er, da er noch nie einen Erb gesehen hatte – kein HydrO hatte je einen gesehen! –, hinsichtlich der Farbe keine zuverlässigen Angaben machen, doch er wußte genau, daß sie nicht der Farbe der meisten Pflanzen entsprach.

Das Bild wurde verschwommen und veränderte sich, als sie es korrigierten. Plötzlich tauchte der echte Erb neben ihnen auf; Heem hatte nicht aufmerksam genug dessen Aktionen verfolgt. Er versuchte, ihn abzudrängen, aber es war zu spät.

»Laß ihn vorbei«, murmelte Jessica. »Das wollten wir doch, oder?«

Heem hatte es beinahe vergessen. Er ließ seinen Traktor allmählich an Boden verlieren, und der Erb erkämpfte sich die Führung. Als Heem zurückfiel, nahm er eine intensive Geschmacksmischung auf, und plötzlich wurde Jessicas Bild klar.

Es war die Darstellung einer goldenen Säule, die sich unten zu einem Bündel schlanker Äste verbreiterte und oben einen Kelch formte, der aus sich überlappenden Metallplättchen bestand.

»Ich verstehe«, sagte Jessica. »Das Wesen sammelt Lichtenergie, indem es die Blätter aufspannt. Aber was geschieht an den Tagen, an denen es kein direktes Sonnenlicht gibt? Diese Wesen können doch nicht genügend Sonnenenergie speichern, um ihren normalen Lebensrhythmus zu erhalten, nicht wahr?«

Heem beschäftigte sich mit dem Bild und veränderte es. Der Erb-Kelch spannte sich zu einer Scheibe auf, diese Scheibe neigte sich und schob sich in den Wind, und die Plättchen richteten sich derart aus, daß sie Windflügel bildeten. Der Wind ergriff sie und ließ sie um die Mittelachse rotieren; die Kraft des Windes wurde in Drehung verwandelt, die vom Körper der Pflanze aufgenommen wurde. »Eine Windmühle!« rief Jessica aus. »Jetzt kann ich es endlich erkennen! Du hast ja schon mal versucht, es mir zu erklären, aber ...«

Der Erb-Traktor lag nun vor ihnen und fuhr auf der weniger glatten Piste etwas langsamer weiter. Heem ließ sich Zeit und fiel mit seinem Traktor noch etwas weiter zurück, so daß der Erb nicht bemerkte, welche Absichten er verfolgte. Dabei steigerte Heem seine Treibstoffersparnis erheblich.

»Aber wie verteidigt der Erb sich gegen ein Horrorwesen wie den Squam?« wollte Jessica wissen. »Du meintest doch, Erbs könnten Squams im Kampf schlagen, nicht wahr? Da war von Bohren die Rede.«

»Die Blätter schieben sich zu einem Bohrer zusammen«, sprühte Heem und modifizierte dabei das Bild erneut. Er wurde darin zusehends besser. Das Geheimnis war, einen möglichst detailreichen Entwurf zu schaffen und dann das jeweilige Detail zu projizieren. Jede Einzelheit, die in seinem Geist nur vage existierte, erschien genauso vage auch im Bild. Das war recht günstig! »Visualisiere doch mal, wie ein Squam einen Erb angreift.«

Jessica erzeugte bereitwillig das Bild von einem Squam. Es sah irgendwie fremdartig aus, da sie bis zu einem gewissen Grad ihre eigenen Erfahrungen mit reißzahnbewehrten Raubreptilien verarbeitete, doch es erfüllte seinen Zweck. Der Squam schlängelte sich auf den Erb zu, seine drei Arme ausgestreckt, die drei Scheren offen.

Der Erb im Bild drehte sich und zielte mit seinen scharfkantigen Blättern auf den Squam. Der spitze Kegel drehte sich auf seinem Achsenschaft wie vorher die Windmühle, doch nun wurde die Rotation von innen erzeugt. Als der Squam herankam, neigte sich der Kegel, bis die Spitze auf die Brust des Squam wies, dann stieß er vor.

Die schraubenartig gegliederte Struktur fraß sich in den Körper und zerriß das Gewebe unter den Schuppen. Unmittelbar danach platzte der Körper des Squam auf, da die harten Schuppen der brutalen Kraft des Spiralkegels nicht standhalten konnten. Der Squam wurde schwer verletzt und würde wohl bald sterben.

»Nun, wenigstens verstehe ich jetzt auch dies«, meinte Jessica und ließ das Bild verschwinden. »Damit bleibt also das Drehmoment Sieger! Und ich erkenne, daß der Bohrer gegen den amöbenartigen Körper eines HydrO nichts ausrichten kann. Es ist tatsächlich wie Schere-Stein-Papier.«

»Wie ist das?« fragte Heem verwirrt.

Sie erklärte, was sie meinte, und lieferte die dazugehörigen Bilder. »Scheren sind gegeneinander bewegliche scharfe Kanten, die durch Papier schneiden und es gewissermaßen besiegen. Doch Papier umwickelt Stein und hüllt ihn ein. Und Stein hält der Schere stand. Auf diese Weise schlägt eines das andere. Ähnlich ist es mit den Squams, den Erbs und den HydrOs. Squams haben Scheren, die durch das weiche Papier-Fleisch der HydrOs schneiden, während der steinharte Bohrer eines Erbs die Schere schlägt. Und die HydrOs – wie werden die HydrOs mit den Erbs fertig? Du hast es mir schon einmal erklärt, aber ...«

»Wir umhüllen sie«, gestand Heem. »Wir wickeln sie ein und benadeln sie mit heißem Wasser. Die Scheren der Squams können sie unschädlich machen, doch nicht unsere Flüssigkeit.«

Der Traktor kämpfte sich weiter durch die zahlreichen Kurven und Anstiege der Piste. »Weißt du, je mehr ich von deiner Lebensweise kennenlerne, desto besser gefällt sie mir«, verriet Jessica. Dann verbesserte sie sich. »Nein, im Grunde mag ich sie gar nicht so gerne; ich ziehe meine menschliche Lebensweise vor. Aber deine Eigenarten und Gewohnheiten haben ihren Reiz – mal überlegen – irgend etwas spricht mich an ...«

»Deine solarische Existenz bleibt mir in den meisten Bereichen völlig fremd«, düste Heem. »Aber wenn ich eure Art betrachte, wie ihr eure Nachkommen aufzieht, und dann sehe ich dich – also ich wünschte, du wärest eine HydrO.«

»Schön, ich bin eine HydrO, zur Zeit jedenfalls. Ich besetze schließlich deinen Körper, oder etwa nicht?«

»Ich dachte eher an eine eigenständige HydrO. Eine Weibliche. Eine, mit der ich kopulieren könnte.«

»Eine, mit der du – schrecklich, so etwas zu sagen!« rief sie, wobei eine Mischung aus Geschmeicheltsein und Ärger durch sein Bewußtsein spülte. »Immer wenn ich glaube, daß wir gewisse Fortschritte gemacht haben, kommst du mit ...«

»Ich bedaure es«, düste Heem schnell. »Ich vergaß, daß deine Rasse die Kopulation für unanständig hält. Ich ziehe den Gedanken zurück.«

»Hee, du kannst keinen Gedanken zurückziehen! Und meine Rasse betrachtet – nun, ich sowieso nicht! Ich – du hast mich ganz einfach überrumpelt. Wir Solarier gehen nicht – ich meine, derartige Dinge werden nicht herausgeblökt, aber ich glaube, man fühlt sie recht deutlich. Zum Beispiel mein Klon-Bruder, der mein Ebenbild ist, nur in männlicher Hülle, ein Y-Chromosom anstelle eines X-Chromosoms – ich – ich glaube, was du wirklich ausdrücken wolltest, entspricht einem natürlichen Drang ...«

»Es tut mir leid, wenn ich dich beleidigt habe. Ich empfinde für dich etwa das gleiche wie für Moon von Morgendunst, und ich stehe dir jetzt viel näher als ihr ...«

»Du hast sie doch nur ein paar Tage gekannt, ehe sie starb«, unterbrach Jessica ihn. »Ich bin etwa die gleiche Zeitspanne bei dir, und wir haben ein Begriffsquiz überstanden, haben an einem Weltraum-Rennen teilgenommen und sind an einem Schwarzen Loch vorbeigeflogen. Wie könntest du etwas sagen, das mich verletzen könnte? Ich – ich bin gerade dabei, mir über meine Gefühle zu dir klarzuwerden. Ich bin überrascht – und zugleich sehr erfreut, Heem. Ich – ich möchte deine Aufmerksamkeit. Denn ich achte dich sehr hoch. Du bist wirklich ein ganz besonderer Mann.«

»Ich bin ein HydrO und kein Mann.«

»Ja, ja, natürlich, Heem. Ich habe es nur symbolisch gemeint. Ich wollte nur sagen, daß ich – ich – o mein Gott, meine Kultur macht es mir schwer, und ich dachte immer, ich wäre in dieser Hinsicht frei und ohne Hemmungen! Aber ich will ehrlich sein. Ich – ich wünschte, ich wäre diese HydrO-Lady. Dann könnte ich – ich weiß, daß Sex für dich keine ernste Sache ist; oft genug ist es das für uns auch nicht. Nicht nur zur Vermehrung praktiziert. Manchmal dient Sex nur dazu, sich gegenseitig seine Gefühle zu offenbaren, und ...«

»Aber wir gehören unterschiedlichen Rassen an«, protestierte Heem mit erwachendem Interesse. Anfangs hatte ihn die Anwesenheit eines weiblichen Geistes in seinem entsetzt; nun gefiel ihm dieser Zustand ausnehmend gut.

»Sind wir das wirklich, Heem? Ist das so wichtig? Unsere physischen Körper unterscheiden sich, doch unsere Geister sind sich in den grundsätzlichen Dingen einig, wie zum Beispiel darin, daß man Babies nicht im Stich läßt, damit sie möglicherweise sterben. Wenn ich den Körper einer anderen HydrO besetzen könnte, einer weiblichen, wäre es dann falsch – was wir dann vielleicht tun?«

»Nein!« sprühte er explosionsartig. »Das wäre nicht falsch!«

»Immerhin tun Kreaturen im Transfer ja alle möglichen Dinge. Das ist typisch für den Transfer. Man lernt dadurch zu verstehen. Man baut seine Fremdenangst ab, verbreitet Informationen. Als in Rom ...«

»Wann in welchem Zustand?«

»Zustand?«

»Ich hab' keine Ahnung von dem Zustand Roms.«

»Oh. Das ist eine Stadt auf der alten Erde, der solarischen Heimatwelt. Mein Planet, der Capella umkreist, ist lediglich eine Kolonie genau wie dein Planet Sackgass. Was ich meinte, war, daß wenn jemand sich im Transfer befindet, er das tut, was der Wirt tut. Daß er sich in der Art und Weise des Wirtes ausdrückt, auch wenn sie sich von der seinen unterscheidet – will sagen, wenn ich mich in einem HydrO-Wirt aufhalte, sollte es doch nur recht sein, wenn ich ...«

»Aber du befindest dich in einem männlichen Körper!«

»Ich wünschte, ich täte es nicht. Ich möchte einen weiblichen Körper. Tatsache ist, daß ich mich auch im System Capella in einem männlichen Körper hätte aufhalten können, da ich mich sowieso wie ein Mann benehmen mußte. Demnach macht das jetzt keinen grundlegenden Unterschied! Aber ich hasse es! Ich wünschte, ich wäre weiblich, dann könnte ich – dich wenigstens in der Art der HydrOs begrüßen. Wie Moon von Morgendunst es tat. Ehe ich nach Hause zurückkehre.«

Bevor sie nach Hause zurückkehrte. Heem begriff schlagartig, daß seine Abneigung gegen ihr Eindringen in seine geistige Intimsphäre sich nicht nur gelegt hatte; sie war durch ein positives Gefühl ersetzt worden. Er mochte sie und wollte nicht mehr, daß sie ihn verließ. Ja, sie war eine Alien und weiblich – aber nur sie verdammte ihn nicht wegen seines Verhaltens im Morgendunst-Tal. Sie hatte ihm das neue und nützliche Sehvermögen geschenkt, das er sicher verlieren würde, wenn sie ginge. Nur ein Geist, der auf das Sehen eingestimmt war, konnte diese Fähigkeit vermitteln. Sie wollte nach Hause, aber er wollte, daß sie blieb.

»Nun, vielen Dank, Heem.«

Heem gab einen Sprühstoß der Entrüstung ab. Dieses verdammte Gedankenlesen ... das ihm immer reizvoller erschien. Er war nicht mehr allein.

»Sieh doch, Heem, ich fühle dasselbe. Ich spürte deine Reaktionen, als ich dich küßte, und ich wollte dich nicht nekken, deshalb schwieg ich. Aber ich – ich wünschte, ich könnte bleiben. Ich kann aber nicht; wir beide wissen das. Wir müssen diesen Wettstreit gewinnen und mich im Transfer zurückschicken. Anderenfalls landest du im Gefängnis und ich vergehe, weil meine Aura sich auflöst. Deshalb ist es absolut sinnlos – sich miteinander einzulassen, denn selbst wenn das möglich wäre, wäre es trotzdem unmöglich.«

Sie hatte auf ihre weibliche Art völlig recht. Wenn sie den Wettkampf als Verlierer beendeten, müßten sie beide sterben. Langsam, grauenvoll, in erstickender Gefangenschaft. Wenn sie gewännen, würden sie sich trennen und eine halbe Galaxis getrennt voneinander weiterleben. Selbst wenn Jessica in ihrem physischen Körper seine Welt per Materietransmission aufsuchen könnte oder er die seine, wären sie Angehörige total unterschiedlicher Rassen. Bis dahin waren sie zusammen – und konnten nichts tun, denn sie hatten nur einen einzigen Körper. Deshalb hatte sie völlig recht: selbst wenn es möglich wäre, wäre es völlig unmöglich. Daher war es sinnlos und töricht, über mögliche Alternativen auch nur nachzudenken; die ganze Sache war aussichtslos.

Doch irgendwie schien da noch eine gewisse Chance zu bestehen. Angenommen, sie versagten im Wettkampf, blieben aber auf dem Planeten Exzenter als freie Wesen? Wenigstens wären sie dann zusammen und könnten gemeinsam auf den mörderischen Winter warten. Er wollte sie bei sich haben – selbst unter diesen Aussichten. Es war ein Gefühl, das er bisher noch nicht kennengelernt hatte, diese Bereitschaft, ja die Sehnsucht, alles zu opfern, nur um bei einer anderen Kreatur sein zu können.

»Möglich, daß deine Rasse dieses Gefühl nicht kennt«, sagte Jessica. »Eure Paare scheinen nach der Reproduktion nicht zusammenzubleiben. Bei uns nennt man dieses Gefühl Liebe.«

»Dieses Konzept habe ich bisher noch nie geschmeckt«, gestand Heem. »Es muß wieder etwas aus deiner Persönlichkeit sein, wie die Sehfähigkeit. Ich weiß nicht, wie ich damit zu Rande kommen soll.«

»Das brauchst du auch nicht, Heem. Es ist unfair, dich zu Reaktionen auf ein Gefühl zu zwingen, das deine Rasse überhaupt nicht besitzt. Ich werde versuchen, es auszulöschen ...«

»Nein! Ich verstehe es nicht, aber es gehört zu dir, und ich muß es bewahren. Es ist eine Qual, die ich genieße.«

»O verdammt, Heem!« Dennoch schien ihr der Zustand zu gefallen.

Dann kam ihm ein anderer Gedanke. »Der Wettkampf – wir brauchen gar nicht zu gewinnen. Ich werde mich den Behörden stellen, und die werden dich dann zurückschikken ...«

»Und dich einkerkern. So möchte ich meine Freiheit nicht zurückbekommen.«

»Aber wenn ich doch sowieso untergehen muß ...«

»Du mußt gar nicht untergehen. Du kannst die restliche Sommerzeit auf Exzenter in Freiheit verbringen, dann kannst du wie gewünscht hinscheiden, dank der Wirkung des Lochs. Du kannst dich von mir aus hineinstürzen. Das ist dein Recht, Heem, und das will ich dir nicht streitig machen.«

»Ich will meine Freiheit nicht, wenn du stirbst!«

»Heem, wenn du ins Gefängnis gehst, dann geht mein Herz mit dir, ganz gleich, wo mein Körper sich aufhält oder meine Aura. Versuch nur, dich selbst auszuliefern, und ich paralysiere dich mit meinen Schreien. Wir werden uns nicht auf diese Art trennen. Nur wenn wir gewinnen und ich davon ausgehen kann, daß du noch eine Zukunft vor dir hast – dann erst kann ich nach Hause zurückkehren.«

Und damit bluffte sie nicht. Sie hatte ebenso törichte Prinzipien wie er. »Dann müssen wir eben den Sieg erringen.«

»Und das werden wir nicht, wenn wir nicht etwas sorgfältiger darauf achten, wo wir hinfahren. Warum hörst du nicht auf, dich mit Weiblichen anzulegen, und widmest dich endlich deinen Aufgaben?« Aber sie schickte ihm gleichzeitig einen Kuß.

Der Karte nach näherten sie sich der ersten Brücke. Der Traktor brach aus dem Dschungel und war vom unangenehmen Aroma von geschmolzenem Gestein umgeben.

»Flüssige Lava!« schrie Jessica entsetzt auf. »Dann stimmt es wirklich! Die Vulkane hier sind wirklich noch aktiv!« Sich an seinem Geschmack orientierend, schuf sie ein sichtbares Bild: einen Spalt im Untergrund, aus dem rotflüssiger Felsen herausquoll und zischend bergab floß.

Ein Traktor näherte sich von hinten. Zwei Traktoren, drei. Die Nachkommenden benutzten in wachsender Anzahl diese ›schlechte‹ Route, da sie ähnlich wie Heem und Jessica zu der Erkenntnis gekommen waren, daß dort die Chancen auf einen Sieg am größten waren. Heem konzentrierte sich und nahm die Geschmacksreize auf. Die neuen Konkurrenten waren ein HydrO, ein Squam und ein Erb. Sie fächerten sich auf dem breiten Pfad neben der Lavarinne auf und rasten der Brücke entgegen.

»Wir sollten uns beeilen, wenn wir unsere Position halten wollen«, riet Jessica.

»Wir wissen, daß ein Erb vor uns liegt«, entgegnete Heem. »Dem Geschmack der Piste nach zu urteilen, wurde sie vor uns von nicht mehr als zwei Traktoren benutzt. Wenn wir davon ausgehen, daß im Depot Treibstoff für nur fünf Traktoren gelagert ist, können wir eine der nachfolgenden Maschinen getrost vorbei lassen, keine mehr – und unsere Piste wird leichter zu befahren sein, wenn noch ein weiterer Traktor vor uns liegt.«

»Das ist aber ziemlich riskant, Heem.«

»Wir müssen etwas wagen, wenn wir gewinnen wollen. Wir müssen Treibstoff sparen und uns eine Reserve schaffen. Am Ende werden die, die am umsichtigsten geplant haben, übrig sein – und wir müssen mindestens zu den ersten fünf gehören.«

»Die ersten fünf? Warum diese Anzahl? Es gibt hier keine Abkürzung, oder?«

»Ich glaube, daß alle Traktoren ihren Treibstoff noch vor dem Finish verbraucht haben, wie wir vermuten. Die Führenden werden über ein weites Gebiet verteilt sein. Wir werden wohl unseren Weg ohne die Maschinen fortsetzen müssen. Sicher haben wir die Chance, ein paar zu überholen – aber wenn wir nicht in der Spitzengruppe sind, kann von einer Chance nicht mehr die Rede sein. Ich schätze, daß nur insgesamt fünf Konkurrenten eine reelle Chance haben, Sieger zu werden.«

»Ich verstehe. Natürlich hast du recht. Du hast die Sache besser durchdacht als ich. Na schön, dann gehen wir jetzt ein hohes Risiko ein, damit wir zuschlagen können, wenn es wirklich um alles oder nichts geht.«

Die drei Traktoren sparten überhaupt keinen Treibstoff. Jeder wollte der erste sein. Es war nun offensichtlich, daß es bei der Geschwindigkeit der Traktoren keine Beschränkung gab, wie Heem anfangs angenommen hatte. Doch je schneller ein Vehikel unterwegs war, desto mehr Treibstoff verbrauchte es auch. Entweder hatten die drei Fahrer ihren Verbrauch nicht so genau berechnet wie Heem, oder sie hatten keine Ahnung, wie begrenzt die zur Verfügung stehende Menge war. Jeder wollte sich einen Platz zum Nachtanken sichern.

Nein – sie veranstalteten nicht nur ein Wettrennen, sie kämpften regelrecht gegeneinander. Der Erb fuhr in der Mitte auf der besten Fahrspur, doch als er vorziehen wollte, drängten die beiden anderen von der Seite heran und attakkierten ihn heftig, wodurch seine Fahrt behindert wurde. Jessica fügte ein Bild aus Heems Geschmacks- und Vibrationswahrnehmungen zusammen, das die drei Traktoren bei ihrer Schlacht zeigte.

»Ich denke, wir sollten uns von denen fernhalten«, düste Heem und beschleunigte seinen eigenen Traktor. »In diesem Gedränge kann von sparsamer Fahrweise nicht die Rede sein.«

Doch dann ertönte erneut ein Dröhnen von einem Zusammenprall. Alle drei Fahrzeuge schleuderten, und der Erb machte einen Satz nach vorn. Heem mußte die Piste freigeben, um eine Kollision zu vermeiden. Das brachte ihn genau vor den anderen HydrO, und er mußte auf den Dschungel zusteuern, um ihm zu entgehen. Das Dickicht bremste seine Ketten, und er mußte bremsen.

Alle drei Traktoren schossen an ihm vorbei. Durch einen einzigen Fehler hatte er seine Position verloren. Anstatt die Brücke vor den drei Verfolgern zu überqueren, mußte er nun hinter ihnen herfahren. »Fressen!« fluchte er.

Jessica, die genauso angespannt war wie er, brach in ein hysterisches Gelächter aus. »Für dich ist wohl das Schlimmste, was du dir vorstellen kannst, etwas Eßbares«, keuchte sie. »Für uns sind dies Exkremente, oder ...«

Heem brachte sein Fahrzeug wütend auf die Piste zurück. »Oder was?«

»Oder Kopulation.«

Nun war es an ihm, seine Belustigung zu zeigen. »Ihr Solarier seid schon richtig seltsame Aliens! Die Kopulation ist eure schlimmste Sache?« Der Traktor gewann wieder an Geschwindigkeit, hatte einen ruhigen Lauf und holte zu den anderen auf – doch Heem wußte nur zu gut, daß er mindestens zwei von ihnen zwischen Brücke und Treibstofflager überholen mußte. Das würde schwierig und ihn Treibstoff kosten. Er hätte die Brücke als erster überqueren sollen. Dann hätte er einen Traktor vorbeilassen können, wenn sie alle genügend Platz gehabt hätten.

»Irgendwie ist das sehr dumm«, gab Jessica zu. »Wir haben gute und schlechte Ausdrücke für ein und dieselbe Sache. Dinge, die völlig natürlich und notwendig sind. Eure Denkweise erscheint da viel einleuchtender. Eure Flüche beziehen sich auf Funktionen, die eurem Metabolismus fremd sind.«

Nun war die Brücke deutlich zu erkennen. Sie war, nach dem sie umgebenden Aroma, das Jessica in ein weiteres Bild umsetzte, ein schmaler Bogen aus erhärteter Lava, der eine Rinne überspannte und gerade breit genug für einen einzigen Traktor war. Es schien eine natürliche Brücke zu sein; es war für die Veranstalter des Wettbewerbs einfacher, einen Weg nach den natürlichen Gegebenheiten festzulegen, als eine Brücke über fließendes Gestein zu bauen.

Der Erb jagte hinauf und donnerte über der flüssigen Lava dahin. Er mußte sich beeilen, denn die Luft über der Rinne war kochendheiß. HydrO und Squam kamen schleudernd zum Stehen. »Das Gewicht von zwei Traktoren könnte die Brücke zum Einsturz bringen«, erklärte Heem und verlangsamte auch die Fahrt seines eigenen Vehikels. »Es hat keinen Sinn, sich zu drängen, wenn Zerstörung die Folge ist; wir müssen erst den Erb rüber lassen.«

»Wenigstens wissen wir jetzt, daß für einen Traktor keine Gefahr besteht, denn der erste Erb hat sie überquert.«

In diesem Moment, der Erb hatte gerade den Scheitelpunkt erreicht, brach die Brücke zusammen. Lavagestein und Traktor stürzten in den brodelnden Fluß. Der Kanal war schmal; durch das Traktorwrack aufgestaut, schäumte die Lava hoch und trat über die Ufer. Hastig wendeten die zurückgebliebenen Traktoren und rasten in den Dschungel, um sich vor der sich ausbreitenden Flüssigkeit in Sicherheit zu bringen. Die Pflanzen, die der rotglühende Strom erreichte, gingen in Flammen auf.

Bald war das Hindernis geschmolzen, und die Lava kehrte wieder in ihr Bett zurück. Viel blieb zurück, erkaltete und verhärtete und konnte nicht abfließen. Eine kleine neue Lavafläche war entstanden. Weitere Lava war an der Stelle, wo sie über das Kanalufer getreten war, kalt geworden und bildete den Anfang einer neuen Brücke. So wurde vorgeführt, wie solche Erscheinungen entstanden, doch es war kaum angeraten, sich diesem neuen Gebilde jetzt schon anzuvertrauen; es würde Tage dauern, ehe die neue Brücke abgekühlt wäre.

»Was machen wir jetzt?« fragte Jessica entmutigt.

»Wir folgen dem Erb in den Fluß«, erwiderte Heem, dessen Hoffnungen ebenfalls vernichtet waren.

Sofort erwachte ihr Kampfgeist. »O nein, das tun wir nicht! Es muß einen anderen Weg geben!«

Der Squam-Traktor kam langsam auf sie zu. Heem fragte sich, ob Schlängelschreck dessen Lenker war, und bereitete sich innerlich schon auf ein Traktor-Duell vor, doch schon bald teilte ihm das Geschmacksmuster mit, daß es sich um einen Fremden handelte. Ein seltsames Klopfen kam von dem Insassen: das Signal für einen Waffenstillstand.

»Heem, laß mich das übernehmen«, sagte Jessica. »Ich stehe dem Squam-Typ näher als du. Wir sitzen jetzt alle im selben Boot.« Heem gab bereitwillig nach, da er keine Lust hatte, mit dem Monster zu verhandeln, und Jessica benutzte seinen Körper, um eine der Traktorkontrollen zu benadeln. Der Traktor gab ein ähnliches Klopfgeräusch von sich und erklärte sich mit dem Waffenstillstand einverstanden.

Der andere HydrO stimmte mit ein und kam ebenfalls heran.

»HydrO«, sprühte der Squam und benutzte den Kurzstrecken-Kommunikator seines Traktors. Die Anrede erschien in Heems Gerät in HydrO-Übersetzung, da er HydrO-Kontrollen benutzte. Der Squam hatte natürlich nicht richtig gesprüht. »Wir sind Gegner, stehen aber vor einem Problem, das uns alle betrifft. Wenn wir unseren Weg nicht fortsetzen können, haben wir verloren.«

Das stimmte auffallend. »Richtig«, düste Jessica ihre Antwort in den Kommunikator ihres eigenen Traktors und wußte dabei, daß der angedüste Squam aus seinem Kommunikationsgerät die Übersetzung in Form von Geräuschen geliefert bekam, die seiner Sprache angehörten.

»Weißt du, wer als letzter diese Brücke überquert hat?«

»Ein Erb lag vor uns«, düste Jessica.

»Könnte dieser Erb die Brücke präpariert haben?«

»Typisch Squam, so etwas anzunehmen!« sprühte Heem innerlich. »Natürlich ist das der Fall! Er muß am anderen Ende einen Lavabrocken herausgeschlagen haben, um die Tragfähigkeit des Bogens zu beeinträchtigen. Niemand würde ihn danach überholen können.«

»Wir glauben, daß es so war«, düste Jessica den Squam an. Nun, da sie nahe heran war, klärte sich auch das Bild. Der Squam ruhte zusammengerollt in seinem Abteil, beide Extremitäten unter sich, die drei Gliedmaßen von der erhöhten Mittelfläche hochreckend. Drei Scherenfinger an jedem Glied waren gespreizt. Die Farbe der Kreatur war dunkel, die Schuppen glänzten metallisch, und der untere Teil seines Körpers glich stark einer Schlange. Für den Rest gab es keinen solarischen Vergleich, daher wurde das Bild dort verschwommen.

»Unsere Landkarte weist eine andere natürliche Brücke aus, stromabwärts, wo die Lava auseinanderfließt und abkühlt«, fuhr der Squam fort. »Aber das Gelände ist sehr rauh, wahrscheinlich für ein Fahrzeug zu unwegsam. Helft ihr mit, damit einer oder zwei von uns wieder in das Rennen einsteigen können?«

»Nein!« sprühte Heem.

»Ja«, stimmte Jessica zu, obwohl er widersprochen hatte.

»Sich mit einem Squam verbünden?« fragte Heem. »Das ist unmöglich.«

»Ja«, folgte der andere HydrO mit seinem Sprühstoß.

»Es ist möglich und notwendig«, sagte Jessica geistig zu Heem. »Der Squam erweist sich als entgegenkommend; wir müssen uns genauso verhalten.«

»Einem Squam kann man nicht trauen!«

»Das können wir nicht grundsätzlich behaupten. Sicherlich gibt es auch bei Squams Unterschiede ebenso wie bei Erbs. Und auch bei den HydrOs. Von einem Erb hätten wir doch eine solche gemeine Taktik nicht erwartet, oder? Und der andere HydrO scheint vor Squams nicht so viel Angst zu haben wie du. Du leidest unter akuter Squamphobie, Heem; durchaus möglich, daß deine Angst ungerechtfertigt ist.«

»Ungerechtfertigt! Ein Squam hat Moon von ...«

»*Ein* Squam, ja; *dieser* Squam, nein.«

»Wir brauchen Leinen, um unsere Fahrzeuge aneinanderzubinden, um uns durch das Gelände zu kämpfen«, fuhr der Squam fort. »Sollen wir uns darauf einigen, daß wir das Rennen in der Reihenfolge fortsetzen, in der wir an der Brücke angelangt sind?«

Damit läge Heem mit seinem Fahrzeug auf dem letzten Platz. Trotzdem erschien der Vorschlag fair. »Nein, das ist nicht fair!« protestierte Heem. »Wir alle drei fallen erheblich zurück.«

»Das ist nicht die Schuld des Squam«, erinnerte sie ihn. Dann zu dem Squam: »Einverstanden!«

Zwischen dem Squam und dem anderen HydrO kam es zu einem kurzen Dialog, wer der erste sein sollte. Dann begann die Suche nach der natürlichen Brücke. Sie alle wußten, daß Tempo jetzt das Ausschlaggebende war.

Im freien Gelände war das Fortbewegen ein schwieriges Unterfangen. Die Farnbäume wucherten so dicht um die Lavarinne, wie die abstrahlende Hitze der Lava es zuließ, wodurch die Traktoren nur wenig Platz zum Manövrieren hatten. Hintereinander fuhren sie weiter.

Dann flachte die Rinne ab. Die Lava ergoß sich ins Gelände, verteilte sich, wurde langsamer und verhärtete. Flache Platten hatten sich gebildet, wurden von weiterem flüssigen Gestein überflossen, das erkaltete und hart wurde, so daß eine terrassenartige Formation entstanden war. Einige Rinnen hatten sich durch diese Landschaft gefressen, doch selbst das erkaltete Gestein war ausgesprochen unregelmäßig geschichtet.

Der Traktor des Squam hielt an. »Wir müssen Ausschau halten«, schlug der Squam vor.

Die drei Insassen stiegen aus ihren Fahrzeugen. Die beiden HydrOs kamen mit dem Squam zusammen. Nun war keine sprachliche Kommunikation mit dem Squam möglich, doch das war auch nicht notwendig. Sie wußten auch so, was sie zu tun hatten.

Sie schwärmten aus und untersuchten die Lavarinnen. Das Gestein war an einigen Stellen noch warm, an anderen heiß; sie mußten sich eine Route suchen, die kalt und solide genug war, um das Gewicht der Traktoren zu tragen. An einer Stelle bildete die Lava einen beachtlichen Berg, als hätte sie in heißem Zustand eine Blase geformt, welche sich verfestigt hatte und von weiteren Lavaschichten bedeckt wurde. Der andere Teil der Kuppel befand sich auf der anderen Seite der Rinne; Heem konnte die Vegetation auf jener Seite schmecken. Die glühendheiße Lava verschwand irgendwo unter der Kuppel aus dem Wahrnehmungsbereich. Dies war eine gigantische Brücke!

Sie kehrten zu ihren Fahrzeugen zurück, berieten sich und kamen überein: sie würden versuchen, diese Kuppel zu überqueren. Sie schien stabil genug zu sein, ihr Gewicht zu tragen. Doch an den Seiten war sie sehr steil.

»Eine Winde«, meinte Jessica. »Ein Traktor zieht ein Kabel, das über die Kuppel läuft. Der andere Traktor schiebt den dritten. Ist der eine erst einmal oben, kann er die anderen hochziehen.« Sie aktivierte den Kommunikator ihres Traktors, damit sie ihre Idee dem Squam erklären konnte.

Der Squam war einverstanden. Da Jessica es vorgeschlagen hatte, durften sie und Heem es als erste versuchen. Jeder Traktor verfügte über eine Winde – es waren Multifunktionsfahrzeuge –, doch die Kabel waren nicht lang genug. Sie mußten zwei Kabel aneinanderhängen. Dann parkte der Squam so dicht am Lavafluß wie möglich und benutzte seine Scheren, um die miteinander verbundenen Kabel über die Kuppel zu legen, wobei er sie in eine Kerbe bettete, damit sie seitlich nicht herunterrutschten. Der andere HydrO, eine Weibliche, drehte ihr Fahrzeug, um zu schieben.

»Wenn das nicht klappt«, sprühte Heem pessimistisch, »dann stürzen wir wenigstens als erste in den Fluß.«

»Oder wir bleiben oben auf der Kuppel hängen«, meinte Jessica fröhlich.

Druck und Zug. Heem setzte seine Ketten in Bewegung. Sie rutschten ab, denn die Neigung war an dieser Stelle nahezu lotrecht. Dann riß das Kabel das vordere Ende hoch. Der Traktor kippte gefährlich und drohte seitlich abzurutschen; dann faßten die Ketten und halfen mit, ihn die Wölbung hinaufzuschieben. Ohne Winde hätte er diese Neigung niemals überwunden.

Heem blieb auf dem Scheitelpunkt, wo die Blase in eine ebene Fläche überging, stehen. Der Squam, die einzige Kreatur, die dazu fähig war, schlängelte hinauf, um die Winde zu lösen. Dann wendete Heem sein Fahrzeug auf der Kuppelwölbung, während der Squam zu der Stelle fuhr, wo Heems Traktor gestartet war. Dann wurde die Winde wieder befestigt, und Heem setzte mit seinem Traktor zurück und rutschte auf der anderen Seite über die Kuppel nach unten, bis die hinteren Ketten den Boden berührten. Er war drüben!

Nun schickte der andere HydrO sich an, den Squam zu schieben, während Heem ihn mit der Winde hochzog. Die Traktorschnauze des Squam richtete sich auf. Am schwersten wurde es für die Winde, als die Ketten des Squam-Traktors abrutschten, denn das Kabel verlief nun über die gesamte Kuppel und erzeugte einen hohen Reibungswiderstand. Fast kam es Heem so vor, als würde sein eigener

Traktor angehoben, obwohl er die Ketten verankert hatte. Doch die kräftigen Winden verrichteten störungsfrei ihre Arbeit. Heem machte sich dabei Gedanken über den Treibstoffverbrauch.

Dann wurde das Kabel plötzlich schlaff – und spannte sich wieder und riß dabei Heems Traktor kurz mit den Hinterketten hoch. Dann riß das Kabel, und der Traktor stürzte ab. Jessica schrie auf.

»Laß das!« sprühte Heem und versuchte das durchdringende Gefühl zu dämpfen. Er schaltete den Motor aus und rollte aus dem Traktor heraus. Er fand eine Rinne und bewegte sich fast mit dem Tempo und der Gewandtheit eines Flachseglers über die Kuppel.

Der Traktor des Squams war durch die Kuppelwölbung gebrochen und hinabgestürzt. Jetzt lag er in dem, was Jessicas Bild als einen Lichtfleck zeigte, der aus dem Loch drang. Umgeschlagen.

»Ein Squam erledigt«, bemerkte Heem, nicht sonderlich beeindruckt.

»Das wissen wir nicht!« sagte Jessica. »Geh hinab und sieh nach. Es ist eine lebende Kreatur, die uns geholfen hat; wir müssen auch ihm helfen.«

»Aber es ist hoffnungslos. Selbst wenn das Monster leben sollte, der Traktor ist zerstört.«

Der andere HydrO trat zu ihnen. »Die Kruste war schwächer, als wir annahmen«, sprühte sie. »Der veränderte Zugwinkel ...«

»Geh hinab, Heem«, wiederholte Jessica scharf.

Heem gab nach. Die Vorstellung, einem Squam zu helfen, war noch immer neu für ihn, doch war es ihm fast unmöglich, Jessica etwas abzuschlagen. Ihre Emotionen waren so wunderbar edel. »Wir müssen uns vom Zustand des Squam überzeugen«, sprühte er dem anderen HydrO.

»Warum?« fragte sie logisch.

Heem zögerte. »Wenn du nicht antwortest, werde ich es tun!« sagte Jessica.

»Der Squam ist ein intelligentes Wesen«, sprühte Heem

widerwillig. »Er hat uns geholfen. Wir haben unter Waffenstillstandsbedingungen operiert. Wenn wir ihn jetzt hängen ließen, würden wir zu Mitschuldigen seiner Vernichtung, unter Mißachtung des Waffenstillstands.«

»Vielleicht«, stimmte der HydrO widerstrebend zu.

Die Trümmer des Einsturzes senkten sich in einem passierbaren Neigungswinkel vor dem Traktor des HydrO in die Tiefe. Sie rollten vorsichtig hinab.

»Squam«, sprühte Heem. »Lebst du?«

Sofort sprühte der Traktor des anderen HydrOs die Antwort. Es schien, als ob der Squam in sein eigenes Gerät sprach, das nach wie vor sendete. Auf diese Weise trieb der Geschmack, ein wenig verschwommen durch die Entfernung, auf sie zu: »Ich bin zerquetscht, habe aber überlebt. Werde jedoch ohne Hilfe nicht lange durchhalten können.«

Heem zögerte wieder, doch Jessica nadelte ihn. »Welche Art von Hilfe können wir dir geben, Squam?« Als seine Düse den Traktor des anderen HydrOs erreichte, spürte Heem die harten Vibrationen, als das Kommunikationsgerät des Squam-Traktors übersetzte.

Dann kam die indirekte Antwort zurück. »Lediglich Benachrichtigung der Wettkampfbehörden. Ich benötige massive Medikation.«

»Ich bezweifle, daß unsere Sender so weit reichen«, sprühte Heem. »Sie sind nur für Kurzstreckenkommunikation eingerichtet, und wir haben uns weit von der festgelegten Route entfernt. Ich glaube, daß sich im Treibstoffdepot ein Funkgerät befindet. Aber nur mein Traktor ist auf dieser Seite; ich müßte also euch beide zurücklassen und allein zu diesem Depot fahren.«

»Das läßt sich dann eben nicht ändern«, sprühte der andere HydrO. »Ich bin aus dem Rennen.«

Das war sie auch. Es gab jetzt für sie keine Möglichkeit mehr, ihr Fahrzeug hinüberzubringen. Heem wandte sich wieder an den Squam. »Können wir dir helfen, dich aus deinem Fahrzeug zu holen?«

»Das wäre begrüßenswert«, stimmte der Squam zu. »Ich

habe einige Schmerzen, und größere Bewegungsfreiheit würde dazu beitragen, sie etwas zu lindern.«

Sie benutzten die Winde des anderen HydrOs dazu, große Trümmerstücke der Lava fortzuräumen, dann düsten sie den Sand und Staub fort. Jessica sah dem Vorgang interessiert zu; sie mußte sich eingestehen, daß sie erstaunt war, auf welche Weise handlose Lebewesen Dinge bewegten, und beobachtete jetzt die Technik, kleine Trümmerteile unter einem großen hervorzudüsen, damit dieses rollen konnte.

Innerhalb kurzer Zeit hatten sie einen Tunnel unter den auf dem Rücken liegenden Traktor vorgetrieben. Der Squam fiel in die Ausgrabung und bewegte sich mit Hilfe von zwei seiner Gliedmaßen voran. Das dritte war gebrochen, und ein Teil seines Körpers war in der Tat zerquetscht.

Sie halfen dem Squam, sich neben seinen Traktor zu setzen.

»Dies ist eine unerwartete Freundlichkeit von einem Mitglied eurer Rasse«, stellte der Squam fest.

»Wir handeln unter Waffenstillstandsbedingungen«, erinnerte Heem ihn. »Du hast uns geholfen, jetzt helfen wir dir.«

»Es ist gut, daß ihr nicht so seid wie viele eurer Art, die mich ohne jeden Grund hassen.«

Heem spürte den Wunsch, die verbliebenen Gliedmaßen des Monsters zu nadeldüsen, doch Jessica hielt ihn zurück. »Er ist nicht Schlängelschreck! Er ist uns gegenüber anständig gewesen! Vergiß das nicht!«

»Es gibt Ehre, die unabhängig von der Spezies ist«, sprühte Heem. »Ich bin kein besonderer Freund deiner Art, aber man muß auch an deinen Transferer denken.« *Und an den meinen!* fügte er in Gedanken hinzu, mit einer stillen Wut auf Jessica.

»Dann werde ich dir helfen«, antwortete der Squam. »Mein Transferer ist Trant von Trammel, der die Lebensräume intelligenter Wesen studiert. Er hat mich soeben darüber informiert, daß diese Höhle alle Aspekte einer Fortpflanzungslokalität für HydrOs aufweist.«

Die weibliche HydrO reagierte sofort. »Ich bin Geel von Juwelenblüte. Auf welche Weise ist diese Höhle vor den Unbilden des Winters geschützt?«

»Sie wird durch den unterirdischen Lavafluß erwärmt«, antwortete Trant von Trammel durch den Squam. »Vor Stürmen geschützt, behält sie selbst während der Tiefe der Eklipse Bedingungen bei, die das Überleben gewährleisten. Du bemerkst sicher die funguiden Gewächse, die mehrere Jahreszeiten alt sind. Eure Art, die von Nahrung und Licht unabhängig ist, kann hier überleben – zumindest während der kurzen Periode extremer Kälte an der Oberfläche.«

»Das ist wahr!« sprühte Geel. »Durch Zufall haben wir eine Möglichkeit entdeckt, diese Region zu kolonisieren! Wir müssen sie besamen!«

Heem fühlte eine plötzliche innere Anspannung. Auf diese Art wurde er wieder auf das Thema der Reproduktion gestoßen. »Dies ist keine herrenlose Region«, protestierte er. »Die Squam leben hier.«

»Wir verstehen deine Bedenken«, kommunizierte der Squam. »Squams haben hin und wieder die Jungen eurer Art getötet, obwohl das nach den Artikeln des interplanetaren Friedens ungesetzlich ist. Ich muß jedoch betonen, daß ich, selbst wenn ich als Individuum außerhalb der Gesetze stehen würde, ziemlich immobil bin und wahrscheinlich nicht in der Lage wäre, einen rollenden HydrO jeder beliebigen Größe zu fangen. Auf jeden Fall: Wenn ihr die Wettkampf-Behörden von meiner Anwesenheit hier in Kenntnis setzt, würde man mich von hier entfernen, und die Höhle wäre dann sicher.«

Wie geschickt hatte die Kreatur seinen Einwand zurückgewiesen! Heem sah sich wieder gezwungen, dem Problem gegenüberzutreten, das ihn schon einmal vernichtet hatte. Sollte er sich dazu entschließen, seine Art zu reproduzieren, oder sollte er das nach wie vor ablehnen? Wenn er sich wieder weigerte, würde selbst ein Sieg in diesem Wettkampf ihm keine Vergebung bringen. Doch wenn er nachgäbe ...

»Oh, nun mach schon Heem, tu es!« sagte Jessica.

Das war ein Schock. »Ich dachte, daß du meine Einstellung für richtig hieltest!«

»Das tue ich auch. Doch dies ist eine andere Situation. Es gibt hier keine natürlichen Raubtiere. Du kannst diese Höhle verschließen, nach Beendigung des Wettkampfes zurückkommen, dich mit einer Weiblichen deiner Art vereinigen und deine Jungen selbst aufziehen. Heem, du hast jetzt die Chance, es *richtig* zu tun – und gleichzeitig dein Leben zu retten, falls du das Rennen nicht gewinnen solltest. Du mußt dann nicht im Exzentrischen Winter sterben!«

Dies war ein neues Aroma! Sie hatte recht. Er konnte seinen Haupteinwand gegen die Reproduktionsmethode der HydrOs überwinden und seinen Verrat wiedergutmachen – ohne seine Chance beim Wettkampf opfern zu müssen. Trotzdem zögerte er. »Du kannst nicht überleben, wenn ...«

»Das hat keinen Einfluß auf mein Überleben, Heem! Wenn du den Wettkampf gewinnst, werde ich leben, wenn du ihn verlierst, sterbe ich. Das einzige, was dich zu kümmern hat, sind dein eigenes Überleben und dein Status.«

»Wenn irgend etwas geschehen sollte und ich nicht zurückkehren kann ...

»Geel von Juwelenblüte wird immer noch hier sein, nicht wahr? Ihr Traktor steckt auf der falschen Seite der Blase fest; sie kann nicht herüberkommen, und wahrscheinlich hat sie nicht genug Treibstoff, um zum Raumflughafen zurückfahren zu können. Sie *muß* also bleiben – und welche Mutter würde das nicht tun?«

»*Meine* Mutter nicht!« nadelte Heem. »Keiner meiner Eltern ist in Steilfall geblieben – oder in Morgendunst. Erwachsene HydrOs bleiben nicht dort, wo sie säen; wenn sie sich ihres Samens entledigt haben, lassen sie ihre Nachkommen zurück, ohne Schutz, ohne jede Information. Geel wird mit der Wettkampfbehörde fortgehen, wenn jemand von ihnen herkommt, um Trant von Trammel und seinen Squam-Wirt abzuholen.«

»Vielleicht, möglich. Doch wird die Situation diesmal anders sein, weil – weil du dann die Oberhand haben wirst, Heem.«

Irgend etwas störte ihn noch immer. »Du – wie kannst du, eine Weibliche, von der ich annahm, sie sei interessiert, mit mir zu – wie kannst du mir dazu raten …?« Seine Gedanken wurden verworren.

»Für was hältst du mich eigentlich? Für eine eifersüchtige Megäre? Nein, antworte nicht darauf! Du willst die Wahrheit hören, und du verdienst die Wahrheit. Ich *bin* eifersüchtig. Aber ich bin auch verdammt neugierig, genau zu erfahren, wie HydrOs sich fortpflanzen. Ich kann es von deinem Gehirn nicht erfahren, weil du es selbst nicht in allen Einzelheiten weißt. Und ich will es wissen, weil …« Hier machte sie eine Pause, und ein Geruch von trotziger Scham flutete durch sie hindurch. »Weil ich es vielleicht selbst tun möchte, eines Tages, falls sich jemals Gelegenheit dazu ergeben sollte. Ich weiß, daß es nie der Fall sein wird, also ist dies alles sehr akademisch, ein Wunschtraum, doch wenn ich das eingestehe, gestehe ich ein, daß ich an meinem Überleben zweifle … verdammt, vielleicht will ich nur eine Ersatzerfahrung. Es ist vielleicht besser als nichts, und das ist es, was mir sonst bevorstehen würde. Oder vielleicht möchte ich sehen, wie es vom Blickpunkt eines Männlichen aus ist, wenn ich dich beobachte. Ich habe den männlichen Gesichtspunkt so lange schauspielern müssen, daß ich – ich nicht behaupten kann, daß alle meine Motive rein und unschuldig und unkompliziert sind. Vielleicht bin ich im Grund meines Herzens ein Spanner. Auf jeden Fall glaube ich wirklich, daß du es tun solltest – und dann den Wettkampf fortsetzen. Weil ich nicht eine Sekunde vergesse, daß ich nie nach Hause zurückkommen werde, wenn du nicht gewinnst!«

Doch Heem konnte nicht zu einer Entscheidung gelangen. »Wir müssen die Höhle untersuchen«, sprühte er. »Sie könnte sich als weniger verwendbar erweisen, als wir annehmen.« Die Höhle – oder die Situation?

Er und Geel rollten in der Höhle umher. Sie war geräumig, mit vielen Abzweigungen und Nebenhöhlen, doch schien es keinerlei Ausgänge zu geben, die nicht von heißer Lava blockiert waren, mit Ausnahme dessen, den der Traktor gemacht hatte. Die Kälte würde während des Winters zweifellos in die Höhle eindringen, doch schien es viele Alkoven in unmittelbarer Nachbarschaft zu heißer Lava zu geben, die trotzdem warm bleiben würden. Man würde eine ständige Wasserstoffquelle brauchen; und die war durch das Loch gewährleistet; gefrorene Gase würden hereinströmen, verdunsten und die Passagen füllen. An vielen Stellen befand sich üppiger Fungus-Bewuchs, und es gab keine Raubkreaturen. Dann, im Frühling, würde das Leben draußen wieder erwachen, und den jungen HydrOs stand eine ganze Welt offen. Die Umstände waren, von einem HydrO-Standpunkt aus gesehen, ideal.

»Also was hast du?« fragte Jessica. »Noch immer Hemmungen, mich bei deinem Akt der Prokreation zusehen zu lassen?«

»Vielleicht«, gab er zu.

»Schön, aber tu es trotzdem. Du darfst dich durch deine alberne Schüchternheit nicht abhalten lassen.«

Dann hatte er den richtigen Einwand gefunden. »Sie werden alle eines Geschlechts sein. Wo sollen sie Partner finden?«

»Der erste HydrO des passenden Geschlechts, der von Sackgass auf Besuch kommt, wird das regeln – wenn ein dafür geeigneter Ort existiert«, erklärte sie. »Wenn nicht, spielt es ohnehin keine Rolle: HydrOs reproduzieren nicht, wenn sie keine geeignete Umwelt vorfinden.«

Heem schmeckte keine Alternative dazu. Von innen wie von außen durch diese beiden Weiblichen bedrängt, und von seiner eigenen Natur getrieben, die es tatsächlich für unabdingbar hielt, einen so geeigneten Ort zu besäen, mußte er es tun. Doch mochte er nicht von den Umständen vergewaltigt werden. »Wenn es jemals eine Situation geben sollte, wo *ich* eine *deiner* fundamentalen Schamgefühle nadeln kann ...«, dachte Heem aggressiv zu Jessica.

»Wenn die Zeit kommen sollte, werde ich brav meine Medizin schlucken. Doch sie wird nicht kommen. Du müßtest mich in menschlicher Gestalt erwischen und mir in aller Öffentlichkeit die Kleider vom Leib reißen, wenn alle herumstehen und lachen, wie in meinem Alptraum, und das ist wirklich unmöglich. Also hör endlich auf, dich zu zieren, und tue, was getan werden muß.«

Sie wollte ihn aufreizen, und er wußte das. Trotzdem war ein bitterer Geschmack von Angst in Heem. Er fürchtete, daß irgendeine Katastrophe eintreten könnte, war jedoch nicht in der Lage, sie zu definieren.

Nach und nach, während er die Höhlen erforschte, setzte Jessicas Logik sich durch. Seine Einwände gegen die Vermehrungsmethode seiner Spezies waren abgeklungen. Wenn er es nicht schaffen sollte, diesen Wettkampf zu gewinnen, konnte er immer noch hierher zurückkehren, sicher vor seiner eigenen Art, und sich um seine heranwachsenden Nachkommen kümmern. Er konnte sie vor dem nahenden Winter warnen, wenn sie das nicht wüßten, so daß keiner von ihnen sich hinauswagte. Er konnte sie über die von den Squams drohenden Gefahren aufklären und sie lehren, wie sie sich am besten gegen sie verteidigen könnten.

»Und wenn du den Wettkampf verlieren solltest, werde ich bei dir bleiben, bis meine Aura verblaßt«, erinnerte ihn Jessica. »Ich werde dir dabei helfen, deine Jungen aufzuziehen.«

Wie konnte er sie zurückweisen? Wenn er sie in ihren eigenen Körper zurückschickte, wäre er ein Gefangener und nicht in der Lage, zu seinem Wurf zurückzukehren. Die Falle schnappte unwiderruflich zu.

Sie kehrten zum Traktor zurück, wo der Squam wartete. »Du hattest recht, Squam«, sprühte Geel. »Diese Region muß besät werden; sie wird unseren Wurf während des Winters schützen, und im Frühjahr kann sie sich über den ganzen Planeten verbreiten.«

»Sorgt nur dafür, daß ich von hier entfernt werde«, antwortete der Squam. »Dann braucht ihr euch über natürliche Gefahren keine Sorgen mehr zu machen.«

Schlauer Squam! Jetzt brauchte er nicht mehr nur auf die Hilfe der HydrOs zu *hoffen,* jetzt *wußte* er, daß sie für seine

Rettung sorgen würden. War das der wahre Grund dafür, daß er diesen idealen Raum für sie identifiziert hatte?

Heem stand jetzt unmittelbar vor der Entscheidung – und stellte fest, daß sie bereits gefällt worden war. Er war bereit, diese Höhle zu besäen. Diese Bereitschaft war für ihn eine phänomenale Erlösung. Es war nicht leicht oder bequem gewesen, sich den Traditionen und dem Trieb seiner Kultur und seiner Art zu widersetzen.

Geel von Juwelenblüte rollte auf ihn zu und versprühte ihren Kopulationsduft. Er war nicht so verführerisch wie der von Moon von Morgendunst, jedoch völlig ausreichend für diese Situation. »So also ist es, wenn die Weiblichen Männliche anlocken«, bemerkte Jessica. »Ich habe sexuelle Aufreizung immer als ein Spiel betrachtet, doch vom Standpunkt eines Mannes aus ist es erheblich ernster.«

Heem ignorierte sie. Er reagierte auf die Ouvertüre Geels, indem er einen noch intensiveren Geschmack auf sie düste. Sie fing diesen Geschmack auf und sprühte ihn auf Heem zurück, um ihm ihre Bereitschaft kundzutun. Keine bewußten Entscheidungen waren erforderlich; die Natur war mit dem Mechanismus wohlvertraut.

»Das ist ja wunderbar!« sagte Jessica. »Der Dialog absoluter Hingabe!«

Plötzlich, ungewollt, nadelte Heem Geel mit seiner Signatur: dem präzisen Geschmack seines Seins, von dem seine Individualität reproduziert werden konnte. Bei nichtssagender Kopulation wurde diese Signatur vom Männlichen stets zurückgehalten oder von der Weiblichen zurückgewiesen. Geel akzeptierte sie, ließ sie ihre eigene Essenz, ihren ganzen Körper durchdringen.

»Dies ist genauso wie menschliche Reproduktion. Die Essenz des Männlichen vermischt sich mit der weiblichen Essenz im Körper der Weiblichen, Same trifft auf Ei, befruchtet es ...«

Geel explodierte. Fetzen ihres Körpers klatschten auf den Traktor, auf den Boden und an die Decke der Höhle, wurden weit in den Hauptgang geschleudert. Ein paar von ihnen trafen sogar den Squam und Heem. Nichts blieb von ihrem Körper zurück.

Der Squam war erschüttert. »Sie ist zerstört worden!«

»Was ist geschehen?« fragte Jessica entsetzt.

Einen Augenblick wurde Heem von der Angst befallen, daß ein anderer Squam mit einer Waffe auf sie beide eingedrungen wäre. Doch das war nicht der Fall. Ein vages Begreifen dämmerte in ihm auf. »Die Teile der Weiblichen – sie bilden die Saat. Das ist der Grund dafür, daß keine weibliche HydrO zurückbleibt, um für ihre Jungen zu sorgen. Und der Männliche muß zum Teil der Zivilisation werden. Deshalb gibt es weitaus mehr männliche HydrOs als weibliche. Keiner von beiden darf bleiben, damit sie nicht der neuen Generation die Wahrheit übermitteln können, und dem Prozeß noch einen weiteren Horror hinzufügen.«

»Es tut mir leid, das nicht gewußt zu haben«, sagte der Squam, nach wie vor durch das Kommunikationsgerät in Geels Traktor. »Ich hatte nicht die Absicht, die Weibliche zu zerstören. Vielleicht weiß mein Transferer das – und wir befinden uns doch im Waffenstillstand.«

»Keiner von uns wußte es«, sprühte Heem. »Auf jeden Fall Geel nicht.« Aber hatte er, Heem, es vielleicht vermutet? Dieser bittere Geschmack, der ihn bis dahin davor zurückgehalten hatte – war das eine Vorahnung gewesen?

»Heem, es tut mir leid«, sagte Jessica, und ihre Emotion war stark und echt. »Es ist meine Schuld. Ich habe mich in etwas eingemischt, das mich nichts anging, und dich dazu gedrängt.«

»Du hast es nicht wissen können, weil ich es nicht wußte«, düste er in einem Versuch, sie zu beruhigen. Doch es war ein schwacher Versuch nach dieser katastrophalen Enthüllung. Geels Transferer war ebenfalls zugrunde gegangen. All der Horror, von dem er zuvor erfüllt worden war, war wieder in ihn zurückgekehrt. Und dieses Mal teilten die Solarierin und der Squam die Schuld.

»Jetzt wissen wir, daß dein Bruder Hiim tot war«, sagte Jessica in femininer Irrelevanz. »Weil Meen von Morgendunst mit ihm kopuliert haben würde, wenn sie ihn gefunden hätte – und sie hat überlebt und ist eine Erwachsene geworden. Zumindest ihr hast du das Leben gerettet, Heem.«

Doch diese Region war nach dem Brauch seiner Art besät worden. Jetzt begriff Heem einen weiteren Grund für die Metamorphose: die Löschung der Erinnerung an das, was die Besäung mit sich brachte, aus dem Gedächtnis des Männlichen, damit die Spezies in Unwissen und Unschuld weiterhin verbreitet wurde. Da dies immer in Abwesenheit anderer HydrOs geschah und nur der Männliche den Vorgang überlebte, war die Geheimhaltung ziemlich gesichert.

Er spürte nicht mehr den Drang, hierher zurückzukehren und seine Nachkommen zu lehren, die sich jetzt von der durch den harten Fall verursachten Benommenheit aufrappelten und ihr erstes, unsicheres Rollen probierten. Er würde so vielen wie möglich dabei helfen, sich von der Decke und aus irgendwelchen Spalten und Ritzen zu lösen, in die sie geschleudert worden waren, und sie dazu bringen, in die sichersten Teile der Höhle zu rollen, doch danach lag alles bei ihnen. Was konnte er sie lehren, das sie zu wissen wünschten? Sollten sie in Unwissenheit und Unschuld aufwachsen.

»In Unschuld«, wiederholte Jessica. Sie weinte.

7 Ein Trio in der Unterwelt

Es gelang ihnen, den in den anderen beiden Traktoren verbliebenen Treibstoff in Heems Fahrzeug umzufüllen, und sie setzten ihre Fahrt zum Depot mit einer verschwenderischen Geschwindigkeit fort. Heem meldete von dort den Unfall des Squam und fügte eine genaue Ortsangabe hinzu; er erhielt die Zusicherung, daß man den Squam retten würde. Dann überquerten sie weitere Lavabrücken und fuhren den Berghang hinauf, dem Weg folgend.

Sie erreichten eine Stelle, wo man von ihm abbiegen und den besseren Weg erreichen konnte. Doch die Karte erwies sich als irreführend: es war eine steil abfallende Bergflanke. Der Traktor war natürlich durchaus in der Lage, ihn hinabzugleiten, doch das Unfallrisiko war sehr hoch, und es war unmöglich, die Strecke in entgegengesetzter Richtung zu fahren. Niemand konnte *zu* diesem Weg gelangen.

»Ich bin mißtrauisch«, sagte Jessica. »Warum sollten sie es möglich machen, diesen schlechten Weg zu verlassen, doch nicht, *auf* ihn zu gelangen?«

»Weil andere, zu spät, die Bedeutung seiner Hochlage erkennen mögen. Niemand, der diesen Weg nicht von Anfang an gewählt hat, kann sich seine Vorteile nutzbar machen.«

Was bedeutete, daß es hier nur wenig Konkurrenz geben würde. Es mochten sich drei Traktoren vor ihnen befinden, auf keinen Fall mehr, und hinter ihnen lag keiner. Doch durfte man sich davon nicht irreführen lassen, denn die wirklichen Konkurrenten konnten auf den vier anderen Wegen voranrollen.

Sie fuhren den Hang hinauf. Als sie den Gipfel des Berges erreichten, war ihr Treibstoffvorrat fast erschöpft. Heem hatte Treibstoff geopfert, um Zeit zu gewinnen, die zu der Zeitreserve kam, die er bereits vorher aufgebaut hatte, von der jedoch nicht viel übrig geblieben war. Er hoffte, daß er trotz allem noch mehr Treibstoff hatte als der vor ihm liegende Traktor. Er wollte unbedingt vor den die Brücken sabotierenden Erb gelangen.

Der abfallende Hang des Berges erlaubte es ihm, den Motor abzustellen und weite Strecken im Leerlauf zu rollen, wobei er weiteren Treibstoff einsparte. Jetzt zahlte sich seine Streckenwahl aus. Sie würden die Traktoren auf den anderen Wegen einholen, und auch die drei, die auf diesem Weg vor ihm lagen. Jede Blockierung der Strecke, die auf den anderen Routen eintreten mochte, war für ihn ein Vorteil. Doch er hatte in der Höhle viel Zeit verloren; war seine derzeitige Geschwindigkeit ausreichend, sie wieder einzuholen?

Sie rollten auf einen liegengebliebenen Traktor zu. »Kein Treibstoff mehr!« rief Jessica aus. »Ist von der kleinen Bodenwelle gestoppt worden. Es klappt, Heem; wir halten länger durch als die anderen!«

So schien es wirklich. Heem schmeckte den anderen Fahrer als Erb; es war der Fahrer, der sie überholt und dann die Falle auf der Brücke für sie aufgestellt hatte.

»Laß ihn in Ruhe!« warnte Jessica. »Er ist aus dem Rennen und kann dir nicht mehr schaden. Laß ihn nur im eigenen Saft kochen. Riskiere nicht deinen Traktor, indem du ihn zu rammen versuchst.« Sie hatte Heems Gedanken aufgefangen, und ein wenig schuldbewußt versicherte er ihr, an dem anderen vorbeizufahren. Das sollte Befriedigung genug sein. Schließlich hatte dieser Erb ihm demonstriert, daß auch diese Kreaturen gefährlich sein konnten; bis dahin hatte er Erbs für harmlos gehalten.

Doch als sie sich dem anderen Traktor näherten, erwachte er plötzlich zum Leben und schob sich ihnen in den Weg. Heem wich ihm aus, doch der andere änderte ebenfalls seine Richtung. Jessica schrie auf, als die beiden Traktoren zusammenkrachten und einander die Flanken eindrückten.

Heem, plötzlich wütend, beschleunigte scharf und verließ sich auf seine Erfahrung in der Beherrschung eines solchen

Vehikels. Er drückte das andere zurück. »Versuche doch nicht, deine männliche Überlegenheit zu demonstrieren!« rief Jessica nutzlos.

Doch der Erb beherrschte sein Fahrzeug ebenfalls und verlor nicht die Kontrolle darüber. Jetzt rasten beide Traktoren mit dröhnenden Motoren den Hang hinab, Seite an Seite, auf dem Weg, dessen Breite kaum ausreichte.

»Warum tut der Erb dies?« fragte Jessica jammernd.

»Er glaubt, siegen zu können, indem er alle, die ihm folgen, vernichtet.«

»Aber das ist doch Wahnsinn! Er muß doch versuchen, die Vorausliegenden einzuholen!«

»Erbs sind eine wahnsinnige Spezies. Pflanzen-Synapsen zählen nicht zu den besten.« Heem war zu sehr mit dem Fahren beschäftigt, um genauer auf diese Frage einzugehen. »Wir müssen diese Auseinandersetzung abbrechen, bevor wir beide zerstört werden; damit wird nur kostbarer Treibstoff vergeudet. Doch das Muster des Geschmacks, das ich voraus spüre, ist unklar.«

»Ich werde dir helfen! Dies ist ein Berghang – gib mir das Geschmacksmuster, damit ich es visuell umsetzen kann – so ist es richtig! Jetzt kann ich es sehen. Der Weg beschreibt ein Stück voraus eine Kurve. Es gibt da einen quer verlaufenden Hang, durch den ...«

»Ich verstehe«, sagte Heem. Er beschleunigte wieder, als sie den ersten seitlichen Abfall erreichten, schob den anderen Traktor seitlich vom Weg, und bremste plötzlich, als der Erb ihn zurückzudrängen versuchte. Der Schub und das plötzliche Bremsen brachte den anderen Traktor für eine Sekunde vor den Bug des seinen. Heem rammte ihn hart ins Heck und ließ ihn mit hoher Geschwindigkeit den Hang hinab in das Dschungeldickicht rasen.

Der Erb pflügte eine Schneise in die Farnbäume, blieb zwischen ihnen stecken. »Da kommt er nicht so bald heraus«, sprühte Heem voller Befriedigung. »Und er wird eine Menge Treibstoff verschwenden. Tut mir leid, daß ich ihn nicht umgekippt habe.«

»Mir auch«, stimmte Jessica ihm zu. »Wir wollten an ihm vorbei, ohne irgendwelche Schwierigkeiten zu machen, doch er wollte es nicht so. Er ist für den Tod eines seiner eigenen Art verantwortlich, für die Verletzung eines Squam, und ...« Sie rief sich nicht die Besamungsangelegenheit ins Gedächtnis zurück; das war nur noch eine Geschmacksfärbung der Betäubung. »Weißt du, Heem, ich habe die Squams nicht so gehaßt wie du. Ich meine, ich bin einem Squam ähnlicher als du, und der in der Höhle schien im Grund genommen anständig zu sein. Ich glaube, daß Squams sich genauso voneinander unterscheiden wie alle anderen Vernunftbegabten, und daß es auch unter ihnen gute und schlechte Individuen gibt. Eine ganze Spezies nach einem einzigen Individuum zu beurteilen oder allein aufgrund der Tatsache, daß es deine Art besiegen kann, wenn es ...«

»Das ist es!« sprühte Heem. »Die Erbs hassen HydrOs, so wie die HydrOs Squams hassen. Weil HydrOs Erbs töten können, und Squams HydrOs töten können. Jener Squam empfand keinerlei Feindseligkeit uns gegenüber; er fürchtete uns nicht, obwohl er schwer verletzt war. Doch der Erb wußte, daß wir dem Squam folgten, also stellte er uns eine Falle ...«

»Ich glaube, du hast recht, Heem. Eine dreiseitige Psychose des Haßes! Squams müssen Erbs auch hassen.«

Sie waren zwar zu einem neuen Verständnis gelangt, hatten jedoch viel Treibstoff vergeudet. Wie sollten sie die voraus liegenden Traktoren einholen, die auf diesem Weg und die auf den anderen?

»Wir werden es schaffen, weil wir es schaffen müssen«, sagte Jessica.

Heem ließ den Traktor wieder hangabwärts rollen, mit abgeschaltetem Motor. Er hatte jetzt eine neue Vibration, die Heem nicht gefiel: irgendeine Folge der Kollision mit dem Traktor des Erbs. Das würde seine Rolleigenschaften vermindern und bei den Aufwärtsstrecken noch mehr Treibstoff verschwenden.

»Müssen wir es eigentlich schaffen?« fragte er. »Nach der Episode in der Höhle frage ich mich, ob es wirklich Sinn hat, zu meiner Gesellschaft zurückzukehren.«

»Aber natürlich hat es Sinn, Heem! Die Fortpflanzungsart deiner Spezies mag zwar brutal sein, doch besitzt ihr einen hohen Grad von Erwachsenenzivilisation, die nicht von Jugendtraumata geprägt wird. Das kannst du doch nicht einfach wegwerfen. Damit würdest du das Gute zusammen mit dem Schlechten vernichten.«

»Aber das Schlechte ist Bestandteil unserer Art! Jeder lebende HydrO, genaugenommen jeder HydrO, der jemals gelebt hat, existiert allein durch die Vernichtung eines Elternteils. *Ich* existiere allein dadurch. Ich lebe auf Kosten meines Elternteils, genau wie jeder junge HydrO in Steilfall, und jetzt habe ich mich auf Kosten meiner Partnerin fortgepflanzt. Die Zivilisation der HydrOs beruht auf diesem Anathema ...«

»Nein, Heem! Glaube doch nicht an die Erbsünde! Du mußt zu deiner Gesellschaft zurückkehren, damit du noch wirkungsvoller gegen diese Methode protestieren kannst!«

Wieder war er dankbar für ihre Unterstützung. Doch er verdiente diese Unterstützung nicht. »Es gibt keine Möglichkeit, die Reproduktionsmethode unserer Spezies zu ändern. Am besten sollte sie völlig aussterben.«

»Das ist keine Lösung, Heem. Sie unterscheidet sich im Grund genommen gar nicht so sehr von anderen. Bei meiner Spezies, den Solariern, produziert ein Männlicher eine solche Unzahl von Samen, daß diese alle gebärfähigen Weiblichen an einem einzigen Tag schwängern könnten, doch werden alle diese Samen bis auf einen verschwendet. Und die Weibliche produziert Eier, eins pro Monat, was im Lauf ihres Lebens für etwas dreihundert Babys ausreichen könnte, wenn sie außerhalb der Gebärmutter aufgezogen würden. Höchstens zehn davon kommen zur Verwendung, gewöhnlich nur zwei, und sehr oft gar keines. Manchmal stirbt die Weibliche bei der Geburt des Kindes. Also sind die Gegebenheiten in etwa gleich, da nur wenige der Samen überleben. Eure Methode gibt den Jungen zumindest eine kleine Chance, ihr eigenes Geschick zu bestimmen, während es bei uns beinahe rein zufällig bei der Konzeption bestimmt wird. Und wir brauchen unterschiedliche Wege, weil es so viele unterschiedliche Planeten und unterschiedliche Lebensbedingungen gibt ...«

»Ich glaube, du sprühst Unsinn«, düste Heem. »Aber trotzdem gibst du mir das Gefühl, den Kampf fortzusetzen.«

»Oh, gut, Heem! Ich gebe zu, selbstsüchtig zu sein, weil auch ich überleben möchte; doch ich glaube, daß du eurer Kultur viel zu geben hast, und deshalb ...«

»Du, Alien! Ich glaube, ich – was ist dieses Konzept, das ihr habt?«

Sie war überrascht. »Was für ein Konzept?«

»Von einem Mann zu einer Frau, etwas, das über den Begriff von Bequemlichkeit hinausgeht.«

»Über den Begriff von – oh, du mußt die Liebe meinen.«

»Liebe, richtig: wir haben ja schon davon gesprochen. Es ist ein Konzept, das für meine Art sehr begrenzt ist, da es nicht direkt auf die Fortpflanzung bezogen werden kann, weil dabei ...« Er flutete jenes Konzept hinaus, doch ein Teil von Geels Explosion drang trotzdem in sein Bewußtsein. »Aber genauso, wie ich die fremde Wahrnehmung durch Sehen zu begreifen beginne, fühle ich auch stärker als zuvor ...«

»Nein, Heem! Nein! Du darfst mich nicht lieben. Ich bin eine Alien ...«

»Ruft diese Vorstellung jetzt einen Widerwillen in dir hervor?«

»Als wir damals darüber diskutierten, wußten wir nicht, was HydrO-Weiblichen geschieht ... Wir sind wirklich so völlig anders als ihr, Heem, und nicht nur körperlich!«

»Und all das, was du eben von den vergeudeten Samen und Eiern eurer Spezies gesagt hast – war das alles nicht wahr?«

»Doch, Heem, es ist so«, kapitulierte sie. »Ich glaube, ich liebe dich auch, so unmöglich es auch erscheinen mag. Ich meine, selbst wenn wir uns physisch vereinigen könnten – und dazu gibt es keine Möglichkeit – und wir stecken in einem Körper – oh, dies ist zu albern.«

»Also bleibt alles so, wie es ist?«

»Wie immer.«

»Trotzdem: das Gefühl ist bis zu einem gewissen Grad unabhängig vom Körper. Dein Solarier-Körper wäre mir ein Greuel. Aber du, du selbst ...«

»Ich weiß, Heem. Ich fühle dasselbe.«

Und damit hatten sie die Grenze erreicht. Wieder einmal gab es keine andere Möglichkeit, als das Thema fallen zu lassen.

Sie fuhren und fuhren. Die Treibstoffreserve wurde immer geringer, bis sie so gering war, daß sie nur noch kleine Manöver durchführen konnten. »Mit diesem Fahrzeug werden wir nicht mehr viel weiter kommen«, sprühte Heem enttäuscht. »Vielleicht haben wir den Abstand zu den anderen etwas aufgeholt, aber nicht genug.«

»Noch ist nichts verloren«, sagte Jessica aufmunternd. »Nach der Karte haben wir neun Zehntel der Route hinter uns. Nur noch eine schlimme Strecke über eine Bergkette ...«

»Wir werden sie allein überqueren müssen, und das wird verdammt langsam gehen.« Heem lenkte den Traktor eine neue Anhöhe hinauf. Als sie ihren Kamm erreicht hatten, begann der Motor zu spucken und blieb dann stehen. Der Treibstoff war alle.

Sie rollten ohne Antrieb den anderen Hang hinab, bis der Weg eben wurde. »Das war's«, sagte Jessica. »Eins ist zu unseren Gunsten: die Bergkette liegt nicht weit entfernt, und sie überschneidet drei der Routen. Ich bezweifle, daß einer der Traktoren noch genügend Treibstoff hat, um sie überwinden zu können. Die beiden anderen Routen werden durch einen breiten Fluß blockiert. Können Erbs und Squams eigentlich schwimmen?«

»Nein. Sie werden Schwierigkeiten haben, über den Fluß zu gelangen.«

»Dann sind wir also immer noch im Rennen. Laß uns rollen!«

Sie rollten. Heem düste die nächste Anhöhe hinauf, rollte dann ohne Kraft den jenseitigen Abhang hinab. Als er den tiefsten Punkt erreichte, drückte er wieder auf Geschwindigkeit, um mit minimaler Anstrengung über die nächste Kammlinie zu rollen. Da die Route generell abwärts führte, kamen sie gut voran.

»Das ist wirklich eine sehr effiziente Fortbewegungsart«, gab Jessica zu. »Du nutzt die Trägheit aus und kommst doch recht rasch vorwärts. Genauso rasch wie vorher mit dem Traktor, denke ich.«

»Auf einem Terrain wie diesem sind HydrOs eine der schnellsten Reisenden im Segment Tausendstern«, sprühte Heem mit einem gewissen Rassenstolz. »Aber der Traktor hat mir geholfen, die nötige Höhe zu erreichen, um effizient rollen zu können. Ich würde nur sehr langsam vorankommen, wenn ich einen langen Berghang hinaufrollen müßte.«

Sie kamen an einem liegengebliebenen Traktor vorbei. Er gab den Geschmack von Squam ab, war jedoch leer. Der Squam war mit eigener Kraft weitergeglitten und konnte nicht allzuweit voraus sein. »Ich glaube, daß wir sehr bald einen anderen Teilnehmer des Rennens überholen werden«, bemerkte Jessica. »Halte dich nicht damit auf, mit ihm zu streiten. Wir haben deine Sehkraft noch nicht so gut koordiniert, als daß du es mit einem Squam aufnehmen könntest.«

»Du scheinst mich für einen streitsüchtigen Männlichen zu halten.«

»Natürlich tue ich das. Männlich und streitsüchtig sind doch fast identische Begriffe.«

Er nadelte sie mit einer Düse, die kaum mehr als ein Kitzeln hervorrief, und sie stieß einen kleinen Schrei aus, der keine Nerven erschütterte. Es war alles wieder normal.

Sie rollten weiter den Weg entlang. Wenig später überholten sie den Squam, der mit recht gutem Tempo einen Hang hinaufglitt, jedoch nicht Heems akkumulierte Geschwindigkeit erreichen konnte. In Befolgung von Jessicas Anweisung hielt Heem sich nicht mit ihm auf. Er sprühte nicht einmal eine beleidigende Nadel auf die Kreatur, als er vorbeirollte. Dies war schließlich nicht Schlängelschreck, und es lag ein gewißer, wenn auch beschränkter Wahrheitsgehalt in Jessicas Ansicht von Unterschieden zwischen Individuen.

»*Beschränkter* Wahrheitsgehalt?«

Doch kurze Zeit später mußte er stoppen. Ein weiterer Traktor war auf dem Weg liegengeblieben – und der Weg hörte ein kleines Stück weiter auf. Heem schmeckte und Jessica sah voraus, doch keiner von ihnen konnte eine Fortsetzung des Weges erkennen. Er endete vor einer massiven Steinwand.

»Diese Bergkette ist höher und steiler, als die Karte es angibt«, sprühte Heem.

Ein Erb stand neben dem Traktor und schien die Lage abzuschätzen. Er hatte eine Karte, und Heem erkannte an dem Geschmacksmuster, daß er auf die Karte starrte. Die Lichtrezeptoren des Erb befanden sich an dünnen Stielen in der Mitte seiner Blüte; wenn er seine Blütenblätter zusammenfaltete, um damit etwas zu bohren, waren seine optischen Organe geschützt, sein Sehvermögen jedoch beschränkt. Jetzt waren seine Blütenblätter weit ausgefächert und rotierten langsam.

Heem hatte seine Karte natürlich nicht mitgebracht, sie jedoch recht gut in der Erinnerung behalten. HydrOs mußten nur selten irgend etwas mit sich nehmen, da sie weder Nahrung noch Schutz brauchten wie andere Spezies, und weil sie das meiste dessen, was sie brauchten, in ihrem Gedächtnis behielten. Nur bei besonderen Gelegenheiten, wie beim Umfüllen von Treibstoff von einem Traktor zum anderen, mußten HydrOs jemals etwas transportieren – und bei diesem erst kurz zurückliegenden Fall hatte die Winde des Traktors diese Arbeit erledigt. Heems Erinnerungskarte sagte ihm, daß der Weg sich hier in gerader Richtung fortsetzte. Offensichtlich war der Erb genauso verwirrt.

»Ich habe den Eindruck, daß irgend jemand bei der Wettkampfbehörde ganz sicher gehen wollte, daß keiner der

Traktoren die ganze Strecke bis zum Ahnen-Fundort schafft«, sagte Jessica. »Sie wollten dieses Rennen zu einer wirklichen Herausforderung machen, also haben sie uns einige Überraschungen in den Weg gelegt.«

»Ich könnte diesen Berg übersteigen«, sprühte Heem. »Doch das würde so viel Zeit kosten, daß ich das Rennen bestimmt verliere. Es wäre besser gewesen, eine Route zu wählen, die am Flußufer endet.«

»Wenn wir es nur gewußt hätten«, stimmte Jessica zu. »HydrOs können unter Wasser rollen, nicht wahr? Und Wasserstoff aus Blasen im Wasser ziehen? Pech gehabt.«

Heem überlegte. »Wir haben früher mit einem Squam zusammengearbeitet, um die Lavastrecke überwinden zu können. Ich frage mich, ob es möglich wäre, mit einem Erb zu kooperieren – und was wir dadurch gewinnen könnten.«

»Heem, du entwickelst einen erstaunlichen Liberalismus! Aber ja: sie haben echtes Sehvermögen, nicht wahr? Und sie können Dinge aufbohren. Ich denke schon, daß wir von diesen Fähigkeiten profitieren könnten.«

»Aber Erbs hassen HydrOs.«

»Das läßt sich leicht regeln. Laßt die Transferer die Verhandlung führen. Dies soll doch kein Wettkampf gegen Erbs oder HydrOs sein, sondern eine Ausscheidung zwischen allen Bewohnern Tausendsterns gegeneinander, unter Verwendung bestimmter Wirte.«

Zögernd stimmte Heem ihr zu. »Du übernimmst also die Verhandlung.«

»Gut. Wir Aliens müssen zusammenhalten.« Sie machte eine Pause. »Hoppla, ich habe eine Kleinigkeit vergessen. Ich kenne die Sprache nicht. Wird der Traktor-Transmitter übersetzen?«

»Nicht, wenn er keine Anweisung dazu erhält. Die Impulse sind kodiert und werden in die Sprache seines Benutzers übertragen.«

»Das ist doch verrückt! Er übersetzt also eine Ausstrahlung, nicht aber einen direkten Dialog? Vorher sind wir doch gut zurechtgekommen.«

»Beim Überqueren der Lava hatten wir zwei Traktoren, die jeweils die Ausstrahlungen des anderen übersetzten. Hier haben wir nur einen.«

»Vielleicht können wir ihn dazu benutzen, zuerst auszustrahlen und dann seine eigene Botschaft zu empfangen und zu übersetzen. Ihn durch einen Trick dazu bringen, auch als Übersetzer zu wirken.«

»Zweifelhaft. Wir sollten vielleicht lieber den Tausendstern-Generalkode benutzen.«

Jessica dachte über diesen Vorschlag nach. »Oh – wie bei der Verhandlung um einen Waffenstillstand mit dem Squam. Ein kleines Vokabular festgesetzter Signale für jede Spezies. Aber wie sollen wir dem Erb Waffenstillstand anbieten? Er kann uns nicht schmecken, und wir können ihn nicht sehen, jedenfalls nicht direkt.« Sie war jedoch dabei, sich ein Bild von der Kreatur zu formen.

»Wir rollen ein Waffenstillstandsmuster«, sprühte Heem. Er begann das Rollen.

Der Erb wich zurück, tänzelte auf seinen winzigen Wurzeln. Sein massiver Blütenstiel schwankte hin und her. »Das erfordert keine Übersetzung«, sagte Jessica. »Er hat Angst vor dir.«

»Das überrascht mich nicht. Erbs sind ängstliche Naturen.«

»Und was ist mit dem, der versuchte, uns zu überrollen?«

»In einem Traktor sieht es anders aus. Deine These über den Unterschied zwischen Individuen ...«

»Versuche es noch einmal. Bewege dich sehr langsam, um ihn nicht zu schrecken. Wir müssen mit ihm in Verbindung kommen.«

Heem begann wieder das Waffenstillstands-Rollen, betont langsam. Diesmal behauptete der Erb seine Stellung.

Doch bevor der Erb reagieren konnte, traf der Squam ein.

»Habt ihr Verständigungsschwierigkeiten?« sprühte sein Kommunikator.

»Du hast ein Übersetzungsgerät!« sprühte Heem zurück. »Drei Sprachen?«

»Ich versuche, auf alles vorbereitet zu sein«, antwortete der Squam. »Ich habe bei diesem Wettkampf Schwierigkeiten erwartet. Bist du bereit zu einem Waffenstillstand, um das gemeinsame Bestreben, das Ziel zu erreichen, zu fördern?«

»Ja«, stimmte Heem zu. »Am Ziel muß er beendet werden. Jetzt aber brauchen wir ihn. Wenn wir nicht weiterkommen, wird keiner von uns um den Sieg ringen können. Ich habe versucht, das auch dem Erb zu übermitteln.«

Das Übersetzungsgerät blinkte dem Erb einen Regen von Lichtsignalen zu. Jetzt erklärte die Kreatur sich einverstanden. »Ich ziehe es jedoch vor, in nicht zu nahen Kontakt mit dem HydrO zu kommen«, schränkte sie ein. »Dieser Rasse ist nicht zu trauen.«

»Nicht zu trauen!« explodierte Heem. »Du Hypokrit von einer Pflanze! Vorhin, auf der Route ...«

»Waffenstillstand! Waffenstillstand!« unterbrach der Squam. »Wir befinden uns zwar in einem Wettstreit, doch müßt ihr den für den Moment zurückstellen.«

»Und ich ziehe es vor, nicht in Kontakt mit einem Squam zu kommen«, sprühte Heem. »Aber wir müssen uns miteinander verbünden, wenn wir weiterkommen wollen. Wir wollen uns auf folgendes einigen: wenn einer von uns einen anderen angreifen sollte, ist der dritte verpflichtet, den Aggressor anzugreifen. Auf diese Weise sind wir alle geschützt. Nur der Friede kann uns allen nützen.«

»He, das ist eine herrliche Vereinbarung!« rief Jessica aus. »Wer auch immer einen anderen angreift, wird es bedauern. Ich bin froh, daß ihr jetzt in der Lage seid, Squams reational zu sehen.«

»Ebenfalls«, sagte der Squam. »Wollen wir jetzt über unsere Möglichkeiten und Fähigkeiten sprechen? Ich bin Sickh von Schlanklinie, eine partnerlose Weibliche, wie ...«

»Weibliche!« unterbrach Heem.

Der Squam fuhr herum und wandte Heem seine Scheren zu. »Hast du etwas dagegen?« nadelte der Übersetzer.

»Na, hast du etwas dagegen?« nadelte Jessica in seinem Inneren.

Heem rollte zurück. »War nur überrascht. Ich war überzeugt, daß nur wenige Weibliche sich an diesem äußerst harten Rennen beteiligen würden.«

»Eine Anzahl der Spezies von Tausendstern haben sehr harte Weibliche, und das spiegelt sich bei ihren Vertretern wider, die auch weibliche Wirte brauchen«, antwortete der Squam. »Du, ein Männlicher, verfügst nicht über die richtigen Mittel, um die verschlagenen Ränke des Mystischen schätzen zu können.«

»Ha!« rief Jessica.

Heem war nach außen still. Nach innen sprühte er: »Dieser Squam spricht wie du.«

Jessica war bestürzt. »Wirklich?«

Er beruhigte sie. »Nein, nicht wirklich. Sie glaubt, daß sie mir sowohl geistig als auch körperlich überlegen sei. Es wäre wohl das beste, sie nicht zu reizen.«

»Du lernst dazu, Heem! Ich werde sie sehr genau im Auge behalten. Vielleicht bilden wir ein besseres Team, als wir angenommen haben.«

Der Squam fuhr mit der Vorstellung fort. »Ich bin Spezialistin für geologische Formationen, und mein Transferer ist Archäologe. Ich denke, daß wir in der Lage sind, eine günstige Route zum Ziel festzulegen und Zeit zu gewinnen, doch wird sie für ein Einzelwesen recht gefährlich sein.«

Das war eine günstige Verbindung für ein Unternehmen wie dieses; ein Geologe und ein Archäologe waren natürlich in der Lage, Spuren der Alten zu erkennen, die von anderen übersehen werden mochten. Da auch der andere Squam die Gefahren, denen sie sich durch Verlassen des Weges aussetzen würden, sehr exakt definiert hatte, mochten die Warnungen dieses Squams wohlbegründet sein.

»Ja«, stimmte Jessica zu. »Ein verdammt kluges Mädchen.«

Der Erb ließ seinen Übersetzer aufblitzen, und er strahlte ein Sprühen für Heem und Laute für Sickh, den Squam aus. Ein recht vielseitiges Instrument. »Ich bin Windblume, ebenfalls weiblich in meiner jetzigen Lebensphase. Ich bin Studentin der Materien und Theorien der Alten, und mein Transferer ist auf Transfer-Technologie spezialisiert.«

Ein sogar noch nützlicheres Gespann! Die Alten waren Meister der Transfer-Technologie – das war einer der Gründe dafür, daß man so fieberhaft nach ihren Spuren suchte. Doch inwieweit konnten diese Spezialkenntnisse bei dem Wettrennen nützen? Es hatte den Anschein, daß Experten oft nicht die besten Praktiker waren. Das war, wie Heem wußte, allen Experten im ganzen Cluster gemeinsam.

Heem war an der Reihe. »Ich bin Heem von Steilfall, männlich, Spezialist für Raumnavigation und Krieg. Mein Tranferer ist Muster-Analytiker.«

»Ausgezeichnet«, sagte der Squam. »Jetzt wollen wir uns darüber beraten, auf welche Weise wir unser gemeinsames Ziel verfolgen können. Die auf der Karte festgelegte Route ist für Traktoren passierbar. Es wäre möglich, eine Rampe an die Bergwand zu bauen und die Winde zu benutzen, um die steile Auffahrt zu bewältigen, doch würde das sowohl Zeit als auch Treibstoff kosten. Windblumes Traktor kann nicht mehr viel Treibstoff enthalten.«

»Richtig«, stimmte der Erb zu. »Nicht mehr genug für diesen Zweck. Wir sind gut und umsichtig gefahren, doch die Karte hat uns getäuscht.«

Gut und umsichtig, in der Tat, dachte Heem. Dieser Traktor mußte es weiter geschafft haben als jeder andere. Diese beiden Kreaturen mußten zu den klügsten und routiniertesten der Wettkampfteilnehmer zählen; eine Tatsache, die man nicht vergessen sollte.

»Deshalb müssen wir unabhängig voneinander vorgehen, entweder entlang der markierten Route oder auf einer von uns selbst gewählten. Die markierte Route beschreibt einen flachen Bogen, ein direkter Weg könnte die Strecke um ein Drittel reduzieren.«

»Der direkte Weg führt über die höchste Erhebung der Bergkette«, blinkte der Erb.

»Ist deshalb unmöglich. Meine flüchtige Analyse deutet jedoch darauf hin, daß diese Bergkette aus porösem Gestein besteht. Es sollte also Höhlen geben, von denen einige vielleicht in unmittelbarer Nähe unseres Ziels zutage treten.«

»Das ist wirklich ein schlauer Squam«, sagte Jessica.

»Meine Art ist vom Licht abhängig, ausgenommen bei sehr kurzen Entfernungen«, protestierte der Erb. »Wir mögen die Unterwelt nicht und sind dort nicht kompetent.«

»Das ist einer der Gründe, warum eine Zusammenarbeit mit uns für dich vorteilhaft ist«, erklärte der Squam. »Meine Art ist in unterirdischen Umgebungen zu Hause, solange sie trocken und von einigermaßen fester Struktur sind. Wir verwenden den Schall, um Tiefen auszuloten. Wir haben eine Körperform, die es uns gestattet, enge Durchlässe zu passieren. Es mag hier jedoch Stellen geben, die für mich zu schmal sind ...«

»Meine Art ist in der Lage, Fels zu sprengen«, blinkte der Erb.

»Meine Art kann sich selbst durch engste Löcher quetschen, wenn man uns genügend Zeit dazu läßt«, sprühte Heem.

»Es könnte dort Sektionen geben, die voller Wasser stehen«, fuhr der Squam fort. »Ich mag kein Wasser.«

»Kein Problem«, sprühte Heem. »Meine Art kann sich unter Wasser fortbewegen, so lange es Wasserstoffverbindungen enthält, was meistens der Fall ist.«

»Es könnte dort steile Berghänge geben, oder Ströme aus heißer Lava, die nur mit Hilfe einer Leine oder durch andere manuelle Operationen überquert werden können. Dafür ist meine Art hervorragend geeignet.« Der Squam machte eine Pause und klickte mit einer Schere zum Zeichen dafür, daß er zu einer Entscheidung gelangt war. »Ich glaube, daß wir gemeinsam die meisten der Hindernisse bezwingen können – wenn wir einander vertrauen.«

»Ich traue dem HydrO nicht!« blinkte der Erb.

»Und ich fühle mich in deiner Nähe nicht recht wohl«, erwiderte der Squam. »Und der HydrO fürchtet sich vor mir. Aber wenn wir einander nicht vertrauen, hat keiner von uns eine Aussicht, das Ziel rechtzeitig zu erreichen. Wir sind nicht hier, um uns zu streiten; wir sind hier, um unsere Einwohner auf dem schnellsten Weg dorthin zu bringen. Es wäre eine Pflichtverletzung, wenn wir dies nicht als unser oberstes Ziel ansehen würden. Ich bin der Ansicht, daß wir mehr brauchen als nur einen von Mißtrauen geprägten Waffenstillstand; wir brauchen gegenseitiges Vertrauen. Sonst können wir es nicht wagen, gemeinsam weiterzumachen.«

»Das mag vielleicht eine sehr akademische Überlegung sein«, sprühte Heem. »Du hast darauf spekuliert, daß sich in dem Bergzug Höhlen befinden. Ich schmecke keine.«

»Dann muß ich mein Können unter Beweis stellen. Meine Analyse der Formation deutet auf das Vorhandensein einer dünnen Felswand hin.« Der Squam schlängelte sich zu einer geringfügigen Vertiefung und klopfte mit einer Schere gegen die Wand. »Hier. Ein Rammstoß des Traktors sollte sie aufbrechen.«

»Ich habe genügend Treibstoff für mehrere Rammstöße«, blinkte der Erb. »Ich will es versuchen.«

Sie stieg in ihren Traktor. Jessica assimilierte ein Bild der Wurzeln dieser Pflanze, die sich in die Spalten der Maschine setzten, sich darin festklammerten, die Kreatur hinaufzogen.

Der Traktor setzte sich in Bewegung. Er rammte gegen die Wand. Der Fels zersplitterte und brach zusammen, und als der Geschmack von Staub ein wenig verweht war, nahm Heem das Aroma gestauter, hervorströmender Luft wahr. Es lag in der Tat eine Höhle hinter der Klippenwand.

Trotzdem hatte Heem noch seine Zweifel. »Du hast deine geologische Expertise demonstriert«, sprühte er. »Doch ich habe in der Vergangenheit mehr als einmal schlechte Erfahrungen mit deiner Art gemacht, und ein Erb hat eine Brücke sabotiert, die ich überqueren wollte. Wie kann ich sicher sein, daß ihr beiden besser seid als die anderen?«

»Sabotage?« blinkte der Erb. Jessica war es endlich gelungen, ein Bild von ihm zu formen: die Kreatur richtete ihre Blütenblätter auf die Hauptlichtquelle, reflektierte und konzentrierte ihre Strahlen zu deutbaren Mustern. Sie konnte einen Strahl auf einen bestimmten Empfänger richten, wie den Übersetzer des Squams, oder über eine Bogensehne, die mehrere Empfänger erfaßte. »Identifiziere das schuldige Individuum, und es soll der Strenge des Gesetzes unterworfen werden.«

»Es sitzt in dem letzten Traktor auf dieser Route«, düste Heem.

»Und welcher Natur waren deine Erfahrungen mit Angehörigen meiner Art?« wollte Sickh wissen.

Das nun konnte Heem nicht schildern, ohne seine illegalen Erinnerungen aufzudecken. »Ach, zum Teufel damit!« rief Jessica. »Squams mögen die Metamorphose der HydrOs nicht!«

Das stimmte. Squams waren eine primitivere Spezies, bei der es keine Metamorphose gab. »Ein Squam ist in das Tal gekommen, in dem meine zukünftige Partnerin lebte, überfiel ihre Schwestern und tötete sie.«

»Squams haben in euren Tälern doch nichts zu suchen«, protestierte Sickh. »In diesem Punkt sind die Gesetze äußerst präzise.«

»Dieser ist in unser Tal eingedrungen – und nimmt jetzt an diesem Wettkampf teil. Wir nennen ihn Schlängelschreck.«

»Der Name sagt mir nichts«, antwortete sie. »Ich versichere dir jedoch, daß ich ihn zur Verantwortung ziehen lassen werde, wenn er mir begegnen sollte. Wir sind zivilisiert; wir verstoßen nicht gegen die Gesetze, noch tolerieren wir solche, die es tun.«

»Ich finde dies unglaublich«, blinkte der Erb.

»Ich auch«, sagte Jessica. »Ich stimme dafür, daß wir ihr vertrauen, Heem.«

»Weil sie weiblich ist?« fragte er sie zynisch.

»Nein, das ist keine Empfehlung. Nicht alle weiblichen Squams sind gleich, wie du weißt. Es ist nur eine Intuition, die ich habe. Es erscheint mir logisch, daß eine intelligente, technologische Spezies auch ethische Werte besitzt. Natürlich gibt es bei ihr auch Verbrecher – du selbst bist ja einer, und auch ich, genaugenommen –, doch die Mehrzahl der Individuen dürfte zivilisiert sein, besonders die besser gebildeten. Für uns ist diese Lösung sehr viel günstiger, als wenn wir *nicht* kooperieren würden und damit aus dem Rennen wären. Also wollen wir diesen Damen vertrauen und sie höflich und entgegenkommend behandeln, wie es die goldene Regel fordert.«

»Ein metallurgisches Gesetz?« fragte Heem, dem diese Redewendung nicht geläufig war.

»Tue anderen, was du willst, daß sie dir tun.«

»Ich bin einverstanden«, sprühte Heem nach außen.

»Dann wollen wir miteinander vereinbaren, diese Passage gemeinsam zu navigieren, und daß keiner von uns versucht, die Fundstätte der Alten zu erreichen, bevor wir alle drei durch die Bergkette hindurch sind«, sagte der Squam.

»Einverstanden«, sprühte Heem, und der Erb blinkte das Wort.

Der Squam löste ein Metallseil vom Traktor des Erb und befestigte sein Ende um die Mitte ihres Körpers. Heem mußte zugeben, daß ihre Fähigkeit, Gegenstände zu ergreifen und zu tragen, in einer Situation wie dieser sehr vorteilhaft war.

Der Squam schlängelte sich als erster in die aufgebrochene Öffnung. Heem spürte an den Vibrationen, daß sie das Innere der Höhle durch das Ausstoßen von Lauten und Auffangen der zurückgeworfenen Echos erkundete. Heem folgte als nächster, rollte den leicht abschüssigen Tunnel hinab und schmeckte die Luft in allen Details. Der Erb folgte ihm auf ihren dünnen, kurzen Wurzeln.

Die Luft bewegte sich. Das bedeutete, daß die Höhle entweder noch einen zweiten Ausgang besaß, oder aber, daß sie eine solche Ausdehnung hatte, daß der Prozeß von Erwärmung und Abkühlung ein Ausdehnen und Verdichten der Luft hervorrief, und damit Bewegung. Heem konnte es an ihrem Aroma nicht erkennen; es war ein rein innererdiger Geschmack, dem jedoch etwas seltsam Fremdartiges anhaftete.

Die Passage führte leicht abfallend in die Tiefe der Bergkette, stieß dann im rechten Winkel auf eine andere. Das war merkwürdig. Höhlen änderten ihren Verlauf gewöhnlich durch Biegungen und nicht in so präzisen Winkeln.

Der Squam blieb stehen. »Kommt euch auch ein gewisser Verdacht, Gefährten?« fragte sie, und ihr Übersetzer setzte es in Sprühen und Blinken um.

»Dies ist keine natürliche Höhle«, blinkte der Erb zurück. Der Translator strahlte bei Nichtgebrauch ein stetes, mattes Glühen ab, das sie für Reflektionen verwenden konnte, und es half ihr auch, die Höhle zu erfassen. Heem erkannte das an der Art, wie sie sich bewegte und wie sie reagierte, und Jessica füllte auf diese Weise die Lücken. Das Fehlen von Licht störte Jessicas bildhafte Vorstellungen nicht, da sie aus Hintergrundinformationen und Geschmacksbewußtsein geformt wurden. »Die Höhle ist künstlich, aber alt – sehr alt.«

»Vielleicht so alt wie die Ahnen«, stimmte Heem ihr zu.

»Wenn die Karte richtig gewesen wäre, hätte ich ihre Natur nicht erkannt«, sagte der Squam. »Aber als ich die Bergkette vor mir sah, war ich so gut wie überzeugt, daß sie künstlich war. Ist es möglich, daß dies alles eine gewaltige Konstruktion der Alten ist? Was meint ihr dazu?«

»Die Alten waren groß in Erdbewegungen«, stimmt Heem zu.

»Meine geologische Expertise gibt Warnzeichen«, sagte Sickh. »Es könnte Einsturzgefahr bestehen. Dies ist eine unnatürliche Formation.«

»Sie ist drei Millionen Jahre lang intakt geblieben«, sprühte Heem, »also sollte sie noch einen Tag länger halten. Und wenn wir von hier aus Zugang zu der Fundstätte der Alten haben – einen Zugang, von dessen Existenz die Wettkampfbehörde keine Ahnung hat ...«

»Dann wäre ein Sieg ungültig«, blinkte der Erb. »Dies ist kein Wettkampf der Entdeckungen, sondern ein Wettkampf der Überlegenheit. Der Stern, der die zum Ziel bestimmte Fundstätte als erster erreicht, erhält das Eigentumsrecht über sie.« Sie machte eine Pause. »Außerdem ist dies nicht eine echte Fundstätte der Alten. Die Struktur ist nicht typisch für sie, wie alle bisherigen Entdeckungen belegen; wenn man zum Beispiel ...«

»Nicht nötig«, sprühte Heem. »Du bist die Expertin auf diesem Gebiet.«

»Dann wollen wir weitermachen«, entschied der Squam. »Vielleicht finden wir den Zugang leichter, als wir es erhofft haben.«

Sie zogen weiter. Nach einer Weile wurde der Boden der Passage eben. Dann öffnete sie sich zu einer riesigen Kammer, größer als die Lavablase, mit ebenem Boden und gewölbter Decke.

»Die Größe der Höhle ist gewaltig«, sagte der Squam, »aber sie ist absolut leer.«

Heem stimmte zu. Sein Geschmack entdeckte keinerlei Abgrenzungen außer denen in unmittelbarer Nähe. »Es muß eine Lagerhalle gewesen sein«, meinte Jessica. »Oder auch eine Truppenunterkunft.«

»Aber wenn es keine Konstruktion der Alten ist ...«

»Es befindet sich eine Fundstätte der Alten in unmittelbarer Nähe. Vielleicht stammt dies von einer früheren Spezies und wurde von den Alten übernommen.«

»Eine Spezies, die vor den Alten existiert hat?«

»Es *hat* andere Lebewesen gegeben! Wir nennen die hochtechnologisierte Zivilisation nur aus Gewohnheit die Alten.«

Sie durchquerten die riesige Höhle und fanden in der gegenüberliegenden Wand eine weiterführende Passage. Doch sie führte in die Tiefe, nicht aufwärts. »Mir gefällt das nicht«, sagte der Squam.

Und auch Heem gefiel es nicht. Das Ziel des Wettkampfes lag mit Sicherheit an der Oberfläche. Auf diese Weise würden sie unter ihm hindurchgehen und den Wettkampf verlieren.

Doch wohin sollten sie gehen, wenn nicht weiter? Zurückzurollen und dem Traktorpfad zu folgen würde sie unheimlich viel Zeit verlieren lassen.

Der Boden der Passage fiel plötzlich noch steiler ab und versank abrupt unter Wasser. »O nein«, stöhnte Jessica. »Das Abwassersystem!«

»Dies scheint ein Abflußgraben zu sein«, blinkte der Erb. »Die Alten haben so etwas nicht gekannt.«

»Mein Transferer stimmt dir zu«, sagte der Squam. »Viele ältere Zivilisationen haben solche Systeme verwandt, doch die Alten scheinen Flüssigkeiten nicht in so großen Mengen gebraucht zu haben, daß sie so etwas benötigten. Dies ist jedoch typisch für ein System, das uns bekannt ist, und in dem Fall müßte es Öffnungen an beiden Enden einer gefluteten Röhre geben.«

»Ich werde nachsehen«, sprühte Heem. Er rollte an dem Squam vorbei in das Wasser. Der Geschmack war kalt, doch nicht stagnierend; es gab eine geringe Bewegung und genügend gelöstes Wasserstoffgas, um ihn am Leben zu erhalten. Dieses Wasser stammte von der Oberfläche und befand sich noch nicht lange in der Höhle; vielleicht war es Sickerwasser von einem kürzlich niedergegangenen Gewitter. In was für eine noch tiefer liegende Kaverne es abfließen mochte, konnte er nicht einmal erraten.

Dann stieß er auf ein Metallgitter, das verhindern sollte, daß größere Objekte in den tieferen Teil der Abflußröhre eindrangen. Er preßte sich dagegen, doch das Ding war fest verankert. Hier führte der Weg für sie nicht weiter! Er selbst mochte sich hindurchquetschen und auf der anderen Seite sein Körpergewebe wieder in seine ursprüngliche Form bringen können, doch weder Squam noch Erb war das möglich. »Und wir werden sie nicht hier sitzen lassen«, sagte ihm Jessica.

Er rollte zurück, kam bei den anderen wieder ans Ufer des Kanals. Jessica, die ihrem geistigen Bild Illumination hinzufügte, sah den Squam und den Erb, die begierig auf Nachricht warteten.

»Der Weg ist versperrt«, berichtete Heem. »Der Geschmack des Wassers verrät, daß dort andere Passagen vorhanden sind, aber es herrscht eine ziemliche Strömung, und der Geschmack von weiteren Gittern. Ich könnte hindurchkommen, ihr jedoch nicht.«

»Mein Sonar kann keine andere direkte Route zur Stätte der Alten ausmachen«, sagte Sickh. »Wir müssen uns also unseren Weg erzwingen. Windblume, bist du unter Wasser funktionsfähig?«

»Ja«, antwortete der Erb. »Ich brauche jetzt sogar Wasser. Meine Wurzeln sind trocken und sollten gewässert werden. Ich werde uns den Weg durch das Gitter brechen.«

»Heem wird dich zu dem Gitter führen, und zu der nächsten Passage.«

»Habt ihr es gemerkt?« sagte Jessica. »Sie benutzt unsere Namen, und das macht uns noch mehr zu Gleichen, anstatt zu Aliens. Dieser Squam versucht wirklich, uns zu einem Team zu formen.«

»Ich mag nicht mit einem HydrO allein sein«, protestierte der Erb.

»Heems Nadeln können dir im Wasser nichts anhaben«, klärte der Squam sie auf.

»Das stimmt!« blinkte Windblume überrascht.

»Du wirst auch das andere Ende der Leine mitnehmen«, bestimmte der Squam. »Ich kann es nicht lange im Wasser aushalten. Ich muß Sauerstoff oder andere Gase einatmen, um meine Körperfunktionen aufrechterhalten zu können.«

»Zusätzliche zum Essen?« fragte Heem.

»Jeder von uns hat seine Schwächen«, blinkte der Erb nachsichtig.

Der Squam akzeptierte diese Bemerkung mit großem Takt. »Mein Leben wird in deiner Obhut liegen.«

Der Erb, von diesen Worten ermutigt, schlang die Leine um ihren kräftigen Stiel und bewegte sich zum Wasser. Heem folgte.

Als sie das Gitter erreicht hatten, grub der Erb ihre Wurzeln in das Sediment des Kanalbodens und verankerte sich fester, als es irgendeinem Tier möglich gewesen wäre, dann schloß sie ihre Blütenblätter zu dem kräftigen Bohrkeil. Der Bohrer begann zu rotieren und schob sich in das Gitter, es gab rüttelnde Vibrationen, und die Gitterstäbe rissen aus ihren Verankerungen. Kein Wunder, daß Squams sich vor Erbs fürchteten! Heem war es intellektuell bewußt gewesen, daß diese Pflanzen ein gutes Drehmoment besaßen, doch hatte er nicht geahnt, wie mächtig es war.

Windblume warf das verbogene Gitter ins Wasser. Es sank sofort auf den Grund, und Heem schmeckte die Aromen der Sedimente, die es an die Oberfläche wirbelte. Schon bald hatte er ein klares Bild – Jessicas Sehvermögen war wieder eine große Hilfe – von dem ganzen Sektor. Dicht hinter der Stelle, wo Windblume das Gitter herausgerissen hatte, befand sich eine zweite Abflußröhre, die diese rechtwinklig schnitt. Er rollte sich dort hinein, formte seinen Körper flach, wegen der Strömung, und erreichte das Ende der Röhre, die ebenfalls durch ein Gitter abgeschlossen war.

Der Erb folgte ihm. Doch hier ergab sich ein Problem. Das Gitter war zu hoch angebracht; Windblume konnte es nicht erreichen, als sie aus ihren Blütenblättern einen Bohrer formte. Heem konnte sich nicht mit ihr verständigen, da ihnen kein Übersetzer zur Verfügung stand, doch konnte er ihre Schwierigkeit schmecken. Wieder waren sie blockiert.

»Kann sie auf dir stehen?« fragte Jessica.

Das war es! Gewicht war im Wasser kein großes Problem. Wenn die ängstliche Windblume ihm nur trauen würde ...

Heem berührte vorsichtig Windblumes Wurzeln. Sie riß sie zurück, als ob sie verbrannt worden wären. Er flachte die Unterseite seines Körpers ab, verankerte sie fest in Rissen und Spalten im Boden des Rohres, und wölbte seinen Rükken empor. Und blieb so, ohne sich zu rühren.

Windblume war ein intelligenter Erb. Sie erkannte, was er beabsichtigte. Vorsichtig berührte sie ihn mit einer Wurzel. Heem blieb reglos. Eine zweite Wurzel. Bald stieg sie auf ihn und verankerte ihre Wurzeln mit einem unguten Gefühl in seiner weichen Haut. Ihm gefiel der Kontakt genausowenig wie ihr! Und doch war da ein fremder Reiz in Windblumes Berührung, die ihm seltsam angenehm war.

»Sie ist eine Weibliche«, sagte Jessica. »Männliche mögen

die weibliche Berührung, und du bist dafür besonders empfänglich – und nicht nur für die körperliche ...« Sie brach den Satz ab, als ihr die Sinnlosigkeit solcher Spekulationen bewußt wurde.

»Auf solarischen Planeten – berühren die Leute einander?« fragte Heem. »Sie düsen einander nicht nur aus der Entfernung zu, sondern stellen engen Kontakt her – so wie hier?«

»Das tun sie. Nicht auf diese Art, da wir keine Wurzeln besitzen, doch sehr eng. Wir nennen es eine Umarmung.«

»Widerlich!« sagte Heem unwillkürlich.

Sie lachte. »Es kann wirlich sehr angenehm sein, Heem; das würdest du bald feststellen, wenn du es probieren könntest.«

»Vielleicht«, sagte er, plötzlich neugierig. Was er über den fremden Gesichtssinn erfahren hatte und über eine Zusammenarbeit mit verschiedenen fremden Kreaturen, machte ihn zunehmend liberaler gegenüber fremden Eigenschaften.

Plötzlich durchfuhr eine schwere Erschütterung seinen ganzen Körper. Der Erb begann mit dem Bohren. Heem verankerte sich fester, obwohl sich die Wurzeln noch schmerzhafter in sein Fleisch bohrten. Es gab einen furchtbaren Ruck, der ihn fast vom Boden der Röhre riß. »Festhalten, Heem! Sie bohrt das Gitter auf!«

Er wußte das. Er hielt sich fest. Die Erschütterungen wurden fast unerträglich. Pflanzenfasern mußten wirklich zäh sein, um diese Belastung aushalten zu können. Dann, plötzlich, hörten sie auf. Das Gitter war losgerissen!

Windblume warf das Gitter ins Wasser. Sie zog ihre Wurzeln aus Heems Körper. Auch das war schmerzhaft. Doch er hatte das Schlimmste überstanden, und seine Haut war nicht wirklich beschädigt worden.

Sie folgten der Röhre, bis sie an ihr Ende und in eine andere Passage gelangten. Sie hatten das Abwassersystem überwunden! Windblume zog noch immer das Seil hinter sich her. Jetzt verankerte sie ihre Wurzeln im Boden der neuen Passage, war jedoch nicht imstande, das Seil einzuholen. Ihre oberen Ranken waren zwar dazu geeignet, Dinge zu halten, doch nicht, eine Last heranzuziehen.

»Das können wir übernehmen«, sagte Jessica zu Heem. »Lege das Seil auf den Boden, rolle auf ihm entlang und wickle es dabei um dich auf, wie eine Spule – begreifst du, was ich meine?«

»Nein.« Heem hatte noch nie eine Leine benutzt.

Sie formte ein Bild für ihn, und plötzlich war es ihm klar. Heem plazierte sich auf einem losen Teil der Leine, rollte dann auf ihr entlang bis zu der Stelle, wo sie ins Wasser eintrat. Hier lag das Seil in einer Art Schleifenform. Er schob seinen Körper in diese Schleife, bildete eine Kerbe in seinem Rücken und ließ die lockere Leine in diese Kerbe gleiten.

»Wie ein Yo-Yo«, sagte Jessica und ließ eine Darstellung davon aufblitzen. »Jetzt krümme dich um die Leine, halte sie fest, und dann ziehe sie aus dem Wasser.

Heem folgte ihrer bildhaften Anweisung. Er konnte sich umdrehen und das in der Kerbe verankerte Seil mit sich ziehen. Als er vom Wasser wegrollte, straffte die Leine sich. Jetzt drückte er seinen Körper nach vorn, und die straffe Leine mußte sich über ihn hinweg unter ihn winden, wo sie von seinem Gewicht festgehalten wurde. Er war tatsächlich wie die Spule, die sie ihm bildhaft dargestellt hatte, holte die Leine ein, ohne sie tatsächlich zu umfassen. Oder wie die Gleiskette eines Traktors, die von seinem Antriebsrad aufgespult wurde. Es war harte Arbeit, von der seine Haut aufgescheuert wurde, doch er wußte, daß sie notwendig war. Er zog wieder und wieder.

Endlich tauchte der Squam neben dem Erb aus dem Wasser. Mit einer ihrer Scheren hatte sie sich an der Leine festgeklammert, in einer anderen hielt sie ihren Übersetzer. Ihre vorderen und hinteren Extremitäten schleppten hinterher. »Meine Anerkennung euch beiden«, sprühte und blinkte der Übersetzer, der durch das Bad keinerlei Schaden gelitten hatte. »Ich hätte mich aus eigener Kraft nie durch das Wasser bewegen können. Meine Schallorientierung ist in einem flüssigen Medium absolut unbrauchbar.«

»Was einer der Gründe dafür ist, daß deine genau treffenden Nadeln einen Squam völlig hilflos machen können«, kommentierte Jessica. »Squams sind sehr stark von ihrem Gehör abhängig, und Wasser an den falschen Stellen nimmt ihnen diesen Sinn.«

Der Erb zog ihre Wurzeln aus dem Boden und streckte ihren Blütenstengel, um sich zu entspannen. Während der ganzen Zeit, die sie mit Heem allein gewesen war, hatte sie eine starke Nervosität gezeigt; die Anwesenheit des Squam war ihr eine Erleichterung. Die beiden, Erb und HydrO, hatten gut zusammengearbeitet, doch ohne das Übersetzungsgerät und die persönlichen Versicherungen des Squam hätte der Erb sich nie darauf eingelassen.

»Mache ihr ein Kompliment«, riet Jessica. »Tue etwas, damit sie dich mag. Alle Weiblichen stehen auf Komplimente. Dadurch läßt sich besser mit ihnen auskommen.«

Heem beschloß, den Rat der Expertin über die Natur des Weiblichen zu befolgen. »Windblume ist besonders tüchtig gewesen«, sprühte er. »Sie hat zwei Gitter herausgerissen und das Seil verankert, trotz aller Schwierigkeiten und Mühen.«

Der Erb reagierte nicht. »Sie hat es aber sehr genau registriert«, versicherte Jessica ihm. »Sie weiß, daß du sehr viel von der Arbeit geleistet hast und trotzdem ihr Anerkennung zolltest.«

Sickh schlang wieder das Seil um ihren Körper, und sie zogen weiter. Der Tunnel führte aufwärts. Näherten sie sich seinem Ende?

»Ich höre etwas«, sagte Sickh. »Es befindet sich eine lebende Präsenz in der Passage.«

»Oh-oh«, sagte Jessica.

Heem konzentrierte sich. Ja, der leichte Luftstrom trug einen bedrohlichen Geschmack zu ihm.

»Tier, nicht Pflanze«, sagte er. »Aber man hat mir doch versichert, daß es auf Exzenter keine gefährlichen Tiere gibt.«

»Niemand kann sagen, was in der Tiefe lebt«, bemerkte

der Squam. »Kleine Tiere, die sich von Fungus ernähren vielleicht, deren Eier hier vor der Winterkälte einigermaßen geschützt sind.«

Die Bestätigung für die Richtigkeit dieser Annahme ließ nicht lange auf sich warten. Ein Schwarm pelziger kleiner Kreaturen kam den Tunnel entlang auf sie zu. Heem schmeckte die Haare ihres Fells und die Schwielen an ihren Füßen.

»Sie strahlen Licht ab«, blinkte der Erb. »Sie sind auf den Gesichtssinn orientiert, produzieren im Gegensatz zu meiner Art jedoch ihre eigenen Lichtstrahlen, wenn diese auch recht schwach sind. Es sind sehr viele von diesen Kreaturen; sie bewegen sich auf drei Gliedmaßen und haben eine Wurzel an ihrem hinteren Ende, die ihnen hilft, ihr Gleichgewicht zu halten. Sie scheinen von einer essenden Spezies zu sein.«

»Das ist schlecht«, sagte Jessica finster. »Die essenden Spezies haben in diesem Teil der Galaxie einen sehr schlechten Ruf.« Heem bezweifelte nicht, daß die anderen Transferer ihren Wirten ähnliche Warnungen zukommen ließen.

»Vielleicht kommen sie nur hier vorbei, auf dem Weg zum Wasser«, sagte der Squam.

Eine eitle Hoffnung! Sekunden später fiel die Horde über sie her. »Sie besitzen Waffenöffnungen«, meldete Windblume. »Mit Schneidflächen aus Horn oder Knochen.«

»Zähne!« sagte Jessica. »Ich glaube, die ähneln am meisten einer Tierart, die wir Ratten nennen. Sehr gefährlich!«

Da war ein Aufblitzen, das in einem Geschmack puren Horrors übersetzt wurde. Heem konnte die Reflektionen des Erb nicht direkt empfangen, doch Jessicas Bilddarstellung ließ sie real erscheinen. »Sie fressen an mir!« schrie der Erb.

Ein plötzlicher Schmerz durchzuckte Heem. »An mir auch!« sprühte er. Eine Ratte hatte ihre primitive, zahnbewehrte Öffnung dazu benutzt, Heems Fleisch aufzureißen.

»Sitz doch nicht nur herum und laß dich fressen. Nadle sie!« schrie Jessica.

Heem nadelte die Ratte. Die Kreatur gab eine Vibration

von sich und wich zurück, aus der Nadel-Wunde blutend. Sofort stürzten ihre Artgenossen sich auf sie und rissen sie in Stücke. Heem schmeckte das Zerfetzen von Fleisch, das Verströmen von Körpersäften. »Das ist ja schlimmer als das, was Squams tun!« sprühte er und vergaß, daß diese Bemerkung äußerst undiplomatisch war.

»Sie nehmen unverdautes Fleisch zu sich!« blinkte Windblume.

»Ekelhaft!« rief Sickh. »Verdauung sollte immer außerhalb des Körpers stattfinden, damit die Abfallprodukte beseitigt werden können.«

Zwei andere Ratten fielen Heem an. Er nadelte sie beide, tötete sie. Inzwischen war der Squam auf den Erb zugeglitten, der diesem Angriff ziemlich hilflos ausgesetzt war. Sickhs Scheren klickten; Heem spürte die Vibrationen, schmeckte die hervorschießenden Rattensäfte und wußte, daß der Squam die empfindlichen Wurzeln des Erb beschützte.

Doch immer mehr Ratten kamen den Tunnel herabgestürmt. Sie waren klein, doch lag etwas sehr Erschreckendes in ihrer Fortbewegungsart auf Füßen. »Der Tumult hat alle Monster der Nachbarschaft auf den Plan gerufen«, sagte Jessica. »Es muß eine Unzahl von diesen Viechern geben. Wir müssen rasch weg von hier, bevor sie uns unter sich begraben.«

»Sie mögen kein Wasser«, verkündete Heem den anderen. »Sie weichen selbst vor meinen leichten Düsenstrahlen zurück. Wir müssen in die Abflußröhre zurück.«

Sie zogen sich zurück. Heem wurde dabei mehrere Male gebissen; die Tiere griffen so schnell und überraschend an, daß es unmöglich war, jedes rechtzeitig zu nadeln. Er war sicher, daß der Erb das gleiche Problem hatte. Nur der Squam war immun – zum Glück, weil der Squam sich nicht lange in dem schützenden Wasser aufhalten konnte.

Sie erreichten den Abflußkanal und tauchten darin unter. Die Ratten drängten sich an seinem Rand, blitzten mit ihren schwachen Lichtstrahlen, fletschten wütend die Zähne.

»Es scheint, daß wir vorläufig sicher sind«, blinkte Sickh. »Aber wie sollen wir weiterkommen und unser Ziel erreichen?«

»Du kannst weitermachen«, sprühte Heem von dem Teil seines Körpers, der sich außerhalb des Wassers befand, »Deinen Panzer können sie nicht durchdringen.«

»Ich darf nicht allein weitermachen; das verbietet mir unsere Abmachung. Wir müssen uns alle aus dieser Lage befreien – oder keiner.«

»Sie meint es ernst«, sagte Jessica. »Es hält nichts sie hier zurück außer ihrer Ehre.«

»Ehre bei einem Squam!« sprühte er bewundernd.

»Ich weiß, es war nicht sehr lustig in dem Lava-Dom! Aber du beurteilst noch immer eine ganze Spezies nach einem einzigen Individuum.«

»Wir können uns auf demselben Weg zurückziehen, auf dem wir gekommen sind«, blinkte der Erb.

»Und damit jede Siegchance aufgeben«, sprühte Heem.

»Dieses Ungeziefer hat Angst vor Wasser«, sagte Sickh. »Unser Freund, der HydrO, hat das begriffen. Vielleicht können wir diese Angst als Waffe benutzen.«

»Das Monster versucht, mir zu schmeicheln«, sprühte Heem innerlich für Jessica. »Genauso, wie ich auf dein Drängen hin dem Erb geschmeichelt habe.«

»Aber es tut dir gut, wenn dir jemand schmeichelt, nicht wahr? Selbst wenn es ein Squam ist.«

Heem machte ein Geschmacksseufzen. »Ja, ich bin nun mal ziemlich schwach den Weiblichen gegenüber.«

»Was ich bereits vor einiger Zeit feststellen konnte.« Doch ihre Stimmung war in diesem Moment ausgezeichnet. »Unter all deinem düsteren Sprühen bist du doch ein verdammt netter Kerl, Heem.«

»Jetzt tust *du* es!«

»Nun ja, gleiche Brüder, gleiche Kappen …«

»Kappen?«

»Nicht wichtig.«

»Ob es eine Möglichkeit gibt, den Tunnel zu fluten?«

fragte Windblume. »Damit könnten wir diese Biester vernichten.«

»Ein ausgezeichneter Vorschlag!« stimmte der Squam zu. »Es könnte jedoch recht schwierig sein, etwas zu tun, das die Äonen nicht geschafft haben.«

»Wir könnten die Gitter verwenden, die wir entfernt haben, sie durch andere Materialien verstärken, damit das Abflußrohr blockieren und so den Wasserstand anheben«, fuhr der Erb fort. »Es könnte schwierig sein, vielleicht auch gefährlich. Aber für mich ist eine zu lange Einkerkerung im Dunkel ebenfalls gefährlich und äußerst unangenehm.«

»Ich kann mir sehr gut vorstellen, wie sie sich fühlt«, sagte Jessica.

»Es ergäbe sich außerdem noch das Problem, diese Barriere abzudichten«, erklärte der Squam. »Aber die Alternative ...«

»Ich kann sie abdichten«, sprühte Heem. »Mit meinem Körper. Über das Gitter gebreitet.«

»Mit deinem Körper!« rief Sickh. »Solch ein Opfer erwarten wir nicht von dir!«

»Ich habe nicht die Absicht, mich zu opfern«, nadelte Heem. »Der Körper eines HydrO ist dazu konstruiert, allmählichen Druckanstieg ertragen zu können und seine Form den Gegebenheiten anzupassen. Wenn ein geeigneter Rahmen vor die Röhre gesetzt wird, wie zum Beispiel eins dieser Gitter, kann ich mich darüber breiten und auf diese Weise den Abfluß des Wassers verhindern, bis es ratsam erscheint, ihn wieder freizugeben.«

»Wie willst du dich dann retten? Der Druck würde dich festhalten.«

»Nein, der HydrO-Körper kann sich durch ein Gitter pressen, wenn auch nur langsam.«

»Dann hättest du also auch ohne uns vorankommen können«, blinkte der Erb. »Deinetwegen hätten die Gitter nicht entfernt werden müssen.«

»Aber nein«, sprühte Heem verlegen. »Unsere Abmachung ...«

»Ja, genau«, sagte Jessica befriedigt.

»Was ich nicht tun kann«, sprühte Heem, »ist, die Gitter einzusetzen.«

»Das kann ich machen«, sagte der Squam. »Aber ich kann nicht bleiben, um sie festzuhalten, wenn das Wasser steigt. Ich brauche Luft.«

Eigenartig, dachte Heem, der allein von Gasen lebte, daß er unbeschränkt lange unter Wasser bleiben konnte, während der Squam, der nur teilweise von Gasen abhängig war, diese ständig benötigte. Das war wert, in der Erinnerung festgehalten zu werden, für den Fall, daß er jemals in der Nähe von Wasser mit einem Squam in Konflikt geraten sollte. Selbst ein kurzes Untertauchen mochte einen Squam kampfunfähig machen.

»Ich kann das Gitter verankern«, erklärte der Erb.

»Dann haben wir ein durchführbares Programm«, schloß Sickh. »Wenn wir diesen Tunnel so weit fluten können, daß diese Ungeziefer vertrieben werden, ist es uns vielleicht möglich, ihn zu passieren, bevor sie zurückkommen. Wenn es uns dann nicht gelingen sollte, wieder an die Oberfläche zu gelangen, müssen wir zum Traktor zurück und dort Hilfe von der Wettkampfbehörde abwarten, denn dann sind wir aus dem Rennen.«

Heem rollte durch das Hauptrohr, erkundete es durch Tast- und Geschmackssinne. Sie hatten Glück. Dicht hinter der Einmündung des Rohrs verengte es sich. Es schien an dieser Stelle ein riesiges, altes Ventil zu geben, halb im schlammigen Sediment vergraben, dessen Bedienung natürlich jenseits ihrer Fähigkeiten lag, dessen Vorhandensein jedoch zu ihrem Vorteil war, da es sich als Widerlager für ihre Gitter verwenden ließ. Er rollte zurück und berichtete.

»Reichen zwei Gitter?« fragte der Squam.

»Eins tut es auch«, versicherte Heem. »Aber da sind die Löcher, die Windblume gebohrt hat. Es wäre sicher besser, beide zu verwenden, gegeneinander versetzt, so daß die Löcher bedeckt sind. Die Gitter müssen festgehalten werden, bis der Wasserdruck hinter ihnen stark genug ist.«

»Und wenn das geschieht, wird der Druck vor ihnen absinken«, sagte Sickh. »Vielleicht ist dann dort Luft vorhanden.«

»Es befindet sich schon jetzt eine Luftblase im Ventil«, erinnerte sich Heem. »Eingefangen von der Engstelle der Röhre. Die Luft ist brauchbar; ich habe sie geschmeckt.«

Sie sprachen eilig die Einzelheiten ab und machten sich an die Arbeit. Windblume hob und trug die Gitter langsam zu dem Ventil und lehnte sie dagegen. Dann zog sie Sickh an dem Seil heran – genaugenommen wurde das Seil von dem Erb nur verankert und die Strömung trieb den Squam zu ihr. Sickh half Windblume, die beiden Gitter genau einzupassen, packte sie dann mit ihren Scheren und hielt sie fest. Dabei reckte sie ihr Atmungsorgan in die Luftblase. Windblume grub ihre Wurzeln fest in die Sedimente des Bodens, schlang ihre oberen Triebe um die Gitterstangen und hielt sie aufrechtstehend fest. Und Heem breitete seinen Körper flach aus, machte ihn zu einer dünnen, weiten Scheibe auf den Gittern und verhinderte so den Abfluß des Wassers.

Sofort stieg der Wasserdruck an. Es herrschte an dieser Stelle eine spürbare Strömung, die anzeigte, daß erhebliche Wassermengen hindurchflossen. Jetzt staute sich dieses Wasser auf, drang allmählich in den Tunnel ein. Da dessen Boden nur geringfügig anstieg, reichte schon eine geringe Anhebung des Wasserspiegels aus, um eine weite Tunnelstrecke zu überfluten. Aber wie weit mußte das Wasser vordringen, um alle Ratten zu vertreiben? Und wenn es sich statt dessen in Richtung der großen Zentralhöhle ergoß, würden sie ihren Tunnel nie räumen können. Sie konnten nur hoffen, daß die schmale Passage vor ihnen tiefer lag als die hinter ihnen liegende. Heem hielt das für wahrscheinlich.

»Wir müssen eine Weile warten, denke ich«, sagte der Squam. »Wollen wir uns die Zeit durch ein Gespräch verkürzen? Wenn du, Heem, in der Lage bist, von deiner trokkenen Seite aus zu sprühen, und du, Windblume, eins deiner Blütenblätter hier hindurchsteckst ...«

Sie schafften es. Der Erb streckte ein Blütenblatt durch einen Spalt zwischen Gitter und Rohrwand, und Heem versiegelte den Rest der Öffnung mit seinem Körper. Sie waren jetzt in physischem Kontakt, doch hatten sie sich daran schon gewöhnt.

»Ich würde gerne wissen, Heem, wie deine Spezies die Raumtechnologie entwickelt hat«, sagte Sickh, einer Standardfrage zur Eröffnung einer Inter-Spezies-Konversation, wie Heem vermutete. »Wir waren, bis uns das Zusammentreffen mit den Intelligenzen anderer Sternsysteme eines besseren belehrte, der Überzeugung, daß es dazu erforderlich sei, eine akkurate Vibrations- und Radiationsperzeption zu besitzen, sowie auch manipulierbare Extremitäten. Aber HydrOs haben keins von beiden. Ich weiß inzwischen, daß ihr recht gut mit Raumschiffen, Traktoren und anderen Geräten umgehen könnt – aber wie wart ihr in der Lage, dies alles zu konstruieren?«

»Ist das nicht offenkundig?« sprühte Heem überrascht.

»Natürlich ist es nicht offenkundig, du Trottel!« sagte Jessica in seinem Inneren. »Wir Solarier stellten uns die gleichen Fragen. Wie konntet ihr wachsen, jagen, Nahrung sammeln oder zubereiten, um nur ein Beispiel zu nennen, wenn ihr keine – oh!«

Jessicas Kommentar mochte zwar etwas deplaciert gewesen sein, doch lieferte er Heem den Schlüssel für seine Antwort an den Squam. »HydrOs sind nicht mit den Sorgen um Nahrungsaufnahme und Schutz belastet, wie es bei gewissen anderen Spezies der Fall ist«, sprühte er delikat. »Folglich können wir alle unsere Kräfte intellektuellen und taktischen Interessen widmen. Wir sind in der Lage, Objekte von erheblicher Größe zu bewegen, indem wir sie schieben oder rollen, hielten es jedoch für praktischer, Maschinen zu entwickeln, die uns diese groben Arbeiten abnehmen.«

»Aber wie habt ihr ...«, begann der Squam.

Heem stellte fest, daß ihm dies Spaß machte. »Wir geschmacksanalysierten eine Anzahl verschiedener Substanzen und stellten fest, daß einige von ihnen Eigenschaften besaßen, die uns dienlich sein konnten. Wenn wir gewisse Steine mit einer bestimmten Kraft fortdüsten, wurden dadurch in ihnen Spuren elektrischer Ströme freigesetzt, die wir schmecken konnten.«

»Halbleiterdioden!« rief Jessica.

»Und bestimmte Metalle leiteten Strom von einer Region zu einer anderen, wenn man seinen Fluß durch bestimmte Vorrichtungen dazu brachte, seine Natur zu verändern, sich in Wärme zu verwandeln oder eine anziehende Kraft für andere Substanzen zu bilden ...«

»Drähte, Transformatoren, Widerstände, Magnete«, fuhr Jessica fort. »Damit hattet ihr die Grundlagen für den Elektromotor.«

»Und die entsprechende Kombination solcher Substanzen und elektrischen Ströme führte zur Konstruktion der ersten einfachen elektrischen Maschinen. Es war wirklich nicht sehr schwierig, da wir die Natur eines jeden Stromkreises und Stromflusses genau schmecken konnten. Unsere kleinen Maschinen wurden dazu verwandt, größere Maschinen zu konstruieren, eine Entwicklung, die uns schließlich bis in den Weltraum führte. Für uns war es immer ein Rätsel, wie Kreaturen, die nicht über einen feinen analytischen Geschmackssinn verfügten und deshalb unfähig waren, die präzisen Eigenschaften von Materie zu erfassen, jemals ein vergleichbares technologisches Niveau erreichen konnten.«

»Du stellst das mit einer bewundernswerten Klarheit dar«, sagte Sickh. »Jetzt begreife ich, daß ihr von der molekularen Ebene zur makroskopischen gegangen seid – ein sehr vernünftiger Schritt. Meine Spezies ist den umgekehrten Weg gegangen, unter Ausnutzung des Prinzips der Hebelwirkung und der Verwendung brennbarer Substanzen, um große, primitive Maschinen zu erzeugen, aus denen wir dann kleinere, präzisere entwickelten. Am raschesten war der Fortschritt auf dem Gebiet der Akustik, jedoch erlangten wir im Lauf der Zeit die nötige Kompetenz, um auch auf anderen technischen Gebieten vorankommen zu können.«

»Wie euer Multi-Spezies-Übersetzer beweist«, sagte Jessica. »Das ist ein sehr nettes Gerät, wenn man seine handliche Größe berücksichtigt.«

»Und wir Erbs«, blinkte Windblume, »begannen mit der Optik. Wir waren uns von Anbeginn an der Sterne des Universums bewußt; genaugenommen ist wahrscheinlich die ständige Beobachtung dieser nächtlichen Phänomene der Hauptstimulus dafür gewesen, daß wir Mobilität entwickelt haben. Wir wollten diese Lichter genauer studieren und erkannten schon sehr früh, daß jedes von ihnen eine schier unerschöpfliche Quelle lebenspendenden Lichts war, genau wie unser naher Stern. Wir begannen mit der Entwicklung der Optik; von einfacher Reflektion, wie wir sie für die gewöhnliche Kommunikation verwenden, drangen wir bis zur Lasertechnologie vor, breiteten dann unsere Blätter aus, um damit die Erleuchtungen anderer Disziplinen aufzufangen. Wir waren erstaunt zu entdecken, daß Intelligenz auch ohne die Sehkraft möglich war. Rückblickend mag es scheinen, daß Intelligenz sich in fast jeder Lebensform entwickeln kann, wenn die anderen Umstände den Erfordernissen entsprechen.«

»Selbst bei Spezies, die Gesichtssinn und Glieder besitzen und Nahrung zu sich nehmen«, stimmte Heem zu.

»Das wirst du mir büßen!« sagte Jessica.

»Wir scheinen wirklich die ultimative Einheit in der Intelligenz zu erreichen, so verschieden unsere Ursprünge auch sein mögen«, erklärte Sickh. »Es ist möglich, daß nicht alle von uns überleben. Für den Fall, daß ich sterbe, bitte ich die Überlebenden zu berichten, was mit mir und meinem Transferer geschehen ist, der uns natürlich in jeder Weise unterstützt und die gleichen Risiken auf sich genommen hat wie wir. Mein Transferer ist Hov vom Sternsystem Salivar; ihre Spezies besitzt zu ihrem Bedauern eine gewisse Ähnlichkeit mit dem Ungeziefer in diesem Tunnel; doch nur im Aussehen, sonst ist sie ein sehr sympathisches Wesen.«

»Physische Substanz besitzt keinerlei Bedeutung«, blinkte Windblume. »Es gibt Pflanzen, die Licht mutwillig verstreuen und alles, was um sie ist, verbrennen, auch andere

Pflanzen, die auf eine konstruktive Art intelligent sind. Wir freuen uns, dich kennenzulernen, Hov von Salivar.«

»Ich danke dir, Windblume von Erb.«

»Mein Transferer möchte sich ebenfalls vorstellen«, fuhr der Erb fort. »Sie ist Wryv vom Sternsystem Ffrob, eine funguide Intelligenz.«

Sie tauschten mit Wryv höfliche Begrüßungsformeln aus.

Heem war an der Reihe. »Sollen wir es ihnen sagen?« fragte er Jessica.

»Oh, meinetwegen. Ich möchte auch, daß die anderen von mir wissen. Also laß die Katze aus dem Sack.«

Heem kannte den Begriff nicht und wollte schon fragen, was eine Katze sei, blieb dann jedoch beim Thema. »Ich bin ein Vertreter der HydrO-Spezies«, sprühte er. »Mein Transferer kommt nicht von Tausendstern. Sie ist Jessica vom Sternsystem Sol im Segment Etamin, körperlich ähnlich den Squam, besitzt jedoch Sehvermögen und ist weiblich.«

Einen Moment herrschte Schweigen. »Habe ich dich nicht richtig verstanden?« fragte Sickh schließlich. »Ich habe vom Segment Etamin in dem kaum bekannten Teil der Galaxis gehört und auch vage von dem Stern Sol in der stellaren Wildnis. Aber ich war sicher, daß du ein Männlicher bist.«

»Es ist ungewöhnlich«, sprühte Heem, »doch wir haben hier tatsächlich einen weiblichen Transferer in einem männlichen Wirt.«

»Ungewöhnlich!« schrie der Squam. »Das ist die Untertreibung aller ...«

»Wenn es so ist«, blinkte Windblume, »brauche ich dich nicht zu fürchten. Eine Weibliche, die sehen kann ...«

»Das ist weibliche Unlogik«, sprühte Heem. »Typisch auch für meinen Transferer.«

»Sehr gut!« rief Jessica. »Wenn es sie beruhigt, wollen wir zufrieden sein!«

Sickh war ernsthafter. »Erklärt diese bemerkenswerte Kombination deine Verwandlung von der robusten Persönlichkeit von Schiff H-Sechsundsechzig zu dem mitfühlenden Individuum, das für einen meiner Art Hilfe herbeigeholt hat? Mir scheint, als ob sich da ein deutlicher weiblicher Einfluß erkennen ließe.«

»Ich hatte nicht die Absicht, einem von deiner Art zu helfen«, gab Heem zu. »Sie hat mich dazu gedrängt.«

»Laß sie mit uns blinken«, bat Windblume.

Heem überließ seinen Körper Jessica. Wenn diese Leute glaubten, er hätte sie belogen, und versuchen wollten, ihn mit Hilfe einer weiblichen Unterhaltung zu fangen, würden sie enttäuscht werden.

»Hallo, Mädchen«, sagte Jessica, und dann begannen sie einen fröhlichen Trialog, während Heem ein kleines Nickerchen machte.

Er wurde in die Wirklichkeit zurückgeholt, als jemand eine Frage an ihn richtete. Jessica hatte ihm seinen Körper zurückgegeben. »Steht das Wasser jetzt hoch genug?« fragte der Squam. »Wir dürfen nicht mehr viel Zeit vergeuden, damit die anderen die Fundstätte nicht vor uns erreichen und all unsere Mühe zunichte machen.«

Heem schmeckte das Wasser. »Das Aroma beweist, daß eine erhebliche Menge ehemals trockener Oberfläche jetzt vom Wasser bedeckt ist und viele der kleinen Tiere ertrunken sind. Doch noch mehr scheinen am Leben geblieben zu sein.«

»Laßt uns noch ein wenig länger warten«, rief Sickh. »Das Ungeziefer muß restlos beseitigt werden.«

»Nicht viel länger«, blinkte Windblume. »Ich bin nun schon eine ganze Weile ohne Licht und habe eine Menge Energie verbraucht; ich werde allmählich schwach.«

»Und ich verspüre – ich bitte um Entschuldigung – Hunger«, sagte der Squam. »Doch zum Essen bleibt nicht genug Zeit. Glaubst du also, daß es jetzt sicher ist, das Wasser abzulassen?«

»Sicher? Nein«, erklärte Heem. »Doch dieses Ungeziefer besitzt keine Intelligenz. Die Tiere merken vielleicht nicht, daß das Wasser zurückweicht, und bleiben zurück. Für eine Weile zumindest.«

»Dann wollen wir den Einsatz wagen. Wir werden mit einer Krise anderer Art konfrontiert, wenn wir zu lange warten.«

Die Krise eines hungrigen Squam? Heem zog seinen Körper wieder zusammen und ließ das Wasser durch das Ventil abfließen. Er wollte den Stau so rasch wie möglich aufheben, damit den Ratten weniger Zeit blieb, die Veränderung zu bemerken.

Und es wurde kein sanftes Abfließen. Es bildete sich eine reißende Strömung, die ihre Körper fortzuschwemmen drohte. Heem versuchte, sie einzudämmen, indem er sich wieder ausbreitete, doch es gelang ihm nicht; die Gitter wurden von der Kraft des Wassers bereits beiseite gedrängt, und er mußte sich eiligst von ihnen lösen, um nicht mitgerissen zu werden. Er klammerte sich fest, indem er das Ventil umschloß und auch einen Teil des Erb. Irgend etwas krallte sich schmerzhaft in sein Fleisch, rief eine Geschmackserinnerung an seinen so lange zurückliegenden Kampf mit Schlängelschreck wach. Er versuchte verzweifelt, sich festzuhalten, als die Turbulenzen ihn fortrissen. All ihre Mühen waren umsonst, dachte er, als sie durch das Abflußrohr fortgespült wurden. Wegen eines einzigen Denkfehlers, den er begangen hatte.

»Mach dir keine Vorwürfe, Heem«, sagte Jessica. »Das konnte niemand voraussehen.«

»Aber ich beherrsche die Strömungs-Dynamik. Ich hätte vorsichtiger sein müssen.«

»Wie oft hast du schon mit einem Millionen von Jahren alten Abflußsystem zu tun gehabt? Wir alle machen Fehler, besonders, wenn wir in Eile sind. Halte nur durch.«

Er hielt durch, wie sie es ausdrückte. Endlich ließ die Turbulenz nach. Das Wasser kehrte zu seinem ursprünglichen Niveau zurück, nahm aber nicht wieder seinen ursprünglichen Geschmack an. Die Sediment-Ablagerungen waren aufgewühlt und im Wasser verteilt worden, wodurch der Geschmack verändert wurde. Heem schmeckte auch die Säfte der toten Ungeziefer, die von der Strömung mitgeschwemmt wurden. Zumindest etwas hatte er erreichen können.

Er entdeckte, daß eine von Sickhs Scheren sich in sein Fleisch gegraben hatte. Das war es, was er vorhin gespürt hatte. Es schmerzte stark, doch Heem wußte, daß Sickh es nur aus Verzweiflung getan hatte, um nicht von der Strömung mitgerissen zu werden.

Der Erb ging zur querverlaufenden Röhre zurück. Heem wollte folgen – und wurde von dem Squam festgehalten. »Sie ist bewußtlos«, sagte Jessica. »Vielleicht sogar tot – ertrunken. Wir müssen sie sofort aus dem Wasser bringen, Heem!«

Heem versuchte es. Das Seil war fort, und auch das Übersetzungsgerät; er konnte den Squam nicht einmal bitten, ihn loszulassen – und wenn sie ihn losließe, wäre sie verloren, denn er konnte sie ja nicht tragen. Er rollte voran, düste mit aller Kraft durch das Wasser, wuchtete ihren Körper dabei um sich herum und über sich hinweg. Das Wasser reduzierte ihr Gewicht; er konnte es schaffen. Wenn sie vor ihm war, rollte er sich über sie hinweg; ihren gepanzerten Körper konnte er dabei nicht zerbrechen. Dann weiter. Es kostete ihn viel Kraft, doch er kam voran. Er wuchtete Sickh um die Ecke und durch das Ausgangsrohr. Endlich waren sie in freier Luft.

Windblume war bereits dort, konnte sie jedoch im Dunkel nicht sehen. Ihre Ranken fuhren besorgt über seinen Körper, fanden die in Heems Fleisch gegrabene Schere Sickhs. Da wußte sie, was zu tun war. Sie formte ihren Bohrer, die harte Spitze zwängte sich in die Schere, und diese sprang plötzlich auseinander. Heem war frei.

Der Erb hob den Körper des Squam vom Boden auf und schüttelte ihn. Wasser rann aus seinen Öffnungen. Sickh erschauerte leicht.

»Sie lebt«, sagte Jessica erleichtert. »Es wäre schrecklich gewesen, wenn sie ertrunken wäre.«

Heem mußte zustimmen. Er hätte nie geglaubt, so etwas für einen Squam fühlen zu können, aber natürlich hatte er bis dahin noch nie mit einem weiblichen Squam zu tun gehabt.

Jetzt befanden sie sich in dem Rattentunnel, ohne Seil und ohne Übersetzer. Sie mußten weiter. Heem hoffte, daß sich keine weiteren Schwierigkeiten ergeben würden, die jetzigen reichten ihnen völlig.

Sickh hatte sich soweit erholt, daß sie sich fortbewegen konnte. Sie zogen weiter, so rasch, wie es ihnen möglich war. Heem hatte die Führung übernommen, da der Erb nicht mehr sehen konnte, während Heems Wahrnehmung nicht gelitten hatte; er konnte Gefahren so rechtzeitig erkennen, daß er die anderen davor bewahren konnte. Der Squam besaß ebenfalls seine volle Wahrnehmung, war jedoch körperlich stark geschwächt.

Die Ratten waren verschwunden; das Wasser hatte sie besiegt. Es hatte auch den Boden des Tunnels gereinigt, wodurch das Fortkommen etwas erleichtert wurde.

Die Passage führte jetzt leicht aufwärts. Sie erreichten die Wassergrenze und gelangten von feuchtem auf trockenen Grund, doch keine Ratte ließ sich blicken. Heem schmeckte ihre Spuren; viele von ihnen waren hier entlanggelaufen, doch sie schienen vor dem verfolgenden Wasser große Angst gehabt zu haben. Ein gutes Zeichen.

Sie gelangten wieder in eine große Kammer, die gleich der ersten war, durchquerten sie eilig, in der Hoffnung, auf ihrer anderen Seite einen weiterführenden Tunnel zu finden. Sie fanden ihn, folgten ihm über einen in Querrichtung verlaufenden Seitengang hinweg und kamen schließlich zu ...

Zu einer weiteren Kammer an seinem Ende; ohne einen zweiten Zugang. Genau wie die Kammer, in die sie von außen eingebrochen waren und wo sie ihren Trip in die Unterwelt begonnen hatten.

»Eine Kaserne, ohne Zweifel«, sagte Jessica. »Unterkunftsräume und eine zentrale Speisehalle – zwei Unterkünfte, für zwei Bataillone, einander spiegelgleich, mit einem gemeinsamen Abwassersystem. Das Problem ist nur: wie kommen wir hinaus?«

»Der Erb soll ein Loch bohren«, antwortete Heem.

»Hast du Windblume genau angesehen? Sie ist lange Zeit ohne Licht gewesen; sie verwelkt. Ich glaube nicht, daß sie es schaffen kann.«

Um ihre Lage noch schlimer zu machen, kamen jetzt die Ratten zurück. Vielleicht waren es andere, welche die Gefahr des höhersteigenden Wassers nicht kennengelernt hatten, und so zeigten sie Mut. Glücklicherweise waren sie nicht so zahlreich; anscheinend war das Nahrungsangebot in diesem Teil der unterirdischen Welt etwas kärglich. Bis jetzt! Doch mit einem Erb am Rande der Erschöpfung, der sie nicht sehen konnte, und mit einem Squam, dem es kaum besser ging, war die Lage alles andere als rosig.

Die Ratten wurden dreister. Es konnte den dreien Schlimmeres passieren, als den Wettkampf zu verlieren, wenn es ihnen nicht gelang, bald einen Ausweg aus diesem Labyrinth zu finden.

Der Squam ergriff die Initiative. Sie packte den Erb vorsichtig mit einer ihren Scheren und führte sie an die Außenwand. Dann tippte sie deutend dagegen. Der Erb mußte versuchen, sie zu durchbohren, erschöpft oder nicht. Ihr Leben hing davon ab.

Eine Ratte griff an. Sie hatte Windblume als geschwächte, leichte Beute erkannt. Heem rollte auf sie zu und nadelte sie mit Präzision. Das Ding fiel auf den Rücken, zappelte mit seinen drei Beinen. Heem plazierte sich hinter den Erb, um weitere Angriffe abzuwehren, während der Squam den Bohrer an die Wand führte.

Ihre Zusammenarbeit war sehr effizient – auch ohne den Übersetzer. Weil sie einander jetzt kannten, einander vertrauten, und weil ihnen gar nichts anderes übrig blieb.

Der Bohrer begann zu rotieren. Selbst Heem spürte, daß er sich nicht mit der gewohnten Kraft drehte. Er fraß sich in die Felswand. Der Geschmack von Steinstaub wirbelte auf. Dann lösten sich Felsbrocken und polterten zu Boden. Die Wand barst. Sie schaffte es!

Der Bohrer blieb stehen. Windblume neigte sich zu Boden. Heem musterte sie besorgt. Ein leichter Fäulnisgeschmack ging von ihr aus.

»Sie verwelkt!« rief Jessica. »Sie hat den letzten Rest ihrer Kraft verbraucht! Sie muß Licht haben! Sofort!«

Die Ratten, die ihren Vorteil spürten, griffen an. Heem nadelte drei auf einmal und war erstaunt, wie leicht ihm das gelang; nur wenige HydrOs würden das schaffen. »Es ist das Sehvermögen«, sagte Jessica. »Erinnerst du dich daran, wie es dir dabei half, das Nadelöhr von Lochstern zu durchfliegen? Jetzt kannst du die Ratten *sehen* und sie vernichten. Das ist eine ausgezeichnete Übung.«

Und das war es auch. Noch nie hatte Heem eine so vollkommene Kontrolle besessen, war es ihm möglich gewesen, mehrere Ziele gleichzeitig zu nadeln. Doch er wollte seiner Macht ganz sicher sein.

Immer mehr Ratten stürmten heran. Sie hatten jetzt die Grenze seiner Reichweite erkannt und drängten sich dicht außerhalb davon; selbst mit seinen verstärkten Kräften gab es für ihn Grenzen. Bald würden sie angreifen, in einer so großen Überzahl, daß er ihnen nicht standhalten können würde – falls es ihm nicht gelang, seine Reichweite zu vergrößern.

Der Erb sank zu Boden. Die Ratten krochen langsam auf sie zu. Heem breitete sich halb über sie und nadelte die vordersten der anschleichenden Ratten. Es hatte alles keinen Sinn. Sie waren hier gefangen und würden hier ihr Ende finden, doch bis zu diesem Ende würde er kämpfen.

Und diese Zielübungen machten ihm Spaß. Er wurde tatsächlich besser, erledigte Ratten in einer zweifachen Entfernung seiner normalen Reichweite, trieb die ganze Horde verschüchtert zurück. Er dezimierte sie aus der Entfernung und hätte sie in Kürze restlos vertilgen können – wenn nicht immer mehr von ihnen aus dem hinteren Tunnel herausgekommen wären.

Der Squam glitt an seine Seite. Zwei Ratten griffen sie an, schlugen ihre Zähne in ihren Oberkörper. Sie konnten sie nicht verletzen, doch sie war darüber verärgert. Sie packte die beiden Ratten mit zweien ihrer Scheren, zerquetschte sie, so daß ihre Körpersäfte herausspritzten, und schleuderte sie dann blutend in die Masse ihrer Artgenossen. Sie war jetzt wieder bei Kräften; *sie* könnte den Ratten widerstehen. Doch sie konnte nicht allein durch das Abflußrohr gelangen, also war auch sie zum Sterben verurteilt.

Sickh klopfte mit einer Schere gegen die Felswand. Sie glitt weiter und klopfte wieder. Was hatte sie vor? »Sie sucht nach der dünnsten Stelle, nach Rissen«, erklärte Jessica. »Der Erb hat die Wand geschwächt; wenn man sie durch Stöße ganz durchbrechen kann ...«

Sickh hatte die richtige Stelle gefunden und schlug härter gegen die Felswand, schließlich mit allen drei Scheren gleichzeitig. Bäng – bäng – bäng! Heem spürte die Vibrationen, immer stärker und stärker.

Dann ein Rütteln, als irgend etwas brach. »Sie schafft es!« schrie Jessica. »Sie hat die richtige Stelle gefunden! Wenn sie es jetzt nur zu Ende bringen kann ...«

Sickh schlängelte sich in die Mitte der großen Höhle. Dann bewegte sie sich so schnell sie konnte auf die Wand zu und warf ihren gepanzerten Körper gegen den Fels. Wieder eine Erschütterung, viel stärker dieses Mal, Felsbrocken polterten herab. Doch es zeigte sich kein Durchbruch. »Wenn wir nur einen Traktor hätten, wie vorhin«, sagte Jessica.

Die Ratten gerieten durch die Vibrationen in Panik. Sie reagierten offensichtlich auf das Fallen von Stein genauso empfindlich wie auf das Fluten von Tunnels. Sie rasten wild in der Kammer umher. Der Squam schien unschlüssig.

»Sie kann nicht genügend Geschwindigkeit entwickeln, wenn ihr die Ratten in den Weg laufen«, sagte Jessica. »Wir müssen sie verjagen. Mal sehen, ob wir das schaffen, Heem.« Sie formte Bilder von den Kreaturen und stellte sich vor, daß einige von ihnen eine Zielscheibe an ihrem Körper trügen. »Zielübung – Abschlußprüfung.«

Heem orientierte sich, sammelte seine Körpersäfte und feuerte eine ganze Kanonade von Nadeln gleichzeitig ab. Jessica hatte sieben der Ratten markiert, und er brauchte jetzt all sein fast unheimliches Können. Jede Ratte, die er nicht erledigte, würde Sickh in den Weg kommen. Selbst auf diese weite Distanz erledigte er sechs Ratten. Die siebente war nur verwundet; sofort jagte Heem noch eine Nadel hinterher, und diesmal traf er richtig. Dies war nicht nur seine persönliche Bestleistung, sondern auch das genaueste multiple Nadeln, das er jemals bei einem seiner Art geschmeckt hatte. Er war ein Super-HydrO!

»Laß dir das nur nicht zu Kopf steigen«, warnte Jessica ihn. »Wenn du uns die Wand aufdüsen könntest, dann hättest du einen Grund zum Krähen.«

Er gewöhnte sich allmählich an ihre albernen Bemerkungen. Aber sie hatte recht; er verdankte sein Können allein ihrem Sehvermögen, nicht seiner eigenen Fähigkeit.

Der Weg war frei. Sickh raste durch die Halle, warf sich mit aller Kraft gegen die Wand, brach sie auf. Ein Wandstück brach zusammen. Heem spürte einen plötzlichen Wechsel von Geschmack in der Luft. Die Ratten stoben in heller Panik davon. »Das ist der Geschmack von Licht!« schrie Jessica. *»Sie hat die Wand durchbrochen!«*

Der Squam war zusammengesunken und lag reglos auf dem Boden. Die harte Kollision hatte sie verletzt. Sie bewegte matt eine ihrer drei Scheren, dann rührte sie sich nicht mehr.

»So nahe! So dicht vor dem Ziel!« stöhnte Jessica. »Beide – wenn sie nur noch ein wenig länger durchgehalten hätten – und wir, die wir bei Kräften sind, konnten sie hier nicht einsetzen. Welch eine Ironie!«

»Licht!« sprühte Heem. »Der Erb – sie braucht Licht. Wenn wir sie sofort ins Licht bringen, ist sie vielleicht gerettet.«

Sie versuchten es. Die Ratten stellten im Moment keine Gefahr dar. Er konzentrierte sich völlig auf seine Arbeit, schob einen Teil von sich unter Windblumes Körper und stieß harte Düsenstrahlen aus, wie für ein Berganrollen. Seine Körpermasse schob sie ein Stück vor sich her, dann glitt sie unter ihn. »Versuche es noch einmal, Heem!« rief

Jessica. »Schaffe sie in den Lichtbalken, der dort hereinfällt!«

Heem drückte wieder und wieder, und jedesmal schob er sie ein Stück weiter. Ihr Körper war nicht fest, etwa wie ein Stein; sie war schlank und biegsam, und es war schwer, festen Halt daran zu finden. Die Arbeit war mühevoll und langsam. Doch schließlich waren sie neben dem Squam, und Windblumes Stengel glitt ins Licht.

Der Erb regte sich. Ihre Blätter schwankten wie von einer Brise bewegt; die Geschmacksqualität veränderte sich. Sie bog sich, reckte sich dem Licht entgegen, absorbierte es.

Die Ratten kamen zurück; sie hatten ihren ersten Schock überwunden. Sie waren schließlich sehfähige Kreaturen; sie stießen kleine Lichtblitze aus, um ihre Umwelt erkennen zu können. Die stärkere Strahlung von außen verwirrte sie anfangs ein wenig, konnte ihnen jedoch nichts anhaben. »Halte sie zurück, Heem«, sagte Jessica. »Wir müssen Windblume Zeit geben, wieder zu Kräften zu kommen. Vielleicht hat sie Körperreserven, die sie mobilisieren kann, wenn sie erkennt, daß wir es fast geschafft haben.«

Heem hielt die Ratten zurück, machte dabei weiter seine Zielübungen. Doch auch seine Kraft ließ jetzt nach. Die lange, harte Arbeit hatte seine Körpertemperatur ansteigen lassen; seine heißen Nadeln waren zwar äußerst effektiv, doch er mußte sich abkühlen, da er sonst seine Körpergewebe zerstören würde. Sein Flüssigkeitsreservoir zeigte Ebbe; er verbrauchte den freien Wasserstoff dieser Atmosphäre rascher als die langsame Luftzirkulation ihn erneuerte, und jede Nadel verbrauchte mehr davon. Etwas Frischluft drang zwar durch den Riß in der Felswand herein, doch längst nicht genug. Er begann unter akutem Wasserstoffmangel zu leiden und wurde zunehmend matter.

»Nicht aufgeben!« forderte Jessica. »Windblume kommt wieder zu Kräften. Halte nur noch für kurze Zeit die Ratten zurück ...« Und sie gab ihm einen ermutigenden Kuß.

Heem hielt sie noch für eine lange Zeit zurück. Er verlor allmählich das Bewußtsein und konzentrierte sich auf unmittelbare Gefahren. Wenn eine Ratte direkt angriff, nadelte er sie, und sie fiel tot zu Boden. Doch die Reichweite seiner Nadeln wurde ständig geringer, und der Halbkreis der Ratten drängte ständig näher. Wenn diese dummen Kreaturen erkannten, wie hilflos er jetzt gegenüber einem massierten Angriff war ...

Doch jedesmal, wenn Heem in ermattete Resignation versank, riß Jessica ihn durch Schmeicheln, Anfeuern, Drohen und Anschreien wieder heraus. Nach und nach vermischten sich alle diese Dinge in seinem Bewußtsein zu dem Massengeschmack des Gemurmels einer großen Menge, doch er zwang sich trotzdem dazu, sich davon aus seinem Dämmerzustand reißen zu lassen. Er war hilflos nicht nur gegenüber den Ratten, sondern auch gegenüber den Ermutigungen und Drohungen der Alien, und mußte tun, was sie befahl.

Der Erb zog sich langsam auf die Wurzeln. Sie stand wieder aufrecht! Sie formte ihren Bohrer und rammte ihn in den Riß der Felswand. Sie versetzte ihn in Rotation und spreizte gleichzeitig ihre Blütenblätter – und plötzlich klaffte der Riß zu einem breiten Spalt auf; ein Teil der Wand stürzte ein. Dicke Staubwolken wirbelten auf, Steintrümmer polterten herab und begruben den bewußtlosen Squam halb unter sich. Eine Lichtflut strömte herein, badete sie alle in ihrer Wärme.

Heem sackte zusammen. Das Licht machte ihm nichts, doch die Wärme trieb seine ohnehin schon gefährlich hohe Körpertemperatur an die Grenze des Todes. Er hatte getan, was möglich war, und konnte nichts mehr geben. Er mußte seinen Körper zusammensacken lassen und Wasserstoff hineinpumpen. Doch der Erb war gerettet; er konnte weiterziehen und das Ziel erreichen. Einer würde entkommen. Aber Windblume zog nicht weiter. Sie vergrößerte das Loch und stieg dann mühsam über die Gesteinstrümmer in die Kammer zurück. Sie entdeckte Sickh – denn sie konnte natürlich wieder sehen –, schob ihren Bohrer unter die Trümmer, unter denen sie lag, und schleuderte sie beiseite. Die Ratten stoben wieder davon, als ein Hagel von schweren

Steinbrocken auf sie herabprasselte. Welch eine enorme Kraft steckte in einem Erb, der genügend Licht bekam!

Sickh regte sich. Sie war sehr lange bewußtlos gewesen und kam jetzt wieder zu sich. Sie kroch über die Steintrümmer auf Heem zu. Zwei würden entkommen.

Der Squam packte Heems weiches Fleisch mit einer Schere und begann zu zerren. Es tat weh, doch es war gut; sie zog ihn auf das Loch zu.

Auf – *was*?

»Idiot!« fuhr Jessica ihn an. »Dein wirrer Verstand verwechselt dieses Loch mit dem Schwarzen Loch. Also reg dich wieder ab!«

Heem entspannte sich. Dies war nicht das Ende, es war die Rettung. Aufwärts und hinaus bewegten sie sich, in den herrlichen Geschmack und den frischen Wasserstoff eines lebendigen Tages.

Drei waren entkommen.

8 Fundstätte der Hoffnung

Die frische, aromatische Luft ließ Heem rasch wieder zu Kräften kommen, und das intensive Licht ließ Windblume neu erblühen. Die beiden ruhten sich aus, sammelten Kräfte, während Sickh in die Höhle zurückkehrte und die getöteten Ratten aß. Windblume streckte eine Wurzel aus und berührte Heem, eine Geste des Vertrauens; sie wußte, daß er sie vor den Ratten gerettet hatte und wollte ihm ihre Dankbarkeit zeigen. Natürliche Feinde waren zu Freunden geworden.

Wenig später setzten die drei ihren Weg zur Fundstätte der Alten fort. Wieviel Zeit mochten sie gewonnen oder verloren haben? Befanden sie sich jetzt unter den ersten, oder war das Rennen schon vorüber?

Sie hatten es nicht mehr weit. Hinter der Bergkette lag ein Tal, dahinter ein kleiner Hügel. Die Baumfarne blieben hinter ihnen zurück, lediglich niedriges Buschwerk behinderte sie. Von der Kuppe des Hügels, den sie alle drei langsam erstiegen hatten, begann der Erb zu blinken. Ohne den Übersetzer spürte Heem nur vage das Muster von Strahlungen, das auf seinen Körper reflektiert wurde, ohne ihm einen Sinn entnehmen zu können.

Dann wiederholte Windblume das Wesentliche mühsam in der Inter-Spezies-Sprache. ZIEL NAHE – ANDERE NAHE.

Klar und deutlich. Der Waffenstillstand war vorüber; sie befanden sich in unmittelbarer Nähe der Fundstätte.

Heem wünschte, er könnte sich von seinen Gefährten richtig verabschieden, doch das würde bei Verwendung von Zeichensprache zu viel Zeit kosten und war überflüssig. Sie alle wußten, wie sie zueinander standen. Er setzte sich in Bewegung und begann rasch auf das Ziel zuzurollen.

Der Boden wurde unebener, als er das Tal erreichte, und er mußte sich vorsichtiger vorwärtsbewegen, deshalb fehlte es ihm an Schwung, als er die nächste Anhöhe hinaufrollte. Doch das spielte keine Rolle. Es befand sich ein Kontrollposten der Wettkampfbehörde dort. Als er durch die Geschmacksmarkierung rollte, forderte ein Maschinen-Spray: »Identifizieren, Wettkampfteilnehmer!«

»Heem von Steilfall, HydrO-Wirt. Jess von Etamin, Transferer«, sprühte er. Jetzt würde es kommen: wie weit lagen sie zurück?

Ein Inspektionsstrahl fuhr über ihn hinweg. »Keinerlei Apparate oder Geräte dürfen über diese Linie mitgenommen werden. Machen Sie weiter, Wettkampfteilnehmer; Ihre Legitimierung ist verifiziert. Sie sind der fünfte, der diesen Kontrollpunkt passiert.«

Heem rollte weiter. Der Fünfte! Genau das hatte er gehofft. Ihr Ausflug in die Tiefe der Bergkette hatte ihnen tatsächlich Zeit gebracht, trotz aller Schwierigkeiten und Verzögerungen. Jetzt hatten sie eine echte Gewinnchance. Er schmeckte die Entitäten, die sich hinter ihm befanden, wußte, daß Sickh, der Squam, jetzt den Kontrollpunkt erreicht hatte und ihn als sechster passieren würde, dicht gefolgt von Windblume, dem Erb. Sie waren wieder zu Konkurrenten geworden, doch war es Heem lieber, gegen sie um den Sieg zu kämpfen als gegen Fremde.

»Ganz meine Meinung«, stimmte Jessica ihm zu. »Es sind nette Leute.«

Es war ein langer Berghang, den er hinaufrollte, und wenig später wurde er von dem Squam überholt, Sickh machte eine Schlängelbewegung, eine Grußgeste ihrer Spezies, und kroch weiter. »Jetzt liegen wir an sechster Stelle«, stellte Jessica fest. »Aber jenseits der Kuppe muß ein anderer Hang sein, den du hinabrollen kannst.«

Heem kontrollierte die Karte, doch innerhalb des Kreises der Kontrollstationen war sie nur wenig detailliert. Bald jedoch, von der Kuppe des Hügels, erkannte er, was vor ihnen lag: ein herrlicher, unbewachsener, völlig glatter Hang. Er schmeckte eine größere Wassermasse, überlagert von einem leichten Metallaroma. Die Fundstätte der Alten – auf der anderen Seite eines Sees.

Jessica rief sich wieder die Karte in die Erinnerung zurück und war ebenfalls frustriert. »Sie haben die Karte absichtlich so ungenau ausgeführt«, beschwerte sie sich. »Sie geben uns nicht den geringsten Hinweis darauf, was uns dort erwartet. Ich kann es mir jedoch denken. Ich vermute, daß sich die Fundstätte auf einer Insel in einem kleinen See befindet, so daß jeder Wettkampfteilnehmer auf irgendeine Weise über das Wasser gelangen muß. Ich habe den Eindruck, daß das ganze Gebiet eine Senke ist – sie könnte Teil der Fundstätte sein. Eine gewaltige kreisförmige Ausgrabung, deren Zugang in ihrem Zentrum liegt. Die Alten neigten zu solchen Strukturen; die meisten ihrer Kultstätten waren von gewaltigen Ausmaßen. Da ist eine Bezeichnung im Zentrum der Karte, die ich nicht genau erkennen kann ...«

»Sie deutet auf das Vorhandensein eines Gebäudes hin«, sprühte Heem, während er schneller und schneller den Hang hinabrollte. Jetzt schmeckte er die Präsenz von zwei anderen Entitäten ein Stück voraus, zuzüglich der Sickhs: eines Erbs und eines HydrOs. Den HydrO würde er nicht überholen können, da er sicher genauso schnell rollte wie er, doch er begann sich dem Erb zu nähern. »Ein Gebäude, und wir müssen als erste seinen höchsten Punkt erreichen, um zu siegen.«

Er rollte an Sickh vorbei, sprühte ihr einen Gruß zu. Da sich ein See am Fuß des Hanges befand, konnte er riskieren, mit Höchstgeschwindigkeit zu rollen. Wasser rief beim Aufprall geringere Verletzungen hervor als Land.

»Wie will Sickh das Wasser überqueren?« fragte Jessica besorgt.

»Dumme Weibliche! Wir stehen jetzt im Kampf gegen sie! Wir wollen nicht, daß sie über das Wasser gelangt!«

»Ja, du hast sicher recht – aber es kommt mir irgendwie unfair vor, da sie tiefes Wasser nicht bezwingen kann.«

Heem rollte an dem Erb vorbei und klatschte in den See.

Das Wasser war flach und bedeckte ihn kaum. »Squams können es schaffen, wenn sie ihre Atemröhre emporstrekken«, sprühte er. Und fiel in ein tiefes Loch im Seeboden. »Natürlich müssen sie vorsichtig sein, um Pannen zu vermeiden.«

»Ich glaube, sie kann ein wenig schwimmen, aber sie ist zu schwer, um an der Oberfläche zu treiben, also muß sie immer in der Nähe von flachem Wasser bleiben. Aber ich glaube, sie kann es schaffen.«

Diese Sorge um eine Rivalin wirkte auf Heem beinahe belustigend, doch war es ein Charakterzug Jessicas, der ihm gefiel. Sie war freundlicher und mitfühlender als er, trotz ihrer Herkunft aus dem wilden Solarien.

»Ich denke, du hast recht«, stimmte sie ihm zu. »Du könntest jemanden brauchen, der dich in dieser Richtung beeinflußt. Wir würden ein gutes Team bilden ...« Sie schwieg abrupt, und ihr Schmerz wusch durch sein Bewußtsein.

»Was habe ich dieses Mal gedacht?« fragte Heem. »Ich wollte dich nicht verletzen.«

»Es war nicht deine Schuld, Heem«, sagte sie. »Ich mußte nur daran denken, daß es bald vorbei sein wird, so oder so. Ob wir gewinnen oder verlieren, es bedeutet für uns die Trennung – und ich will mich nicht von dir trennen.« Und ihr Gefühl flutete durch Heems Sein, so wie der See diese Landschaft überflutete. »O Gott, ich will es nicht! Ich will für immer mit dir zusammen sein!«

Und das war nicht möglich. Er wurde von tiefer Trauer durchdrungen, und er wußte, daß es nicht allein Jessicas Trauer war. Sie war eine schwierige, fremde und körperlose Weibliche, so völlig anders als alles, was er sich vorgestellt hatte, bevor sie sich mit ihm verband, und die Perzeptionen und Gefühle, die sie mitbrachte, waren so fremdartig, daß sie fast jenseits seines Begriffsvermögens lagen. Doch da die Notwendigkeit von ihm das Begreifen von Sehvermögen erfordert hatte, war das Verstehen ihrer Gefühle fast zwangsläufig darauf gefolgt. Er wollte sie auch, für jetzt und für die Ewigkeit. Und er konnte sie nicht haben.

Doch zumindest konnten sie den Wettkampf gewinnen und dadurch seine Wohlfahrt und die ihre fördern, obwohl ihm das jetzt nicht mehr so wichtig erschien wie ehedem. Sie würden die Erinnerungen an ihr gemeinsames Erlebnis behalten, und das war wenigstens etwas.

»Ja« stimmte sie ihm zu. »Oder war das mein eigenes Denken?«

»Ich weiß es nicht. Kommt es darauf an?«

»Ich weiß es nicht.«

Auf diese Weise, ohne Schlußfolgerung, endeten ihre Reflektionen. Heem rollte jetzt am Ufer der Insel aus dem Wasser. Er konnte den anderen HydrO viel deutlicher schmekken. Es war eine Weibliche, die auf der anderen Seite der Insel ans Ufer kam: Swoon von Süßsumpf!

»Wie ein Klassentreffen«, murmelte Jessica. »Sie mag zwar bei Fangfragen nicht sehr gut sein, aber sie rollt ein gutes Rennen.«

Mehrere der Wettkampfteilnehmer befanden sich jedoch bereits bei dem Gebäude: zwei Erbs, ein Squam und ein HydrO, die vier, die den Kontrollkreis vor ihnen erreicht hatten.

»Aber wir haben doch einen von ihnen überholt«, protestierte Jessica. »Einen Erb, der gerade den See erreicht hatte. Es sollten also nur drei bei dem Gebäude sein.«

»Erbs sind im Wasser funktionsfähig. Er muß seinen Bohrer eingesetzt und sich mit ihm in hohem Tempo durch das Wasser getrieben haben. Und hat uns so wieder überholt.«

Sie stellte sich einen Erb mit propellergleich rotierenden Blütenblättern vor, der so schnell durch das Wasser raste, daß er eine Heckwelle hinter sich herzog. »So muß es gewesen sein.«

Keiner der Wettbewerbsteilnehmer, die das Gebäude erreicht hatten, versuchte, es zu erklimmen; statt dessen kämpften sie gegeneinander. Es war ein Teufelskreis: der Squam kniff den HydrO mit seinen Zangen, der HydrO nadelte den Erb, und der zweite Erb versuchte den Panzer des Squam aufzubohren. Da jeder von ihnen sich außer Reichweite dessen halten mußte, der ihn vernichten konnte, gab es mehr Bewegung als Aktion. Heem stoppte und schmeckte die Lage, so gut es ihm aus dieser Entfernung möglich war. Swoon von Süßsumpf verhielt ebenso auf der anderen Seite der Insel.

»Ich begreife dies nicht«, sagte Jessica. »Warum versuchen sie nicht, das Gebäude zu ersteigen? Dies soll doch ein Rennen sein, ein Wettkampf, nicht eine Schlacht!«

»Das HydrO-Management hat nicht von ungefähr einen Kriegsspezialisten ausgewählt«, sprühte Heem. »Man hat so etwas erwartet. Wenn meine Zielübungen mit deiner Sehkraft und der Gesichts-Geschmacks-Kombination ausreichend sind, brauche ich weder dem Squam noch dem Erb auszuweichen. Trotzdem würde ich einem Kampf lieber aus dem Weg gehen; man kann dabei kaum etwas gewinnen. Besonders, wenn wir das Gebäude erklimmen, während die anderen noch anderweitig beschäftigt sind.«

»Einverstanden. Laß uns an ihnen vorbeischleichen.«

Sie wollten weiter, vorsichtig, den Geschmack von Swoon verfolgend, die das Gebäude genauso schnell erreichen konnte wie sie. Außerdem behielten sie auch den Kampf unter Kontrolle.

Der Squam riß ein Stück aus dem Fleisch des HydrO – wurde dabei jedoch von dem Erb überrascht. Innerhalb von Sekunden war sein Panzer aufgesprengt, und er lag sterbend am Boden. »Ihr Monster kommt wahrlich sofort zur Sache«, rief Jessica aus, als sie Heem eine graphische Darstellung des Geschehens formte. »Wir Solarier lassen uns Zeit bei unseren Kämpfen, genau wie beim Lieben, in beiden Fällen muß man mehrmals zustoßen. Das heißt, beim Schwertkampf kann es manchmal sehr rasch gehen. Und mein Klon-Bruder liebt auf die Schnelle. Es kommt also immer auf die Umstände an. Aber trotzdem ...«

Der HydrO, von dem einen Erb gerettet, nadelte jetzt den anderen. Der Erb welkte, seine Blätter hingen kraftlos herab, sein Stiel tropfte Saft und knickte ein. »Das nennt man Dankbarkeit!« sagte Jessica empört.

»Es ist ein Kampf jeder gegen jeden.« Doch Heem war nicht glücklich darüber.

Ein Erb war unverletzt geblieben. Er gebrauchte seinen Stiel und mehrere Ranken, um die hilflosen Kreaturen vom Gebäude wegzuschieben, einschließlich des HydrO, der nach seiner letzten Nadelung zusammengesackt war. Doch der Erb versuchte nicht, das Gebäude zu erklimmen. Aus welchem Grund nicht?

Heem war mißtrauisch, doch Swoon rollte eilig heran, also mußte er sich beeilen. Die beiden trafen gleichzeitig bei dem Gebäude ein, und der Erb wich angstvoll zurück. »Komisch«, sagte Jessica.

Das Gebäude erwies sich bei näherer Betrachtung als eine Art Turm, rund und glatt. Er war etwas größer als ein Farnbaum, und an seiner Außenwand führte eine spiralförmige Rampe zu seiner Zinne hinauf. Also keinerlei Schwierigkeiten für irgendeinen der Teilnehmer an dem Wettkampf. Doch warum war der Erb, der offensichtlich Gelegenheit hatte, als erster die Zinne zu erreichen, zurückgewichen? »Hier soll es doch keine Gefahren mehr geben, nicht wahr?« fragte Jessica.

»Nein, nicht am Ziel«, düste Heem grimmig. »Aber wir können den anderen Wettkampfteilnehmern nicht trauen.«

Swoon erreichte als erste die Rampe. Sie war eine besonders schnelle Rollerin, schneller als Heem – was erklärte, daß auch sie ihn innerhalb des Kontrollkreises überholt hatte. Wegen dieser Fähigkeit mußte sie ausgesucht worden sein, wie auch wegen ihres Könnens als Traktorfahrer. Im Fahrzeug oder allein war sie unwahrscheinlich schnell. Sie begann die Rampe hinaufzurollen – und glitt wieder herab.

»Jetzt sind wir dran!« rief Jessica.

»Nein, warte. Irgend etwas ist hier faul.« Heem rollte zum Fuß der Rampe und stoppte dort.

Swoon hatte sich inzwischen von dem harten Fall erholt und kam auf Heem zu. »Sie hat mich abgeworfen!« sprühte sie empört. »Die Rampe hat einen Rollenbelag. Unmöglich, da hinaufzukommen. Ich hatte mich vorhin gewundert, warum der Erb zurückgewichen ist. Jetzt weiß ich den Grund.« Dann, wie nebenher: »Oh, sei gegrüßt, Heem von Steilfall.«

»Sei gegrüßt«, sprühte er gleichgültig. Er inspizierte die Rampe, berührte ihre Substanz mit der seinen, schmeckte sie sehr gründlich. Es gab keine physikalischen Rollen, doch besaß die Oberfläche der Rampe einen Rolleneffekt.

Die Alten waren die geschicktesten Handwerker im Cluster gewesen; sie hatten offensichtlich diese Rampe so rutschig gemacht, daß man sie nicht erklettern konnte.

Und es gab keine Möglichkeit, das zu ändern, außer sich den Regeln zu unterwerfen und den Zugang zu akzeptieren, den die Alten vorgesehen hatten. Es gab tatsächlich *keine* andere Möglichkeit mit alten Artefakten fertig zu werden, als sich deren eigenen Gesetzen zu fügen, die normalerweise reichlich obskur waren. Die Alten waren nicht nur ein Rätsel aus der fernen Vergangenheit; sie stellten in jeder Hinsicht eine Herausforderung dar. Und das war der Grund dafür, daß jeder Planet von Tausendstern von dieser gut erhaltenen Fundstätte begeistert war. Es war nicht nur intellektuelle Neugier; es mochte hier ein unvorstellbarer technologischer Schatz verborgen sein. Dies war die Fundstätte der Hoffnung.

»Ich weiß nicht«, sagte Jessica, die gleichzeitig verwirrt und beeindruckt war. Sie liebte Rätsel; Heem konnte fühlen, wie ihr Sein sich um dieses Mysterium konzentrierte. »Normalerweise haben solche Fundstätten Aura-Schlüssel und keine physikalischen. Hältst du es für möglich, daß dies eine für sie brauchbare Rampe gewesen ist?«

»Ein kleiner Flachsegler könnte ohne Schwierigkeiten hinaufkommen«, sagte Heem. »Oder jeder Angehörige einer Düsen-Spezies. Aber warum sollte die Wettkampfbehörde verlangen, daß wir auf die Zinne des Turms gelangen, wenn keine der Wirtsspezies dazu in der Lage ist?«

»Ich glaube, daß sie uns hier ein weiteres Rätsel aufgegeben hat«, sagte Jessica entzückt. »Ein Rätsel, das von den Alten erdacht wurde und von der Wettkampfbehörde benutzt wird. Um das Rennen zu einer wirklichen Mehrfachprüfung zu machen, so daß das Raten zu Beginn oder die Schnelligkeit im Raum, auf dem Land und im Wasser nicht ausreichend sind. Der Gewinner dieses Wettstreits muß schnell, geschickt *und* klug sein. Den Sieg auf jede denkbare Art verdienen. Diejenigen, die als erste hier eintreffen, haben lediglich etwas mehr Zeit, das letzte, alles entscheidende Rätsel zu lösen, doch wenn sie nicht klug genug sind, haben sie nicht die geringste Aussicht auf einen Sieg.«

»Ich schmecke das nicht auf diese Weise«, sprühte Heem. »Ein kluger Teilnehmer, der spät eintrifft, wird niemals über die dummen vor ihm eingetroffenen siegen, weil die ihn eher töten würden, als ihn über sich triumphieren zu lassen. Wir müssen dieses Rätsel lösen, bevor mehr Wettkampfteilnehmer eintreffen, sonst werden wir gezwungen, allein um unseren Platz in der Reihe zu kämpfen. Erinnere dich, was mit den ersten dreien geschehen ist.«

Jessica rief das Bild der drei verwundeten und sterbenden Kreaturen zurück. Sie brauchte kein Erinnern daran. Jetzt standen ihre Leben auf dem Spiel.

Sickh traf jetzt ein, kroch aus dem flachen Wasser.

»Da ist eine Kugel oder so etwas am unteren Ende der Rampe«, sagte Jessica. »Konzentriere deinen Geschmackssinn darauf, Heem – ich möchte sie deutlich sehen.«

Er interessierte sich mehr für die Rampe und die eintreffende Konkurrenz, denn er wußte, wie clever Sickh und Windblume waren. Er wollte keine der beiden nadeln, was bedeutete, daß er das Rätsel lösen mußte, bevor sie den Turm erreichten. Doch er befolgte Jessicas Anweisung und widersprach ihr nicht. Sie formte das Bild einer kleinen Kugel, in der ein dünner Faden schwebte, der an einem Ende eine Verdickung aufwies. Sowohl die Kugel als auch der Faden gaben eine leichte Strahlung ab, die es ihm ermöglichte, sie genau zu lokalisieren; er bezweifelte, daß es sich dabei um einen Geschmack handelte, denn wenn die Partikel ihrer Substanz ständig abgestrahlt würden, wären sie seit der Zeit, als die Alten davongegangen waren, längst aufgezehrt worden. Und doch kam es ihm wie Geschmack vor. Synthetische Stimulation seiner Perzeption? Ein weiterer Hinweis auf die Raffinesse des technischen Könnens der Alten. Selbst kleinste Details waren so konstruiert, daß sie ewig dauerten, hatten Funktionen, denen die Technologie der Heutigen kaum etwas Gleichwertiges entgegenzusetzen hatte.

Heem bewegte sich näher zur Kugel, bis er sie mit einem kleinen Teil seiner Haut berührte. Der Faden bewegte sich, die kugelförmige Verdickung an ihrem Ende schwang zum Tangentialpunkt. Er schob sie ein wenig seitwärts: der Faden folgte.

»Das ist irgendeine Art Anzeigeskala«, sagte Jessica. »Ein dreidimensionaler Indikator. Sieh – er deutet auf die Stelle, an der du die Kugel berührst, und bleibt dort stehen, wenn du dich zurückziehst. Du kannst ihn also in jede beliebige Position bringen.«

Sickh war herangekommen, und Windblume überquerte wie ein Motorboot den See. Ein weiterer Squam befand sich jetzt ebenfalls in spürbarer Nähe. Es wurde allmählich ziemlich eng hier; zwei von jeder Wirts-Spezies befanden sich jetzt in der Umgebung.

Einer der Erbs formte einen Bohrer aus seinen Blütenblättern und richtete ihn auf Sickh. »Oh-oh«, sagte Jessica. »Der Erb ist vor uns zurückgewichen, weil er vor HydrOs Angst hat – aber er hat keine Angst vor Squams! Wir müssen Sickh helfen!«

»Du vergißt ständig, das sie auch ein Konkurrent ist! Sie könnte dieses Rätsel lösen, bevor wir es schaffen!«

Jessica antwortete so, wie er es erwartet hatte. »Sickh ist aber auch eine Dame – und eine Freundin. Erinnere dich daran, wie sie den ersten Riß in die Wand gebrochen hat, und wie sie dich an die frische Luft gezerrt hat, damit du dich erholen konntest. Ohne sie wären wir jetzt überhaupt nicht hier. Wenn wir gegen jemanden verlieren müssen, laß uns gegen einen Freund verlieren.«

Heem gab nach. Jessica hatte ein empfindlicheres Gewissen als er. »Die Gefährliche ist Windblume. Sie ist Spezialistin für die Alten. Sie wird wissen, wie man diese Rampe hinaufkommt.« Er rollte auf den männlichen Erb zu, der eilig zurückwich.

»Du läßt einen Squam herein?« fragte Swoon von Süßsumpf ungläubig. »Zumindest solltest du deiner eigenen Art helfen!« Und dieser Vorwurf wurde mit einem starken Aroma von Sex-Appeal gewürzt. Doch sie machte dem Squam Platz, weil ihr gar nichts anderes übrig blieb.

»So ein freches Weib!« sagte Jessica empört. »Sie versucht, dich zu bezirzen, damit du *ihr* den Vorteil gibst!«

»Jede Weibliche haßt es, wenn eine andere ihre Techniken benutzt«, sprühte Heem mit einer gewissen, resignierten Genüßlichkeit.

»Findest du?« fragte Jessica indigniert. »Wann habe ich *jemals* so etwas – nein, spare dir die Antwort!«

»Zu schade, daß sie eine Konkurrentin ist«, sagte Heem. »Sie hat einen wirklich betörenden Geschmack.«

»Okay! Ich hätte auch so einen Geschmack, wenn ich – ach, lassen wir das. Kümmere dich lieber wieder um unseren Job.«

Sickh schlängelte sich heran, examinierte die Rampe und die Kugel. Sie schien ihren Sinn genauso rasch zu erkennen wie Heem; wahrscheinlich gab der Indikator auch sonische Vibrationen ab. Ein wirklich sehr bemerkenswertes Instrument!

Nach einigen Sekunden des Probierens richtete Sickh das kugelige Ende des Fadens auf den Stern. Dann kroch sie auf die Rampe – und auf ihr empor.

»Der Schlüssel!« sprühte Swoon und rollte näher. Sie berührte dabei die Kugel, wodurch die Richtung des Fadens verändert wurde – und im gleichen Moment rutschte Sickh die Rampe herab.

»Das ist der Schlüssel, du hast recht!« rief Jessica. »Ich wünschte, *ich* hätte das herausgefunden! Wenn man den Indikator auf die Sonne richtet, wird die Rampe fest. Könnte eine Art Zeituhr sein, da die Stellung der Sonne die Tageszeit anzeigt. Und wenn man den Indikator bewegt, rollt man herab, ob man will oder nicht. Oh, und wie man rollt!«

Sickh glitt mit einer drohend geöffneten Schere auf Swoon zu, und Swoon wich eilig zurück. Sickh stellte den Indikator wieder richtig ein, schlängelte sich ein Stück auf der Rampe hinauf – und Swoon rollte auf die Kugel zu. Sickh verhielt – und Swoon verhielt. Sie waren in einer Patt-Situation: wenn der Squam die Rampe höher hinaufglitt, würde der HydrO ihn wieder herabrutschen lassen.

»Ich beginne die Dimension des Problems zu erkennen«, sagte Jessica. »Niemand kann es schaffen, die Zinne des Turms zu erreichen, ohne daß die unten Zurückbleibenden ihm helfen. Verdammt clever!«

»Also sind sich die vier, die als erste ankamen, auf diese Weise gegenseitig ins Gehege gekommen und haben einander angefallen. Das Resultat davon haben wir geschmeckt«, stimmte Heem ihr zu. »Lediglich der Erb hat den Kampf überlebt – und wagte nicht, uns das Geheimnis zu verraten, mußte sich also zurückziehen, ohne den Versuch eines Aufstiegs zu machen. Aber warum hat er nicht einfach den Indikator eingestellt, und ist hinaufgeeilt, *bevor* wir eintrafen? Er hat auf uns gewartet.«

»Ich glaube nicht, daß wir das ganze Geheimnis bereits ergründet haben«, sagte Jessica. »Vielleicht sollten wir wieder ein Abkommen mit Sickh treffen.«

»Vielleicht«, stimmte Heem widerstrebend zu. »Aber wir können uns ohne Übersetzer nicht verständigen. Nicht über technische Probleme, und nicht schnell genug.«

»Ach was, sie wird schon verstehen.«

Heem bewegte sich zum Fuß der Rampe und blockierte Swoon den Weg. »Ich warne dich«, sprühte er. »Wir sind Konkurrenten, und mein Transferer ist entschlossen, um den Sieg zu kämpfen. Also rolle zurück.«

»Aber der Squam ist auf der Rampe!« protestierte Swoon.

»Du bist ein aufmerksamer Beobachter.«

»Ich weigere mich, für einen Squam stillzuhalten!« Swoon rollte auf Heem zu.

Heem nadelte sie mit einem akkuraten Schuß. Sie rollte zurück, überrascht über seine Zielgenauigkeit. Sie befand sich weit außerhalb normaler Reichweite.

Sickh, die erkannte, daß Heem den Indikator bewachte, um ihr eine Chance zu geben, kroch eilig aufwärts.

»Du vertust meine Siegeschance – und die deine«, düste Hingabe. »Du verrätst den Stern, den du vertrittst. Ich kann dir so viel mehr bieten als jede Squam!« Und sie sprühte Sexualaroma auf ihn.

Sie besaß wahrhaftig einen verlockenden Geschmack! Zweifellos war sie auch wegen dieser Eigenschaft ausgewählt worden. Ihr Angebot könnte wirklich recht reizvoll sein, wenn nicht zwei Dinge gewesen wären. Einmal echote Jessicas Gelächter durch sein System – ein seltsames Gefühl für jemanden, der nicht hören kann, und zweitens wußte er, was einem weiblichen HydrO geschah, wenn sie sich vermehrte. Swoon wollte zwar nur Kopulation, keine Vermehrung, aber trotzdem bedrückte ihn die Erinnerung. Er blieb reglos, hinderte sie daran, etwas zu unternehmen.

Plötzlich kam Sickh die Rampe herabgerutscht. Aber niemand hatte die Kugel berührt. »Ich beginne zu begreifen, warum der Erb nicht hinaufgerast ist«, sagte Jessica. »Auf der Hälfte des Weges verändert sich das Gesetz. Dies ist keine einfache, einstufige Aufgabe.«

Sickh schlängelte sich neben Heem, kehrte dem Turm ihr hinteres Teil zu. »Sie will damit andeuten, daß wir jetzt an der Reihe sind«, sagte Jessica. »Ich habe dir gesagt, daß sie die Situation verstehen wird. Jetzt bewacht sie den Indikator für uns.«

Heem rollte zum Indikator. Er war jetzt verstellt – nicht nur ein wenig verschoben, wie es geschehen mochte, wenn die Strahlung des Sterns ihren Einfallwinkel veränderte; er war gründlich verstellt. Niemand hatte ihn jedoch berührt. Sickh schien auch nicht zu mutmaßen, daß Heem daran gerührt hatte; ihre Körperhaltung drückte aus, daß sie versagt hatte, nicht er.

Er richtete den Indikator wieder auf die Sonne: Jessicas

bildliche Darstellung half ihm dabei. Die Rampe verfestigte sich, und er rollte sie hinauf. »Wir sind auf dem Weg – vielleicht!« sagte Jessica.

Auf halber Höhe zur Zinne des Turms – einem Umlauf der Spirale – befand sich eine zweite Kugel. »Ah – ich glaube nicht, daß wir sie links liegen lassen dürfen«, meinte Jessica. »Offensichtlich müssen wir auch sie irgendwie einstellen, oder die ganze Chose klappt zusammen. Aber sicherlich nicht auch auf die Sonne! Das muß jemand schon probiert haben.«

Heem gab ihr recht. »Aber worauf sonst kann man das Ding denn richten?«

»Ich weiß! Besitzt dieser Planet einen Mond?«

»Sogar drei. Aber nur einer davon ist klar erkennbar. Und keinen kann ich schmecken.«

»Hmmm. – Du hast doch ein geistiges Bild davon, nicht wahr? Ein Schema von den Himmelskörpern dieses Systems und ihren Umlaufzeiten? Du kannst kalkulieren, wo jener Mond steht, selbst wenn du ihn nicht wahrnehmen kannst. Der größte, nächststehende Mond. Ja.« Sie versenkte sich in Heems Erinnerung. »Wollen mal sehen – dort etwa sollte er stehen.« Sie fügte ein leuchtendes Glühen zu ihrer Vision des Himmels. »Er sollte zwar tagsüber nicht so glühen, aber wen kümmert das schon? Ich liebe dieses geistige Gemälde. Steht der Mond so richtig?«

Heem überprüfte es aufgrund seiner Kalkulationen. »Ja.« Sie verstellten den Indikator so, daß er auf den Mond wies. Nichts geschah. Heem rollte weiter hinauf – und die Rampe wurde wieder eine glitschige Bahn, auf der er abwärts schlidderte, um den Turm herum und auf den Boden.

»So viel dazu«, sagte Jessica. »Die Alten haben sich wohl nicht um den Mond gekümmert. Romantiker waren sie sicher nicht.«

»Was hat der Mond mit Romantik zu tun?«

»Nichts.«

Windblume war angekommen. Heem rollte aus dem Weg, damit sie es versuchen konnte. Swoon gab ein Sprühen beherrschter Wut von sich, hielt jedoch ihren Abstand. »Sie ist doch Expertin für die Geheimnisse der Alten, nicht wahr?« düste Heem rhetorisch.

Der Erb blinkte ihm eine Frage zu; Heem spürte das reflektierte Licht der Sonne auf seiner Haut, und Jessica formulierte für ihn ein Aufblitzen blendend hellen Lichts. Diese visuellen Konstruktionen waren wunderlich. Heem gab ein bestätigendes Sprühen von sich, rührte sich jedoch nicht von der Stelle. Er und Sickh bewachten den Zugang der Rampe.

Windblume versuchte, auf ihr hinaufzusteigen, kam jedoch nicht einen Schritt voran. Sie warf einen prüfenden Blick auf die Kugel, richtete den Indikator auf die Sonne und stieg eilig auf ihren Wurzelfüßen die Schräge empor. »Ohne lange zu überlegen!« sagte Jessica bewundernd. »Sie versteht die Alten wirklich!«

Doch kurz darauf kam Windblume wieder herab. Sie rutschte nicht, sondern ging auf ihren Wurzelfüßen. Warum hatte ihr Pflanzengehirn es sich anders überlegt?

Der weibliche Erb stellte sich neben sie. Kurz darauf glitt Sickh wieder die Rampe hinauf. Und kam wieder herab, genau wie der Erb.

»Ich glaube, wir sind jetzt dran«, sagte Jessica. »Ich möchte wirklich erfahren, was los ist.«

Heem rollte die Rampe hinauf. Er erreichte die zweite Kugel und überprüfte sie. Der Indikator war ausgerichtet, jedoch nicht auf den Mond oder irgend etwas anderes, das sie erkennen konnten. Heem rollte an der Kugel vorbei – und die Rampe blieb fest.

»Windblume hat das Ding korrekt eingestellt!« rief Jessica. »Aber warum ist sie dann wieder heruntergekommen, anstatt weiterzumachen?«

»Weil sie nicht als erste oben ankommen wollte. Wir haben ihren Rat erbeten, und sie hat ihn uns gegeben. Sie hat uns gezeigt, wie der zweite Indikator ausgerichtet werden muß. Jetzt hat sie uns für die Chance, die wir ihr gaben, bezahlt.«

»Aber *wohin* hat sie ihn gerichtet? Ich sehe keinen Sinn darin.«

»Es muß etwas sein, was ihr aus ihrem Wissen um die Alten bekannt ist. Irgend etwas Offensichtliches. Wenn der erste Indikator auf die Sonne weist, muß der zweite ...«

»Das Loch!« sprühte Heem.

»Das Loch!« wiederholte sie. »Natürlich!« Sie dachte einen Moment nach. »Wir dürfen nicht weitergehen. Sie wollte es uns nur zeigen. Wir müssen ihr den Vortritt lassen. Das ist nur gerecht.«

Heem widersprach ihr nicht. Er rollte die Rampe hinab. Jetzt stieg Windblume hinauf. Sie schaffte es fast bis zur Zinne des Turms – und kam dann eilig herab; ihre Wurzelspitzen berührten dabei kaum den Boden. »Sie muß ein drittes Relais ausgelöst haben«, sagte Jessica. »Eins, das schwieriger ist als die beiden anderen.«

»Jetzt wissen wir, wie wir vorgehen müssen: wir drei werden uns abwechseln, so lange, bis einer von uns eine Lösung findet. Das gibt uns eine Chance von eins zu zwei, es zu schaffen – mit der Gewißheit, daß ein Freund gewinnen wird, wenn es uns nicht möglich sein sollte. Das scheint ein guter Weg.«

»Heem, ich liebe dich.«

Diese einfache Feststellung hätte ihn beinahe zusammensacken lassen. Es war ernst gemeint; er spürte keine Koketterie in ihren Gefühlen, keine Scherzhaftigkeit. Sie befanden sich jetzt an einem Krisenpunkt, unmittelbar vor dem Erfolg oder dem endgültigen Scheitern, und beides bedeutete für sie Trennung.

Er antwortete nicht, weil er sich weder mit einem Sieg noch mit der Niederlage abfinden konnte, wenn beide das Ende bedeuteten. Er nahm ihre Feststellung lediglich entgegen. Das war genug.

Windblume stellte den unteren Indikator ein und trat zurück. Sickh und Heem überprüften die Einstellung und erkannten, daß es die war, die der Erb oben versucht hatte. Die falsche. Dies war eine wichtige Information – doch sie konnten nicht feststellen, auf was der Indikator jetzt zeigte. Die Richtung kam ihnen willkürlich vor, was sie mit Sicherheit nicht war.

Sickh richtete ihn wieder auf die Sonne und kroch die Rampe hinauf. Sie verhielt für kurze Zeit beim zweiten Indikator, kroch dann weiter, näherte sich der Zinne. Und kam herabgerutscht. Sie stellte den unteren Indikator ein, damit Heem und Windblume ihren Fehler erkennen konnten.

»Einer der anderen Monde«, erklärte Heem, nachdem er die Einstellung des Indikators mit seiner Erinnerung an das Schema des Systems verglichen hatte. Es störte ihn noch immer, daß er das Rationale in Windblumes Schätzung nicht begriff, das mit Sicherheit auf Wissen beruhte. Eine falsche Schätzung mußte nicht unbedingt als Versagen gewertet werden; sie mochte lediglich die Eliminierung einer möglichen aber nicht richtigen Alternative sein.

Jetzt war Heem wieder an der Reihe. »Es muß da eine rationale Einstellung geben«, sagte Jessica, »irgendein Muster, das man erkennen kann. Windblume versteht die Alten besser als jeder andere, ist aber noch nicht daraufgekommen. Das bedeutet, daß sie entweder willkürlich ist, was ich nicht glaube, oder in Bezug zu etwas steht, das wir noch nicht erkannt haben.«

»Wir müssen den Sinn dieses Bauwerks begreifen«, sprühte Heem. »Erst dann können wir die richtige Einstellung erkennen.«

»Ja. Aber was *ist* sein Sinn? Die anderen haben jetzt eine dritte Kugel entdeckt, oben, dicht unterhalb der Zinne des Turms, beinahe senkrecht über dem Zugang der Rampe. Sie hatten den Turm auf dieser Spirale zweimal umrundet und waren ziemlich hoch über dem Erdboden. So nahe dem Ziel, und doch so weit von ihm entfernt!«

Heem überlegte, ob er mit hoher Geschwindigkeit die Rampe hinaufrollen sollte, den nötigen Schwung sammeln, um die letzte Strecke zur Zinne des Turms zu erzwingen, selbst wenn die Oberfläche der Rampe dort keine Griffigkeit aufwies; doch er war sicher, daß es nicht zu schaffen war.

Der Anstieg war so steil und wies eine so starke Krümmung auf, und die Alten hatten diesen Turm ganz bestimmt auf diese Weise konstruiert, um eine so simple Lösung der Aufgabe zu verhindern. Die niedrige Seitenwand der Rampe mochte sich auflösen und ihn zu Boden und zu Tode stürzen lassen ... nein, das nicht, die Alten waren nicht so brutal. Aber sie hatten ihre Möglichkeiten, ihre fremdartigen Gesetze durchzusetzen.

»Kann mich nicht lange aufhalten; die anderen müssen auch an die Reihe kommen, bevor noch mehr Konkurrenten eintreffen.« Von seinem erhöhten Standpunkt aus nahm Heem tatsächlich den vagen Geschmack von einem, vielleicht sogar zwei weiteren Squams wahr, und von einem weiteren Erb. Zwei Verbündete würden den Zugang der Rampe nicht lange gegen sie halten können; es würde wieder zu wilden Kämpfen kommen; weil die einzige Möglichkeit, durch die jeder der Teilnehmer sich seine Siegeschance sichern konnte, in der Ausschaltung jeder Konkurrenz lag.

»Vielleicht direkt senkrecht«, schlug Jessica vor. »Sonne – Schwarzes Loch – Planet.«

Heem stellte den Indikator entsprechend ein. Er probierte den obersten Teil der Rampe – und wurde über die zwei Windungen der Spirale abwärts geschickt, bis zum Boden. »Diese Rutschpartie hätte mir Spaß gemacht, wenn es nicht so ernst wäre!« rief Jessica.

Heem rollte zur untersten Kugel und stellte ihren Indikator senkrecht nach unten: sein fehlgeschlagener Versuch.

Windblume stieg wieder hinauf. »Komm, wir müssen die Wartezeit nutzen, um das Rätsel zu lösen«, sagte Jessica. »Wenn wir auf der Rampe sind, haben wir keine Zeit dafür. Wozu wurde diese Stätte benutzt? Sie kann nicht nur ein Camp gewesen sein oder eine Stadt oder auch ein Raumflughafen; der Turm steht im Mittelpunkt einer Insel ...«

»Vielleicht hat es hier ursprünglich kein Wasser gegeben«, meinte Heem. »Das mag später in die Senke eingedrungen sein, als Sickerwasser von den umliegenden Bergen.«

»Die Senke – ja, natürlich! Es ist alles Teil dieser Anlage, wie wir angenommen haben. Und auch die Höhlen in der Bergkette gehören dazu. Das waren die Unterkünfte. Vielleicht ist dies eine wichtige Forschungsstation gewesen, mit einem gigantischen Reflektorteleskop ...«

»Teleskop?«

»Ein visuelles Gerät. Wie ein riesiges – wie ein riesiges Auge. Es sammelt Licht oder andere Strahlungen in einer Art Schale und konzentriert es auf einen Zentralpunkt ...« Sie schwieg, als ihnen beiden die Erkenntnis kam. »Wie der oberste Punkt dieses Turms. Heem, dies ist ein Observatorium!«

Heem verstand sofort. »Unsere Experten benützen solche Geräte, um den Strahlungsgeschmack des weiteren Universums einzufangen. Aber unsere Kollektoren sind mobil, damit sie trotz der Exzentrizität der lokalen planetaren Bewegungen auf entfernte Phänomene gerichtet werden können. Dieses ist fixiert.«

»Ja – und einige der großen Reflektoren sind ebenfalls fixiert – aber ich verstehe, was du sagen willst. Diese Anlage scheint eher dafür geeignet, Signale auszusenden. Aber wozu man einen so riesigen Spiegel ...«

Die beiden neuen Squams näherten sich der Insel. Heem spürte eine starke innere Anspannung. Einer der beiden war sein Erzfeind: Schlängelschreck! Er wollte gegen dieses Monster kämpfen, hatte jedoch gleichzeitig Angst vor ihm, da er nicht sicher war, daß seine Nadeln treffen würden. Der Squam wußte von Heems Können und mochte sich dagegen schützen.

Windblume kam die Rampe herabgerutscht. Eilig stellte sie den Indikator neu ein, und genauso eilig wurde die Einstellung von Sickh und Heem überprüft. Sie alle wußten, daß ihre Zeit knapp wurde. Dieses Mal hatte Windblume den Indikator auf den Planeten Sackgass ausgerichtet. Es hatte sich als falsch erwiesen.

Heem und Windblume blieben vor dem Zugang der Rampe, während Sickh rasch auf ihr emporglitt. »Es ist also auch nicht der einzige andere bewohnbare Planet dieses Systems«, überlegte Jessica. »Woran sonst könnte ein Observatorium sich orientieren?«

»An einem Funkfeuer«, meinte Heem.

»Ein Funkfeuer! Das ist es! Wie ein Leuchtturm, der einen hellen Lichtstrahl aussendet, um Schiffe zu warnen, so daß sie nicht auflaufen. Um Raumschiffe vor dem Schwarzen Loch zu warnen! Die Rotation des Planeten ließ den riesigen, hellen Strahl über den Himmel rotieren, ein unübersehbares Signal! Wahrscheinlich war es kein Licht, sondern eine besondere Art von Strahlung – oder ... ach, da gibt es unzählige Möglichkeiten. Auf jeden Fall waren es Impulse, die als Warnung verstanden wurden, und sie sind für Jahrhunderte, Jahrtausende ausgesandt worden ...«

Heem überlegte. Es war auf eine fremde Weise logisch. »Aber das sagt uns noch immer nicht, in welche Richtung der dritte Indikator weisen sollte.«

Die beiden Squams, die jetzt die Lage erkannt hatten, kamen auf Heem zugeschlängelt. Doch Windblume formte aus den Blütenblättern ihren Bohrer und stieß ihn einer der Kreaturen in den gepanzerten Leib. Eine Schuppe wurde abgerissen. Der Squam wich hastig zurück.

Schlängelschreck glitt auf Heem zu. Der Squam schien ohne seine Maschinenwaffe weitaus weniger furchteinflößend, und Heem spürte ein inneres Sprühen von Selbstvertrauen. »Nein – laß ihn nicht wissen, was du tun kannst!« rief Jessica. »Er mag annehmen, daß dein damaliger Sieg über einen Squam nur ein glücklicher Zufall gewesen ist und nicht richtig darauf vorbereitet sein. Warte, bis du ihn mit einem einzigen Schuß erledigen kannst, wenn er es nicht erwartet.«

Heem befolgte ihren Rat. Überraschung war ein wichtiges Moment, und jede Enthüllung seiner Fähigkeit – vorausgesetzt, daß er sie wirklich besaß – konnte ihm zu diesem Zeitpunkt nur von Nachteil sein. Er mußte sich wie ein typischer HydrO geben, so daß der Squam sich ihm turmhoch überlegen fühlte. Für den Augenblick jedenfalls. Objektiv wußte

Schlängelschreck, daß Heem gefährlich war, doch subjektiv mochte das nicht der Fall sein.

Er nadelte wirkungslos auf den gepanzerten Torso des Squam. Doch die Nadel traf haargenau die Stelle, auf die er gezielt hatte. Dank Jessicas bildhafter Darstellung war er bereit; er konnte sich Schlängelschreck als gleichwertiger oder sogar als überlegener Gegner stellen. Wenn die Zeit dazu reif war.

Windblume richtete ihren Bohrer jetzt gegen Schlängelschreck, und der Squam wich zurück. Doch Swoon von Süßsumpf rollte rasch von der Seite auf Windblume zu und nadelte sie durch den Stengel. Es war ein sehr genau sitzender Schuß auf kurze Entfernung. Windblume wankte verletzt zurück.

Dann kam Sickh die Rampe herabgeschliddert. Mit einem solchen Tempo, daß es beinahe einem Fall gleichkam, die geöffneten Scheren nach dem HydrO ausgestreckt. Swoon rollte eiligst davon.

Heem rollte zu Windblume, um ihr zu helfen, war jedoch dazu nicht in der Lage. Ihr Stengel war durchbohrt worden, und Heem spürte den Geschmack von rinnendem Saft. Es schien keine tödliche Wunde zu sein, doch sie welkte bereits, war nicht mehr kampffähig. Wahrscheinlich hatte sie sich noch nicht völlig von dem in den Höhlen erlittenen Lichtmangel erholt und war jetzt empfindlicher für solche Verletzungen. Sie würde aus dem Wettkampf ausscheiden und sich in den See zurückziehen müssen, wo sie in Wasser und Licht so lange überleben mochte, bis die Wettkampfbehörde eintraf, um ihr zu helfen. »Diese verdammte Swoon!« sprühte Heem wütend, wobei er einen Begriff aus Jessicas Vokabular entlieh; für ihn bedeutete der Begriff ›verdammt‹ eine Entsendung in eine unangenehme Region.

Windblume sank halb über ihn. Heem blieb reglos, da er nicht wußte, was er tun sollte. Er war jetzt an der Reihe, die Rampe hinaufzurollen, aber er konnte seine Freundin doch nicht einfach fallen lassen und sie der feindlichen Gruppe überlassen. Doch konnte er ihr auch nicht helfen.

Eins von Windblumes Blättern strich über seine Haut. Es zog sich zurück und bewegte sich dann wieder, sehr langsam. Dann ein drittes Mal, entlang der selben Linie. »Sie will uns etwas sagen«, rief Jessica, »und ich glaube, ich verstehe sie! Dies ist mehr als nur ein Leuchtturm – es ist eine Markierung, ein Richtpunkt für die Raumnavigation. Schiffe, die sich in der Galaxis bewegen, können ihn als Fixpunkt verwenden und wissen dann genau, wo sie sich befinden. Es muß noch andere davon geben – und wir müssen den obersten Indikator auf einen von ihnen richten. Windblume scheint zu wissen, wo sich noch so eine Anlage befindet, weil sie die Alten studiert hat. Vielleicht hat sie den Planeten Sackgass probiert, für alle Fälle, doch jetzt *weiß* sie, daß es eine andere Stätte sein muß, und will uns zeigen, wo sie liegt.«

»Das ist ziemlich weit hergeholt, selbst für deinen weiblich-fremden lichtaufnehmenden Verstand! So viele unbewiesene Annahmen ...«

Ein viertes Mal strich Windblume mit ihrem Blatt über die Haut Heems. Dann sank sie zusammen.

»Hast du einen besseren Vorschlag?« fragte Jessica. Ihre geistige Stimme klang eisig.

»Nein, aber dennoch ...«

»Wir müssen es versuchen, Heem. Sie hat uns den Hinweis gegeben!«

Das verstand er. Die Annahme des Erb mochte falsch sein, doch es war ihre letzte Gabe, und die mußten sie annehmen. Heem rollte behutsam unter Windblumes Körper hervor, ließ ihn sanft zu Boden gleiten, rollte zu der Kugel und stellte den Indikator ein. Sickh blockierte Schlängelschreck. Ein zweiter Erb näherte sich, das bedeutete Gefahr für Sickh. Er mußte sich beeilen, entweder, um zu gewinnen, oder um zurückzukommen und seiner Freundin zu helfen. »Richtig«, stimmte Jessica ihm zu.

Am Endpunkt der ersten Spiralwindung verhielt er, stellte den zweiten Indikator ein und schmeckte die Lage am Fuß der Rampe. Schlängelschreck versuchte, zur Kugel zu gelangen, doch Sickh verstellte ihm den Weg. Dann, als Heem die zweite Spiralwindung hinaufrollte, stieß der neu angekommene Erb seinen Bohrer nach Sickh und sprengte eine Schuppe aus ihrem Panzer; Schlängelschreck packte eins ihrer Gliedmaßen mit seiner Schere und kniff die Schere ab. Selbst Heem fühlte die Vibrationen ihrer Schmerzen, als noch mehr von ihrem Lebenssaft herausquoll. Auch Sickh hatte sich von den in den Tunnels durchgemachten Strapazen noch nicht völlig erholt und konnte sich deshalb nicht richtig verteidigen.

»Dieser Bastard!« schrie Jessica wütend. »Er hat seine eigene Art angegriffen!«

»Das ist bei diesem Wettkampf erlaubt«, erinnerte Heem sie. Doch auch er war wütend. Sein schlimmster Feind hatte auf eine unfaire Art einen seiner Freunde verwundet.

Schlängelschreck kroch auf die Rampe. »Wir könnten ihn hinabwerfen«, sagte Jessica. »Aber dann würden wir uns auch runterwerfen.«

Sie erreichten die dritte Kugel. Heem stellte den Indikator so ein, wie Windblume es ihm geraten hatte. Er wußte von keinem bedeutenden Himmelskörper in jener Region des Raums, doch wenn Windblume einen kannte ...

Das obere Teilstück der Rampe blieb fest. Sie hatten den Schlüssel gefunden!

Doch Schlängelschreck näherte sich rasch. Auf dieser glatten Fläche kam er wirklich schnell voran, wenn er die seitliche Einfassung als Widerlager benutzte, um sich zusätzlichen Schwung zu geben. Heem, der mit voller Düsenkraft den steilen obersten Teil der Rampe hinaufrollte, war langsamer.

Er war versucht, zu stoppen und Schlängelschreck hier zu stellen, fügte sich jedoch Jessicas Anweisung und rollte weiter hinauf. Er schmeckte den fremden Erb, der den Squam verfolgte, und Swoon verfolgte den Erb. Wie sehr er wünschte, daß es Sickh und Windblume wären, die ihm dort auf der Rampe folgten, und nicht diese Feinde! Aber das spielte im Grund genommen keine Rolle. Nur der erste würde der Gewinner sein.

Er erreichte die Zinne – Sieg! – und rollte zum Halt. Er hatte die Stätte der Alten für den Stern HydrO gewonnen – und für Jessicas Überleben. Aber wo war der Vertreter der Wettkampfbehörde, der hier warten sollte, um die Identität des Siegers zu beglaubigen? Die Zinne des Turms war eine ebene Plattform, die von einer niedrigen umlaufenden Balustrade gesichert war. Über ihr erhob sich eine metallische Kuppel. Das war alles.

Schlängelschreck kam die Rampe heraufgestürmt.

»Heem – es ist niemand hier, der den Sieg beglaubigt – kein Schiedsrichter – angenommen, der Squam bleibt nicht stehen?«

Angenommen? Offensichtlich kannte Schlängelschreck kein anderes Gesetz als das der Gewalt. Der Squam wollte Heem vom Turm stürzen und die Stätte für seinen eigenen Stern reklamieren.

»Dieser Bastard!« schrie Jessica empört. »Er will betrügen!«

»Wir werden das verhindern«, versicherte ihr Heem. »Ich kann ihn mit meinen sehr genau treffenden Nadeln in Schach halten, und da ist ein Erb hinter ihm.«

»Das beste wäre, die Indikator-Einstellung zu verändern«, meinte Jessica. »Sie alle zu Boden purzeln zu lassen, während wir hier oben bleiben.«

»Er hat die oberste Kugel bereits passiert; und wir können sie nicht erreichen.« Heem bereitete sich auf die Auseinandersetzung vor, als Schlängelschreck auf die Plattform stürmte, seine Gliedmaßen fest an den Körper gepreßt.

Heem nadelte die zunächstliegende Extremität, doch sie war nicht ausgestreckt, und die überlappenden Schuppen schützten in dieser Position jeden Körperteil des Squam. Von der Seite mochten Heems Nadeln wirksam sein, doch frontal fanden sie keinen Ansatzpunkt.

»Er muß atmen, nicht wahr?« fragte Jessica, während Heem weitere Nadeln abfeuerte.

Gute Idee! Heem düste mit aller Kraft auf den Lufteinlaß des Squam, ein dünnes Rohr, das aus dem Oberteil des Kopfes ragte. Der Squam gab ein ersticktes Geräusch von sich. Er verhielt am Rand der Plattform und streckte alle drei Arme aus.

Heem düste ihn wieder, nicht mit Nadelkraft, da der Winkel nicht günstig war, doch Schlängelschreck wehrte die Wasserstrahlen mit einer seiner Scheren ab. »Wir können ihn auf der Rampe nicht stoppen«, sagte Jessica. »Sein Panzer ist zu stark. Aber wenn wir ihn hier herauflassen, wo wir mehr Raum zum Manövern haben und in eine günstige Position gelangen könnten ...«

»Er hat seine eigenen Probleme«, sagte Heem. »Der Erb sitzt ihm auf den Fersen.«

Schlängelschreck erkannte die Gefahr. Er zog seine drei Gliedmaßen ein und schlängelte sich eilig vorwärts. Heem konnte nichts tun, um ihn aufzuhalten. Der Squam glitt jetzt in den nach allen Seiten offenen Raum unter der Kuppel, der das Zentrum des Turms war.

Der Erb folgte ihm auf den Fersen. Als er das Ende der Rampe erreichte, formte er seinen Bohrer. Jetzt war der Squam gezwungen, seine Arme auszustrecken, damit das Pflanzenwesen ihn nicht durchbohren konnte. Ein paar Sekunden lang verhielten die drei reglos, hockten einander in Dreiecksposition gegenüber.

»Und dies *ist* ein Dreieck«, sagte Jessica, »oder ein Teufelskreis, in dem jede Entität in der Lage ist, die andere zu töten.«

»Ich glaube, wir haben einen Vorteil«, sprühte Heem. »Wir wissen, wie man gegen diesen Squam kämpfen muß.«

»Trotzdem: Schlängelschreck ist hinterhältig, skrupellos und gefährlich«, sagte sie düster. »Und da ist auch etwas Komisches mit diesem Erb. Ist sein Stengel nicht unnatürlich stark?«

Heem überprüfte es. Der Geschmack des Stengels war seltsam. »Er trägt einen Schutzschild, damit er dort nicht genadelt werden kann!« düste Heem. »Das bedeutet, daß es nicht leicht sein wird, ihn zu eliminieren.«

»Es ist nicht überraschend, daß ein paar recht harte Typen

an diesem Wettkampf teilnehmen. Ich frage mich, wie es ihm gelungen ist, diesen Schild durch den Kontrollpunkt zu bringen. Vielleicht hat er ihn über die Grenzlinie geworfen und später wieder aufgenommen ...«

»Davon abgesehen: wozu ist es gut, diese beiden zu erledigen, wenn noch mehr die Rampe heraufkommen können? Wir müssen die Rampe wieder unpassierbar machen, bis jemand von der Wettkampfbehörde erscheint und unseren Sieg beglaubigt. Aber jetzt steht der Erb vor der Kugel und blockiert uns den Weg.«

»Ich bin nicht sicher, ob wir den Indikator erreichen können, ohne die Rampe zu betreten. Und dann würden *wir* runtersegeln!« Jessica hob bildlich die Hände und raufte sich geistig die Haare. »Warum, warum ist kein Vertreter der Wettkampfbehörde hier, um den Sieger zu beglaubigen? Diese ganze Sache ist lausig organisiert.«

Heem mußte ihr zustimmen. Wenn der Wettkampf richtig organisiert worden wäre, hätte es niemals zu einer solchen Situation kommen können.

Die drei Rivalen blieben reglos; keiner von ihnen wagte, die Initiative zu ergreifen. Der Grund dafür war klar: jeder, der einen der beiden anderen ausschaltete, würde dem dritten ausgeliefert sein, da dann der Kreis zerbrochen wurde. Der Erb hielt den Squam in Schach; wenn der HydrO den Erb nadelte, mochte der Squam als Sieger aus dem Kampf hervorgehen. Wenn Heem nicht seine besondere Fähigkeit besäße, gegen einen Squam zu kämpfen. Und der Erb hatte seinen besonderen Schutz vor einem HydrO. Das komplizierte die Lage.

»Du hast recht, Heem; als erstes sollten wir diese Plattform gegen weitere Eindringlinge absichern, dann können wir uns um die beiden kümmern, die bereits hier sind. Wir wollen nicht unsere Kräfte aufbrauchen, indem wir gegen Schlängelschreck und den Erb kämpfen, um dann von dem erledigt zu werden, der als nächster die Rampe heraufkommt. Wenn die Lage lange genug so unentschieden bleibt, hat der Vertreter der Wettkampfbehörde vielleicht seine Mittagspause beendet und kommt wieder auf seinen Posten zurück.«

Heem gab unwillkürlich ein amüsiertes Sprühen von sich. Was für eine beleidigende Äußerung gegenüber dem säumigen Vertreter, als sie andeutete, daß er ein Nahrungsesser war!

Und – der nächste Konkurrent kam bereits die Rampe herauf. Swoon von Süßsumpf hatte augenscheinlich lange genug bei den Indikatoren pausiert, um sich ihre Einstellungen zu merken. Auf welche Weise würde ihre Anwesenheit die Situation noch weiter komplizieren?

Der Erb, der sich trotz seines Schildes am meisten bedroht fühlte, unternahm als erster etwas. Er stieß mit seinem Bohrer nach Swoon. Der Angriff kam für sie völlig überraschend; Erbs griffen HydrOs nur sehr selten an, da das Ergebnis fast immer mit dem Tod des Erbs endete. Sie erkannte nicht, daß dies kein gewöhnlicher Erb war. Sie verhielt am Ende der Rampe.

Der Erb stieß wieder zu. Swoon wich zurück. Die Kugel war unmittelbar hinter ihr. Plötzlich erkannte Heem die Absicht des Erb: er wollte Swoon gegen die Kugel drängen, durch den Kontakt die Einstellung verändern und sie zum Fuß des Turms hinabschliddern lassen. Das würde einen Rivalen ausschalten – zumindest für eine geraume Zeit, wenn sie die Rampe nicht sofort wieder erklimmen konnte, weil sie unten auf Gegner stieß.

Heem hätte sie warnen können, ließ es jedoch. Er war gleichfalls dafür, sie aus dem Rennen zu werfen. Er wollte so wenig Rivalen wie möglich hier oben haben. In diesem Punkt war er sich mit dem Erb einig. Wenn nur sie drei hierblieben, konnte er zuerst etwas mit dem Erb tun und dann seine volle Aufmerksamkeit dem Squam zuwenden.

Swoon stieß gegen die Kugel.

Der Boden der Plattform, auf der sie standen, brach ein. HydrO, Squam und Erb stürzten im freien Fall in das Innere des Turms.

»Abwärts!« rief Jessica. »Und diesmal nicht draußen die

Rampe hinab, sondern drinnen!« Sie hatte eine Vorstellung von ihrem solarianischen Körper, von ihrem blauen Haar, das im Wind des Fallens aufwärts geweht wurde, von Beinen, die in der kegelförmigen Turmhülle strampelten. Von ihrem Kleid, ihrem Höschen, Strümpfen, all den Sachen, mit denen anständige Solarierinnen den oberen Teil ihrer Beine zu verhüllen hatten, damit männliche Mitglieder ihrer Gesellschaft nicht übermäßig aufgereizt wurden. Heem fand diesen Anblick recht anregend, wenn auch sehr fremdartig. Wahrscheinlich war sie für die Männlichen ihrer Art überaus reizvoll.

»Das wäre ich auch, wenn ich jemals wieder die Chance bekommen sollte, ich selbst zu sein, und nicht mehr ein unechter Männlicher. Aber ich fürchte, damals bin ich vom Regen direkt in die Traufe gekommen. Aus männlicher Kleidung in einen männlichen Wirt.«

Sie überprüfte ihre Sinnesempfindungen.

»Heem!« rief sie. »Heem, wir fallen noch immer!«

So war es. Doch sie fielen sehr langsam. »Dies ist kein freier Fall – es ist Anti-Schwerkraft!« sprühte Heem.

»Es gibt keine Anti-Schwerkraft!« Doch ihr Protest klang nicht überzeugt. Die Wissenschaften der Alten schienen die Beschränkungen der Modernen nicht zu kennen.

Sie landeten in einem zylindrischen Raum unterhalb der Basis des Turms. Sein Material war ähnlich dem, aus welchem die Indikator-Kugeln der Rampe geformt waren: sie waren für jede Sinnesart klar wahrnehmbar. Fünf Passagen führten von der zentralen Plaza ab. Es gab keinen Staub; die Luft war rein und angenehm.

Dies war es: ein ganzer, funktionaler Komplex der Alten, der erforscht werden wollte. Eine Schatzkammer von einem Reichtum, wie man sie in jeder beliebigen Galaxis nur einmal in einem Jahrtausend finden konnte. Aber sie durften sie nicht erforschen; sie mußten feststellen, welcher Stern das Recht dazu hatte. Denn jener Stern würde bald der dominierende dieses Segments sein. Das Teufelsdreieck war geblieben.

Nicht ganz. Es war noch jemand anders da. Der obere Teil dieses Wesens besaß eine gewisse Ähnlichkeit mit einem Stiel, war jedoch dicker; am unteren Teil seines Körpers saßen mehrere winzige Füße, keine Wurzeln; an der Körpermitte befanden sich mehrere manipulierbare Gliedmaßen, keine Squam-Arme; und auf seinem Kopfende saß ein kompliziertes Gewirr von Drähten.

»Ein Alter?« sprühte Heem überrascht.

»Kaum«, sprühte die Kreatur zurück. »Ich bin der Vertreter der Wettkampfbehörde, ein Eingeborener von Segment Fa, als objektiver Schiedsrichter für diese in Ihrem Sektor stattfindende Veranstaltung ausgewählt. Ich war gerade dabei, ein kugelförmiges Dekorationsstück bei der Rampe zu betrachten, als ich hierher katapultiert wurde. Und ich finde keinen Weg zurück.«

Heem entspannte sich. »Das also ist dem Schiedsrichter passiert!« rief Jessica. »Er muß mit einem Schwebefahrzeug hergekommen sein und hat die Bedeutung der Indikatoren nicht erkannt.«

Die Kreatur hatte einen Übersetzer bei sich, aus dem das Sprühen und die anderen Verständigungsformen drangen. Es war offensichtlich, daß der Squam und der Erb ihn ebenfalls verstanden. »Wer von Ihnen hat den Gipfel des Turms als erster erreicht?«

»Ich war es«, sagte Schlängelschreck sofort.

»Du lügst!« blinkte der Erb empört. »*Ich* war es!«

Der Schiedsrichter wandte sich Heem zu. »Stellen auch Sie diese Behauptung auf?«

»Junge!« rief Jessica. Heem sprühte eine Bejahung.

»Dann werden wir die Ankunft des Fahrzeugs der Wettkampfbehörde abwarten und Sie drei zu einer Verhörstation bringen, wo man die Wahrheit herausfinden wird. Die Analyse Ihrer auralen Ausdrucke ...«

Die Kommunikation wurde von Schlängelschreck unterbrochen. Der Squam stürzte sich auf den Fa und warf ihn zu Boden. Eine seiner Scheren griff nach der Drahtspirale, packte sie und riß sie heraus.

Heem und der Erb drangen auf Schlängelschreck ein, doch der glitt bereits zurück. Eine seiner Scheren hatte den Übersetzer gepackt. »Es wird keine auralen Ausdrucke geben!« sagte der Squam. »Ich habe den Fa nullifiziert!«

»Aber du hast nicht *uns* nullifiziert!« düste Heem, als sein Schock über diese Freveltat sich in kalte Wut verwandelte. »*Wir* kennen die Wahrheit, nicht der Fa.«

Der Leib des Squam dehnte sich. Sein Magen trat hervor – und es war keine lebende Membrane, sondern ein Fiber-Sack. Das bedeutete, daß Heems Aktion, damals im Tal von Morgendunst, seine Wirkung gehabt hatte; der Squam hatte seinen Magen amputieren lassen müssen. Wahrscheinlich ernährte er sich jetzt durch Infusionen von Chemikalien.

Ein zylindrischer Gegenstand fiel aus dem Sack. Dann wurde der Fiber-Sack wieder zurückgezogen und Schlängelschreck hob den Gegenstand auf. Er paßte genau in eine seiner Scheren. »Nett von euch, daß ihr mir die Zeit gelassen habt, um mein Werkzeug herauszuholen. Du, HydrO, wirst jetzt den Fa töten, indem du ihm eine Nadel durch den Oberkörper schießt; er liegt lediglich im Koma, wenn sein spiralförmiger Perzeptor von seinem Körper getrennt wird. Anschließend werde ich dich und den Erb in einem Akt von Notwehr töten.«

»Das ist so hinterhältig, daß es verrückt ist!« rief Jessica. »Heem, du wirst nicht den Vertreter der Wettkampfbehörde ermorden!«

»Ich fürchte, du bist übertrieben optimistisch«, blinkte der Erb dem Squam zu. »Ich war nicht der erste auf dem Turm, aber wenn du den HydrO umbringst, wird er durch Tod eliminiert, und du durch Disqualifikation, und ich werde der legitime Sieger des Wettkampfes. Mein auraler Ausdruck wird die Gültigkeit meiner Behauptung beweisen. Ich glaube, du hast dich bereits durch deinen Angriff auf den Schiedsrichter disqualifiziert.«

Schlängelschreck richtete seinen Metallzylinder auf den reglos am Boden liegenden Fa. Eine Wassernadel schoß heraus und drang in seinen Körper. Der Fa krümmte sich vor

Schmerz und schlug mit seinen Gliedmaßen um sich; dann sank er zusammen. Der Geschmack des Sterbens schwängerte die Luft. »Wie ihr seht, ist der Schiedsrichter zu Tode genadelt worden«, sagte Schlängelschreck. Er packte die Waffe mit einer zweiten Schere und brach sie auf. Dann warf er sie zu Boden.

Abrupt stand die Waffe in Flammen. Die Hitze war groß, verging jedoch sehr rasch; und nichts blieb zurück als ein scharfer Brandgeruch. Die Waffe war dazu angelegt gewesen, sich selbst zu vernichten.

»Dein Plan ist mir nicht klar«, blinkte der Erb. »Du magst auf diese Weise den Mord dem HydrO anlasten und ihn töten – aber du kannst nicht auch mich töten. Und selbst wenn es dir gelingen sollte, so müßtest du dich trotzdem der Überprüfung des auralen Ausdrucks unterziehen.«

»Dies ist ein Teil meiner Expertise für dieses Unternehmen«, sagte Schlängelschreck. »Ich bin der Vertreter des Sterns Squam. Ich habe keinen Transferer. Statt dessen habe ich einen auralen Verzerrer in mir. Damit ist jeder klare Ausdruck unmöglich. Von mir kann niemand die Wahrheit herausbekommen!«

»Ein auraler Verzerrer!« düste Heem. »Der muß alle Skrupel, selbst den Geisteszustand jeder Entität, die ihn für längere Zeit trägt, zerstören.«

»Das ist wie ein Pakt mit dem Teufel«, stimmte Jessica zu. »Der Teufel nimmt einem um materieller Gewinne willen die Seele.«

Der Erb begriff, was sie damit sagen wollte. Er blinkte in Richtung Übersetzer, doch seine Nachricht war für Heem bestimmt. »HydrO, wir sind die Konkurrenten eines Irren. Ich denke, du und ich sollten uns zusammentun und ...«

Der Übersetzer krachte zu Boden und verstummte. Der Squam hatte ihn zerstört, bevor Erb und HydrO zu einer Absprache kommen konnten.

Der Erb formte seinen Bohrer und drang entschlossen auf den Squam ein. Schlängelschreck wich rasch in die hinter ihm liegende Passage zurück. Sein Geisteszustand war offensichtlich noch nicht so weit gestört, daß er nicht richtig reagieren konnte. Er mußte diesen Erb töten, konnte es jedoch in einem fairen, offenen Kampf nicht schaffen. Deshalb würde er jedem Kontakt aus dem Wege gehen, bis er irgendeinen illegalen Vorteil erreichen konnte. Vielleicht hielt er in seinem Pseudo-Magen noch eine zweite Waffe verborgen.

»Glaubst du, daß wir dem Erb trauen können?« fragte Jessica besorgt. »Er kann doch nur gewinnen, wenn sowohl der Squam als auch wir getötet werden.«

»Richtig. Er hat auch versucht, uns um den Sieg zu betrügen, indem er dem Schiedsrichter gegenüber behauptete, als erster eingetroffen zu sein. Er mag zwar vor Mord zurückscheuen, aber wir können uns nicht darauf verlassen. Er mag sogar ein anständiger Erb sein, wie Windblume, aber er ist nicht hier, um anständig zu sein. Am besten halten wir ihn uns vom Leibe. Wir brauchen ihn nicht anzugreifen, selbst wenn es uns gelänge, seinen Schutzschild zu durchnadeln. Wir brauchen nichts anderes tun, als zu warten, bis die Wettkampfbehörde jemanden schickt, um nach dem Schiedsrichter zu sehen, dann wird man uns als Sieger anerkennen.«

»Vielleicht wäre es das Klügste, sich für eine Weile zurückzuziehen«, schlug sie vor. »Wir können es die beiden anderen auskämpfen lassen, während wir auf die Behörde warten. Du brauchst Schlängelschreck nicht zu töten, selbst wenn der Erb das nicht schaffen sollte, weil er eine neutrale, intelligente Entität ermordet hat. Du kannst sicher sein, daß er sich aus dieser Sache nicht herauswinden kann; das ist ein Inter-Segment-Verbrechen. Und sein Verzerrer nützt ihm nichts, solange du da bist und gegen ihn aussagst.«

»Richtig.« War er vernünftig, oder gab er lediglich seiner Angst vor dem Squam nach?

»Du hast keine Angst, Heem! Du bist noch nie ein Feigling gewesen, und jetzt, wo deine Nadeln scharf sind, bist du mächtiger als jeder andere HydrO. Es liegt nur kein Sinn darin, dich blindlings in einen Kampf zu stürzen. Außerdem haben wir eine bessere Chance, wenn wir uns vorher mit der Lokalität vertraut machen. Wir könnten vielleicht sogar eine Falle für den Squam vorbereiten, da er zu uns kommen muß, wenn er den Wettkampf gewinnen will.«

Eine gute Taktik! Schlängelschreck mußte ihnen wirklich nachkommen, denn wenn er es nicht täte, hatte er verloren. Sie konnten einen würdigen Empfang für ihn vorbereiten.

Heem rollte in eine Passage, die der gegenüberlag, in die der Squam zurückgewichen war. Sie öffnete sich nach kurzer Zeit zu einer anderen Kammer, von der ebenfalls fünf Passagen abführten, einschließlich der, durch die sie hereingekommen waren. »Ah, du weißt, daß wir uns hier verirren können, weil die Räume alle gleich sind«, sagte Jessica nervös.

»Wenn wir uns verirren, kann der Squam uns nicht finden«, erinnerte er sie. »Aber wir werden uns nicht verirren; ich kann immer meine eigene Spur schmecken und auf ihr zurückrollen.«

»Hier ist nichts«, sagte sie, als sie ein Bild der leeren Kammer geformt hatte. »Die Alten haben sie wirklich ausgeräumt, bevor sie fortgegangen sind. Aber wenn sie ihre Abreise so vorbereiten konnten, warum haben sie dann den Turmmechanismus nicht abgeschaltet?«

»Es ist schwer, die Überlegungen der Alten zu verstehen. Vielleicht hatten sie vor, zurückzukehren – und wurden von ihrem abrupten Untergang überrascht.«

»Aber diese Kammern sind *so* sauber! Man hat sie nicht nur für späteren Gebrauch auf Eis gelegt. Man hat sie *ausgeräumt.* Wie ein Haus, das man für immer verläßt.«

»Wie ein was?«

»O – laß nur. Rolle nur weiter.«

Heem rollte weiter, durch die gegenüberliegende Passage. Sie gelangten in eine weitere Kammer, und in noch eine. »Es ist ein Labyrinth!« rief Jessica. »Aber was ist sein Sinn? Ich kann keinen erkennen.«

»Wenn wir die Alten verstehen könnten, würden wir auf ihrer Stufe stehen.«

»Ich weiß nicht, was es hier groß zu erforschen gibt. Den Mechanismus des Turms, das ist alles. An manchen Fundstätten hat man wichtige Entdeckungen auf dem Gebiet der Transfer-Technologie machen können, doch wenn dies nur ein Markierungspunkt für die Navigation war ...« Sie ließ ihren Gedanken zur Geschmackslosigkeit verebben.

Plötzlich öffnete sich die Passage in einen erheblich größeren Raum. Überall an seinen Wänden befanden sich Aroma-Markierungen, in der gleichen Multi-Perzeptionstechnik wie bei den Kugeln des Turms. »Die Sterne!« rief Jessica. »Dies ist ein Planetarium! Ein Astrotarium! Die Alten liebten die Sterne; sie hatten Darstellungen ...« Ihr Bild löste die Geschmacksmuster ab, wie damals, als sie die Nadel zwischen dem Schwarzen Loch und dem Stern passierten. Die Sterne wurden zu hellen Konstellationen, die auf einem schwarzen Hintergrund blinkten.

Sie rollten zum Mittelpunkt der Kammer, und es war, als ob sie sich im Zentrum der Galaxis befänden. Die Sterne waren nicht mehr nur Lichtpunkte, sondern wiesen ihre volle Dimension auf: Tiefe, Intensität, Farbe – alles war vorhanden. Wunderbar!

»Warum sind ein paar von den Sternen falsch angeordnet?«

Heem erkannte, daß sie recht hatte. Er besaß ein erhebliches Wissen über die Konfiguration des hiesigen Weltraums. Diese multidimensionale Sternkarte wies mehr Details auf, als sein Erinnerungsvermögen festhalten konnte, und war äußerst genau. Und natürlich so alt wie die Alten; doch die meisten Sterne veränderten sich während einer solchen Periode nicht allzu sehr. Da war eine Fehlerhaftigkeit in ihrer Darstellung, die durch den Zeitablauf keine Erklärung fand.

»Heem – du kennst dich doch in diesem Teil der Galaxis aus. Ist es – sind die Sterne alle da, in dem Bild an der Wand?«

»Es sind mehr Sterne da, als irgendein Verstand in der Erinnerung behalten kann«, sprühte er. »Und alle bewohnbaren Systeme sind, in einer bestimmten Schattierung von Farbgeschmack markiert, und alle ...« Er brach ab, als er die Bedeutung dieser Anordnung erkannte. »Alle *bewohnbaren* Systeme sind so markiert: Stern HydrO, Stern Erb, Stern Squam, die anderen Sterne dieses Segments – alle, die mein Verstand verifizieren kann, sind da – bis auf Lochstern.«

»Natürlich ist der nicht da. *Dies* ist das System Lochstern, und es hat hier seit drei Millionen Jahren kein intelligentes Leben gegeben. Abgesehen von den Alten natürlich, die zu Besuch gekommen waren, und den Kasernenerbauern, die wahrscheinlich ebenfalls von außerhalb des Systems gekommen waren. Das einzige eingeborene Leben waren sicher Pflanzen und vielleicht einige Tierarten niederer Entwicklungsstufen. Selbst die Ratten in den Tunnels sind wahrscheinlich Importe, Ungeziefer, das in Raumschiffe eingedrungen, von diesen hierher geschleppt wurde und die unterirdischen Anlagen übernahm, nachdem sie verlassen worden waren. Sie hätten sich auf Exzenter nicht entwickeln können, da es keine Lava-Passagen hier gab, bevor der Planet von Intelligenzen kolonisiert wurde.«

»Eine Variierung der Geschmacksmarkierungen deutet auf andere bewohnbare Systeme hin, so viele, wie uns bekannt sind, doch das ist falsch. Ich erkenne einige davon. System Extirpate, zum Beispiel, wo eine Nova alles Leben ausgelöscht zu haben scheint.«

»Zu haben *scheint*?«

»HydrO-Techniker haben es vor geraumer Zeit erforscht. Man hat ein paar Artefakten entdeckt, die auf das Vorhandensein einer gewissen technischen Intelligenz auf den beiden Planeten schließen lassen, doch beide Planeten wurden durch eine lange zurückliegende Nova so stark verbrannt ...«

»Drei Millionen Jahre zurückliegend?« fragte sie, als sie die Zusammenhänge begriff.

»Ja. Nur ist der Stern Extirpate kein Nova-Stern, so daß er nicht die Ursache für die Katastrophe gewesen sein kann. Es scheint auch nicht wahrscheinlich, daß ein anderer Stern nahe genug war, um sie verursacht zu haben und dann spurlos zu verschwinden. Dies ist eins der Geheimnisse des Alls. Und weitere Systeme ohne Leben –«

»... werden auf dieser uralten Sternkarte als von intelligenten Wesen bewohnt angegeben?«

»Ja, falls ich den Schlüssel nicht mißverstehen sollte.«

»Heem, das ist ja entsetzlich! Könnte es sein, daß es vor drei Millionen Jahren doppelt so viele Lebensformen gegeben hat wie heute, und daß die Hälfte von ihnen ausgelöscht worden ist?«

»So verstehe ich es. Dies muß auch eine Beobachtungsstation gewesen sein, von der aus alles intelligente Leben in diesem Sektor unserer Galaxis genau registriert wurde. Die anderen Stationen, die wir vermutet haben, mögen andere Sektoren kartographiert haben.«

»Und dann wurde die Hälfte aller Intelligenzen brutal vernichtet. Könnte das eventuell durch einen Krieg geschehen sein – durch einen Krieg von galaktischem Ausmaß? Und die Heutigen sind nur die Überlebenden?«

»Dazu hat uns damals die Technologie gefehlt. Wir HydrOs befanden uns damals in einem Vorstadium von Intelligenz, hatten uns noch nicht voll entwickelt, hatten keinerlei Kenntnisse von dem außerplanetarischen Universum. Das gleiche trifft auf unsere Nachbarn in Tausendstern zu – und ich glaube, auch auf alle anderen Systeme in dieser Galaxis. Keine der heute existierenden Lebensformen war bereits in den Raum vorgestoßen. Wir hätten uns gegen technologische Spezies, wie es die Alten waren, nicht wehren können.«

»Auch wir Solarier nicht«, erklärte sie. »Wir waren zu jener Zeit Barbaren, die noch kaum den Gebrauch von Feuer beherrschten. Manche von unserer Art behaupten zwar, daß wir vor langer, langer Zeit auf einem sehr hohen Niveau gestanden haben und später, nach einer unvorstellbaren Katastrophe, wieder in die Barbarei zurückgefallen sind, doch das wird von der Archäologie nicht bestätigt. Wir waren Primitive. Aber wir haben überlebt, und ihr HydrOs habt überlebt, und alle die anderen, während die Zivilisation der Alten untergegangen ist.«

»Und diese Station hat präzise registriert, welche von ihnen untergegangen sind und welche überlebten – denn die Markierungen sind unterschiedlich, und das ist kein Zufall.«

»Aber diese Station ist doch Teil einer Zivilisation, die unterging! Sie konnte doch nicht ihren eigenen Untergang so akribisch aufzeichnen!«

»Nur wenn sie ihn voraussahen. Vielleicht sind die Alten fortgegangen und haben nur den Turm und das Planetarium intakt gelassen, die nach wie vor Daten sammelten, für die, die nachkommen mochten.«

»Doch es ist niemand nachgekommen, denn die gesamte Zivilisation in der Galaxis brach zusammen, und nur mindere Spezies wie wir blieben zurück.«

Sie studierten die düstere galaktische Karte, verwundert und entsetzt. Das Mysterium der Alten wurde mit jeder Entdeckung tiefer.

Da war eine Vibration, gefolgt von einem sich ausbreitenden Geschmack von Metall. »Irgend etwas geschieht!« sprühte Heem erschrocken. »Vielleicht ist die Wettkampfbehörde eingetroffen!«

»Das muß es sein. Der Fa muß sie benachrichtigt haben, bevor er starb, aber ich begreife nicht, warum er sie nicht schon vorher gerufen hat, damit sie ihn aus diesem Höhlenlabyrinth befreien – wir wollen hinübergehen und unseren Anspruch anmelden, bevor Schlängelschreck etwas noch Schlimmeres anrichtet!«

Heem rollte eilig auf die Quelle der Unruhe zu. Er konnte sich vorstellen, warum der Fa nicht um Hilfe gebeten hatte; dadurch hätte er seine Inkompetenz enthüllt. Es war aber auch denkbar, daß die Alten diese Stätte strahlensicher gemacht hatten, wodurch jede Kommunikation mit der Außenwelt unmöglich wurde.

Sie durchquerten mehrere der fünfeckigen Kammern und gelangten wieder in eine größere. Der Erb betrat sie vor ihnen, aus einer anderen Passage kommend, und noch jemand manifestierte sich: ein HydrO. Swoon von Süßsumpf hatte es fertiggebracht, ihnen in diesen unterirdischen Koplex zu folgen.

Schlängelschreck stand im Zentrum des Raums, und seine Scheren umfaßten eine Art Maschine, die dort montiert war. Dieses Gerät war es, von dem die Vibration und der Geschmack ausgingen. Es schien ein Artefakt der Alten zu sein, noch immer funktionsfähig, doch ein wenig rostig nach dem langen Winterschlaf. Die Alten waren die besten Konstrukteure im Cluster gewesen, doch die ungewöhnlich lange Periode, die seit ihrem Untergang verstrichen war, hatte selbst ihre Maschinen unzuverlässig werden lassen.

Der Erb griff den Squam an, seine Blütenblätter zu dem tödlichen Bohrer geformt, der mit hoher Geschwindigkeit rotierte. Schlängelschreck drehte die Maschine, bis eine Linse auf den Erb wies, und schlug mit einer seiner Scheren auf einen Kugelschalter.

Ein Geschmack von Energie sprühte aus der Maschine. Der Erb brach zusammen.

»Es ist ein Todesstrahlengenerator!« rief Jessica. »Eine Waffe der Alten! Muß ihnen zu massig gewesen sein, um sie mitzunehmen, und ist deshalb zurückgelassen worden.«

»Und Schlängelschreck hat sie entdeckt, festgestellt, wie sie funktioniert und diese Erschütterung ausgelöst, um uns alle herzulocken und zu töten. Wir hätten bleiben sollen, wo wir waren, anstatt in seine Falle zu laufen.«

Heem rollte von der Seite auf den Squam zu. Schlängelschreck schwenkte die Maschine auf ihrem Drehgelenk herum, doch Heem hatte dank der Zeit, die der Squam gebraucht hatte, den Erb zu töten, einen Schnelligkeitsvorteil und rammte den Squam, bevor der die Maschine auf ihn richten konnte. Schlängelschreck wurde fortgeschleudert und rollte über den Boden. Er war jedoch sofort wieder hoch, streckte seine geöffneten Scheren nach Heem aus – doch jetzt war Swoon von Süßsumpf da und wäre um ein Haar ebenfalls mit ihm kollidiert. Sie nadelte ihn und rollte rasch zurück.

»Sein Pech, daß wir alle gleichzeitig hergekommen sind«, bemerkte Jessica ohne Mitgefühl. »Wenn wir in größeren Abständen eingetroffen wären, hätte er uns der Reihe nach erledigen können, so wie er es geplant hat.«

Schlängelschreck, außer sich vor Wut, stürzte sich auf Swoon. »Heem, er wird sie töten!« schrie Jessica.

»Er kann sie nicht erwischen«, sprühte Heem. Er erinnerte sich auch wieder daran, daß Swoon Windblume genadelt hatte, und das dämpfte jedes Mitgefühl, das er für sie empfinden mochte. »Wir müssen diese Maschine, die Schlängelschreck gefunden hat, untersuchen, da sie im Augenblick eine zu gefährliche Bedrohung für uns darstellt.«

»Du hast recht«, sagte sie widerstrebend. »Aber laß uns zumindest vorher nach dem Erb sehen. Vielleicht ist er nicht tot, sondern nur betäubt ...«

Sie und ihr Gefühl für jede lebende Kreatur! Sie untersuchten den Erb, während der Squam den HydrO in eine der Passagen verfolgte. Der Erb war nicht tot, aber auch nicht lebendig. »Seine Aura«, sprühte Heem bedrückt. »Ich glaube, seine Aura ist nicht mehr da.«

»Aura! Natürlich! Die Alten waren die führenden Experten für die Aura! Dies muß ein Transfer-Gerät sein, mit dem seine Aura zu einem anderen Transfer-Wirt geschickt worden ist, vielleicht bis zum anderen Ende der Galaxis!«

Heem rollte zu der Maschine zurück. Ihr Kugelschalter besaß in seinem durchsichtigen Inneren eine an einem Ende verdickte Fadenlinie, genau wie die Kugeln draußen, zusätzlich jedoch befanden sich hier Symbole auf der Außenfläche der Kugel. Jessica setzte sie für Heem bildhaft um, übertrug seine Geschmacksempfindung in bildhafte Darstellungen. Eins der Symbole war ein Kreis – ○ – das zweite war eine an beiden Enden verdickte Linie – •–• – und das dritte war ein Kreis mit einem Punkt in der Mitte – ⊙ –. Das war alles.

Die einzigen anderen Bedienungselemente schienen die Aktivator-Kugeln zu sein; eine von ihnen war undurchsichtig und mußte die gewesen sein, mit der der Squam die Maschine gerichtet hatte, die andere war klar und schien der

Auslöser für den Transfer zu sein, da Schlängelschreck auf sie geschlagen hatte, um den Erb zu töten. »Wir sollten lieber an keinem dieser Dinger herumspielen«, sagte Jessica nervös. »Wir wissen so wenig über dieses Gerät, und es ist so alt, daß es sich jeden Moment selbst in die Luft jagen könnte. Wir dürfen nicht einmal riskieren, es abzuschalten, weil wir nicht sicher sein können, was der Auschalter auslösen mag.«

»Aber solange es funktionsfähig ist, bildet es eine Bedrohung für uns«, erklärte Heem sachlich. »Wenn wir es unbewacht lassen und Schlängelschreck zurückkehrt ...« Er richtete seinen Geschmackssinn bedeutsam auf den am Boden liegenden Erb.

»Hmmm. Du hast wieder recht, Heem.« Sie studierten erneut die mit Symbolen markierte Kugel. »Wenn wir die Einstellung ändern würden – was könnten diese Zeichen deiner Meinung nach bedeuten?«

»Es ist jetzt auf ○ eingestellt«, sprühte Heem. »Das könnte einen freien Wirt bedeuten. Einen Körper ohne Aura. Wie den Erb.«

»Entsetzlich – und wahrscheinlich richtig. Eine die Aura-zerstörende Einstellung. Ich glaube nicht, daß es in der modernen Wissenschaft irgend etwas Vergleichbares gibt, und ich meine, es sollte so etwas auch nicht geben. Was folgert daraus für das ⊙-Symbol?«

»Eine Aura-schaffende Einstellung? Nein, nicht einmal die Alten hätten eine Aura aus dem Nichts schaffen können. Aber wenn ihnen eine Aura verfügbar gewesen wäre ...«

»Ich denke, ich habe es, Heem! Das Ding ist keine Waffe – es ist ein Forschungsgerät. Dies war ein Laboratorium, das zu dem Observatorium oder Funkfeuer, oder was es sonst sein mag, gehörte, mit vielen Arbeitsräumen für die einzelnen Forscher, wie ein großes Bürogebäude. Sie haben Auren analysiert, sie klassifiziert, die Böcke von den Schafen getrennt ...«

»Die Böcke von den ...?«

»Nicht wichtig. Und die Böcke wurden auf die eine Weise

markiert, die Schafe auf die andere, für ihre große Karte der Milchstraße oder zumindest dieses Segments von ihr. Vielleicht war es ein äußerst subtiles Feld, das sie studierten; also mußten sie dazu eine bestimmte Aura in einen freien Wirt transferieren, um sie zu erhalten, während sie sie in einer kontrollierten Umgebung studierten. Und manchmal mußten sie eine Aura in einen bereits besetzten Wirt transferieren, so wie meine Aura auf die deine transferiert wurde. Also benötigten sie freie Wirte und auch besetzte. Folglich benützten sie dieses Gerät, um einen bestimmten Wirt von seiner Aura zu befreien, und das ⊙-Symbol ist die Einstellung dafür. Und ...«

»Das ist ja entsetzlich!« sprühte Heem. »Lebewesen zu entleeren, wahrscheinlich sogar intelligente Lebewesen ...«

»Nicht entsetzlicher als Vivisektion! Wenn man etwas über eine Entität erfahren will, muß man damit arbeiten, es auseinandernehmen, analysieren. Die Alten haben ihre Aura-Wissenschaft nicht zu der Höhe entwickeln können, die sie erreicht haben, ohne eine verdammte Menge Laborarbeit zu leisten, das kannst du mir glauben! Also muß die ⊙-Einstellung dazu sein, eine Aura in einen bestimmten Wirt zu transferieren, vielleicht in einen, der bereits besetzt ist, vielleicht auch nicht. Das gleiche, was wir heute auch tun, zum Reisen und bei der Inter-Sphären-Kommunikation. Und die – Einstellung ...«

»Die könnte neutral sein. Lediglich ein Aura-Scan, kein Transfer, eine notwendige Kontrolle, um die Situation zu verifizieren, bevor man etwas unternimmt.«

»Vielleicht«, stimmte sie zweifelnd zu.

Sie hatten keine Zeit mehr, das Thema weiterzuverfolgen. Swoon rollte in den Raum zurück, noch immer von Schlängelschreck verfolgt. Wasser leckte aus einer Wunde in ihrem Körper; offensichtlich hatte er sie erwischt und mit seiner Schere ein kleines Fleischstück aus ihrem Körper gerissen. »Hilf mir, Heem!« sprühte sie. »Er wird mich töten, und dann auch dich, wenn wir nicht gemeinsam gegen ihn kämpfen! Ich kann nicht mehr viel länger rollen!«

»Hilf ihr«, entschied Jessica. »Sie ist keine Gefahr für uns. Aber er!«

»Zuerst dies, für alle Fälle«, sprühte Heem. Er berührte den Kugelschalter des Geräts und drehte den Indikator auf die neutrale Position mit der an den Enden verdickten Linie. Dann rollte er los, um dem Squam den Weg zu verstellen.

Schlängelschreck wandte sich sofort Heem zu. Er wußte, wo sein gefährlichster Gegner rollte. Swoon rollte hinter das Gerät, ließ sich hinter ihm nieder, versuchte, das Lecken ihrer Wunde zu stoppen, und wieder zu Kräften zu kommen. »Sei vorsichtig, Heem!« sprühte sie. »Er hat mich erwischt, indem er sich sehr langsam bewegte und dann plötzlich vorschoß. Er ist unverwundbar! Ich habe versucht, ihn über den Rand einer tiefen Grube zu locken, die ich entdeckte, aber er war zu gerissen.«

»Ich dachte, wir wollten gemeinsam gegen den Squam kämpfen«, beschwerte sich Jessica. »Sie überläßt den Job völlig uns.«

»Kann diese Maschine ihn vernichten?« sprühte Swoon und näherte sich ihr. Ihre Wunde schien sich bereits geschlossen zu haben.

»Die Maschine ist gefährlich!« sprühte Heem erschrocken. »Sie könnte auch dem Benutzer Schaden zufügen.« Doch seine stärkste Befürchtung bestand darin, daß sie die Maschine gegen den Squam einsetzen könnte – und statt dessen den HydrO erwischte. Weil er und der Squam sich sehr schnell und unberechenbar bewegten. Ihre ›Hilfe‹ konnte sich als katastrophal erweisen!

»Besonders da wir nicht sicher sind, wie wir sie eingestellt haben«, stimmte Jessica ihm zu. »Es könnte die neutrale Position sein – aber es könnte auch etwas anderes sein. Wie Selbstzerstörung, zum Beispiel.«

Schlängelschreck sprang auf Heem los, alle drei Gliedmaßen vorgestreckt, die Scheren weit aufgerissen.

Heem rollte geschickt zur Seite und feuerte seinen schärfsten, heißesten Düsenstrahl auf die verwundbarste Stelle: den Ansatz eines Gliedes am Oberkörper.

Er traf. Die Wirkung auf den selbstsicheren Squam war verheerend. Das Glied fiel schlaff herab, konnte nicht einmal mehr richtig in seinen Spalt gefaltet werden. »Du hast wohl geglaubt, ein leichtes Opfer vor dir zu haben«, sprühte Heem, und es kümmerte ihn nicht, daß der Squam ihn ohne einen Übersetzer nicht verstehen konnte. »Jetzt werden wir abrechnen, du Kindermörder!«

Schlängelschreck war verwundet, aber nicht dumm. Er war jetzt vorsichtiger, hielt seine beiden verbliebenen Scheren an den Körper gepreßt und gab Heem nur Gelegenheit, auf das bereits unbrauchbare Glied zu schießen. Natürlich vergeudete Heem keine Anstrengung darauf. Er rollte im Kreis, doch der Squam folgte seinen Bewegungen, immer auf der Hut. Es war notwendig, nahe heranzukommen, um einen Schuß anbringen zu können, der den Squam kampfunfähig machte, doch dann würde er in die Reichweite der Scheren kommen.

Schlängelschreck stieß auf ihn zu. Heem rollte zurück und fand diesmal keine offene Stelle in der Panzerung des Squam. Er hatte damals den anderen Squam besiegt – vor so langer Zeit in der Arena – indem er ihn zwang, seinen ganzen Leib zu schützen und sich vollständig zusammenzuziehen, so daß er nicht kämpfen konnte, und ihn dann in tiefes Wasser gestoßen. Schlängelschreck ließ sich jedoch nicht einschüchtern, und außerdem gab es hier auch kein Wasser. Das Monster fiel ihn wieder an, und Heem wich wieder aus, suchte nach einer Öffnung, die sich aber nicht bot. Dies war kein leichter Kampf!

»Leichte Kämpfe gibt es nur dann, wenn ein Erb einen Squam aufreißt, oder ein Squam einen HydrO zerfleischt, oder ein HydrO einen Erb nadelt«, sagte Jessica. »Durch die Entwicklung deiner Finesse beim Nadeln hast du lediglich Gleichwertigkeit mit ihm erreicht. Du mußt nach wie vor eine Möglichkeit finden, einen gleichwertigen Gegner besiegen zu können.«

Das war vielleicht ein Trost!

Der Squam griff wieder an, und wieder wich Heem ihm

aus. »Paß auf!« schrie Jessica, als Heem an den Fuß der uralten Maschine stieß. Er hatte nur auf den Squam geachtet und seine Umgebung kaum wahrgenommen. Er federte von dem Metall zurück – und Schlängelschreck stieß doppelt so schnell wie bisher vor und packte ihn mit einer seiner Scheren.

»Auf dieselbe Art hat er auch mich erwischt!« sprühte Swoon und rollte hastig zurück. Sie war wirklich keine große Hilfe.

Der Schmerz war entsetzlich, doch Heem konzentrierte sich auf das Wichtigste. Weil die beiden Teile der Schere in seinem Fleisch verankert waren, konnte der Squam sie nicht rasch herausreißen oder bewegen. Er zielte sehr sorgfältig und jagte eine einzige, harte Nadel in das verwundbare Gelenk.

Wieder zeigte sich die Wirkung sofort. Die Schere erschlaffte. Der Squam hatte jetzt seine zweite Waffe eingebüßt! Nur noch eine, dann war er hilflos, und Heem würde sich Zeit lassen können, seine Nadeln genau zu plazieren, sie zwischen die Panzerschuppen zu jagen, bis eine in das weiche Innere der Kreatur eindrang. Er war diesem Monster also doch nicht nur gleichwertig; er hatte einen leichten Sieg errungen! Seine visuelle Genauigkeit und Koordination waren auf eine verheerende Art wirksam.

Der Squam schnellte vor – zur Maschine der Alten. *Sie* war Schlängelschrecks Ziel gewesen! Während der ganzen Zeit hatte er sich geschickt auf sie zumanövriert, sich um Heem nur nebenbei gekümmert – und jetzt waren alle drei seiner Gliedmaßen wieder gebrauchsfähig. »Heem, wir haben uns hereinlegen lassen!« rief Jessica verbittert.

Heem war völlig verstört. All sein Üben – für nichts! All sein Selbstvertrauen – falsch! Der Squam hatte gewußt, was Heem vorhatte und so getan, als ob sein Plan gelingen würde. Heem hatte sich selbst etwas vorgemacht, als er glaubte, er könnte ...

»Heem, wir haben noch nicht verloren!« schrie Jessica. »Wir haben nur eine kleine taktische Schlappe erlitten. Er erwartet, daß du jetzt aufgibst, aber das wirst du nicht tun. Kämpfe weiter!« Und sie trieb ihn an mit der Darstellung eines solarianischen Fußes, der nach ihm trat.

Heem düste so heftig los, daß er fast durch die Kammer geschleudert wurde. Er rammte in den Squam, doch diesmal hatte Schlängelschreck sich auf den Zusammenprall vorbereitet und behauptete seine Position bei der Maschine. Heem nadelte alle drei Gliedmaßen des Squam gleichzeitig, benutzte die Salventechnik, die er gegen die Ratten angewandt und an ihnen geübt hatte.

Und zum ersten Mal hatte der Squam ihn *wirklich* unterschätzt. Schlängelschreck wich von Schmerzen gepeinigt zurück. Seine Gliedmaßen waren zwar nicht gelähmt worden, doch die Nadeltreffer hatten ihn offensichtlich verletzt. Heem rollte ihm nach, nadelte ihn wieder in dieselben Stellen, riß die Wunden weiter auf. Er schoß auch eine Nadel nach dem Lufteinlaßloch. Der Squam gab wieder einen erstickten Laut von sich, konnte jedoch eine seiner Scheren tief in Heems Fleisch schlagen, unmittelbar neben der bereits gerissenen Wunde, um Heem an zielgenauem Nadeln zu hindern. Heem versuchte, sich loszureißen, konnte das jedoch nicht tun, ohne ein Stück seines Fleisches zu opfern. Diesmal hatte der Squam ihn wirklich erwischt.

Er fühlte sich entsetzlich. Nicht nur durch seine mißliche Lage, sondern weil eine Art Übelkeitsgefühl ihn überfiel, sein Bewußtsein trübte und ihn sogar die eigene Existenz hassen ließ. All seine zivilatorischen Werte kamen ihm plötzlich bedeutungslos vor; es war besser, absolut selbstsüchtig zu handeln, jede Opposition rücksichtslos zu vernichten, alles ...

»Heem! Es ist der Verzerrer! Er verzerrt auch deine Aura, und die meine, wo sie mit der seinen überlappen. Er treibt uns beide zum Wahnsinn! Wir müssen uns losreißen!«

Doch das war unmöglich. Die Schere saß unverrückbar fest. Sie hatte ein großes Stück seines Fleisches gepackt. Wenn er sich losriß, würde er sterben. Doch wenn er es nicht tat ...

»Erinnere dich an Sickh! Wie du sie aus dem Wasser gebracht hast!«

Was hatte den Sickh damit zu tun? Oh! Heem hielt es für unmöglich, versuchte es aber trotzdem. Er düste sich in ein plötzliches Überrollen, und riß den Squam mit sich. Der Körper der Kreatur wurde über den seinen geschleudert und krachte hart zu Boden. Es war also tatsächlich möglich! Doch die klauenartige Schere des Monsters hielt fest.

Heem rollte weiter, über Schlängelschreck hinweg, nadelte ihn dabei, um ihn abzulenken, während er sein Rollen beschleunigte. Er rollte weiter, riß den Squam wieder empor und schlug ihn auf der anderen Seite krachend auf den Boden. Und nadelte ihn weiter. Schlängelschreck hätte das Rollen stoppen können, indem er im richtigen Moment sein Gewicht verlagerte, um Heems Energie zu neutralisieren, doch er begriff nicht, was passierte. HydrOs versuchten doch immer, sich von Squams zu befreien, sie rollten nicht über und unter ihnen her!

Heem entdeckte, daß sich Spalten zwischen den Panzerschuppen öffneten, wenn der Körper des Squam um ihn herumgerissen wurde, und nadelte sie mehrmals. Als er den Squam wieder über sich hinwegwuchtete, schmetterte er ihn gegen die Wand. Er nadelte wieder den Spalt zwischen den Schuppen und gebrauchte dazu sein heißestes Wasser.

»Heem ...«, schrie Jessica.

Er wuchtete Schlängelschreck wieder empor, um ihn noch einmal gegen die Wand zu schmettern.

»Heem, ich glaube, du kannst aufhören. Ich denke, er ist tot.«

Er stoppte. Er spürte nicht mehr die von dem Verzerrer hervorgerufene Übelkeit; sein Verstand wurde klarer. Die Schere saß noch immer in seinem Fleisch, doch das Leben wich aus dem Körper des Squam. Diese Spezies konnte nur ein bestimmtes Maß an körperlichem Schock ertragen; dabei wurde der Panzer zum Nachteil. Heem hatte seinen Feind getötet, indem er ihn zu Tode prügelte.

Heem bewegte sehr vorsichtig seinen Körper. Jetzt war er in der Lage, sich zu befreien. »Ich glaube, er war auch geschwächt«, sagte Jessica. »Auch die Strapazen des Rennens, durch seinen unnatürlichen Magen, und durch diesen entsetzlichen Verzerrer. Er glaubte, durch Hinterlist und Brutalität siegen zu können. Als du ihm zeigtest, daß du wirklich gegen ihn kämpfen konntest ...«

»*Du* hast es ihm gezeigt«, sprühte Heem. »Du hast mich geführt, als ich mich geschlagen glaubte. Du hast die Wege klar erkannt, die ich nicht finden konnte und die zum Sieg führten. Ohne dich ...«

»Ich habe an dich geglaubt«, sagte sie. »Denn trotz all deiner fremdartigen Marotten, wie dem Fehlen von Gliedmaßen und Sehvermögen, bist du ein besserer Mann als jeder, den ich zu Hause kannte. Ich ...«

»Nein, jetzt bin ich an der Reihe! Ich liebe dich, du fremde Weibliche! Ohne dich hätte ich nie siegen können. Ohne dich hätte ich nicht durchgehalten.«

»Heem von Steilfall!« Es war Swoon von Süßsumpf, die bei der alten Maschine war und sich wieder so weit erholt hatte, daß sie ihm diesen Ruf sprühen konnte. Sie hatte natürlich von dem inneren Dialog nichts gemerkt. »Überlebst du?«

»Ich überlebe«, sprühte er. »Der Squam ist tot.«

»Dann bist du der Sieger des Wettkampfes. Aber wenn ich den Squam nicht von dir abgelenkt und durch die Verfolgung geschwächt hätte ...«

»Das stimmt«, gab Heem willig zu, da er sich in Spenderlaune fühlte. »Deine Anwesenheit hat dazu beigetragen. Sie hat ihn von der Maschine weggebracht und mir Gelegenheit gegeben, sie zu studieren.«

»Also verstehst du die Funktion dieses alten Gerätes?«

»Irgendwie schon, dank deiner ...«

»Wäre es dann nicht nur fair, deinen Sieg mit mir zu teilen? Die Ehre von Stern HydrO würde dadurch nicht geschmälert werden, und in diesem Komplex gibt es mehr, als ein einziger Stern erforschen könnte. Der Mechanismus des

Turms, diese Maschine – und es müssen noch andere Dinge von ähnlichem Wert vorhanden sein.«

»Es gibt andere Schätze«, sagte Heem und dachte dabei an das Planetarium. »Doch die Regeln des Wettkampfes bestimmen ...«

»Die Regeln des Wettkampfes bestimmen, daß der Sieger diese Fundstätte erhält«, sprühte sie. »Wer aber ist der Sieger, wenn es mehr als einer Entität bedurfte, um den Sieg zu erringen? Dies ist in Wirklichkeit ein Stafettenlauf geworden, und alle, die zum Sieg beigetragen haben, sollten sich seine Früchte teilen.«

»Würdest du mit einem Viertel für deinen Stern zufrieden sein?« fragte Heem.

»Sagen wir die Hälfte«, sprühte Swoon. »Ich könnte mich dafür sehr dankbar zeigen, Heem, im Namen des Sterns, den ich hier vertrete. Mein Transferer würde dir eine langfristige persönliche Entschädigung zusagen ...«

»Sie versucht, dich zu bestechen, Heem!« rief Jessica empört.

»Und ich kann dir sofort ein kurzfristiges Vergnügen offerieren«, schloß Swoon. Sie düste einen ausnehmend provokativen erotischen Geschmack auf ihn.

»Und jetzt versucht sie wieder, dich zu verführen!«

»Das ist ein sehr verlockendes Angebot«, sprühte Heem inwendig. »Es gibt kein größeres Vergnügen, als ...«

»Verdammt! Erzähle doch *mir* nichts davon!« rief sie verärgert. »Ich kann nicht – ach, verdammt, ich bin weiter nichts als eine eifersüchtige Weibliche! Ich habe es so satt, an solchen Sachen in einem männlichen Körper teilzunehmen, und nicht in einem weiblichen.«

»Ja, natürlich«, sprühte Heem reuemütig. »Ich werde ihr Angebot zurückweisen.«

»Nein, tu das nicht. Ich habe kein Recht, dir zu ...« Sie konnte den Gedanken nicht zu Ende bringen. »Ich werde dich ohnehin bald verlassen. Ich liebe dich, Heem, was immer auch geschehen mag. Ich will dir dein Vergnügen nicht nehmen. Ich bin nicht die Frau, die du brauchst, und darum darf ich dir nicht im Weg stehen.«

Und Swoon sprühte wieder: »Vielleicht reicht mir dein Angebot doch, Heem. Mein Stern wäre eventuell zufrieden, nicht mehr als diese Maschine zu bekommen. Weißt du, was sie ist? Wie sie funktioniert?«

»Ich denke, daß sie ein Forschungsgerät ist, jetzt dazu eingestellt, Auren aus bestimmten Wirten zu entfernen oder Auren auf bereits besetzten Wirten zu überlagern. Sei vorsichtig und berühre auf keinen Fall die Aktivator-Kugel.«

»Welche der Kugeln ist das?« sprühte sie erschrocken.

»Die klare, durchsichtige, denke ich. Das ist jedenfalls die, welche der Squam berührt hat, um den Erb zu erledigen.« Er rollte näher heran. »Also, wenn du jetzt unser Abkommen auf die Art der HydrOs feiern möchtest ...« Das war nicht ernst, da er nicht die Absicht hatte, zu reproduzieren – nein, das nie wieder! – doch wünschte er, daß es Jessica wäre. Es war diese fremde Weibliche, nach der sein Geist sich sehnte, als er Swoon Romantik zusprühte.

Doch dieses Mal antwortete Hingabe nicht mit der gleichen Art des Sprühens. Sie befand sich jetzt hinter der alten Maschine und richtete sie auf ihn. »Ich glaube, das kann ich jetzt lassen, Heem. Ich habe, was ich brauche.«

Ein eisiger Schreck durchfuhr Jessica. »Heem! Paß auf!«

Heem erstarrte entsetzt. »Was hast du vor, Swoon?« Doch er wußte es bereits. Verrat!

»Ich werde mir *alles* nehmen, Heem, weil du so töricht warst, mir den Schlüssel zum Sieg auszuhändigen.«

»Aber ich dachte, du wolltest nur einen Anteil – du wolltest mit mir ...«

»Ha!« rief Jessica verbittert. »Sie hat ihren Sex-Appeal nur als Waffe gebraucht, um von dir das zu bekommen, was sie haben wollte: Informationen über die Funktion dieser Maschine, damit sie sie benutzen kann, ohne sich selbst zu töten. Sie ist ein berechnendes Aas – und ich bin auch auf sie hereingefallen, weil ich dich glücklich machen wollte. Männer machen oft allein wegen Sex Konzessionen; Frauen tun das kaum. Ich bedaure nur, daß ich mich dadurch dazu verleiten ließ, meine Logik abzuschalten. Ich habe dich im Stich gelassen, Heem – auf dem einzigen Gebiet, auf dem ich dir wirklich helfen konnte: dem Schutz vor ränkevollen, zynischen, verführerisch schmeckenden Weiblichen.«

»Es tut mir leid, Heem, ehrlich«, sprühte Swoon. »Du bist ein mutiger, fähiger HydrO, der mir geholfen hat, mein Schiff zu erlangen, und ich würde liebend gern mit dir kopulieren. Doch ich kann so viel mehr gewinnen, wenn ich diese Fundstätte für den Stern meines Transferers erringe.«

»Aber du kannst nicht gewinnen!« düste er. »Der aurale Ausdruck wird beweisen, daß du nicht als erste hier warst.«

»Darauf lasse ich es ankommen. Du warst der erste – aber du hast einen anderen Teilnehmer getötet – den Squam. Das rückt deinen Sieg in ein sehr zweifelhaftes Licht. Keiner von uns ist ganz sauber, Heem, doch die Wettkampfbehörde wird sicher nicht darauf erpicht sein, dieses Rennen wiederholen zu lassen. Der Sieg gehört dem Fähigsten, und der Fähigste ist der Überlebende – und der Überlebende werde ich sein. Das ist erheblich sicherer, als wenn ich dich am Leben lassen würde. Die Wettkampfbehörde hätte unser Abkommen wahrscheinlich nicht anerkannt.«

»Ich denke doch!« sprühte Heem. »Die logische Grundlage eines Stafettenlaufs, von mehr als einem, der zum Sieg beiträgt – ich denke, daß ein solcher Kompromiß besser ist als die Alternative, einen Mord gutzuheißen! Ich habe dein Grundprinzip akzeptiert – warum kannst du es nicht?«

»Du bist bezaubernd, Heem, in deiner Naivität.« Sie streckte einen Teil ihrer Körpersubstanz nach der Kugel der Maschine aus.

Heem rollte auf sie zu, doch sie war zu schnell. Sie schlug auf die Aktivator-Kugel. Ein Energiestrahl fuhr aus der Linse, hüllte ihn ein, doch ein Rückstoß davon umfaßte auch Swoon. Ein entsetzliches zerrendes Gefühl ...

Sekunden später – vielleicht auch länger, da Heem nicht beurteilen konnte, wie lange er bewußtlos gewesen war, wenn überhaupt – fand er sein Orientierungsvermögen wieder. Er blieb am Boden, und Swoon blieb an der Maschine. Seine Aura war nicht zerstört worden! Die Neutral-Einstellung ...

Dann wurde ihm etwas anderes bewußt. Er war intakt, doch es fehlte etwas, war verloren ...

»Jessica!« sprühte er verzweifelt.

Keine Antwort. Er tastete in seinem Sein nach ihrer Gegenwart – und fand nichts. Er war allein.

»O fremde Weibliche!« sprühte er. »Diese Maschine der Alten hat funktioniert, wenn auch nur schwach! Sie hat nicht meine Aura vernichtet, sondern die weniger fest verwurzelte. Sie hat dich vernichtet!«

Doch die Selbsterhaltung beherrschte ihn noch immer. Nein, nicht Selbsterhaltung – es war eher Rachedurst. Swoon hatte Jessica ermordet. Swoon mußte dafür bezahlen.

Heem prüfte die Situation. Swoon kauerte noch immer an der Maschine. Ein Rückstoß der Energie hatte sie voll getroffen; offensichtlich war sie betäubt worden. Er könnte sie jetzt töten. Sein Schicksal kümmerte ihn nicht. Er wollte Jessicas Mörder bestrafen. Er würde sie auf kürzeste Entfernung nadeln. Ohne Gnade.

Er rollte näher. Swoon bewegte sich. Er machte seine Nadeln bereit – doch mußte er sehr sorgfältig zielen, da er die visuelle Koordination verloren hatte, an die er sich gewöhnt hatte. Er war blind. Seine Nadeln würden nicht mit der gewohnten Genauigkeit treffen. Er brauchte höchste Konzentration ...

»Heem«, sprühte sie matt.

»Bettele nicht um Gnade«, sprühte er grimmig zurück. Er wußte, daß er sie einfach nadeln sollte, wurde jedoch durch seine Natur gezwungen zu kommunizieren, sich zu rechtfertigen, selbst gegenüber einem Feind. »Du hast meine Geliebte getötet; dafür werde ich dich töten. Du hast mir das Licht und das Sehen geraubt, ich werde dir dafür ...«

»Heem, warte! Ich bin Jessica!«

»Versuche nicht, mich noch einmal zu hintergehen!« wütete er, und sein Sprühen war so heiß, daß es in der Luft verdampfte. »Ich habe dir einmal geglaubt. Zweimal bin ich nicht so dumm!« Dann erstarrte er. *Wie konnte sie von Jessica wissen?*

»Heem – ich bin transferiert worden«, sprühte sie. »Die Einstellung der Maschine – die Linie mit den Kugeln an beiden Enden – sie bedeutete anscheinend nicht die neutrale Position, sondern Austausch.«

Er wagte es kaum zu glauben, so sehr er das auch wollte. »Beweise mir, daß du Jessica bist.«

»Dein Alptraum von dem Squam – deine ungesetzlichen Erinnerungen ...«

»Das könntest du erraten haben! Vielleicht hast du auch einmal eine unvollständige Metamorphose erlitten!«

»Dann eben *meine* Alpträume, als Solarierin – eine Klon, die sich als Männlicher ausgab – ein fremder Mann, der mir die Kleidung herunterriß und mein Geheimnis der Öffentlichkeit preisgab ...«

Heems Zweifel zerstoben. »*Niemand* außer dir könnte das wissen! Aber wieso bist du ausgetauscht worden, und nicht ich? Und auch nicht die beiden weiblichen Auren von Swoons Wirt? Sie sind nicht bei mir.«

»Weil wir alle weiblich sind, Heem, und du männlich bist. Die beiden anderen Auren sind zurückgeprallt! Sie bleiben hier, in diesem Körper, von der Wucht meiner Ankunft betäubt. Du bist ebenfalls zurückgeprallt, da du innerhalb des Fokus' der Maschine keinen männlichen Wirt finden konntest. Nur ich war weiblich und hatte einen weiblichen Wirt, in den ich transferieren konnte. Nur ich konnte mich bewegen, als ich dazu gezwungen wurde. Du und ich haben so etwas ja schon einmal durchgemacht; wir haben uns deshalb rascher von dem Schock erholt. Ich habe die Herrschaft über diesen Körper übernommen.«

Eine unendliche Erleichterung überfiel ihn. Jessica war am Leben! Er hatte sich an Schlängelschreck gerächt! Er hatte den Wettkampf gewonnen und würde unter den Seinen wieder anerkannt werden. All seine Frustrationen waren plötzlich verschwunden. Noch nie hatte er sich so wohl gefühlt!

»O Heem«, fuhr Jessica fort. »Jetzt kann ich endlich mit dir Liebe sprühen! Rasch, bevor die Leute von der Wettkampfbehörde auftauchen und mich nach Capella zurücktransferieren. Komm, mein Geliebter ...«

Doch Heems Bewußtsein trübte sich, die Geschmacksnuancen überlagerten einander. Der Komplex der Alten schien um ihn zu kreisen, sich zu dehnen und zusammenzuziehen, und seine seltsamen Halb-Aromen verwirrten ihn.

»Heem. Was hast du?« sprühte Jessica erschrocken. »Bist du schwer verletzt? O Heem, das tut mir leid! Ich wollte deine Kräfte nicht überfordern und ...«

Er riß sich mit verzweifelter Anstrengung zusammen. »Es ist die Metamorphose«, sprühte er. »Sie war bisher unvollständig, weil ich unter unbewältigten Zwängen litt. Schlängelschreck –« Sein Sprühen zerrann zur Unverständlichkeit; er versuchte es erneut: »Ungerächte Morde – wollte nicht loslassen – unterminierte die Erinnerungsbank des Erwachsenseins. Rachsucht ist unreif, doch es gibt Gerechtigkeit. Ich wurde zu einem Jugendlichen, der sich als Erwachsener verkleidete, genauso, wie du dich als Männlicher verkleidet hast. Jetzt ist alles gelöst, und ich bin ganz, und meine Metamorphose wird vollendet ...«

»Aber dann wirst du doch alles vergessen, was hier geschehen ist!« protestierte sie.

Ein dritter, ermattender Versuch. »Ich – werde – vergessen. Die Anstrengungen und Komplexe des Jugendzustandes sind zu schwer, um das Reifen zu gestatten, müssen abgeworfen werden. Aber du mußt ihnen berichten ...«

»O Heem. Das werde ich! Das werde ich! Ich werde ihnen erzählen, auf welche Weise du gesiegt hast, für den Stern HydrO. Swoons Stern erhält keinen Anteil; sie hat dich betrogen und ihn dadurch eingebüßt. Aber Sickh und Windblume waren ehrlich – die Hypothese des Stafettenlaufs ist gültig, Heem, dessen bin ich sicher. Hast du etwas dagegen, wenn ich beantrage, ihnen einen Anteil zu übertragen? Heem, hörst du mich? Kannst du mich schmecken?«

Heem schmeckte sie, und so süß war sie, doch er konnte

ihr nicht mehr antworten. Sein Bewußtsein zerrann, und mit ihm seine ganze unreife Existenz. Er war dabei, sich in einen Erwachsenen zu verwandeln.

»O Heem, ich werde dich niemals wiedersehen! Nicht so, wie ich dich gekannt habe! Du wirst dich nicht einmal an mich erinnern, und ich darf mich nicht an dich erinnern, weil das deine Reife rückgängig machen könnte.« Sie machte eine Pause, in der immer größer werdenden verschwimmenden Ferne. »Aber vielleicht ist es am besten so. Unsere Liebe war von Anbeginn an hoffnungslos. Wir hätten sie nie zulassen dürfen. Auf diese Weise wirst zumindest du nicht darunter leiden, und dafür bin ich froh.«

Dann war sie aus seinem Bewußtsein verschwunden, bis auf eine einzige, besonders kräftige Aroma-Nadel, die für einen Augenblick sein alles umhüllendes Vergessen durchdrang: »Ich liebe dich, Heem von Steilfall. – Lebe wohl.«

Epilog

Jessica, in männlicher Verkleidung, begrüßte jedes Klon-Paar, das eintraf, an der Tür des Ballsaals. Das Motto hieß HydrO-Klon, doch als Gastgeber blieben die Jesses in menschlicher Gestalt. Dieser Ball war die offizielle Siegesfeier für das erfolgreiche Unternehmen der Jesses in Tausendstern; kein Capella-Klon hatte jemals zuvor eine solche Leistung vollbracht. Der finanzielle Aspekt war theoretisch unbedeutend; es war der Ruhm, der zählte. (Doch die Siegesprämie war Jessica trotzdem sehr willkommen, vor allem, da sie durch Anerkennungsprämien von den Sternen Salivar und Ffrob aufgestockt worden war, denen man Anteile an dem Unternehmen gewährt hatte.)

Ein Paar, das als HydrOs verkleidet war, trat herein; ihre plumpen Kostüme verdeckten den größten Teil ihrer Gliedmaßen. Eine versteckte Wasserblase sprühte Jessica einen feinen Strahl ins Gesicht. »Wie fühlst du dich?« rief einer der beiden Klons fröhlich.

Jessica machte eine indignierte Geste mit dem kleinen Finger. Ein Guß warmen Wassers schoß aus einer anscheinend nur dekorativen Düse, die an der Wand angebracht war, und durchnäßte die beiden Scherzbolde bis auf die Haut. »Ich entbiete euch mein wärmstes, feuchtestes Willkommen, HydrO-Brüder«, sagte sie ruhig.

»Danke.« Doch ihre Begeisterung für solche Scherze schien ziemlich gedämpft zu sein.

Als nächstes trafen zwei Squams ein, die ihre Schwänze über ihrem dritten Arm trugen. Sie hatten den vorangegangenen Austausch von Freundlichkeiten beobachtet. Sie blickten mit hinter ihren Masken verborgenen Nicht-Squam-Augen zu den riesigen Squam-Scheren empor, die ebenfalls an die Wand montiert worden waren, und beschlossen, sich irgendwelche Scherze zu verkneifen. Jessica lächelte ein wenig triumphierend, als sie direkt auf die Nachbildung einer Fundstätte der Alten in der Mitte des Raums zustrebten, wo Erfrischungen gereicht wurden. Der alte Verwalter Flowers führte dort das Kommando und hielt ein freundliches, doch wachsames Auge auf das Geschehen. Er war in das Kostüm einer dominanten Intelligenz von Segment Fa gekleidet, mit einer Unzahl winziger Hände und Füße und einem spiralförmig gewundenen Draht, der aus seinem Kopf wuchs. Er spielte natürlich die Rolle des Schiedsrichters der Wettkampfbehörde; wer auch sonst konnte die Herrschaft über eine solche Stätte der Alten haben?

»Squams essen gerne«, erklärten die Squam-Klons, als sie weitergingen.

»Widerlich«, antwortete Jessica lächelnd. Doch unter ihrem Lächeln verbarg sich Trauer. Sie genoß Essen nicht mehr so wie früher.

Jessica wandte ihre Aufmerksamkeit den nächsten Gästen zu, die auf ihren Köpfen ausladende Blüten trugen, die sich sicher nicht zu einem Bulrer formen ließen. Sie dachte an Windblume, an Sickh, an ihre netten Frauengespräche mit den beiden in dem gefluteten Rohr. Wie viel sinnvoller war das gewesen als dieses Klon-Gewäsch! Sickh hatte eine Familie gehabt, die auf dem Planeten Sackgass lebte, mit zwei sehr aktiven jungen Squams; sie hatte an dem Unternehmen teilgenommen, weil ihr Partner erkrankt war und eine kostspielige Behandlung brauchte und dies der einzige Weg war, die Mittel dafür aufbringen zu können. Windblume war durch die Herausforderung, die der Wettkampf darstellte, zur Teilnahme veranlaßt worden – doch die Herausforderung hatte sich als stärker erwiesen, als sie angenommen hatte. Bei Jessica hatten beide Motivationen eine Rolle gespielt, sie hatte Sickh ein wenig um ihre Familie beneidet, und die drei hatten festgestellt, daß die Welt doch erheblich kleiner wurde. Sie hatte, wenn auch nur für sehr kurze Zeit, eine Freundschaft besessen, die sie schätzte – eine Freundschaft, die sich über die Barrieren der Spezies hinweggesetzt hatte. Was sie hier in Kloneville hatte, war im Vergleich dazu sehr steril.

O Heem, dachte sie, als ihr unwillkürlich ihr schmerzlichster Verlust einfiel, *du hast mich vergessen, und ich bin froh darüber, obwohl ich dich noch immer liebe – und auch darüber bin ich froh.*

Auch wenn sie jetzt die Wunde ihres Leides wieder aufriß. War es wirklich besser, zu lieben und keine Erfüllung zu finden?

Wenig später war der Ballsaal mit festlich gestimmten Klons gefüllt. Hin und wieder zogen sich Paare in die angrenzenden Räume zurück, probierten neue Partner aus. Die Bessies hatten sich eine neue Gruppe von Männern gekrallt und pumpten ihre Busen heraus, bis sie fast zu platzen drohten. Jessica fühlte sich davon so angewidert wie immer, mußte jedoch ihre Fassade aufrechterhalten. Sie war heute Jesse; er hatte sich von seinem Unfall mit der Laser-Säge noch nicht erholt und war an eine Schwebende Stütze gefesselt; es war natürlich ein Flachsegler. Das unterschied sie so grundlegend voneinander, daß sie bei wichtigen Anlässen nicht die Stelle des anderen einnehmen konnten. Glücklicherweise war Jesse als Gastgeber nicht verpflichtet, sich mit jemand in einen der Nebenräume zurückzuziehen. Die Kleidung machte den Mann, und die Kleidung wurde nicht abgelegt. So war sie sicher.

Sicher – wofür? Das Geschlechterverhältnis war nicht ausgeglichen worden, da die Klons sich durch Ehen paarten. Zwei weitere Vereinigungen waren in der vergangenen Woche verkündet worden; eine weibliche Liegenschaftsbesitzerin hatte sich gegen Klon-Heiraten ausgesprochen und war deshalb ihres Besitzes für verlustig erklärt worden. Drei jüngere Klons waren hingehend gereift, um auf die Sexual-Liste gesetzt zu werden – doch zwei dieser Klon-Paare waren männlich. Der Frauenmangel wurde immer gravierender; es würde eine Dekade dauern, bevor das Verhältnis von Männern und Frauen wieder ausgeglichen war. Zu viele der älteren Klons hatten sich für männliche Nachkommen entschieden, und ihre Kinder zahlten die Zeche dafür.

Jesse, der weder ein muskelbepackter Athlet war, auf den die geistig minderbemittelten Frauen flogen, noch Besitzer von Reichtümern, sah sich vor die Alternative gestellt, entweder eine Kuh wie Bessy zu heiraten, oder aber den größten Teil jener Dekade auf einen jüngeren Klon zu warten. Und selbst dann würde es Rivalität geben, denn eine ganze Anzahl der reiferen Klons bevorzugten jüngere Frauen, und es bestand eine rauhe Altershierarchie, und einige der kleinen Mädchen waren verdammt hübsch. Die besten dieser Nymphchen würden vergeben sein, bevor Jesse zum Zuge kam.

Und das alles bedeutete in dieser dekadenten Situation, daß Jessica wahrscheinlich die Bürde auf sich nehmen mußte. Sie würde ihr Geschlecht enthüllen und ertragen müssen, daß sie von einem der Männer erwählt wurde, und versuchen, das beste aus dieser Ehe zu machen – um des Besitzes willen. Wenn es auch kein besonders wertvoller Besitz war, war er doch sehr schön und mußte erhalten bleiben. Sie würde eine ausgezeichnete Partie machen können, dessen war sie sicher, denn die gleiche Unausgewogenheit der Geschlechter, die Jesse zum Nachteil gereichte, war für sie vorteilhaft: der Mangel an begehrenswerten Frauen. Sie hatte alles zu gewinnen – und doch war sie in der Tiefe ihres Herzens unzufrieden.

Sie wollte den Besitz nicht; sie wollte Abenteuer. Sie wollte keine lukrative Heirat; sie wollte Liebe. Für eine kurze Zeitspanne hatte sie beides gehabt, Abenteuer und Liebe – und hatte beides verloren. Wie hätte sie auch in einem fremden Körper auf der anderen Seite der Milchstraße bleiben können? Wie konnte sie eine Kreatur lieben, die einer spritzenden Qualle ähnelte? Es war alles unmöglich, und es war gut, daß es vorüber war – und doch kam ihr ihre menschliche Existenz jetzt sehr fade vor. *Heem, Heem!*

Wieder das Geräusch eines Drachenwagens. Noch ein Gast, der so spät kam? Jessica überflog ihre Liste; es waren alle da, die geladen waren. Sie drückte auf einen anderen Knopf ihres winzigen Computers, was sie schmerzhaft daran erinnerte, wie Heem diesen Knopf mit einem Wasserstrahl genadelt hatte, und die Leuchtschrift zeigte einen Namen: Morrow.

Morrow? Das war ein älterer Klon, verheiratet, der nicht dazu neigte, diese im Grund genommen recht pubertären Veranstaltungen der jüngeren Klons zu besuchen. Falls es bei den Menschen so etwas wie eine Metamorphose geben sollte, so hatte Morrow sie durchgemacht und alles Kindische abgelegt. Außerdem hätte seine attraktive Klon-Frau bestimmt etwas dagegen, wenn er sich mit den Nymphchen vergnügte.

Das Geräusch des näherkommenden Wagens wurde jetzt so laut, daß alle es hören konnten; es war kein Einspänner, sondern eine grandiose Vier-Drachen-Karosse. Nur ein Mann wie Morrow besaß den Nerv und das Geld, sich so etwas zu leisten; Drachen konnten im Gespann aggressiv werden. Doch Morrow ... war Morrow.

Jessica trat zu ihrem Bruder und sprach mit ihm über den späten Gast. »Morrow kommt; was hältst du davon?«

»Morrow!« rief er. »Hat er die Trauerzeit schon so rasch abgebrochen?«

»Trauerzeit?«

»Wo hast du in den letzten zwei Wochen gesteckt? Auf der anderen Seite der Galaxis? Morrows Frau ist von einem durchgehenden Drachen verletzt worden, den sie für gezähmt hielt. Man hat das Tier natürlich sofort getötet, aber sie war zu schwer verletzt; sie hat *Euth* genommen.«

»Euthanasie? Sie ist gestorben?«

»Erfolgreiche Euthanasie ist gewöhnlich tödlich, Bruder«, erklärte Jesse. Er nannte sie vor anderen niemals ›Schwester‹. »*Einige* Klons sind so rücksichtsvoll, solche Bitten zu erfüllen, anstatt in Urlaub zu gehen und sich irgendwo in der Ferne herumzutreiben.«

»Das war vielleicht ein Urlaub!« murmelte sie und schlug ihm auf eine maskuline Art auf die Schulter. Sie war glücklich, ihren Bruder gerettet zu haben und nicht zur Mörderin geworden zu sein, und sie wußte, daß auch er darüber glücklich war; das hob ihre Stimmung erheblich an. Sie hatte gespielt und gewonnen, zumindest in dieser Hinsicht.

Flowers kam vom Erfrischungsbüffet auf sie zu, so schnell es ihm seine vielen winzigen Füße erlaubten. Flowers nahm für seine Schutzbefohlenen sehr viel auf sich. Ohne seine Verschwiegenheit und seine Hilfe hätte Jessica ihren Transfer-Schwindel niemals durchführen können. Flowers hatte darauf bestanden, den freien Wirt zu Hause zu betreuen, so daß die Gesellschaft der Wirte keine Ahnung von dem Austausch hatte, und auch nicht von Jessicas Geschlecht. Wenn die Wahrheit herausgekommen wäre, hätte das Flowers seine Position gekostet, doch er hatte das Risiko auf sich genommen – um des Besitzes willen. Andere Klons hatten ihm von jeher sehr gute Bedingungen für seine Dienste geboten, doch er war diesem Besitz treu geblieben, und den Jess-Klons.

»Der Lord Morrow trauert um seine geliebte Frau, benötigt jedoch eine neue«, sagte Flowers ernst. »Sein Besitz ist groß, und sein Sohn noch ein Kind.«

»Er könnte doch ein Kindermädchen für ihn einstellen«, sagte Jessica. »Gott weiß, daß er dazu reich genug ist! Er braucht ganz gewiß nicht noch einen weiblichen Klon von dem ohnehin schon knappen Bestand nehmen.« Sie fühlte eine echte Empörung darüber.

»Lord Morrow ist kein sehr vernünftiger Mann«, erklärte Flowers mit einer für ihn typischen Untertreibung. Es gab Geschichten über Morrow, daß er während seiner jüngeren Tage wilde Drachen zähmte, als Gladiator an tödlichen Kämpfen teilnahm und seine Gegner besiegte, per Transfer durch den Cluster reiste, nur um des Abenteuers willen. Weder Vorsicht noch Kosten hatten ihn jemals davon abgehalten, das zu tun, was eine momentane Laune ihm diktierte, bis seine zierlich-kleine Ehefrau ihn um ihren kleinen Finger gewickelt hatte. Endlich war Morrows Schwäche enthüllt worden: er konnte der Frau, die er liebte, keinen

Wunsch abschlagen. Das hatte er jetzt wieder bewiesen, als es ihm unmöglich war, seiner Frau den Todeswunsch nicht zu erfüllen.

Jessica erinnerte sich an einen anderen, der zu einem gewissen Grad genauso war. Hart bis an die Grenze des Leichtsinns, doch weich gegenüber Frauen jeder Spezies.

Heem ...

»Für die Frau, die er wählt, wäre es sicher eine gute Sache«, meinte Jesse. »Selbst wenn er sich eine Kind-Frau nimmt, kann er ihr eine Menge bieten, sowohl physisch als auch gesellschaftlich. Wie ich hörte, ist er zu Hause äußerst gutmütig und zärtlich.«

»Aber ein Kannibale in der Öffentlichkeit«, erklärte Jessica. Sie raffte ihre Nervenkraft zusammen und ging zur Tür, um den Witwer zu begrüßen.

Morrow war ein hünenhafter, dunkelhäutiger Mann, mit einem schwarzen Bart und Muskeln wie einer der Gladiatoren, gegen die er gekämpft hatte. Es wurde berichtet, daß er zu seiner eigenen Unterhaltung noch immer riesige Hanteln stemmte. Jedenfalls würde kein durchgehender Drache *ihn* zerdrückt haben; Jessica war von der männlichen Kraft, die von diesem Körper ausging, beeindruckt.

»Willkommen auf dem HydrO-Klon Ball, Lord Morrow«, sagte sie förmlich und mit dem Respekt, der einem älteren Klon zukam. Genaugenommen war er nur ein Jahrzehnt älter als sie, doch war Alter nicht das einzige Attribut von Würde. »Ihr Besuch ist eine unerwartete Ehre.«

Der Riese starrte auf sie herab, die Augenlider leicht zusammengepreßt, und schien sie abzuschätzen. »Ihr Kostüm gefällt mir nicht«, sagte er. »Ziehen Sie es aus.«

Jessica lächelte ein maskulines Lächeln, obwohl sie einen eisigen Schauer über ihren Rücken rinnen fühlte. Da war etwas um diesen Mann, eine kaum gezügelte Gewalttätigkeit. »Mein Lord?«

Morrows monströse Hand schoß vor und umklammerte ihren Unterarm wie eine Stahlklaue. »Herunter mit der Maske, Heuchler!«

Jessica würgte einen Schrei zurück, da er ihr Geschlecht sofort entlarvt haben würde. Sie versuchte vergeblich, sich aus seinem Griff zu befreien. »Lord Morrow!«

Im ganzen Ballsaal wurde es still. Die Klons blickten zu den beiden herüber, in der Annahme, daß es sich um einen programmierten Sketch handelte, der zu ihrer Unterhaltung gespielt wurde. Allein Flowers erkannte, daß es kein Sketch war, und wußte um die möglichen Konsequenzen. Er lief auf die beiden zu, wobei seine zusätzlichen Füße gegen die echten schlugen.

Morrow packte das Revers von Jessicas Jacke mit seiner anderen Hand und spannte seine furchterregenden Muskeln. Das leichte Material riß der Länge nach auf und entblößte die straffe Bandage, die ihren Busen flachdrückte.

»Was ist denn das?« verlangte Morrow zu wissen, während das Lächeln der Klons zu einem fröhlichen Gelächter wurde. Nacktheit war nichts, doch *unfreiwillige* Nacktheit war aufregend, selbst bei einem Sketch. »Eine Bandage an einem unverletzten Mann?«

»Ja«, rief Jessica benommen. »Eine Verletzung ...« Eine Verletzung ihrer Seele mehr als eine ihres Körpers.

Flowers erreichte sie. »Mein Lord, darf ich Sie bitten ...«

Morrow hakte zwei Finger in die Bandage und riß sie herunter. Jessicas Brüste wurden entblößt. Jetzt schrie sie auf.

»Seht mal, was wir hier versteckt haben!« brüllte Morrow, riß den Rest ihrer Kleidung herunter und drehte sie um, so daß alle sie sehen konnten. Flowers versuchte hastig, sie mit seiner Jacke zu bedecken, die er umsichtigerweise mitgebracht hatte, doch Morrow schob ihn freundlich, doch energisch fort. »Ich möchte dir nicht weh tun, Alter; ich möchte dich selbst in meinen Dienst nehmen. Aber bleib mir jetzt von der Pelle.« Und Flowers mußte zurückweichen.

»Seht her!« wiederholte Morrow und umfaßte eine von Jessicas Brüsten mit seiner Hand.

Einen Moment starrten die Klons ungläubig herüber. Dann stieß einer von ihnen einen Pfiff aus. »Die Dinger sind echt!« rief er lachend. Jessica war zu schockiert, um protestieren zu können.

»Ja, das ist komisch, nicht wahr?« röhrte Morrow. Mit einem Satz und einem Griff von verblüffender Schnelligkeit packte er den lachenden jungen Mann. »Wir lachen, wenn wir unsere Tarnungen abreißen, stimmt's?« Und er riß das Squam-Kostüm des Mannes herunter.

Der junge Klon preßte das zerfetzte Kostüm an seinen Körper.

»Lach!« brüllte Morrow und riß noch den letzten Rest herab.

Der Junge lachte hysterisch, als er nun nackt vor den anderen stand.

Morrow schnellte zur Seite, packte ein Mädchen in einem HydrO-Kostüm. Er riß es ihr vom Körper. »Lach!« befahl er. Sie kreischte ein verlegenes Gelächter.

Der hünenhafte Mann fuhr herum und starrte die anderen Kostümierten an. »Los! Runter mit dem Plunder! Lacht! Lacht! Das ist doch lustig, ja?«

Und innerhalb weniger Augenblicke standen alle nackt, er selbst eingeschlossen, und alle lachten nervös.

Morrow wandte sich wieder Jessica zu, die wie versteinert stand. Ihr Alptraum war schließlich Wirklichkeit geworden, und er war genauso schlimm, wie sie es jemals gefürchtet hatte. »Dich beanspruche ich«, verkündete Morrow, wie ein Drache, der über einer frisch getöteten Beute brüllt. »Ich habe dich gefunden, und du bist weiblich, und du bist schön, sehr schön, und welche Schande könnte auf dir ruhen, die nicht von allen anderen hier geteilt wird?«

»Glauben Sie, daß das Grund genug ist, ein Monster zu heiraten?« rief Jessica und errötete bis zur Taille. Woher hatte dieser Kerl von ihrem Geheimnis gewußt? Warum wollte er sie und nicht eins der Nymphchen, die nur zu froh wären, ihn zu haben? Nicht, daß er unattraktiv war, oder daß sein Interesse ihr nicht schmeichelte, aber ...

»Nicht allein. Doch ich habe dir dieses Nadeln deiner fundamentalen Scham versprochen, und du versprachst, es im richtigen Geist auffassen zu wollen. Willst du das ableugnen, fremde Weibliche?«

»Fremde Weibliche?« wiederholte sie. »Wie kommen Sie dazu, mich so anzureden?«

Morrow zog sie mit seinen mächtigen Armen zu sich heran. »Vergißt du so rasch, Kreatur-die-ißt? Hast du gelogen, als du behauptetest, daß deine Art keine Metamorphose durchmacht? Nachdem wir das Rätsel der Begriffe gelöst, durch Stern und Loch hindurchgefädelt und gegen die Monster gekämpft haben? Du hast mich das Sehen gelehrt, du hast mich die Liebe gelehrt, du hast mich von diesen Dingen abhängig gemacht, die ich als HydrO nicht erleben kann, und nun, da ich hergekommen bin, um mit dir zu sprühen – wagst du es, mich zurückzuweisen, du Nachbildung eines Squam?«

»Heem!« rief sie, während Glauben und Zweifel in ihr miteinander rangen. »Aber das ist doch unmöglich – du warst in Metamorphose ...«

»Die leider wieder reversiert wurde. Beim ersten Mal waren meine Unreife und meine Rachsucht daran schuld; beim zweiten Mal das fremde Gefühl der Liebe. Ich konnte es nicht aufgeben, und deshalb hat es meinen Reifeprozeß unterminiert, und ich erinnerte mich, und ich wußte, was ich verloren hatte, und so reiste ich im Transfer, um meine zweite Nemesis zu finden und sie zu erobern.«

Sie fühlte sich schwindelig. »Aber was ist mit Morrow?«

»Du hast mich außerdem gelehrt, wie man Waffenstillstand schließen kann, selbst mit Wesen einer zunächst feindlichen Art; die nicht länger bösartig sind, wenn man sie versteht. Ich habe dem Trauernden eine gute Frau versprochen, eine, die ihm gefallen würde, wenn seine Trauer abgeklungen war; er versprach mir den ersten Monat. Danach werden wir teilen. Er ist eine gute Kreatur, obwohl er ißt; doch man hat ihn seiner Geliebten beraubt, genau wie mich der meinen.«

Flowers wagte sich wieder näher. »Jess, bedrängt dieser Mann Sie? Ich habe mir eine Laser-Waffe besorgt ...«

Sie wandte sich dem alten Mann zu. Sie atmete tief durch und fühlte zum ersten Mal keine Scham, ihren Busen öffentlich zu zeigen. »Flowers, stellen Sie bitte keine Fragen. Bringen Sie nur die größte Schale mit Pseudo-Frucht-Punsch, die Sie tragen können, und kippen Sie das Zeug über unsere Köpfe. Sofort!«

Verwirrt, aber loyal tat Flowers, was ihm aufgetragen worden war. Während die anderen nackten Klons herüberstarrten, wurde die süße Flüssigkeit über Köpfe und Körper der beiden gegossen und badete sie in ihrem aromatischen Duft.

»Jetzt sprühen wir zusammen«, sagte Jessica und küßte das Wesen, das sie liebte.